EL DON DE LA DIOSA
LA REDENCIÓN

ARANTXA COMES

LA REDENCIÓN
EL DON DE LA DIOSA

ARANTXA COMES

MUNYX
EDITORIAL

Primera edición
El Don de la Diosa. La Redención.

www.munyxeditorial.com

ISBN: 978-84-949239-2-0
Depósito Legal: DL T 1334-2018

ÍNDICE

Y EL MUNDO RECORDARÁ EL ECO DE PROMESAS VACÍAS CUANDO LA NATURALEZA CORROMPIDA AÚLLE POR SUS MENTIRAS. LA VOLUNTAD TARDÍA TODAVÍA MERECE UNA OPORTUNIDAD. DESPERTARÁ DE LAS ENTRAÑAS DE LA TIERRA Y PROTEGERÁ HASTA QUE DECIDAN CUÁL ES EL VERDADERO FINAL.

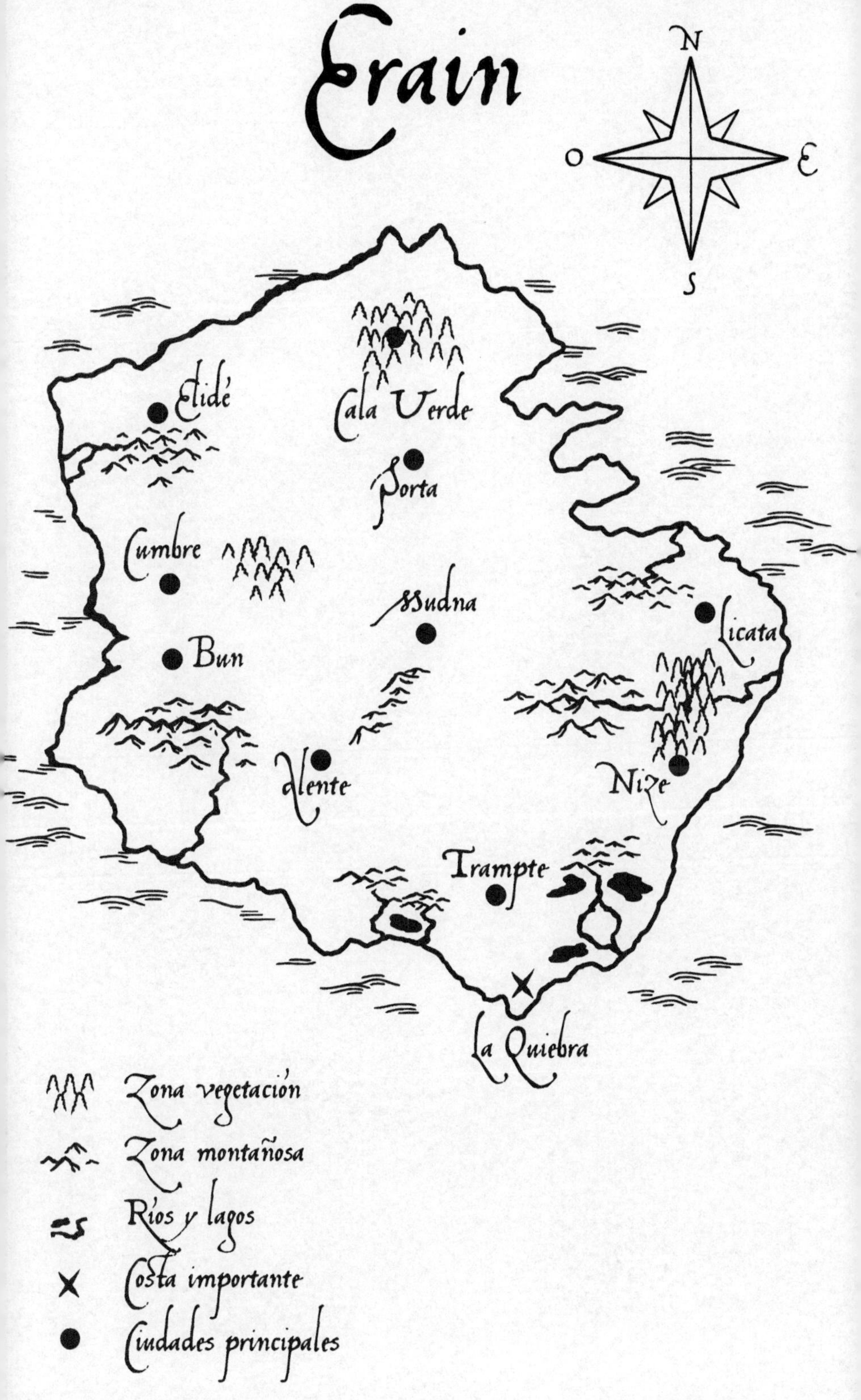
Erain
N
O
E
S
Elidé
Cala Verde
Porta
Cumbre
Mudna
Licata
Bun
Alente
Nize
Trampte
La Quiebra
Zona vegetación
Zona montañosa
Ríos y lagos
Costa importante
Ciudades principales

GLOSARIO

(POR ORDEN DE APARICIÓN)

EXPIRANTES: personas tan infectadas por los milagros de la Diosa o sus dones, que están cerca de morir. No se les permite entrar a formar parte de ninguna clase ideológica debido a su estado. Son repudiados y perseguidos por parte del sistema y contemplados, dentro de la jerarquía social, como el último eslabón. Viven en los barrios más pobres y sobreviven sin que se les conceda ningún tipo de recurso o ayuda. No se identifican con ningún distintivo.

MILAGROS: cada una de las tres fuentes naturales: el agua, el cristal y el metal, alternativas a las ya existentes en la Tierra. Se diferencian de las otras por contener características especiales. Según el ideario de la Diosa, fueron entregados por esta misma a la humanidad para ayudar al equilibrio natural, y así contrarrestar la sobreexplotación del ser humano de los recursos naturales, que amenaza la vida del planeta.

Debido a su objetivo de preservar la vida en la naturaleza y a sus características especiales, los humanos no pueden servirse de ninguno de los tres, siendo venenosos e infectando a quien ose, si quiera, tocarlos. Si se usan reiteradamente, convierten a la persona en un expirante. Todos son moldeables y solo si se hace a través de una fórmula exacta pueden convertirse en un Don.

DIOSA: ser espiritual al cual la humanidad le ha adjudicado diversas concepciones. Para los ígneos se trata de un ente destructor y poco compasivo. Los renegados la entienden de una manera más personal; para ellos es válido definirla de diferentes maneras según las ideas de cada creyente. Sin embargo, la corriente predominante de los renegados considera que la Diosa es omnipresente, pudiendo materializarse como un ente físico, con conciencia y emociones, y que depende y está ligada a la vida de la Tierra.

ÍGNEOS: creyentes del Dios de la Corona Ardiente, única ideología legal y practicable en Erain. Conforman gran parte de la sociedad y muchos de ellos creen sin dudar en los preceptos de este Dios, en la monarquía, en que la carrera tecnológica es la única manera que tiene el ser humano de avanzar hacia un futuro mejor y en la separación de clases ideológicas.

Gozan de todos los derechos y privilegios que se les prohíbe al resto de clases. Su distintivo es el color rojo y el tatuaje de una llama de fuego.

DIOS DE LA CORONA ARDIENTE: deidad considerada creadora, omnipotente, salvadora y protectora de la humanidad. Líder espiritual de los ígneos. A lo largo del tiempo, sus preceptos se han ido modificando por las ideas de los propios ígneos. La Iglesia Coronaria es el lugar en el que se reúnen para celebrar las ceremonias y rendirle culto. Es representado como un hombre, cuya cabeza está rodeada por una corona que arde.

DON: estado que alcanza un milagro después de ser manipulado a través de un proceso concreto y complejo. La energía especial del milagro es potenciada y concentrada en una nueva forma, por lo que infecta a la persona que lo manipula de una manera mucho más rápida y mortal. Sin embargo, durante su utilización, puede sanar, fortalecer y agudizar los sentidos, entre otras ventajas, dependiendo de la persona que lo emplee y la forma del Don.

RENEGADOS: creyentes de la Diosa, cuya ideología está prohibida en Erain. Conforman un pequeño reducto en la sociedad, ya que operan en clandestinidad y son perseguidos por el sistema. Creen que la naturaleza debe ser protegida y cuidada de la acción del ser humano. El uso de los recursos naturales de manera sostenible es uno de sus pilares fundamentales. Aunque, en su mayoría, los renegados pueden entender y profesar la creencia en la Diosa como más se adecue a sus ideas personales, todos creen que es o está vinculada con la vida de la Tierra.

No poseen ningún tipo de privilegios y todos sus derechos están muy limitados. Su distintivo es el color amarillo.

NEUTRAL: ateos o agnósticos. Existen dos categorías internas dentro de este sector: los neutrales que han firmado el Vínculo y los que no. Quienes lo han hecho, han pactado con la monarquía para mantener los mismos privilegios que los ígneos a cambio de no oponerse a la división social, ni al estilo de vida ígnea (costumbres, ceremonias, etc.). Los neutrales que no han firmado el Vínculo no se atienen a las reglas de este pacto, ni tampoco son perseguidos por la monarquía; no obstante, poseen los mismos derechos y libertades coartadas que los renegados.

El distintivo de los neutrales que no han firmado el Vínculo es blanco. Los que sí lo han hecho tienen el signo de una llama impreso sobre el fondo blanco.

A Álvaro, por ayudarme a navegar en la tempestad y
por vivir esta gran aventura a mi lado.

A quienes no se rinden y le ganan el pulso al miedo,
porque sois esperanza.

Somos el milagro de la fuerza y la materia convirtiéndose
a sí mismas en imaginación y voluntad.

Ray Bradbury

PRIMERA PARTE

DONDE LOS DIOSES NOS SALVAN

EL EXPIRANTE

Hace 22 años

—¿SABES CUÁNTO TIEMPO TARDA un caimán en devorar a su presa? Lo mismo que tarda mi madre en asesinar a la suya. Nada.

La niña sopesaba un ratón muerto entre sus manos, mientras el enorme caimán la observaba, inmóvil y muy tranquilo. Paciente. No tenía prisa; no la había. El animal sabía que podía pasar días sin comer, aunque aquel ratoncillo luciese tan apetecible. Y Ada también, porque tentaba al depredador como si no fuese una amenaza, como si pudiese esquivar perfectamente un repentino ataque por su parte. El compañero humano del reptil esperaba, sosegado, a que la niña decidiese dejar de incitar a la suerte. Al fin y al cabo, la muerte de la princesa Ada conllevaba la suya propia.

—¿Sabes cuánto tiempo tarda un expirante en morir después de haber sido infectado reiteradamente por un milagro de la Diosa?

La niña, sin cobardía, bajó la guardia delante del caimán, que seguía todos sus movimientos con sus ojos multicolores. Cualquiera le habría advertido enseguida que descuidar la defensa mientras jugaba con la comida de un depredador era una actitud imprudente y suicida. Seguramente ella se habría reído como respuesta.

Ada continuó con la vista fija en su guardaespaldas, esperando una contestación a su anterior pregunta. La niña enarcó las cejas, impaciente, cogió por la cola al ratón y lo meció en el aire. El caimán gruñó y el sonido reverberó gutural y profundo dentro de la dura coraza que formaba su cuerpo.

Fin del juego.

La princesa lanzó el ratón y el animal abrió las fauces en un movimiento veloz, fácil de perder en un parpadeo. La presa había sido consumida y el depredador celebraba su victoria. Así se sentía Ada delante de su madre. Pero la pregunta real era: ¿quién era la presa y quién el depredador?

—Un segundo. Una década —contestó el hombre, por fin.

Ada sonrió ante la respuesta. Un gesto sumido entre la satisfacción y la tristeza.

—Muy preciso por tu parte, Johan.

Las puertas de la sala de audiencias se abrieron. Cuatro ígneos pertenecientes a la Generación Muda salieron con la mirada asustada y la frente perlada de sudor. Ada los observó, altiva. Ellos no le dedicaron ni un saludo, aunque ella tampoco esperaba nada por su parte. Porque los despreciaba. El sentimiento era mutuo, pero, aun así, nadie se atrevía a replicar a Ada.

Nadie... menos su madre.

La niña avanzó con pasos firmes, aunque sus cortas e infantiles piernas deshacían el carácter que ella misma solía adquirir cuando se encontraba dentro del palacio. Johan pensaba que sus tiernos trece años eran lo único que la separaban del verdadero problema: que Ada y su personalidad iban a ser devoradas en cuanto tuviese madurez suficiente. Sin embargo, la pequeña princesa veía su edad como una cáscara, una mera fachada para atrapar a las personas crédulas y con prejuicios.

Era su arma y su perdición.

—Ada, querida. —Sonrió su madre, cuyos pálidos dedos goteaban sangre—. Johan.

—¿Estáis herida, majestad? —Johan mostró su preocupación ante el rojo goteo.

—¿A quién has herido, madre? —Ada apretó los puños.

Y la reina Matilde les dio la espalda. Sin recato, se limpió los restos de sangre en su sedosa y larga falda amarilla, mientras se dirigía a un inmenso trono formado por cráneos bañados en metal. Era un mueble horrible y monstruoso que no encajaba con el resto de la ornamentación plateada, regia y opulenta.

Pero sí concordaba con la sociedad en la que vivían.

La esclavitud.

El terror.

La muerte.

La mujer se sentó en su trono, dejándose caer en un movimiento liviano, totalmente incoherente con su actitud anterior. A veces parecía una reina benevolente, pero solo hacía falta verla sonreír. El espejo de su alma.

—Ada, me han dicho que has vuelto a revolotear con los expirantes...

—¡Están muy enfermos! Intento salvarlos, madre. Salvarlos de ti y de padre.

Johan cerró los ojos, inquieto. Ada era insubordinada y sincera delante de la reina Matilde. De su propia madre. No escatimaba en palabras a la hora de mostrarle su desprecio, incluso cuando eso podía conllevar la pena de muerte por traición. Sin embargo, ¿sería la reina capaz de asesinar a su heredera?

—Tú no lo entiendes, Ada. No entiendes qué es construir y dar de comer a un país entero. Rescatarlos de las garras indulgentes de la Diosa. —Y la reina miró con devoción a su derecha, a la imagen del Dios de la Corona Ardiente que tenía colgada en la pared.

—La Diosa no es malvada, madre...

—¡La Diosa devastó nuestro país y el mundo entero con cinco guerras mundiales que se habrían evitado si sus devotos no confiasen en sus libertarias enseñanzas! ¡El hambre del que tú te quejas! ¡La miseria y la destrucción... todo! ¡Todo se debe a la acción egoísta de la Diosa y sus radicales partidarios! Quiero recordarte que si no estamos en contienda es porque mis padres, es decir, tus abuelos, lograron detener lo que podría haber sido la catástrofe absoluta. Mi nacimiento supuso la paz definitiva para nuestro país. Y la sigo manteniendo. —Señaló una de las enormes cristaleras de la sala para que Ada observase a través de ellas su obra en la sociedad, pero la niña sabía muy bien lo que iba a encontrar.

—Es irónico que critiques a la Diosa cuando tú usas sus milagros. —La princesa cogió aire—. He escuchado de los alquimistas que estás manipulando y potenciando sus poderosas características para convertirlos en herramientas invencibles… en dones, o así los llaman.

—Ada... —le advirtió Johan en un susurro, pero Matilde ya había enrojecido y las venas de su esbelto cuello se marcaban como rutas de odio hasta sus finos y apretados labios.

—La Diosa puso sus milagros en la Tierra para generar un equilibrio que nosotros, los humanos, somos incapaces de mantener. Sus milagros naturales, el agua, el metal y el cristal, son fuentes alternativas a las que ya tenemos. Son venenosos para los humanos si los utilizamos, porque no son nuestros, ¡son de la naturaleza! La Diosa nos ha regalado esos tres elementos intocables para que la Tierra continúe viva pese a nuestra sobreexplotación.

—Ada... —Matilde se incorporó del trono, agarrándose de los reposabrazos con una fuerza que palideció sus nudillos.

—Lo peor es que usas los milagros de la Diosa contra la sociedad. Sé que a veces contaminas el riego y los conductos del agua para que el pueblo beba de ella y se infecte involuntariamente. Herramientas, joyas… Hay hasta drogas fabricadas a partir de los tres que tú misma permites que se comercien. ¡Sabes que si usamos los milagros de la Diosa enfermamos! ¡Nos mata!

—¡Ada!

La paciencia de Matilde se había agotado, pero Ada no cedió. No retrocedió ni un solo paso. Johan, en cambio, se interpuso ligeramente entre el cuerpo de la niña y el de su soberana. Escuchó cómo su compañero caimán secundaba su acción.

—¿Crees que no nos damos cuenta de que vistes prendas cada vez más recatadas para ocultar las infecciones que causan los milagros al usarlos y no delatar tu posición de impura? ¿Crees que no notamos que cada vez te maquillas más para tapar esas costras grisáceas que, aun así, se advierten en tu piel? ¿Quieres hacer pensar que estás libre de la Diosa? Tarde.

Matilde corrió hacia Ada, metiendo la mano dentro de los pliegues de su vaporoso vestido. Johan entrecerró los ojos, alerta, pero Ada se puso frente a él, tan veloz, que el hombre no pudo detenerla. La reina sacó una gruesa daga que estuvo a punto de arremeter contra Ada. La niña no se movió ni un centímetro. La mujer respiraba con tanto esfuerzo que parecía que podía desmayarse en cualquier momento. En el filo del arma no solo reverberaba su colérica mirada, sino que también fluctuaban unas sombras negras, como filigranas que reptaban y se retorcían.

La princesa Ada permaneció imperturbable.

Digna y valiente. No insensata y temeraria como creían los demás.

—¿Eso es un Don de la Diosa en forma de daga? Qué sutil, madre. ¿Sabes que si lo usas contra mí, la enfermedad que te contagiará será mucho mayor que cuando usas un milagro? He espiado a los alquimistas. Utilizar los milagros puede ser útil, pero no un Don. Los dones acaban con tu vida en días. ¿Quién de todos tus alquimistas se ha sacrificado para convertir el milagro del metal en esa poderosa arma, madre?

¿Quién es la presa y quién el depredador?

La reina Matilde sonrió, sibilina. Era como una serpiente. Hipnotizaba con palabras cautivadoras, pero mordía con colmillos letales. Descendió la mano, aflojando la fuerza en la empuñadura. Lo guardó con cuidado entre los pliegues de su falda, como si no estuviese del todo convencida de su anterior decisión. Como si se hubiese arrepentido de no haber terminado la parábola que describía su acción.

—Ada. —Su voz se dulcificó. Helaba la sangre—. Si quieres proteger un país... si quieres dar de comer a todos, servirles como una buena reina, has de priorizar. No puedes bajar al pueblo y rebajarte o intentar ayudarlos a todos como si tuvieses la cura definitiva para algo tan letal como es la Diosa. La forma más fácil de dar prioridad es conocer quién es útil y quién no para la sociedad.

—Madre, esa gente se está muriendo porque la sociedad le ha enseñado que no pasa nada si consume uno o dos milagros de la Diosa. La consecuencia son esas horribles manchas grises que infectan la piel al comienzo y, al final, si no dejas de utilizarlos, te matan. —Johan observó a Ada. Una adulta en el cuerpo de una niña—. La solución no puede ser apartar a los expirantes, a los que están demasiado infectados por los milagros. Hay que darles una vida digna hasta que termine.

—Es gracioso, porque... ¿te has dado cuenta de que defiendes a la Diosa, a sus milagros naturales que supuestamente están en nuestro planeta para darnos vida, pero también estás intentando proteger a aquellos que la consumen?

Aquel golpe noqueó a Ada que, por primera vez, titubeó. Por primera vez se quedó sin palabras. Su madre le había desarmado con un argumento que nunca había escuchado, que nunca nadie le había recriminado. ¿Era posible salvar el mundo protegiendo al depredador y a la presa? ¿Quién merecía justicia por sus actos y quién no?

—Madre, casi todo el país está infectado. Solo unos pocos sobrevivimos intactos. Y todo es porque, desde hace décadas, el mundo que antes conocíamos comenzó a educar así a su sociedad, a abandonarla... —Ada carraspeó, pero su madre no la dejó continuar.

—¿La herencia recibida? ¿Me vas a salir con esas, Ada? Porque también tengo respuesta para esos ataques morales y éticos tuyos. Yo estoy poniendo solución a una sociedad enferma y caduca. ¿Si no puedes construir un ordenador porque estás demasiado débil? Desechable. ¿Que no puedes ni sujetar una pistola para defender a tu país porque estás moribundo? Desechable. Si no eres capaz de medir el consumo de un elemento natural que nos pertenece a todos, mereces ser castigado por retrasar el progreso de la sociedad.

—No voy a dejar de luchar por aquellos a los que tú y padre estáis asesinando.

—Mi objetivo es encontrar a vuestra Diosa y hacerla desaparecer. No importa cómo se presente en la Tierra, la apuñalaré a ella y a sus seguidores hasta que la misma naturaleza se postre a mis pies y sea mía para siempre. Así que cuidado con lo que cuentas por ahí, Ada. Continúa estudiando y buscando ese dichoso Mapa que me conducirá hasta la Diosa. —Ada fue a protestar, pero la consiguiente amenaza de su madre zanjó de golpe la conversación—: No querría que les sucediese nada a tus hermanas.

Ada metió las manos dentro de los bolsillos de la chaqueta y se marchó por donde había venido. Johan la miró de reojo, mientras la perseguía unos pasos por detrás. Solo era una niña de trece años atrapada junto a una inteligencia prodigiosa, que estaba infravalorada . En su fuero interno ya palpitaba la guerrera en la que se convertiría.

—Johan, ¿sabes cuánto tiempo tarda la Diosa en destruir a la humanidad entera?

TRISTÁN

ESCUCHO CÓMO RASGA EL AIRE en un profundo zumbido. Siento el calor y luego la onda expansiva de una bola de fuego impactando cerca de mí, mientras yo, imperturbable, contemplo las líneas trazadas en el Mapa. Sorprendentemente, el movimiento sísmico no me desequilibra; ni siquiera lo ha hecho la propia onda. No siento la urgencia de esconderme porque, al fin y al cabo, queda poco para fin de la humanidad . Es inevitable. Así que espero a que los mares me ahoguen.

Despierto de sopetón. Me incorporo con las frías manos aferradas en torno al cuello. Menos mal que me percato a tiempo de que me encuentro en mi habitación, porque si no, habría gritado de puro terror. Entierro el rostro entre las sábanas, viejas y sucias, con los ojos enrojecidos y empapado en sudor. Me mantengo en esta posición, muy quieto, hasta que las campanadas de la Iglesia Coronaria me avisan de que es mediodía. Y después el despertador.

Llego tarde a trabajar. Otra vez.

Aprieto el botón que detiene el insoportable pitido del infernal aparato, incorporándome. Llevo puesta la ropa de ayer. No me va a dar tiempo ni a cambiarme de camiseta. Todavía con un nudo en la garganta, abro las ventanas. El viento fresco del invierno me golpea el rostro y tiemblo. Siento el sudor congelar mis extremidades y la somnolencia huir junto con el calor. Tengo que escapar de Cumbre, la ciudad condenada a muerte. Se me agota el tiempo, pero mi Clan aún no ve necesaria mi partida.

Se me agota el tiempo, literalmente. Me llevo una mano al pecho, inquieto.

Apoyo los antebrazos en el marco de la ventana y me permito unos minutos más de soledad, vagando con la mirada entre las diferentes cúspides de los monstruosos edificios del centro de Cumbre. Los remates coronan la ciudad de mil formas distintas: circulares, cónicos, rectangulares... Pero ninguna construcción es más colosal que la de la Iglesia Coronaria, cuyo campanario de gruesa y pálida piedra siempre contrasta con el metal, el cristal y el mármol o granito plateado y negro del resto de edificaciones. Un edificio destinado únicamente a aquellos que más privilegios y libertades ostentan en el país de Erain, los ígneos. La última campanada reverbera en mi interior como si mi mismo corazón fuera una campana gigante tañendo sin control, removiendo mis entrañas.

Intentando contener la aversión que trepa hacia mi garganta para unirse a la agonía y juntas estrangularme, hago ademán de volver a mi cuarto, pero el pregonero de las doce pasa justo ahora y no puedo evitar atenderle, mordiéndome la lengua con fuerza para no chillar de rabia. Mi estado más natural de masoquismo, desde luego.

—En verdad, la culpa la tenéis vosotros. —Se me escapa, volviendo a apoyar los brazos en la repisa, aguardando a que el pregonero recite la enseñanza ígnea diaria.

—¡En nuestro Señor Poderoso hallaremos la bendición! Con gratitud nos expandiremos por los mares, las arenas y los cielos. Arrodillaos y alzad las manos. El sacrificio nos hará uno. ¡Somos amados por el verdadero Dios de la Corona Ardiente!

Noto el sabor de la sangre allí donde mis colmillos se hunden, aplacando la tentación de gritarle al pregonero que deje de vociferar tanto odio. El despiste me vale para ganarme una serie de pistoletazos de bolas de pintura amarilla, pero que no dan en el blanco, sino que estallan a pocos centímetros de mi rostro, contra la fachada de mi casa.

—¡Y tú formarás parte de la Criba más importante! ¡Renegado! ¡Desertor de la sabiduría universal! ¡Tú y tu Diosa os pudriréis en el infierno, esperando por una redención perdida!

Me lamo el labio superior con una sonrisa incrédula. Los restos de la pintura que han impactado cerca de mí resbalan como lágrimas por mi mejilla. Reacciono al instante, abandono mi puesto y bajo al piso inferior como si no existiese un mañana. Abro la puerta principal, dispuesto a medir fuerzas, pero el pregonero ya no está. Ha huido como buen cobarde que es.

Intento recuperar el aliento perdido. Me giro hacia la puerta y me topo con una gran «X» de color amarillo marcándola, aún con la pintura fresca chorreando como ríos de rencor. Señalándome.

Cierro de un portazo para reprimir la rabia que siento hacia la facción ígnea. No puedo entender cómo una ideología que proclamaba basarse en la cooperación, el respeto y el avance tecnológico sostenible, ha podido ser corrompida por varios —y secundado su cambio por muchos—para convertirla en la secta más opresora de Erain… O, al menos, de lo que queda del país. Los ígneos, devotos del Dios de la Corona Ardiente, gozan de los mayores privilegios sociales, abogan por la sobreexplotación de recursos naturales —*la Tierra está a nuestro servicio, y no al revés*, según ellos—y luchan contra la Diosa: mi creencia.

Rindamos culto al Dios de la Corona Ardiente. Omnipotente e incuestionable. Así definen la mayoría de los ígneos a su líder divino, del que se sospecha que es otra invención del sistema para someter al pueblo; para engañarlos a través de la fe. Despreciable. Es la única ideología practicable en el país. Cualquiera diferente es motivo de traición y muerte. Y en este punto me encuentro yo, porque soy partidario de la Diosa, la corriente espiritual prohibida en Erain. Nos permiten vivir, pero en una situación de amenaza y pobreza constante, etiquetados con el nombre de renegados.

—¡Tristán! —Su voz aguda se me clava en los oídos como un taladro.

—¿Qué, Martha?

—¿Ya has provocado al pregonero? —La escucho cada vez más cerca.

—Si asomarme a la ventana significa provocar, entonces sí.

Sus pasos resuenan por el pasillo y me preparo para la furia de mi casera. Suspiro hondo, pero cuando giro la esquina no me encuentro con sus profundos y severos iris negros, sino con una lente anaranjada que intenta enfocar mi figura en la semioscuridad. Maldito Piloto, ya me la ha vuelto a jugar con una de sus grabaciones de voz.

—¿Eras tú, Piloto? —Me cruzo de brazos.

—*Ja-ja-ja* —contesta con su tono de voz predeterminado: grave y un tanto mecánico—. Martha ha salido a hacer la compra. Ha dicho que te cuide. Muy… muy… muy… —tartamudear es uno de sus defectos de fábrica.

—Me voy a trabajar, Piloto. —Le doy un débil golpe en su cabeza metálica y semicircular para desatascarlo.

—Hoy hay avisos. Ten cuidado, Tristán. —Se desplaza sobre sus ruedas, acercándose a mí.

—Lo sé. Me lo han dicho en el Clan. Le rezaré al Dios de la Corona Ardiente. No sufras, Piloto. —Rio entre dientes.

—La ironía te matará. *Ja-ja-ja.*

—Adiós.

Me enfundo la chaqueta y salgo al exterior. El pregonero continúa paseándose por mi barrio como si estuviese a punto de descargar su arma contra alguien. Y tal vez no tengan permitido usar la violencia física —ese es el trabajo de los guardias y los soldados de la reina Matilde—, pero cada vez que se cruzan con algún renegado, no escatiman en reprobar con crueldad su existencia. Mi existencia.

Desprevenido, una pistola apuntándome a la cabeza me hace levantar la mirada y encontrarme otra vez con el odio del pregonero:

—¡Tu voluntad será sometida y arderás por no creer en la dicha del Dios de la Corona Ardiente!

Alzo las manos, protector. No sé por qué, pero noto que hoy el pregonero es capaz de dispararme a quemarropa con su arma; la que como mucho puede producirme un gran moratón, pero que me marcaría de nuevo con su pintura amarilla. *De nuevo*. Me llevo la mano a la mejilla y me doy cuenta de que no me he limpiado los restos. El pregonero se ríe de mí mostrando sus dientes brillantes como perlas y baja la pistola.

Al parecer, ha sido suficiente con un único disparo matutino. Los pregoneros solo llevan armas ofensivas para protegerse en los barrios más marginales, aunque nunca parecen tener temor alguno en lucir sus brazaletes rojos o alzar sus porras eléctricas y pistolas de pintura para hacer gala de su privilegiada posición de ígneos. Supuestamente es ilegal herir a un civil, sea de la condición que sea, a no ser que este provoque un altercado que, a juicio del pregonero, necesite de una buena descarga o un pistoletazo para reducirlo. Que sí, esas bolitas de pintura te provocan, como máximo, un doloroso cardenal, pero el objetivo de la pintura es marcar; etiquetar con su color a la persona. Avergonzarla por su condición. Además, esas manchas no se quitan ni con el más áspero de los estropajos.

Y todo esto por asomarme a la ventana.

El pregonero me observa detenidamente y me percato de mi error ante su escrutinio. ¡Cómo soy tan despistado! No llevo el brazalete amarillo. Si el pregonero decidiese dispararme ahora, entonces sí sería legal. Deslizo la mano hasta el brazo en el que debería estar pendida la identificación amarilla para los renegados.

Los libros de historia del país de Erain mienten, estoy seguro, sobre el inicio de la cruel división que nos mantiene separados y desesperados, alimentando un odio entre quienes piensan diferente que jamás debió de existir. Erain está dividido por ideologías y según a qué grupo pertenezcas, cambia tanto tu rango social como el color de tu brazalete. Es obligatorio llevar esta identificación para facilitar el control por parte del Gobierno sobre la sociedad y para que las personas puedan conocer tu condición enseguida y actuar en consecuencia. Nadie se libra de ser etiquetado; es una exigencia de la monarquía. Los renegados tenemos el color amarillo adjudicado para indicar que somos seguidores de la Diosa, traidores del país, repudiados, a quienes se nos permite vivir solo gracias a la "benevolencia" de la reina Matilde.

«Hay que ser un valiente para declararse renegado *hoy en día»*, dice siempre Caleb, uno de los líderes de mi Clan; clandestino, pero activo a espaldas del poder ígneo. Y tiene razón. Seguro que seríamos más felices ocultando nuestra condición, fingiendo ser ígneos, pero decidimos luchar en pos de un mundo mejor. Y esa voluntad es superior a la resignación.

Sin tentar a la suerte, chasqueo la lengua como respuesta y me echo la capucha sobre la cabeza. El pregonero continúa con sus risotadas. Sin poderlo evitar, en un impulso que más bien es instinto, me llevo la mano al corazón. Me estrujo la chaqueta ahí donde su gruesa tela protege el órgano más vital y más agotado de todo mi cuerpo. ¿Por qué mi Clan está aguardando tanto para mandarme fuera de Cumbre? A este paso no cumpliré mi misión… y moriremos.

Ando rápido por las calles, esquivando al resto de ciudadanos del Barrio Arco Externo que, como yo, se dirigen cabizbajos a mendigar, a sus miserables trabajos o, simplemente, a respirar del aire tan contaminado. Intentando que mis pasos no se enreden, termino por chocarme contra otra persona. Enseguida le tiendo una mano, pero el hombre retira mi ofrecimiento bruscamente. Parece muy enfermo y casi todo su rostro es una costra de color gris: es un expirante. Alguien tan infectado por los milagros de la Diosa que su enfermedad es terminal, aunque no contagiosa y, pese a ello, son tratados como lo fueron siglos atrás los llamados leprosos. Alguien que no vale para la sociedad, según la reina Matilde. Los expirantes no tienen permitido pertenecer a ningún grupo ideológico, a veces son cazados como ratones y carecen de brazaletes con un único y cruel propósito: recordarles que no son nadie. Que son menos que un traidor como yo.

—Sigue tu camino.

Su contestación no me sorprende. La mayoría de expirantes no se mezclan con nadie, ya sea para bien o para mal. No quieren buscar más problemas de los que ya tienen. Aun así, yo nunca le niego la ayuda a una persona que la necesite. Incluidos los ígneos, con los que intento que el prejuicio no me venza. Continuo , apresurándome. Gorio, mi jefe, me va a matar por llegar tarde.

Sin embargo, no sé qué me incita a desviarme de mi camino para dirigirme hacia el centro, donde los pasos de la gente dejan de oírse y los aerovehículos, sesgando el viento y produciendo apenas un siseo gracias a sus avanzados motores, lo inundan todo.

Pero me hallo de pronto, como buen insensato, en el Barrio Arco Interno, hogar exclusivo para los ígneos y neutrales que han firmado el Vínculo. No muy lejos de la Frontera y del bar en el que trabajo, pero fuera de mi territorio; en uno en el que no se me permite entrar. La calle por la que vago está forrada con carteles de búsqueda y captura de las personas más perseguidas en todo el país de Erain: el Escuadrón Espino. Un grupo de enmascarados que en el pasado pertenecieron al Movimiento Nebulosa, la organización activista en contra del sistema y de la monarquía más importante de la historia conocida.

Hoy en día solo quedan cinco de ellos, y la fotografía de Belladona, su líder, es la que más destaca. Yo los admiro, y cuento sus hazañas a los borrachos del bar como si fuese un cuento para niños o como si ellos fuesen los épicos personajes de una película de superhéroes. Sin embargo, los ígneos me rodean por todas partes, y la emoción que me habría embargado como siempre, se esconde en un rincón. No puedo llamar la atención en un lugar rodeado por aquellos que me denunciarían al segundo de comprender a qué clase ideológica pertenezco. No sería descabellado que algunas divisiones pudieran mezclarse, pero ¿ígneos y renegados? Jamás.

No he dado media vuelta y ya imagino los gritos de Gorio cuando entre en su bar una hora tarde: «*Tienes ganas de morir, ¿eh, Tristán?*». Gorio me ha criado como un padre estos últimos años, pero no es lo que se dice una persona con tacto. Aunque yo tampoco lo he demandado. Desde aquel fatídico día en que mi vida cambió, quiero las cosas claras, aunque duelan. Ciertos rostros deformados por la repulsión se dibujan en mis recuerdos y sacudo la cabeza.

Pero he debido invocar al mal karma, porque antes de poder salir corriendo de este barrio en el que no soy bien recibido, me topo con la mirada de Amaranta.

Hace dos años que no la veo y ha cambiado bastante. Su oscuro cabello ondulado le roza la espalda más allá de los omoplatos y sus ojos color miel, prácticamente dorados, casi idénticos a los míos, parecen afiladas agujas de oro. Cortan. Y me siento desnudo. Despego los labios, secos por el frío, dispuesto a decirle algo, ya que ella no se ha movido ni un ápice y me mira con una mezcla de curiosidad y terror.

Sin embargo, ahí se quedan mis intenciones, porque mis padres y Quildo alcanzan a Amaranta. Se detienen en seco al descubrirme y el rostro de mi padre se tuerce. De pronto, me siento desamparado. Ni siquiera mi madre es capaz de mirarme a los ojos directamente, como si por el solo hecho de hacerlo se contagiase de la enfermedad más mortal. Y Quildo... Bueno, lo cierto es que Quildo me importa más bien poco, aunque al ver cerrar sus dedos en torno a los de Amaranta, se me escapa el reproche:

—Ami, ¿por qué sigues con él? —le espeto, duramente.

—Tris, yo... —Su voz suena neutra y un filo invisible atraviesa cruelmente mi pecho; tal vez es la tristeza o la ira, o una mezcla de ambas, que nacen y se fusionan al comprobar lo anulada que está mi hermana.

—Tristán —retoma Quildo la conversación, siempre tan pelota y pomposo—, será mejor que te marches a tu territorio. No eres más que un renegado. Está prohibido que vagabundees por aquí.

Resulta que, de pronto, también soy un vagabundo. Casi me entra la risa.

—¿Vas a permitirle que me hable así, Ami? —Señalo a Quildo sin poder evitar que me tiemble la mano.

Sin embargo, mi esperanza de escuchar una respuesta, aunque sea un simple murmullo por parte de Amaranta, desaparece. Me equivoco de nuevo, como aquella vez que pensé que no me abandonaría. Mi familia avanza sin más, dejándome atrás como si fuera invisible o un fantasma que puede atravesarse con facilidad.

Mi respiración comienza a alterarse y siento que me flaquean las rodillas. Un pinchazo en el corazón hace que me gire con la mano agarrada al pecho, listo para apartar a Amaranta de esa gente, pero algo en el suelo me detiene.

Es un simple pañuelo de tela amarilla. El color de los renegados. Pero no es mío. Alzo los ojos para descubrir en un último segundo cómo Amaranta me mira con intensidad. Me muerdo el carrillo interno, presa del pánico, pensando que ella lo ha dejado caer para herirme aún más. Pero entonces, mi hermana levanta un dedo y se acaricia la mejilla con suavidad. Y a la vez que Amaranta se ve obligada a volver sus ojos al frente por culpa de Quildo, me doy cuenta de que ha soltado el pañuelo por mí, para que me limpie la pintura que me mancha la cara y me señala como a un traidor.

Recojo la tela delicadamente, meditando sobre su afectuoso gesto, mientras la persigo con la mirada. Se está recolocando el brazalete rojo, indicador de los seguidores del Dios de la Corona Ardiente. No puedo evitar sentir rabia hacia los ígneos, tanto a los que oprimen como a los que, sin parecer estar de acuerdo con el sistema, callan y apartan la mirada; cómplices. Por los privilegios que les permiten vivir tranquilamente sus vidas, como si a su alrededor no se estuviese gestando la muerte más voraz. ¿Qué hace Amaranta con ellos? Mi eterna pregunta.

El móvil comienza a vibrar en el bolsillo trasero de mi pantalón. Lo cojo, sobresaltado, para ver cómo parpadea el nombre de Gorio en la pantalla.

—Oh, no… —mascullo.

Devuelvo el móvil al bolsillo y salgo corriendo en dirección a la Frontera, pero sin soltar el pañuelo amarillo; la fuente de mis renovadas ganas de luchar, al menos, un día más.

Entro en El Tugurio. Sí, Gorio ya pensó en todo antes de abrir su negocio en la frontera entre el Arco Interno y el Externo; en la línea divisoria que separa ambas zonas en Cumbre y que es el único sitio legal donde pueden convivir todos los grupos sociales. Con el nombre consigue un tipo de clientela bastante mixta y peculiar;

salvándose de que entren personas de la alta esfera, demasiado remilgadas como para compartir una bebida con la clase social más baja, la cual también tiene cabida en el local siempre y cuando pague. Nadie quiere verse cara a cara con *Jacinta*, la escopeta de micrometralla de Gorio. Una de sus balas dentro de tu cuerpo y nunca más pasas por un detector de metales sin que salten todas las alarmas. Y eso si sobrevives a su cañonazo.

Nada más entro en el bar, quitándome la chaqueta con bruscas sacudidas, el olor a cerveza me golpea la cara junto a un trapo húmedo y sucio. Me lo quito de encima como si se tratase del bicho más asqueroso de la Tierra y fulmino con la mirada a mi jefe y protector que, tras la barra, me observa con su único ojo sano y una sonrisa de satisfacción en la boca.

—Hoy tocan baños, enclenque. —Su venganza. Estamos en paz—. A la próxima te piensas dos veces eso de llegar una hora y cuarto tarde al trabajo.

—Dime que al menos la fregona no apesta como el resto. —Me pinzo la nariz y el hombretón de espaldas anchas se ríe, todavía a mi costa y pese a mi burla.

Me dirijo a la esquina de la barra y me agacho para entrar por un pequeño hueco que existe bajo ella. Lanzo la chaqueta sobre una de las enormes neveras de metal que recorren la parte inferior de la barra, que ya nunca se usa porque no funciona, y me arremango la camiseta gris hasta los codos.

—¿Qué es eso? —Señala Gorio a mi espalda.

Giro sobre mí mismo, dando una vuelta bastante estúpida, ya que no consigo descubrir a qué se refiere. El hombre chasquea la lengua, pone el ojo en blanco y con un movimiento casi imperceptible, coge el pañuelo amarillo que Amaranta me ha ofrecido.

—¿Te has cruzado con ella? —pregunta con un gruñido.

—¿Cómo sabes que es de Ami?

—Suele usarlo, pese al color y pese a su condición de ígnea…

—¿Qué? —Su repentina confesión me hace dudar—. ¿Cómo que suele usarlo?

—Porque cuando tú libras, ella viene aquí con sus amigos. —

Sonríe Gorio con sorna, apoyando un codo sobre la barra de metal.

Me quedo helado. No sé por qué le hace tanta gracia haberme ocultado un dato que sabe que es importante para mí. ¿Amaranta en El Tugurio? ¿En *mi* Tugurio, que es un verdadero tugurio? No me lo puedo creer, pero Gorio continúa sosteniendo el pañuelo, tendiéndolo hacia mí con una sonrisa que, pese a la socarronería, solo destila una cosa: sinceridad.

Suspiro y cojo la tela, volviéndola a guardar en el bolsillo trasero libre de mi pantalón. Quiero ocultarlo, no de los demás, sino de mi vista. No deseo enzarzarme en una disputa interna de por qué Amaranta a veces usa el pañuelo de este color tan significativo. Su condición es rojo fuego. Su creencia en un Dios considerado omnipotente y único, que luce en todas las ilustraciones una corona prendida por las llamas. En su vida no hay cabida para el amarillo, ni para *mi* Diosa. ¿Lo habrán encontrado mis padres? ¿Lo habrá visto el memo de Quildo? ¿Por qué sabe mis horarios y se expone entrando aquí?

—Enclenque —me giro hacia Gorio, la voz que casi siempre da respuesta a mis preguntas—, si quieres alguna explicación, allí tienes a dos de sus amigos.

Lo cierto es que hace falta que me indique de quiénes habla, porque no parecen sacados del Barrio Arco Interno. No visten ropas caras, ni se dan aires de suficiencia. No parecen incómodos ni preocupados por estar en un local de la Frontera. Y lo más importante: no llevan un brazalete rojo.

De hecho, ambos muestran la tela blanca rodeando sus brazos. Neutrales. ¿Amaranta con neutrales? Entonces, sí que sí, Gorio debe estar tomándome el pelo. Los neutrales conforman el último grupo dentro de la división ideológica en Erain. Son quienes no se identifican con ninguna fe; ateos y agnósticos que, además, se subdividen en dos sectores, diferenciando a los neutrales que han firmado o no el Vínculo.

El Vínculo es un tratado de colaboración con la monarquía. Al firmarlo, el neutral se compromete a no enfrentarse a los ígneos, a permitir que impongan su fe y sus déspotas leyes. A cambio, viven con sus mismos derechos, pero sin estar obligados a compartir sus ritos. Sin embargo, un neutral sin vínculo con el poder está condenado a la pobreza por no favorecer a los ígneos, pero sin amenazas o represiones, porque tampoco beneficia a la Diosa. Sus brazaletes son completamente blancos, pero con una distinción: si ha pactado el Vínculo, en él está bordada la imagen de una llama en el centro de la tela.

Para más sorpresa, los supuestos amigos no lucen ningún bordado en sus brazaletes.

—Amaranta no sería amiga de unos neutrales sin vínculo con la monarquía ni de broma.

—Te acabo de decir que entra a veces aquí haciéndose pasar por una renegada y lo único de lo que te sorprendes es de que sus amigos son neutrales. —Su tono final es tan sarcástico que enarco una ceja.

—Me lo has estado ocultando todo este tiempo —refunfuño.

—Habrías ido tras ella inmediatamente y eso era algo que no podía permitir.

—¿Y por qué me lo cuentas ahora?

—Porque le correspondía a tu hermana decidir cuándo volver a dar señales. Tampoco voy a mentirte, aunque tu protección sea mi responsabilidad.

Me habría lanzado contra su cuerpo, buscando un abrazo, pero Gorio me habría detenido incluso antes de intentar recortar el metro de distancia que nos separa. Delante de esta clientela tan variopinta, mi jefe prefiere guardar las formas. Yo no veo el problema, pero no seré yo quien tiente la ira de Jacinta.

—¿Conoces sus nombres? —curioseo.

—Claro que sí. Me pensaré si decírtelos en cuanto acabes de tener un baile con la señora fregona y el señor cubo de agua. Sigues castigado, enclenque.

Frunzo los labios, pero Gorio se queda mirándome hasta que doy media vuelta. Aunque su estatura no resulta nada intimidatoria, sus robustos brazos llenos de cicatrices siempre me advierten que no me sobrepasase con él. Es fiel, honorable y amistoso cuando no le apetece sacarme de quicio, y eso debo agradecerlo en mi desagradable vida.

No les quito ojo a los supuestos amigos de Amaranta hasta que desaparezco por la puerta de los servicios para llevar a cabo la misión tan peligrosa que se me ha encomendado: dejar los baños de El Tugurio como si nunca se hubiesen estrenado.

Es imposible acostumbrarse al fuerte hedor de este bar. Imposible. Apoyo la fregona contra una esquina y vuelvo a mi puesto tras la barra, donde Gorio tiene la vista fija en el televisor colgado en una de las esquinas superiores del local. Atiendo, aun a sabiendas de lo que me voy a encontrar: el noticiario. El terror.

Los medios de comunicación están siempre a la orden del día de aquello que más pueda acongojar a los ciudadanos de Cumbre. Incluso a los del Barrio Arco Interno. Pese a que no lo dicen, muestran una visión sesgada y manipulada de la realidad del país. En las noticias siempre abunda la propaganda barata contra la Diosa. Quieren que los ciudadanos la teman y la repudien y, con ello, a los renegados. Pero no importa cuánto nos odien, porque una cosa está clara: da igual si tienes más o menos dinero, a todo aquel infectado por los milagros le va a llegar el fin del mundo de la mano de la Diosa.

—Han dado un nivel tres de cinco de alerta en Cumbre. ¿No notas el ambiente más cálido para ser invierno? —me pregunta Gorio, sin mirarme.

—Esta mañana no, pero ahora que lo dices sí. Ya lo pronosticaron ayer en el Clan. Dicen que el ataque de la Diosa aquí en Cumbre es inminente.

—El cambio climático, querrás decir.

Aunque Gorio me respeta como renegado, suele rebatirme los términos que uso. Para algunos neutrales, que no creen en el Dios ni en la Diosa, las inclemencias climatológicas que viene sufriendo Erain desde hace años se deben al cambio climático que nosotros mismos estamos provocando. Y es cierto que estamos matando el planeta y nuestras acciones están viéndose reflejadas, pero algunos tenemos una opinión adicional formada: desde que empezamos a sobreexplotar específicamente los milagros de la Diosa, la Tierra ha empezado a reaccionar contra nosotros de forma excesivamente violenta. Inundaciones, sequías… Erain es una isla y el mar alrededor siempre está embravecido. Como si hubiésemos enfurecido a la Tierra y a la Diosa.

—Vale, digamos que es tu Diosa la que está creando todo esto. ¿Por qué apoyarías algo así? —me reta Gorio.

—No soy como esos pocos renegados que piensan que así debe ser. Sabes que yo no deseo que Ella nos quiera destruir. —No puedo contarle acerca de mi misión, porque me detendría sin dudarlo—. No voy a negar que nos merecemos un escarmiento por creernos dueños del planeta, pero no este tipo de condena. Lo sabes. No le deseo la muerte a nadie. —Me pongo muy serio.

—Eres un renegado de lo más raro. Ya me lo dijo Martha el día que te trajo aquí para trabajar. Pero tú sabrás... no soy yo el creyente. —Y Gorio se señala el brazalete blanco de su brazo.

Gorio es la persona más neutral que conozco a todos los niveles. Nunca se inmiscuye más de lo necesario. Siempre se mantiene al margen de todo problema, como si temiese a algo… o a alguien.

Voy a contestarle, porque pienso que le he molestado, pero un cliente me llama a voces pidiendo seis jarras de cerveza. Suspiro, y Gorio me indica con una sacudida de cabeza que atienda la petición inmediatamente.

Lleno las seis jarras a una velocidad abrumante. Tras casi cinco años trabajando en El Tugurio, es pan comido. El recuerdo de mi instituto y de cómo mis padres se enorgullecían de mis notas acude a mi mente con añoranza, aunque todo lo que estudié estuviese manipulado y controlado por el sistema. Aun así, echo de menos la enseñanza, un sentimiento que se acentúa al tener más próximo mi decimonoveno cumpleaños.

El resto de la jornada transcurre sin ningún altercado, sin que Jacinta descienda de los ganchos de hierro que la sujetan en la pared, a la vista de todos, dispuesta a echar del local a cualquier maleante. Me extraña que pese a haberse declarado un nivel tres de alerta por ataque de la Diosa, la gente salga a la calle. Al menos todavía existen personas que no se dejan manipular por el terror de los informativos o por la opinión de los ígneos —aunque esta vez la alerta es real—. Porque esa es otra, a ellos les ha venido de perlas la decisión de la Diosa para criticar mucho más a los renegados y sus ideales.

Los supuestos amigos de Amaranta continúan en el bar, siendo atendidos por Gorio. El chico de pelo caoba está bebiendo de una enorme jarra de cerveza y le cuenta una historia a su joven compañera pelirroja, que le da pequeños sorbos a un zumo de naranja. Una sensación de envidia sana se aposenta en mi estómago, porque yo no tengo amigos como tal.

Gorio, Martha y los líderes de mi Clan, Shioban y Caleb, son mi familia, sí, pero nunca he encontrado a alguien, ni siquiera dentro de mi círculo, que quiera salir a dar un paseo conmigo sin tener que hablar de la Diosa o del trabajo. Me gusta la música y trastear con la robótica —aunque carezca de muchos recursos—, y mi vida sería un poco menos dura si alguien compartiese mis gustos o, sencillamente, conversase sin observar mi brazalete amarillo.

—Tristán —me llama Gorio, pero yo sigo con la vista puesta en ambos—. ¡Tristán! —Nada—. ¡Enclenque! —Tres despistes siempre equivalen a un buen sopapo, el cual me llevo en plena nuca.

—¡Ay! ¿Qué? —me quejo, rascándome la parte afectada.

—Puedes irte a casa. No te necesito si no estás centrado.

—No, no, Gorio. Turno de noche, ¿recuerdas? Me toca. Si llamas ahora a Dunía para que me remplace, la pillarás durmiendo y no quiero que la pague conmigo… otra vez.

—No te preocupes, Tristán. Confío en que Martha te castigará al llegar antes de hora. Además, hoy la cosa está bastante relajada y, ya sabes, siempre tengo a Jacinta.

Frunzo los labios, muy poco convencido de la excusa que está usando Gorio para mandarme a casa. Es verdad que no estoy muy atento, pero estoy siendo bastante eficaz en el trabajo.

Insiste hasta que no tengo más remedio que aceptar. Antes de irme, sirvo unas cuantas copas más. De pronto, me siento culpable por terminar la jornada laboral mucho antes. Tal vez es porque acabo de descubrir que Amaranta sí se atreve a salir de la protección del Arco Interno y de que no todos sus amigos lucen un brazalete rojo. Tal vez la echo tanto de menos que solo espero que ella aparezca por la puerta, sola, y así tener la oportunidad de cruzar con ella más de dos frases seguidas.

Sin embargo, Gorio ya me lo ha dicho: «*Cuando libras...*». O sea, que ella no entrará hasta que no me marche. Me muerdo el labio inferior mientras me pongo la chaqueta. Ella no es una ígnea convencional. Ella me demostró muchas veces en el pasado, hasta que me convertí en un renegado, que no se conformaba con las cuatro explicaciones que nos daban.

Dando un último vistazo a la pareja que, posiblemente, está esperando a Ami, vuelvo a caer en que no me he puesto el brazalete amarillo. Me despido de Gorio, salgo a la calle y me anudo el pañuelo de Amaranta en torno a la parte alta del brazo. No es un brazalete, pero sirve para indicar el tipo de persona que soy. Un repudiado, alguien con quien es mejor no relacionarse, ni siquiera acercarse.

Esquivo a varios guardias, internándome entre estrechas callejuelas o escondiéndome tras contenedores para alejarme lo más posible de ellos. Pasar desapercibido es lo que mejor se me da, aunque hoy no lo haya demostrado. Dar con un pregonero es mala suerte, pero encontrarse con un guardia resulta lo peor que le puede suceder a un renegado. Son violentos y desagradables. Siempre he pensado que algunos guardias se sienten acomplejados por los soldados, porque ejercer su profesión significa que no aprobaron en su día el examen para formar parte del ejército de la reina Matilde; su cometido ya no es proteger a la mandamás a nivel nacional, sino vigilar los barrios para mantenerlo todo a raya.

Llego a casa media hora después. Al menos, tardar tanto me descontará horas del castigo que me imponga Martha, la mujer que me acogió en su casa cuando todos me rechazaron hace cinco años. Incluso desde fuera de la casa, consigo escuchar lo loco que se está volviendo Piloto al intentar cocinar él solo. Alguien ha borrado la «X» amarilla de la puerta, gesto que me reconforta por dentro y me hace entrar en casa un poco más alegre:

—¡Ya estoy aquí! —grito para avisar de mi llegada.

—¿Qué haces aquí, Tristán? —La voz de Martha sale de la cocina.

Piloto, no me la vas a volver a jugar con una de tus grabaciones.

—Piloto, sé que eres tú. Te juro —avanzo casi corriendo hasta la estancia de la que se escapa un rico aroma a arroz—, de verdad que te juro, que como me estés engañando otra vez —hago una pausa dramática antes de entrar—, ¡te quitaré todos esos…! —Boto para entrar en la cocina, pero el golpe de un cucharón en el cogote me detiene.

—Tristán… —Esos iris negros, refunfuñones y severos, sí son los de Martha.

—¡Martha! —Abro los brazos, pero la mujer regordeta frunce los labios, da media vuelta y se dirige junto a Piloto que, a la vez que se ríe de mí, intenta remover el interior de una olla con uno de sus cuatro brazos metálicos.

—¿Te has escapado del trabajo?

—No, no, Gorio me ha mandado a casa.

—¿Tengo que preocuparme? —Martha no me mira, algo raro en ella.

—No, de verdad. Tal vez hoy esté más despistado y…

—¿Más despistado que de normal? —Qué mala es cuando quiere—. Anda, lávate las manos cinco veces, porque me da que hoy has limpiado los baños y…

Su frase vuelve a quedarse a mitad. Martha siempre me mira a la cara cuando habla y nunca se le queda una palabra en la boca por decir. Algo ocurre. Algo va a ocurrir… Y, de pronto, lo noto. Siento el calor bajo la planta de mis pies. Me observo las suelas de los zapatos, sin encontrar nada, y el pulso se me dispara. Niego con la cabeza para convencerme de que esto no va a suceder de repente, aunque ya lo supiese. Aunque me hubiese avisado mi Clan. Aunque el noticiario también lo hubiese alertado. Pero nunca nadie está preparado para el fin de la humanidad.

—¡Martha! —llamo a mi casera, mientras ella aguanta con los ojos anegados de lágrimas.

—Huye o quédate, pero hazlo rápido... porque vamos a morir —me dice con la voz quebrada.

Otro de los típicos pinchazos en el corazón, que suelen dejarme arrodillado contra el suelo, me ataca, pero esta vez me mantengo en pie con esfuerzo. Sin más palabras, subo a mi habitación. Me voy a marchar por fin. Es mi decisión. Mi misión. Mi cometido. Pero no sin antes ayudar a proteger esta casa en la medida de lo posible. Ha sido mi cobijo desde que me abandonaron, y no voy a dejar a Martha y a Piloto sin ayuda.

El cielo, que había amanecido despejado, se convierte en pocos minutos en una tormenta de lluvia y rayos que impactan contra la tierra con fiereza. La temperatura de la superficie continúa aumentando y , pese a encontrarme en un segundo piso, noto el calor como si estuviese dentro de una hoguera.

Cómo he sido tan tonto. Gorio me ha mandado lejos del bar para protegerme. Por eso Martha no me ha sostenido la mirada, porque si nuestro contacto hubiese durado más de tres segundos habría destellado tristeza, un sentimiento poco común en ella, y la habría pillado.

El rugir del cielo me devuelve a la realidad. Voy a tapiar la ventana con unas maderas que ya tengo preparadas desde hace tiempo, cuando un *déjà vu* me paraliza. Algo corta el viento, crepitando con ira. Su calor es asfixiante. Roba el oxígeno para alimentar su fuego. Y aunque las campanadas de la Iglesia Coronaria hace rato que han estado sonando, alertando a todo el mundo de que el fin de Cumbre está a punto de llegar, yo empiezo a escucharlas ahora. Sin embargo, ya nunca más avisarán, porque una bola de fuego —como la de mi pesadilla—, fiera e implacable, impacta y destroza el campanario sin piedad. La onda expansiva, aun estando tan lejos del objetivo, me desestabiliza y caigo de espaldas contra el suelo.

La Diosa ha llegado para salvarse... destrozando lo que queda de mi ciudad.

AMARANTA

ME QUEDO ANCLADA EN EL SUELO. En sus ojos. Pero Quildo desliza sus dedos desde mi mano hasta mi brazo y me atrae hacia él, arrastrándome. A punto estoy de abandonar mi papel, la fachada que tanto me ha costado construir, para apartarlo de mi lado. Y aun a sabiendas de que realmente no me importaría exponerme, le doy la espalda a Tristán y me alejo. De nuevo.

¿Me odiará? ¿Le pedirá cada noche a la Diosa para que el primer ataque que impacte en Cumbre me dé de pleno? No creo en ella, ni en el Dios, ni en nada que se le parezca, pero sé que Tristán es capaz de lograr cualquier objetivo por muy surrealista o imposible que resulte. Como hacer que una bola de fuego me estalle en la cara.

No quiero que me odie.

Recordando de pronto que lo oculto en los pliegues de mi vestido, dejo caer el pañuelo amarillo. Un pregonero le ha disparado en la cara y encima va por ahí sin brazalete. Es la única ayuda que puedo brindarle. De momento.

El brazalete rojo se me ha resbalado hasta el codo y aprovecho la oportunidad para desasirme de Quildo. A veces me apena lo engañado que lo tengo, pero ayuda mucho a mantener mi pantomima como ígnea, —supuesta—sierva del Dios de la Corona Ardiente. Quildo me sonríe cuando me recoloco la tela en la parte superior del brazo y le correspondo con el mismo gesto. No es que se tome muchas licencias respecto a nuestra relación, pero cuando intenta tener un contacto físico afectivo más allá de cogerme de la mano me provoca náuseas.

Entrelaza sus temblorosos dedos en torno a un mechón de mi pelo y me obliga a forzar una sonrisa más amplia. Como no encuentra respuesta satisfactoria por mi parte, Quildo deja caer la mano y retomamos la marcha como si nada hubiese sucedido.

—No entiendo cómo el alcalde Ganz no ordena la eliminación total de los expirantes —dice mi padre, obviando la aparición de Tristán y subiendo el tono de voz para que Quildo pueda escucharle.

Cómo le gusta llevárselo a su terreno; comprobar que es una buena opción para convertirse en mi marido. Y mientras, deja a mi madre conmigo, intentando convencerme de que haga una boda por todo lo alto cuando yo ni quiero a Quildo ni pretendo casarme. Sin embargo, no me queda otra. Soy una ígnea, más concretamente, una mujer ígnea, por lo que me debo en cuerpo y alma a mi familia y, en un futuro, a mi marido. Y por supuesto, y siempre, al Dios de la Corona Ardiente. No todos los ígneos siguen estos preceptos tan antiguos y tradicionales. Algunas de mis amigas tendrán la posibilidad de estudiar y continuar destrozando el planeta en pos del avance tecnológico o reforzando y compartiendo las enseñanzas de *nuestro* Dios. Sea como sea, ninguna opción ígnea me resulta razonable, porque no es una opción, sino una imposición.

Un día más en esta ciudad opresora, pero un día menos. Un día menos desde hace ocho años.

—Tampoco pasa nada, ¿no? —Se me escapa, y mis padres y Quildo me miran pasmados—. Es decir, no es como si estuviésemos viviendo con renegados... —Intento arreglarlo, sin mucho éxito.

—Ami... —comienza Quildo, benevolente, con esa compasión que tanto me irrita.

—Amaranta. —Y ahí mi padre. Autoritario—. Esto es tierra sagrada. Tierra que nuestro Señor de la Corona Ardiente creó por y para nosotros. Para protegernos del mal y serle fieles. Para continuar con lo que la Diosa ya ha destruido con cinco guerras mundiales: el proceso, la cima, el final del escalafón en la cadena humana. Todos los que no tienen una conciencia ideológica férrea, debilitan nuestra sociedad, destruyen nuestros ideales y contaminan la paz. Los desertores que se hagan a un lado aquí donde el Dios nos dio nombre y nos acogió en su remanso. Ellos no quisieron su abrazo y, por eso —se arremanga hasta el codo—, ellos no están sellados con su dicha.

Y se señala el tatuaje que marca su piel. Es una simple llama. Varios trazos serpenteantes de color rojo fuego que definen su persona. Bueno, la suya y la de todos los adeptos al Dios de la Corona Ardiente, los ígneos. Solo ellos pueden llevar el brazalete rojo y tatuarse la llama.

Aunque decir que "pueden" es concederles demasiado crédito, porque es obligatorio.

Me miro el dorso de la mano izquierda, donde la misma llama que porta mi padre con tanto honor mancha mi piel. Porque para mí arde como verdadero fuego, como si la llama supiese todas mis verdades y todas las mentiras que me callo y que ni siquiera le cuento a mi gente de confianza. Estoy marcada, como ha dicho mi padre. Y me repugna.

—Amaranta. —Le gusta mucho llamarme por mi nombre completo, como si así pudiese imponerse más sobre mi persona. Como si fuese una clave que abriese y cerrase mi metafórica sepultura a su lado. Me coge por los hombros y me mece un poco para sacarme de mis pensamientos—. Eres una ígnea. Ni una neutral ni una renegada ni una expirante. Perteneces a una de las familias más importantes en esta comunidad ígnea y tu herma… —parece atragantarse con el apelativo—, él —rectifica—, no debe determinar tu presente, porque él es tu pasado y tu presente es Quildo. —Y mi padre señala con orgullo a mi prometido.

Mi madre se seca una lágrima tan sincera por la que casi vomito aquí en medio. Me siento muy mareada y no sé por qué la aparición de mi hermano me ha desestabilizado tanto. No pude defenderle en su momento, ya que aquello habría truncado mis posibilidades, pero eso va a cambiar.

—Ami. —¿Por qué no se callan? Me desespero—. Vayamos a la ceremonia de la Iglesia y luego descansemos. Si Edgar me deja, hoy puedes venir a mi apartamento a pasar la noche. —Sonríe Quildo.

—Por supuesto —accede mi padre. Soy como un animal doméstico para ellos—. Siempre y cuando la respetes. —Le da una palmada en la espalda que enrojece más si cabe el rostro de Quildo, pero que a mí me repugna hasta tal extremo que no puedo contener una arcada.

—¿Estás bien, cielo? —Mi madre me pone una mano protectora en el hombro—. Oh, mi Dios, protégela de todo mal. En su corazón arde tu dicha, te venera...

—No. No me encuentro bien —la interrumpo, cada vez más agobiada.

—Querido, Amaranta no debería venir a la ceremonia de hoy. Mírala. —Debo estar bastante pálida, porque mi padre nunca ha cedido ante una petición semejante.

—Pero hoy le tocaba a ella leer la cuarta enseñanza de nuestro Señor. No sé…

Cuarta enseñanza: solo existe un único Dios y tu misión es seguir su camino.

—Edgar, yo la llevo en mi aerocoche a casa, regreso para la ceremonia y si luego se encuentra mejor, que venga conmigo. Le rezaremos al Dios para que perdone su pecado. Vuestra elevada posición dentro la comunidad ígnea os permite alguna falta que otra. —A veces, el peloteo de Quildo sirve para algo.

Mi padre parece rumiar la idea de mi prometido como si fuese un chicle demasiado duro que masticar. Y no sé si es la desmedida confianza en Quildo, los ojos de cordero degollado de mi madre o mi fantástica actuación, pero alguna de ellas da resultado, porque mi padre termina aceptando la propuesta.

—Perfecto. Vamos, Ami, que te llevo a casa. —Me coge de la mano y me dan ganas de arrancarle los dedos.

Mi madre no afloja su agarre y Quildo se percata. Se gira hacia ella con un gesto muy tranquilizador y dice:

—Marga, no te preocupes, de verdad. Debe ser un simple mareo. En estos días ha habido muchos cambios de temperatura y eso debe haberle afectado. ¡Que siempre viste manga corta, incluso en invierno! —Cómo odio cuando habla como si yo no estuviese presente.

De nuevo sus palabras parecen conjuros que atraen y otorgan seguridad a las personas que los escuchan, porque mi madre relaja el rostro y su mano pasa de apoyarme a empujarme hacia el chico. Lo cierto es que no puedo pedir más, pero si Quildo intenta sobrepasarse porque estamos solos, no respondo de mis actos.

—Tranquila, mamá. Estoy con Quildo. —Me acerco más a él, retomando mi papel—. Y sé dónde están las pastillas, así que relájate. Disculpad mi ausencia ante el alcalde Ganz y disfrutad de la lectura de la enseñanza.

Tras varias despedidas y consejos, ambos deshacemos nuestros pasos para alcanzar el aerocoche de Quildo. Él se mantiene a pocos centímetros de mí, pero yo no soy tonta y noto cómo provoca roces, tropiezos y encuentros de miradas. Tengo que sacar lo mejor de mí para no echar a correr.

Pasamos por donde hemos dejado a Tristán arrodillado en el suelo. Mi pañuelo amarillo no está y ojalá sea porque mi hermano lo ha aceptado. Tristán, cómo te echo de menos.

Y Quildo parece leerme el pensamiento, porque aprieta el paso y su actitud se torna fría y distante. Se lo agradecería si no lo conociese demasiado bien y supiese que en breve soltará una retahíla de moralinas e insultos contra mi hermano.

—Cómo se le ocurrió a Tristán. La Diosa… Un renegado. Que no te asombre que en la siguiente Criba lo hallemos muerto en medio de la plaza. —Esta afirmación me golpea muy fuerte, pero me mantengo firme.

—Él escogió su camino…

—Y menos mal que tú te quedaste en el nuestro, Ami.

—Es que yo no creo en la Diosa. —Ni en el Dios. Ni en nada. Esto me está superando.

—Gracias a esto podemos estar juntos y forjar un futuro. Tengo muchas ganas de que llegue el día de nuestra boda y podamos vivir juntos. —Suena muy sincero y me cuesta horrores simular la misma honestidad.

—Espero que mis padres acepten las hoyas como flores para el ramo. —Río .

Toda mi pantomima surte efecto siempre, y eso que a veces pienso que el sobreesfuerzo me delata. El empeño es superior a mi desagrado y sacar el tema de la boda envalentona a Quildo para hablar de ella durante todo el trayecto. Está emocionado. Normalmente le dejo este asunto a mi madre, y supongo que verme pidiendo ciertas flores para el ramo nupcial ha alterado sus ganas y sentimientos. Tal vez demasiado.

Por fin llegamos a la puerta de mi casa. Pongo los ojos en blanco cuando mis dedos se quedan a milímetros del asidero de la puerta, ya que Quildo siempre está decidido a abrirme el camino. Ahora resulta que tampoco sé salir de un coche sin la ayuda de su galante caballerosidad. Desciendo con otra de mis sonrisas, y con una cabezada le agradezco el gesto. Tanta falsedad acabará enquistándome el corazón, pero ¿qué le voy a decir a Quildo? ¿No me abras la puerta que tengo manos? Se me escapa una risa entre dientes por el chiste. Una risa de las verdaderas, de las que hinchan el pecho y satisface la memoria incluso cuando se ha pasado el efecto embriagador de la felicidad.

Quildo me acaricia la espalda, y la dulce sensación de diversión que casi me emborracha desaparece de golpe. Y no solo se esfuma por el contacto, sino porque sé qué va a suceder tras ello. Es complicado mantener a raya los roces físicos con Quildo, porque él siempre desea más.

Se acerca lentamente y yo cierro los ojos. Me encomiendo a la oscuridad, mientras imagino que soy libre. Que puedo disfrutar de la vida sin imposiciones ni ataduras. Que el mundo no se está muriendo y que la vileza de las personas no ha sido suficiente para corromper una sociedad entera. Imagino que *él* y *el resto* no se diluyeron en su propia sangre, que siguen vivos junto a mí.

Sus labios intentan entreabrir mi boca, pero yo parezco una estatua no muy dispuesta a colaborar. Regreso del oasis que me ha permitido huir de este horrible contacto. Quildo se separa de mí acariciándose los labios, como si en realidad hubiese besado a un pescado muerto. Le miro, sin sentimiento, pero Quildo, de nuevo con su benevolencia y comprensión, se despide educadamente y da media vuelta para volver a su aerocoche.

Espero a que se marche y, cuando compruebo que no puede espiarme por el retrovisor, entro corriendo en la portería de mi edificio. Subo por las escaleras los diez pisos, saltándome escalones y sin detenerme a descansar. A la vez que saco el móvil para mirar si he recibido llamadas o mensajes, extraigo también la tarjeta ciudadana. Este carnet es una identificación que solo tienen los ígneos y neutrales con vínculo, o sea, los que la reina considera verdaderos ciudadanos de bien. Eres un número y te sirve para todo: llave de casa, teléfono, correo electrónico, Internet, acceso sanitario o a diferentes establecimientos según tu posición en la comunidad… Todo.

Los neutrales sin vínculo, los renegados y los expirantes tienen completamente prohibido acceder a la sanidad, la educación u otros servicios del país. Por supuesto, no poseen una tarjeta ciudadana, pero, aunque no sabemos exactamente cómo, el Gobierno tiene una manera mucho más retorcida de tenerlos a todos ubicados. La cuestión es hacer creer con privilegios y otros métodos que solo una parte de la población no está manipulada. Si todo sale bien, pronto las mentiras saldrán a la luz y provocarán una reacción en cadena que, esperemos, derroque esta dictadura.

Cuando llego frente a la puerta de mi casa, paso la tarjeta por encima de un lector digital azul que se ilumina en rojo cuando me reconoce como residente de este piso. Ya están todos mis datos registrados. El sistema puede descansar tranquilo sabiendo cada uno de mis movimientos.

Con la mirada puesta en la pantalla del móvil, casi olvido que Llana se encuentra con sus dos ojos artificiales, que se asemejan a los de un humano, mirándome fijamente desde la oscuridad. Me asusto muchísimo cuando enciendo la luz y la encuentro sin dar señales "de vida".

—¡En serio, Llana! —Me llevo una mano al pecho—. ¿Por qué no has avisado de que estabas ahí?

La pantalla que simula su boca dibuja con píxeles una sonrisa de satisfacción. No me gusta el aspecto de esta sirvienta a caballo entre un androide y un robot común. Parece tener conciencia; una conciencia bastante astuta y retorcida.

—¿La señorita ya ha vuelto de la ceremonia?

—No me encontraba muy bien, Llana, por eso he regresado. —Sonrío, intentando volver a mi papel.

—Ya. —Ese tono, por muy mecánico que suene, denota que no se lo cree.

El robot sirviente está fabricado para reproducir ante mis padres todo lo que graba durante el día. Su actitud es severa y nunca deja espacio para la intimidad. Todo debe quedar registrado y ninguna mentira escapa a su ojo. Y al ojo de mi padre.

Me dirijo a mi cuarto con pasos tranquilos, a sabiendas de que Llana me seguirá con su perturbadora mirada. Llego a la habitación, enciendo la luz, me agacho sobre la mesilla de noche y del primer cajón saco un destornillador. Iggy me ha enseñado cómo manejar este tipo de robots, así que me es muy sencillo, casi un movimiento automático, acometer contra Llana en cuanto se detiene tras de mí.

Clavo el destornillador en un pequeño resquicio entre su cabeza y su rectangular cuerpo. Como siempre, no emite ningún ruido ni se apaga. Sus funciones comienzan a desplegarse en su pantalla-boca y sus ojos parecen mirarme con odio. Parecen, claro.

En su menú inicial busco todos los archivos de hoy y elimino los últimos diez segundos para que mis padres no puedan ver mi maravillosa treta. Dejo su sistema en suspensión y la muevo hasta el pasillo. Despertará en cuanto oiga la voz de una persona, y no será la mía.

Me cambio de ropa, sustituyendo el horroroso vestido que mi madre me ha obligado ponerme para acudir a la Iglesia Coronaria por unos pantalones cómodos, una camiseta básica, unas botas desgastadas y mi chaqueta favorita llena de parches. Finalmente, me coloco el brazalete rojo en el brazo. Estoy lista.

El móvil me vibra y dos mensajes aparecen en la pantalla. Despliego ambos y me sorprendo al encontrar uno de Quildo. Decido abrirlo antes de mirar el otro, porque mi papel puede peligrar si no contesto:

Espero que de verdad te encontrases mal, Ami.
Si te he molestado con el beso, lo siento.
Sé que a veces recuerdas a Nil, pero
ya no está aquí.

Tengo ganas de estampar el móvil contra la pared, pero no quiero tentar el despertar de Llana y me contengo. Quildo se ha pasado. Mi estúpido prometido apenas sabe nada sobre Nil y los demás; una parte de mi pasado que deseo olvidar, pero que este imbécil se cree con la potestad de opinar sin pelos en la lengua. Y es que Quildo tiene terminantemente prohibido nombrar a Nil bajo cualquier circunstancia. El corazón me duele como hace dos años que no lo hace y el miedo me acorrala aún más.

Intentando mantener la poca calma que me queda, abro el segundo mensaje. Es de Iggy:

Ven a El Tugurio.
Me da que Gorio va a mandar a Tristán a casa.
Hoy hay más patrullas por la Frontera:
Ten cuidado, que no te reconozcan.

Antes de salir corriendo de casa, lleno hasta los topes mi mochila de objetos imprescindibles. El plan debe continuar, aunque Cumbre sea destruida esta misma noche. Que no crea en los dioses no significa que sea tonta. Las consecuencias por el cambio climático son inminentes, así que, si hoy va a acontecer algún desastre, al menos que me pille dispuesta a sobrevivir a él.

Salgo del portal, echándome la capucha de la chaqueta sobre la cabeza. Si ando rápido, llegaré al bar en unos diez minutos. Mantengo la cabeza gacha hasta llegar a la Frontera, porque toda mi familia es famosa en el Barrio Arco Interno por su alto estatus, y si me reconocen solo provocaré un chismorreo, el cual no quiero que llegue a oídos de mis padres ni de Quildo.

Espero que Iggy esté en lo cierto y al entrar en El Tugurio no me encuentre cara a cara con Tristán. Nuestro reencuentro no ha sido precisamente amargo, pero tampoco el parangón de la felicidad. No me siento muy dispuesta a interrumpirlo en medio del trabajo por una conversación pendiente —y muy necesaria—o, por qué no añadirlo, a provocar la ira de Gorio y Jacinta.

Me cuesta unos cinco minutos más de lo normal llegar hasta el local. Tengo la indudable sensación de que alguien me persigue. Me obligo a salir de la calle principal e internarme por las callejuelas de la Frontera. Si quien me espía conduce un aerovehículo le he dado esquinazo seguro. Si en cambio va a pie, es muy bueno escondiéndose, porque no lo he advertido en ningún momento.

Llego a El Tugurio con el aliento contenido. Un remolino de sentimientos me está agotando. No soy una persona muy tranquila, pero hace mucho tiempo que las sensaciones que me abruman o me conducen al límite no me pertenecen. No sé si quiero volver a ser yo.

Me bajo la capucha y entro empujando la puerta con las dos manos. Debo hacer una entrada triunfal, pues todo el local se gira para descubrir quién entra. No dura mucho la expectación —en El Tugurio solo se mantiene el interés más de cinco segundos en una pelea, y solo hasta que Jacinta baja de su puesto—, pero muchos observan mi brazalete rojo y me dedican una mueca de pura repulsión.

Sé lo mucho que me arriesgo entrando en el local, pero si quiero ver a mis amigos es prácticamente la única opción. Ellos no pueden venir al Arco Interno, no son neutrales con vínculo, y yo no puedo ir al Arco Externo a no ser que quiera salir de allí casi muerta por ser una ígnea. La Frontera es la solución, pero, pese a ello, esta fina línea que separa dos mundos en Cumbre continúa siendo insegura y peligrosa.

Localizo enseguida a Iggy y a Agatha, que levantan una mano a la vez para saludarme e indicarme su posición. Sonrío, muy aliviada y, mientras me acerco a ellos, alzo un dedo hacia Gorio, que me responde con un guiño… o cerrando los ojos, porque uno siempre lo tiene cegado a causa de una cicatriz.

Me siento en una silla junto a mis amigos, rendida, como si hubiese corrido una maratón, e Iggy apoya los codos sobre la mesa y deja descansar la barbilla sobre sus manos. Enarca una ceja.

—¿Qué? —le incito, porque ese gesto tan travieso no entraña nada bueno.

—Debes haber revolucionado hoy el panorama, Ami.

—¿Cómo? —Me giro hacia Agatha, a sabiendas de que ella atajará y me contará a qué se refiere Iggy.

—Quildo ha venido por aquí —dice tan seria como siempre.

—¡Agatha! No le estropees la sorpresa. —Iggy está siendo demasiado irónico.

—Iggy, no estoy para bromas. Hoy no he tenido un buen día. —Me masajeo las sienes y sé que el silencio de ambos se debe a que esperan una respuesta más específica—. Creo que Quildo está sospechando de mí. Se me ha ido la lengua con alguna que otra cosa…

—No sería con un beso, ¿no? —continúa Iggy con el cachondeo, aunque se me escapa una risita.

—No, desde luego que no ha sido con un beso.

Agatha pone los ojos en blanco y le acaricio el largo pelo con una sonrisa divertida. Iggy le saca la lengua, tratando de recuperarla, pero la chica, todavía molesta por tanta tontería, le lanza una cucharilla que Iggy esquiva por los pelos. Suerte que no ha alcanzado el cuchillo, porque si no, la mejilla de Iggy ahora estaría adornada por una fina, aunque sangrante herida.

—Ya vale de juegos… —La cavernosa voz de Gorio nos paraliza a los tres—. O saco a Jacinta.

Nos volvemos con amplias sonrisas, como si nunca hubiésemos roto un plato, y Gorio, ronroneando como un enorme felino satisfecho, deja caer mi jarra de cerveza sobre la inestable mesa de madera. La cojo por el asa y me la llevo a los labios para darle un largo trago que me sabe a gloria.

—Para que os hagáis una idea, Quildo ha nombrado hoy a Nil, así que… —Suspiro.

—Sí que has debido estar rara. Nil es un tema prohibidísimo. —Se cruza de brazos Iggy.

—Pero, ¿ha descubierto algo sobre él? —pregunta Agatha, temerosa.

—No, no, sigue sabiendo lo justo. Que es un amigo que no era ígneo y poco más...

Agatha crispa el rostro y pone una mano sobre mi hombro:

—Pues ha venido por aquí y parecía estar buscándote. No te asustes, pero puede que estés en lo cierto y sospeche.

—¿Pero no es una casualidad muy grande que justo me busque aquí?

—¿Te ha seguido algún día? Puede que te esté espiando…

Las preguntas me incomodan y me siento culpable al no haberle dado más importancia al presentimiento que me ha atenazado durante el trayecto hacia El Tugurio. ¿Y si se trataba de Quildo persiguiéndome? ¿Y si se lo cuenta a mis padres? Todos mis planes quedarán reducidos a cenizas por un desliz y fallar no es una opción. No puedo fallarle a Tristán. Ni a mí.

Me quedo absorta en las burbujas que flotan en la espuma de la cerveza. De pronto me siento perdida y llena de dudas, como una niña pequeña que desconoce el rumbo en un bosque angosto y no halla la salida. ¿Y si no encuentro mi salida? ¿Y si a la salida me espera algo peor? Hace dos años que los ígneos dejaron de ser tan confiados y benevolentes. Aunque lo cierto es que nunca lo han sido.

Y mi corazón de nuevo se encoge y me deja sin respiración. ¿Estará volviendo su debilidad? ¿Moriré antes de que…?

—Ami… —me susurra Agatha, sacándome de mis cavilaciones.

Su mirada es una señal de alarma puesta en mis espaldas. Me vuelvo hacia Iggy, pero este me detiene dándome un débil golpe con el pie por debajo de la mesa. No debo girarme y creo intuir el porqué.

Mi amigo hace una sutil señal más allá de mí. Una señal que reconozco demasiado bien: advertencia. Iggy le está indicando a Gorio que el recién llegado no debe reparar en nosotros. Pueden ser mis padres, algún guardia o algún ígneo cercano, o el mismísimo Quildo. A qué mala hora enumero a mis enemigos.

—Acaba de entrar Quildo —anuncia Iggy entre dientes.

—En cuanto diga tres, ponte la capucha —me dice Agatha—. Una… dos… —El tres tarda una eternidad en llegar—, tres.

Con un movimiento rápido me echo la capucha y agacho la cabeza hasta que el cuello me da un tirón en una punzada muy dolorosa. Contengo el aliento, por si Quildo es capaz de reconocer el ritmo de mi respiración incluso estando a varios metros de mí. Iggy me pone una mano sobre el brazo, tapando el brazalete rojo, mientras finge tener una conversación con Agatha.

No debe descubrirme, no cuando estamos tan cerca de conseguir nuestro propósito. Creo oír la voz de Quildo acercándose a nosotros, pero una sensación mucho más lejana al mundanal ruido que nos rodea me atrapa. Es como un ligero temblor, como si miles y miles de hormigas corretearan en marabunta bajo nosotros, en el subsuelo. Hormigas que, además, desprenden un calor inaguantable.

La mesa vibra sutilmente y capta mi atención. Ninguno de mis dos amigos ha hecho ningún movimiento brusco y, que yo sepa, hasta el momento no existe la magia, así que, o la mesa se ha movido sola o la locura está abrazándome fuertemente.

Sin embargo, nuestros vasos también comienzan a bailar al son de la mesa. Los líquidos burbujean como si estuviesen hirviendo. Y qué calor. De pronto, las campanadas de la Iglesia Coronaria tañen descontroladamente. Solo significa una cosa: un desastre climatológico está a punto de ocurrir.

Entre chillidos desquiciados, la gente salta disparada de sus asientos, apelotonándose en la entrada, dispuesta a pasar por encima de quien sea y como sea para sobrevivir. Por encima del griterío, se escuchan las órdenes de Gorio. Iggy no quita la mano de mi brazo y yo antes muerta que descubrirme ante Quildo cuando todo puede resultar una falsa alarma de este extraño fin del mundo.

Gorio descuelga a Jacinta y el gesto calma la conmoción de los clientes, aunque los murmullos no cesan. Pero, en un abrir y cerrar de ojos, alguien entra por la puerta principal gritando que huyamos. Que huyamos porque el cielo está en llamas.

Y entonces, ya no importa que Gorio haya echado mano de Jacinta, porque el miedo resurge imparable. Los clientes vuelven a agolparse, pegarse y pisotearse entre ellos con tal de ser los primeros en salir del local. Iggy me coge de la mano y tira de mí para levantarme. Intento agarrar a Agatha, pero no la encuentro. La busco con la mirada entre la multitud.

Por suerte, solo está a unos pocos metros frente a nosotros. Su pequeño cuerpo está siendo aplastado brutalmente por el de dos mercenarios. Gracias a su habilidad, está consiguiendo mantenerse en pie, pero la firmeza de los dos cuerpos que la aprisionan la elevan del suelo con cada sacudida. Si siguen así, la tirarán y la matarán.

Me desasgo de la mano de Iggy y su grito por poco me detiene, pero ya me da igual quién me vea, incluso si es Quildo. Tengo que proteger a Agatha, no importa lo que cueste. Me escabullo entre los cuerpos como si fuese una danza frenética y alcanzo a mi amiga que, al verme, extiende su pequeña mano hacia mí.

Sin embargo, antes de que pueda rozar siquiera sus dedos, alguien me coge y me aparta de Agatha y mi rumbo en un solo movimiento. Me encuentro cara a cara con Quildo. Nunca sus ingenuos ojos oscuros han parecido pozos sin fondo. Y qué miedo me da buscar en ellos.

—¡Iggy! —Solo hace falta llamarle con un tono tan alarmante para que él sepa qué tiene que hacer.

Quildo me va a retener, pero no voy a abandonar a Agatha.

—¡Sabía que me ocultabas algo! —me grita mi prometido.

—Salgamos de aquí, por favor, y te lo contaré todo.

—¿Por qué nos mientes? ¿Por qué te mezclas con los neutrales, los renegados y los expirantes? Es aquí donde trabaja tu hermano, ¿verdad? ¿Desde cuándo lo ves? ¡Contesta! —Su voz se desgarra por el dolor y casi creo ver cómo la neblina que oscurece aún más su intensa mirada se agrava.

—Quildo, tenemos que ponernos a salvo primero. Ponernos a cubierto... Por favor —le suplico, por pura desesperación.

Por un instante, pienso en noquearle y continuar con mi plan. No le debo nada a una persona que solo me ha causado mal día tras día. Pero, ¿soy capaz de dejar de presionar y abandonarlo a su suerte? ¿Quiero proteger a alguien así? ¿Soy de ese tipo de personas sin rencor y bondadosas que pueden salvar a cualquiera?

No.

Sí.

No lo sé, y acabo determinando que dejar morir a alguien a sangre fría es algo que, por el momento, no forma parte de mi naturaleza.

—¡No! Quiero respuestas. Quiero saber si me amas tanto como yo a ti. Quiero saber si ayudaste en la fuga de Tristán...

—¡Quildo!

Y consigo callarlo, aunque él no deje de llorar. Me arden los ojos. No por él, sino por la ansiedad que me está provocando mi decisión; la lucha moral que se está librando en mi interior. Puedo dejarlo morir, porque él nunca ha hecho nada por mí, todo lo contrario. O puedo salvarlo, porque no es él quien tiene la culpa real y directa de mi situación. Quildo hace de sus labios una fina línea. Un empujón lo lanza contra mí y aprovecho su inestabilidad para agarrarlo de la mano y sacarlo del local.

Entre las cabezas logro advertir los mechones caoba de Iggy prácticamente fuera de El Tugurio. Casi rezo porque esté con Agatha, porque no la haya perdido. Sin embargo, me concentro en mi cometido: en salir de aquí con Quildo. Tiro de él y él se deja llevar. De repente, parece una pluma que no tiene fuerzas para resistirse.

Quildo me protege de algún que otro codazo, pero la mayor parte del trabajo lo hago yo propinando patadas, empujones y soltando algún que otro insulto que hace que mi prometido me mire como si no me reconociese. Y no me conoce, esa es la verdad.

Conseguimos alcanzar el exterior, pero, tal y como salimos, me dan ganas de entrar de nuevo. Las campanadas han dejado de sonar, porque el campanario ya no existe. Ahora es una montaña de piedra carbonizada coronada por una gran llamarada que clama súplicas al cielo anaranjado.

Una bola de fuego surca la ciudad, veloz, y cae a unas pocas calles más allá de nosotros. La onda expansiva nos alcanza y mantengo a Quildo en equilibrio, todavía cogidos de la mano. Un diminuto cascote impacta contra la cabeza del chico, pero no me detengo a examinar su estado. Corremos entre las calles, mirando al cielo y al suelo intermitentemente, porque todo arde como si estuviésemos en el mismísimo infierno. Todos gritan. Todo es sangre.

—¡Ve con mis padres! ¡Sálvate!

—¡No! —se niega, muerto de terror, con un hilillo de sangre bordeándole el rostro—. Me quedo contigo.

—Quildo, esto se ha terminado. ¿Entiendes lo que…? —Una gota de agua golpea mi nariz, seguida de una pequeña piedra de hielo—. ¿Es lluvia…?

—¿… y granizo a la vez? —completa él.

—¡Corre! ¡Tengo que buscar a Tristán! —Doy media vuelta.

—¡No! —Me coge de la mano para retenerme—. Quédate conmigo. Sé como antes.

Chasqueo la lengua y empujo a Quildo hasta resguardarlo bajo un tejado de metal que no aguantará el fuerte granizo que, de repente, está empezando a caer junto a la poderosa lluvia y las llamaradas de fuego. Él intenta enmascarar su miedo para imponerse, pero no lo consigue.

—Ni siquiera estás enamorado de mí. Te has obligado a creerlo. Nuestro matrimonio concertado es una farsa. —Trato de suavizar mis palabras—. ¿Lo entiendes? Tú perteneces a Cumbre y yo dejé de pertenecer a ninguna parte hace mucho tiempo.

—Es por...

—Es por mí, Quildo. —Clavo mi mirada en la suya para que lo comprenda. Transmito la comprensión que él siempre ha querido ver en mí; este será mi engañoso favor—. Adiós.

Entonces sí, me marcho sin que Quildo logre detenerme. No miro atrás. No quiero saber si él ha echado a correr tras mis palabras o se ha quedado ahí, observando cómo desaparezco ante él y de su vida.

Tengo que encontrar cuanto antes a Iggy y a los demás. Salvar a Tristán. Salvarlo de todo esto. En un último pensamiento se materializan mis padres, pero ellos ya se habrán resguardado en algún búnker reservado únicamente para ígneos, intentando aparentar que están preocupados por mí frente a la comunidad. Mentira. Solo quieren salvar su pellejo.

Los aparto de mí para que no me desconcentren, sin embargo, me cuesta anteponerme al recuerdo de la cruda realidad que hasta entonces he tenido que soportar al lado de mi familia. Una pequeña bola de fuego impacta a veinte metros de mi posición y el temblor me desestabiliza. Sin control, caigo de espaldas en un duro golpe.

No siento dolor, pero sí la sangre caliente resbalar por mi nuca. Y unos brazos intentando levantarme del suelo. ¿Es…?

TRISTÁN

—¡PILOTO!

Y Piloto, en otro cuerpo robótico mucho más pequeño, me ayuda a arrastrar a Amaranta. El prototipo que construí meses atrás para poder traspasar el sistema central del Piloto original a este sin perder todos sus datos e inteligencia artificial no es precisamente grande. Me basé en la estructura de un ovni y las dimensiones de un CD para diseñar su cuerpo. Pese a su tamaño, es rápido, efectivo y no tartamudea como la unidad principal. Más que suficiente.

Sus bracitos mecánicos se aferran a la chaqueta de Amaranta y tiran de ella para trasladarla. El pequeño Piloto está programado para ofrecer resistencia y usar la energía al máximo en casos extremos. Mientras intento acomodar a Amaranta en un callejón, pienso en Martha. La he dejado atrás con la unidad original de Piloto. Y aunque la separación ha sido dolorosa, hemos fragmentado la inteligencia artificial y la memoria del robot para que ambos tengamos un pedacito de él, y sea lo que nos mantenga unidos. Es por eso que veo en mi pequeño amigo robótico a mi casera.

—Está bien, Piloto.

—Tristán, debemos irnos —me dice, adaptando su nuevo objetivo rosáceo para poder ver mejor.

—No puedo abandonarla.

—Tu misión es llegar hasta el Clan y embarcarte en la misión que se te encomendó. No te queda más remedio. Esperabas que te dijeran algo o te dieran una señal. Esta es la señal.

Tiene razón, el tiempo se agota. Me oprimo el pecho intentando mitigar la desazón, pero no lo consigo. Hoy, sin duda, mi Clan me enviará a la misión. Ya no me queda tiempo. Ya no le queda tiempo a la Tierra.

—Vamos a hacer una cosa. Quédate junto a ella mientras yo voy al Clan y vuelvo. Si notas que mis pulsaciones se aceleran y consideras que por ello estoy en peligro, acude a mí. Activo el GPS.

Aprieto un botón de la pequeña placa táctil que se sujeta a mi brazo mediante un brazalete negro. Es un pequeño panel de control y carga para la nueva unidad de Piloto. Estoy muy orgulloso de ella por todas las funcionalidades que posee y lo útil que puede llegar a ser en momentos así.

A Piloto se le enciende una luz verde en la base que indica que estamos conectados por el GPS. Se mantiene suspendido en el aire, porque sí, Piloto ya no es un robot móvil sobre ruedas, sino un robot móvil volador, que se desliza en el espacio con suavidad.

—¿Me has entendido, Piloto?

—Te doy diez minutos.

—No me va a dar tiempo.

—No eres el único que entiende de robótica, Tristán. Martha me ha programado para no dejarte solo ni cinco minutos. Y yo acato órdenes.

Me muerdo el labio inferior. Soy capaz de abrir en canal aquí en medio a Piloto y configurarlo para que proteja a Amaranta hasta mi regreso, pero sería como faltar el respeto a Martha, así que no me queda más remedio que acceder.

Llegar hasta el Clan me va a costar diez minutos. Solo tengo que pedirle a la Diosa que me dé diez más para que un certero proyectil no caiga sobre mi hermana. Ella no ha estado a mi lado durante cinco años, no creo que dejarla atrás veinte minutos conlleve su pérdida.

Asiento a Piloto y, sin más, echo a correr calle arriba, sintiendo que me apremia el tiempo . Avanzar es mucho más complicado de lo que pienso. La gente sale de sus casas, histérica. Niños en brazos, maletas, gente arrastrando cuerpos inmóviles bañados en hollín y sangre. Intento no observar mi entorno para no vomitar o echarme a llorar. Yo ya sabía que el fin de la humanidad iba a llegar, pero contemplar sus consecuencias es devastador. Mi Clan y yo lo habíamos estado esperando, aunque no con simpatía —al menos, no todos—, pese a ser obra de la Diosa. Para mí supuso un antes y un después en mi condición como renegado. No comparto su decisión de destruirnos, por mucha razón que tenga en enfadarse, ya que hemos sobreexplotado sus milagros, fuentes naturales intocables.

Miro el reloj del panel. Faltan dos minutos para que Piloto compruebe mis pulsaciones y deje o no a Amaranta inconsciente en medio de este caos. Ojalá que, si llega a abandonarla, ella despierte a tiempo para huir. Pienso en detenerme y calmarme para que Piloto no note ninguna alteración, porque ese ha sido el trato exactamente: si transcurrido el tiempo pactado detecta alguna anomalía, vendrá a por mí, si no, se quedará con Amaranta. Pero un presentimiento me susurra que Piloto acudirá a mí de todas maneras.

Me concentro en esquivar, tomar atajos y dar esquinazo a las patrullas de guardias que obligan a los ciudadanos de Cumbre, por las buenas o por las malas, a huir. Algunos se refugian en casa y otros, neutrales sin vínculo, renegados y expirantes, suplican que les rescaten y les dejen entrar en los búnkeres destinados para ígneos y neutrales con vínculo.

Como respuesta reciben negativas en el caso más pacífico, porque también presencio tundas y alguna muerte. ¿Cómo se puede tener tanta sangre fría y ser tan perverso en una situación que necesita de la máxima ayuda posible? ¿De la humildad y la colaboración? Los pregoneros extienden la palabra del Dios de la Corona

Ardiente, describiendo a su divinidad como un ser bondadoso y protector que no les dejará morir en manos de la Diosa.

Mentirosos.

—¡Es hora de rezar más que nunca a nuestro Señor, hermanos ígneos! Él derrotará a la Diosa y sus seguidores. En nuestra fe, el Dios de la Corona Ardiente encontrará cobijo y fuerzas para acabar con aquellos que no creen en la única verdad. ¡La nuestra!

El panel de control pita en mi brazo, destacando el ritmo de mis alteradas pulsaciones. Piloto está en camino. A partir de este momento, Amaranta se queda sola. Se me ocurre intentar contactar con Shioban o Caleb para comunicarles que me marcho y que ya nos reuniremos fuera de Cumbre, pero se me ha olvidado el móvil en casa. Por suerte, solo quedan unas calles y cruzar la Plaza de Ganz para llegar hasta la guarida de mi Clan. Alegrarme porque no me haya sucedido nada durante el trayecto debe ser el detonante de mi propio conflicto.

Una bola de fuego impacta de lleno contra una casa cerca de mi posición y el suelo tiembla tanto que me doy de bruces contra él. Una lluvia de pequeñas rocas y lenguas de fuego cae sobre mí y trato de ocultarme bajo mi chaqueta ignífuga. La tela puede protegerme del fuego, pero no de los pedruscos. Genio. Uno roza el brazo que tengo levantado y rasga tanto la manga como mi piel. Siento un profundo escozor, pero consigo incorporarme y dar media vuelta. Tengo que escoger otro camino.

No sé si todas las caídas y golpes sufridos han insensibilizado mi cuerpo o qué, pero he olvidado el granizo. Ha dejado de caer con fiereza en cuanto he encontrado a Amaranta, pero soy consciente de nuevo y noto los pequeños trozos de hielo contra mi piel como pellizcos traicioneros.

Esquivo a duras penas a una familia de renegados que, sin duda, huye fuera de Cumbre. Pero son cinco y van muy cargados. Siento un pinchazo en el pecho: lo más probable es que no salgan vivos de la ciudad. Trastabillo por culpa del despiste, sin darme cuenta de que, sobre mí, se precipita inminente un bloque de metal que antes ha pertenecido a la base de una terraza.

Paralizado, me cubro con los brazos. Ni siquiera pienso en lo inútil del gesto otra vez. Si no me aparto, el cascote me aplastará y, conmigo, la esperanza del resto del país de Erain y de la Tierra. Sin embargo, no me muevo. Las piernas no me responden.

Espero el impacto, pero el bloque de metal nunca llega hasta mí. En cambio, se oye una estruendosa explosión y el escombro se desintegra en mil esquirlas de metal punzantes. Inevitablemente, varias de ellas se clavan en mi carne. Dos en el brazo y tres en la pierna. No es peor que estar muerto, pero doler, duele. Y mucho.

Me arrodillo en el suelo entre gruñidos, aunque alzo la mirada para descubrir qué me ha salvado. Pienso que mi salvador será Piloto, apuntando con alguna de sus armas integradas, pero me equivoco. En lo alto de un edificio, el cielo en llamas recorta la figura de una poderosa sombra. Su capa ondea con violencia. Oculta su rostro tras una máscara de metal inspirada en las que llevaban los médicos de la peste. Aún mantiene el arco en alto con una flecha cuya punta parpadea en rojo: una flecha detonadora. Ya había visto una de esas en acción alguna vez, y pueden destruir objetos incluso más grandes que ese pedazo de metal que casi me ha asesinado. Solo una persona lleva tal indumentaria y utiliza este tipo de armas sin ser confundida con otra: Belladona, líder del Escuadrón Espino, la persona más buscada en todo el país.

Otra sombra se desliza a mi lado y me giro rápido, asustado. Me duele mucho la pierna y el brazo, pero voy a dedicar toda mi energía en procurar sobrevivir. Tropiezo de nuevo hacia atrás, tratando de alejarme, porque delante de mí se yergue otro integrante del Escuadrón. Marfil, el segundo al mando. Oculta su rostro bajo una máscara con forma de calavera pintada de múltiples colores chillones y decorada con pequeños motivos geométricos. Su presencia me revela la verdad que he intentado acallar hasta ahora: no conseguiré llegar hasta mi Clan y tampoco avisarles. Debo salir ya de Cumbre.

—¡Marfil! —La voz distorsionada de Belladona se extiende en eco hasta nosotros, como si hubiese seguido el cauce de un río—. Ayúdale y marchémonos.

Marfil asiente y reacciona en cuanto Belladona desaparece por detrás del edificio desde el que, con sus potentes flechas, me ha salvado.

—¿A dónde vas? —me pregunta Marfil, sacando un machete de su funda.

—Huyo de Cumbre. —Más me vale no mentir.

—¿Por qué? —Pero un cabeceo me hace suponer que se ha fijado en mi brazalete amarillo—. Eres un renegado... ¿Por eso huyes? ¿Porque no tienes sitio en el que esconderte?

Me resulta irónico que este extraño me hable como si estuviésemos tomando un té tranquilamente y no en medio de la destrucción de nuestra ciudad. Más allá de sus tranquilas palabras, las casas arden y la gente chilla horrorizada ante la destrucción y la muerte de sus seres queridos.

Cojo aire y me envalentono a mí mismo para terminar cuanto antes la conversación. Tengo una misión a la que no puedo hacer esperar. El Clan cree en mí. La humanidad aún no, pero pronto.

—Exacto. Espero que en otros lugares de Erain me ayuden con mi misión.

Parece que se escapa una risa desde dentro de la máscara de Marfil, pero el ruido externo la ahoga. O a lo mejor me lo he imaginado, aunque no me gusta. Yo apenas conozco cómo es el mundo fuera de Cumbre. La educación en el instituto se basó en aprender más sobre el pasado que sobre el presente, a base de datos falsos y manipulados en favor de la monarquía. Al convertirme en un renegado, dejando atrás mi vida como ígneo, mis derechos quedaron completamente limitados. No puedo informarme sobre el exterior. Nunca he podido salir de Cumbre. Sé de Erain lo poco que me ha contado mi Clan. ¿Es ingenuidad pensar que el mundo lejos de los muros de Cumbre puede no resultar tan voraz?

—Te acompañaré un trecho. Tienes que curarte esas heridas, toma. —Me tiende una pequeña caja roja, que acepto—. Es un botiquín que estamos repartiendo a la gente. No lo pierdas.

Tal vez el miedo me ha hecho olvidar que el Escuadrón Espino está formado por una especie de salvadores de las causas perdidas.

Justicieros y condenadores de las malas artes. No se aferran a ninguna fe, pero luchan por un fin: no dejar que el poder consuma a los humanos. Proteger a los débiles y repudiados. Por eso los ígneos les odian tanto y piden sus cabezas.

Comienzo a andar, pero una serie de pitidos me detienen. Piloto vuela directo hacia mí, manchado de hollín. No parece dañado, pero su tardanza me ha asustado. Por el momento, la única compañía fiel que tengo es este pequeño robot. Se engancha a mi brazo para recargar energía en el panel de control.

—¿Cómo está Amaranta?

—Sigue dormida. Bajo el techo —me asegura.

Entonces sigo a Marfil. Me conduce por calles, algunas ni las conozco, y por pasadizos a través de casas y locales que parecen haber estado ahí siempre, pero ocultos a la vista de la gente de a pie. Marfil avanza con el machete en ristre, avizor a cualquier movimiento tanto humano como proveniente del caos climático.

Junto a él todo resulta más fácil. Llegamos a los lindes de Cumbre y, en un abrir y cerrar de ojos, me encuentro solo. Marfil ha desaparecido sin una palabra más. Compruebo que aún me quedan dos baterías externas cargadas para mantener activo a mi compañero. El panel de control está descargándose con rapidez. En breve, el brazalete tecnológico solo servirá de soporte para Piloto hasta que pueda volver a recargarlo.

Avanzo con dificultad hasta internarme en uno de los bosques que separan Cumbre del resto de la civilización. Por primera vez en mi vida, estoy fuera de la jurisdicción de mi ciudad. Me siento un poco más libre y me acomodo sobre una enorme roca dispuesto a curarme. Abro el botiquín.

Sacarme la primera esquirla me duele incluso más que tenerla incrustada en la piel. Piloto sobrevuela mi cabeza y luego aterriza cerca de mi tobillo. Enfoca y escanea la parte herida. Luego extiende uno de sus brazos mecánicos y con sus dedos, que son como una pinza, agarra otro de los trozos de metal y tira sin previo aviso.

Lloro todavía más que con la primera y no puedo contener las náuseas. Dirijo la cabeza hacia un lado para no ponerme perdido y vomito sobre la hierba. Escuece muchísimo, más de lo que nunca habría llegado a imaginar, pero Piloto tiene instalados algunos programas de curación, por lo que le dejo hacer.

Las siguientes veces muerdo un pedazo de tronco para ahogar mis chillidos. Desde luego, han debido escucharme en kilómetros a la redonda. Cuando Piloto termina, me otorgo el lujo de echarme sobre la piedra y descansar. Los músculos me palpitan, el sudor me empapa entero y el corazón me late pesadamente.

Me llevo una mano al pecho. El gesto es inútil, pero ayuda a calmar mis nervios. Meto la mano dentro de la chaqueta, ahora desgarrada, y saco un trozo de pergamino plegado. Mi guía. Mi futuro. Mi misión. Lo extiendo frente a mis ojos y el Mapa que conduce hasta el lugar donde descansa la Diosa, a la espera, queda iluminado por el cielo anaranjado y morado.

Las líneas negras trazan los caminos, serpenteando y entrecruzándose. Las montañas son pequeñas curvas y las ciudades, círculos que contienen muchos puntitos. La letra, que indica las diferentes ubicaciones de la isla, es prácticamente ilegible, pero por suerte, yo conozco más o menos dónde se encuentran casi todas las ciudades del país. Me maravillo por el dibujo, pero solo una línea es la que me interesa realmente. Es gruesa y roja. Parece un reguero de sangre marcando una ruta específica. Sale desde el centro de Mudna, la capital del país, hogar de la monarquía, y cruza todo el terreno hacia el sur, hasta llegar a la costa. No se detiene en Trampte, sino que continua más allá de la Quiebra, hasta una especie de diminuta isla. Me escama el hecho de tener que navegar por el mar. Nunca lo he visto y la zona de la Quiebra se llama así por la cantidad de personas que fallecen a causa de las fuertes marejadas.

Es lógico. La Diosa no va a poner fácil el camino hasta ella.

Seguro que será un arduo viaje y a mi reloj interno le queda menos tiempo del que necesito para llevar a cabo toda la expedición. Quiero creer que se equivocó en el diagnóstico y, con ese pensamiento, concluyo que debo ponerme en marcha cuanto antes. Lo primero que tengo que hacer es alejarme lo máximo posible de Cumbre, encontrar cobijo y luego un medio de transporte. En cuanto me encuentre protegido, contactaré con mi Clan para comunicarles que estoy sano y salvo junto al Mapa de la Diosa. Si soy sigiloso y no me entretengo, el Mapa puede conducirme en pocos días al lugar en el que se halla la Diosa, donde por fin cumpliré mi misión: rogarle por nuestra redención.

Pliego el Mapa y lo guardo de nuevo en el bolsillo. Desciendo de la roca, cuidándome de no forzar la pierna y el brazo heridos. Me animo pensando en el lado positivo: ya no estoy en Cumbre. Fuera de aquí el país sigue dividido, sí, pero es más grande y mi Clan me ha contado que las normas fuera no son tan duras como las que se imponen en Cumbre.

Al comienzo fui muy escéptico sobre este dato. Por lo que decía la gente, la reina Matilde azotaba con mano de hierro por igual, pero Shioban y Caleb habían insistido tanto en que el resto de personas del país eran más abiertas de mente, que he terminado por guardar la esperanza.

Estoy ansioso por salir al mundo y ver cómo es. Conocer gente nueva y aprender de ella. Pero, sobre todo, cumplir aquello que se me ha encomendado: encontrar a la Diosa y salvar a Erain y el resto del mundo.

Las ramas de unos arbustos se remueven cerca de mí y me detengo en medio de la semioscuridad. Piloto tampoco emite ningún sonido. El cielo ensangrentado comienza a desvanecerse para dar paso a un manto de estrellas blancas, silenciosas y puras. Apenas queda rastro de la destrucción de Cumbre. ¿Quedará olvidada?

Me obligo a ponerme en guardia y le susurro a Piloto que use la visión térmica para detectar si lo que se mueve a nuestro alrededor conforma una verdadera amenaza. Piloto se pasea sin alejarse mucho de mí, intentando calibrar las coordenadas y lo lejos que se encuentra el sujeto de nosotros. El silencio es estremecedor y quiero que Piloto dé alguna señal cuanto antes, sea positiva o negativa.

Y como si hubiese escuchado mis órdenes, Piloto emite un pitido intermitente que enseguida interpreto. Hay una fuente de calor cerca de nosotros. Abro la boca para ordenar a mi amigo robot que regrese junto a mí, pero Piloto se adelanta a mi orden y dispara contra el arbusto, cuyas hojas y ramas comienzan a arder inmediatamente

Capto un grito entre la maleza y una sombra cruza las llamas con los brazos en alto. El ligero murmullo de la carga láser de Piloto suena, pero esta vez sí me da tiempo a denegar el ataque. No sé de quién se trata y no voy a convertirme en el asesino de nadie.

—¡Piloto, la linterna! —le ordeno.

El robot me hace caso, oculta el pequeño cañón en su interior y su objetivo se convierte en un potente foco que ilumina completamente la figura que se había ocultado tras los árboles.

—¿Amaranta?

Sus ojos miel casi dorados. Su largo pelo enmarañado y la enorme chaqueta llena de parches que se compró bastantes años atrás y que mis padres odiaban que vistiese. Ese tatuaje tan feo que mancha su pálida mano. Indudablemente, es ella.

—¿Tristán?

No sé quién reacciona primero, pero ambos nos fundimos en un tierno abrazo que casi consigue arrancarme las lágrimas. Nos mantenemos así un buen rato, sin movernos, sin decirnos nada. Amaranta huele a una mezcla de flores y humo y, pese a este último, su perfume me devuelve la paz del pasado.

Ella me estrecha más y noto que tiembla un poco. Quiero separarla de mi lado para decirle que todo está bien y que por fin estamos juntos. Ojalá atendiese a mi repentina propuesta de acompañarme, al menos, hasta Mudna. Sin embargo, no consigo preguntárselo, porque un contundente golpe en la cabeza me noquea.

Amaranta me posa sobre la tierra con cuidado. Sus palabras suenan lejanas. Sostiene una piedra ensangrentada en su mano. Parpadeo para mantenerme despierto, pero el dolor y el mareo me vencen. La he rescatado de la condenación de Cumbre, he confiado en ella y ahora me lo paga así.

Traicionándome.

De nuevo.

AMARANTA

SUELTO LA PIEDRA EN CUANTO APARECE IGGY, sudoroso y manchado de sangre y ceniza. Sus ojos grises se abren como platos, como si hubiese visto un fantasma. O algo peor. Me mira la mano, la ejecutante. En la punta de los dedos tengo un rastro de la sangre de Tristán. Cierro los ojos con fuerza.

—Amaranta…

—Detén a ese cacharro loco —le ordeno, escuchando cómo el robot de mi hermano sobrevuela mi cabeza con movimientos arrítmicos, alterado, intentando encontrar en su sistema una opción que le permita matarme sin una orden directa de su dueño.

Iggy me hace caso de inmediato y atrapa al robot. Yo aún no he abierto los ojos, pero gracias al silencio repentino sé que mi amigo ha conseguido suspender al robot. En la oscuridad se está muy bien. En lo más profundo de mi corazón una voz me susurra que desista. Al fin y al cabo, Cumbre ha caído. Ya no queda ni un cimiento de ella y con ello, ningún lazo que me ate.

Mis padres y Quildo irrumpen otra vez en mi mente, como una huella acusatoria, llena de reproche. ¿Los he dejado morir? Abandonados. Sin embargo, ¿qué han hecho ellos por mí? Dejarme libre no, por supuesto. Dejar que fuese quien quisiese ser tampoco. En cambio, me han obligado a ser una ígnea, a darle la espalda a mis amigos, a atarme a Quildo, a tatuarme, a permanecer callada ante la ida de Tristán, a rezarle al Dios de la Corona Ardiente… El corazón me devuelve un pinchazo cruel como respuesta y caigo de rodillas al suelo.

—¡Ami! —La voz de Agatha me llega a los oídos y abro los ojos—. Ami… —Se arrodilla junto a mí, pero yo lo veo todo borroso—. ¿Está volviendo a pasar? Dime, ¿saco la medicina?

—No… Tranquila. Ya sabes que nunca desaparecerá —me toco el pecho—, pero estoy bien, Agatha. —Me apoyo en su hombro y ella me ayuda a incorporarme—. ¿Dónde están Keira y Lars?

—No tardarán en llegar. Los he visto juntos ayudando a unos expirantes. Me han dicho que me adelantase para no preocuparte —informa, seria.

—En verdad me preocupa que hayas venido tú sola teniendo en cuenta el panorama…

—No soy una niña indefensa, Amaranta —me interrumpe, haciendo relucir su lado más oscuro. El que parece morder, agresivo.

—Ya lo sé. —Sonrío para quitarle peso al asunto. Intento relajar la irritación de mi amiga.

Me despego de ella y me encamino hacia Tristán. Iggy está de pie junto a él. Sostiene al robot, en estado de suspensión, entre sus finas manos. Mira a Tristán como si fuese un amigo, alguien del que le duele separarse. Pero Tristán e Iggy nunca se han conocido pese a tener la misma edad. La sociedad no les ha permitido eso.

Porque Tristán pertenece a una clase e Iggy a otra.

Y, sin embargo, mi amigo lo observa como si pudiese verse reflejado en él, en su juventud perdida. Me pongo a su lado y le rozo la espalda con una caricia débil. Iggy me da un suave beso en la frente. Pese a ser varios años más pequeño que yo, me saca un palmo de altura, y eso que yo de por sí soy alta.

—Lo vas a hacer, ¿verdad?

—Tengo que protegerle, Iggy. —Frunzo los labios—. Cumbre ha caído. Aquí ya no nos ata nada.

—Sabes que posiblemente no te lo perdonen, ¿no? Que no te perdonen que les hayas ocultado tus verdaderas intenciones. —Iggy se aproxima más a mí, trasmitiéndome el temor por su presentimiento.

—Conozco bien nuestro objetivo. He estado perpetrándolo y luchando por él durante muchos años junto a vosotros. He visto caer a mis seres queridos, he tenido que fingir ser alguien que no era… pero ahora Cumbre ya no existe. Parte de nuestro plan se ha desmoronado y no creo que falle de repente por desviarme unos días del camino.

Una sombra cruza el rostro de Iggy, pero no sé interpretar qué sentimiento le hiere por dentro. Tengo que ser fuerte por todos. Mostrarme como un muro de hielo que nadie puede derrumbar. Hacer creer que ya nada consigue herirme de gravedad, que soy invulnerable y que, por supuesto, solo deseo protegerlos a todos.

Agarro por las axilas a mi hermano y, con esfuerzo, lo aparto del camino hasta apoyarlo en el tronco de un grueso árbol. Cojo el robot de las manos de Iggy, sin una palabra, y luego lo conecto al panel de control. Entonces, algo capta mi atención. Sobre el panel de carga, también lleva anudado en el brazo el pañuelo amarillo que he dejado caer para él esta misma mañana. Por su rostro aún se descubren algunas trazas amarillas de pintura.

Le acaricio la mejilla y noto que se me inundan los ojos de lágrimas. El gesto dice mucho más de lo que parece y estoy casi segura de que en cuanto Tristán despierte no será capaz de perdonarme. A su juicio, lo habré vuelto a traicionar. Escucho a Iggy y a Agatha contactar con Keira y Lars e intento apartar de mi mente los sentimientos que me hacen tan débil.

Rebusco dentro de la chaqueta ignífuga de Tristán y encuentro el Mapa en el bolsillo que descansa sobre su corazón. Me muerdo el labio inferior. Él no sabe nada sobre el mundo y, aun así, frágil e ignorante, desea luchar. Meto la mano en el bolsillo pequeño de mi mochila y saco un pequeño bote lleno de pastillas rojas. Hago que cierre sus dedos en torno al envase y suplico a mi interior que Tristán no me odie todavía más si cabe por dejarle este peculiar medicamento.

Voy a levantarme, pero me detiene pensar que en cuanto me marche y nuestros caminos se separen para no encontrarse jamás, me moriré sin saber si Tristán fue o no capaz de perdonarme. Sé que robarle no es la mejor acción con la que dejarle un indudable mensaje sobre mis verdaderas intenciones, así que me llevo las manos al cuello y saco un cordel por encima de la cabeza. De él pende una bellota con un clavo atravesándola por la mitad.

Acaricio el objeto y lo dejo sobre el pecho de mi hermano. Si esto no conforma para él una señal de que solo quiero protegerle, entonces habré fallado de nuevo. Unos bruscos movimientos me hacen girarme, alerta y en guardia. Descubro que solo se trata de Keira. Sus ojos marrones refulgen con furia y su rostro, prácticamente infectado por la antigua acción de un milagro de la Diosa, se contrae.

—¿Dónde está Lars? —pregunto.

—Nos espera a las afueras con las motos. ¡Tenemos que irnos! —Boquea y una gran herida se abre lentamente en su frente .

Pero sus ojos, siempre escrutadores, se percatan de la presencia de Tristán de inmediato. Me mira, entre dolida y enfadada, pero no me amilano. Este es el camino que yo he escogido y nadie puede impedirme recorrerlo.

—Ami, no. —Más que una súplica, es una orden.

—Vamos. —La ignoro, echando a correr, mientras escondo el Mapa de la Diosa en el interior de mi chaqueta y dejo atrás a mi hermano.

Los oigo seguirme y creo percibir en los pasos de Keira incertidumbre y rabia. Pisa más fuerte, con unas enormes zancadas que desean alcanzarme y detenerme aquí mismo. Aprieto el paso, porque sé que mi amiga es capaz de conseguirlo y convencerme de que siga el plan tal y como hemos acordado ejecutarlo.

El bosque parece no tener fin y la oscuridad devora el paisaje. El cielo ya no luce tintes de naranja fuego y rojo sangre. El fin del mundo, "la Diosa", descansa después de la masacre en Cumbre. Saco la linterna y sigo avanzando, alumbrando mis pies e intentando no tropezar con ninguna piedra o rama traicionera.

Conseguimos alcanzar el final del bosque después de cinco minutos de marcha ininterrumpida. Respiramos con dificultad, cansados. Las mejillas de Agatha parecen dos manzanas de lo rojas que están e Iggy suda muchísimo. Keira mantiene sus ojos sobre mí, firmes. Yo llego con una enorme sonrisa al ver a Lars apoyado en una de las motos.

Me abalanzo sobre él con un enorme abrazo. Sentir su corazón contra mi pecho me hace muy feliz. Mis amigos se encuentran sanos y salvos; no me voy a quedar sola. Al menos, no de momento. Lars me golpea la cabeza con débiles palmaditas. Lo conozco tan bien que ahora debe estar sonriendo como si nada hubiese sucedido. Me separo de él para comprobar que no me equivoco.

—Ya está, ya está. No te preocupes —me dice Lars con su aterciopelada voz.

—Habla por ti. —Cierro los ojos al escuchar a Keira.

—¿Por qué dices eso? —Lars alterna la mirada entre ambas para detenerse al final en mí e intentar encontrar una respuesta—. ¿Amaranta?

Suspiro y retrocedo varios pasos hasta colocarme al lado de Iggy. Él busca mi mano y me la estrecha en cuanto nota que tiemblo. Me siento culpable al involucrar de esta manera a mi amigo, pero necesito su apoyo. Que Agatha me observe con el ceño fruncido no mejora la situación. Keira y Lars son capaces de superar un cambio así, pero no sé si Agatha va a perdonar mi mentira tan fácilmente.

—Amaranta, díselo —me ordena Keira.

—¿Cómo te has enterado? —le pregunto primero con el corazón en un puño.

—Cumbre no es tan grande. Iggy no es el único en indagar por ti. ¿Creías que no notaría que no te estabas comportando como siempre? —Keira ya no parece tan agresiva, sino dolida.

—¿Ami? —Agatha me mira con sus enormes ojos castaños. Qué culpable me va a hacer sentir.

—No voy a ir a Mudna con vosotros. Es decir, no ahora, no inmediatamente —digo sin tapujos —. Antes tengo que frenar a Tristán…

—¿Cómo? —Lars avanza un paso, confundido.

—Mi hermano es… era —corrijo; ahora lo soy yo relativamente—el portador del Mapa de la Diosa, Lars. Sabéis lo que es. Es ese dichoso trozo de papel que los renegados de Cumbre dicen poseer desde el inicio de los tiempos. Un legado otorgado por la Diosa solo para ellos que traza la ruta para llegar hasta Ella. El Clan le encomendó a Tristán la tarea de ir en su busca con el fin de rogarle por nuestra redención. Para que detenga su destrucción. Implorarle porque no nos condene. —Un desgarro en mi voz me derrumba por dentro.

—¿Y?

—¡Que lo han condenado a muerte! —grito, mientras saco el Mapa del bolsillo—. Lo han mandado solo a explorar Erain con este maldito trozo de papel indestructible. Y mi hermano les ha creído, pero él no tiene ni idea de cómo es este país. Las cosas que nos ocultan, las cosas a las que nos obligan… Cumbre es la punta del iceberg. Se piensa que va a encontrar la salvación y que la gente va a ser amable con él. ¡No me voy a permitir dejarlo a la deriva así como así!

—¿Y por qué no lo rompes aquí mismo? —me espeta Keira.

—¡Porque ya os he dicho que es indestructible!

O eso es lo que se dice del Mapa, que permanecerá inmutable a través de los tiempos para indicar el camino hasta la Diosa. Intento romperlo por la mitad, pero el papel ni siquiera cede.

—Esto debe ser una broma científica. —Se sorprende Lars, atusándose la barba.

Agatha abre su mochila y saca varios botes llenos de diferentes líquidos de colores. Primero echa uno de color azul que resbala por la superficie del mapa como si este estuviese impermeabilizado. Ni siquiera lo mancha. Parece frustrada. Lo intenta con otro transparente, pero el papel sigue sin sufrir ningún daño.

—Acabo de echarle una sustancia corrosiva… —Se alarma la chica.

—Amaranta. —Keira desvía nuestra atención como si lo que acabásemos de presenciar no fuese motivo suficiente de inquietud—. Acontecieron muchas cosas hace dos años, tanto a-quien-tú-ya-sabes —Nil—como a Tristán. Que no consiguieses rescatarlo no fue tu culpa, Ami.

—¡Sí lo fue! Podría haber muerto en el Arco Interno. He estado dos años enteros sin saber nada de él de primera mano. Le he espiado. Gorio me contaba qué estaba sucediendo con él. Cuando me enteré de que había sido escogido para esta misión suicida… No. Esto lo hago por él. Para que tenga una oportunidad de vivir.

«No puedes salvarlos a todos», reverbera la voz de Nil en mi mente.

—Sí puedo… —susurro, ante la mirada confusa de los demás.

—¿Y ahora nos vas a abandonar a nosotros? ¿Abandonarás la causa de Nil?

El ataque de Agatha no es inesperado, pero duele tanto que me deja sin respiración. Iggy aprieta más mi mano; apenas lo noto. Me encuentro entre la espada y la pared. Tal vez más cerca del peligroso filo. Me estoy enfrentando a las únicas personas que durante años me han acogido y creído en mí. No quiero perderlos, pero debo intentar que ellos me comprendan, aunque no me acompañen.

—Chicos, iré a Bun y luego volveré con vosotros a Mudna. No estoy dejando de lado nuestra misión, simplemente, necesito destrozar este Mapa y la única persona que puede hacerlo está en Bun. Es un alquimista.

—Yo te acompañaré, Ami —me dice Iggy—. No pienso dejarte sola. Nunca.

Keira chasquea la lengua y da media vuelta. Lars la sigue, sin dirigirme ni una mirada, y Agatha se sienta en la tierra, triste y engañada. Sé que no es momento para perseguirles y suplicarles que lo comprendan, así que, junto a Iggy, me separo del grupo para sentarme en una roca enorme.

Iggy me mira con compasión y aparta un mechón de mi enmarañado pelo. Nos quedamos en silencio. Tienen todo el derecho a estar enfadados conmigo, pero he estado demasiados años atrapada en el Barrio Arco Interno, rodeada de ígneos y neutrales con vínculo; todos ellos crueles o ciegos a lo que acontecía en el Arco Externo. No fue fácil darme cuenta de que realmente no creía en los preceptos ígneos, en el Dios de esta facción tan protegida por la monarquía. No fue sencillo ver toda la masacre y la injusticia que se extendía más allá de los altos y preciosos edificios del centro de Cumbre; del conocimiento que no compartimos. Tanto rojo y tanto fuego han terminado por hacer arder mi vida, y estoy cansada de ver cómo el resto muere por sus propias ideas.

Iggy comienza a repasar las líneas de mi tatuaje con su mano enguantada. Le rozo la mano descubierta y él me dedica esa sonrisa suya que tanto me gusta.

—Quiero quitármelo —le confieso.

—¿Qué?

—Quiero borrarme el tatuaje…

—Pero, Ami, si haces eso, en Mudna será mucho más complicado convencerlos de que tú eres una ígnea.

—No. Sé cómo hacerlo, pero necesito pasar desapercibida en Bun. El alquimista no me recibirá si soy una ígnea. Ya sabes la situación de esa ciudad. No me dejarán pasar —susurro.

Iggy se queda pensativo. Mira a todos lados, intentando encontrar a nuestros amigos. Agatha continúa acurrucada contra sus piernas, dibujando círculos en tierra. Keira y Lars siguen desaparecidos. Mi amigo se levanta y se dirige a Agatha. Los contemplo hablar en susurros. Agatha se resiste a incorporarse, pero al final lo hace, prácticamente arrastrada por Iggy.

Agatha es tanto la médica de nuestro grupo como el miembro más letal. Es capaz tanto de curar la herida más profunda como de provocarla sin miramientos. Esa es la dicotomía que encierra su carácter, al que se enfrenta día a día. No quiere mostrar sus debilidades, pero tampoco convertirse en un monstruo.

Contrayendo el rostro, marcando los hoyuelos de sus redondas mejillas, se acerca a mí, mientras rebusca algo en su pequeña mochila negra. Supongo que Agatha ha aceptado, aun disconforme. Trato de encontrar las palabras más sinceras para agradecerle a mi amiga la intervención quirúrgica.

—Gracias…

Pero Agatha no me deja terminar y me calla metiendo dentro de mi boca un pañuelo de tela. No me mira a la cara, no puede. Tampoco le juzgo por ello. De pronto, siento miedo al dolor, pero Iggy me coge la mano, protector. Muerdo la tela. ¿Me va a doler tanto como para tener que ahogar mis gritos?

Agatha se recoge su largo cabello pelirrojo en una coleta alta y luego me agarra la mano marcada e inspecciona el dorso. Pasa el dedo sobre el tatuaje varias veces como si así pudiese borrarlo. Niega en silencio y saca del interior de la mochila una especie de bolígrafo plateado.

—Aguanta. —Me aconseja únicamente.

No me da tiempo ni a inspirar. Agatha pulsa un botón y un fino láser rojo se dispara hasta tocar mi piel. Chillo. Y no miento, chillo muchísimo. Es peor que recibir una bala, porque el dolor que provoca el láser se amplifica, recorre mis nervios y me paraliza. No es cuestión de un segundo, de un impacto; retrocede, vuelve y rebusca en los pigmentos de color rojo para eliminarlos.

Iggy me estrecha contra su pecho para que no mire, pero me es imposible. Necesito observar cómo desaparece el sello, esa etiqueta que me ha esclavizado durante años. Para los ígneos, el instante de ser tatuados es un honor, una forma clara y orgullosa de mostrar su dedicación al Dios y a la monarquía. Bajo el láser, las marcas rojas se esfuman para dar paso a una especie de quemazón. Grito y sollozo tanto que Keira y Lars aparecen enseguida, alarmados. Pero cuando descubren lo que está haciéndome Agatha, se detienen, en silencio.

La intervención es lenta y agónica, pero cuando termina y el dolor se marcha, una ola de alivio envuelve mi cuerpo hasta dejarme exhausta. Me dejo caer contra Iggy y él me acaricia el pelo sudado, intentando relajarme. De reojo, contemplo la herida que ha quedado y, aunque tiene la forma de la llama, pronto se convertirá en una borrosa cicatriz y espero que, en un futuro, desaparezca del todo.

—Te acompañaremos, Ami —dice Lars.

—¿En serio? —Me cuesta vocalizar.

—Pero esto lo hacemos porque somos un equipo. Somos una familia y nos ayudamos. En un pasado también nos movimos por nuestros propios intereses y tú estuviste ahí para nosotros. Solo es una desviación, ¿no? —Sonríe Keira y me contagia su coraje.

—Será por las pocas veces que nos hemos entretenido por el camino. —Lars enarca las cejas, divertido.

Me giro hacia Agatha, que está guardando el bartulo y continúa sin dirigirme la mirada. Pronto siento que el resto también busca su aprobación. Suspira, relajando el rostro. Se recoge un mechón pelirrojo que se le ha escapado de la coleta y dice:

—Sabes que te acompañaría al fin del mundo, Ami. Pero no me lo vuelvas a hacer. No nos lo vuelvas hacer. No nos…

—No os mentiré nunca más. Os lo prometo. Sabéis que podéis confiar en mi palabra. —Compongo un gesto de gratitud.

Estoy feliz. Me acompañarán.

Me ayudan a subir en una de las motos e Iggy se pone delante de mí para conducirla. Podría conducir yo, aguantando el dolor de la mano herida —o curada, según se mire—, sin embargo, debo descansar y estar preparada para lo que nos puede deparar Bun. Al fin y al cabo, soy yo quien está metiendo a mis amigos en la boca del lobo.

Solo transcurre una hora de viaje hasta que las motos se quedan sin gasolina. Es lo máximo que Lars ha podido conseguir, teniendo en cuenta el ataque sobre Cumbre. Por suerte, Bun está más cerca de Cumbre que Cumbre de Mudna, por lo que no tendremos que andar tantas horas hasta llegar a la ciudad minera.

Acampamos al lado de la carretera. Encendemos una hoguera y nos repartimos las latas de comida en conserva que hemos reunido antes de salir de la ciudad. Iggy se dedica a desguazar los vehículos para comprobar si alguna pieza nos puede servir en un futuro. El manitas de Iggy, siempre trasteando.

—Y ¿sabes el nombre de ese alquimista al que buscas? —me

pregunta Lars, mientras remueve las judías con tomate con bastante desagrado.

—No, pero lo llaman el Gran Alquimista, así que creo que no tendrá mucha pérdida.

—Por favor, Ami, dime que no te estás guiando por algún rumor o leyenda para quitar el sueño —me suplica Keira.

—Mis padres siempre hablaban del Gran Alquimista que había en Mudna, pero que lo exiliaron a Bun por razones desconocidas. Si tuvo que marcharse a la fuerza, supongo que estará de nuestro lado, ¿no?

Keira se masajea la frente, perdiendo la paciencia. Lars y Agatha deciden no intervenir e Iggy continúa a lo suyo. Es verdad que no conozco con seguridad nada del Gran Alquimista, pero si estoy en lo cierto y las indagaciones de Iggy no fallan, este alquimista es el único que puede destruir el Mapa de la Diosa.

Me quedo en silencio, intentando comer la ensalada de pasta que tiene más guisantes que macarrones. Nos acabamos la cena a duras penas y decidimos que es hora de descansar. Al día siguiente nos espera un largo camino y huir de la destrucción de Cumbre ha sido agotador.

Me presto para hacer la primera guardia. Nunca solemos quedarnos a la intemperie. En Erain está prohibido que la gente merodee por fuera de las ciudades sin un verdadero propósito notificado y aprobado por el Gobierno . Así que somos carne de multa o incluso de encarcelamiento. Si nos pillan aquí, en medio de la nada, nos acusarán de cualquier intento de conspiración o traición. Tal vez mi brazalete rojo conseguiría rescatarme a mí, pero no a mis amigos, que, como neutrales que son, muestran las telas blancas sin vínculo. Como si existiese, siento al Dios de la Corona Ardiente más lejos de mí, huyendo de mi fachada de ígnea.

Keira, Lars y Agatha se apretujan entre ellos bajo las mantas eléctricas, intentando encontrar el calor que el cielo nocturno de invierno no les va a brindar, ni tampoco la hoguera con sus débiles llamas. Iggy se sienta junto a mí y me envuelve con la suya.

—Tienes miedo de que Tristán te odie, ¿verdad?

—Sé que lo va a hacer. Le he arrebatado su objetivo. Él quiere ayudar a todo el mundo y ve el Mapa de la Diosa como la única llave para conseguirlo.

—Le has dejado el collar de la bellota, ¿no? Eso debe ser señal suficiente para él. —Iggy me acaricia la mano de la cicatriz.

—Iggy, no pudo renunciar a la Diosa. No pudo. Y yo no fui capaz de traerlo junto a mí. Pensaba que alejándolo de la realidad lo estaba protegiendo...

—Lucháis por lo mismo de distinta manera. Tú también has sido muy valiente, porque si no hubieses aguantado con los ígneos, no habríamos conseguido nada. No tendríamos oportunidad para luchar ahora.

—Si Nil y los demás estuviesen aquí...

—Nil hizo todo lo que pudo —dice contra mi pelo.

—Es que...

Sin embargo, esta vez me tapa la boca y niega con la cabeza. No me está haciendo callar para tranquilizarme, sino para que escuche algo. Y, de pronto, también lo percibo. Es como un zumbido... no, un motor. El motor de un vehículo muy grande. Y el pánico me sobrecoge. Espero que no se trate de un camión de expirantes; el transporte que conduce a este grupo olvidado e invisible a un destino peor que la muerte.

Despertamos a Keira, Lars y Agatha que, de inmediato, se ponen en guardia. Efectivamente, en el horizonte se vislumbran dos luces acercándose. Lo peor es que estamos en medio de un llano desértico, sin ningún obstáculo tras el que escondernos. Si corremos, sea cual sea la dirección, nos darán caza igual.

—¿Y si nos internamos en la oscuridad? —propone Keira, apagando las últimas cenizas de la hoguera.

—Ya deben haber visto el fuego —apunta Iggy.

—Nos defenderemos. En un camión de expirantes suelen ir una media de tres soldados y nosotros somos cinco. No es la primera vez que lo hacemos, Amaranta —planifica Lars, viendo mi expresión de preocupación.

—Podríamos liberar a los expirantes, robar el camión y llegaríamos a Bun en cuestión de tres horas. O incluso menos —asegura Iggy.

El plan está tomando forma, si es que a esto puede llamarse tener un plan. Mis amigos se confían con rapidez. Las veces que hemos asaltado un camión de ese tipo teníamos la estrategia establecida y solo si salía mal nos poníamos a improvisar, pero nunca, nunca desde el comienzo.

Tenemos que tomar una decisión ya, porque las luces están aproximándose, cada vez más veloces, como si nos hubiesen leído el pensamiento. Aprieto los puños y comunico:

—Bien. Dividámonos. Iggy, tú conmigo en el otro lado de la carretera, y vosotros en este. Pincharemos las ruedas para obligarles a descender. Lo más seguro es que lleven armas de tiro, así que hay que ser ágiles, ¿entendido?

Asienten y nos ponemos en marcha enseguida. Al minuto conseguimos visualizar el contorno del camión. Parece más pequeño que los habituales de expirantes, pero intento no desconcentrarme con este detalle. Se detendrá en cuanto llegue a la altura de nuestro fuego. Si es que lo han avistado. Ojalá que no.

Veo a Iggy sacar su daga y yo opto por sacar la mía también. La puntería es lo nuestro y estoy casi segura de que acertaremos en nuestro objetivo. Al igual que Agatha. No tengo tan claro que Lars o Keira lo consigan, pero toda ofensiva es poca en este momento.

El camión va disminuyendo la marcha a medida que se acerca y temo que pare unos metros antes de llegar hasta nuestra posición. La sangre me hierve y los nervios parecen querer ahogarme, por lo que, en un impulso, me incorporo y lanzo la daga contra una de las ruedas delanteras.

Doy en el blanco y el conductor logra frenar en seco tras casi perder el control del volante. El viento silba cerca de mi oreja y capto cómo se pincha otra rueda. Iggy se coloca a mi lado, triunfante, y ambos echamos a correr en dirección al vehículo. Los otros tres nos persiguen. Y cantaría victoria, si no fuese porque no se trata de un camión de expirantes. Efectivamente, es demasiado pequeño para albergar una cantidad suficiente como para contentar a la reina Matilde.

Confundida, subo los escalones metálicos que dan a la puerta del conductor y la abro. No hay nadie en el asiento. Mientras mis amigos escudriñan el exterior, igual de desconcertados que yo, entro en la cabina.

Sin embargo, un movimiento tras los dos asientos delanteros me bloquea el paso y, antes de que mis reflejos consigan actuar, la sombra me coge del cuello y me empuja fuera del camión. Caigo de bruces contra el asfalto, pero consigo interponer mis brazos primero.

Reacciono para incorporarme demasiado tarde. De la cabina salta sobre mí la sombra que me ha atacado dentro, sentándose a horcajadas sobre mi cuerpo, apretando sus piernas contra mis costillas, paralizándome, y aferrando con sus largos dedos mi cuello. Solo tengo ojos para esta presencia tan imponente, aunque de alguna manera descubro a mis amigos rodeándonos.

—Si mueves un solo pelo, te vuelo la cabeza —le amenaza Agatha, apuntándole con una pistola.

El desconocido no dice nada, solo percibo cómo suelta una pequeña risa de suficiencia y, con un ágil e inesperado movimiento, usa su mano libre para alcanzar la pistola que cuelga de su cadera y apuntar a Agatha sin más miramientos. Sabemos que puede acertar, porque un puntito rojo marca, inmóvil, la frente de mi amiga.

¿Cómo puede haberse movido tan rápido? ¿Cómo es capaz de apuntar sin tan siquiera mirar? Mi vista se acostumbra a la oscuridad y observo más allá de la sombra. Unos cuantos mechones rubio ceniza le caen por el rostro, pero no logran ocultar sus expresivos ojos verdes, que ahora me vigilan, en guardia.

—No queremos… —Aprieta más los dedos en torno a mi cuello—. Si ellos bajan las armas, ¿la apartarás tú?

Frunce el ceño, estudiándome, como si quisiese encontrar la mentira en mis palabras, pero yo estoy diciendo la verdad. En realidad, en parte, porque aprovecho su despiste para usar toda mi fuerza y volcarlo sobre la carretera. Aunque sus piernas siguen apresándome por la cintura, consigo propinarle un codazo en las costillas que lo debilita.

Encuentro mi ventaja, pero cuando lo cojo de la muñeca para apartar totalmente la trayectoria de la pistola, el tacto de su piel me paraliza, porque conozco bien esta textura. Es áspera y oscura bajo la poca luz que nos ofrecen las estrellas. Descubro unas cuantas más repartidas por toda su piel. Son demasiadas.

—¿Eres un expirante?

—No, solo estoy infectado. Muy lista para ser tan poco precavida —me escupe con rabia—. Aunque casi todos estamos infectados, así que no sé si achacar tu acierto a la suerte de la probabilidad.

—Si te dejo libre, ¿nos dejarás marchar?

Escruta con sus ojos al resto y luego vuelve a mí. Se relame los labios y tengo ganas de borrarle ese gesto de suficiencia de un puñetazo. Parece notar mi molestia, porque sonríe, travieso.

—Parece que os dirigís hacia Bun y prefiero descubrir vuestras intenciones yo mismo, así que de camino podéis explicarme qué hacen una ígnea y cuatro neutrales en dirección a la ciudad minera. Si es que queréis entrar en Bun, claro. Desde luego, a ti… —Arrima su rostro al mío—, a ti no te voy a dejar entrar.

—Como clame socorro te vas a enterar —le amenazo.

Arruga la nariz con desagrado.

—Que lleve un brazalete rojo no significa que sea una ígnea —añado, no entiendo por qué.

Soy tan tonta como para eliminar el tatuaje, pero no para recordar que debía haberme quitado el brazalete rojo. Para matarte, Amaranta.

Me incorporo, segura de que mis amigos pueden actuar de inmediato si al desconocido se le ocurre hacer cualquier movimiento sospechoso. Pero, por suerte, se levanta e introduce la pistola de nuevo en su funda.

—A ti te quiero de copiloto. —Me señala—. Por cierto, mi nombre es Levi y soy el alquimista jefe de Bun.

TRISTÁN

ME ARDE TODO EL CUERPO. El continuo traqueteo contra mi espalda no alivia el malestar. Hace frío y calor a la vez. Es una mezcla en la que las frescas ráfagas te hacen añorar la calidez, pero en cuanto se detienen para dar paso al seco ambiente, deseas volver al estado más gélido de todos.

Pero, ¿por qué no escucho a la gente de Cumbre gritar? ¿Ya he avanzado tanto como para alejarme de ese horror? Estoy en el bosque a las afueras de Cumbre. ¿Ya no? ¿Y ese silbido? ¿Desde cuándo me acompaña alguien? ¿Alguno de mi Clan ha conseguido salvarse y venir conmigo? ¿Y este dolor en el pecho? ¿Me estoy muriendo? No. Duele. Y mucho.

Una gota cae sobre mi rostro. Congelada. Casi como una pequeña estalactita, como un impacto que grita una verdad. Y es ese pequeño disparo de agua el que desencadena una serie de imágenes que bombardean mis recuerdos hasta despertarme. Despertarme desde lo más profundo de mis pesadillas para recordar a Amaranta golpeándome.

—¡No! —Me incorporo como si un resorte me hubiese empujado desde la espalda; un pinchazo terrible en el pecho me devuelve contra la superficie.

El cielo se mueve. Y yo me muevo con él. ¿La Tierra se está muriendo tan vertiginosamente? El pitido intermitente de encendido de Piloto me hace volverme hacia mi hombro. Piloto parpadea y emite un extraño sonido entusiasta. Se desenchufa del pequeño panel y sobrevuela mi cabeza con movimientos arrítmicos, como si estuviese asustado o enfadado.

Otro sonido, pero este más estridente, me revela que Piloto intenta buscar en sus archivos de vídeo su último "recuerdo" para que lo vea porque, al fin y al cabo, también va a ser el mío. Pero sus esfuerzos me dan a entender que alguien ha manipulado su disco duro.

—Piloto, relájate. —Me incorporo de nuevo, dándome cuenta de que estoy en la zona de carga de una camioneta.

Hace tiempo que no veo un vehículo con ruedas. En el Arco Interno todo vuela, las ruedas parece que se han extinguido. Y en el Arco Externo está prohibido el transporte, sea público o privado. Solos los vehículos destinados a tareas menores o que ya son considerados pura chatarra, siguen conservando los neumáticos.

—Pilot… ¡ah!

Me llevo la mano al pecho. Los pinchazos se han convertido en uno; en uno permanente e insoportable. No puede ser. No se me puede terminar mi tiempo justo ahora. No he hecho nada para provocarlo. Un alarido que nace desde lo más profundo de mis entrañas corta mi pensamiento y, con él, el camión frena en seco.

Intento incorporarme, pero solo consigo ponerme de rodillas. Siento el dolor tan cerca, tan físico, como si alguien estuviese atravesando algo afilado de parte a parte de mi pecho. Insoportable. Capto unos pasos y la puerta de la camioneta cerrarse en un estruendoso portazo. El silbido. Permanente. ¿Es Amaranta? Ami siempre silba cuando está feliz o nerviosa.

Abro un ojo, a tiempo de que los rayos de sol me golpeen de pleno y la figura, que se coloca frente a mí, quede recortada por el intenso astro que no deja opción al titubeo. Estoy prácticamente cegado. Desprotegido.

—¡Piloto! ¡B5! —le grito.

En cuestión de segundos mi amigo robot desenfunda su pequeña arma y apunta a esa persona que continúa inmóvil frente a mí.

—¡Eh, eh, chico! ¡No, por favor!

La voz de una persona. Rasgada y cavernosa. No es Amaranta. Es decir, que no sé dónde estoy ni con quién. Me incorporo haciendo uso de la poca energía que me queda y, de pronto, el pinchazo se desvanece junto a la sensación de mareo. El sol ya no brilla con tanta violencia y un hombre comienza a materializarse como si fuese la aparición de un fantasma. Primero su pelo rizado, muy desordenado. Luego sus harapientas ropas, cuya camisa de color ocre deja al descubierto su pecho consumido; escuálido y hundido. Pellejo puro. Luego se definen los detalles: los surcos y arrugas de su cara, su piel morena y seca, y su pequeña joroba. No se parece a nadie que haya conocido antes. Parece venido de otro planeta. Pero, ¿qué puedo decir yo, que nunca he salido de Cumbre?

—Piloto, ¡baja el arma! —le ordeno.

—Eso es, Piloto. —El desconocido alza más las manos—. Baja la pistolita, ¡ja-ja! —Se ríe, pausando la risa, como si recitase las notas de una escala musical.

—¿Quién es usted? —pregunto, apremiando. Estoy totalmente indefenso. No tengo más armas que Piloto porque, sinceramente, las pocas técnicas de lucha que me ha ido enseñado Gorio no resultan infalibles. Gorio. ¿Qué habrá sido de él? Sacudo la cabeza ante la curiosa mirada del desconocido. Si quiero sobrevivir, tengo que aparentar valentía—. Repito, ¿quién es?

—Un simple ermitaño viajero.

Me está tomando el pelo. A mí favor juega que estoy en una posición más elevada. Si me lanzo contra él desde aquí o me escabullo por alguno de los lados, no creo que su demacrado cuerpo logre alcanzarme. Estoy herido, pero no tanto como para no esforzarme por proteger mi propia vida.

—¿Dónde me has encontrado? ¿Por qué me recogiste? En serio, ¿quién eres? —Él sonríe; una mueca entre satisfecha y divertida por algún chiste interno que no comparte conmigo—. Piloto. —Se acaba la tontería.

Piloto saca la pequeña arma de nuevo y dispara sin miramientos. El tiro, un rayo láser de color verde, atraviesa el espacio, muy cerca del oído del desconocido, cortando algunos mechones de su encrespado pelo, para terminar impactando contra la polvorienta tierra. La sonrisa del hombre se disipa.

Avanza un paso, pero no retrocedo. A la próxima será certero, buscaré en el incompleto GPS de Piloto en qué lugar exacto me encuentro y, con esta camioneta, me dirigiré a Mudna donde me pondré en contacto con mi Clan. Mi camino retomará su cauce, sin perder más tiempo.

—Última oportunidad. —Casi me rechinan los dientes al pronunciar la advertencia.

—Eres duro de pelar. —Se lleva una mano a la boca ocultando su nerviosismo—. Digno de un renegado de Cumbre. —No me he quitado el brazalete, más bien, no me ha dado tiempo.

—¿Me recogiste en el bosque?

—Sí. Estabas hecho polvo. Ese colgante que llevas puesto estaba sobre tu pecho y sujetabas un bote rojo que guardé en tu bolsillo derecho para que no se cayese. —Me señala de arriba abajo varias veces para hacer más notorias sus palabras.

Debería haberme puesto a comprobar de qué narices habla el desconocido, pero algo más importante clama mi atención. El Mapa de la Diosa. Rebusco en los bolsillos internos de mi chaqueta. No lo encuentro. Los exteriores. Nada. Los de mi pantalón. La rabia me consume por dentro y me dirijo hacia el hombre, duramente:

—¡Tú! ¿Me has robado un papel que tenía en mi bolsillo?

—¿Un papel? ¿Qué tipo de papel? —pregunta, entrecerrando sus pequeños ojos de ratón.

No puedo revelarle que soy el portador del Mapa de la Diosa. Muchos lo buscan, incluso personas que no son renegados. La gente lo codicia por la historia que lo envuelve, así que no debo desvelarle el origen de mi objeto. Decido confiar en que sus preguntas denoten desconocimiento, así que una única conclusión llega a mi mente: Amaranta.

Amaranta. ¿Quién si no? Por eso me ha dejado inconsciente. Me ha robado el Mapa de la Diosa y se ha largado. Pero, ¿cómo sabía ella que yo lo tenía? De la misma manera que ha averiguado mis horarios de trabajo. De todas maneras, ¿para qué quiere ella el Mapa? A lo mejor es una ígnea de verdad y pretende aprovecharse de ese golpe de suerte para condenar del todo a la humanidad. Me enfado con ella, porque mi hermana no es consciente de lo que ha hecho.

—Chico, ¿estás bien?

Me paso una mano por el pelo, nervioso. Si mi camino continúa repleto de imprevistos, no llegaré vivo ni a Mudna. ¿Qué puedo hacer? Comprobar cuáles son los objetos extraños de los que me ha hablado el desconocido. No son míos, ni de él, así que tienen que ser de mi hermana.

Bajo la mirada, primero a mi bolsillo. Meto la mano cuidadosamente, como si dentro hubiese un cepo. Saco un bote de plástico repleto de grajeas rojas. Pueden ser desde golosinas hasta medicamentos. Frunzo el ceño. No le encuentro el menor sentido.

Sin embargo, antes de preguntar, me observo el cuello y me quedo paralizado.

Con la mano libre y unos dedos temblorosos, cojo la bellota que pende del cordel negro. La volteo, observando detenidamente el clavo que la atraviesa por la mitad. Es inconfundible. Los recuerdos acuden de nuevo, pero intento conservar la calma. Ahora tengo claro que estos dos objetos pertenecen a mi hermana. ¿Como recompensa por robarme lo que es mío? Sea como sea, el sentimiento de enfado que me ha oprimido al darme cuenta de la desaparición del Mapa se está diluyendo. Que ella me haya dejado este collar tan importante para nosotros solo puede significar una cosa: Amaranta siempre ha estado a mi lado. Este diminuto gesto, un detalle que pasaría inadvertido para cualquiera, significa una rotunda confirmación para mí. Mi hermana nunca me ha olvidado.

Todavía con los sentimientos contradictorios batallando en mi interior, Piloto se acerca a mí, emitiendo pitidos cortos y una especie de ronroneo robótico.

—¿Qué es? —cuestiona finalmente, reajustando su objetivo sin parar.

No contesto con palabras, pero Piloto tampoco llega a descodificar mi gesto reflexivo de alegría. El desconocido no se ha movido. Se ha limitado a observarme, como si le resultase interesante el solo hecho de verme reaccionar.

—Bien. Bien... —Suspiro.

No sé cuál va a ser el siguiente paso. No solo no estoy con mi Clan, sino que no tengo el Mapa de la Diosa conmigo.

—¿Es algo importante? —Se atreve a preguntar el otro.

—Mucho. Mucho. —Cierro los dedos en torno a la bellota y comprendo que ha sido el clavo el que ha estado pegado a mi pecho, presionando mi piel, provocando el dolor insoportable.

Al menos eso quiere decir que me queda un poco más de tiempo. Por un momento, había pensado que moriría en la zona de carga de esta mugrienta camioneta.

Miro de nuevo al desconocido y, sin miedo, desciendo con Piloto pegado prácticamente a mi oreja. No se atreve a alejarse, porque detecta mi desconfianza a través de los frenéticos latidos de mi corazón.

—Me llamo Tristán. —Le tiendo la mano. Siendo antipático poco voy a conseguir.

—A mí me llaman Judah, el Renacido. —No me la estrecha, en cambio, hace una breve reverencia.

Escondo la mano, algo incómodo. Sin embargo, antes de volver a interesarme por él, lo examino de nuevo. Para estar tan cerca de Cumbre, el hombre parece sacado de una madriguera. Y de una bien profunda, además. Pero yo jamás juzgo a nadie por su aspecto, no desde que renegué de los ígneos y me convertí en un renegado. Por ello, solo me extraña una cosa de él: no lleva ningún brazalete de color.

—¿Por qué no llevas un brazalete como el mío? —Me señalo el brazo.

—Porque soy un habitante libre.

Frunzo el ceño y él sonríe más ampliamente si eso es posible. Descubro varios huecos en su amarillenta dentadura.

—¿No sabes lo que es ser un habitante libre?

—Ninguno es libre del todo —le digo, seriamente.

—Cómo se nota que nunca has salido de Cumbre…

—¿Y tú cómo sabes eso? —Me cruzo de brazos.

—¿Nunca has escuchado que los ojos son el espejo del alma? —Asiento como un borrego a su pastor—. Pues tú, más que dos espejos, tienes una ventana enorme. Un ventanal inmenso con un cartel de neón sobre él en el que se lee: «Soy demasiado inocente. Confío en ti».

Su burla me afecta más de lo que espero y eso que me lo veía venir. Judah es esa clase de persona que parchea la realidad con socarronería y vitalidad. ¿Libre, dice? Eso me lo va a tener que enseñar en caso de que permanezcamos juntos.

—¿Dónde nos encontramos? Supongo que, si es de día y yo escapé de Cumbre anoche, no estaremos muy lejos del este, ¿verdad?

—Chico, llevas un día y medio inconsciente. Lo que me extraña es que no me hayas dicho a la primera que necesitas mear. —Judah pone los brazos en jarra, divertido.

Ahora que lo dice… Espera. ¿Un día y medio? Un día y medio de retraso es demasiado tiempo. La Diosa puede destruir todo el país de Erain en menos de dos segundos. Yo puedo morir en días. Tengo que volver sobre mis pasos. Tengo que encontrar a Amaranta. Pero… ¿Dónde? ¿Cómo?

—¿Dónde estamos? —insisto, ahora más conmocionado, hecho que nota Judah.

—Estamos a menos de unas horas de Cala Verde —contesta, orgulloso.

—¿Cala Verde? Pero eso está al norte. —Oh, no—. Tienes que llevarme de vuelta, por favor.

De Cala Verde no conozco absolutamente nada. En el instituto me dieron geografía, pero muy superficialmente. Nombres de ciudades, número de habitantes, actividad económica primordial… pero nada más. Mi conocimiento es prácticamente nulo, así que abro la boca para rogarle que no me lleve a ese lugar. Sin embargo, Judah insiste:

—No puedo volver atrás, chico. Debo llegar cuanto antes a mi pueblo y entregarles la buena nueva. —Mi confusión debe envalentonarle para continuar hablando—. Soy Judah, el Renacido. Yo besé esta Tierra y vi a los ángeles llorar por mí. La gente no puede vivir sin escuchar mi palabra.

—¿Qué? Oye, solo será un día de retraso. Mira, solo medio camino. Medio día. Solo necesito situarme y entonces seguiré yo solo. No puedo desviarme tanto de la ruta… —La presión en mi pecho va en aumento y ahora sí que no se trata del clavo de la bellota.

—No puedo. Además, no me permito dejarte solo a la intemperie con esas heridas sin curar. Te propongo una cosa: ven conmigo a Cala Verde. Te curo las heridas, descansas, y luego te digo la forma de marcharte. Incluso te doy la oportunidad de comunicarte con quien quieras. —Sonríe.

—En serio, no debería…

Mi tiempo. Me han robado el Mapa y ahora saquean mi tiempo. Es cierto que las heridas duelen mucho más y que empiezo a cojear, pero no puedo anteponer mi salud a mi misión. No lo había hecho antes, y no lo voy a hacer ahora por cuatro zonas malheridas superficialmente.

—Insisto. —Su tono de voz cambia. Si de normal es cavernosa, ahora parece de ultratumba. Ha nacido desde lo más profundo de su pecho, casi como el gruñido de un perro enorme y viejo.

Y no sé si es porque me intimida la forma en la que me ha hablado o porque ya no se me ocurre otra forma de convencerle, pero accedo a regañadientes:

—Bien. Un día más. Luego, me marcharé.

—¡Muy bien! Pues pongámonos en marcha. —Se decide en un cambio de ánimo muy brusco.

Judah se dirige a la parte delantera de la camioneta y Piloto hace varios movimientos regulares que me indican que siga al Renacido. Ahora es un buen momento para huir. Puedo dar media vuelta y echar a correr. Si de verdad Judah tiene algo malo preparado para mí, me seguirá con el vehículo y me alcanzará enseguida. Si no, me dejará estar.

Sin embargo, mis pies se mueven hasta colocarse frente a la puerta del copiloto. Judah me sonríe desde dentro, empujo la manillahacia abajo y me subo a la cabina para luego dejarme caer sobre el asiento. El Renacido me mira de forma amigable una última vez antes de poner en marcha la camioneta.

La risa de incredulidad de Marfil del Escuadrón Espino retumba en mis recuerdos durante unos segundos. ¿Confiar en un desconocido? Yo le había dicho que fuera de Cumbre la gente es mejor, pero él se había burlado de mí. ¿Y si Judah, el Renacido, es en verdad Judah, el Traficante de Órganos ? Pero en medio del devaneo, mis ojos se cierran sin mi consentimiento.

Parte del viaje está dominado por un silencio feroz, casi mortífero. Yo me limito a observar la bellota y a preguntarme qué estará haciendo Amaranta en estos momentos con el Mapa de la Diosa. Ella no le va a encontrar utilidad. ¿O sí?

También examino las pastillas rojas. Rebusco en mi memoria, tratando de encontrar el envase en ella, pero nada. Pillo a Judah observándome de reojo más de una vez. Estudiándome de nuevo. Debo hacerme con un arma cuanto antes para no depender de Piloto eternamente.

No nos detenemos a comer. Solo hacemos una parada, porque Judah necesita estirar las piernas, pero yo no desciendo. Quiero evitar al Renacido lo máximo posible, y así cuando lleguemos a Cala Verde, comprobar en qué tipo de situación me he metido y entonces, reaccionar ante él. Pero lo cierto es que necesito comer, muchísimo, e ir al baño.

Cuando Piloto me muestra su pequeña pantalla y me indica que son las cinco de la tarde, Judah me habla:

—¿A quién buscas tan desesperadamente?

—A una persona. Una persona muy importante.

—Los renegados soléis ser gente solitaria. Nadie os espera al llegar a casa, ni rendís cuentas ante nadie. Por eso sois renegados, porque os atrevisteis a dar la espalda al Dios de la Corona Ardiente —me explica como si yo no conociese mi propia situación.

—Yo no era una persona solitaria. —¿Por qué hablo en pasado? ¿Lo doy todo por perdido ya?—. Yo sí tengo a gente a mi lado. Un Clan entero. Una especie de padre y alguien a quien considero mi protectora. Que ahora parezca estar solo no significa que lo esté.

—Entonces, ¿quién te abandonó a la intemperie? ¿Quién te golpeó en la cabeza y te dejó sin más protección en medio de la nada consumida por el apocalipsis? —Me escruta, mientras proyecta cada palabra hacia mí como agujas venenosas.

—Para ser un habitante libre, sabes mucho, ¿no crees? —Autodefensa, cállate.

—Justamente por ello sé más que nadie. Un habitante libre no conoce jurisdicción.

—O sea, que tú… vosotros —corrijo—en Cala Verde no estáis subyugados a las leyes de la reina Matilde. Podéis campar a vuestras anchas, sin estar marcados o vigilados, sin que nadie os diga u os pregunte a quién adoráis, sin toques de queda…

—Bueno, que consideremos que no tenemos límites, no significa que el resto no nos los impongan.

—¿Cómo?

De Cala Verde solo sé que es un lugar con muchísima vegetación, fauna y una cultura gastronómica muy amplia. Nada más. El pánico aumenta.

—Ahora lo entenderás.

—¿Cómo que ahora…?

—Agacha la cabeza… ¡Agacha la cabeza!

Y su grito es tan desgarrador y tan real que instintivamente mi cuerpo se dobla hacia delante y mis manos protegen mi cabeza. Gracias, manos, porque una lluvia de cristales rotos llueve de pronto sobre mí y Piloto. Nos están disparando, pero no aleatoriamente, sino en ráfaga. Una ráfaga continua destroza de una punta a otra el vehículo, y luego retrocede para repasar las zonas que se han quedado intactas.

—¡Baja!

—¡Ni de broma! —No va en serio.

—Están disparando desde el otro lado, si bajas y corres…

—¡Me alcanzarán ! ¡Son balas!

Judah gruñe de rabia. Alarga una mano, abre mi puerta y de un empujón me tira fuera. Chillo al golpearme contra la tierra seca. Una nube de polvo me oculta de los rayos del sol durante unos segundos. Piloto llega hasta mí, histérico.

—¡Piloto! ¡H6!

Si corro voy a morir. Si me quedo sin hacer nada, también. Así que tengo que hacer caso a mi instinto de supervivencia y usar las pocas armas que poseo. Piloto tiembla y oigo el pequeño rumor que despide su unidad al concentrar una carga. La ola de balas se detiene y Judah desciende por el otro lado. Tras la camioneta descubro algunos haces de luz verde bailar de un lado hacia otro. Judah permanece quieto. Lo van a matar.

—¡Soy Judah! —grita de repente ¿Qué está haciendo?—. No hagáis nada, ¡soy Judah, el Renacido!

Debe estar bromeando. Un pequeño pitido me comunica que la carga de Piloto ya está lista. Se van a enterar. El robot vuela unos pies por encima de mí, apunta con su objetivo y de la parte delantera surge de pronto un rayo azul que traza una línea continua frente a su objetivo —el cual yo aún no he avistado—, sesgando el territorio por la mitad. Pocos segundos después, la tierra detona. Me vuelvo a cubrir, sintiendo los tímpanos a punto de explotar por la estruendosa explosión. La ofensiva de Piloto le va a costar parte de su batería, pero es necesaria.

No tardo mucho en asomarme para investigar el fruto de mis actos. Judah está tirado sobre tierra. Está vivo, pero inconsciente. ¿Piloto ha matado a nuestros enemigos? Me incorporo, pero ocultándome tras la camioneta.

Capto unos pasos. Varios pasos de distintas personas. Unas pisadas más contundentes que otras. Más lejanas, más cercanas. Con el aliento contenido y con Piloto quieto a mi lado, me atrevo a asomar un ojo por el hueco de la ventanilla. Me quedo helado. Son tres, una mujer y dos hombres. Visten partes de una armadura que parece fabricada con una aleación muy ligera. Apuntan a Judah con tres rifles de asalto, de los que no reconozco el modelo.

Me asomo un poco más. ¿Debo proteger a Judah? ¿Ellos saben que yo estoy aquí? ¿Habrán visto a Piloto? Me apoyo más sobre la puerta y entonces, esta cruje bajo mi peso. Los tres se giran hacia mi posición y, aunque soy rápido en volverme a esconder, revelo mi escondite.

Antes de poder echar a correr, ya tengo a los tres apostados frente a mí. La mujer es enorme. De hombros anchos y fuertes. Un puñetazo suyo puede devolverme a Cumbre volando. Su mirada es dura. Impenetrable. No me da tiempo a observar a los otros dos, porque de pronto ella me amenaza con el arma. El cañón se encuentra a pocos centímetros de mi frente, marcando con su láser verde el punto al que disparar. Casi siento el frío metal susurrándome mi propio final.

Y entonces, algo sucede. Muy rápido. Cierro los ojos. Se oye un disparo y una bandada de pájaros huye sobre nuestras cabezas, piando asustados. Noto mis pulsaciones, tan frenéticas que creo morir aquí mismo. Pero no, mi corazón retumba en mis oídos. Percusión hecha pura vida.

No se oye nada más, al menos en los segundos que transcurren entre decidirme a abrir los ojos y hacerlo; parece una eternidad. En el primer segundo me embriaga un aroma salvaje, lleno de matices. En el segundo, algo me hace cosquillas en la nariz, sedoso y liviano. En el tercer segundo, cuando miro por fin, me encuentro con una cabellera de un color muy pálido, casi blanco. No puedo verle la cara.

—Sasha —gruñe mi imponente enemiga.

—Capitana Zyan, ¡cuánto tiempo sin cruzarnos! —La chica del pelo blanquecino hace una reverencia chistosa—. Kon. —Mira al hombre de ojos rasgados—. Gaspar. —Le saca la lengua al calvo con la cabeza tatuada.

Y entonces, se vuelve hacia mí. Sus ojos, tan claros como el cielo, brillan al verme. Me quedo embobado tanto por la seguridad que transmite su gesto como por su natural belleza. Pero Sasha, esta extraña que de una manera u otra me ha salvado, no me permite recrearme más en su persona y, de un empujón, me mete dentro de la camioneta.

Por culpa del brusco empellón, el collar de la bellota cae al suelo. Grito y alargo la mano, por muy inútil que resulte dada la distancia que nos separa. Detecto de reojo cómo Sasha se deshace de la capitana Zyan y de Kon, ahora desarmados, a base de patadas y gráciles cuchilladas que rasgan el aire. Se mueve como si se encontrase bajo del agua. Todos sus movimientos son armónicos, acompasados, limpios y perfectos.

Desciendo de la camioneta, dispuesto a recuperar el collar, pero antes de llegar hasta él, una bota lo pisa. Levanto la mirada, asustado, y me encuentro con dos enormes y profundos ojos como la noche, muy diferentes a los de esa tal Sasha. Retrocedo, cayendo de bruces contra tierra, arrepentido de haber salido. El soldado calvo tiene una mirada sádica y se acerca a mí con pasos decididos, mientras enarbola su rifle, listo para matarme.

—¡Eh, tú! —me grita Sasha, que de repente lanza una espada en mi dirección.

¿Desde cuándo la lleva encima? Y si es así, ¿cómo es posible que ataque y se defienda de tal manera cargándola? El filo brilla bajo la luz del atardecer. Y lo descubro. Un reflejo muy peculiar, poco propio de los metales convencionales. Una sombra fluctúa por ella, como si fuese sangre, como si le otorgase vida. No lo habría cogido por su temible rareza, pero después del grito de la capitana Zyan, mi cuerpo reacciona de inmediato, rechazándola:

—¡Un Don!

Esquivo la arremetida del soldado a la vez que también evado el contacto con la espada. No voy a cogerla, prefiero morir. ¿Prefiero morir? Moriría de todas maneras si la usase, porque los dones son incluso más venenosos para los seres humanos que los milagros. Sasha me observa con desesperación. Da varias volteretas, apoyándose con una sola mano en el suelo para esquivar los ataques de Zyan. Aprovechando otro de sus giros, le propina una fuerte patada en la boca.

—¡Corre! —me apremia Sasha.

Entro corriendo en el vehículo. Sasha recoge la espada, mientras los otros dos corren a auxiliar a su capitana, que ahora está escupiendo sangre a mares. De pronto, la chica está intentando cargar a Judah junto a mí. Arrastro al hombre hasta mi lado, y Sasha arranca el motor.

Salimos disparados, tan rápido como puede permitirse esta antigualla. Indago por el retrovisor, pero nuestros enemigos no nos persiguen. Me asomo por la ventana para comprobar si recogen mi collar: lo hacen. El tipo calvo lo está mirando como si se tratase de una prueba, un rastro suficiente como para seguirme allá donde vaya . Luego se lo tiende a la capitana Zyan.

Piloto, que ha estado durante el resto de la batalla reposando bajo la guantera debido a la energía que ha consumido su poderoso ataque, vuela a duras penas hasta mí. Lo cojo con cuidado y lo enchufo al panel, pero ya no le queda energía. Le cambio la batería por otra. Aún me queda una tercera, pero es necesario encontrar una fuente eléctrica para recargar todo.

—Gracias. —Soy capaz de pronunciar.

—¿Por qué no cogiste el arma? —Se limita a espetarme, muy enfadada.

¿No me va a preguntar qué hago aquí? ¿Quién soy yo? ¿Por qué Judah está inconsciente y no le resulta sospechosa mi presencia? Pero estoy demasiado agotado como para formular yo las cuestiones. Ni siquiera pienso en quién es ella, aunque parezca una conocida de Judah, así que contesto:

—No soy una persona violenta.

—Menuda excusa. —Frena tan fuerte que el cuerpo inerte de Judah y yo casi salimos despedidos atravesando el cristal delantero.

Me mira fijamente con sus enormes ojos. Resaltan como dos faros por la oscuridad de su piel. Su semblante es puro arrojo, pero consigo no amilanarme ante su intensidad:

—Soy un renegado. —Me señalo el pañuelo amarillo—. No uso ningún milagro y menos un Don de la Diosa para satisfacer mis necesidades.

No me puedo creer que en los tiempos en los que estamos, fuera de Cumbre, aún tenga que dar explicaciones sobre lo que implica ser o no un renegado. Pienso en los tres milagros de la Diosa que hacen funcionar el mundo, la naturaleza, la vida: el agua, el metal y el cristal. Puestos en el mundo por Ella para reforzar la escasez de los existentes y ayudar al equilibrio que nosotros, los seres humanos, hemos desestabilizado.

Los milagros entrañan un poder oculto, algo que jamás debería haberse descubierto. Si los humanos los explotan y los usan, estos reaccionan como una enfermedad, creando una grave infección. Una mancha gris; una costra dura y permanente se forma y se desarrolla por todo el cuerpo, consumiéndolo desde el exterior hasta el interior, bloqueando al final todas las funciones vitales. La diferencia con las otras fuentes de agua, metal y cristal corriente de la Tierra reside en la extraña energía que los posee, haciéndolos más maleables, atractivos, resistentes e incluso estimulantes, según su uso. Incluso a sabiendas de su perjuicio, los humanos somos demasiado codiciosos.

Sin embargo, hay un descubrimiento peor que el de los milagros, y es que si estos se modifican de una manera concreta, se pueden potenciar sus características, convirtiéndose en una herramienta perfecta. A su conversión se le llama Don. El humano se hace más fuerte con su uso, todas sus debilidades desaparecen y sus habilidades se refuerzan. Sin embargo, la infección actúa de manera más rápida que con un milagro; un castigo superior. La Diosa te otorga poder y tú lo pagas con tu vida.

Los dones son escasos y complicados de fabricar. Se dice que solo los alquimistas son capaces de modificar los milagros y que mueren casi al instante después de convertirlos en un Don. Al parecer, los pocos alquimistas que quedan vivos trabajan para la reina Matilde. Ya me resulta extraño que alguien se atreva a utilizar un milagro a sabiendas de que va a enfermar con su uso, pero escapa totalmente a mi comprensión que alguien dé su vida por un Don.

La curiosidad me susurra que le pregunte a Sasha cómo es posible que ella posea algo tan insólito. Pero mi prudencia me detiene. Si le doy cuerda, ella insistirá y yo no voy a caer en la breva. Yo creo en las enseñanzas benevolentes de la Diosa. Soy defensor de sus milagros, del equilibrio de la naturaleza, de nuestra propia vida. Los renegados deben cuidarse de no usar los milagros, pero los hay que no lo consiguen. A estas alturas, casi toda la sociedad está infectada por ellos, afectada por la enfermedad de la Diosa.

—Ahí fuera parecéis una secta —declara.

—¿Qué...? —comienza a hervirme la sangre—. Eso ha sido insultante. Somos la última oportunidad que le queda a la humanidad para salvarse del fin del mundo. Solo nosotros. Solo los seguidores de la Diosa que no estamos infectados por sus milagros.

Ella me observa y frunce la nariz con desagrado. No le gusto, pero ella a mí tampoco. Me cruzo de brazos y desvío la mirada hacia las afueras. Me encuentro con un desierto. Inhóspito y yermo. ¿Desde cuándo el camino de hierba y montaña se ha convertido en esta masa de arena? Si entro en Cala Verde no sabré cómo salir de aquí, ni cómo convencer a esta chica de que me enseñe el camino de vuelta.

Sin más discusión, Sasha retoma el trayecto. Parece que sabe por dónde va. Y aunque yo intento memorizar la ruta, no hay ningún elemento o patrón en la naturaleza inhabitada y seca. Estoy seguro de que voy a morir sepultado por alguna duna. O de inanición. O incluso por no poder ir al baño.

—Estamos llegando.

No digo nada. Tengo la boca tan reseca como mi cerebro. Solo quiero que nos detengamos y me diga cómo volver. Me dan igual mis heridas. Por otra parte, si continúo usando a Piloto de esta manera tan agresiva, pronto se apagará, a no ser que los "habitantes libres" me ofrezcan una solución. ¿Qué me queda? Me han robado hasta el colgante de la bellota.

Sasha detiene el vehículo y desciende sin una palabra. Al comienzo no me llama la atención, pero entonces, la veo arrodillada sobre la arena. Hunde las manos en ella y excava por diferentes lugares, pero siempre dentro de un mismo perímetro.

Cuando creo que la chica se ha vuelto loca y voy a bajar para preguntarle qué narices pretende, Sasha hunde los brazos hasta los codos en la arena y un temblor en la tierra me paraliza. Se oye un chirrido, y luego las sacudidas se hacen más patentes. Frente a nosotros comienza a abrirse una puerta subterránea, que arremolina la arena y casi sepulta a Sasha.

La chica sube de nuevo al asiento y yo la miro estupefacto. Ella me sonríe, triunfante. Aunque no me siento seguro, me contagia su satisfacción. Así de inocente soy. En cuanto la puerta ha ascendido lo suficiente como para que quepa la camioneta, Sasha arranca y nos adentramos en la oscuridad.

Enciende las luces para poder guiarse en esta especie de túnel. En ningún momento vira y se nota, poco a poco, cómo el terreno va cambiando a nuestros pies. Al principio, la suavidad de la arena, luego pequeñas piedras rebotan contra el parachoques. Al final, el bamboleo del vehículo me desvela que conducimos sobre un terreno desigual y abrupto, tal vez dominado por las rocas.

Un punto de luz. Un punto de luz al final del túnel que atravesamos con el aliento contenido. Yo continúo mudo, porque de pronto frente a mí se descubre una selva. Una gran extensión de vegetación y rocas enormes, más grandes y altas que los edificios que había en Cumbre. Puedo respirar el aire fresco y puro. Libre.

—Bienvenido a Cala Verde, Tristán —anuncia Sasha—. Será mejor que no bajes.

No entiendo por qué me advierte de ello hasta que nos rodea una especie de tribu, alzando sus lanzas y arcos contra nosotros.

La muerte me susurra al oído.

AMARANTA

APOYO LA FRENTE CONTRA LA VENTANILLA. Escucho la fuerte respiración de Lars, incluso por encima del molesto rugido del motor del camión. Lars, Keira y Agatha se han quedado dormidos casi de inmediato. No puedo culparles, porque huir de Cumbre sanos y salvos no ha sido tarea fácil. Iggy también parece dormido, pero sé que está fingiendo. Siempre atento. Como él bien ha dicho: nunca me va a dejar sola.

¿Cómo estará Tristán? ¿Habrá entendido el mensaje del collar de la bellota? ¿Habrá cambiado de opinión justo después de descubrir las pastillas? ¿Habrá vuelto a Cumbre junto a Martha y Gorio? Sinceramente, espero que sí, porque después del golpe que le he propinado, cualquiera podría recoger su cuerpo pensando que está muerto. Sacudo la cabeza, intentando que este tipo de pensamientos vuelen lejos de mí. Tristán está vivo y seguro. Lo siento a través de nuestra inquebrantable conexión.

Miro de reojo a Levi. No me puedo creer la suerte que hemos tenido. Sé que él ha dicho que es el «alquimista jefe», y que yo busco al «Gran Alquimista» exiliado en Bun, pero en este caso las palabras, palabras son, y todas apuntan en una misma dirección: Levi.

Lo cierto es que me resulta bastante joven, teniendo en cuenta que mis padres hablaban de él como si fuese más mayor. Sin embargo, ese detalle también me da igual. Solo tiene que destruir el Mapa y entonces, lo dejaremos en paz. La verdadera duda es: ¿aceptará él?

—Este viaje está siendo de lo más entretenido —bufa Levi.

Hace un momento me estaba amenazando, y ahora quiere darme conversación. ¿Qué narices?

—¿Qué quieres que te cuente? —se me escapa, cansada, pero arrepentida de seguirle el juego.

—¿Puedo tener el gusto de conocer su nombre, señorita...?

Irónico. Genial. Veo una esperanza en nuestra relación. Pongo los ojos en blanco.

—Amaranta. Me llamo Amaranta.

—Pues estás muy bien escoltada, Amaranta. Antes creí que esa niña me iba a volar la cabeza sin miramientos.

—Agatha es muy protectora con la gente que quiere. —Extiendo un brazo hacia atrás y le rozo la rodilla a mi amiga.

Recojo el brazo lentamente para volver a mi posición y me encuentro con la mirada de Levi, que me recorre entera. Me acomodo, intentando disimular, pero él no para de lanzarme miradas furtivas. Curiosas.

—Deberías tener toda la atención puesta en la carretera, ¿no crees?

Suelta una risita divertida. Con una mano se desordena el pelo. Chasqueo la lengua. Levi está intentando probarme. Probarme con el silencio para comprobar si yo soy capaz de perder la paciencia y soltar toda la verdad; la verdad de por qué estamos aquí. Y es que él tiene razón: ¿qué hacen cuatro neutrales y una ígnea vagando en medio de la nada cuando es ilegal hacerlo? Le observo detenidamente, buscando en su vestuario un brazalete, pero no encuentro ninguno. ¿En Bun no llevan? Conozco la situación de la ciudad, pero no sabía que no tenían por qué llevar esta identificación obligatoria para el resto de Erain.

—Mientras venía he escuchado la noticia de lo que ha sucedido en Cumbre. Debe haber sido muy duro para vosotros.

—¿Cómo sabes que venimos de Cumbre?

—No te negaré que he dudado en un principio, pero si os vieseis desde fuera, lo entenderías enseguida. Ya no solo por el aspecto…

—Estoy de acuerdo. Mis ropas están llenas de pequeños agujeritos provocados por las cenizas que han llovido sobre nosotros, el pelo enmarañado y sangre reseca por todas partes. Mis amigos presentan las mismas pintas—. Se os nota derrotados…

Punto para Levi.

—Lo que no entiendo es por qué venís hacia Bun. Si queréis huir de Cumbre y buscar trabajo aquí, no os lo van a dar. —Despego los labios para responderle, pero él prosigue—. El sistema es el que elige a los trabajadores de Bun. Y todos deben ser expirantes. Si vosotros también lo sois, id a Mudna y que os concedan el permiso, si no…

—Voy a serte sincera —le corto. Estoy hartándome de tanta suposición y de su fría forma de hablar de los demás—. He venido a por ti, Levi. Buscaba al Gran Alquimista y lo he encontrado. ¡Gracias, Destino! —Miro al cielo como si el destino de verdad existiese y me estuviese haciendo una señal de aprobación desde arriba. Gracias, sarcasmo.

Antes de responderme, Levi detiene el vehículo a un lado de la carretera. Me pongo en guardia, nerviosa por su repentina decisión de detenerse. Tras comprobar que nadie nos sigue, se quita el cinturón de seguridad y se coloca de lado en el asiento para mirarme cara a cara. Directamente. La cosa no pinta nada bien.

A simple vista parece tener unos pocos años más que yo, pero las manchas grisáceas que le recorren una parte del cuello, casi hasta la mandíbula, le hacen parecer más mayor. ¿O más cansado? Siento compasión por él, porque eso es lo que la gente siente de normal hacia los habitantes de Bun: compasión y pena.

Sé que ha leído en mi rostro lo que pienso, porque por sus enormes ojos verdes cruza un sentimiento de repugnancia. Lo entiendo, él no necesita ni quiere mi compasión. Mi sucia compasión de ígnea. Se muerde el labio inferior, luego se pasa algunos dedos ahí donde sus dientes han dejado marca, para terminar descendiendo a su cuello. Está tapándose.

—Yo no soy el Gran Alquimista. Ni siquiera sé cómo sabes de su existencia, a lo sumo tendrás veintidós años —da en el clavo—, y el Gran Alquimista es una historia que se perdió hará más de catorce.

—Mis padres me comentaron algo…

—Tus padres ígneos.

—Sí.

—Cómo no. Y qué te dijeron sobre él, ¿que fue un traidor? ¿Una mala persona? Sinceramente, me sorprende que la gente de Cumbre esté mínimamente informada de cualquier tema.

Su reacción me afecta. Es un golpe bajo. Aprieto los labios, con la sangre hirviéndome, dispuesta a recriminarle sus palabras y a hacérselas tragar, pero estamos en paz. Mi compasión por su ira.

—No, no pregunté más. Solo necesitaba saber que existías, no qué clase de persona eres.

—Yo no soy el Gran Alquimista, te lo vuelvo a repetir. —Esta vez me mira a los ojos, estrellando su marea verde contra mi orilla casi dorada.

—Pero eres el alquimista jefe de Bun, ¿no?

Suspira. Continúa rebuscando algo en mi mirada y yo enfrento la suya; desde luego, no voy a ceder. Acerca su rostro al mío como si de esa manera pudiese zambullirse en mi mente y observar mejor qué hay en los rincones de la oscura tormenta que son mis pensamientos.

Trago saliva. Se detiene a medio camino. Estando así de cerca descubro más detalles en su rostro y en su forma de moverse. Bajo el flequillo se advierte una pequeña costra gris que crece hacia la ceja derecha, apenas visible. Totalmente hipnotizada, alzo una mano y le retiro los mechones para poder apreciar mejor la infección. Solo cuando voy a rozarle la piel, él me detiene.

Y normal que lo haga. ¿Qué estoy haciendo?

—Te repugna, ¿no? Pese a que seguro que tú has usado milagros de la Diosa y también estarás infectada . Porque los ígneos sois unos hipócritas. Estáis en contra de la Diosa, pero os gusta esnifaros sus milagros como una droga. Luego intentáis ocultar vuestras impurezas por vergüenza, pero ¿sabes qué? Vosotros también sufrís lo mismo que los demás. Sois iguales.

Qué golpe.

Levi se echa hacia atrás y vuelvo la mirada al frente. Pone las manos en el volante, pero algo en mí me impide dejarle retomar el trayecto sin más. Dos golpes a uno es desventaja. Tengo mi orgullo y él me está juzgando por un simple y estúpido brazalete rojo.

Con cuidado, me quito el guante que Iggy me ha prestado para ocultar mi cicatriz. Alzo el dorso hacia Levi. Él, al comienzo, no me mira, debe pensar que le estoy enseñando algo superfluo. Sin embargo, como no dejo caer la mano, al final se gira hacia mí. La reacción que deseo provocar la encuentro y eso me satisface, aunque no me sienta cómoda con ello.

—Con esto solo te estoy pidiendo respeto. —Desciendo la mano. Levi no se mueve—. No te estoy demostrando nada más. —Aunque eso tampoco es del todo cierto.

—Parece reciente.

—De hace dos horas y poco… —contesto con voz queda, mirando la llama cicatrizada que duele como mil demonios. Me coloco el guante de nuevo.

—¿Por qué buscas con tanta desesperación al Gran Alquimista?

—Tiene que resolver algo por mí. Algo que para él seguro que es tarea sencilla, pero para el resto es imposible.

—¿Puedo saberlo? —Su curiosidad despierta.

—Primero quiero hablar con el Gran Alquimista. —Con determinación me giro hacia él, y Levi compone una mueca, resignado.

—No vas a poder, porque está muerto. —Dejo de respirar. Mi última esperanza perdida—. El Gran Alquimista era mi padre.

—Lo siento…

Levi niega con la cabeza y se roza los labios de nuevo. Pongo una mano sobre la suya. La aparta enseguida, pillado por sorpresa. Yo misma me sorprendo de mi propia acción. Nunca había sido tan atenta con un desconocido, sin embargo, Levi me recuerda a mí. Parece caminar por la misma cuerda floja que yo.

—No voy a insistirte más. Te lo voy a preguntar una sola vez y si te niegas, ahora mismo nos bajamos. —Descubro que Iggy abre un ojo—. Pero en caso afirmativo, te debo una.

Su silencio es una buena señal. Estará sopesando los pros y los contras de mi proposición. Una proposición de la que no conoce ningún detalle, así que se lanzará al vacío si acepta.

—Adelante.

—Tú eres alquimista. No solo eso, el hijo del Gran Alquimista. Tienes que destruir una cosa por mí. Solo eso, destruirla. Solo tú puedes. Los alquimistas escasean y no conozco a más que vivan fuera de Mudna. Bueno, ni dentro.

—¿Qué hay que destruir?

—Tenemos que tratarlo en un lugar seguro.

Su desconfianza aflora de nuevo. Si yo fuese él, no aceptaría. ¿Infiltrar a cinco desconocidos en Bun cuyas intenciones son desconocidas? Ni de broma. Aunque tal vez piensa que, si le traicionamos, no será tan complicado lanzarnos a las minas como castigo.

—Así que si lo hago me darás a cambio lo que sea, ¿no?

Asiento. Bastante rápido, además. No sopeso mi propia propuesta. Le estoy confiando un favor a un desconocido. Aunque un desconocido que puede salvar a Tristán. Levi tiende su mano hacia mí. Se la estrecho. Hay trato.

Cuando solo faltan diez minutos para llegar a Bun, decido despertar a mis amigos. Por supuesto, cuando mezo a Iggy, este enseguida abre los ojos. Pero no me mira, simplemente, desplaza sus ojos grises al exterior, meditabundo. Suspiro y estudio el horizonte. Bun es una fortificación sin murallas. Se aprecian sus inmediaciones, los lindes de esta ciudad devastada, esclavizada y pobre. Es como contemplar una nube de polvo que te reseca la boca con solo fijarte.

Levi se percata de mi perturbación y me pregunta si alguna vez he estado tan cerca de aquí. Abro la boca, pero tardo tanto en contestar que Lars se adelanta a mis palabras y responde que no, pero que sí hemos usado la carretera por la que estamos viajando para ir a otros lugares.

—Impacta, ¿verdad? —Levi está pendiente de mi respuesta.

—Es verdaderamente desalentador. Una ciudad que esclaviza expirantes para extraer metal de la Diosa. Tenemos que acabar con esto… —Y, desde luego, esta última afirmación va dedicada a mis amigos.

Desde que soy consciente de la realidad nunca lo he dudado, pero cada vez se refuerza más mi convicción de que la reina Matilde no tiene corazón. Los expirantes son personas que necesitan ayuda, investigación y medios para curar su grave enfermedad. Y, sin embargo, la reina ve en ellos mano de obra gratis. Para ella no hay diferencia entre los últimos latidos de una vida y la muerte. Para ella no hay salvación, aunque exista, si te encuentras a las puertas del final.

Cuanto más nos acercamos, más moribunda parece la tierra. Unas luces titilan en el horizonte y, recortadas por la luz de la luna, soy capaz de vislumbrar por fin las enormes torres de control de Bun. Imponen como dos monstruosos gigantes que apuntan peligrosos a cualquiera que desee escapar. O entrar sin permiso.

—¿Vamos a cruzar *eso* así sin más? ¿No nos vamos a esconder? —Agatha se reincorpora un poco entre los dos asientos delanteros, temerosa. Me ha leído la mente.

—Hoy está de guardia un conocido mío.

—Nos vamos a esconder —concluyo—. Yo no me fío de nadie.

—Te estás fiando de mí —contesta Levi al segundo, y parece que le ofenden mis dudas.

—No me queda otra, Levi. —El festival de las pullas ha llegado a nuestra conversación—. No quiero que nos identifiquen. Es un viaje exprés, no espero pasar dentro de Bun más de lo necesario. Que nunca haya estado aquí no significa que no sepa lo que se cuece dentro. Al contrario que tus suposiciones sobre la gente de Cumbre, Levi, algunos sí estamos informados. Algunos sí salimos de esa ciudad con propósitos honestos.

—Conozco a Urko desde que llegué aquí. Perdió a toda su familia y lo único que quiere es vivir en paz.

—No, lo único que quiere es sobrevivir —opino—. Levi, nunca

te fíes de una persona a la que lo único que le queda por perder es su propia vida.

—No me des lecciones. —Aminora la marcha para poder mirarme fijamente—. Ni siquiera lo conoces y te atreves a juzgarle. Tal vez no debí haberos traído…

Aprieto los labios con rabia. No quiero descubrir por el retrovisor el gesto de mis amigos. Pero me atrevo a echar un vistazo y no encuentro nada bueno. Iggy es el único que me observa con… ¿compasión? Hace tiempo que él no me mira así, y me duele profundamente. En los demás solo hallo una desconfianza que no puedo reprocharles.

Me fijo en Levi una vez más. Si decido confiar en él finalmente, sé que estaré hablando en nombre de todos, algo que tampoco es justo. Sin embargo, ellos han decidido acompañarme bajo mis condiciones, ¿no? Suspiro. Vuelvo a mirar por el retrovisor y entonces, Agatha asiente. Parpadeo varias veces, asombrada. Pensaba que seguiría enfadada conmigo y que, por ello, sería la última en apoyarme, pero asiente de nuevo y no dudo.

—Confiaremos en ti, Levi. De verdad y por el bien de todos, espero que estés en lo cierto.

Levi sonríe, satisfecho, y acelera. Sigo sin estar convencida del todo, pero si quiero que mi plan resulte tendré que dar, al menos, un voto de confianza a alguien desconocido.

Tardamos poco en llegar a la puerta principal encaramada por las dos grandes torres de seguridad. Me percato de que bajo ellas hay dos casetas bastante cochambrosas, rematadas por un tejado de madera a medio terminar. Nada que comparar con sus dos hermanas gemelas. Intuyo dónde la monarquía ha invertido el dinero.

—Ami. —Keira me tiende un brazalete blanco.

Antes de que el supuesto conocido de Levi se asome por la ventana, me cambio rápidamente la identificación. Oficialmente soy una neutral. ¿Cuántos tipos de persona voy a tener que fingir ser hasta poder ser quien yo soy en realidad? Me ajusto el guante y decido adoptar una actitud serena, pero abatida. Tal vez se le reblandezca más el corazón si ve nuestro aspecto de neutrales afectados por la destrucción de Cumbre.

Sé enseguida quién es Urko en cuanto se cuelga del marco de la ventana abierta y se balancea de un lado a otro, hiperactivo. Pero no lo reconozco solo por su actitud despreocupada hacia Levi, sino porque en cuanto repara en nosotros deja de danzar para apoyar los antebrazos y analizarnos seriamente. Nunca se va a volver a repetir esto. Nunca más.

Sin apartar sus ojos de nosotros, saca un aparato y Levi le enseña una plaquita de cristal verde que cuelga de su cuello. La pasa por encima del detector y la máquina emite un pitido. Debe hacerlo muy a menudo porque ni siquiera lanza un mínimo vistazo a la pantallita que debe confirmarle algo en concreto.

Vaya, no solo existen los brazaletes como método de control.

—Son cinco neutrales que han escapado de Cumbre. Supongo que habrás visto las noticias, ¿no? —comenta Levi, audaz.

En un principio pienso que Urko nos va a echar a gritos de aquí. Aunque sería más sutil si nos amenazase con esa Z-135 que cuelga de su espalda. De todas las armas que podía poseer, tenemos que toparnos con una escopeta recortada de macrometralla. Ya he visto cómo funcionanesas cosas en corto alcance y espero no comprobar su acción en nosotros.

—¿Estáis bien? —Frunce el ceño, asomándose más adentro de la cabina para poder observar bien a mis amigos.

—Casi no lo contamos… —contesta Lars con sus almendrados ojos verdes exagerando la pena. A Urko parece gustarle su supuesta vulnerabilidad.

—Tranquilo, ya estás en un lugar seguro. Yo os protegeré.

—No me cabe duda. —Lars se lleva un dedo a los labios, y Urko cae en la trampa de su adulación.

Mi amigo finge a las mil maravillas para tantear el terreno y ofrecernos una imagen de desamparados, porque está funcionando.

—Yo he pasado mucho miedo, Lars. —Agatha usa su baza de niña inocente para conmover del todo a Urko, y me tenso.

Si el guardia es inteligente no caerá en este cliché tan barato que Agatha odia utilizar. ¿Realmente parecemos tan indefensos? Yo solo veo a un grupo de personas valientes y fuertes que luchan día a día por ellas mismas y por los demás.

No apuesto por su perspicacia.

Y acierto.

—No te preocupes —calma a mi amiga—. Como he dicho, ahora estáis todos a salvo. —Y le guiña un ojo a Lars—. Pero Levi, sabes que no puedes traer extranjeros a Bun, ¿no?

—La devastación de Cumbre ha sido alerta nacional. Al menos debemos darles cobijo un día para que se repongan.

—No sé si la Capitana Zyan daría el visto bueno a refugiarlos. —Urko se mesa la barba pelirroja. Nosotros no decimos una palabra.

El guardia nos vuelve a estudiar. Uno por uno. Nos analiza como si quisiese descubrir, a través de nuestro comportamiento, qué ocultamos en las entrañas. Por suerte, estamos acostumbrados a este tipo de interrogatorios silenciosos y Urko no hallará nada que nosotros no queramos que descubra.

Tal vez solo es una sensación producida por el cansancio y los nervios, pero me parece que Urko se detiene más en mí que en el resto. No quiero mirar a Levi por si acaso mis sospechas se confirman, pero sé que hago mal en bajar la mirada, por si mi propio yo me traiciona, cuando Urko exhala una risa al ver mi gesto.

—Podéis pasar. Pero Levi, dentro de cuatro días la capitana Zyan viene a una inspección. Deben marcharse antes de ello, ¿de acuerdo?

—Te lo aseguramos. —Dejo que hable Levi.

Tamborilea los dedos contra el marco, nos echa un último vistazo y con una enorme sonrisa —que enseña demasiados dientes para mi gusto—desciende del camión de un bote. Levi no tarda en avanzar y yo no puedo evitar dar una ojeada a Urko, un breve atisbo. Él nos mira fijamente.

Algo sospecha. Algo escapa a su lógica y le mosquea. Tenemos que huir de Bun cuanto antes. La ciudad minera es uno de los lugares más peligrosos de toda Erain. No necesita ni siquiera muros para contener a todas las personas en su interior, porque nunca nadie ha avanzado más de diez metros fuera de las inmediaciones sin perder la vida.

Comienzo a silbar. Noto que Iggy se remueve en su asiento. No paro. Para todos mis amigos es bien sabido que cuando yo silbo solo puede significar dos cosas: felicidad o nerviosismo. Y, de momento, la primera no se ha manifestado.

—Tengo que decir que tu amigo Urko es bien guapo. Muy guapo. —Lars trata de romper el hielo.

—No es mi amigo, pero por lo que he visto creo que le has gustado. —Sonríe Levi.

—Sí, lo sé. Creo que todo el mundo aquí se ha dado cuenta. En otras circunstancias no le diría yo que no, pero... —Se cruza de brazos y su semblante, de pronto, destroza todo ápice de diversión para convertirse en pura seriedad—. No me fío de él. Amaranta...

Así es Lars. Pasa de lo afable a lo implacable en cuestión de segundos. Menos mal que tengo una persona como él a mi lado, que no duda en recordarnos que somos más que una misión, que tenemos sueños y deseos, pero que tampoco olvida que hemos decidido tomar un camino cuyo final queremos alcanzar cueste lo que cueste.

—Vamos a terminar con esto esta misma noche y mañana por la mañana nos marcharemos. ¿Está claro? —determino mucho más imperativa de lo que pretendo, pero tengo el corazón en un puño.

Levi enmudece ante mi reacción y me arrepiento de inmediato. Voy a pedirle perdón, pero un toque en el hombro por parte de Keira me interrumpe. Me giro para comprobar qué quiere mi amiga, pero ella solo señala a su derecha, sin ni siquiera mirarme.

Me volteo, preocupada. Enseguida entiendo por qué Keira no es capaz de articular palabra. Estamos dentro de Bun. Hemos escuchado muchas historias sobre esta mina de explotación; la ciudad esclavizada por la monarquía. Pero nunca hemos visto fotografías, ni vídeos ni nada. Solo rumores que ahora dejan de serlo.

Aunque es noche cerrada, el cielo parece arder, tal y como lo ha hecho Cumbre hace unas pocas horas. El tono anaranjado se posa en el aire, como si la niebla estuviese ruborizándose lentamente, como si el fuego ardiese en el mismísimo corazón de la tierra. Las casas están hechas de madera y barro. Endebles, sucias y muy distintas a las de mi ciudad, donde incluso en el Arco Externo, muchas de las edificaciones están constituidas mayoritariamente por metal.

En Cumbre solo se conservan las construcciones de madera, piedra o ladrillo declaradas patrimonio de la humanidad ígnea, como la Iglesia Coronaria, o que son consideradas precursoras de la misma. El contraste entre pasado y futuro es tan llamativo, que en ciertas calles parece que te encuentras en medio de un museo de arte antiguo. Pero Cumbre ya no existe, y esa huella del pasado que quieren imponernos como nuestro presente y futuro, ahora es puro escombro.

El terreno de Bun es muy irregular, tanto, que me da la sensación de que estamos recorriendo la cima de una montaña. Algunas veces aparece una sola casa y en otras un montón de ellas acumulándose en una estructura prácticamente imposible. Entonces me doy cuenta de que lo que pasa es que nos encontramos en la parte alta de Bun y que la tierra se hunde en diferentes niveles, en profundas excavaciones kilométricas a lo largo y a lo ancho, de las que mana ese color tan intenso y agobiante.

Es como si las paredes del terreno estuvieran repletas de cráteres profundísimos, como si fuese una enorme chimenea interna y desigual rodeada por un enorme camino que serpentea hasta el fondo. Una gran mina. No puedo despegar la mirada del paisaje tan funesto. En algún momento, comenzamos a descender una cuesta. Atrás dejamos "el piso superior", tierra firme, para internarnos en las profundidades de la tierra. Todo es un amasijo de chabolas, tiendas y alguna que otra caravana destartalada —pero apenas abundan de estas—.

Estoy segura de que a estos niveles poca luz solar debe llegar, por eso todo está iluminado por cientos de bombillas y lámparas de aceite, de las que se escapa el color anaranjado que sube hacia el cielo, intentando huir de aquí.

No me percato, hasta que veo a un niño jugar con una piedra negra como el carbón, que desde Urko no he visto ni un solo humano. El niño tiene la piel oscura repleta de costras grises. Levi conduce tan lento que el niño repara en mi indiscreción y clava sus enormes ojos negros en mí. Solo sonrío, pero no lo pierdo de vista incluso cuando bajamos un nivel más en el subsuelo.

—Debéis estar flipando —dice el alquimista. Gracias, Levi, por sacar mi mirada de este infierno.

—Es todo tan diferente a Cumbre… A muchos de los sitios a los que hemos ido. —Agatha está bastante afectada, lo noto en la gravedad de su voz.

—¿Cómo podéis sobrevivir en estas condiciones? Tenías razón, Ami —continúa Iggy, y sé enseguida que se refiere a antes, a cuando he dicho: «*Tenemos que acabar con esto…*».

—Lo sé. —Levi aprieta los dedos alrededor del volante—. En fin —suspira—. Hogar, dulce hogar. —Ironía.

El terreno se ha ensanchado y ahora nos encontramos frente a una casa destartalada de piedra que, ciertamente, tiene muchísimo mejor aspecto que el resto. Suponíaque Levi, por ser el alquimista jefe, tendría más privilegios que los demás, pero me equivoco.

Descendemos del camión y el polvo se arremolina alrededor de mis botas en cuanto hago contacto con la superficie. Mis amigos bajan y Keira me echa un brazo sobre los hombros. Menos mal que mis amigos están conmigo.

Bordeamos el enorme vehículo y, cuando llegamos frente a la casa de Levi, nos encontramos con que hay gente esperando en la puerta principal. Lars nos protege interponiéndose, instintivamente. Sin embargo, las personas que están ahí no parecen esperarnos a nosotros, sino a Levi. Una mujer, que rondará los cuarenta años, intenta explicarles algo a tres personas, una de ellas sujeta por las otras dos, llena de manchas grises por toda la piel. Ese hombre está a punto de morir.

Levi corre hacia ellos, no sin antes lanzarnos una mirada cargada de nerviosismo. ¿Qué nos pretende ocultar? No es de nuestra incumbencia los negocios y su trabajo, pero… ¿Por qué entonces tanta preocupación por mostrarlo? Casi en un acto reflejo, me deshago de Keira, esquivo a Lars y avanzo a paso rápido hasta alcanzar el grupo. Sin embargo, antes de que pueda decir nada, los recién llegados dan media vuelta para marcharse.

El moribundo trastabilla, pero consigo ayudar a sus dos acompañantes. Su piel arde tanto que me escuece. Madre mía, está en las últimas. El señor me mira con dolor y agradecimiento: «*Que la Diosa te salve*», me susurra con la voz rota.

Me quedo paralizada, pero un estirón me saca de mi estupefacción. Levi me mete dentro de su casa, sujetándome de la mano con fuerza. Busco a mis amigos con la mirada, pero me siento desorientada, mareada y demasiado cansada como para llamarlos. El hombre y sus palabras no salen de mi mente.

—Levi, ¿quiénes eran esos?

—Esclavos de Bun —contesta .

—¿Qué hacen aquí?

Me encuentro indagando en sus gestos. Por mi propio bien espero que Levi, pese a vivir en tales condiciones, no sea uno de los opresores de Bun. Esta no es la imagen que tengo del Gran Alquimista. Pero no me contesta y mi corazón se deshace ante su mutismo repentino.

—¿Levi?

Me giro hacia la nueva voz, notando una fuerte presión en mi pecho y unas ganas incontenibles de llorar. La mujer rubia que antes ha estado hablando con los tres esclavos se acerca con un bebé en brazos, regordete y simpático.

—He llevado a los neutrales a la habitación. Hoy dormiremos en el comedor —susurra y mece a su bebé para que no se despierte.

—Oh, no, por favor. Estamos acostumbrados a acampar y a dormir en el suelo, no se preocupe. —Me adelanto.

—Bueno, tus amigos me han dicho que sois neutrales con vínculo de Cumbre. Es decir… —La mujer está intentando decir con palabras educadas que somos gente acomodada y que ni de broma somos capaces de dormir en el suelo.

Entiendo por qué mis amigos han dicho que pertenecemos al Vínculo. Cuanto más elevada sea nuestra posición social, mejor nos aceptarán fuera. Aun así, me extraña que la mujer no se inquiete. Como neutrales con vínculo que somos, deberíamos haber tenido reservado un hueco en los búnkeres de protección junto a los ígneos durante la destrucción de Cumbre. Espero que no caiga en esa lógica y que, si lo hace, lo achaque al caos del momento. Caían bolas de fuego del cielo, cualquiera habría huido despavorido en cualquier dirección.

—Si insiste… Pero de verdad, su hospitalidad, el mero hecho de que nos dé refugio, ya es suficiente para nosotros. —Sonrío y miro al bebé.

Me sonrojo. Esta mujer tan guapa no puede ser otra sino la pareja de Levi. Y bueno, su hijo es una preciosidad. Me acerco despacio. Estoy acostumbrada a ver muchos bebés en el Arco Interno, pero todos pomposos, casi ridículos. En cambio, este me resulta real. Es un mundo, ajeno a lo que ocurre a su alrededor, aunque decidido a vivir.

—Tu hijo es muy adorable —le digo a Levi.

El chico se echa a reír. La mujer le acompaña en las carcajadas y me siento confusa y aliviada a la vez. Primero porque no entiendo la situación y segundo porque parece que se están carcajeando a gusto.

—Es mi hermanastro Noah. Y ella es Gala, mi madre.

—Oh, siento la confusión. Hola —extiendo la mano, sintiendo que las mejillas me arden—, soy Amaranta y…

Un pinchazo en el pecho me calla. Gruño, sin poderlo evitar, y Levi me sujeta por la espalda. No, no, no. No puede estar sucediendo. Se supone que nunca más voy a necesitar las pastillas. Me niego. El pecho me duele y parece que se compacta.

Pido auxilio, porque me estoy ahogando. Siento náuseas y cómo se tensan mis músculos. Caigo al suelo, pero ni siquiera noto el impacto. No escucho nada más que un constante y agudo pitido. Todo se vuelve negro. Me muerdo la lengua con fuerza.

Me está dando un ataque.

Despierto de sopetón. El corazón me late desenfrenado e imparable por el susto. La boca me sabe a sangre. Me llevo la mano sana al pecho. Todo controlado. Me percato de que solo visto una enorme camisa que casi me llega hasta las rodillas. No sé a quién pertenece, pero debido a mi altura, supongo que debe ser de alguien enorme.

Mierda. ¿Quién me ha visto desnuda? Y no por el hecho del desnudo, sino por mi secreto. Mi cruel secreto que solo saben unos cuantos. Y mejor si se queda así. Sin embargo, temo que Levi o Gala lo hayan descubierto y que mis amigos no hayan tenido más opción que contarles lo que me sucede.

Decido indagar. Mi grupo duerme conmigo. La habitación no es muy grande. Lars y Keira descansan juntos en una cama, Iggy está recostado en un sillón con la boca entreabierta y los auriculares puestos. Percibo el rumor de la música que escucha. Y Agatha está recostada sobre mi cama con un dedo entrelazado entre las páginas de un libro que reposa, aún abierto, sobre la colcha.

Cierro la novela y, con cuidado, acomodo a Agatha en la silla. No parece tener un sueño muy confortable y si intento moverla hasta mi cama, se despertará. Y yo quiero hacer la incursión en Bun sola.

El piso es de piedra sólida, así que me ahorro parte del cuidado, porque es casi imposible hacer ruido. Me calzo las botas polvorientas y salgo de la habitación. Me doy cuenta de que estoy en el comedor en el que he desfallecido antes. En una cama destartalada duermen Gala y Noah pacíficamente. Solo hay dos estancias en toda la casa, a pesar de que el edificio parece más grande desde fuera.

Cruzo el cuarto, directa hacia la puerta principal. La abro con cuidado y la cierro tras de mí con más tiento todavía. Me vuelvo triunfante al exterior de Bun y, de pronto, tropiezo contra un cuerpo. Consigo mantener el equilibro, pero se me corta la respiración al encontrarme con los enormes ojos verdes de Levi.

—¿Qué haces aquí fuera?

—Necesito aire fresco —contesto, rápida, intentando sonar sincera.

No cuela, porque Levi enarca una ceja. Sin embargo, no me reprocha mi huida, más bien, da media vuelta y se sienta en una enorme roca que linda con los límites del camino. Lo sigo, esperando que rompa el silencio. No hemos empezado con buen pie y necesito que nos llevemos bien para que destruya el dichoso mapita.

Hay hueco para ambos, así que sin pedir permiso me coloco cerca de él, cruzando las piernas. Lo observo. Trato de averiguar qué pretende, por qué no me regaña, qué es lo que pasa con él en un lugar como este.

—¿Vas a contestar a todas mis preguntas? —suelta, de repente.

—¿Qué te hace pensar que me voy a abrir en canal para ti, sin ninguna razón? —me defiendo.

Él se vuelve hacia mí. El rubor anaranjado del ambiente arranca de su cabello rubio ceniza destellos dorados y castaños, como si fuese un árbol deshojándose en otoño. Las manchas de su piel parecen más oscuras en contraste con la noche cerrada. Toda la intensidad que emana me golpea, pidiéndome que sea legal y honesta.

Aunque los retazos de una confianza casi ciega van posándose sobre mi inseguridad, Levi no puede esperar de verdad que le cuente todos mis secretos sin reparos solo porque nos haya acogido. El trato no es este.

Lo peor de todo es que intuyo por qué me hace esta pregunta tan súbita, y el miedo me atenaza. ¿Hasta qué punto mis amigos le han contado sobre mí?

—La has visto, ¿no? —tanteo.

—Agatha ha necesitado ayuda para estabilizarte. Dado que soy alquimista, la persona con más conocimientos para ello de entre todos era yo. Pero no pasa nada, Amaranta. Apenas queda alguien sano. Lo único raro es que la infección no haya debilitado tu corazón enfermo hasta el punto que… —Me señala el pecho. Calla—. Era tu vida o tu secreto.

Suspiro. No me importa que sepa que estoy infectada, ni siquiera que sepa que *sufría* del corazón. Lo único que no deseo es que se entere de por qué sigo viva, pese a esta infección.

—Entiendo. Yo hubiese hecho lo mismo por cualquiera de ellos.

—Siento curiosidad por lo que te pasa…

Me molesta que Levi no tenga reparo en seguir indagando; que no cierre la boca y lo deje estar.

—¿Me vas a coaccionar para ser tu conejillo de indias?

—¿Qué? No, Amaranta. —Frunce el ceño—. Solo quiero entender cómo funcionan los milagros de la Diosa. Cómo algo tan puro, si es usado por los humanos, puede afectarnos así —se palpa las manchas grises del cuello—, infectarnos hasta este punto. Condenarnos a morir.

—Lo entiendo, pero soy como todo el mundo. Nada me diferencia.

Nos sostenemos la mirada, enfrentando nuestros sentimientos, ocultando los secretos más sangrantes. Termino por dirigir mi atención de nuevo al frente, cansada de no poder confiar en alguien. Debilitada por sentir que mis amigos y yo cargamos con un peso que, al final, nos aplastará si nadie nos ayuda.

—Antes te he juzgado. —Parece una disculpa, pero no llego a creerme del todo su tono—. Te he atacado con tantas pullas, porque casi parece que es la única manera de protegerse hoy en día. —Carraspea, y noto en su voz una nota de vergüenza.

—Punto para el señorito —le espeto, ofendida.

Junto las piernas desnudas y me las abrazo, impotente. Levi se acerca a mí. Su codo desnudo roza el mío y siento su calor. Cómo echo de menos a Nil y su manía de apoyar su frente en mi espalda. Lo echo tanto de menos, a él y a los demás... Me trago el recuerdo emponzoñado. Y, sin advertirlo, Levi apoya una mano sobre mi cabeza. No me muevo, pero él tampoco reacciona con ningún movimiento más. No resulta del todo incómodo, pero esa acción por su parte me desestabiliza por completo pese a que yo soy más buena con los gestos que con las palabras. Y, extrañamente, en este instante, necesito el contacto de alguien que no me conozca. Una persona que, aunque me haya juzgado, sea capaz de retractarse y ver más allá de mí. Más allá de mi pasado.

—Siento haberte presionado, Amaranta. Es solo que estoy harto de esto. Harto de Bun y de tener que ver a mi madre y a mi hermano malvivir. De presenciar la muerte de todos los habitantes de esta maldita ciudad...

La desesperación y yo también nos hemos encontrado más de una vez. Puedo perdonar su falta de tacto.

—Huye.

—No podemos. Si hay algo peor que ser un esclavo de Bun es ser un prófugo. —Suspira.

Aparta la mano con precaución. Cuando el frío acaricia los mechones despeinados de lo alto de mi cabeza y me enfría la piel, suspiro añorando que su calor hubiese permanecido unos segundos más.

—Algún día seremos libres, Levi. —Me vuelvo hacia él—. Hay que seguir luchando, aunque duela. El mal no vence porque el bien le aguanta el pulso al otro lado de la mesa. Mientras alguien tenga la fuerza suficiente para sobrevivir, hay esperanza.

—Si destruyen esta sociedad, el poder corrupto cae. No se puede subyugar a la nada —musita Levi.

—De las pocas cosas de este mundo de las que somos motor, también somos responsables.

El alquimista cierra los ojos y, por un momento, su mandíbula se tensa con un pequeño tirón. Me reconozco en la tensión de sus hombros, en las arrugas de expresión que se marcan cuando frunce el gesto y en el brillo de sus ojos cuando habla de un futuro mejor. Tal vez no me esté equivocando.

—De nuevo, lo siento —dice de pronto, sacudiéndose las perneras del pantalón, mientras se incorpora—. No tenemos por qué saber nada el uno del otro. Al fin y al cabo, os vais mañana. Enséñame qué tengo que destruir. Ahora mismo lo hago y podéis seguir vuestro camino sin más.

El cambio de tercio del alquimista me sorprende. Me vuelvo hacia él, desasiéndome de mi abrazo, confundida.

—¿Levi?

Me mira de soslayo y su gesto desarma; parece un niño perdido. Prefiero el silencio a su brusquedad. No entiendo qué he hecho o dicho para que Levi reaccione así, sin embargo, el alquimista aprieta los labios y se dirige hacia su casa. Lo sigo hasta dentro del edificio. Se detiene frente a los fogones de la cocina, que está integrada junto al salón, y pone a calentar agua.

—¿Qué haces?

—Si trabajo, necesito café.

Un fogonazo nos lanza a todos hacia atrás con un grito contenido. La llamarada verde se retuerce, baila unos segundos más en el aire y luego, se apaga, dejando el papel intacto. Pateo el suelo cabreada y Keira intenta calmarme. Levi lleva desde la noche anterior intentando destruir el Mapa de la Diosa y aún no lo ha conseguido; ni siquiera un indicio de que es posible.

Agatha también se asoma junto a Levi, asombrada y repleta de curiosidad, alternando la atención entre un libro y nuestro fracaso. Pasa las páginas con violencia, y temo que las rompa. Adora leer y sus libros son su bien más preciado. Sin embargo, la frustración es algo que le cuesta dominar y siempre se deja sucumbir ante ella.

El Mapa es una obra de arte; una mezcla de líneas topográficas, ilustraciones e indicaciones en una letra intrincada e ilegible. Sin embargo, yo soy bastante ávida en interpretar signos y códigos. De pequeña hasta me hartaba de jugar con Tristán a "en busca del tesoro escondido", porque siempre acertaba las incógnitas que me llevaban hasta el final. Y sé que el Mapa conduce más allá de Erain, pasando por Trampte y la Quiebra, surcando los mares, a donde nadie se ha atrevido a ir nunca, porque está prohibido y porque nada de fuera se ha comunicado con nosotros. Es lo desconocido, una búsqueda de peligro innecesaria para la mayoría en este país.

Por eso insisto en que han enviado a mi hermano a morir. Porque más allá de la costa embravecida solo hay perdición. No hay Diosa que valga. No sé hasta qué punto me contenta mi desconocimiento, pero me siento segura en él respecto a esto. La Quiebra, es decir, la costa de la ciudad de Trampte, cuenta con el mayor índice de muertos, pese a que, en cualquier zona costera del país, el mar siempre parece querer destrozarte. Y si yo no me veo capaz de sobrevivir a ello, ¿lo hará Tristán?

Levi echa una gotita de color amarillo sobre el papel. Supongo que es otro compuesto químico y guardo la esperanza de que este sea el definitivo. Llevamos casi un día con ello y yo contaba con estar fuera de Bun a estas alturas.

Alguien entra en el taller que Levi tiene montado tras su casa para poder hacer sus experimentos y a saber qué más. Me giro, alerta, pero solo es Gala, que nos trae la merienda. Ya nos hemos negado varias veces a probar bocado. Primero, porque aún nos quedan latas de conserva y segundo, porque si ellos ya son pobres, alimentar a cinco bocas de más no mejorará su situación. Sin embargo, Gala cree una falta de respeto no aceptar su gesto, así que cuando nos acerca la bandeja llena de cuencos repletos de almendras, los cogemos dando un simple gracias.

A la luz del día, Gala parece mucho más mayor de lo que es. Tiene un aspecto muy desmejorado. Se le nota enferma y débil. Las manchas grises dominan casi todo su cuerpo. Prácticamente, es una segunda y nueva capa de piel. Descubro que es una expirante. Las infecciones están muy extendidas y pronto comenzarán a desprenderse, dejándola en carne viva.

—¿Estáis seguros de que queréis destruir esta reliquia? —Noto en el tono de Levi una vacilación.

—Es de mi propiedad ahora, y hago con él lo que quiera —contesto, tensa.

—¿Te has oído ? Este es un documento que ha pervivido durante siglos, le pertenece a la humanidad entera, no a un solo individuo. Acabas de hablar como una ígnea egoísta y posesiva.

—Y dale con tener tantos prejuicios. Sabes que hay malas personas en todas partes, ¿no?

Él me observa como si hubiese dicho una hipocresía. Yo no estoy libre del prejuicio, sobre todo con los ígneos, pero no me puede negar que si no empezamos a ver a las personas como son, en vez de como creemos que son, entonces no hay esperanza que valga. Despego los labios, dispuesta a contraatacar de nuevo, pero Lars se adelanta con su natural actitud conciliadora:

—¿Eres creyente de la Diosa, Levi?

—Soy alquimista. Deberíais pensar mejor en lo que estáis haciendo.

—Pero has accedido a destruirlo —se adelanta Keira, atacando.

—Antes de saber qué era. —Levi aprieta los dientes.

—Y cuando has sabido qué era has accedido igualmente. —Lars se cruza de brazos, incrédulo.

Podría haberse negado. Podría habernos dicho que él no iba a destruir algo que fuese en contra de sus propias ideas. Sin embargo, lo está probando todo y el Mapa continúa intacto, como si los años y miles de productos no hubiesen rozado su superficie jamás.

Lo miro con el ceño fruncido, y él lee mi expresión a la perfección, porque coge aire, indignado:

—Lo he intentado todo, Amaranta. Todo. Entiendo que estés nerviosa por tu hermano, pero no sé qué más hacer. ¿Qué tiene este papel? No se rompe. Resiste al agua y la humedad, es inmune a los ácidos y otros elementos. En sí es muy resistente, no pierde propiedades, ni siquiera se desgasta. Esto podría ser…

—No —corto de inmediato. Capto cómo los ojillos de Lars brillan, traviesos, algo que siempre sucede cuando su imaginación se dispara—. No es la Diosa. No hay ningún *superpoder* intercediendo por el dichoso Mapa. No estamos en medio de la devastación humana en sí misma para que me vengáis con esas tonterías.

—Tienes la mente abierta para que lo quieres, Amaranta —chista Levi.

El golpe es duro. Mis amigos se quedan clavados en el suelo. Me corroe la ira, la vergüenza y el más profundo de los orgullos.

—A ver si es verdad que los alquimistas solo sois unos charlatanes y que… —arremeto, harta, pero es mi propio arrebato de injusta intransigencia lo que me hace enmudecer.

Tiene que entender que no creo en nada. En nada de nada. Ni en el Dios de la Corona Ardiente, ni en la Diosa. Sí creo en el cambio climático, en la ciencia. Creo en la realidad objetiva tal y como la contemplo, porque sobrevivo a ella día a día.

Sin embargo, el asunto del Mapa me escama. ¿Cómo puede haber aguantado al tiempo y a la manipulación agresiva de Levi? Aunque el alquimista ni siquiera puede dar una explicación científica a la falta de reacciones, la respuesta debe estar ante nuestras narices. Fue fabricado, escrito y dibujado por la mano de un ser humano, no por un ente divino. Mortal el humano, mortal el trozo de papel.

—Levi, decídete. Sabes que no nos podemos quedar mucho tiempo aquí y…

—¿Crees que no lo sabe, Amaranta? —Iggy me interrumpe. Siempre que dice mi nombre completo es porque está enfadado. Y no le culpo, porque yo debo ser alguien complicado de tratar continuamente.

—Sí, Iggy, sé que lo sabe —me defiendo—. Y por eso mismo aprieto, porque no quiero poneros a ninguno de vosotros en peligro, ¿entiendes? Ni a ti, ni a Keira, ni a Lars, ni a Agatha y mucho menos a Levi y su familia. Siento si te has visto obligado a esto, Levi, pero solo quiero encontrar una solución para todos. Y con todos incluyo a mi hermano.

«*No puedes salvarlos a todos*», resuena Nil en mi memoria. «*Cállate*», le espeto yo.

Mi contestación tensa el ambiente tanto que apenas se puede respirar. Solo se oye el burbujear de los compuestos químicos y el crepitar de las llamas dentro del horno alquímico de Levi. Yo intento calmarme comiendo varias almendras a la vez y dándole un gran sorbo al fuerte café queme arrasa la garganta y me hace toser.

Iggy se acerca a mí con pasos cautelosos y, cuando comprueba que no me voy a apartar, me abraza. Algunos contienen el aliento y otros se separan un poco de nosotros, dándonos intimidad. Estrecho a mi amigo entre mis brazos y hundo la cara en su pecho. Cómo odio pelearme con él.

Como respuesta, Iggy me acaricia el pelo y baja sus labios hasta mi oreja para susurrarme sin que nadie se entere:

—No me fío de nadie de aquí, Ami. Siento que nos están observando, como si supiesen quiénes somos. Llevo con la mosca detrás de la oreja desde que accediste al plan de Levi para entrar en Bun. —Asiento y le doy la razón—. Yo también quiero protegeros, y siento haber estado enfadado desde anoche. Si llego a perderte… —Me apretuja con más intensidad.

—Lo siento yo también. —Mi voz se ahoga contra su hombro—. No sé qué me pasó, Iggy. No sé qué me está pasando.

—Primero destruyamos esa cosa y luego averigüémoslo, pero lejos de Bun.

Asiento de nuevo y pongo las palmas sobre su pecho para separarme. Necesito aire. Mi amigo sonríe cuando ve que estoy boqueando como un pez fuera del agua. Me acerco a Levi, frío y distante. Le interrogo con la mirada, pero él me esquiva.

Entonces, Agatha me estira de la manga de la camiseta. Antes de poder preguntarle qué sucede, ella apunta:

—Creo que hemos obviado el sistema más fácil para quemar el papel: el fuego.

—Justamente he probado otros métodos, porque siendo el Mapa de la Diosa suponía que entrañaba mucho más misterio… y porque pensaba que lo habíais intentado ya. No ibais a arriesgaros a entrar en Bun si no hubieseis probado la opción más obvia, ¿no? —contesta Levi, claramente cansado.

—No lo hemos hecho, porque hemos dado por supuesto lo mismo que tú. Hasta que eso suceda, no sabremos la respuesta. —Agatha se cruza de brazos—. Sin embargo, echar una cerrilla sobre el Mapa y que prenda es muy sencillo, así que, si no lo hace… ¿cuál es tu siguiente paso, Levi?

A veces Agatha impone tanto que hasta yo me encojo. Y sé que Levi también ha notado el ímpetu que emana del pequeño cuerpo de la chica. Es ahora o nunca, alquimista. Si accedes, no habrá vuelta atrás. Entonces Levi sonríe de medialuna, pero con un deje de inseguridad que me molesta.

—Si el fuego no funciona y si estáis dispuestos a ello, bajaremos abajo. —Señala la tierra y todos miramos como bobos, porque, obviamente, no vamos a encontrar el objeto de su frase—. Las minas de Bun son famosas porque son las primeras exportadoras de metal de la Diosa, uno de los tres milagros más importantes. Aquí abajo las propias paredes rezuman milagro y los gases son casi letales. ¿Y si enfrentamos el Mapa de la Diosa con algo de la Diosa? Tal vez se neutralice…

—¿Quieres que uno de nosotros baje a las minas con el peligro de infectarnos más de lo que estamos ya? ¿Es que quieres matarnos? —Avanza un paso Keira, con la parte grisácea de su rostro más contraída que la sana.

—¿Eso significa que estás con nosotros? —Trato de asegurarme.

Levi asiente, pero no me mira. ¿Qué le pasa? ¿Por qué ayuda si no quiere? No puedo leerle la mente y esto es algo demasiado importante para mí, por lo que no desaprovecho la oportunidad.

—Yo descenderé. —Me ofrezco.

—No. —Se niega Iggy—. No nos podemos arriesgar a que desfallezcas otra vez.

—Estoy más preparada que ninguno, y lo sabes. Además, es una orden. —Todos me miran directamente. Saben que no suelo hacer alarde de mi posición, pero también saben que cuando lo hago es por una causa importante—. Acabemos con esto.

—Vas a tener que prepararte, Amaranta —me informa Levi—. Bajar ahí abajo no es como jugar a los escaladores y hacerte un mero rasguño. —Enciende una cerilla.

—Esperemos que el fuego funcione, entonces.

—La suerte está echada. —Levi compone una mueca, mezcla de miedo y pena.

Y suelta la cerilla sobre el Mapa de la Diosa.

TRISTÁN

ANTES DE QUE ABRAN LA PUERTA DEL COCHE con brusquedad y me tapen la cabeza entera con una especie de saco grueso, intento quedarme con sus caras. Aunque si muero en Cala Verde por resistirme, de nada servirá. Son unas cinco personas; unos tienen la piel tan blanca como la leche, casi transparente, y otros tan negra como el ébano, casi camuflados por las cortezas de los enormes árboles que nos rodean.

Cuando abren mi puerta sin miramientos, levanto los brazos, casi gritando que venimos en son de paz, como si esto fuese una película. Lo último que veo antes de quedar atrapado bajo la tela que, por qué no decirlo, pica como mil demonios, es a Sasha descender de la camioneta por su propio pie, sin que nadie la hostigue.

Me ha engañado, pero no me callo:

—¡Sasha! ¡Sasha, dile que me suelten! ¡Por favor! ¡Sasha!

Oigo zumbar a Piloto contra mi brazo, sin embargo, le chisto que se mantenga quieto. No quiero que malgaste energías en un momento en el que ni yo mismo sé cómo actuar.

Me agarran por los brazos y, con fuerza desmedida, me elevan para llevarme sin que mis pies toquen tierra. ¿Es que me voy a convertir en la ofrenda de una panda de caníbales? El miedo me agarrota la garganta, pero en un último acto desesperado y confuso, grito:

—¡Judah, por favor, diles que soy inocente! ¡Solo estaba de paso! ¡Tú me trajiste aquí, diles que me suelten!

Tal vez Judah sigue inconsciente, o tal vez solo finge. Muy en el fondo no dejo de echarle parte de la culpa a mi hermana. Si no me hubiera robado el Mapa, yo ahora no estaría a cientos de kilómetros de Cumbre, y a saber a cuántos de mi verdadero objetivo. Me quedaría más tiempo para luchar por lo mío, aunque fuese poco.

Sin embargo, la culpabilidad hacia Amaranta no dura mucho, ya que sé que algo malo me hubiese sucedido de todas formas: yo nunca he estado fuera de mi ciudad, no conozco apenas costumbres de fuera y no sé defenderme. ¿El Clan me ha mentido entonces? No puede ser.

Me recuerdo, culpable, que apenas me he resistido a las propuestas de Judah, y ya no digamos a las de Sasha. Una desconocida aparece de repente, me salva y ya me creo que es inocente.

Suspiro y me dejo llevar. Intento concentrarme en los sonidos que me devuelve la naturaleza, en la gente que me conduce a alguna parte, en las sensaciones que se pegan en mi piel como la miel, en lo fuerte que huele a humedad y hierba mojada. La confusión me está matando y casi grito de nuevo, pero me contengo a sabiendas de que es mejor aparentar ser amigo que enemigo.

No sé cuánto tardo hasta poner los pies en tierra, pero cuando lo hago la gravedad me saluda y me doblo. Clamo al cielo porque, al menos, por fin me vayan a quitar el saco insoportable de la cabeza. Me equivoco. Aún tengo que andar un trecho más, con las grandes manos de mis captores cerradas en torno a mis brazos.

Barro. Mucho barro. Y muchas piedras irregulares, tanto pequeñas como enormes, sueltas o salientes de la tierra virgen. Si respiro profundamente puedo notar cómo mis pulmones se regeneran, acostumbrados a la contaminación de Cumbre. Es una sensación increíble. Si me quitan el saco, incluso puedo llegar a rogar porque no me vuelvan a privar de tal pureza.

Y es cuando me he acostumbrado a avanzar sin que apenas me cojan, cuando me hacen arrodillar rudamente y me quitan el saco de la cabeza de un tirón. Suelto un pequeño quejido, porque el sol, fuerte y vigoroso aun atardeciendo, me recibe con todo su esplendor. En Cumbre, los rayos de sol nunca llegan al Arco Externo tan notoriamente por culpa de la polución y los altos edificios. Disfrutar de la naturaleza, aunque sea durante pocos segundos, me resulta un regalo.

Parpadeo varias veces, cerrando con fuerza los ojos y abriéndolos lentamente para acostumbrarme a la cantidad de luz que lo desborda todo, filtrándose por las hojas de los altos árboles, reflectando contra la pura tierra marrón, acompañando al canto de los pájaros. Canto que no sé cómo reconozco, porque, ¿alguna vez he escuchado cantar a un pájaro de verdad, sin que sea una simulación?

Cuando por fin me acostumbro, me quedo sin aire. Estoy rodeado por muchísima gente. Algunos son los que me han traído a la fuerza, semidesnudos y llenos de vistosos tatuajes en los que me alegro de reparar un poco: son arte puro; algunos adornan las manchas grises de impureza con tinta verde. Pero también hay personas vestidas con prendas muy parecidas a las mías. Y pese a las claras diferencias, nadie juzga, nadie mira al otro por encima del hombro. Se lo pueden permitir: ninguno lleva brazalete. Y, sin embargo, todos están infectados por la Diosa.

Alguien me estira del pelo y me obliga a mirar al frente. Yo gruño, pero cedo. Frente a mí, a varios metros, se encuentra una mujer de mediana edad, tal vez de la edad de mi madre, sentada con las piernas cruzadas. Tiene el pelo tan largo que se enreda con las pequeñas flores y zarzas que crecen vivas desde tierra; y su cabello reluce tan dorado que el sol crea a su alrededor un áurea resplandeciente, casi cegadora. Lo único que viste son unos pantalones anchos, por lo que se puede admirar las voluminosas curvas de su cuerpo, bronceadas y plagadas de geométricos tatuajes dorados. Es como un sol atrapado en una enmarañada red dorada. Hipnotizadora e imponente. Ningún milagro ha impurificado su piel: es como yo.

—Tristán —dice con su robusta voz. Permanezco callado, mirando fijamente sus ciegos y neblinosos ojos.

Ante mi mutismo, otro tirón de pelo:

—¡Muestra tus respetos a la gran Suyay!

Carraspeo antes de hablar. Estoy muerto de miedo:

—Mis respetos, Suyay. No era mi intención entrar en tu territorio.

La mano que agarra fuertemente mi pelo se desase. Ante el alivio, me atrevo a observar de nuevo a Suyay, que parece la jefa de todo el extravagante grupo. Es ciega, pero siento que me descubre mejor que nadie. Esboza una sonrisa y levanta una mano. Luego hace un gesto con ella y noto que alguien se agacha a mi lado. Es Sasha.

—Tranquilo —me susurra.

—Tristán, eres bienvenido a las tierras de los habitantes libres. Recupérate y prosigue tu camino. No queremos retrasarte en tu noble búsqueda.

¿Cómo sabe que estoy buscando algo? Tal vez Judah o Sasha le han comentado sus sospechas respecto a mí, pero no he revelado lo suficiente como para que sepan cuál es mi misión. Suspiro, mientras dejo que me levanten con brusquedad.

Suyay se mueve conmigo y, al hacerlo, arrastra dulcemente con sus mechones algunas flores silvestres. Finjo serenidad y confianza. Pese a que reina la tranquilidad, lo único que deseo es salir de Cala Verde y eso que resulta ser el paraíso perfecto para los seguidores de la Diosa: nada de contaminación, solo vida. Pura y virgen.

La mujer dorada se acerca a mí con pasos silenciosos, armoniosos, casi parecen las raíces de un árbol saliendo del suelo y deslizándose para desplazarse. Es una criatura de la naturaleza, fantástica y enigmática. La observo hasta que se queda a pocos centímetros de mi rostro. Noto que Sasha se tensa a mi lado, pero Suyay me atrapa.

—Yo te curaré las heridas, Tristán. Nada ni nadie debería ser objeto de la guerra, ni mundana, ni divina. El centro de tu creencia debes ser tú mismo. —Alza una mano y me acaricia la mejilla.

Siento frío y calor, una vibración imparable que se arremolina en mi estómago y brota al exterior en forma de lágrimas. No puedo controlar mis propios sentimientos. Soy una mezcla de angustia, ansiedad y paz. Y siento terror por no poder enfrentarme a lo desconocido. Creo perderme en el caos, en esa amalgama de realidad, cuando Sasha me devuelve en sí cogiéndome fuertemente del brazo.

Suyay sonríe, pero Sasha me conduce hacia una tienda muy rudimentaria, hecha de tela y palos de madera. Pese a los materiales, parece más resistente que ningún otro edificio que hubiese visto. Seguro que no habría sucumbido a la devastación de Cumbre.

Gorio. Martha. Mi pueblo. Los aldeanos. Mis padres… Un pinchazo. Remordimientos. Dolor. Los sentimientos me están gritando.

Entro en la tienda intentando sobreponerme a los recuerdos, a este estado de embriaguez. Navego entre la tristeza y el pesimismo. Y lo cierto es que, ¿qué puedo hacer yo por este mundo, si ni siquiera he sabido defenderme ante tres personas? Si no hubiese sido por Piloto —me llevo la mano libre hasta mi pequeño amigo, que descansa silencioso pegado a mi brazo—, y por Sasha, habría muerto.

—No han dudado ni un momento de ti. —Me espabila Sasha.

—Pues después del recibimiento, no lo parece…

—Ningún habitante libre quiere que otro morador del mundo sepa la entrada de Cala Verde. No quieren que lleguen hasta ellos, porque si no, dejarán de ser libres. Tiene su lógica, ¿no?

—Sí, bueno… Pero me resulta tan extraño todo. Judah me ha comentado que operáis a espaldas de la ley, por eso nos atacó la Capitana Zyan.

—No le hagas caso —me interrumpe rudamente y me hace sentarme en una camilla de tela gruesa—. Judah no es siempre la persona más cabal del mundo. —Y sonríe, tensa, e incluso un poco molesta.

Voy a replicarle, pero Suyay aparece, gloriosa y majestuosa. Sasha se aparta con la cabeza gacha. Apenas la conozco, pero parece que la jefa del campamento es la única que puede aplacar la voluntad de Sasha, la chica capaz de derretir el acero con la mirada.

—Eres puro y noble, Tristán —comienza Suyay—. Lo noto. Lo veo. —Alza una mano y la deja descansar sobre mi cabeza.

Respiro hondo. Me calma. Hace que nazca un oasis en mi interior al que solo puedo acceder yo. Ella me ha transportado ahí. No noto su presencia y, sin embargo, me llega su voz: «*Respira hondo otra vez, Tristán. Mézclate. Sé tuyo*». Repite la frase una y otra vez, como un mantra, un cántico que se posa en mi corazón y lo mece.

De pronto, dejo de sentir totalmente a Suyay. Ni su voz, ni su calor, nada. La noción del tiempo es una mentira. El espacio se ha desdibujado en mi mente. Pero no me siento abandonado. No siento rencor. Podría haberme quedado en aquel oasis perdido para siempre, en el que se curan mis heridas, tanto las externas como las internas, donde no existen las preocupaciones, ni las impurezas. Nadie está por encima de nadie. Solo mi reflejo y yo entre la suave brisa. Solo mi libertad y yo.

«*Vamos, Tristán*». Renace el cántico en forma de un silbido delicado y algo trémulo. Lo reconocería en cualquier parte: es Amaranta. Esa tonadilla siempre la entona cuando quiere que despierte, feliz y más fuerte que nunca. Oh, Ami…

«*Tristán, hora de despertar*». Sonrió ampliamente, porque entonces noto que me acaricia el pelo. Sus dedos dejan escapar mis mechones como regueros de agua. Sin embargo, el silbido comienza a alejarse y digo su nombre en alto para que no se marche de mi lado. Amaranta. Amaranta…

—¡Amaranta! —Abro los ojos y me encuentro a pocos centímetros del rostro de Sasha.

Me incorporo como un resorte, asustado por encontrarme con la chica y no con mi hermana, confuso por la situación. Trato de coordinar mis pensamientos y acciones; de descifrar la realidad.

—¿Quién es Amaranta? ¿Un amor no correspondido?

—Amaranta es mi hermana.

—Oh. —Sasha esboza una sonrisa traviesa y pongo los ojos en blanco.

Ella levanta los brazos, aún divertida. Más consciente y recordando qué es lo último que he visto antes de cerrar los ojos, me quedo petrificado. Sacudo la cabeza, intentando ubicarme. Es de día. ¿Hora de despertarse? ¿Qué hora es? ¿Y mi noción del tiempo?

Estoy en el borde de un acantilado. Frente a mí, una enorme cascada sigue su curso sin que nadie se lo impida. El chisporroteo del agua me golpea la cara, como un fino manto fresco que poco a poco me va despejando. Nunca he estado en un entorno tan salvaje, tan verde, tan lleno de vida.

Me vuelvo hacia Sasha, que se ha acercado de nuevo a mí. Advierto algunas manchas grisáceas en su hombro, aunque no me sorprende, por muy triste que resulte la costumbre. Entonces ella pone las manos contra mi pecho y , antes de que pueda decir nada más, se aferra a mi camiseta fuertemente y se deja caer hacia el lado del lago, arrastrándome con ella.

No me da tiempo ni a gritar, chocamos contra la superficie del agua. Gélida. La caída apenas son unos pocos metros, pero la respiración se me corta de golpe. Braceo, histérico, pero el agua está sorprendentemente tranquila, por lo que consigo nadar hasta la superficie sin problemas. Salgo al exterior con un brinco y cojo aire como si estuviese a punto de morir.

Sin embargo, el colapso no me dura mucho, porque Sasha empieza a reírse a pleno pulmón, mientras chapotea como una niña. La imito sin poder evitarlo. La libertad es contagiosa. Y la felicidad también. Tanto que parece que he olvidado todos mis problemas, mi misión. Mi falta de tiempo.

Ya no me duelen ni el brazo ni la pierna, y disfrutar es algo que me han prohibido durante casi diecinueve años. Toda mi vida. Así que me dejo llevar. Nadamos y jugamos hasta que nos cansamos. Al final, quedamos flotando de espaldas al fondo del lago. El cielo está despejado y unas aves blancas lo surcan con un vuelo elegante y pausado.

Deseo quedarme así toda la vida. De pronto, morir aquí no me parece tan mala idea. La cuestión es si soy capaz de condenar al resto del mundo por unos días más de tranquilidad en este paraje único.

Sí.

No.

No lo soy.

Por suerte, Sasha me rescata de mis pesadillas:

—Este es mi lugar preferido de Cala Verde. No es un escondite, pero siempre suelo estar sola aquí.

—¿Y me has traído al lugar en el que te encuentras con tu soledad? Cuánta confianza, ¿no? —Siento que el agua me cosquillea la espalda.

—Necesitabas despejarte después de las artes de Suyay. —Se le escapa una risita.

—No entiendo qué ha sucedido. Ella estaba frente a mí, acariciándome y entonces, me ha transportado a otro mundo. ¿O estaba dormido? He dormido durante toda la noche, ¿verdad? Tal vez me haya drogado y me ha dejado a tu cuidado, pero… ¡Vaya, Sasha, sé que tienes fuerza, pero no creía que tanta como para cargarme sola hasta aquí!

Vuelve a reír, pero esta vez más quedamente, como si le costase hablar del tema. Mezo las manos y remo hasta ponerme a su lado.

—Tristán, ella no te ha drogado.

—Era una broma. —Más o menos, todavía no entiendo qué ha sucedido. Decido cambiar de tema rápidamente para no molestarla—. ¿Aquí sois todos seguidores de la Diosa?

—Por mi parte, no sabría decirte. Continuamente me cuestiono para no estancarme. Los demás, sí. Además, Suyay… Nada, te vas a reír de mí.

—Prueba. Soy más impresionable de lo que parece.

—Pues… —titubea—. Se dice que Suyay es la reencarnación de la Diosa.

Respondo reincorporándome e intentando mantenerme a flote con las piernas. Ella también hace lo mismo y entorna sus brillantes ojos para encontrar en mí la razón de mi reacción.

Ha sacado un tema muy delicado. El tema por el que incluso mi Clan me ha cuestionado durante años. Por el que yo, a veces, cuestiono mi propia misión. Otra vez a discutir.

—La Diosa no es un ente físico.

—Pero eres un seguidor de la Diosa —apunta.

—¿Y? La creencia no es inamovible, sino que evoluciona también. Yo no la contemplo como una figura absoluta. Creer en la Diosa es creer en una voluntad. Es un movimiento libre que cada uno acepta como quiere. Yo me resguardé en ella, porque acepto su lucha. Su lucha contra la desigualdad y la violenta evolución que lo único que ha hecho es deshumanizarnos más y más. Dicen que las cinco guerras mundiales que nos condujeron a esta situación fueron provocadas por la Diosa. Que, por ello, Erain no sabe nada del resto del mundo. Pero la realidad es que esas batallas se sucedieron por la carrera tecnológica, por conseguir ser la potencia más poderosa.

Me duele el corazón y la cruda realidad me devuelve un bofetón por haberla obviado durante este corto instante. Para mí la Diosa no es un ente que pueda materializarse, pero la *busco* para pedirle la redención como si lo fuese. Sin embargo, es la misión que me ha encomendado mi Clan. Para ellos, yo soy el único que tiene posibilidades de conseguir su perdón. ¿Voy a decir que no solo porque no crea de la misma forma que ellos y condenar a todo el mundo?

No. La respuesta es no. Lucharé hasta el final, aunque la última esperanza no concuerde del todo con mis propias ideas. ¿Y si estoy equivocado? Ninguno gozamos de la verdad absoluta, y yo he decidido tener la mente abierta para poder alcanzar el bien común. Escuchar, aprender y crecer. No me resulta tan complicado.

—Pero tienes un robot, una máquina tecnológica —me reprocha.

No entiendo por qué continúa atacándome, pero la presión comienza a ser insoportable. Sasha me recuerda a Piloto y me llevo la mano al hombro para encontrar el soporte de mi amigo robot, pero no está. Miro alrededor, asustado, buscándolo, pero Sasha se acerca a mí y con un movimiento tranquilo, señala al punto del acantilado desde el que me ha hecho saltar.

Está ahí, a salvo. Menos mal.

—La Diosa apuesta por el equilibrio de la naturaleza y su conservación, pero en ninguna parte se exige que tus ideas no se reinventen. Es obvio que no está a favor de la sobreexplotación o un trato abusivo de todas las energías, por eso existen sus milagros. Y, por supuesto, algunos renegados quieren volver atrás y hacer desaparecer todo rastro de tecnología, pero yo no estoy en contra, yo adapto mis ideas a la evolución humana. Siempre y cuando eso no implique anular la libertad de otros y destruirnos a nosotros mismos. Hoy en día crecemos con la supervivencia, no con la vida, cuando debería ser al revés.

—No creo que tengas las ideas claras.

—Eso mismo me dijo mi Clan —le espeto, enfadado—. Parece que todo tiene que ser o blanco o negro, pero quien no tiene nada claro sois los que os creéis que no podemos conjugar ideas y llegar a un punto común.

—No sabes nada del mundo.

Estrello un puño contra el agua, harto. Su mirada me dice muchas cosas: sectario. Mentiroso. Hipócrita. Ignorante. No encuentro nada bueno. Pero tampoco me importa. ¿Va a ser cierto que Sasha y yo no nos podemos llevar bien? De todas formas, mis heridas ya están curadas y mañana por la mañana dejaré Cala Verde para retomar mi camino.

—El mundo es injusto, Tristán. La balanza está demasiado desequilibrada como para poderla estabilizar —me contesta, seria—. Yo soy huérfana y Judah me recogió cuando no tenía a nadie. Es complicado entrar en un mundo en el que te clasifican constantemente. Y cuando no lo hacen, tú no puedes evitar hacerlo. ¿Soy libre o no? ¿Sigo a una ideología o no? ¿A una rebelión? ¿Tal vez no soy nadie? Tal vez te juzgo así, porque me veo reflejada en ti… y lo odio.

No espero esa confesión tan repentina, sobre todo después de haberme recriminado tanto. Sé que la creencia en la Diosa es difícil de entender. Los ígneos nos han descrito ante la sociedad como una panda de locos que acatamos las decisiones de la Diosa, aunque eso implique la destrucción de la humanidad. Y no les negaré que hay algunos así entre los renegados, pero nuestros ideales no son inamovibles. Estoy harto de que se deforme nuestro discurso para promover odio y dividir a la sociedad.

Sasha nada hacia mí. Ella lo ha pasado mal y no le voy a impedir cuestionar aquello en lo que no cree, pero no hasta el punto de hacerme sentir mal conmigo mismo.

Posa sus manos encima de mis hombros.

—Antes de que te marches de aquí, te enseñaré a pelear con tus propias manitas de renegado. —Entreabro la boca, pero ella me empuja hacia abajo y me hunde.

Grito tan fuerte dentro del agua que me atraganto.

«*La Diosa me ha hablado y me ha dicho que sois buenos, que lo estáis haciendo muy bien. La reina no ha llegado hasta aquí, porque no sabe dónde estamos, quiénes somos. Porque un día escapamos de su yugo para no volver, porque la Diosa es nuestra madre. La madre que nos cobija del mal, del progreso que nos arrebata la vida. No hay pecado en vuestra abnegación, en vuestro sacrificio. Solo amor por la vida. Somos habitantes libres. ¡Somos la libertad!*». Aplausos. Muchísimos, atronadores. Yo también aplaudo, entusiasmado, convencido. El discurso de Judah, el Renacido, me recuerda a las enseñanzas de Shioban y Caleb. Les echo de menos. Su amparo, su guía en el camino hacia la Diosa.

Moretones. Dolor. Impaciencia. Aprender más. Ser capaz de sujetar la espada sin que me tiemble el brazo. Ser capaz de mantenerme firme ante el enemigo. Si tengo miedo, él lo olerá. Si lo atisba, aunque sea un segundo, yo moriré. Pero caigo a tierra, y Sasha se burla de mí y yo le río la gracia. ¿Desde cuándo estamos tan unidos? ¿Desde cuándo no peleamos? ¿Desde cuándo es *este cuándo*?

La comida ni me gusta ni me disgusta, pero no disfruto con ella. Es demasiado fuerte, porque le echan demasiadas especias que luego me hacen ir de vientre. Judah y Sasha se carcajean siempre de mí por mis decisiones, por lo patoso y confiado que parezco. Que soy. Suyay nos mira desde el centro del comedor. Ella nunca come, o eso creo. Muchos aquí me han dicho con devoción que se nutre de la naturaleza, de respirar su aire, de cerrar los ojos ante los rayos del sol. Ella no está infectada. ¿Es posible que sea la reencarnación de la Diosa?

Sasha me mira con una amplia sonrisa, mientras deja que unos niños me hagan trenzas en la melena. Le saco la lengua y ella me responde igual. Nuestra relación ha llegado a un punto en el que no me siento rechazado. Tal vez es porque la gente de Cala Verde me hace sentir libre de prejuicios. Aquí, yo puedo ser uno mismo. La chica y yo hablamos de miles de cosas que luego olvido. Nos conocemos, nadamos en *su* lago y nos quedamos mirando el cielo como si fuese lo único que pudiese silenciarnos. Y cuando creo que la conozco por fin, que empiezo a atisbar el tipo de persona que es, me olvido de ella de nuevo. De sus rasgos, de su forma de expresarse, incluso de su existencia.

Es la tercera vez que caigo contra tierra y deseo fuertemente que Suyay me cure y me lance al abismo donde no existe el dolor. Maldigo a Sasha y sus poderosas artes de lucha. Y también a mí mismo de paso, por ser tan flojo.

—¡Arriba! ¡El enemigo no va a dejar que te recuperes!

Con uno de sus afilados cuchillos curvos le da unos golpecitos a la suela de mis botas. Insistentemente. Me dan ganas de barrer con una de mis piernas las suyas para derrumbarla contra tierra.

Aprieto los labios y decido seguir a mis instintos, haciendo un movimiento rápido para tirarla, pero, de nuevo, fallo. Sasha salta con las piernas juntas, esquivando mi ofensiva. Luego se coloca sobre mí, sin tocarme, con las piernas abiertas, una a cada lado de mi cuerpo.

—No te atrevas a llamar instinto a lo que acabas de hacer. Has mirado mis pies y casi me ha dado tiempo a estudiar el ángulo, la velocidad e incluso el siguiente movimiento que ibas a hacer tras tirarme al suelo. —Sádica—. Tristán, para ser un renegado, permíteme que te lo diga, eres bastante débil. ¿Cómo sobreviviste en Cumbre?

Envaina uno de sus cuchillos y me tiende una mano. Yo dejo mi arma en tierra, cansado de cargarla. Sé que con su última pregunta no pretende herirme, pero recordar lo indefenso que estoy y lo desconocidas que pueden ser para mí ciertas ideas y leyes del resto de Erain me fastidia.

—Mis amigos, Gorio y Martha, me protegieron hasta el final. Martha era mi casera, quien me salvó el día de la Criba. —Algo cruza su rostro, entre el miedo y la repugnancia—. Tranquila... Ella me ocultó durante días, me dio cobijo y luego me ofreció un trabajo en El Tugurio, propiedad de su mejor amigo, Gorio. Y él tiene a Jacinta. —Sonrío, nostálgico.

—¿Jacinta? —Sasha frunce el ceño y se cruza de brazos.

—Jacinta es su escopeta de micrometralla. Una vez la vi funcionar y dejó el hombro de una cliente como un colador y su interior como una coraza de hierro. Si llegó a sacarse alguna de sus balas... Ya te digo yo que mejor si se las dejó dentro. —Ahogo una risa.

—Sé que piensas que soy despiadada, pero te acabas de reír de la desgracia de una persona. Conozco cómo funciona la micrometralla y no es agradable.

Sin dejar de mirar cómo analiza mi propia historia, paso un pie por debajo de la hoja de la espada corta que he dejado en tierra y, con un toque, la alzo en el aire. Consigo cogerla al vuelo con una mano, algo torpe, pero suficientemente eficaz como para dejar descansar el filo sobre el hombro de la chica, acariciando su cuello.

Sasha recorre la espada hasta llegar a mi mirada. Está realmente patidifusa y yo demasiado satisfecho como para no restregárselo con orgullo.

—No sabes luchar, pero sí sabes recuperar un arma con esa habilidad. ¿A ti qué te pasa?

—Solía jugar al balón con los niños del Barrio Arco Externo. Esta era la forma que tenía de recoger la pelota del suelo. He pensado que, si tenía la enorme suerte de encontrar el punto de equilibrio de la espada como para alzarla, no sería muy diferente del balón.

—A diferencia de que la hoja de la espada te habría cercenado la mano, si no llegas a agarrarla correctamente —se burla.

Me quedo pasmado de nuevo y ahí está mi enésimo craso error. Desenvaina el cuchillo que antes ha guardado, se deshace de mi espada con un movimiento, apenas perceptible, y en cuestión de segundos estoy en tierra de nuevo.

Repetimos la misma coreografía una y otra vez hasta que logro tumbarla. Luego intenta darme un voto de confianza tras dos horas de duro entrenamiento con lo que ella llama «estilo libre», el cual, prácticamente, se basa en que ella me da unas palizas de muerte y yo intento defenderme de cada golpe, cada patada y cada ofensiva de cualquier índole venga de donde venga y con la contundencia que sea. Al cabo de media hora tengo ganas de suplicarle que paremos, pero entonces me doy cuenta de que el "estilo libre" está funcionando bastante bien.

No sé si es por darme ventaja o porque de verdad comienzo a comprender lo que es luchar cuerpo a cuerpo, algo que siempre he evitado por estar en contra de la violencia, pero empiezo a entrever grietas en sus técnicas, patrones en sus movimientos. Lo veo, como si fuese un juego estudiado, un baile demasiado ensayado.

Alza los dos cuchillos curvos para descargarlos en mí, pero yo interpongo la espada a tiempo. Con toda la fuerza que me permite el brazo, la empujo hacia atrás, y los filos de sus cuchillos se deslizan horizontalmente hasta quedar encallados por los protectores. Aprovechando la fuerza que ejerzo con mi espada sobre la inútil defensa que ella alza frente mí, le propino una patada en el estómago con suficiente empeño como para lanzarla contra un grueso árbol. Sasha choca sin remedio y, antes de que pueda contraatacar, yo ya tengo mi arma contra su cuello.

—Vaya, vaya, el pequeño renegado lo ha conseguido solito. Enhorabuena. —No sé si se jacta de mí, pero sus palabras me enorgullecen.

Sasha se despega del árbol con una mueca. Avanzo hacia ella, preocupado por si he resultado demasiado brusco. Sin embargo, Sasha levanta un cuchillo, interponiéndolo en mi camino. No me mira. Voltea ambas armas unas cuantas veces y, con un movimiento limpio, las envaina en su cintura respectivamente.

—¿Estás bien, Sasha? Yo…

—Este árbol me debe varios masajes si quiero recuperarme del golpe. —Se ríe ante su propia broma y eso me tranquiliza—. Recoge y ve a darte una ducha. Hueles a hombre muerto… Algo que serás si nos volvemos a enfrentar.

Suspiro tranquilo al comprobar que se encuentra bien. ¿Qué hay en su mirada que no logro descifrar? Algo me está ocultando, pero no puedo culparla. Pese a haberle contado cosas de mi vida, sigo escondiendo muchas otras.

Doy media vuelta, dejándole espacio. Algo me dice que, si insisto, acabaré de nuevo en el suelo, pero esta vez, con toda la ira que la chica está guardando en su interior. Me encamino hacia el árbol en el que está apoyada la vaina de la espada corta, mi mochila y el brazalete con Piloto suspendido. Tengo que encontrar una fuente de energía cuanto antes o Piloto no sobrevivirá un día más. Como yo. Pero en Cala Verde, donde todo es natural, no existe nada parecido y la última batería amenaza con agotarse.

Me entra aprensión ante el hecho de que mañana tendré que partir sin poder usar a Piloto tanto cómo deseo. El GPS consume muchísima batería y los mapas de Erain que introduje en su sistema son bastante limitados, por no decir inservibles o desactualizados.

Odio Erain un poco más. A su sistema corrupto. Odio su creación de castas ideológicas, sus formas de etiquetar y marginar a la gente. ¿Cuántas veces me arriesgué a ir al Barrio Arco Interno para tener acceso a Internet, que estaba muy limitado para las personas que no tenían identificación ciudadana? Nos dejaron sin zonas naturales, sin libertad, sin derechos, sin vida. ¿Y ahora debo rogar a la Diosa por la salvación de este tipo de personas?

«*Que no te dominen las debilidades humanas ni la injusticia, Tristán. Tú no eres como ellos, por eso eres el único que puede hacer esto*», las palabras de Shioban, una de las jefas de mi Clan, resuenan en mi mente. Tengo que aferrarme a ellas y no recaer en mis ansias de venganza.

Recojo todas mis cosas, intentando recapitular todo lo que haré al día siguiente. Paso a paso. Me voy acercando al camino por el que Sasha y yo hemos llegado hasta el claro. Por los gruñidos de mi estómago, supongo que es hora de cenar. Qué hambre tengo.

Sin embargo, unas voces detienen mis pasos. Parece una discusión. No tengo mucha alma de chismoso, pero este entorno, el que aún considero inhóspito y, por qué no decirlo, un poco hostil, provoca que me resguarde tras un árbol a escuchar la conversación.

Cuál es mi sorpresa al identificar las voces de Judah y Sasha.

—¿Le estás cogiendo cariño al chico, Sasha?

—Cállate. Eso no es cierto…

—¡Lo estás haciendo! ¡Te has encariñado con él! Sasha, es el supuesto *elegido* —escupe con un tono burlón—. Tienes que hacer que coja esa espada.

—¡No, Judah! Eso lo tienes que hacer tú, ¿recuerdas? —Un retintín en la voz de Sasha me hace dudar del cariz que está tomando la conversación.

Suena un pequeño pitido y oigo cómo Sasha contiene el aliento.

—¿Te están llamando al móvil? —¿Un móvil? ¿Aquí?

Judah suspira y continúa con el tema anterior como si la intervención de Sasha no hubiese existido nunca:

—Sasha, tú sigue haciéndole creer que no está pasando el tiempo. Está muy bien que le enseñes a pelear, que te tome confianza y todo eso, pero esta no es la misión y lo sabes.

¿El elegido? ¿La misión? ¿La espada? ¿Se está refiriendo a la espada que Sasha me lanzó cuando nos encontramos con la capitana Zyan? La espada hecha con metal de la Diosa. La espada que es un Don de la Diosa. Eso ocurrió ayer. No, hace unos cuántos días más. Pero ayer fue cuando me encontró Judah, ¿no? No tengo esa sensación. ¿Cuántos días han pasado? ¿Qué día de la semana es hoy? ¿Cuánto he estado entrenando con Sasha? ¿Cuánto he estado en Cala Verde?

Y me doy de bruces con la realidad. De alguna forma, me han estado engañando. Los entrenamientos, escuchar los pregones de Judah, conocer más a Sasha, entender a Suyay como un ser imponente y único, no han sido sueños. Son la realidad, y yo he estado adormecido en ella, vagando. Muriendo. Estoy muriéndome.

El corazón se me encoge en una poderosa contracción y suelto un irremediable gruñido. Doy de rodillas contra tierra. Boqueo fuertemente y escucho a Piloto emitir unos sonidos. Se ha despertado al escanear mis constantes vitales. Quiero ordenarle que se mantenga en silencio, pero los ojos se me cierran, sumiéndome en otro profundo sueño. En la oscuridad.

Me despierto mareado. Esta vez no he soñado, simplemente, he estado suspendido en una oscuridad de la que no he podido escapar hasta que he sentido calor. Me cuesta un rato acostumbrarme a las luces naranjas que despiden los cientos de velas que están repartidas dentro de la tienda. Junto a mí se encuentran Judah, Sasha, Suyay y otras dos personas que no reconozco.

Fuera brilla el sol. Demasiado. Ha pasado otra noche más. O dos, o tres… Ni siquiera lo sé con certeza. Me siento angustiado. Es como estar en una espiral en la que nunca se me permite escoger cuándo dormir y cuándo despertar. Estoy a merced del tiempo y las decisiones de los demás. Y lo peor es que llego tarde a todo. Nunca debí haber aceptado la misión de la Diosa, porque nunca he tenido tiempo suficiente para llevarla a cabo.

Antes de que ninguno diga nada, alzo las manos y grito:

—¡Que ninguno se acerque! ¡Me habéis engañado! Me habéis estado drogando para que no salga de aquí, ¿verdad? ¿Qué día es hoy? ¿Cuánto llevo aquí? ¿Qué he desayunado? ¿Por qué me retenéis? ¿Cuántas veces he pensado que tenía que irme por la mañana del día siguiente y ese día ya ha pasado? —Vomito dos veces. Una de cara al suelo. Noto la bilis quemarme todo entero. La segunda vez es verbalmente, e incontenible—. Soy un seguidor de la Diosa, un renegado, no uso milagros y menos dones. ¿Cómo os lo tengo que decir? ¿En qué maldito idioma? ¡No soy un elegido! ¡No hay ninguna misión cósmica que haya recaído en mí! Y, dicho esto, me marcho… —Voy a levantarme, pero un pinchazo en el pecho me tira de nuevo contra el camastro.

Sasha frunce el ceño y Judah chasquea la lengua. Suyay se acerca, pero no me toca. Mi hostilidad debe palparse a kilómetros. Me estoy hartando de todo esto. ¿Y si Amaranta solo ha querido protegerme del mundo al robarme el Mapa? ¿Y si ella sabía que yo no iba a ser capaz de sobrevivir a este país lleno de incógnitas para mí?

—Tristán —dice Sasha, y me vuelvo hacia ella, dolido—, ¿qué te sucede?

—¿Para qué quieres saberlo? ¿Para usarlo contra mí?

—No, es que… nos has dado un susto de muerte. —Observa a Judah y él asiente, aunque no muy convencido.

—¿Qué os he asustado? ¡Mentira!

Sin embargo, no puedo gritarle a Sasha. No me siento capaz de mentirle. Una fuerza interna, un sentido de familiaridad y apego que ahora me niego a tomar como cierto, pero que es real, me empuja a ser sincero. Existe una lucha interna entre el Tristán que aprecia las vivencias que yo siento como pesadillas y mi yo de ahora, el consciente, el arrepentido por haber confiado.

Enredo mis dedos en algunos mechones y tiro por si el dolor me despierta de esta pesadilla. Veo cómo Sasha me observa con tristeza, pero nada. Continúa ahí. Y abro la boca. El Tristán de los sueños gana. El que tiene confianza y simpatía por ellos.

Les cuento mi secreto. Mi problema que tan pocos conocen, con el cual he tenido que lidiar durante mucho tiempo, pero que pronto llegará a su fin. Qué importa entonces si lo desvelo. Todo se puede solucionar menos la muerte, ¿no? A no ser que la Diosa nos perdone de su castigo, si es que alguien llega hasta ella algún día.

—Estoy enfermo del corazón. Los médicos, cuando yo aún pertenecía a los ígneos —revelo, aunque no se inmutan, así que supongo que ya les habré contado sobre mi conversión—, y podía disfrutar del servicio sanitario —apunto con ironía, aunque no deje de ser verdad—, me dijeron que no duraría mucho. Aunque desde que nací cargo con esta enfermedad, el ultimátum de mi vida no llegó hasta hace cuatro años. Desde ese día cuento el tiempo que me queda. Sin embargo, hace poco, unos días antes de la destrucción de Cumbre, conseguí que un cardiólogo clandestino me hiciese unas pruebas y me comunicó que mi corazón estaba muy mal y que no sabía si pasaría de esta semana. Si es que sigue siendo esta semana, lo que sería un alivio. Es gracioso que vaticinase mi muerte el mismo día en el que cumplo los diecinueve.

—¿Y cuándo es eso? —Se atreve a preguntar Sasha.

—Feliz cumpleaños, Tristán —sentencia Suyay.

AMARANTA

EL FUEGO NO HA PRENDIDO EL MAPA. Y, aunque nos resultaba tan obvio como para no probarlo, el amargo fracaso me inunda la boca con un sabor horrible. El amanecer de un nuevo día me saluda con sus débiles rayos de sol jugueteando sobre mi rostro. Ni de día la ciudad minera mejora. Desde un lado de la casa observo cómo una partida de trabajadores totalmente equipados descienden por uno de los serpenteantes caminos, dos niveles más abajo de mi posición.

El movimiento de Matilde es cruelmente inteligente: expirantes, personas a punto de morir, trabajando en un lugar que te expone a la muerte en segundos. Una idea de exterminio más barata que la Criba. Otra pesadilla en forma de recuerdo acude a mi mente y ahogo un jadeo. No podemos permitir que la reina y sus adeptos continúen ostentando tamaño poder mientras el resto se muere.

En un punto lejano, pero a la vista, advierto a Keira y a Lars. Han insistido tanto en dar un paseo que, al final, nadie se ha podido negar. No conozco persona más perspicaz que Keira, quien, desde el misterio que siempre la envuelve, lo observa todo como un águila a su presa. Lars revolotea a su lado con una espléndida y envidiable sonrisa. Una despreocupación que más bien es una trampa para quienes osan subestimarle.

Apoyo la cabeza sobre mis brazos y contemplo a Agatha. Unos metros más allá de mí, la adolescente lee un grueso libro que estoy segura de que no le pertenece. No le ha hecho ninguna gracia que el Mapa se resistiese a sus conocimientos, así que hunde la nariz entre las páginas por si de esa manera logra encontrar el detalle que se le ha escapado.

Frunzo el ceño cuando no encuentro por ningún lado a Iggy. Tanto Gala como Levi nos han recomendado que no nos separamos mucho de la casa para no llamar la atención.

Suspiro y alzo el rostro hacia el sol, pero una sombra se interpone entre la calidez y yo. Los verdes ojos del alquimista me preguntan en silencio si le permito sentarse junto a mí. Asiento, pese a que mi interior me recomienda mantener las distancias para no terminar peleando como siempre.

Con cuidado, se acomoda a mi lado, dejando en el suelo un capazo de mimbre repleto de sábanas de distintos y llamativos colores que envuelven a un Noah de rostro sonrosado.

—Mi madre necesita descansar —susurra.

Asiento. Con la mirada, repaso a Levi unos segundos. Parece cansado y angustiado. Desvío los ojos hacia Agatha de nuevo, dispuesta a ahorrarnos a ambos otra discusión provocada por el choque de nuestros orgullos. No quiero cargar otra preocupación más en mi espalda.

—¿Es tan complicado? —pregunta.

—¿El qué?

—Ponernos de acuerdo.

—Bueno… —Me echo hacia atrás, extendiendo los brazos y apoyando las manos en el suelo para que el sol impacte sobre todo mi cuerpo—. Si hay un conflicto de intereses, sí.

—Ha sido todo muy repentino.

—Recogiste a un grupo de desconocidos con los que casi te peleas. Digo yo que nos podemos permitir el beneficio de estar confusos, ¿no? —Giro la cabeza hacia él y me encuentro con que está sonriendo, divertido.

—Habíais perdido vuestro hogar…

—¿Y si mentíamos y solo queríamos saquearte?

—Entonces habríais acabado siendo esclavos de Bun. —Extiende los brazos, resolutivo.

Se me escapa una frágil risa por su perspicacia. Realmente, Levi fue muy poco cauto al recogernos, sobre todo después de las amenazas que intercambiamos al abordarle. Pero, como bien dijo él, tal vez sí aparentábamos derrotados y faltos de ayuda. Una casualidad de las que poco se repiten en la vida.

Observo de nuevo a Noah. A la pelusilla rubia que ya empieza a poblar su cabeza y sus ojos verdes, tan parecidos a los de Levi, tan parecido a él, que sería fácil equivocarse y pensar que no solo les une la sangre de su madre. Para vivir en tales condiciones y en una mina fuente principal del milagro del metal, Noah está muy sano, y me alegro de que no haya enfermado; de que no sea un expirante, como su madre.

—Lo siento, Levi.

—Yo también, Amaranta.

Casi tres días enteros llevo practicando bajo la atenta mirada de Levi. Practicando para destruir el Mapa de la Diosa en las entrañas de Bun. O intentarlo, porque eso de enfrentar algo de la Diosa contra la Diosa no me termina de convencer. El Mapa está fabricado por un humano, pero no puedo negar que su indestructibilidad es tan extraña como para no tratar de destrozarlo con ese metal de características parecidas.

Alterno la mirada de nuevo entre mi posición y la tierra, intentando calcular la distancia exacta entre ambas para no terminar hecha papilla. Levi me había advertido de que los materiales de descenso no son de calidad y, aunque le estoy pillando el truco, pese a haber sufrido algún que otro percance en la práctica, no puedo dejar de sentir temor hacia la caída.

Suspendida en el aire, mi vida pende de un hilo. O más bien, de una gruesa cuerda de metal sujeta a un pequeño sistema de poleas incrustado en una viga al comienzo del precipicio. El arnés que me sujeta cruje cuando me muevo. La maniobra de descenso sin un punto de apoyo no depende solo del *descensor*, pieza necesaria para frenar la cuerda al descender, sino también de mi propio peso y movimiento.

En Cumbre, alguna vez me escapaba con mis amigos ígneos para verlos hacer rápel en las montañas colindantes. Yo siempre me hacía la débil y me quedaba con los más asustadizos en tierra firme, animando y contemplando al resto. Por culpa de tener que preservar mi papel de chica poco habilidosa, no pude practicar un deporte cuya experiencia, ahora, me habría venido de perlas. Por no decir que los ígneos contaban con materiales de última tecnología y yo estoy dependiendo de cuatro metales oxidados y mi propia pericia.

Me balanceo suavemente y la cuerda de metal cede. Uso el *descensor* prácticamente al segundo de notar la caída y, aun así, desciendo de golpe tres metros. Respiro hondo, tratando de relajar la tensión de mis músculos. Levi me ha dicho que la clave es mantenerse tranquila, pero cuesta demasiado cuando calcular con exactitud el descenso es imposible.

Recuerdo varias de las pruebas que he hecho hasta el momento. La primera vez que utilicé mi peso junto un fuerte balanceo, descendí prácticamente diez metros limpiamente. Tras el susto, me costó varias horas volver a intentarlo. Maldigo que el sistema de poleas no sea automático.

Controlo mi inquietud. No puedo olvidar que hay gente de Bun, esclavos, que día a día descienden casi cuarenta metros de la misma manera para alcanzar las minas y así obtener uno de los preciados milagros de la Diosa: el metal.

Le había preguntado a Levi si podía practicar en la verdadera zona de descenso, en el lugar real en el que cada día los esclavos se juegan la vida. Pero, obviamente, habríamos llamado mucho la atención. Además, la zona en que ahora estamos practicando está destinada a los principiantes; si alguien me descubre, pensará que, simplemente, soy una nueva expirante trasladada a Bun.

Levi ha hecho un dibujo y un mapa de lo que me voy a encontrar tanto en la superficie como en el subsuelo. Al área de trabajo de los mineros de Bun se le llama la Caída. Muy apropiado. Diez poleas, con sus respectivos arneses, son el único medio para descender al menos cuarenta metros sin más ayuda que la propia habilidad. Luego la situación tampoco mejora. No debo adentrarme mucho en las minas por el nivel de polución y porque incluso su inicio es ya un intrincado entramado de túneles. Lo único positivo es que las poleas tienen un sistema automático para recoger la cuerda de metal y ascender.

Es irónicamente cruel. El descenso no es automático no porque no se pueda, sino porque prefieren recordarles a los esclavos que todos los días van a arriesgar sus vidas descendiendo, y que solo recuperarán un mínimo de seguridad cuando suban con las manos llenas de metal.

Tengo miedo. Sin embargo, Tristán ocupa el centro de todas mis razones para lanzarme al abismo, haciendo de mis debilidades una nimiedad.

Por mi hermano.

Cojo impulso de nuevo, intentando no fijarme en la pared en la que, desde luego, me habría agarrado asustada a la mínima. En el descenso real no hay paredes cerca, así que intento no aferrarme a esa posibilidad. Sin éxito, porque de nuevo, desconcentrarme me juega una mala pasada. Me precipito y, aunque uso a la perfección el descensor, este decide por sí solo no funcionar. Mi mente es una hoja en blanco, pero mi cuerpo responde contra mi indecisión: me balanceo más, alcanzo la pared rocosa con un pie y me doy impulso. En un abrir y cerrar de ojos caigo acuclillada en tierra tras un salto mortal hacia atrás.

Respiro hondo, con el corazón latiendo a mil por hora entre contracciones de puro dolor. Me incorporo, quitándome el arnés como si quemase, como si fuese el peor enemigo de la humanidad. Me giro hacia Levi, notando que las gotas de sudor me recorren entera. El chico me observa con los ojos verdes abiertos al máximo y los brazos extendidos, rígidos.

Frunzo el ceño, confusa, pero pronto comprendo que Levi ha intentado atraparme; salvarme de esta caída mortal. Pese al miedo y el temblor que recorre todo mi cuerpo, no puedo evitar estallar en carcajadas. Carcajadas nerviosas, pero sentidas. El alquimista no sabe qué hacer conmigo, pero debo contagiarle, porque también acaba riéndose. Cuando Levi se relaja, su rostro también lo hace, y la tranquilidad que se posa en sus gestos me gusta.

Creo que compartir estos últimos días sin tener que hablar directamente del Mapa de la Diosa ha distendido nuestra relación. Incluso hemos hablado de nosotros mismos. Ahora sé que es un adicto al café y al estudio, y él ya puede asustarse de mi obsesión por mi chaqueta de parches y el queso fundido.

—¿Ibas a intentar cogerme al vuelo, alquimista? —No puedo parar de reírme.

—Tú no te has visto, Amaranta. —Levi intenta contener su risa, todavía asustado—. Desde aquí todo es monumental y frágil al mismo tiempo. Si te llega a pasar algo…

—Mis amigos te matan, sí. —Tengo que contenerme, porque el pecho empieza a pincharme bastante. Me rasco ahí donde duele bajo mi piel. Levi se acerca.

—¿Te vuelve a doler?

—Sí, suelen ser las emociones fuertes, obviamente. ¿A qué enfermo del corazón no le afectaría esta caída libre? —Fuerzo el final de la risa, algo desanimada.

El chico se aproxima más aún y envuelve con sus dedos mi codo. Trago saliva, sin saber a dónde mirar. Apoya su mano libre sobre mi cabeza con delicadeza.

—¿Estás más tranquila?

—No sabría decirte. —Se me escapa una sonrisa nerviosa.

Me deshago de su mano, alzo el rostro, decidida, y con lentitud acerco los dedos hacia su dolencia. Esta vez sí deja que recorra la marca gris del inicio de su frente. Aparto los suaves mechones rubios que suelen caerle a un lado del rostro. Los humanos somos frágiles como el cristal. Y los únicos que usamos el poder para hacernos daño a nosotros mismos.

Me muero de curiosidad por saber qué milagro ha usado Levi para tener estas infecciones. O qué o quién le ha obligado a hacerlo. No todos somos voluntarios o conscientes a la hora de usarlos, pero es indistinto porque afectan igual.

Levi cierra los ojos y, sin meditarlo, desciendo la mano hasta la mancha de su cuello, conectada con la de la frente por una costra delgada que le contornea el rostro. Un cosquilleo, parecido a la electricidad, me recorre las yemas de los dedos y las adormece en una sensación demasiado estimulante. Me doy cuenta de que la mancha baja más allá del inicio de su camiseta y me encuentro imaginándolo sin ella. Sin embargo, lo que hallo en mi furtiva fantasía es un torso infectado por una mancha gris, más grande aún que la mía, recorriéndole el resto del cuerpo. Consumiéndolo. Y duele.

Mi boca me traiciona sola:

—Mis padres intentaron asesinarme.

Levi va a contestarme, pero yo continúo:

—Al principio pensé que solo querían rescatarme de mi enfermedad de corazón. Sin embargo, cuando Tristán se convirtió en un renegado y luego casi lo capturan en la Criba de hace dos años…

Se me reseca la garganta.

—¿Qué pasó?

—Yo intenté rescatarlo, Levi. Mi padre y el que en su momento iba a ser mi futuro prometido me descubrieron. —Levi esboza una mueca de sorpresa—. Tuve que elegir entre si irme con mi hermano o quedarme siendo una ígnea. Por el bien de la causa que estaba persiguiendo me callé y volví con mi familia. Me convertí en un topo dentro de los ígneos y fingí ante todos. Sin embargo, creo que mis padres nunca se creyeron del todo mi papel.

» Cuando el médico nos informó de que a mi corazón apenas le restaban dos años de vida, mis padres decidieron optar por un remedio que terminase con mi enfermedad. Claro que yo pensaba que el tratamiento era medicación convencional… Me equivoqué.

Consiguieron que alguien fabricase para ellos unas pastillas hechas con agua de la Diosa. —No me gusta tener que emplear la terminología que todos utilizan para definir a estos elementos naturales, aunque extraordinarios—. Estaban administrándome un Don de la Diosa. Sabes lo que eso significa, ¿no? —Asiente. Estoy contándole mi secreto. La gran verdad—. Se supone que un Don hace más fuerte al sujeto del que se sirve, pero que luego el impacto de la infección es definitivo…

—Tus padres quisieron que pareciese un accidente. Las pastillas, por un momento, resultarían efectivas, reforzarían tu corazón, pero en poco tiempo la infección atacaría y no resistirías el embiste…

—Matándome. Sencillamente, matándome.

En los ojos de Levi encuentro de pronto un destello. El típico destello humano de la curiosidad aplastante, de la negación frente al desconocimiento. Sé que me he arriesgado, pero de alguna forma presiento que él puede ayudarme. Es un alquimista y, al fin y al cabo, dicen que los alquimistas son los únicos capaces de convertir esos elementos en un material más potente. Además, cada vez que cuento esta historia siento que la carga se desvanece más y más.

—Y, en cambio, sigues aquí. Viva. Cuando ya deberías estar muerta. —Por un instante, me noquea lo directo que es.

—Sí, y… ¿ahora qué? —Espero por el bien de los dos que no me mire como si fuese un experimento, un monstruo. No lo hace.

Aunque a nuestra llegada no había soportado su interés por mi extraña dolencia, ahora entiendo que sienta curiosidad, sobre todo porque es un alquimista. Yo debo ser un espécimen perfecto de investigación. Si he sobrevivido a un Don, a la imparable enfermedad de la Diosa, ¿podrían mis células salvar a los demás expirantes como su madre? Si me hubiese expresado esa voluntad, tal vez no me habría negado. Pero se limita a apretar los labios y retomar la conversación desde donde lo hemos dejado.

—Nadie les habría echado la culpa a tus padres por tu muerte, porque nadie habría pensado que unos ígneos hubiesen querido asesinar a propósito a su hija con un Don de la Diosa. Los ígneos son puros y humildes de corazón, ¿no? —termina Levi con aplastante ironía.

Dejo caer las manos, sin darme cuenta de que hasta el momento he estado aferrada a Levi como si fuese el único punto físico capaz de mantener mis pies pegados a la tierra. Me siento como una pluma, demasiado ligera y débil para anteponerme a los designios de un planeta que se está muriendo a gran velocidad.

—Ellos continuaron como si nada hubiese sucedido. Me di cuenta del engaño cuando empezó a crecerme la mancha gris en el pecho. Exclusivamente en esa zona y…

—¡Te engañaron tus padres! —chilla Levi.

He visto muchas facetas del chico, la mayoría no precisamente muy alentadoras, pero nunca fuera de sí. Suspiro e intento transmitirle que ya no hay nada que hacer y que, si al final me encuentro ante los propósitos de una Diosa en la que no creo, no me voy a salvar, porque ningún infectado sobrevivirá a su castigo. Según los renegados, la Diosa solo rescatará de su propia destrucción a los creyentes que no la hayan consumido. Y por eso Tristán, libre de enfermedad, es el elegido para buscarla, para pedirle la redención en nombre de todos.

—¿Tu lucha es tan importante como para sacrificarte a ti misma?

—Sabes la respuesta.

Y un carraspeo nos interrumpe. Me giro lentamente y me encuentro con los grisáceos ojos de Iggy, que nos observa con el gesto tenso. El niño que nos cruzamos el día de nuestra llegada a Bun se resguarda tras mi amigo. Le sonrío, pero solo consigo que se esconda más, avergonzado.

—¿Esto es en serio, Amaranta? —Oh, no, mi nombre completo otra vez—. No me lo creo… No viniendo de ti.

Iggy retrocede e, inconscientemente, mis pies se mueven hacia él. Noto un leve roce en la mano. Quiero darme la vuelta y encontrarme a Levi intentando detenerme, pero no lo hago. No voy a dejar que mi amigo se marche y ahogue sus preocupaciones solo; como él y el resto están haciendo desde la llegada a Bun por mi elección egoísta.

Corro tras Iggy. El niño también. Pero me adelanto a los pies desnudos del pequeño esclavo y alcanzo a mi amigo antes de que gire la esquina del acantilado. El niño se detiene a varios metros de nosotros, pero sin dejar de observarnos.

—Iggy, lo siento, ¿vale?

—¿Qué crees que ganas contándole todo eso? —Iggy se gira y el sol arranca de su pelo caoba unos preciosos reflejos pelirrojos—. ¡Amaranta, contéstame!

—Lo siento. No sé qué problema hay. Él ya había visto el carácter de mi infección y me estaba siendo muy complicado ocultar durante tantos días que soy una especie de engendro que sobrevivió a un Don de la Diosa.

—¡Si nos callamos es para protegerte, Ami! —Se calma—. Siempre. Estamos aquí, somos tus amigos y sé que es duro y debe ser muy complicado para ti, pero todos tenemos algo a lo que enfrentarnos. —Alza su mano izquierda enguantada y me acaricia una mejilla. Me está mandando una muy buena directa, disfrazada de indirecta—. Estás viva. Apenas te debilitas y tu corazón late mucho más sano, ya lo sabes. Estás fuera de peligro. Y recuerda que si tu hermano se deja de tonterías con la Diosa y usa las pastillas que le diste puede sanar. Porque por sus venas corre la misma sangre.

—¡Pero también puedo matarle! Le di un bote de pastillas sin explicación ninguna, sin etiqueta... Esto no es una medicina convencional. Estos elementos actúan de manera diferente en cada cuerpo. Cuando se entere de lo que son, ¿qué esperas que piense ?

—A estas alturas, Ami, atará cabos. Porque Tristán no es tonto y si te hubiese visto luchar, lo entendería.

—Pero no me ha visto. No es tonto y, por eso mismo, me odiará.

Oigo unos pasos por detrás. Son Agatha, Lars y Keira. Por supuesto, han escuchado la conversación desde el comienzo. Se acercan y el niño esclavo corre hacia Agatha. Mi amiga le da la mano, sin detenerse.

—Ami, sabemos que te sientes culpable por arrastrarnos hasta aquí. Pero, ¿sabes qué? —me insta Lars—. Hemos venido aquí por iniciativa propia. Ya te lo dijimos.

—Somos amigos —se apresura a decir Agatha—. Amigos, Ami. Y sé que contarle a un desconocido tus penas es una de las cosas que mejor se nos da a todo este grupo —sonríe y consigue arrancar una carcajada común en nombre de algunos recuerdos bastante divertidos—, pero nos encontramos en una ciudad esclava para ser exactos, donde nunca hemos estado y donde nos exponemos demasiado.

—Y a pesar de ello no queremos que dejes de luchar por lo que crees. —Keira avanza hasta mí. La delicadeza viniendo de ella es todo un premio—. En su día decidimos seguirte a donde fuera por ello, ¿no? —Y se arrodilla.

El pelo se me pone de punta y un escalofrío me recorre la espalda cuando uno a uno van hincando sus rodillas en tierra frente a mí con una enorme sonrisa dibujada en la cara y la mirada más sincera que jamás he visto en ellos.

Noto que las mejillas se me encienden y se me escapa una risa bastante estúpida. No puedo con la vergüenza, y tenerlos inclinados ante mí como si yo fuese la clamorosa reina guerrera de algún país en conflicto no ayuda mucho.

—Está bien, está bien. Venga, chicos, arriba. Sabéis que demasiado halago me sube el azúcar.

Keira es la primera en rodearme con sus brazos.

—Y también los colores. —Lars se lanza contra mí en un abrazo que casi nos tira al suelo.

—¡Eres un bestia! —se queja mi amiga, pero sin desasirse de mi brazo.

Iggy y Agatha no tardan en fundirse en la piña de la que solo nacen sentimientos capaces de resucitar a cualquiera. Nos reímos y soltamos alguna que otra broma, pero la felicidad dura un suspiro. Aunque no es de extrañar cuando nos encontramos en tierra hostil.

—¡Amaranta! —Levi llega corriendo hasta nosotros con un móvil en la mano.

Los demás se apartan. Antes de dirigirme al alquimista, miro a los demás. Para mi asombro ninguno le reprocha con desprecio por conocer mi secreto. Ni siquiera Iggy. Habría sido injusto para Levi achacarle la culpa de mi sinceridad.

—¿Qué ocurre? —Espero que no haya asistido a toda esta escena tan vergonzosa.

—Malas noticias…

—¡Uh, sorpresa! —Sonríe Keira con malicia, cruzándose de brazos. Le chisto para que calle.

—¿De qué se trata?

—La capitana Zyan y sus secuaces han adelantado la fecha de la inspección. Llegan en dos horas.

Eso no es bueno.

—Oh, la maravillosa capitana Zyan y su panda de memos vienen a buscar revancha, ¿eh? —Lars se cruje los dedos.

Levi frunce el ceño, confundido, y yo me giro, alerta. Una cosa es contarle mi experiencia personal, y otra muy distinta es revelarle nuestro secreto grupal. Y, sin embargo, caigo en la cuenta de que la única manera de proteger a Bun es dar un paso enfrente. Que no nos queda más remedio que descubrirnos, porque es imposible ocultarlo si necesitamos la ayuda de Levi. Y la requerimos si queremos vencer, por fin y de una vez por todas, a los soldados de la reina Matilde. Es precisa para que ningún expirante aquí sufra las consecuencias de nuestra estancia en la mina.

—¿Los conocéis? No me dijisteis nada cuando Urko los mencionó…

—Eso es porque éramos simples neutrales desprotegidos. —Agatha enarca las cejas, entretenida.

Miro a Keira, buscando en ella su natural sentido de la protección y el silencio. Sin embargo, tampoco descubro que vaya a negarse a contarlo. Así que busco apoyo en Iggy. El niño ha vuelto con él y le coge la mano con fuerza, asustado. Mi amigo lo observa con preocupación y luego desliza sus ojos grises hasta mí. Inclino levemente la cabeza e Iggy inspira hondo. Si se ha puesto nervioso solo con contar mi historia, no creo que ahora ceda. No obstante, el pequeño esclavo tira de su mano y le lanza una súplica silenciosa. Mi amigo solo asiente.

Un susurro de dudas se expande por mi pecho, tentada a silenciarlos, pero de nuevo otra voz chilla más fuerte, recordándome que necesitamos a Levi; recordándole a mis instintos que el alquimista nos ha demostrado que está dispuesto a ayudar. No podemos abandonar a Bun.

—Entonces…

Ellos me esperan. Yo cojo aire, preparada para confiar del todo:

—Entonces tenemos un plan. —Me vuelvo hacia Levi.

—Creo no estar entendiendo nada…

—Lo entenderás, lo entenderás —asegura Iggy. El niño amplia una sonrisa mellada—. En cuanto te revelemos nuestro mayor secreto.

Sé que tengo la absorta mirada de Levi clavada en la nuca. No le culpo. Lo que está descubriendo es uno de los secretos mejor guardados de todo el país de Erain. Yo no puedo parar de sonreír, mientras recojo mi arma y el resto de materiales.

Me vuelvo, resuelta, pero me paraliza la intensidad del verde de sus ojos. Es un páramo muy verde, casi nuclear, casi cegador. Podría zambullirme en su mirada y me habría ahogado en ellos sin resistirme.

—¿Demasiado impactado? —Quiero romper el hielo.

—Ahora entiendo muchas cosas, la verdad. —Se rasca la nuca y se muerde el labio inferior.

—Eres el séptimo vivo en saber esto. Eres todo un privilegiado, desde luego. —Enarco una ceja con una sonrisa enorme enmarcando mi cara.

Avanzo hacia la puerta principal de la casa de Levi, pero me detiene por el brazo. Me giro con el aliento contenido. Hace tiempo que ningún otro contacto despierta tantas sensaciones como el suyo. Una tensión absurda que nace espontánea, por lo que no le doy voz ni importancia, aunque le permito que me hormiguee en la piel.

—¿Te has colocado bien el mosquetón mayor?

Me suelta el brazo, pero rápidamente engancha sus dedos en el cinturón de mosquetones que rodea mi cintura y me atrae hacia él. Su aliento, que huele a café, me golpea la cara y me permito aspirar sutilmente. Levi es una mezcla de olores fuertes: café, tierra, sudor.

Él amarra bien una de las tiras y reprimo cualquier impulso. Por mucho que esto sea un sinsentido, no creo que me haga daño aflojar la cuerda que ata en corto a mi imaginación. Me fijo en mis pies, los cuales no puedo parar de mover inquietamente.

—Que vayas a hacer ambas cosas, tanto bajar a las minas como proteger a los ciudadanos de Bun… —No sabe cómo terminar—. Muchas gracias.

—No hay de qué. Es lo que hacemos, Levi. Esto es siempre lo que hemos hecho.

—No mueras —me susurra.

—Lo intentaré.

—Eres necesaria para este mundo, Amaranta. —Mi nombre completo en su boca suena mucho mejor de lo que estoy acostumbrada a escuchar.

—¿No me dijiste que era mejor no conocernos?

—Me equivoco la mitad del tiempo. —Se humedece los labios—. Es importante que lo sepas para futuras ocasiones.

Niego con la cabeza con una sonrisa divertida. No puedo negar que Levi es un tipo interesante. Que me gusta lo que, cada vez, voy hallando cuando lo deshojo poco a poco, cuando me deja echar un vistazo bajo sus capas.

«No habrá futuro si seguís de cháchara », oigo a Lars a través del comunicador que pende de mi oreja.

—No se les escapa nada, ¿no?

—Nada de nada.

Apago el transmisor y salgo al exterior junto a Levi. Cuando llego al borde del camino, miro hacia abajo y la imagen me abruma. De pronto, me entra vértigo, náuseas y ganas de salir corriendo. No recuerdo la última vez que algo me hizo sentir tan insegura. Tal vez es porque nunca he estado en Bun o porque creo que por fin tengo una oportunidad real de destruir el dichoso Mapa.

Ha transcurrido más de una semana desde que se lo robé a Tristán, pero me parecen años. Es como una pesada carga, como si por el mero hecho de sostenerlo me drenase la vida. Y la sangre comienza a hervirme, porque no puedo parar de pensar en que los jefes del Clan de la Diosa de Cumbre han dejado esto en manos de mi hermano.

Tristán. ¿Cómo estará? ¿Dónde? ¿Y si me persiguió y no ha sobrevivido al camino? Y entonces me doy cuenta. No me he detenido a pensar en si se le habrá ocurrido seguirme o hacer algo peor. Di por hecho que lo primero que haría al despertar sería volver a Cumbre y refugiarse con los suyos, allí donde estuviese a salvo. Sin embargo, olvido que Tristán es una persona que ha sido capaz de enfrentarse a una de las peores lacras de la humanidad, la Criba, de separarse de su familia y de anteponer la vida del resto a la suya propia.

Estoy segura de que él ha pensado muchísimo en mí, porque Tristán es así: considerado, valiente y único. Y por él tengo que destruir el Mapa que conduce a la dichosa Diosa. Y por mí tengo que encontrarlo y pedirle perdón. Sin embargo, debo hallar la forma de compaginar la búsqueda de mi hermano con mi propia lucha.

—Ami… Ami. —Levi me saca de mis cavilaciones.

—¿Sí? —Me recupero, totalmente desorientada.

—Estate tranquila. Tienes que tener la mente despejada y estar muy centrada.

—Lo sé. —Aprieto los dedos en torno a mi arma—. Lo sé, Levi. Gracias. Estoy totalmente decidida. Dispuesta a todo. Como siempre.

Siento que me recompongo por dentro, como si por fin las piezas de mi puzle encajasen.

—Sigo sin creérmelo, ¿sabes? —Observa la máscara que sostengo en la otra mano—. Que tú seas Belladona, la líder del Escuadrón Espino.

Sonrío, orgullosa. Nunca había tenido la oportunidad de sorprender a nadie con este enorme secreto. Los ojos de Levi hacen chiribitas. El Escuadrón Espino es el grupo más buscado de toda

Erain. Por nuestras cabezas piden tanto dinero que quien consiga entregarlas a la reina Matilde podrá vivir más de cinco vidas seguidas sin preocuparse por nada. Una gran recompensa por quienes luchan por mejorar el mundo.

—Ha sido inesperado, pero creo que también un alivio para nosotros habérselo revelado a alguien. No nos quedan aliados conocidos. Y aunque seamos un grupo de cinco, a veces nos sentimos solos y esto se convierte en una pesada carga. Pero, oye, vamos a pensar en el lado positivo, la capitana Zyan y su séquito de lameculos han sido nuestro objetivo desde que comenzamos nuestras andanzas con el Movimiento Nebulosa. Casi nos has hecho un favor.

Él sigue rumiando la nueva noticia.

—Muchos aseguran que Belladona es un hombre.

—¿Me tengo que sorprender? —Pongo los ojos en blanco, asqueada—. Uso un modulador de voz para que no me reconozcan, no para que piensen que es obvio que tras la máscara se encuentra el perfecto macho alfa capaz de rescatarnos.

—Para que luego digan que hemos avanzado.

—Exacto. Para que luego digan…

Le tiendo la máscara y el arco para poder recogerme el pelo en una coleta alta. Levi suspira.

—Sois unos héroes para Erain, Amaranta. Un símbolo. Aquí en Bun os admiran, porque, aunque no os puedan ver, escuchan vuestras hazañas de boca de los guardias. Sin duda vais a traer esperanza. No sé cómo agradecéroslo…

—No necesitamos palabras ni gestos. Solo que la situación cambie. Que Erain sea un país que no esté subyugado, en el que no existan desigualdades, en el que no se nos etiquete. En el que no se ataque a las personas por su condición o ideología. Ser libres. Esa es la respuesta a nuestra lucha.

—Algún día me tendrás que explicar cómo una ígnea que no se siente ígnea llegó a ser Belladona, por favor.

—No es tan épica como imaginas.

Levi me entrega mis pertenencias. Compruebo el estado del arco y las flechas. Doy gracias a Iggy por fabricarme esta arma plegable que, cuando parte de la estructura permanece replegada dentro de la empuñadura, no alcanza los diez centímetros y, por tanto, es muy fácil de transportar y ocultar. Lo mismo sucede con los diferentes tipos de flechas extensibles que caben en una pequeña cajita. No me gustan las armas aparatosas y este arco me ofrece la libertad y la protección necesarias para luchar sin obstáculos.

Me acerco la máscara al rostro para colocármela, pero Levi me detiene. Le miro a los ojos y esta vez no me pongo nerviosa. La determinación se ha hecho conmigo y siento un pequeño cosquilleo de adrenalina que puede estallar como un volcán en cualquier momento.

—La gente de Bun ha dado por perdida la partida. Nadie que entra en Bun sale con vida.

—Pues vamos a cambiar la historia. —Aprieto el botón del transmisor que lo enciende.

Me calo bien la máscara y me echo la capucha sobre la cabeza. Es la hora. El momento de la verdad. Inspiro hondo y hablo:

—Marfil, posición.

—Despejado. De hecho, no estaría mal que el Gran Jefe —sonrío por el apodo que Iggy le ha puesto a Levi—*se llevase al niño que no para de perseguirme. No quiero ponerlo en peligro.*

—Dile a Mepi que se vaya con su madre o no le arreglaré el juguete. —Es bastante tierno que Levi le advierta al niño de tal manera.

Escucho a Iggy comunicarle el mensaje a Mepi y los pasos del niño alejándose, veloces. Ha funcionado. Suspiro de nuevo. Concentración, Amaranta. Concentración, Belladona.

—Ancla, posición.

—Junto a la Caída. Está despejado también. No he visto muchos trabajadores de momento —Asiento, aunque Agatha no pueda verme.

—Soga, posición.

—Hay bastante revuelo por el segundo nivel. Los trabajadores no paran de comentarlo. Al parecer no les han comunicado lo de esta inspección. Esto me huele a traición, Belladona. Estoy casi segura.

—Y cuando Keira tiene una corazonada, suele tener razón.

—Esto es muy raro, Levi. ¿Suele suceder que adelanten una inspección?

—No. —Destila clara preocupación—. De hecho, solo he vivido una y también fue excepcional. Fue con la última Criba de Bun. Aquí nunca suelen hacerlas por el hecho de que lo que quieren es que en Bun todos sean expirantes, tan desesperados por conservar su vida que son incluso capaces de trabajar bajo este yugo. Esto es muy raro.

Que nombre la Criba remueve en mi interior un recuerdo que descompensa mi determinación. Hace dos años ya de la última que sucedió en Cumbre. La Criba consiste en dar muerte a los expirantes que se consiguen capturar. Los soldados los cazan como si fuesen ratas. El propósito de la reina Matilde al decretar este exterminio es enviar un mensaje a la sociedad: si te infectas tanto como para no ser útil, solo mereces desaparecer. Sin embargo, la última Criba de Cumbre fue devastadora, porque no solo persiguieron a los expirantes, sino también a los renegados. Los recuerdos hieren. La mirada de Tristán, las últimas palabras de Nil…

—Hijo de…

La voz de Lars a través del transmisor me devuelve a la realidad, pero totalmente desconcertada.

—Lars… digo, Vaina —rectifico—. Cuida tus palabras. —Si hay alguno de mis amigos a los que tengo que contener con todas mis fuerzas es a Lars. Su ímpetu es indomable e incorregible—. Vaina, ¿qué sucede?

—¿Recuerdas al amiguito de Levi? El que nos dejó pasar el primer día…

Cierro los ojos durante un segundo, luego miro a Levi con urgencia.

—Sí.

—Está con la capitana Zyan. Y no recibiéndola precisamente. De hecho, está indicándole por dónde se llega a tu casa, Gran Jefe.

No voy a permitir que esa desagradable soldado llegue hasta la familia de Levi. Ni hasta nadie.

—Chicos, esto ha empezado. ¡Vamos!

—*¡Sí, Belladona!* —gritan todos al unísono.

—Es el momento, Levi.

—¿Estás segura de lo del Mapa, Ami?

—¿A qué viene esto ahora? No empecemos de nuevo... —Frunzo el ceño. Levi no me puede salir con esas en este preciso instante en el que solo necesito concentrarme.

—No te lo he vuelto a repetir, porque me parece un tema que te afecta demasiado. Os recogí de la carretera porque no iba a abandonaros después de haber perdido vuestras casas, pero, no te ofendas, no tenía intención de cumplir nuestro trato, Amaranta. —Agacha la mirada, avergonzado—. Y cuando me dijiste además que lo que tenía que destruir era el Mapa de la Diosa… No un mapa cualquiera, Ami, el Mapa, tuve muchas dudas al respecto.

—O sea, que sí eres un seguidor de la Diosa.

—No, o… no sé. Amaranta…

—Dime que de verdad lo intentaste todo para destruirlo. Que no te guardaste la fórmula secreta para destrozar —empiezo a rebuscar en uno de los bolsillos internos de mi chaqueta—este —destaco, sacando el Mapa frente a tus narices—maldito trozo de papel.

—Hice lo que pude. Con dudas, pero lo probé todo. Tampoco dispongo de todos los medios. Ami, tendríamos…

—¿Qué? ¿Qué tendríamos que hacer, Levi? —No me lo puedo creer. Maldito Levi. Él y todo Bun van a destrozar mi plan. A mis amigos. Y a mí.

Retrocede.

—Tienes razón, no es el momento…

—¡No! Es el momento, porque tú has decidido que lo sea. ¡Joder, Levi! Si sigues sin querer destruir el Mapa, ¿por qué lo aceptas aun así? Es la promesa para con una desconocida. ¿Qué te importa? —Me estoy desgañitando y tal vez mis palabras estén extendiéndose en eco por todos los niveles de Bun hasta llegar a la más profunda de las minas.

—¡Porque soy humano y porque quiero la redención de mi

familia! Si este Mapa es la única oportunidad de que se salve la Tierra entera de la destrucción, aunque al final todo sea una mentira, aunque me hubiese estado aferrando a puro humo, ¡al menos estaré en paz, porque habré luchado con todo! ¡Porque no te habré mentido!

—¿Qué soy para ti? ¿Un objeto de plegaria para que se expíen todos tus pecados? ¿Problemas tan gordos tienes que no los soportas sin aferrarte a una estúpida leyenda o una persona tan insignificante como yo? Dime, Levi. ¡Contéstame!

Pero Levi ni siquiera me mira y algo en mi interior comienza a sangrar. El recuerdo de la Criba y ahora esta discusión están apagando el volcán que hace un rato estaba provocando a mi adrenalina. Y yo preciso de esa intensidad para poder llevar a cabo una misión tan arriesgada. Sin embargo, el chico, el hijo del Gran Alquimista, está derribando todos mis muros, tapiando todas las salidas y haciéndome caer al vacío sin arnés.

Y odio tanta debilidad. Y odio a Levi. Y me odio a mí.

—Ve a proteger a tu familia, Levi, yo iré a salvar a la mía.

Sorteo al alquimista, guardando de nuevo el Mapa en la chaqueta. Él no me detiene, pero sí lo hace un disparo. Un disparo que reverbera en eco desde las entrañas de Bun.

—*¡Le han dado a Agatha! ¡Le han dado a Agatha!*

Ni siquiera discierno a quién pertenece esos gritos histéricos, sin embargo, son suficientes para que yo corra camino abajo, al nivel más profundo, en busca de mi amiga.

TRISTÁN

—¡SENTID QUE TODO FLUYE cuando os negáis a cualquier otro dios, a cualquier otra imposición! Sois vuestros propios dueños, hermanos unos de otros. Amados por la Diosa para llevar a este mundo paz y prosperidad. Y yo, Judah, el Renacido, os traigo la palabra que calmará vuestras inquietudes. Dicen algunas escrituras antiguas que la Diosa no perdonará a los infectados por sus milagros, pero nada comentan sus palabras sobre aquellos obligados a hacer uso de ellos. Lauren, ¿elegiste tú disparar la bala que mató a tu hermano? ¿La bala hecha con cristal de la Diosa? —No deja contestar a la apelada—. ¡No! Fue la capitana Zyan quien te ordenó sacrificar a tu hermano, porque ambos estabais donde no debíais. Así que, ¿por qué la Diosa no salvaría a las víctimas que tuvieron que usar sus preciados tesoros para sobrevivir?

Dejo de escuchar en ese preciso instante, enfadado. Me levanto de la mesa, cogiendo los restos de mi desayuno, y le doy la espalda al Renacido. Nunca he sido afín a ir a escuchar en masa a los jefes de mi Clan. No me siento cómodo coreando el nombre de la Diosa, como si fuese la verdad absoluta —me recuerda demasiado a las ceremonias de los ígneos, en las que solo se dedican a alabar al

Dios de la Corona Ardiente—, porque para mí ella no es una líder, no es nadie a quien seguir. Es un apoyo, una forma de pensar que me ayuda a comprenderme a mí mismo. Pero ya está.

Es cierto que al comienzo no tuve más remedio que atender en todas las concentraciones, para entender y conocer el mensaje de la Diosa, pero ahora, tras escuchar varios de los discursos de Judah y darme cuenta que ni Shioban ni Caleb han venido en mi busca, todo se desmorona. ¿Me habrán lavado el cerebro? ¿Comenzó aquel día en que escuché a Shioban relatar que somos hijos de la naturaleza y que gracias a ella seguimos vivos? No, siento la lucha en mi interior, la necesidad de clamar por la salvación del mundo. En la destrucción de la Tierra, la Diosa se equivoca: el ser humano puede cambiar.

«Feliz cumpleaños, Tristán».

Nunca una felicitación ha provocado tanto dolor. Además, las palabras de Suyay no paran de danzar en mi cabeza como un eco. Insufrible y exterminador. También recuerdo la expresión de Sasha, una mezcla entre el horror y la tristeza. Y la de Judah, que no sé determinar, pero creí ver decepción y alegría, y no me gusta.

Me han mantenido una semana entera drogado en Cala Verde. Me lo chivó el gesto de culpabilidad de Sasha. Pero me sorprende lo bien que fingió Suyay, que ante mis acusaciones solo reaccionó con tristeza.

Tengo que desaparecer de Cala Verde cuanto antes. Me han engañado. Tanto Sasha como Judah, y no sé hasta qué punto Suyay. Lo siento por Sasha, porque pese a nuestras diferencias y discusiones, la voy a echar de menos. Porque los recuerdos borrosos a su lado perviven, aunque reniegue de ellos. Pero no puedo estar al lado de una mentirosa. Sobre todo, cuando, supuestamente, es el último día de mi vida.

Aunque muera hoy, moriré todo lo lejos que pueda de aquí.

Sorteo una raíz enorme. Voy a escaparme, no sin antes explorar un poco el terreno para conocerlo. Sasha a punto ha estado de atarme a la cama cuando a las dos horas de saber sobre mi enfermedad, yo he decidido ir a pasear solo. Ella ha demostrado preocupación. Casi me apena haberle llevado la contraria, pero Sasha no ha insistido más cuando le he dicho que jamás voy a coger el Don de la Diosa que ellos guardan

Por su rostro ha cruzado la sombra del miedo y me doy cuenta de que he acertado de pleno. Había sentido unas ganas enormes de preguntarles por qué estaban tan empeñados en que yo debía poseer aquella espada. Y, sobre todo, preguntar por lo del elegido y demás sandeces que siempre repiten cuando creen que yo no atiendo.

¿Y si son espías de la monarquía? ¿Y si quieren matarme para que yo nunca llegue a la Diosa? Desde luego, han reducido a cero mis posibilidades de rogar por la salvación del mundo entero, pero eso no va a derrotarme. Sean lo que sean esas personas tan sospechosas. Mientras me quede aliento, intentaré huir de Cala Verde y encontrar a Amaranta. O, al menos, contactar con ella y contarle todo.

Piloto descansa en mi brazo, apagado. Una lucecita roja en su base indica el final de la vida de su última batería. No quiero continuar sin él. Sin embargo, dispongo máximo de una hora para encontrar una fuente de energía que devuelva a Piloto toda su potencia. El móvil que Sasha nombró en la conversación con Judah no me pasa desapercibido. Y tampoco lo extraño que resulta que Cala Verde sea el único lugar de Erain sin ley ni vigilancia. Puede que no sepa mucho de mi propio país, pero una cosa me ha quedado clara: nadie se salva de la esclavitud a la que nos somete la reina Matilde.

De una forma u otra, escondido en alguna parte, debe haber una fuente que provea únicamente a unos cuantos privilegiados —como siempre— de la energía suficiente como para cargar un móvil o, por qué no mencionarlo de paso, abrir la entrada principal de hierro a este lugar sepultada bajo el desierto.

Pienso en usar a Piloto para rastrear alguna señal, pero prefiero aguantar sin emplearlo hasta que no esté totalmente seguro. O resulte necesario. Le quedará batería para dos o tres acciones más y si estoy demasiado lejos de mi soñada fuente de energía y no soy capaz de captarla, Piloto se apagará del todo en vano.

Pero ¿cómo voy a poder encontrar yo, un humano cualquiera, tecnología en un lugar en el que nadie sabe que existe? Porque no creo que los habitantes de Cala Verde sepan de las mentiras de los poderosos. En sus rostros se puede ver la inocencia y honestidad de un mundo libre. Aparentemente libre.

Y, de pronto, escucho un potente chirrido. Corro hasta ocultarme tras un árbol de tronco tan grueso que podríamos habernos escondido cinco adultos tras él. Me tapo la boca para contener mi fuerte respiración. ¿Me ha seguido alguien? Imposible. Yo mismo me he encargado de borrar mis huellas y pasar desapercibido. Me han dejado solo en la tienda antes de emprender la partida. ¿También ha sido una trampa? Desde luego, estoy dándome cuenta de lo enormemente débil e ingenuo que puedo llegar a ser.

El estridente ruido cesa y me resulta parecido al sonido de una puerta de metal oxidada abriéndose. Cojo a Piloto, ansioso, y miro al cielo. Debe ser mediodía por cómo descarga el sol sus implacables rayos. Si mis cálculos no me fallan, debo haber estado andando aproximadamente tres horas. ¿Rumbo? Ni idea. Y vuelvo a maldecir mis pocas artes de supervivencia al aire libre. ¿Qué se puede esperar de un renegado que nunca ha salido de Cumbre? Mejor dicho, al que nunca se lo han permitido.

Un pálpito me empuja a que encienda a Piloto. Que es el momento. No me siento seguro echando todas las cartas sobre la mesa solo por haber escuchado un ruido metálico, pero ya llevo tres horas andando y, obviamente, me he perdido. Ser consciente de ello me asusta aún más, así que, con voz temblorosa activo a Piloto:

—Piloto 0948. Energía de reserva.

—Buenos días, Tristán.

Luego vibra y emite un sonidito repetitivo que he echado muchísimo de menos. Sonrío y Piloto alza sus dos manitas mecánicas al cielo.

—Bienvenido de nuevo, amigo. Sé que estás agotado y que, en breve, te apagarás, pero es necesario que rastrees alguna señal. Sé que por aquí tienen alguna fuente de energía que ocultan al resto de habitantes libres y tenemos que encontrarla para salir de aquí cuanto antes. ¿Me has entendido?

—Correcto. Escanear territorio.

Y Piloto pita dos veces y su pequeña pantalla se enciende para mostrar un radar. Las líneas verdes simulan un mapa topográfico demasiado básico, sin embargo, no puedo pedirle más al sistema de medición de Piloto. De pronto, aparece un punto verde. Nosotros dos. Observo las líneas de mi alrededor, buscando alguna anomalía o diferencia que pueda darme la respuesta de la procedencia del sonido metálico. Y entonces, a un kilómetro de nuestra posición, una línea de altitud mucho menor que las del alrededor me llama la atención. Puede ser un mero valle, pero Piloto sigue calculando altitudes y amplio el espectro de la zona. La geografía del lugar señalado entre montañas destaca por ser plana, pero con un punto bastante alto, aislado, como si no perteneciese al terreno.

Avanzo unos cuantos metros más, siguiendo la ruta señalada. Trepo una raíz enorme y alzo a Piloto. Espero que mi intuición no me falle. Espero de verdad haber acertado por primera vez desde que he iniciado este viaje. ¿Cómo puedo haber estado tan ciego? ¿Por qué Shioban y Caleb me han enviado a una misión así sin contarme toda la verdad?

Mi respiración se vuelve irregular y noto la ansiedad trepándome desde el estómago hasta la garganta para estrangularme con fuerza. Tengo que tranquilizarme. Creo en todo esto, en mi misión y en el destino de la Tierra . Yo puedo salvarlos a todos. Pero ¿el elegido? No.

—Piloto —consigo formular en voz queda—, activa el escáner de radiofrecuencias. A ver si detectas alguna señal que se esté emitiendo. Maldito Judah.

—Maldito Judah —repite Piloto y me arranca una sonrisa sincera—. Ja-ja-ja.

Mi pequeño amigo activa el espectro de frecuencias y lo superpone en el radar de la pantalla. Unos pitidos, cortos y continuos, comienzan a sonar. Piloto escanea en busca de señales inalámbricas existentes.

Casi le rezo a la Diosa, algo que nunca he hecho, porque Piloto halle una señal, aunque sea mínima, aunque esté a treinta kilómetros de mi posición. Poco tarda en dar una respuesta. Piloto se vuelve loco con una señal que emerge de la zona de la que he sospechado antes.

No dudo más y echo a correr. La espada corta, que me había dejado Sasha para los entrenamientos y que yo he "tomado prestada" para siempre, me golpea la pierna al ritmo de las zancadas que doy. El sudor me resbala por la frente y hace que la camiseta se pegue a mi espalda como una pegatina. Piloto sigue recibiendo señales, cada vez más constantes y sonoras que parecen ser el eco de mis sospechas: aquí, en Cala Verde, hay oculto un reducto tecnológico del que ningún habitante libre tiene conocimiento. Incluyéndome a mí, tal vez a Sasha y Suyay, pero no a Judah.

Hay gato encerrado y yo solo deseo liberarlo.

Continúo corriendo, sintiendo los pinchazos del cansancio en mi costado y la respiración forzada atravesándome el pecho. Tengo que anteponerme a mi dolencia y dejar de quejarme, tengo que recuperar al Tristán que sobrevivió a la Criba y que sabe por qué lucha.

Por un momento pierdo la conciencia de mi propio ser. Por un instante solo soy un cuerpo, puro músculo, esquivando obstáculos. Pero cuando llego a la linde del enorme bosque que he estado explorando sin mucho éxito, la realidad me golpea y freno mis pies antes de precipitarme colina abajo.

Piloto deja de emitir la señal tan frenéticamente, aunque la mantiene. Frente a mí se extiende un valle y, aunque está rodeado por un frondoso bosque, un alargado y metálico edificio negro coronado por una enorme antena se alza hacia el cielo, como una mancha oscura enturbiando la vivaz naturaleza. Solo un pequeño lago en torno a los pies de la edificación ahuyenta la sensación de estar atrapado en una especie de pequeña Cumbre.

Una sonrisa inunda mi cara y siento que el corazón se me hincha de orgullo. Debería sentir miedo; miedo porque me han mentido y porque puedo estar en la boca del mismísimo lobo, jugando con sus afilados colmillos. Sin embargo, esto lo he conseguido yo solo, por mis propios medios, y me siento realizado y fuerte; capaz de enfrentarme a cualquier cosa.

Me lanzo colina abajo, movido por una adrenalina desconocida. No tardo en enredarme con mis propios pies y resbalar por la tierra húmeda y las pequeñas piedras desprendidas que, como canicas, inundan todo el terreno. La caída me deja sin aliento, pero algunas zonas verdes amortiguan parte de los golpes que me doy al rodar sin control.

Cierro los ojos y aprieto a Piloto contra mi pecho, y solo cuando siento que me detengo, los vuelvo a abrir y me permito aflojar el abrazo. He descendido toda la colina dejando un rastro ahí por donde me he revolcado. Y aunque cada parte de mi cuerpo me duele y sé que pronto un mapa de cardenales se extenderá por toda mi piel, me levanto entre gruñidos entrecortados.

Llego al borde del lago. Sus cristalinas aguas arrullan en la orilla con delicadeza; solo algunas impetuosas olas provocan que la superficie se arremoline dejando un rastro de espuma. Esa sensación de inestabilidad no me convence.

¿Será el propio edificio el que, hincando sus entrañas metálicas en la tierra, provoca esta alteración? No corre el viento, ni nada aparente que pueda remover el lago de esa forma tan antinatural. Debo entrar en la torre cuanto antes.

Examino el edificio desde mi posición, pero no aprecio ninguna entrada. Pienso en rodear todo el perímetro, pero no deduzco cuánto tardaré en hacerlo y no puedo perder más tiempo.

—Piloto, escanea el lugar y dime si existe alguna entrada. —Alzo a Piloto y este se queda planeando en el sitio, muy cerca de la palma de mi mano.

El sonido intermitente se convierte en un fuerte zumbido. Contemplo cómo el objetivo de Piloto se regula, se ensancha y se cierra, se mueve y se paraliza como si fuese un huracán imparable. De verdad espero que la batería aguante al menos hasta descubrir la entrada. El minuto que transcurre desde que Piloto comienza a analizar la edificación hasta que me da un resultado es agonizante. No puedo apartar la vista del puntito rojo que parpadea en su base, recordándome que de un momento a otro puede apagarse y dejarme solo.

Deja de zumbar y se acerca a mí, cerrando las ventanas del radar y el escáner de frecuencias para dejar que la más importante ocupe toda la pantalla. Piloto ha reconstruido el escenario en 3D y ha analizado la construcción señalándome las partes significativas con un mapa de cuadros rojos. Gracias a ello, logro localizar la puerta. Se encuentra frente a mí, pero a noventa metros de mi posición. Noventa metros de lago en línea recta me impiden llegar a mi objetivo. No desisto. Si al final tengo que nadar hasta ella, lo haré. Muevo la estructura 3D por si se me ha escapado algún detalle alrededor del edificio y entonces, Piloto señala una nueva zona conectada a él. Por lo que se aprecia, parece una especie de pasarela que, además, está frente a mí. Alzo la vista. Solo veo agua.

Tecleo en la pantalla de Piloto, asustado por si sus cálculos fallidos se deben a la falta de energía, pero una y otra vez, la cuadrícula roja en forma de pasarela se materializa. Confuso, pero sin perder la paciencia, meto los dos pies en el agua. Está gélida y un escalofrío me trepa por la espalda. Enseguida percibo que no estoy pisando la tierra que caracteriza al valle. No piso sobre mullido, ni sobre irregulares rocas. Me mantengo sobre una superficie lisa y algo resbaladiza. Pruebo con tres zancadas, seguro de mí mismo, y no me hundo.

Me agacho ligeramente y meto la mano en el agua hasta llegar a mis pies. El tacto de la superficie me sorprende: muy fría, pulida y transparente. Es una pasarela oculta. Sonrío.

—¡Bien hecho, Piloto!

—¡Bien por mí!

Corro por la pasarela, intentando no caer al lago a causa de un traspiés o por las olas que cada vez se revuelven más bravas. Al menos, eso me parece. Cuando llego hasta la puerta no me detengo a pensar en los peligros que puede entrañar más allá. Porque, aunque me esté muriendo, aunque no consiga mi objetivo, me siento más vivo que nunca.

Cuando más miedo debería sentir, solo encuentro valentía y ganas por superar el pronóstico que tantas veces ha augurado mi muerte.

Frente a la pared del edificio, descubro por fin las líneas que forman la entrada, y a la altura de mi codo, un pequeño cuadro con las letras del abecedario. Miro a Piloto, que sigue activo. Me sorprende mucho lo que está aguantando mi pequeño amigo. Tal vez es tan inteligente como para dosificarse él mismo la energía. Sea lo que sea, aprovecho mi buena suerte:

—Piloto, rayos ultravioletas en el cuadro. Me da que es una clave para abrir la puerta.

El robot me rodea con un vuelo un poco inestable y temo que, en ese momento, se agote y caiga al agua. Pero no es así. Despliega la luz ultravioleta en las teclas y cinco se marcan en morado: «B, E, I, L, R».

—Demasiado fácil. —Me atrevo a confiarme.

Y tecleo la palabra «libre».

Sin más ruido que el rumor de las olas, la puerta se entreabre sola, cojo a Piloto y me meto dentro de la torre, sin ni siquiera meditar si salir va a ser tan fácil como entrar. La puerta se cierra tras de mí con un portazo metálico y me siento como en una película de terror. Suspiro hondo y avanzo.

Me encuentro en una planta baja circular. El vestíbulo del edificio, supongo. Está completamente vacío a excepción de una enorme escalera de caracol en el centro que crece hacia arriba como una enredadera. Las paredeses oscuras me agobian, y me da la sensación de estar encerrado en una enorme ratonera, siniestra. Pero la luz que desciende e ilumina débilmente los escalones me infunde la valentía necesaria.

Me coloco al inicio de las escaleras y miro hacia arriba. Ascienden y ascienden, y parecen no tener fin. A los lados todo es pared, y solo en algunos tramos entran rayos de luz, atravesando el espacio de un lado a otro. Qué me encontraré al final solo lo descubriré si subo. Realmente, espero hallar la respuesta a todos mis problemas, así que, sin más interrupciones, comienzo a ascender.

A medida que avanzo me doy cuenta de que son ventanas las que permiten que se cuele el sol para iluminar ciertos tramos. No tienen cristal, y tampoco son suficientemente grandes como para pasar por ellas . Son como un agujero en la pared, una promesa falsa de salvación. Si no hay ventana, no hay más. Ni bombillas, ni antorchas, solo la tenue oscuridad.

No empieza a acuciarme el cansancio hasta el escalón número cincuenta, lo que ya es un logro teniendo en cuenta que cada vez estoy más débil. Sobre el escalón ciento diecinueve, Piloto se apaga y el miedo se hace dueño de todas mis entrañas. Tengo que sentarme a descansar, porque a este paso el corazón va a salírseme del pecho.

—Vamos, Tristán. Si mueres que al menos sea dando señales de vida, por muy irónico que suene.

Me incorporo y continúo , boqueando con fuerza y escuchando el eco de mis respiraciones inundando la torre. Soy un blanco fácil. Aunque siempre lo he sido, no sé por qué me hago el sorprendido. Creo que me rendiré en el escalón ciento ochenta, pero es justo en él cuando llego hasta la última planta.

Ya no hay más escaleras, solo una especie de estudio.

La iluminación de la estancia me ciega y tengo que arrodillarme para no marearme. Me he acostumbrado a la oscuridad de los niveles inferiores y la habitación es como entrar al mismísimo paraíso del Dios de la Corona Ardiente —según se describe en sus escrituras—. Cuando consigo adaptarme, me doy cuenta de que el estudio, también de planta circular, está rodeado por diez enormes ventanas cuadradas, y doy gracias porque no se parecen a las anteriores en tamaño. Me seco el sudor, descargo la mochila en el suelo y dejo a Piloto sobre ella. La espada se queda en su sitio.

Me incorporo entre quejidos y, antes de recorrer la sala, me detengo a indagar desde mi posición. La decoración es austera: paredes de piedra blanca, en contraste con la metálica y oscura estructura externa; una pintura de un barco sucumbiendo a una tormenta y otra de la naturaleza devorando un arma, oxidada y muy antigua —ni siquiera sé identificar el modelo—, colgando de los muros, en un contraste brutal; las escenas casi parecen vivas. Y aunque todo me resulta fuera de contexto en esta edificación tan moderna, lo que se sitúa frente a mí me devuelve al lugar al que pertenezco; y la esperanza también.

Hay un enorme equipo informático y de comunicaciones en pleno funcionamiento. Deduzco por sus pequeñas lucecitas parpadeando y sus frecuentes pitidos que la potente máquina no cesa de procesar datos continuamente. Todo conectado a un decente portátil plateado que reposa sobre un escritorio tan blanco como la estancia.

El equipamiento no es precisamente un superordenador de último modelo, de los que pueden realizar tantas funciones a la vez que parece mentira que haya sido creado por un ser humano, pero por lo que intuyo por mi análisis es suficiente para lo que lo necesito.

No pierdo el tiempo. Me agacho de nuevo, abro la mochila y saco el equipo de reparación de Piloto. Cojo las dos baterías con sus respectivos cargadores, la placa de carga y a Piloto. Corro tras el escritorio, buscando enchufes en los que conectar a mi pequeño amigo. Si me veo obligado a hacerlo, no me importará desconectar esta máquina que tanto daño está haciendo a un paraje tan bien conservado; posiblemente, el último reducto salvaje, libre de polución y de las terribles acciones del ser humano.

Sin embargo, no hace falta que desenchufe nada. Hay una línea de enchufes prácticamente sin ocupar. Conecto todos los cables, y solo cuando se encienden las lucecitas rojas que me indican que todas las baterías, el panel y mi pequeño amigo están en proceso de carga, me permito respirar hondo.

Me reprocho a mí mismo no haber invertido más tiempo en esta unidad alternativa de Piloto. ¿Por qué no me centré en su autonomía? ¿Por qué tenía que haber usado un sistema de energía que se basase en baterías como si fuese una mera cámara fotográfica? De hecho, hay cámaras que pueden durar más tiempo encendidas, sin apagar o suspender, que Piloto. Y vuelvo a odiar al sistema. A Cumbre.

Sentado a los pies del escritorio y con la mirada vagabundeando por la habitación, me permito extrapolarme de la realidad. Me consume la rabia. Judah me ha mentido desde el comienzo. Tal vez quería rescatarme, pero oculta algo, porque si no, me habría revelado la existencia de esta torre inmediatamente. Pero, si lo propios habitantes libres no la conocen, ¿qué me hace tener más derecho a mí que ellos? He caído en una enorme trampa que ha agotado mi tiempo de vida y con la que casi entro en contacto con un Don de la Diosa.

No paro de repetírmelo: ¿por qué Shioban y los demás no me mandaron antes a la misión? Sabían que mi dolencia ponía una fecha de caducidad a mi vida y, sin embargo, esperaron hasta que la destrucción de Cumbre lo precipitó todo. Ellos previeron ese día y, aun así, no actuaron. ¿Por qué?

Los pitidos intermitentes que emite el portátil interrumpen mis pensamientos. Chasqueo la lengua. Echo de menos mi intimidad, la soledad, el silencio. Echo de menos estar conmigo mismo, sin que miles de ojos estén observándome, me llamen "elegido" y me traten como si yo fuera una persona inocente e incapaz de hacer nada por sí mismo.

Me incorporo, no sin antes echarle un pequeño vistazo a Piloto. La lucecita se ha vuelto amarilla. Perfecto. Piloto no gozará de una sola batería con una autonomía casi vitalicia, pero nada puede enfrentarse a la velocidad de carga de una batería E-5000, diseñada casi exclusivamente para artefactos militares. Casi.

Me asomo al ordenador y me quedo estupefacto. Un mapa detallado de Cala Verde copa toda la pantalla. Me asombro por la forma de la ciudad. Es como si una maceta enorme hubiese sido plantada en medio de la nada. La nada es el desierto y la maceta Cala Verde. El lugar está rodeado por unas murallas lisas y altísimas, delimitando todo el lugar de forma monstruosa. No existen puertas, solo se puede acceder por el túnel bajo tierra.

Amplío el plano, acercándome a la zona del campamento en el que he vivido junto a los demás durante una semana. Cientos de puntos aparecen parpadeando en rojo; algunos se mueven por el terreno. Es como un videojuego antiguo de guerra. Solo que no es un videojuego, pero sí la guerra.

Tecleo y accedo al panel de control del programa. Una incesante descarga de números seguidos, que parecen coordenadas, se añaden a una interminable lista. Por mucho que baje, no finaliza. Subo de nuevo hasta arriba del todo y me quedo observando la enumeración.

—23... 76... 98... 23... Un patrón.

Clico sobre la segunda vez que ha aparecido el número 23. Lo que descubro me horroriza. Una ficha se abre, superponiéndose a la descarga. En ella aparece una fotografía de un anciano y una descripción detallada sobre él:

—Lousa Uster. Ochenta y cinco años. Antigüedad: treinta años... ¿Antigüedad de qué? Pero ¿qué es esto?

Quiero seguir leyendo la biografía, pero al final de la ficha algo parpadea. Unas coordenadas y unas constantes vitales. Las reconozco: le está dando un ataque al corazón.

Cierro el fichero, aterrorizado. En mi mente se solapan miles de pensamientos y de conclusiones. Siento la vida menguar horas, minutos, segundos. La muerte está cerca, estrangulándome y susurrándome que ya no me queda más tiempo. Y quiero vivir, más que nunca. Las lágrimas se agolpan en mis ojos, como un manantial incontenible. Y sé que lloro por mí y por todas las personas que viven en Cala Verde y les hacen creer que son "habitantes libres", porque no lo son.

Los puntitos rojos señalan la posición de cada uno de ellos. Por los datos, concluyo que llevan implantados unos chips de localización. No creo que ninguno sepa de su existencia. Sin embargo, la evidencia habla por sí sola. Los rostros de la gente que vi el primer día de Cala Verde son un perfecto reflejo de lo que yo era en Cumbre: un esclavo de algo desconocido, una diminuta pieza más de un juego en el que se divierten los poderosos.

Tecleo para abrir más ficheros, más programas. Encuentro la ubicación e imagen de cientos de cámaras que vigilan la zona, el programa conectado a la puerta principal por la que en su día llegué junto a Sasha, además de otros secundarios, como los controles sobre la valla electrificada que recorre todas las paredes que limitan Cala Verde. Leo varios documentos y me detengo, agobiado. No necesito indagar más. Ahora entiendo por qué Cala Verde solo reúne renegados.

—Cala Verde es una fachada. Es una especie de cárcel para renegados. —Y yo he caído en la trampa.

Por eso me han estado drogando. Por eso no quieren que salga de aquí. Seguro que los habitantes permanecen en el mismo estado en el que yo me he encontrado durante una semana. Un escalofrío me recorre entero. Recuerdo cuando Sasha me dijo que los habitantes libres no querían que nadie conociese la entrada. Mejor dicho, los que controlan esto no quieren que los habitantes libres conozcan la salida. Ahora entiendo también por qué la capitana Zyan y sus secuaces rondan las inmediaciones de la entrada de Cala Verde. Algo debió suceder en el pasado para tomarse tantas molestias en crear una cárcel que hiciese creer a los renegados que son libres.

Avanzo por la sala, bordeando la escalera, histérico, como si mis pasos pudiesen acallarme internamente. Como si pudiesen desmentirlo. Ojalá Suyay y Sasha no estén metidas en esto. Lo deseo con todas mis fuerzas. Pese a ser sospechosas, en mis recuerdos embriagados, era feliz junto a ellas. No puedo decir lo mismo de Judah, pero Judah no me importa. No he conseguido conectar con él, nunca me he fiado de sus profundos ojos inquisitivos.

Mi mirada, rebuscando en cualquier parte una salvación a la locura que me consume, se detiene en un detalle. Un detalle que hace que mi mundo se derrumbe. Ambos cuadros, que antes habían armonizado la sala en contraste con la monstruosa máquina, ahora son otra razón que me envenena. En la esquina inferior derecha, en dorado, unas letras tan finas que casi parecen filigranas de oro componen una firma: Suyay.

Me llevo las manos a la cabeza y, movido por un sentimiento que hace tiempo que no siento, me dirijo al equipo informático, dispuesto a destrozarlo. ¿Quieren ser habitantes libres? Lo serán. Propino una patada contra uno de los equipos, pero solo consigo hacerme muchísimo daño. Sin embargo, no dejo de darle golpes hasta que siento que mis nervios desparecen con las lágrimas. Impotente y lleno de dolor y de angustia, deseo que Amaranta esté aquí conmigo. Que silbe y acaricie mi pelo como siempre hacía cuando quería infundirme algún tipo de energía positiva. La echo de menos. Ojalá pudiese ponerme en contacto con ella.

—Eso es.

Vuelvo al portátil y tecleo rápidamente. Minimizo la pantalla y busco la conexión a Internet. Deben tenerla. Me niego a creer que simplemente almacenan los datos de todos los habitantes libres y luego los entregan de una forma menos informatizada. Encuentro el navegador y lo abro. Me meto en la web general del correo electrónico y señalo la opción de usuario universal. Esta opción podemos utilizarla incluso los que ya no gozamos de identificación ciudadana, y sirve como mensajería instantánea. Se puede enviar un mensaje, pero no recibir contestación. Es unidireccional. Sobre todo, lo usan las empresas de publicidad para bombardear a los usuarios con anuncios basura, pero a mí hoy me va a servir como una llamada de socorro.

Escribo el número identificativo —que ejerce también como número de teléfono, dirección de correo, etc.—de mi hermana en el destinatario. Me lo sé de memoria. De pequeño solía coger su tarjeta y leer en voz alta la numeración. Si me detengo, incluso recuerdo el mío.

No pongo nada en el concepto. Y cuando voy a escribir el cuerpo del mensaje, mis dedos se detienen. ¿Cómo puedo empezar a escribir una advertencia para mi hermana?

—Hola, Amaranta. Gracias por traicionarme más de una vez, pero… —Borro. Quiero advertirla, no matarla de un disgusto. Aunque este pensamiento me lo reservo para cuando me encuentre con ella. Es una conversación pendiente—. Querida, Ami.

Desde que me golpeaste en la cabeza y me robaste el Mapa de la Diosa han pasado muchas cosas… —¿En serio, Tristán?

Borro de nuevo y me froto las manos. Si no voy a poner un concepto y tampoco tengo intención de firmar el mensaje por si alguien lo intercepta y pone su punto de mira en mí, debo encontrar la forma de que Ami deduzca que soy yo sin tener que señalar que lo soy.

Pero, ¿solo voy a advertirle de todo o también le voy a indicar un lugar de reunión? Mi vida termina hoy según el cardiólogo, pero yo todavía respiro. La cuenta regresiva ha señalado el día de mi cumpleaños como el día de mi muerte, pero todavía sigo vivo. Y mientras mi corazón lata, hay una mínima esperanza. Estoy decidido: me reuniré con mi hermana y yo mismo le contaré toda esta locura vivida.

Decidido. Lo complicado ahora es… ¿Cómo le digo todo esto de forma cifrada?

Golpeo el suelo con el pie repetidamente, ansioso. No se me ocurre nada. Pero entonces, como una idea inconsciente, como un poso del pasado, la inercia posee mi pie y empiezo a aporrear el suelo con un ritmo determinado. Pronto me uno al compás con un silbido. Una sonrisa hace un amago en mis labios y la nostalgia me da la respuesta. Escribo:

Ami:
Dinos, dinos, dónde están
las sombras que ocultaron el mar.
Dinos, dinos, a dónde escapar
para hacer el mundo estallar.

¡Aventúrese, humano inocente!
Los monstruos le ven como un bebé,
colocan un cebo por si pica
para alimentarse de su ser.

Fin. Este es mi mensaje. Conciso y aclaratorio. Ella entenderá el significado de la canción. Cuál es su motivo y el lugar de encuentro. No hace falta más. Solo esperar a que ella se dirija a nuestra cita y no me deje plantado. Esta puede ser mi última oportunidad de verla.

Sonrío, satisfecho. No pierdo más tiempo. Cierro la página web, elimino la búsqueda del historial y me agacho sobre Piloto. Lucecita verde. Más satisfacción personal. Recojo las baterías, los cables y desenchufo al robot.

—Piloto, 0948.

—Buenos días, Tristán. —Tendré que recalibrar su hora interna.

Piloto despierta y enfoca el entorno con su objetivo rosáceo. Casi me parece apreciar cómo guiña el *ojo*. Me emociono al verlo activado. Piloto es mi amigo. Nunca me ha importado que algunos renegados luchen en nombre de la Diosa a capa y espada contra la tecnología. Solo necesitamos educarnos en una conciencia más ecológica y menos agresiva con la naturaleza. Es posible.

Meto todos los aparatos en la mochila y mientras lo hago, una idea cruza mi mente. Una idea a la que debería haber atendido mucho antes. ¿Cómo he obviado algo tan importante? Me incorporo, cargándome la mochila al hombro y con Piloto sobrevolando cerca de mi oreja.

—Si quieres saber algo, Piloto, puedes conectarte a alguno de los equipos que hay aquí detrás. Curiosea, curiosea. —Sonrío.

Si he sobrevivido a una Criba, puedo sobreponerme a cualquier acontecimiento. Tecleo en el portátil y despliego de nuevo el mapa de puntitos rojos. Amplío y amplío en la zona hasta que el mapa se concentra en la habitación en la que me encuentro. Y está vacía. Nada parpadea en rojo.

Suspiro. No me han implantado nada para localizarme. Yo sí soy un verdadero habitante libre aquí. Giro sobre mis pasos, para comprobar cómo Piloto conecta su USB a uno de los puertos de la máquina. El fin de la misión no es destapar más trapos sucios, solo huir, pero si me llevo conmigo datos importantes, puedo entregárselo a Amaranta y… ¿qué haría Ami con eso? Ella también ha vivido encerrada en Cumbre y, por si fuera poco, como una ígnea. Sin embargo, no puedo dejar de dudar sobre el tipo de persona que es mi hermana en realidad. ¿Por qué me robó el Mapa, si no? ¿Por qué tiene amigos neutrales sin vínculo, incluido Gorio, y es capaz de ir a El Tugurio a pecho descubierto?

Trato de responder a mis dudas cuando un eco, sutil e indirecto, me interrumpe. Me volteo, resbalando sobre mis talones. No hay nadie, pero mis ojos, cansados y nerviosos, se dirigen a la pantalla del ordenador. Sí hay alguien. Un puntito rojo está quieto en la entrada de la estancia. Levanto la mirada.

—Judah…

El hombre sonríe, enseñándome los huecos de su desgastada dentadura. Se seca las palmas de las manos en su ancho pantalón. Doy un paso atrás, con la mano cerrada en torno a la empuñadura de mi espada corta, y una risa, como un silbido desafinado, se escapa de sus labios.

—Eres un pequeño bicho, ¿sabes, chaval? —Avanza un paso y yo retrocedo otro, sin dejar de sujetar al arma.

—Os he descubierto, Judah. Sé que esto es una cárcel para renegados. Pero no tengo intención de decírselo a nadie, solo… —Qué mal se me da mentir.

—¿Quieres salir de aquí? ¿Después de haber sido tan hospitalarios contigo?

—¿Hospitalarios? Sois unos mentirosos.

—¡No llames mentiroso a Judah, el Renacido! ¡Yo vi a los muertos andar con los vivos y a los árboles suplicar a los verdugos por sus vidas! ¡Yo soy el verdadero elegido, no tú!

—Judah, —intento calmarme, pero las manos me tiemblan—yo no soy el elegido de nada. Así que puedes quedarte el título y ser muy feliz con él.

—¡Suyay dice que tú eres el elegido de la Diosa! ¡Que tú puedes portar su Espada para luchar junto a ella en el Juicio Final! Se acerca, está cerca… —se susurra a sí mismo con la boca casi pegada al cuello.

—Yo nunca haré uso de un Don de la Diosa, Judah. ¡Nunca! Y tú, como renegado, tampoco deberías.

Judah se mueve como un depredador, relamiéndose los labios, gustoso, y disfrutando del sabor de mi miedo. Enfundo la espada, y le doy un golpecito a Piloto con la mano para que se desenchufe, mientras rodeo la mesa. Tengo que pensar un plan de fuga antes de que Judah me dé caza. Si emprendemos una carrera de descenso por las escaleras interminables, posiblemente, terminemos tropezándonos y cayendo sin control.

No. No es una buena idea. Por lo tanto, solo queda un lugar por el que escapar. En silencio, sin dejar de clavar mis ojos casi dorados en los profundos de quién me salvó la vida una semana atrás, le tiendo la mochila a Piloto. Sé que pesa, pero Piloto goza de un buen sistema de suspensión aérea, por lo que, aunque vacila por el peso, logra mantenerse estable.

—¿Qué pretendes, Tristán?

Está a unos pocos metros de mí. Su locura amenaza con destrozarme. Sin darle la espalda, me aproximo a una de las ventanas y me subo al alféizar de un bote, sin perder el equilibrio.

Judah se detiene, confuso.

—¿Vas a suicidarte, Tristán? ¿Soportas tan poco estar entre la espada y la pared que vas a renunciar a lo que más deseas? La muerte y tus ganas de vivir. Yo y tu huida. Seguro que nunca sentiste tanta presión como ahora.

—Te equivocas. Pocos han sobrevivido a una Criba. Pero yo puedo contarlo. Puedo relatar con detalles lo horrible que fue, pero lo agradecido que estoy de haber esquivado una bala mortal. ¿Y tú que has hecho, Judah? —¿Por qué lo provoco?—. ¿Mentir? ¿Estafar? ¿El Renacido? Y un cuerno. La Diosa no te permitiría volver de los muertos ni aunque implorases.

—Tu frágil corazón no soportará la caída. Y si la soporta —sus dientes rechinan de odio—y huyes, la capitana Zyan clavará tu cabeza en una pica y la paseará por todas las ciudades de Erain, sucio renegado.

Con un grito de rabia, se abalanza sobre mí, pero yo ya me he concienciado bastante del salto. Posiblemente moriré por el impacto o, tal vez, mi corazón no resista ni la mitad de la caída. Tengo miedo, pero también fe. Y saltó a la voz de:

—¡Piloto, por la segunda ventana!

Y con los ojos bien abiertos, dispuesto a ver los últimos segundos de mi vida, me dejo caer al vacío. Si no sobrevivo, espero que Piloto se reúna con Amaranta y le enseñe todo lo que haya podido recopilar. Pero he puesto demasiadas esperanzas en una pequeña máquina, en un prototipo que, posiblemente, ni siquiera llegue a entenderme del todo. Además, está programado para autodestruirse doce horas después de mi muerte. No puedo arriesgarme a que, una vez no esté, alguien haga uso de él y de su memoria inadecuadamente.

El impacto es seco. El agua me entra por la nariz y me hiela las venas. Siento que pierdo la conciencia, pero la oscuridad nunca llega. Floto sin control. Las olas y la vibración que surgen desde el fondo del agua me golpean. La torre es la que provoca la inestabilidad del agua, con sus garras eléctricas haciendo temblar la tierra. Y mi mirada la entierra una marea, no la de la propia agua, sino una interna, que me nubla los sentidos. Mi percepción parece viajar a la velocidad de la luz, a otro lugar y otro tiempo, tal vez a un punto en el que es más fácil vivir con los ojos abiertos.

¿Cuánto tiempo estoy flotando? ¿Me resisto a ahogarme? Algo me arrastra, algo sólido y cálido. Un pitido copa mis oídos, continuo y molesto. ¿Es Piloto, asustado por mis constantes vitales? Pero Piloto es frío y diminuto. Y, de pronto, la estabilidad. He dejado de vagar en el agua para quedarme quieto, firme. He muerto, así es como se siente morir. No es oscuridad, ni luz, solo un estado indefinido, en el que soy como una mota de polvo cualquiera.

Es el contraste entre el más sumiso de los silencios y la más fuerte de las voces; como un eco de mi vida pasada. Aullador y persistente. Y el pitido constante. Alzo una mano, claro que no es mi mano física, sino mi yo etéreo intentando no sucumbir a la nada. ¿O adaptándome a ella?

Y, de pronto, noto dolor. Un dolor que me arde en lo que antes habría sido mi pecho. ¿Antes? «*Ahora, Tristán*», me susurra una voz. Algo suave se pega contra mi boca y me insufla vida. Pero la suavidad se aleja de mí y vuelve el dolor. Abro los ojos, irritado, y me encuentro con el azul claro del agua. Siento que la calidez retorna a mis labios, un tacto distinto al de la suavidad, y que algo se cuela en mi garganta junto a una gran cantidad de agua.

Atragantado, toso. Ahora sí que me estoy muriendo. El pecho se contrae en un movimiento violento que me hace gruñir. Gruñir muy alto, como un animal herido. Y entonces se funde conmigo de nuevo: la vida. Recorre cada parte de mi cuerpo. Percibo cómo mis músculos palpitan y la sangre fluye por mis venas. El corazón bombea, frenético. Y me incorporo.

Cuando soy consciente, estoy de pie. Frente a mí, Sasha, con su cabello casi blanco empapado pegado a su espalda, clava sus penetrantes ojos celestes en mí, como si fuese el centro de una diana.

Me estudio el cuerpo, atónito. Estoy vivo. Más vivo que nunca. He sobrevivido a la caída. Pero no estoy seguro de dónde me encuentro, si me han capturado, si Piloto se habrá marchado sin mí. La realidad me golpea como un mazo e intento poner orden a mis pensamientos.

—Tristán.

—¡No! —le chillo.

Respiro profundamente, consumido por la ansiedad. Céntrate. Estaba huyendo, eso está claro.

—Tristán, tenemos que irnos.

—Me has mentido, Sasha. —Sigo sin mirarla, totalmente desorientado.

—¿Qué dices? Ni siquiera sé qué es esto. Por favor, Tristán, tienes que creerme. Judah viene a por ti con el resto de habitantes libres.

¿Judah? Un torrente de imágenes esclarece mi confusión. Yo descubriendo la torre metálica, subiendo las escaleras, recuperando a Piloto, desvelando el misterio de Cala Verde, discutiendo con Judah, la vertiginosa caída a la que he sobrevivido. He sobrevivido.

—¡Tristán, por favor! —me suplica Sasha.

—Me has salvado la vida…

—No hay tiempo para explicaciones. Si quieres te las doy, pero para cuando haya terminado, nos habrán capturado. ¡A los dos!

Su voz me llega, entiendo el mensaje, sin embargo, mi mente aún está reconstruyendo el puzle y necesito respuestas a todas mis preguntas.

—¿Dónde está Piloto? ¿Y mi mochila?

Mi pequeño amigo aparece ante mí al instante, como si captar su nombre en mi boca hubiese reactivado todas sus funciones. Sonrío ampliamente, alegre de verlo.

Piloto me tiende la mochila, oscilando su cuerpo hacia delante y hacia atrás. La cojo y me la cuelgo a los hombros. Le doy un leve golpecito que él interpreta como un gesto cariñoso y, entonces, me siento seguro de enfrentarme a Sasha y al resto de habitantes libres.

—¿Cómo me has salvado?

—Resumiendo, porque tenemos prisa —su urgencia me revela la verdad—, he seguido a Judah. Suponía que te perseguiría a ti. Lo siento, Tristán, no eres la persona más sutil del universo. ¿Irte tú solo por Cala Verde? —Enarca una ceja y maldigo mis escasas facultades en el arte del camuflaje—. Lo he visto todo. He descubierto esta… —mira con terror a mis espaldas, descubriendo que seguimos en el mismo lugar—, monstruosidad. No sé qué habrás descubierto ahí dentro, pero tampoco quiero saberlo.

—¿Cómo me has salvado? —repito, porque aún no ha contestado a mi pregunta.

—He ido nadando hasta ti, he intentado reanimarte… —La suavidad contra mis labios. Seguro que se me encienden las mejillas, porque Sasha detiene su explicación y frunce los labios—. Respiración boca a boca. No te emociones, no me gustan los hombres. —Quiero decirle que no pretendía insinuar nada, pero ella me corta—. Al ver que no respondías, he rebuscado en tu mochila por si tenías algo, no sé, algún medicamento. Y entonces, he encontrado un bote rojo lleno de pastillas…

El rubor por la vergüenza debe mudar inmediatamente a un pálido mortal, porque Sasha enmudece.

—No sé lo que son esas pastillas, Sasha. Me las dejó mi hermana el día que me robó el… —me interrumpo. Me estoy yendo de la lengua, pero no puedo controlar mis impulsos—. ¡Mi hermana es una ígnea! Quién sabe lo que pueden ser, puede... —Una corazonada me derriba—. ¿Me he recuperado una vez me la has administrado?

—Sí...

—Creo saber lo que me has dado y... ¡Oh, Sasha! —Me paso la mano por el pelo mojado. No voy a morir, al menos, no en este momento, pero tampoco estoy a salvo.

De repente, una bengala estalla en el cielo del atardecer, iluminándolo todo, muy cerca de nuestra posición. Contengo el aliento, pero Sasha, cansada de mis vaivenes, me coge de la mano y me interna en el bosque que ahora recuerdo lejano. Se lo agradezco, porque no me veo capaz de avanzar por mí mismo. No andamos mucho hasta que casi chocamos contra una moto. Alucino al ver tal reliquia: en un mundo en el que casi todos los vehículos vuelan, al menos en Cumbre, ver una motocicleta con ruedas me impacta. Al igual que la camioneta con la que llegamos a Cala Verde.

—Sí, Tristán. Siguen existiendo las ruedas. —Me sorprendo por la capacidad de burla de Sasha incluso en momentos tan tensos como estos.

Monta rápidamente y yo tras ella. Me coloco el panel de control en el brazo y Piloto se engancha a él; yo, a la cintura de Sasha. Conociéndola, no conducirá en pos de la seguridad, sino de la velocidad.

—¿Preparado?

No me deja contestar, enciende la luz frontal del vehículo y arranca tan veloz que levanta una montaña de tierra con la rueda trasera, tanta, que nos mancha los pies. Apoyo la cabeza en su espalda, decidido a no mirar nuestro destino. Estoy seguro de que, si echo un vistazo, no pararé de gritarle que tenga más cuidado y, entonces sí, Sasha me abandonará por ser tan quejica.

Sin embargo, no puedo evitar soltar algún que otro "ay" cuando Sasha recorre por encima alguna inmensa raíz o roca. No sé si el sol se ha escondido ya para dar paso a la noche, pero bajo el espeso manto de las copas de los árboles es imposible descifrarlo.

Tardamos media hora en dar con un camino en el que los frondosos árboles pasan de ser obstáculos a formar los límites de un sendero. Teniendo en cuenta lo que me ha costado llegar desde el campamento hasta la torre, intuyo que debo haber dado un buen rodeo.

Noto mi salvación en la palma de la mano. Aunque no deja de rondarme por la cabeza el efecto de las pastillas. Calibro toda posibilidad. Las pastillas pueden ser medicación avanzada a la que solo los ígneos pueden acceder, y Amaranta me lo ha regalado como un símbolo de tregua, de paz. Al fin y al cabo, ella también padece mi misma enfermedad. O, pensando en lo peor, por su veloz efectividad, pueden estar compuestas por algún milagro de la Diosa, en cuyo caso habría ingerido un Don de la Diosa, infectándome por primera vez en mi vida, convirtiéndome en un inútil para la misión de salvación.

Porque la Diosa, supuestamente, no atiende a infectados.

Escruto el horizonte, por encima del hombro de Sasha, desesperado. De pronto, una sombra se interpone en el camino y la chica frena bruscamente. La moto escapa a su control y ambos caemos al suelo en un doloroso derrape.

Henchido de las fuerzas que me han otorgado las pastillas, me incorporo de inmediato y ayudo a Sasha. Le susurro a Piloto que encienda la linterna y, aunque supongo quién nos ha cerrado el paso, quiero saber su exacta posición en la semioscuridad.

Piloto enfoca a la persona con un potente rayo de luz y la evidencia se convierte en confirmación: es Judah. Levanta contra nosotros una escopeta de micrometralla. Suda a mares, intentando respirar profundamente para recuperarse del agotamiento. Su camisa color ocre está mucho más sucia y destrozada, y deja más al descubierto su pecho, mostrando algunas impurezas grisáceas.

—Os cacé.

—Judah, por favor… —apela Sasha.

—¿Por qué le ayudas, Sasha?

—¿Por qué me mentiste? —La chica adelanta un paso, pero no le permito avanzar más.

—Porque yo soy el elegido y arruinarías el plan.

—¿Qué plan? —pregunto, asustado—. No me traiciones de nuevo, Sasha.

Pero nadie me contesta. Sasha me mira, afectada, y Judah avanza, aún encañonándonos. Pero antes de que pueda formular una solución, Judah vuelve a hablar:

—Vamos a irnos los tres de Cala Verde. Los tres juntos. Juntos —recalca—. No os delataré como traidores y prófugos. No diré nada de tu descubrimiento, pequeño Tristán. Y así, todos podremos cumplir nuestra misión, ¿de acuerdo?

Quiero rebatirle, pero no deja de mover el arma. Dudo que sepa usarla correctamente, así que, antes de que alguien salga perjudicado, asiento. Con una cabezada fuerte, para que me entienda.

—Si en algún momento a alguno de vosotros se os ocurre haceros los héroes, apretaré el gatillo y, ¡boom!

Asentimos de nuevo.

—No os asustéis. Estamos todos del mismo lado, ¿o no, Sasha?

Ella dice que sí, en un susurro que me desgarra el corazón. Aprieto su brazo, el cual no he dejado de sujetar en todo momento, y siento que se relaja. Estoy muy enfadado con ella. El desquicio por sus mentiras va a terminar por anularme. Pero ella me ha salvado.

Sin más, Sasha y yo avanzamos por el bosque, dejando el vehículo atrás, con el ronroneo del motor en marcha. Judah nos persigue por detrás, sin dejar de apuntarnos hasta que alcanzamos el túnel; la única entrada y salida de Cala Verde.

El plan de huida ha sido un fracaso, pero el mensaje para Amaranta está enviado. Inspiro hondo. Estoy exhausto y herido. No sé ni cómo consigo caminar. Tampoco sé si lo voy a conseguir. Si sobreviviré. Pese a que tengo que seguir intentándolo, la sombra del pesimismo se aposenta sobre mi corazón y clava sus crueles garras en él. Si esas pastillas son un Don, ya no sirvo. Y empiezo a dudar de si alguna vez he supuesto una diferencia real para este planeta.

La Diosa agoniza y yo con ella.

Quiero vivir.

AMARANTA

¿SON MIS PULMONES LOS QUE SILBAN DE MANERA TAN AGRESIVA? No, es mi respiración que, descontrolada, se precipita junto a mí en esta cuesta tan empinada. Nadie me contesta si sigue viendo a Agatha, solo escucho gritos, gruñidos y disparos. Las estrategias poco cuidadas tienden a salir fatal y, encima, la inseguridad no para de crecer en mi interior. ¿Es porque Levi no me ha contado la verdad? ¿Es porque no dejo de pensar en Tristán y en las consecuencias que se sucederán si fallo a la hora de destruir el Mapa de la Diosa?

Tengo que salvar a Agatha, esté o no esté centrada. Es una adolescente perdida de diecisiete años. Si muere, soy responsable. Si muere, no sabré qué hacer sin ella.

Percibo que algo me persigue. Es un rumor que cada vez se hace más patente, que aplasta la tierra y las piedras bajo su paso. Es el motor de un vehículo, pero no quiero girarme. No me va a dar caza mientras mis pies continúen coordinándose. ¿Cuándo llegaré a la Caída? Levi me había dicho que, corriendo, se tardan unos tres minutos en alcanzarla. Demasiado profundo. Demasiado tiempo.

El vehículo consigue cortarme el paso en un derrape peligroso que casi lo precipita al centro, al vacío, directo a las minas. Canto victoria por el casi desplome de mi enemigo, pero me encuentro con que se trata de Levi.

Él no me deja hablar, abre la puerta del copiloto y me chilla:

—¡Deja ese insulto que tienes preparado para mí en la punta de la lengua y entra! ¡Agatha podría desangrarse!

La última frase activa de nuevo mis músculos. Pliego mi arco extensible con una sacudida. Subo a la camioneta de un bote y Levi reemprende la marcha, incluso antes de que yo haya cerrado la puerta del todo. Lo miro, confusa, repleta de unos sentimientos que guerrean en mi interior campalmente.

—¿Y tu madre y tu hermano? —Es lo que me sale preguntar.

—Están a salvo. —Sus ojos no me dicen lo mismo.

—No tienes que arriesgarte por nosotros…

—¡Amaranta! —La fusión de mi nombre y su tensión me atraviesan por la mitad—. Es suficiente. Estamos juntos en esta lucha. Que te haya mentido más o menos sobre una voluntad mía que, al fin y al cabo, no ha supuesto nada para tus intenciones es insignificante ahora. ¿O no?

Me deja con la palabra en la boca, algo que odio. Pero tiene razón. ¿Tanto me ha afectado que no me haya dicho la verdad respecto a lo que piensa del Mapa? Él en ningún momento se ha negado a destruirlo, pese a las reticencias personales que albergue.

Levi no se ha equivocado en una cosa: por mucho que no sea una ígnea, parte de la agresiva educación de esta comunidad ha dejado una huella en mí. Ha impreso la superioridad, el prejuicio, la competitividad, el orgullo extremo… Y, de pronto, quiero borrar este estigma de mi ser.

Porque, pese a todo, después de todas nuestras discusiones y roces, aquí está Levi tendiéndome una mano amiga.

Aunque no me lo parece, enseguida llegamos a la zona dónde Agatha habría aguardado a mi llegada si el plan hubiese funcionado. Pero alguien ha interceptado su posición y ahora su vida peligra.

Desciendo del vehículo y me percato de inmediato de las manchas de sangre, aún frescas, que vetean la tierra. Me arrodillo junto a ellas. Levi llega hasta mí.

—El francotirador ha fallado las dos veces. Al parecer, uno de los dos intentos le ha dado en la oreja en la que tenía el transmisor, por eso no puede comunicarse. Se habrá escondido por alguno de los salientes de estas paredes.

—¿Y si se muere? —Me giro hacia Levi, y hasta que él no compone una mueca apenada, no me percato de lo débil que ha sonado mi voz.

—Si se ha escondido, está fuera de peligro. Lars ha decapitado al atacante. —Incluso yo que estoy acostumbrada a tratar con la muerte, me sorprende la facilidad que tiene Levi para hablar de las cosas más crueles sin alterarse—. La encontraré.

—No, la encontraré yo.

—Amaranta, esta es la única oportunidad que tienes aquí en Bun de destrozar el Mapa. No la desperdicies.

Aprieto los dientes y no despego mi mirada de la suya.

—¿No te fías de mí?

—No del todo.

—Pues tendrás que elegir. Tus amigos están peleando contra algunos de los soldados de Zyan. Incluso muchos de los de aquí han generado una revuelta a tu favor. Están siguiendo a Iggy, Lars y Keira en la lucha. Vosotros, el Escuadrón Espino, habéis conseguido que la gente vuelva a alzar la voz en pos de sus derechos. ¿No es eso por lo que peleáis día a día?

Sus palabras se posan en algún punto de mi mente, un punto muy certero. De pronto, las fuerzas que pienso perdidas se renuevan, poco a poco. La valentía y el sentido que ha iniciado el viaje me dan el empujón para levantarme y continuar con lo planeado.

—Si le pasa algo, es culpa tuya.

—Injusto, pero lo acepto.

Doy media vuelta, decidida a recorrer el último tramo hasta llegar a la Caída. Si mis amigos e incluso los esclavos de Bun están de mi parte, cubriéndome, yo no soy quién para dar la espalda a tal apoyo. No soy quién para desvalorizar su sacrificio.

Porque muertes habrá. En ambos bandos.

Avanzo dos zancadas, pero antes de marcharme del todo, me giro y le digo al alquimista:

—Levi, no mueras.

Él no se ha movido. Él continúa ahí de pie, mirándome, esperando a que me marche. Y me dedica una sonrisa. Una sonrisa que nunca he visto en él. ¿Es posible hacer ese gesto en el contexto en el que nos encontramos? ¿Es alivio y comprensión lo que he visto en él? ¿Es vida?

Intentando que no se me note que la expresión me ha perturbado más de lo necesario, echo a correr, ahora sí, decidida a alcanzar mi objetivo. Doy un vistazo a mi alrededor, predispuesta a contraatacar cualquier ofensiva a larga distancia. Las balas recorren el espacio cinco niveles más arriba de donde yo me encuentro. También se oye el entrechocar del acero y gritos desgarradores.

Me centro de nuevo en el camino y, antes de lo esperado, llego hasta la Caída, ante la alargada base que sujeta las diez vigas con sus correspondientes poleas. Miro abajo. Errónea decisión. Apenas se aprecia el fondo, si es que una luz anaranjada combinada con sombras tétricas y escuálidas se puede considerar el fondo de una mina.

Me coloco bien la máscara —que hasta el momento he tenido ligeramente levantada para no agobiarme—y doy un paso inseguro. Creí haber imaginado bien la Caída cuando Levi me la describió, pero está claro que la imaginación no es lo mío, porque el lugar es muchísimo más enorme e imponente que en mis suposiciones.

La base de madera y metal debe medir como mucho tres o cuatro metros de ancho. El material está roído y podrido por el uso y el tiempo. Cruje bajo mi bota y casi me desestabilizo por la impresión. Las vigas rojizas por el óxido, que enarbolan sus extremos hacia el vacío y se sujetan a la madera por unos enormes y gruesos tornillos, dan la sensación de que pueden precipitarse en cualquier momento. Y ya ni hablar de la propia polea y la cuerda de hierro que deben mantenerme suspendida junto al arnés de cuero que se descubre desgastado y prestado.

Mantengo mi confianza en que, pese a la apariencia, el material no puede estar en peores condiciones que el que he usado en las prácticas. Con que tenga una calidad parecida, bastará para sobrevivir.

Adelanto dos pasos más y me siento levitando. La otra entrada a la Caída está bastante lejos, en el extremo opuesto a mí, pero no logro calcular el largo de la base. Levi me ha aconsejado que descienda por la polea número cuatro en caso de estar libre, pero que, bajo ningún concepto, lo haga por la número siete. Se cree gafada, porque muchos han muerto por la inestabilidad de la maquinaría. Y aunque no creo en el mal fario, prefiero no tentar a la ciencia. Por suerte o por desgracia, están libres la polea número cuatro, siete y diez.

Intentando mitigar mi inseguridad, continúo mi camino, apoyándome a veces en el hierro de las poleas que interrumpen la marcha. El viento que surge desde las entrañas de la mina en forma de ráfagas descontroladas me obliga a detenerme. La base parece mucho más ancha de lo que realmente es, aunque si me tropiezo a lo grande, seguro que me despeño.

Contra todo pronóstico, alcanzo la polea número cuatro. Agarro la cuerda de metal y atraigo hacia mí las correas que me sujetarán en el vacío. Pero entonces, una voz me detiene. Me hiela la sangre:

—Belladonaaa —canturrea. Cómo olvidarme de este capullo—. ¿Qué haces aquí tan *solito*?

Sonrío para mí misma.

—Gaspar —el modulador insertado en la máscara transforma mi voz—, ¿el matarratas de la entrada no ha funcionado con una cucaracha como tú?

—No, tú eres la prueba. —Avanza desde el otro extremo de la base, cerca de la polea número diez, más seguro que yo.

Gaspar es uno de los dos soldados que siempre acompañan a la capitana Zyan, y es al que menos soporto. Suele lucir una sonrisita de suficiencia, como si nada estuviese a su altura y su poderosa espada. Tiene toda la cabeza rapada decorada por un enorme tatuaje de formas geométricas que a veces parecen una monstruosa telaraña y otras un copo de nieve. Por esa razón, yo lo bauticé en su momento con el nombre de Copito. Algo que lo enfurece. Pero pese a todas mis burlas, nunca lo he derrotado. Es elegante en sus movimientos, atinado y decidido. Su mayor error recae en que a veces olvida la elegancia que le caracteriza y se precipita demasiado en el uso de su fuerza, por lo que, en una zona tan limitada como la Caída, mi enfrentamiento con él puede gozar de una ligera ventaja.

—¿Qué pasa, Copito?

Gaspar tuerce el gesto. Espero que provocarle me sirva para desestabilizarlo y no envalentonarlo.

—El guardia que nos alertó de vuestra llegada nos dijo que eráis cinco neutrales de Cumbre, pero en la vida —se para junto a la polea número siete—habría imaginado que vosotros cinco formaseis al Escuadrón Espino.

—Ya ves. Coincidencias de la vida.

—Sabes que eso acota nuestra búsqueda, ¿no? —Enarbola su pesada espada y se observa en el filo. Engreído.

—En Cumbre murieron muchas personas aquella noche. Y a la reina Matilde no le interesa rebuscar entre los neutrales, no consta en nuestros derechos —digo, intentando ocultar la amargura.

—Ahora que podemos desvelar la identidad del Escuadrón Espino con tanta facilidad, recogeremos todos los cadáveres y los identificaremos. Seréis nuestros, a no ser que logre por fin quitarte esa ridícula máscara. —Y me apunta directamente al rostro con la espada .

—Sois unos desgraciados. Solo lo hacéis por nosotros, pero hay personas a las que les gustaría poder tener el cuerpo de sus allegados para despedirlo como quieran. —Saco el arco plegado y con una sacudida surgen del cuerpo del arma las palas y la cuerda, la cual se extiende tensándose al segundo.

Gaspar deja escapar una risa socarrona entre dientes que me enerva. Me preparo para el siguiente movimiento.

—Basta de cháchara, Copito.

—¡A luchar!

Entre polea y polea debe haber una distancia de unos cinco metros que yo voy a aprovechar para matar al soldado, a la mano derecha de la capitana Zyan. Le doy un toque a la cajita de la izquierda que pende de mi cinturón y saco la primera flecha. La sacudo y se alarga hasta alcanzar la medida correcta. La coloco, tenso la cuerda y disparo. El proyectil habría sido certero si el objetivo no hubiese sido Gaspar que, con un movimiento ágil, la parte por la mitad.

Chasqueo la lengua y disparo otra, pero esta ni siquiera llega a rozarle. Los dedos me tiemblan por primera vez, y no atino a coger la siguiente flecha. Así que pliego el arco y echo mano de la daga, porque antes de que pueda parpadear otra vez, ya tengo a Gaspar encima de mí.

¿Cómo es posible que se desplace a tal velocidad si carga con un arma tan pesada y viste partes de una gruesa armadura? Sé que está fabricada con materiales ligeros, pero tiene que proporcionar un mínimo impedimento, una cierta desventaja. Goza de un buen combo, y por eso no está muerto aún.

Cruzamos varias estocadas que me pasan factura. Mi daga no es nada contra su acero pesado. Sus descargas son monstruosas y, aunque es más lento que yo, sus ataques son más certeros que los míos. La disciplina le ha curtido, pero yo bien sé que un duro entrenamiento no es suficiente. Es imprescindible conocer al enemigo, saber qué piensa y por qué hace lo que hace. Gaspar me subestima, y por eso no estoy muerta aún.

Me está arrinconando en el extremo por el que he entrado —cerca de la polea número uno—y lo agradezco. Prefiero salir de la base inestable que cruje bajo nuestros movimientos a mantener una lucha encarnizada que termine con los dos abocados al vacío. Esquivo varias estocadas sin necesidad de utilizar la daga como escudo. Una de ellas choca contra una polea que chirría ante el contacto. Gaspar titubea al no esperar el encuentro de su filo con el hierro, confusión que aprovecho para propinarle una de mis patadas, segura y convencida del objetivo. Y aunque el soldado reacciona rápido, consigo darle en el hombro justo cuando se abalanza sobre mí. Sorprendentemente, lo desequilibro y desvío su trayectoria. Retrocede varias zancadas intentando mantenerse firme y, sin dudar, paso por su lado, veloz, aprovechando su descuido.

Alcanzo de nuevo el arnés de la polea número cuatro, pero cuando voy a ponérmelo, el filo de la espada de Gaspar parte limpiamente la cuerda de hierro. Me quedo con el juego de correas en la mano.

—¿He fastidiado tus planes, Belladona?

La desesperación me ciega y le propino un codazo en el costado que, para mi suerte, trunca una ofensiva que podría haberme cercenado por la mitad. Echo a correr en dirección a la polea número siete, mientras despliego de nuevo mi arco. Oigo la respiración pesada de Gaspar tras de mí. Su armadura tiene que estar suponiendo por fin un sobreesfuerzo para él. Alcanzo una flecha, esta vez de la cajita de la derecha, la extiendo y la coloco en la cuerda. Solo cuando llego hasta la polea número siete, me atrevo a girarme y apuntar.

Podría haber sucedido todo muy rápido, pero no es así. Soy capaz de memorizar detalle a detalle cómo Gaspar corre sin preocuparse por caer de la base. Cómo llega Iggy desde el otro extremo, con su daga en ristre, advirtiéndome. Cómo grita Levi a mis espaldas, aunque no pueda calcular cuán lejos está de mi posición. Cómo la punta de mi flecha detonadora parpadea en rojo primero lentamente, y luego apremiante. Cómo suspiro dos veces, contadas. Y cómo suelto la flecha sin apenas haber apuntado a la cabeza de Gaspar.

Y, de repente, como si la explosión fuese el detonante, todo vuelve a su ritmo original. La flecha impacta contra el hombro de Gaspar y escucho su grito desgarrador junto al estallido del proyectil. Se le desprende el brazo entero, con el que sujeta la espada. Con el aliento contenido, me apremio para coger el arnés de la polea número siete.

De pronto, Levi me grita que lo haga con la diez, pero su voz me llega hueca, lejana. No hay tiempo. Pliego el arco, lo engancho en el cinturón y me enfundo el arnés, echando miradas nerviosas a Gaspar que, de una manera sobrehumana, se ha sobrepuesto a la herida que tendría que haberlo dejado inconsciente o haberlo matado. Colérico, avanza hacia mí, aun desarmado.

Acoplo las correas a los mosquetones de mi cinturón y me agarro de la cuerda de metal, dispuesta a dejarme caer al vacío antes de que el soldado dé conmigo. Cuento hasta tres, armándome de paciencia y recordando las lecciones con Levi para que la cuerda no falle y el descensor funcione como debe.

Sin embargo, Gaspar me intercepta. Da miedo. Su enorme mano se aferra en torno a mi cuello. Boqueo, intentando recuperar el aire que la presión está arrebatándome. Pero entonces, unos disparos interrumpen la ofensiva.

Gaspar abre sus enormes ojos oscuros y me mira con una mueca desencajada. Noto cómo afloja el agarre, pero no me suelta. El soldado se precipita de lado al vacío y yo caigo con él. El descensor no será capaz de detener nuestra caída. Juntos pesamos demasiado y nuestro abrupto movimiento me impedirá controlar la maquinaria.

Cierro los ojos y acciono el descensor con fuerza. Pero la caída no llega a su término. Un tirón me separa del agarre de Gaspar, que cae lejos de mí. Algo me ha atrapado firmemente por el brazo. Una especie de chirrido me eriza la piel. Sigo suspendida en el aire.

—Ami, que pesas…

Alzo la vista de golpe, como quien despierta de un sueño profundo. Iggy me sujeta con una mano, mientras que con la otra ejerce de tope en la polea, frenando el descenso de la cuerda. Siempre se me olvida su brazo biónico, que ahora me ha salvado de una caída mortal.

—Iggy. —Mis ojos se anegan de lágrimas.

—¿Crees… —gruñe tras la máscara— que puedo soltarte sin que la polea se desmadre y te precipites?

—Mientras no me impulses, sí.

Iggy me deja ir con cuidado. Yo misma me agarro de la cuerda para intentar sostenerme en el aire sin mucho balanceo, no sea que la polea número siete decida llamar a la mala suerte y nos mate a los dos. Desciendo un poco, porque la polea cede por mi peso.

Levi llega hasta nosotros y activa el sistema automático que recoge la cuerda de metal. Gracias a los reflejos de Iggy, no he descendido tantos metros, así que volver a la base de madera es rápido y sencillo. Me quito el arnés. Todo mi cuerpo tiembla como si un sutil terremoto estuviese removiendo la tierra entera, e Iggy y yo nos fundimos en un abrazo reconfortante.

He estado a punto de morir de verdad.

—¡Te dije que por la polea número siete no! —me chilla Levi, mientras me separo de mi amigo. Reparo en la pistola que sujeta.

—¿Has disparado tú contra Gaspar? —le pregunto, aún con los nervios a flor de piel.

—¿Ves a alguien más con pistola? —me contesta, alterado y preocupado—. ¿Y eso? —Se dirige a Iggy, fijándose en su mano robótica, que ahora queda expuesta, porque la fricción con la cuerda de hierro ha destrozado el guante que siempre la oculta.

—No hay tiempo para explicaciones.

—Pero vas a tener que arreglarla —le alerto al ver un chispazo en su palma.

—No es urgente. —Iggy me mira intensamente—. Tenemos a Zyan, pero ha llamado a los refuerzos y no sé cuánto tardarán en llegar.

¿Que han capturado a la capitana Zyan? Eso tengo que verlo. Asiento y nos disponemos a dejar atrás la Caída por el extremo por el que ha llegado Levi. A unos pocos metros de la zona de descenso está su camioneta. Nada más subimos, descubro en los asientos traseros el pelo enmarañado de Agatha. Está tumbada con los ojos cerrados. Y eso me asusta.

—¿Está bien?

—Sí, la he encontrado inconsciente en un hueco entre la pared y una roca gigante. He estabilizado sus heridas y ahora está fuera de peligro —me informa Levi en cuanto arranca el motor.

Comienza a subir los niveles de Bun.

—¿No nos escuchabas por el transmisor? —me pregunta Iggy.

—Solo gritos y disparos… —Niego, sacándome el aparatito, no más grande que una uña del dedo meñique—. Vosotros tampoco me escuchabais a mí.

—Habrá sufrido un cortocircuito. —Iggy me lo arrebata de las manos—. Recuerda que cuando estuvimos ayudando a los habitantes de Cumbre, un guardia te golpeó en el oído cuando lo estabas usando.

—Cierto.

Ahora la destrucción de Cumbre me parece muy lejana, como si hubiesen pasado años. Me observo las manos ensangrentadas y me llevo una al corazón acelerado. El Mapa de la Diosa continúa en su sitio. "Vivo". En cambio, Gaspar ha muerto, algo que debo comunicar a Zyan. No siento pena, más bien un destello de satisfacción, porque lo que monopoliza mi corazón vengativo no es más que rencor hacia ellos.

La capitana en su día aniquiló a todos mis amigos con una enorme sonrisa en la cara, y yo ahora voy a hacer lo mismo con ella. Iggy parece leerme el pensamiento, porque me coge de la mano.

—Calma —me susurra.

Resulta que mientras yo peleaba con Gaspar y Levi salvaba a Agatha, Lars, Iggy y Keira se han estado enfrentando a Zyan, Kon y sus soldados, acompañados por los esclavos de Bun. Algunos han perecido, pero no todos han muerto, dato que me alivia. No es que no sienta la pérdida de los demás, pero Levi había impuesto sobre mí una gran responsabilidad al decirme que aquí, en Bun, el Escuadrón Espino simboliza ideales importantes para ellos.

Keira es quien ha logrado reducir a Zyan y capturarla; desgraciadamente, después de que esta pidiese refuerzos al verse tan arrinconada. Supongo que no preveía una rebelión de Bun en su contra, y menos que los cinco neutrales recién acogidos fueran el Escuadrón Espino. El maldito de Kon, el otro soldado lameculos de Zyan, ha escapado con el rabo entre las piernas, según Iggy, pero con un enorme tajo en la mejilla que le dejará una marca permanente.

Cuando llegamos al nivel superior. Los esclavos de Bun han retirado casi todos los cadáveres. Veo a Gala y un grupo de personas más ayudar a los heridos. Temo por la llegada de los refuerzos. Van a pagar sí o sí su rabia con las personas de Bun, y eso es algo que no puedo permitir.

Le pido a Levi que se quede junto a Agatha. No solo por si mi amiga despierta, sino también porque no quiero que Zyan vea su rostro. No quiero implicarlo más de lo que ya está. Iggy y yo nos acercamos, enmascarados. Bajo la vigilancia de Keira y Lars, Zyan está sentada, totalmente paralizada por una enorme cadena que la rodea desde los brazos hasta la cintura. Sus pies también están atados. Amordazada, no para de moverse, ansiosa. Nos lanza una mirada con odio profundo cuando nos ve llegar.

Keira me observa y, aunque la máscara de hierro le cubre el rostro entero menos sus ojos, unas arruguitas en sus párpados me indican que ella también está satisfecha.

—Capitana Zyan, todo un gusto.

Grita algo inteligible y las venas de su frente se hinchan aún más, surcando su pálido rostro de líneas moradas y azules. Le hago a Keira un gesto para que le quite la mordaza. Ella duda unos segundos y no la culpo, Zyan puede llegar a ser muy dramática cuando quiere.

—¡Me las pagaréis, Escuadrón Espino! ¡Si me matáis, irán a por vosotros!

—Ya vienen a por nosotros —se mofa Lars, con la máscara en forma de cabeza de conejo veteada de rojo, al tiempo que limpia la sangre de su espada en su pantalón.

—La reina Matilde no va a permitir esta afrenta, Belladona. Tenlo por seguro.

—Pues comunícaselo a la reina, al rey muerto y si hace falta, a todas las ratas de ese podrido palacio: Gaspar ha muerto. —Advierto en sus ojos la ira y la pena mezcladas en una danza por determinar cuál domina a cuál.

—¿Cómo?

¿Alguna vez he visto a esta férrea mujer tan vulnerable?

—Los mineros de Bun deben estar enterrando ya su cadáver.

Y me escupe. Su saliva solo llega a manchar la punta de mi bota, así que el gesto, más que enfurecerme, me hace gracia. Olvidemos lo de vulnerable, la capitana Zyan es una víbora violenta, y por eso dirige el ejército de la monarquía.

—¡Sois pura escoria! ¡Malditos traidores del Dios de la Corona Ardiente! ¡Malditos traidores a la Corona! —Y hace un aspaviento tan brusco que algo resbala de su cuello y se desliza por su pechera de armadura hasta quedar colgando en un balanceo que, primero, me embelesa, y luego me alerta.

Es una bellota cruzada por un clavo sujeta a un cordel de cuero. Inconfundible. Ha sido el objeto de mis pesadillas demasiadas veces. Ha sido el único legado, aunque tortuoso, que nos liga a mi hermano y a mí. Yo se lo había entregado a Tristán, pero ahora lo tiene Zyan. ¿Cómo?

Iggy se tensa a mi lado y me lee la mente de nuevo. Tarde. Ni yo misma soy capaz de controlar mis movimientos, mi rabia más profunda. Avanzo, decidida, y le arreo un puñetazo a Zyan que más me duele a mí que a ella. La capitana escupe sangre, pero antes de que pueda protestar o alguno de mis amigos detenerme, me abalanzo sobre ella, le cojo del cuello de la armadura y la atraigo hacia mi máscara. La alargada nariz roza su rostro.

—¿A quién le robaste este collar? —le gruño desde lo más hondo de mi garganta.

—Belladona… —me avisa Keira.

—¡Callaos! —rujo, sintiendo la exasperación poseerme.

—Así que conoces a esta persona… —susurra Zyan con la boca manchada de sangre.

—No.

—Sí. Porque ¿quién ha dicho que yo haya robado nada?

Su suspicacia me hiela la sangre. He caído en mi propio error. Siento la mirada del resto del escuadrón taladrándome la espalda. Los soldados ya saben que procedemos de Cumbre, lo último que necesitamos es revelar más datos sobre nosotros. Pero la mera opción de que la capitana Zyan y Tristán se hayan encontrado me pone enferma. Y me aterra. Ella tiene el colgante de mi hermano, como un premio, y eso solo puede significar una cosa…

—¿Lo mataste?

—Tal vez sí, tal vez no…

No llega a terminar la frase, porque otro golpe por mi parte la arroja hacia el otro lado. Pero la soldado se ríe, desquiciada. Está disfrutando con mi sufrimiento. Mis pensamientos y emociones son para ella como un río: cristalinos.

Saco la daga de la vaina y la aprieto contra su cuello, mientras le agarro del pelo, estirando con fuerza. Un hilo de sangre aflora y los claros ojos de Zyan se oscurecen, como el océano en medio de una tormenta. Ella puede tantear mis puntos débiles, pero yo los suyos me los sé de memoria.

—En el ejército sois muy valientes, ¿no? —digo con ironía—. Os gusta regodearos ante los demás y hacer creer que no tenéis miedo, y que enfrentáis cada día al peligro con sorna. Pero nada más lejos de la realidad, Zyan. Te conozco… —le susurro, con la voz rasgada, llena de odio—. Aquella vez que acertamos en el corazón a Aida vi cómo mirabas. Sinceramente, me sorprendí cuando no encontré tristeza u horror ante tu compañera caída, sino miedo. Terror puro. Y, ¿sabes por qué? —Aprieto más la daga contra su piel y ella se queja—. Porque no quieres morir. No quieres morir y descubrir que tu Dios de Corona Ardiente te ha abandonado al final. Y ahora, dime, ¿a quién le robaste eso?

—Era… —balbucea—. Era de un chaval. Lo encontramos junto a Judah, el Renacido, cerca de Cala Verde. Está vivo.

—Bien. —Agarro la bellota y estiro para llevármela, a la vez que suelto a la capitana con brusquedad. Le doy la espalda, incapaz de apartar mis ojos de la bellota.

—Aunque ya sabes lo que le pasa a un sucio renegado si entra en Cala Verde —sentencia.

Respiro hondo intentando calmar los latidos de mi corazón; palpita bajo mis nudillos doloridos y ensangrentados. Aprieto la bellota entre mis dedos y noto cómo el clavo se hunde en mi piel. El dolor no es la solución, pero ayuda a calmar mi ira. Consigo quedarme consciente ante la certeza de que Tristán está vivo, pero aterrada por si Zyan me ha mentido o algo peor, por si ha entrado en Cala Verde.

—¿Vamos a dejar que viva? —pregunta Keira, sacándome de mis ensoñaciones.

—No —determina Lars.

—Sí —ordeno yo—. No tenemos tiempo. Debemos irnos ahora mismo.

—Sí, Belladona —corean mis amigos a la vez.

—¿Y dónde dejamos el paquete? —Señala Lars a Zyan, divertido.

—Amordazadla y dejadla aquí. Los esclavos de Bun decidirán qué hacer con ella.

—¡No! ¡No!

Pero sus siguientes gritos quedan amortiguados por la mordaza. Keira se siente libre de taparle los ojos también. Mejor, no quiero que vea más de lo necesario. Nos reunimos y nos dirigimos a la camioneta de Levi. Iggy me roza la espalda con los dedos, pero yo avanzo más rápido. Ahora mismo necesito soledad junto a la bellota.

La gente de Bun nos rodea. Algunos lloran, otros se inclinan, incluso se arrodillan. No es la primera vez que veo tal muestra de gratitud en público. Y no sé si es porque siento una deuda para con los mineros de Bun o porque es el lugar más devastado y esclavizado que he visto en todo Erain, pero sus gestos me conmueven más que ninguno.

Algunos empiezan a corear la palabra Espino, en nuestro nombre. Su cántico se convierte en una sola voz. Veo cómo Iggy le revuelve el pelo a Mepi en señal de despedida. El niño lo aferra por los dedos y lo retiene un poco más. Intento aplacar la impotencia que me embarga dejarles desprotegidos.

Y como si hubiese dicho mis pensamientos en alto, un hombre se acerca a mí. Está moreno por el sol, y la piel se cuartea tanto en las zonas sanas como en las infectadas. Sujeta un casco bajo la axila, así que supongo que es un minero en activo.

—Muchas gracias, Belladona. Nunca olvidaremos tu gesto.

—No os abandonaré. Os liberaremos —le aseguro.

—No os preocupéis. Podrán someternos y arrebatarnos la libertad, pero hay algo con lo que nunca podrán hacerse: nuestra dignidad.

—Nunca.

Le estrecho la mano al hombre. Él se siente satisfecho, mientras vuelve a corear la palabra Espino, esta vez con más ímpetu y emoción. Me escuecen los ojos por las lágrimas, pero trato de no derrumbarme. Estas personas desean luchar y demostrar su valía, no contemplar pasivos nuestra compasión.

Levanto un puño, recto hacia el cielo, en señal de respeto hacia Bun. Mis amigos me imitan y luego el resto de esclavos. La esperanza ya no solo es un símbolo en Bun, se ha convertido en una realidad.

—Nos vamos, Escuadrón.

—Sí, Belladona —contestan de nuevo al unísono.

Nos acercamos al vehículo de Levi. El alquimista está hablando con Gala, quien mece a Noah con cuidado. Ella parece muy compungida, y acaricia la cabecita del bebé como si fuese la del propio Levi. Su mirada solo transmite amor, más allá de la preocupación y tristeza. Le da un beso en la frente y no puedo evitar tragar saliva. Mis padres nunca me han querido como lo hace Gala.

Llego hasta ellos y sonrío, aún con la máscara puesta. Por mucho que confíe en los esclavos de Bun, no puedo fiarme de cualquier ojo ajeno. Sé que Levi no le ha contado nuestro secreto, pero la mujer es astuta. No le ha hecho falta que le revelemos nada.

—Gracias, Gala, por tu hospitalidad. No lo olvidaremos.

—Gracias a vosotros. Se respira esperanza en estas minas.

—Seréis libres.

Gala no me contesta y eso me inquieta, pero le tiendo la mano. Ella la aferra y me la aprieta con confianza. Le doy un último vistazo a Noah, tan puro y tan inocente. Le acaricio la frente y el bebé frunce el rostro en una mueca muy adorable. Es tan suave y delicado. Una vida entera en un cuerpo pequeñito y desprotegido. Ojalá viva lo suficiente sin estar rodeado de tanta devastación. Ojalá me encuentre con él un día, cuando ya sea adulto, para descubrir en qué tipo de persona se ha convertido. Con Gala como ejemplo, solo espero lo mejor.

Subimos a la camioneta de Levi, quien nos va a guiar hasta que reconozcamos el camino. Nos despedimos agitando la mano y salimos de Bun sin mirar atrás. Me quedo observando un punto en el horizonte, perdida. Por fin me quito la máscara y la dejo sobre mis piernas, sin dejar de aferrar el collar. Estoy agotada, los músculos me duelen muchísimo. Agatha sigue durmiendo y los demás lucen igual de derrotados que yo.

—Voy a acompañaros —dice Levi, de repente.

—¿Acompañarnos a dónde? —se apresura a preguntar Iggy. No tengo fuerzas ni para reaccionar.

—A Mudna.

—¿Y tú cómo sabes…? —Pero Iggy se calla al descubrir mi mirada de culpabilidad.

—¿Por qué te marcharías de Bun, arriesgándote a que la paguen con tu familia, solo para acompañarnos hasta la peor ciudad de este país? —Lars está en lo cierto.

—Tengo mis motivos, pero digamos que necesito ayuda para sacar libremente a mi madre y a mi hermano de este lugar. —La respuesta no convence—. Tengo contactos en la capital que podrían ayudaros mucho. A parte de que allí puede que existan otros métodos para destruir el Mapa de la Diosa.

Me giro indignada hacia él. Me había prometido a mí misma que si me volvía a mentir lo estrangularía, y luego a mí por confiada e idiota, pero, de nuevo, opto por la vía diplomática.

—¿No podrías haberlo dicho antes?

—Te dije que bajar a las minas era tu última oportunidad de destruir el mapa en Bun. En Bun —remarca.

Rebusco en mis recuerdos más recientes y, de pronto, su voz resuena. Me lo había dicho, antes de buscar a Agatha. Observo su sonrisa triunfante y me permito deleitarme con su propio gozo. Solo unos instantes, para recuperar un poco del ánimo perdido.

—Si es cierto eso, voy a necesitarte. Pero, Levi, si te estás callando algo que nos pueda perjudicar, será mejor que lo digas ahora. Sé sincero, porque no toleramos las traiciones.

—Os abrí las puertas de mi casa. Vosotros me confiasteis un gran secreto. Si planease tenderos una trampa, hace días que la habría ejecutado.

—Levi —le advierto.

—¿Amaranta?

Nos sostenemos un instante la mirada, pero la desconfianza de Keira quiebra el contacto:

—Que te hayamos dicho quiénes somos no te hace uno de los nuestros.

—Por favor, dejadme acompañaros —musita Levi.

Entrecierro los ojos. Sigue ocultando cosas, lo noto. Pero como todos nosotros. Soy buena intuyendo el mal en las personas y, por muy secretitos que sea el alquimista, no percibo nada perverso en él. No pongo la mano en el fuego por Levi, pero presiento que no es el momento de dejarlo ir.

—¡En serio, Ami! No se te puede encargar nada. —Lars se burla de mí y yo le lanzo una mirada amenazantemente cómica a través del retrovisor.

—Eso sí, si te juntas con el Escuadrón Espino, vas a tener que colaborar y ser leal. Si nos traicionas, lo pagarás. Y, Levi —mi tono autoritario se impone a su sonrisa—, yo soy Belladona, líder del Escuadrón Espino. Aunque algunas veces no lo demuestre.

—Menos mal —susurra Lars, divertido.

Pongo los ojos en blanco y prosigo. Por encima de las mofas de mi amigo, necesito que quede bien claro:

—Con esto quiero decir que, pese a nuestros encontronazos, has demostrado ser digno de nuestra confianza. Te lo agradecemos. Pero si te tendemos la mano no es para que nos cojas del brazo, ¿entiendes? Necesitamos tu sincero compromiso.

—Lo tenéis —asegura muy serio, sin despegar la vista de la carretera—. Lo tenéis —repite, esta vez mirando por el retrovisor a mis amigos, y luego volteando la cabeza para lanzarme una mirada muchísimo más intensa de la que le ha dedicado a los demás.

Asiento, sobreponiéndome a cualquier sentimiento que ahora me parece inservible. Vuelvo a mirar al frente, decidida a continuar con la siguiente parte del plan. Es entonces cuando me quedo dormida.

Me despierto en medio de la noche, sudada. Son las tres de la madrugada y aún quedan cuatro horas más de descanso para reemprender el viaje. Nos hemos tomado unos días de descanso para tantear el nuevo terreno y asegurar la nueva misión. De momento, nada remarcable, pero nos hemos alejado un poco de la dirección de Mudna, para descansar en un motel de carretera en el que nadie pueda reconocernos.

Echarme sobre la cama ha sido como entrar en un paraíso, aunque esté dura como una piedra. Y aunque el sueño me acoge rápido, las pesadillas me ahogan dormida. Sangre, gritos, miradas, rostros desencajados, una bellota, un clavo… Esta es mi realidad.

Miro a mi alrededor. Estamos todos en la misma habitación. Duermen plácidamente. Lars incluso ronca. Se me escapa una risita, pero me tapo rápido la boca para no despertar a nadie. Me levanto para salir al exterior, pero entonces, una vibración dentro de mi mochila detiene mis pasos.

Corro hasta ella y extraigo el móvil de dentro de unos de los bolsillos pequeños. Puede ser cualquiera. Mis padres, Quildo… pero me equivoco. Es un mail. No se especifica ningún asunto, y descubro que proviene del correo general. Casi rompo el móvil, asustada de que sea alguien intentando interceptar nuestra señal para darnos caza, pero la primera línea del cuerpo del mensaje me llama la atención: «*Dinos, dinos, dónde están…*»

—… las sombras que ocultaron el mar —termino el verso.

—¿Ami? —murmura Iggy, medio adormilado.

—Shhh —le chisto para que calle.

Termino de leer el mensaje entero y me da un vuelco el corazón. No puede ser más directo y claro. Solo una persona no habría especificado quién es y me habría mandado un mensaje así: Tristán. Es una canción popular nacida en Mudna, que a Tristán y a mí nos aterrorizaba de pequeños. Quiere que nos reunamos y no voy a faltar a la cita.

—Es Tristán. Está vivo, y me ha dicho que nos encontraremos en Mudna.

SEGUNDA PARTE
DONDE LAS PRINCESAS PERECEN

LA CRIBA

Hace 2 años

GUIÑÓ UN OJO, APUNTÓ CON LA PISTOLA Y DISPARÓ. El clavo se hundió en la madera con fuerza y Amaranta sintió en su mano una especie de retroceso. Miró la herramienta con el ceño fruncido. ¿Qué clase de pistola de clavos le había dado Nil? Aquello podía ser un arma letal si se usaba a quemarropa. La chica sacudió la cabeza, sujetándose la capucha para que no se le resbalase. No se podía permitir enseñar el rostro en el Barrio Arco Externo, ni aun estando donde estaba. Para que el plan saliese bien, su familia tenía que pensar que seguía siendo una ígnea de corazón. Si no, su misión se desmoronaría por un mero sentimiento de opresión. ¿Pero hasta qué punto Amaranta era capaz de continuar en aquella situación? Sobre todo, separada de Tristán. Hacía al menos un año que no lo veía. Y la última vez había sido un vistazo tan furtivo que le faltó valentía para cruzar aunque solo fuese una palabra.

Amaranta sintió que las manos comenzaban a temblarle violentamente de puro terror. Tristán era libre de hacer lo que quisiese, pero sus ideales se contraponían y los alejaban el uno del otro. Separarse de su hermano era lo más doloroso que había sentido Amaranta hasta el momento. Incluso por encima de su pantomima como ígnea, que día a día la desgastaba. Ella solo le había reprochado una vez al Movimiento Nebulosa su situación: «*Mientras yo me quedo en mi casa, bajo el yugo de mis padres, vosotros andáis a vuestras anchas sin tener que ocultar quiénes sois a nadie*». Pero había sido egoísta, ella lo sabía, porque sus amigos no gozaban de derechos, ni siquiera de una vida digna. Vivían día a día a la sombra de la muerte, esperando tensos a que un guardia los asesinase, o un pregonero los marcase. Y, aun así, Amaranta no podía dejar de pensar que la parte que le había tocado a ella era la sencilla, ínfima en comparación con la enorme lucha.

—*Obtén información desde dentro, Ami, esa es, al final, nuestra mejor baza* —imitó Amaranta con rabia a su mejor amigo—. Qué estupidez.

Apretó los labios y, llena de reproche, apuntó a un punto vacío de la fachada de madera del edificio y disparó. Pero una ráfaga de viento la balanceó y el clavo dio contra el enorme ventanal tintado de colores que ocupaba gran parte del piso superior, en el cual Amaranta estaba arreglando parte del tejado. La chica se agarró a la cuerda que sujetaba su cintura, intentando mantener el equilibrio encima del ancho alféizar. No confiaba en absoluto en aquel apaño que había improvisado para salvarse de una caída mortal.

Cuando supo que sus pies y el viento no la iban a volver a traicionar, suspiró profundamente. Enfundó la pistola de clavos en el cinturón de herramientas y se agarró a la gruesa cañería de acero. Primero observó el desastre que había provocado en la cristalera. No había sido para tanto, pensó Amaranta. Al fin y al cabo, el clavo había atravesado limpiamente el cristal, dejando un pequeño agujero del que salían finas y escabrosas grietas que, como telarañas, se habían extendido por el ventanal.

Luego volvió la cara hacia el horizonte, hacia el centro de Cumbre, sintiendo una brisa fresca acunarla. Siempre se había preguntado por qué si los ígneos abogaban por la evolución tecnológica y su aplicación en cada elemento de sus vidas hasta en el más mínimo detalle, conservaban algo tan antiguo como la Iglesia Coronaria. Piedra polvorienta y desgastada, eso era lo que veía todo el mundo. Y pese a la devoción de los ígneos por la modernización, no había símbolo que adorasen más que aquel bloque de piedra.

Y pese al intenso rechazo que Amaranta sentía por ellos, no podía evitar sentir que la Iglesia Coronaria era la construcción más impresionante y bonita de todo Cumbre. Porque sí, en Cumbre existían las casas de piedra y ladrillo, sin embargo, ambos tipos de edificios pertenecían a dos mundos distintos: la riqueza y la pobreza. La Iglesia Coronaria se había erigido como símbolo de unidad y poder. Era un lugar de reunión de fieles llamados por el Dios para adorarlo y rezarle. Y su campanario era colosal y su cúspide la más alta de toda la ciudad, lo que provocaba que fuese el centro de las atracciones turísticas; teniendo en cuenta, además, que el resto de edificios modernos de Cumbre no eran precisamente poco llamativos o diminutos. Eso era lo que le habían enseñado a Amaranta en el instituto. Pero el Barrio Arco Externo era pasto de la escasez y la penuria, cuyos habitantes estaban obligados a malvivir en aquellas casuchas sin encanto que se caían a pedazos.

Y Tristán, como renegado, vivía en algún lugar de aquel barrio devastado, sin más protección que su débil cuerpo y sus inexpertas habilidades. Amaranta sintió un pinchazo en el corazón, pero antes de que pudiese reaccionar a sus sentimientos, algo la agarró de la mano con fuerza. La chica fue capaz de no desequilibrarse, pero sus pies se enredaron entre ellos.

—Arreglar el tejado no es destrozar el ventanal que tanto me costó pintar, Amaranta —dijo Nil con el ceño fruncido.

—¿Así es cómo me recompensas que esté haciendo el trabajo aburrido?

Nil sonrió ampliamente y uno de sus colmillos le pellizcó el labio. Amaranta le devolvió el gesto, intentando volver al interior. Le encantaba cómo Nil sonreía y cómo sus colmillos acariciaban su labio inferior. Sus ojos se entrecerraban, frunciendo la infección que le cubría parte del rostro como un antifaz.

Entró al interior del segundo piso de un bote. Se llevó las manos a la cuerda con intención de desanudarla de su cintura y Nil se cruzó de brazos para ver el espectáculo de frustración de su mejor amiga. Amaranta le reprochó su inacción, pero él se limitó a encogerse de hombros, travieso. Entonces, las campanas de la Iglesia Coronaria empezaron a tañer. El chico miró la hora en su reloj de muñeca.

—Lo que temíamos, Ami. Tu información era cierta: hoy es la Criba.

—Tenemos que salvarlos… —Se le quebró la voz al pensar en Tristán.

—Tranquila. Hoy tu hermano solo es alguien más. —Amaranta asintió—. Las cribas están hechas para la captura y matanza de expirantes. La lucha contra los demás se desenvuelve en otro terreno.

—Si un soldado se cruza con él y ve la oportunidad de matarlo, aunque sea ilegal asesinarlo sin motivo, lo hará, porque es un seguidor de la Diosa, no del Dios.

—Amaranta, esta gente te matará a la mínima oportunidad seas lo que seas.

—No si eres un ígneo.

Nil se calló, se acercó a la chica y murmuró un «*vamos*», poco confiado.

De pronto, la cuerda era mucho más fácil de desanudar que antes. Amaranta gruñó, insatisfecha, pero en cuanto se deshizo de ella, corrió tras Nil al piso inferior. Cuando descendió el último escalón, se encontró con que sus amigos ya estaban preparados, con sus armas y máscaras puestas. Allí solo eran unos quince, por lo que tendrían que llamar a los refuerzos.

—Hay que salir de aquí cuanto antes. Muchos de los soldados conocen los perímetros en los que opera el Movimiento Nebulosa y no nos podemos permitir ser descubiertos. Óscar, en cuanto puedas contacta con la segunda base —ordenó Nil—. Iggy, haz lo mismo con la tercera. Es necesario poner en movimiento a todos. Es una Criba, chicos, no una simple batalla. —Su duro tono hincó en la debilidad de más de uno, pero Nil no era un líder férreo y sin empatía. Comprendía lo que era el miedo, por eso, suavizó sus rasgos y añadió—. Sé que algunos de vosotros estáis aterrorizados. Sé que muchos de vosotros no habéis luchado en ninguna Criba y que estáis asustados por si os condenan por traición. Pero os unisteis al Movimiento Nebulosa por una razón, un ideal. Solo tenéis que recordar una cosa cuando salgáis ahí fuera: no estáis solos. —Y el grupo pareció recuperar la esperanza—. El Escuadrón Espino será quien se encargue de la capitana Zyan y los soldados más importantes. El resto de escuadrones os ocuparéis del resto. No os hagáis los valientes, ni hagáis ninguna tontería, aunque la seguridad de los ciudadanos sea lo primero. Manteneos unidos y ganaremos.

Su discurso tomó fuerza y terminó por embravecer el ánimo de los demás. Sin perder más tiempo, todos se dirigieron a la puerta principal del edificio. Amaranta volvió a subir al segundo piso a por su máscara y sus armas. Y, de pronto, una explosión hizo que el piso temblase y lanzase a Amaranta contra él, desprevenida.

Con el corazón en un puño, enganchó las cajitas repletas de flechas en su cinturón, se caló la máscara, desplegó el arco y corrió escaleras abajo. El humo la ahogó y le nubló la visión. El fuego por la detonación proyectaba las sombras de los que habían sobrevivido a aquel ataque y de quienes lo habían perpetrado. Se escuchaban gritos, el acero entrechocar y algunos disparos de micrometralla que helaron la sangre de Amaranta. Un impulso la abalanzó hacia delante, pero lo meditó mejor y regresó a arriba. Meterse en aquella batalla a ciegas era un suicidio, pese a que su necesidad por comprobar si Nil y los demás estaban vivos era mucho más acuciante.

Se asomó por la enorme ventana y descubrió cómo un grupo de quince soldados sacaba a sus amigos del edificio entre disparos y estocadas. ¿Cómo habían descubierto aquel lugar clandestino? Alguien tendría que haberlos delatado, pero, de nuevo, detenerse en suposiciones solo era perder el tiempo. Amaranta se subió al alféizar, se agarró de la gruesa cañería que descendía hasta el suelo por un lado del edificio y se deslizó por ella hasta tocar tierra firme.

Pegó su espalda contra la pared del callejón colindante y echó pequeños vistazos. Enseguida detectó a Nil, abriéndose paso con su lanza entre los soldados, intentando proteger a los recién llegados al Movimiento. Estaba vivo, así que el corazón de Amaranta se permitió relajarse un poco. Pero no del todo, ¿dónde estaban Keira y Lars? ¿Óscar, Leyre y Gamo habrían muerto en la explosión? ¿Dónde narices estaba Iggy…?

Una mano le tapó la boca y la internó todavía más en el callejón. Amaranta alzó el codo, dispuesta a golpear a su interceptor en la boca, pero reconoció el material del guante que ahogaba sus quejidos. Aquella persona le hizo volverse y la chica se encontró cara a cara con los ojos grises de Iggy.

—Iggy —susurró, abalanzándose contra su cuerpo, en un abrazo.

—Ami, menos mal…

Se quedaron un rato aferrados el uno al otro, intentando reconfortarse ante aquel imprevisto. Iggy fue el que poco a poco separó de sí a Amaranta. Pasó un pulgar por la mejilla de la chica, limpiándole una mancha de hollín.

—¿Qué ha sucedido…?

—No lo sé. Puede que haya sido un topo o un ígneo.

—Yo no he dicho nada.

—Ya lo sé, Amaranta. Solo digo que Cumbre no es tan grande como parece. Hay muchos oídos y ojos indiscretos. Aunque, Ami… —endulzó el tono de su voz y la chica descompuso el rostro. Sabía que le iba a acusar de algo—. ¿Fuiste cuidadosa? ¿Cuando escuchaste a tu padre hablar con aquel empresario de Mudna sobre la Criba de hoy…? ¿Estás segura de que nadie se dio cuenta?

—¿Desconfías de mí? —Atrasó un paso.

—Ami, pondría mi vida en tus manos. De quien no me fio es del resto. —La pena en los ojos de Iggy le reveló a la chica que estaba arrepentido, pero no fue capaz de ceder.

—Esto es increíble. A la próxima sacadme del Movimiento, si así estáis más tranquilos.

Y Amaranta dio media vuelta, con el grito de su nombre por parte de Iggy clavado en los oídos. Corrió por la calle principal y un disparo le rozó la mejilla. Sintió la sangre resbalarle como una lágrima hasta gotear desde su barbilla, pero continuó sin mirar atrás. Si alguien era más rápido que ella, entonces se enfrentaría.

Mientras, sabía que tenía que alcanzar la Plaza de Ganz cuanto antes.

Allí era donde siempre reunían a los expirantes en las cribas para asesinarlos o destinarlos a los diferentes camiones que los conducirían a un destino peor. Los obligaban a subir en aquellos enormes vehículos y se los llevaban a Mudna. Nadie sabía qué hacían con ellos en la capital. Era una de las miles de incógnitas que asolaban aquel país.

Por el camino, Amaranta se deshizo de varios soldados. Consiguió salvar a cinco expirantes y a un renegado, desvalido y cansado, que le recordó enseguida a Tristán. Los soldados solo podían diferenciar a los expirantes de los demás por los brazaletes, por lo que era más que posible que una bala equivocada alcanzase a cualquiera. Incluso a Amaranta.

Llegó a la plaza central de Cumbre por una callejuela muy estrecha, intentando pasar desapercibida, aunque su máscara no fuese precisamente sutil. Estudió su situación, sus limitaciones y ventajas. En la plaza había seis camiones de expirantes. Normalmente solo había tres, así que aquel cambio solo consiguió ponerla más nerviosa. Pudo detectar una media de treinta soldados; el resto estarían diseminados por la ciudad y rodeándola para que ninguno pudiese escapar. Por supuesto, no había ningún ígneo por la calle, ya habrían sido avisados de que se resguardasen en casa. Solo algunos hombres voluntarios, armados y protegidos hasta los dientes, ayudaban al ejército. Ninguna ígnea tenía permitido involucrarse en aquel tipo de acciones tan violentas. En una esquina de la plaza, una montaña de cadáveres hizo que Amaranta sintiese arcadas. Casi podía oler la sangre y la putrefacción. Sentir el dolor y la pérdida.

Los gritos de los cazados podían escucharse desde dentro del vehículo y a Amaranta le volvió a embargar uno de sus impulsos imprudentes. Sus pies se movieron hacia la plaza, dispuesta a enfrentarse sola a aquel batallón y liberar a los expirantes, pero una voz a través de un megáfono la detuvo.

—¡Atención al ejército de la reina Matilde! ¡Es necesario llenar hasta los topes los camiones restantes! —La voz de la capitana Zyan le taladró los oídos—. Por lo que tenéis permitido capturar a cualquier renegado. ¡Órdenes de la reina!

El terror, como un aguijón grueso y venenoso, atravesó a Amaranta por la mitad. Se quedó paralizada. Los sonidos de pronto se sintieron lejanos y el pálpito de todas sus terminaciones nerviosas demasiado intenso. Una burbuja asfixiante la rodeó y atrapó junto a su ansiedad. No podía respirar, se había olvidado de cómo reaccionar a la vida, porque Tristán iba a morir si ella no interceptaba al soldado que podía capturarlo.

Boqueó con fuerza, sintiendo que el pecho se le hinchaba lleno de dolor. Tenía que detener aquel contratiempo, debía sobreponerse a sus debilidades, a ella misma. No podía fallarle a Tristán de nuevo, no podía dejar que atravesase otra vez aquella puerta que lo alejaba más y más de ella. Sus ojos color miel , en la memoria, fueron los que despertaron a Amaranta, y reactivaron todos sus instintos. Salvar a Tristán, eso era lo único que importaba.

Dio media vuelta, dispuesta a deshacer sus pasos e ir directa al sitio donde todos los renegados solían reunirse. Allí tenía que encontrarse Tristán y si no, alguien tenía que saber dónde se encontraba. No podía negar que la segunda vida que podía haber mantenido su hermano a sus espaldas, desde que comenzó a sentir aversión por el Dios Ardiente hasta que lo confesó, le asustaba. Tal vez estaba sano y salvo. Tal vez ni se encontraba en Cumbre. ¿Cómo podía haberlo desatendido? ¿Haberle dejado marchar así?

Pero sus pensamientos tuvieron un encontronazo contra un cuerpo. Amaranta levantó el arco, decidida a usarlo para golpear, pero de nuevo, unos ojos familiares detuvieron su ataque. Oscuros y penetrantes, enmarcados por una infección gris.

—Nil. —Sonrió la chica.

Nil también sonrió, aunque un profundo corte en la frente empañaba su gesto. Llevaba la máscara colgando del cuello. Lo alcanzaron enseguida Keira, Lars, Iggy y algunos otros cuyos nombres no recordaba. Todos eran veteranos y una punzada en el corazón de Amaranta le indicó que, posiblemente, aquellos iniciados a los que Nil había intentado defender frente al edificio habían muerto.

—¿Solo sois vosotros?

—No, hay tres grupos más cercando la plaza. Tenemos que atacar.

—No, yo tengo que ir a por mi hermano.

—Amaranta, si dejamos que estos soldados salgan de aquí y refuercen a los pocos que quedan dentro del Barrio Externo, entonces sí lo capturaran. Te necesitamos. A ti y a tus flechas.

—Nil, no me pidas esto, por favor… —Amaranta le suplicó con la mirada, pero Nil negó.

—No puedes salvarlos a todos, ¿qué harás?

La chica sintió que se le resecaba la boca. Se había comprometido con el Movimiento Nebulosa, con su lucha en pos de la paz de Erain, pero anteponer aquello a Tristán era demasiado complicado. Imposible. Amaranta vio cómo Iggy avanzaba hasta Nil con pasos decididos:

—Déjala que vaya a por su hermano. Tenemos que actuar ya.

—No. Amaranta, —Nil la aguijoneó con su mirada—ayuda a liberar el camión que ya está lleno y ve a por tu hermano. Te prometo que todo saldrá bien.

Tendría que haberse opuesto, pero confiaba en la palabra del chico, pese a ser tan dura. Amaranta asintió, ante la negación de Iggy. Una orden inmediata hizo que los tres grupos salieran contra el ejército y los voluntarios ígneos que, desprevenidos, no supieron reaccionar ante la primera arremetida. Amaranta consiguió derribar a dos soldados, uno con una flecha venenosa y al otro con una detonadora. La explosión confundió a los compañeros que lo seguían de cerca, ventaja que aprovechó Lars para hundirle la fina espada en el pecho a uno y rebanarle la cabeza al restante. Iggy, certero con su daga, abrió un camino que dirigió a Amaranta hacia uno de los camiones llenos.

Tuvo que usar el arco varias veces como protección y otras ser rescatada por algún amigo. Se le había olvidado la daga y el arco no siempre funcionaba en corto alcance. Noqueó a un soldado con un puñetazo directo en la nariz y otro murió de un diestro latigazo por parte de Keira, cuando intentaba aprovechar la recuperación de Amaranta para atacar.

Casi siempre les resultaba demasiado complicado llegar hasta su objetivo, aunque lo consiguiesen. Pero aquel fortuito ataque inesperado había logrado el efecto contrario, porque Amaranta llegó hasta uno de los vehículos y abrió las puertas gritando:

—¡Salid! ¡Sois libres!

La marabunta de expirantes empujó a Amaranta. Trastabilló, levantando los brazos y sacudiéndolos para mantener el equilibrio, pero su pie derecho tropezó con una grieta del enlosado y se dio de bruces con un dolor agudo en el tobillo. Desde el suelo, vio cómo los expirantes salían y huían. Pocos fueron cazados, porque soldados ya quedaban pocos, y la esperanza relució en el oscuro corazón de Amaranta.

Se incorporó y, sin perder tiempo, se asomó al interior del vehículo para comprobar que no quedaba nadie. Era una idea casi estúpida, pensó Amaranta, porque todos habrían huido, nadie se habría quedado. Pero se sorprendió al encontrar a alguien acurrucado en medio del camión. Su cabello pelirrojo le caía liso hasta la cintura y se cogía los brazos en un temblor incesante. La piel de sus piernas lucía claros signos de infecciones de la Diosa. Amaranta esperaba que no se hubiese extendido tanto como para que no pudiese caminar.

—¡Ey, tú! ¡Ven aquí!

—Yo no soy una expirante… —murmuró.

—¡Por favor, tenemos que salir!

—¡No te acerques!

—No voy a hacerte daño. He sido yo quien os ha liberado. —Extendió la mano libre, desesperada, lanzando nerviosas miradas a su espalda.

—Me da miedo tu máscara.

En un movimiento, Amaranta dejó su rostro al descubierto y lo volvió a intentar, muchísimo más alterada por su exposición y por la pérdida de su valioso tiempo.

—Mi nombre es Amaranta. Puedes confiar en mí, pero necesito

que salgas de aquí, porque tengo que salvar a mi hermano.

Aquella última confesión hizo que la pelirroja alzase su mirada hacia Amaranta. Parecía un cervatillo asustado y perdido, y Amaranta no pudo evitar compararla con Tristán. Era un poco más pequeña que él, pero nada más les diferenciaba: estaban solos en un mundo cruel.

—¿Cómo te llamas?

—Agatha…

—Agatha, por favor, tengo muchos amigos que te protegerán. Y te prometo, te prometo, Agatha —repitió su nombre, intentando infundirle confianza—, que, si estás sola, yo te cuidaré. Te cuidaré siempre, pero para eso tienes que venir conmigo.

El rostro de la niña se contrajo en una mueca de terror, levantó un dedo y gritó:

—¡Cuidado!

Amaranta se volvió al segundo, llevándose la máscara a la cara y protegiéndose con el arco. Los ojos de la chica se agrandaron de estupor al ver a su enemiga. Era Aida, una de las soldados del primer comando de Zyan. Agresiva y despiadada, se le conocía por recrearse en el asesinato de sus víctimas.

Con una patada, Amaranta logró que Aida retrocediera y utilizó aquella pequeña ventaja para calarse bien la máscara. Si le veían el rostro, estaba acabada. La soldado contraatacó con más fuerza y esa vez, Amaranta tuvo que interponer el arco con ambas manos. Con otro fuerte empujón consiguió deshacerse de Aida, pero no el tiempo suficiente como para sacar una flecha y atacar.

—¡Espino! —gritó Amaranta la palabra clave de ayuda.

Sin embargo, estaba demasiado centrada en defenderse de Aida como para comprobar si alguno de sus amigos estaba escuchando.

—Belladona, oh, pobre Belladona. Nadie va a rescatarte. Primero te heriré de muerte a ti, y luego mataré a la pelirroja asustadiza que está ahí dentro. Y tú mirarás cómo lo hago, mientras te desangras. —Rio, abalanzándose de nuevo contra Amaranta con el acero en alto.

Amaranta la esquivó a duras penas, sintiendo que el tobillo

comenzaba a no resistir tanta tensión y brusquedad. Se dedicó a defenderse con todas sus fuerzas, pero Aida no se cansaba y le ganaba terreno. La estaba arrinconando contra el camión. En cuanto Amaranta chocase contra la base del vehículo, una estocada de Aida la mataría. Sucedió, la chica se dio contra el vehículo y la soldado alzó la espada dispuesta a descargarla. Sin embargo, el látigo de Keira rodeó el delgado cuello de Aida y la detuvo antes de atacar.

La arrastró hacia atrás, ahogándola. Aida, cuyo rostro estaba transformando el más puro rojo en morado, intentaba sujetar su arma a la vez que desasirse del látigo. Amaranta avanzó y le propinó una patada en el pecho con el pie sano. La gravedad hizo lo suyo y lanzó a la soldado contra tierra. Keira deshizo el amarre, restalló el látigo y volvió a la carga. Sin embargo, Aida fue más rápida e interceptó el arma con su espada. Entonces, Amaranta sacó una de sus flechas venenosas, apuntó y disparó. Acertó en la cadera de la soldado, por un pequeño hueco de su armadura.

Inmediatamente, la soldado se tambaleó, sintiendo el veneno paralizar su cuerpo enseguida, empezando por los pies. Keira estiró del látigo, la desarmó, volvió a amarrarla en un movimiento veloz y obligó a Aida a arrodillarse. Con la misma velocidad con la que había usado el látigo, sacó un cuchillo de su cinto y se lo tendió a Amaranta, que lo atrapó al vuelo. Cogió con firmeza su delgada empuñadura y lo hundió en el pecho de Aida con fuerza, atravesando su armadura.

Amaranta alzó el rostro y se encontró con los claros ojos de Zyan que, desde la lejanía, no parecía haber entrado aún en batalla. La mirada de la capitana, por un momento, pareció desnuda, dejando que el miedo se colase a raudales y lo infestase todo.

Keira hizo una señal con la cabeza que Amaranta devolvió. Ella ya había cumplido su parte y ahora solo quedaba rescatar a Tristán… Si es que seguía vivo. Pero antes, no pudo evitar volver a por Agatha. Sin embargo, cuando se asomó al camión, la chica había desaparecido. Desesperada porque la hubiesen capturado o asesinado, pero movida por su amor hacia Tristán, cojeó veloz fuera de la plaza.

Si se hubiese fijado en toda la destrucción y masacre que la rodeaba, posiblemente Amaranta hubiese desistido. Sin embargo, no tenía más ojos que para el horizonte. Sus sentidos comenzaban a nublarse, acuciados por el dolor del tobillo, el cansancio que desgastaba sus músculos y el derribo mental que había supuesto aquella Criba.

Recorrió las calles como si fuesen un laberinto. Conocía perfectamente ambos barrios de Cumbre y, aun así, se sentía más perdida que nunca. Los gritos, los lloros y los cuerpos muertos desperdigados por la calle pronto comenzaron a hacerse más notorios en su campo de visión. La consternación que le suponía pensar en que Tristán podía estar muerto le hacía desfallecer. Se encontró con algún compañero del Movimiento Nebulosa, pero ni siquiera le dedicó una mirada. Aún quedaban algunos soldados que, heridos, prefirieron escapar.

Estuvo a punto de abandonar la búsqueda, cuando lo avistó. Tristán estaba arrodillado junto al cuerpo, casi sin vida, de una chica. Tristán estaba vivo. Se quitó la máscara y la dejó caer en el suelo. Luego plegó el arco y lo guardó en su cinturón. Obvió el dolor del tobillo y corrió hasta su hermano que, al sentir una sombra sobre él, alzó los brazos en posición de defensa. Pero relajó el rostro al reconocer a su hermana.

—¡Ami! —Tristán alzó los brazos y su hermana se acuclilló para abrazarlo fuertemente. Se separaron—. ¿Qué haces aquí?

Debía mentir.

—No he llegado a tiempo a casa cuando han anunciado la Criba.

—Tienes que volver rápido. ¡No pueden encontrarte aquí!

—Tris, tranquilo, ya me he cruzado con mucha gente y…

—No lo entiendes, no… —Y su rostro mudó al más puro de los blancos.

—Tris…

—¡Amaranta!

La chica giró sobre sus talones, incorporándose. De todas las personas que podía haber esperado encontrarse en medio del Barrio Arco Externo, su padre y Quildo, su prometido concertado, eran los últimos de su lista. Lucían el brazalete rojo con orgullo, partes de una armadura ligera y una pistola de macrometralla. Eran voluntarios para la Criba. ¿Cómo Amaranta no se había enterado de ello?

—¿Qué haces aquí? —le espetó su padre.

—Estaba... estaba...

Y entonces, se le ocurrió una idea. Una idea devastadora que volvió a anteponer su lucha a Tristán. Cogió la pistola de clavos, que seguía en la funda de su cinturón. La extrajo y, dándole la espalda a su padre y a Quildo, apuntó a su hermano directo al pecho.

—Ami...

—¡Cállate, renegado! —Intentó que la voz no se le quebrase, pero las lágrimas estaban agolpándose en sus ojos.

—¿Cómo? —Tristán se incorporó, ladeado, con las manos en alto.

—¡Me ha secuestrado, papá!

Amaranta se volvió, pero su padre fruncía el ceño, poco convencido. Se lo temía, sospechaban de ella. ¿Su pantomima caería por su propio peso? Casi notó que sonreía por sentirse liberada de aquella carga, aunque supusiese morir a manos de su familia.

—Dispárale con eso, Amaranta. —La cruda voz de su padre la heló.

—No, Ami... —Escuchó suplicar a Tristán.

—¡Hazlo, Amaranta! O yo mismo tomaré medidas contra ambos.

La chica se volvió, apuntando certeramente al pecho de Tristán. Sus ojos color miel, relucientes por las lágrimas, se encontraron. Amaranta quiso decirle con la mirada que se arrepentía de todo, que le perdonase, que entendiese por qué lo iba a hacer. Tristán solo suplicaba que no le traicionase de nuevo, ciego de terror.

—¡Hazlo! —Volvió a chillar Edgar.

Puso el dedo sobre el gatillo de la pistola de clavos. Iba a matar a su hermano delante de su padre. Qué acto tan cruel y tan insignificante en aquel mundo donde más valía aparentar ser alguien que ser quien eras. Pero, de pronto, algo llamó la atención de Amaranta. Una bellota se balanceaba sobre el pecho de Tristán, colgando de una cuerda de cuero. Su collar. El que le había regalado hacía seis años.

Suspiró, aferró bien la herramienta y disparó. Todo fue muy rápido. El clavo dio de lleno en la bellota que, de la fuerza del tiro, se desprendió de la cuerda y cayó al suelo. Tristán se llevó una mano al pecho, aunque Amaranta estaba segura de que ni siquiera le había rozado. Si su hermano hubiese estado en otra posición, tal vez sí hubiese temido por su vida.

«*Corre*», vocalizó Amaranta inaudiblemente. Pero Tristán se había dado la vuelta de inmediato, sin apreciar la advertencia de Amaranta, escapando por un callejón. Las lágrimas, que quemaban como llamas, fueron insoportables de sostener un segundo más y bordearon las mejillas de la chica.

Su padre y Quildo llegaron hasta ella. Edgar le arrebató la pistola de clavos y la tiró hacia un lado, lejos de su hija. Pero no la abrazó, ni le dedicó un gesto de preocupación. Simplemente, la miró, inquisitivo, y dejó que fuese Quildo quien intentase reconfortarla.

Amaranta solo pudo sentir repulsión ante aquel contacto, mientras miraba la bellota atravesada por un clavo reposar en el suelo húmedo y empapado de sangre. Había perdido a su hermano definitivamente. Había conseguido ganarse la confianza total de su padre, o eso creía. Su esperanza residía en volver en cuanto fuese posible, a escondidas, a la guarida del Movimiento Nebulosa para encontrarse con Nil y sus amigos.

Sin embargo, cuando lo consiguió, solo encontró a tres de ellos.

TRISTÁN

LA BRISA FRÍA SE PEGA A MI CUERPO Y ME ERIZA LA PIEL. Estamos a medio camino entre Cala Verde y Mudna, en un pequeño pueblecito llamado Porta, donde, según Judah, podemos refugiarnos sin que nadie sospeche de nosotros. A mí me da igual: Si bien al salir de la cárcel de renegados, temía encontrarme con la capitana Zyan y los otros dos soldados, ahora puede venir a por mí todo el ejército si quiere, que no me resistiré.

Cala Verde. Una cárcel para renegados. ¿Cuántas personas conocerán ese lugar? Si lo mantienen tan oculto es porque prefieren que nadie conozca su existencia. Aunque teniendo en cuenta mi gran desconocimiento sobre Erain, no me extrañaría ser el único que no supiese sobre esta prisión.

Me llevo una mano al pecho desnudo. La piel por encima de mi corazón ha comenzado a resecarse. Tal vez se deba al cambio de temperaturas: Cala Verde parecía estar en un interminable verano ; acercarse a Mudna está convirtiendo el calor en el habitual frío de invierno. Sin embargo, sé con certeza que la herida es culpa de las pastillas rojas que me suministró Sasha. Las pastillas rojas que Amaranta me dejó junto al collar el día que me abandonó en

Cumbre. No son medicación convencional. Las pastillas rojas son un milagro de la Diosa convertido en un Don. Han alargado el tiempo de mi reloj vital. El tic tac ya no golpea mis oídos apremiantemente, pero la muerte no se ha marchado muy lejos, porque todo el mundo que consume o utiliza algún Don termina falleciendo pronto y abruptamente.

Porque el efecto del Don es solo un parche para mi enfermedad terminal.

Pese a todo, me siento vivo. Demasiado vivo. Percibo cómo palpitan mis músculos, cómo la sangre caliente los oxigena y les da fuerza. Siento hasta el más mínimo roce en las yemas de mis dedos, donde alguna energía inexplicable domina cada nervio y me hace cosquillas. El piar de los pájaros resuena en mis oídos y soy capaz de convertirme en el propio sonido, recorriendo la firme garganta de esos animalillos alados. ¿Volaré si me lo propongo? ¿Es polvo eso que se curva y se retuerce en sí mismo, que baila con el aire? El Don me ha otorgado lo que los alquimistas buscan al convertir los milagros de la Diosa en esto mismo: la afinación desmedida de los sentidos, la mejoría de las características físicas; las peculiaridades de un auténtico *superhumano*.

Pero, me repito, esto me va a matar. El efecto es como hinchar un globo hasta que explota. Yo nunca he visto un Don en acción, porque los dones son muy escasos y no se muestran así porque sí. Pero es conocido que ningún humano que haya usado uno ha sobrevivido al impacto de su energía.

La brisa me arremolina el pelo, que ya me acaricia la parte alta de la espalda. Sé que llevamos tres días escondidos en Porta, porque la barba me pica igual que cuando se me acumulaban los días de trabajo en El Tugurio y me era imposible afeitarme. Y con la barba, me escuecen los ojos ante el recuerdo.

Echo de menos a Gorio y Martha. Vivir en Cumbre como un renegado me cortó las alas. Mi mayor deseo había sido salir de allí para buscar a la Diosa y pedirle por nuestra redención. Sin embargo, no puedo evitar echar la vista atrás y desear que nada de todo esto hubiese sucedido. Si lo hubiera sabido, me habría conformado con mi día a día sin altercados que hiciesen peligrar mi vida. Sin tener que convivir con Sasha y Judah, en los que no puedo confiar.

Cumbre ha sido mi prisión, pero probar la verdadera cárcel para renegados de Erain me ha curtido. El Tristán inocente y lleno de esperanza es un borrón en mi memoria. Las mentiras y las drogas de aquel lugar me han destrozado. ¿O ha sido la propia realidad con su particular escarmiento?

Odio a Suyay. Odio a Sasha. Odio a Judah. Odio al Dios de la Corona Ardiente. A la Diosa. Al Clan. A mis padres. A Quildo. A Amaran...

—¿Tristán?

Me giro con un solo movimiento, brusco y seco, hacia la voz que me ha llamado, y me encuentro con los enormes y celestes ojos de Sasha. Me doy cuenta de que me estoy agarrando el pelo con fuerza, tapándome el rostro con los brazos, perdido en el desquicio. En mi propia pesadilla.

—¿Tristán? —Se acerca con la mano en alto, pero yo desciendo del taburete antes de que me toque.

Me miro el pecho desnudo de nuevo. La piel cuarteada, dos cicatrices y las costillas marcadas. Esto es todo lo que soy ahora: futura ceniza. Vuelven los demonios, uno por uno, para torturarme y fustigarme por mis pésimas decisiones. Mi corazón se hincha peligrosamente y me golpea el pecho con contundencia. ¿Es hora de morir? ¿El Don ha vencido a mi débil corazón?

—Tristán. —Su voz otra vez, como un eco.

—Cállate —gruño.

—Tienes que calmarte y entrar a la habitación. Está oscureciendo, hace mucho frío y vas prácticamente desnudo. —Es verdad. Voy descalzo y solo visto unos pantalones que me llegan hasta las rodillas.

—¿Vais a torturarme si entro?

—Por favor, Tristán...

—¿*Por favor*, *Tristán*? —imito su voz, incrédulo.

Me giro hacia ella y por el sutil paso con el que retrocede me da a entender que debo de mirarla con cólera. Mi respiración alterada me está estrangulando. Tal vez el Don me metamorfosee en un monstruo, en la única criatura que puede sobrevivir en este cruel país.

—Sabíais que era un renegado. Si vuestras intenciones hubiesen sido buenas no me habríais llevado a Cala Verde. ¿Quién me dice que no estáis aliados con la capitana Zyan? Casi me matáis con vuestras drogas, yo... yo... —Las lágrimas—. Yo no tendría que estar aquí. Así.

Y dejo caer los brazos, temblorosos, atacado repentinamente por un cansancio insufrible. La desesperación es una cuerda, larga y nudosa, con la que yo estoy haciendo mi propia soga. Qué fácil habría sido quedarse en Cumbre y sucumbir ante el ataque de la Diosa.

—Tristán, te llevamos a Cala Verde porque estabas herido. No sabíamos qué te habría pasado si tus heridas hubiesen empeorado. Judah y yo decidimos...

—¿Decidir? ¿En qué momento entre la batalla con la capitana Zyan y nuestra huida hacia Cala Verde te dio tiempo a llegar a un consenso con Judah? Porque que yo recuerde, Judah estuvo inconsciente hasta que nos adentramos en esa cárcel. —Prácticamente le escupo las palabras, y ella aprieta sus gruesos labios, apurada—. Explícame, Sasha, ¿cómo es posible que supieses que me tenías que ayudar si te encontraste con Judah inconsciente y conmigo, un desconocido, en medio de la nada? ¿No sospechaste?

—Estabais escapando de la capitana Zyan y llevabas el brazalete amarillo de los renegados. Por estos lugares los renegados solo frecuentan el lugar para entrar en Cala Verde. Y no por voluntad propia, créeme. Llegan con anillos enormes de hierro aferrados a sus cuellos que les descarga una corriente eléctrica si se les dispara el pulso —me espeta con el gesto más grave que jamás he visto en ella.

—O sea, que eres detective.

—Até cabos, Tristán. —Está enfureciéndose, pero a mí poco me está afectando.

¿Este es el propósito de Cala Verde? Apenas he estado una semana y ya me siento un títere de una fuerza superior, invisible y destructora.

—Habrías muerto de no ser por mí —añade.

Sus palabras hincan los dientes en mi naturaleza más oscura, que creía inexistente. Me enfrento a Sasha, agarrándola por los hombros. Aprieto hasta el punto que tuerce el gesto, pero no dejo de presionar hasta que mis palabras salen desgañitadas de mi seca garganta.

—Debería haber muerto en esa cárcel, porque con la muerte habría sido libre de verdad. Tú, Judah y Suyay os aprovechasteis de mi desconocimiento para capturarme y hacerme vuestro. Para envenenarme con la Diosa que yo protejo, ¡porque soy un renegado! Me intentasteis meter ideas descabelladas de que yo soy el elegido de la Diosa, de que soy el abanderado de su fin del mundo, cuando mi misión es totalmente la contraria. Me drogasteis y no sentí el paso del tiempo. No me sentí a mí mismo. Vagué por la vida durante días. ¡Y confié en vosotros! Y vosotros estáis maltratando a esa gente, drogándola y haciéndole creer que son habitantes libres de Erain. Sin distinciones ni brazaletes. Cuando la única verdad es que van a morir ahí bajo la mano de Suyay, quien dice ser la reencarnación de la Diosa, pero que no es diferente del Dios de la Corona Ardiente. Porque ella conoce la existencia de esa monstruosa torre. Y encima tú y Judah salís a vuestras anchas del lugar, como si fuese vuestra casa. ¿Qué sois para esos renegados presos? ¿Qué sois para la monarquía? Me seguís engañando, pero no me queda más remedio que permanecer a vuestro lado, Sasha. Vosotros dos me ocultáis algo mucho más grande. Me queréis utilizar, porque seguís guardando con fervor esa espada, ese Don de la Diosa. ¡Decidme la verdad!

Y Sasha es quien corta mi verborrea, usando parte de su confiable fuerza para desasirse de uno de los puntos de presión que ejerzo sobre ella y propinarme un puñetazo en pleno rostro. El dolor es agudo e inmediato en la zona de la mandíbula y, por un momento, creo que me la ha roto, porque de mí solo sale un quejido en forma de gorgoteo. Las lágrimas me asaltan instantáneamente, y toda la energía que he puesto en el increpante monólogo me abandona, dejándome de rodillas contra el suelo de la terraza.

Nos mantenemos en silencio y en la misma posición durante un largo rato. Me miro las manos, alarmado. Este no soy yo. La desconfianza y las mentiras me han convertido en un ser violento. Y por mucho que desee escapar de esta situación, de Sasha y de Judah, no puedo dejar que el poder tan desmedido que me han otorgado las pastillas me domine como si fuese un monstruo salvaje que me posee y veta toda mi humanidad.

Me incorporo lentamente, intentando no hacer ningún movimiento brusco por si Sasha se lo toma como una nueva afrenta que neutralizar. Sasha es tan letal como luchadora. Fuerte e independiente. Tal vez por eso somos polos opuestos. Ella puede sobrevivir sin ayuda de alguien, y yo no puedo vivir sin nadie. Siento una punzada de añoranza al recordar el día en Cala Verde, cuando me sentí protegido y aceptado. Sin embargo, la nueva realidad, feroz y devoradora, me golpea.

Sobrevivir no implica vivir.

—Siento si he sido desagradable —carraspeo para suavizar mi voz, que hasta hace un momento parecía resurgida de la ultratumba—, pero no confío en vosotros. Sé que me ocultáis algo, y sé que creéis que sigo siendo el mismo ignorante, pero Sasha... —Su nombre suena cansado en mi boca—, Cala Verde me quitó la venda de los ojos. Mi Clan me ha engañado de alguna manera también... —Me callo, asustado por materializar un pensamiento que ni siquiera he compartido conscientemente conmigo mismo.

—¿Tu Clan?

Suspiro. De nuevo, Sasha desata en mí un caos de confusión, una tormenta que deshace mis más oscuros pensamientos y los renueva con una brisa fresca en la que me gusta recrearme. Tal vez, ahondar y exponer algunos recuerdos de mi vida pasada consigue sonsacar información a Sasha. Sí, eso tiene sentido. Ellos aún me infravaloran, continúan tratándome como un renegado desvalido. Puedo aprovechar esta posición para destrozar todas sus maliciosas intenciones. Descubrir por qué me siguen con tanto interés.

—Mi Clan me escogió para ser el portador del Mapa de la Diosa.

—¿El Mapa que se supone que guía hasta la Diosa?

Asiento. Le doy la espalda y entro en la habitación del motel que hemos alquilado.

Tengo que relajarme, porque provocarla solo dará un resultado distinto al que pretendo. Pero los reproches me pican en la garganta y las mejillas me arden de pura ira. ¿Seré capaz de actuar como mis propios captores?

—Me escogieron como portador del Mapa de la Diosa —recapitulo—. Ya te dije que la Diosa, más que un credo, es un movimiento, una forma de vida. No te impone una fe, un lugar de reunión, ni tiene un libro con sus leyes como el Dios.

—Sí. —Asiente Sasha para darme pie.

—Se dice que cuando nació la creencia en la Diosa, los ígneos quemaron todos los documentos referentes a ella, toda la historia de su nacimiento, pero que unos pocos pervivieron. —Me siento en la cama y me miro los dedos de la mano—. En ellos se dice que la Diosa no es creadora, que no es absoluta, sino que evoluciona y cambia, que está en la Tierra para asegurar su equilibrio y vida. Según esas antiguas escrituras, la Diosa surgió en la Tercera Guerra Mundial, hace más de un siglo y medio. Y que, ante la devastación y sobreexplotación creada por el hombre, transmitió parte de su energía en diversos yacimientos de agua, metal y cristal para que el equilibrio nunca se rompiese. Los renegados los llamaron milagros y así se han denominado hasta el momento. Y se llaman así por una única razón: son milagros que nos salvan, aunque nosotros no queramos. Bajo esta premisa, cada renegado acoge a la Diosa de una manera espiritual distinta. Algunos creen en la Diosa como un ente con conciencia, otros piensan que las zonas donde se encuentran los milagros son meros altares para honrarla.

—¿Y tú qué crees que es la Diosa?

—Yo creo que la Diosa es la Tierra misma. La naturaleza que ha existido desde el inicio de los tiempos. Es la esencia de las cosas vivas, que se autogestiona y vive por ella misma para darnos un futuro. Creo es una especie de ser vivo que incide en nuestras pequeñas e insignificantes vidas. Cuando estás enfermo, tus defensas actúan rápidamente para afrontar esa infección. Bien, pues lo que yo creo es que la naturaleza, la Diosa en sí misma, está intentando recuperarse de su enfermedad, ese virus que la ha estado matando lentamente: el ser humano. El fin del mundo, del que todos opinan que es un castigo por mero capricho de la divinidad, no es más que la consecuencia de haber intentado enfermar a un ser vivo mucho más grande que nosotros.

—Tu concepto sobre la Diosa —Sasha se sienta en la punta opuesta de la cama en la que yo estoy—, nunca lo había escuchado. Todos los renegados opinan que el objetivo de la Diosa es cuidar del planeta y, en cierta manera, destruir el avance tecnológico, pero muchos creen que tiene conciencia y personalidad. Pero entonces, no tiene sentido, se supone que el Mapa...

—Se supone que el Mapa de la Diosa te lleva hasta la Diosa, sí.

—Pero tú no crees que ni siquiera ella se pueda manifestar de ninguna manera física. Según tu visión, al final del camino no deberías encontrar a nada… ni nadie —se aventura—. ¿Por qué el Clan te escogió a ti?

—Porque se dice que la Diosa solo atenderá a un creyente que no haya sido infectado por ella. Y yo soy el único renegado de mi Clan que no estaba infectado. Ese fue el motivo definitivo de mi elección, pese a mi creencia. Y yo no me negué. Mi Clan me dio una vida y una misión. Yo confiaba —rectifico—: confío en ellos.

—A eso se le llama sacrificio.

—Yo quiero salvar a la humanidad, Sasha, aunque para ello tenga que encontrar el sitio donde se supone que reside la Diosa y rogarle por nuestra redención. —Me vuelvo hacia ella, y en su mirada me parece atisbar compasión—. Creo que podemos cambiar. Muchos me han dicho que es inútil tener esta esperanza, que después de tantas guerras mundiales, es imposible. Pero no puedo evitar creer en ello. Y si no lucho por lo único que me hace ser quien soy... ¿Qué esperanza hay para mí?

—¿Llevas contigo el Mapa de la Diosa? —curiosea.

—He dicho que me escogieron, no que lo tenga —concluyo. No me va a pillar.

Nos sostenemos la mirada como si nos estuviésemos comunicando un mensaje muy importante, pero yo me pierdo en algún punto de sus pupilas, sintiéndome absorbido por un agujero negro. Por eso ni siquiera noto cómo Sasha se acerca a mí. Solo cuando pasa las yemas de sus dedos callosos por mi nuca, doy un respingo, asustado. Me aparto ligeramente, intentando ocultar mi espalda, o más concretamente, mi cicatriz.

—¿Así es como queda el tatuaje de los ígneos cuando lo eliminas?

—He visto resultados mejores...

Me incorporo y me pongo de espaldas al espejo que ocupa enteramente una de las puertas del armario empotrado. Miro por encima del hombro. Ahí está el rastro de una marca que un día me tatuaron, forzando mi cuerpo, castigándome. Ahora son solo unas líneas de color marrón claro desdibujándose en mi piel. El tatuaje más parece una especie de arañazo que una llama, algo que casa más con mi actual yo : estoy más desgarrado que incinerado.

—Antes tatuaban a los ígneos nada más nacer. Era cruel y doloroso, pero creían que era una muestra de voluntad, una especie de sacrificio para el Dios de la Corona Ardiente. Voluntad, decían... —Me río por no llorar—. Por suerte, esa generación murió con esa idea, y los siguientes mandatarios fueron más "compasivos" y decidieron que nos tatuarían a partir de los quince años, punto a partir del cual te constituyes como un verdadero adepto del Dios. Son como ovejas en un rebaño, juntas, asustadas y todas del mismo color. Por suerte, yo fui mi propio lobo, y desaparecí de allí.

En silencio, rememoro. Me hicieron el tatuaje antes de alcanzar la edad predeterminada. Intento alcanzar las cicatrices, pero a medida que recorro un centímetro tras otro de mi piel, el recuerdo de Shioban usando el láser para eliminar del todo el tatuaje me duele tanto que ni siquiera soy capaz de rozarlo. Suspiro, sintiendo que me desangro por dentro.

¿Así es como va a terminar mi aventura? ¿Rendido en un pueblo alejado de todo lo que conozco con dos personas en las que no puedo confiar? Tal vez debería intentar ponerme en contacto con

Shioban o Caleb, pero si ellos tampoco han dado señales... ¿Me dan por muerto? Al fin y al cabo, me mintieron sobre que Erain es un país mucho más abierto que Cumbre. ¿Ya ni siquiera puedo fiarme de las palabras del Clan que me enseñó todo en lo que creo? Pero, para ellos, yo todavía poseo el Mapa de la Diosa, y sé que me buscarán, al menos, para tenerlo de vuelta.

Un brote de rabia reverbera en lo más hondo de mi pecho. Yo no soy nadie, solo un ser insignificante en un mundo de titanes que se dedican a destrozarlo todo sin ver por dónde pisan. No dejo de ser una oveja en un rebaño, tal vez con ideas que yo creo que son mías, que supuestamente me diferencian de los demás, pero que lo más seguro es que sean impuestas y, por lo tanto, falsas. ¿Tampoco mis pensamientos son míos?

—Tristán.

Otra vez me estoy estirando el pelo hasta guardarme el rostro del exterior. Pero esta vez, Sasha pone sus manos sobre las mías para hacerlas descender. La escruto, intentando averiguar en sus gestos su siguiente movimiento. ¿Ella tendrá la respuesta a todas mis preguntas? ¿Ella, que me ha traicionado siempre que yo caigo en la trampa de su falsa confianza?

—Judah y yo queremos decirte una cosa...

—No quiero saber nada de él. —Pensaba que mi voz sonaría tensa y dura, pero es un hilo quebrado que se pierde en un murmullo.

—Sabemos que quieres ir a Mudna, y también que Piloto no tiene la capacidad de comunicación y navegación que necesitas. Por eso, estos días, hemos hecho nuestras pesquisas y hemos dado con tu Clan.

Una de las palabras clave para desbloquear parte de mi incertidumbre. Ha contactado con mi Clan. Pero, ¿cómo? ¿Por qué? De nuevo, las preguntas se hacen una montaña en mi cabeza, trepan y pelean por llegar a la cima primero. Abro la boca, pero nada sale de ella. Sasha parece entender mis dudas y continúa:

—Sé que te parece extraño, pero encontrar a tu Clan ha sido mucho más fácil de lo que piensas. Al fin y al cabo, son renegados, y Judah y yo tenemos muchos contactos en Mudna. Conocemos a

Duncan, el líder del Clan de la capital. Simplemente tuvimos que hacer unas llamadas y listo. Shioban y Caleb te han estado buscando como locos. Dicen que no has contestado al móvil en todo el tiempo, y que tampoco alcanzaban la señal de Piloto, por lo que era imposible rastrearte. Como, además, ninguno contáis con la identificación ciudadana…

—Si es tan fácil ponerse en contacto con ellos, ¿por qué no lo hicisteis antes?

—No nos contaste nada, Tristán.

—Eso yo no lo sé. Me tuvisteis drogado la mitad del tiempo. Tú y yo hablamos de muchas cosas. Nos conocimos… —le espeto. No me puedo creer que me esté echando la culpa de un fallo suyo.

—Pero los hemos encontrado, ¿no? Es eso lo que querías . —¿Es desesperación lo que noto en Sasha? ¿Está intentando de verdad ayudarme y enmendar sus errores?

—Sigues sin contarme por qué me mantuvisteis de aquella manera en Cala Verde. Una cárcel. Dímelo, Sasha. Dime la verdad y tal vez pueda perdonarte.

Sin embargo, su silencio es una respuesta contundente que nubla todavía más los recuerdos felices que guardo de ello.

—Entiendo… Esto es lo que vamos a hacer. —Sueno tan determinante por primera vez desde que hemos salido de Cala Verde que no me detengo—. Iremos juntos hasta Mudna. Allí me daréis la dirección en la que se encuentra mi Clan y nos separaremos.

—Muy bien. Si eso es lo que quieres le diré a Judah que aceptas parte del plan y que partimos hoy mismo. No hay tiempo que perder. —Tras estas secas palabras, Sasha sale de la habitación.

Respiro hondo. He allanado mucho el terreno con mi historia. Me van a llevar a Mudna. Sé que no puedo fiarme de ellos, pero también que son mi única opción de llegar hasta Shioban y Caleb. Una vez allí, primero me reuniré con mi Clan. Me deben cientos de explicaciones y yo debo comunicarles que, aunque he perdido el Mapa de la Diosa, lo voy a recuperar, pero que tendrán que dar con otro renegado que busque a la Diosa, porque yo estoy infectado. Después encontraré a Amaranta y solucionaré también nuestros problemas.

Todo retomará su curso de nuevo.

Mi misión, poco a poco, se va reconstruyendo, y solo espero que el Don no arrase mi corazón demasiado pronto. Una cuenta atrás vuelve a hacer *tic tac* en mis oídos, pero aún lo percibo lejano, como si la energía todavía estuviese activa y frenando la enfermedad de mi corazón.

Salgo al balcón, después de activar a Piloto, que se reúne conmigo en el exterior. Nuestra habitación da vistas a un jardín de tierra ennegrecida. Ningún brote de hierba se atreve a crecer en el empobrecido terreno. Solo varias mesas de podrida madera y sillas a juego, decoran y son útiles en esta especie de parque. Judah está sentado sobre la tierra, con las piernas cruzadas. Está de espaldas a mí, por lo que no logro saber en qué estado de meditación se encuentra.

Durante estos días es lo único que ha hecho: meditar y dormir. Ni siquiera le he visto comer. Tal vez es una forma de purificación para demostrarle a la Diosa que él es el verdadero elegido. Trato de no darle vueltas al calificativo, pero tampoco puedo olvidar las palabras de Suyay. El elegido de la Diosa. Nunca he escuchado hablar de ello a nadie.

Me inclino sobre la balconada y observo cómo Sasha se acerca hasta Judah. Entonces, el Renacido comienza a hablar en voz alta:

—Y aquí se posarán mis plegarias, oh, mi Diosa. Donde muere lo vivo y lo débil. Donde renace tu sangre y tu aliento. Porque soy tu elegido, digno de tu Espada sin impurificar. Soy el portador que debe empuñarla, porque estoy limpio, libre de maldad.

Así que se trata de eso, según Judah. El elegido puede empuñar la Espada de la Diosa, un Don forjado a partir del milagro del metal, sin infectarse. ¿Una concesión al renegado más loable de todos? ¿Eso es posible? No llego a creerme que la Diosa permita arrancar un pedazo de ella para fines tan violentos. Pura invención.

—... así nos alzaremos los tocados por la Diosa.

¿Tocados por la Diosa? Judah enmudece al descubrir de pronto a Sasha. Frunce el ceño. Hablan en susurros. ¿Y luego ella intenta convencerme de que no parecen sospechosos? Retrocedo sin dejar de observarles. Me giro del todo.

—Piloto —me contesta con un «*¿sí?*»—. ¿Este motel tiene conexión a Internet? —Asiente con un ligero balanceo. No debería fiarme de la red, pero me estoy quedando sin opciones—. Pues mándale una copia a Ami de toda la información que conseguiste en la torre de Cala Verde. Si la corazonada que tengo respecto a ella es cierta, sabrá darle uso. Nosotros, de momento, no tenemos tiempo para centrarnos en esta lucha.

Mi robótico amigo despliega en su pantalla un menú de carga y envío. Tengo la sensación de que ando unos pasos por delante de Judah y Sasha, pero no me confío. Sea lo que sea lo que escondan, debo anteponerme a ello.

Paso la aguja por la enorme ampolla que afecta casi toda la planta de mi pie. Dejo que el hilo absorba todo el líquido y me quedo mirando cómo se empapa y se convierte en azul oscuro. Alzo la mirada, sutil, hacia Sasha y Judah. La primera está observando el horizonte, y su pálido cabello se enreda con el viento y acaricia su cara, contrastando con su oscura piel y sus iris que parecen dos piedras preciosas. Le da un bocado a una jugosa manzana roja y luego se queda mirando su propio mordisco.

Y después está Judah. Desde un primer momento lo calé. Nunca me ha gustado su sonrisa, ni sus gestos de suficiencia. Siempre he notado algo en él, como una molestia, como un gusano que repta y luego escarba en la tierra hasta introducirse en ella para carcomer hasta el último rincón.

Llevamos tres días caminando, parando menos de media hora para comer y menos de cinco para dormir. No siento los pies. Son como un enorme callo insensible. Podría caminar sobre el fuego y no sentiría absolutamente nada. Cojo la aguja y acabo de arrastrar el hilo hasta sacarlo. Arranco parte de la camisa que me he comprado en Porta —por suerte, tengo más ropa—y la utilizo para vendarme el pie. Con esto bastará de momento.

—¿Movemos? —propongo con la voz reseca. El camino que ha elegido Sasha para llegar a Mudna desde Porta es gélido, y la fría brisa me congela la garganta cada vez que respiro hondo.

—Hay algo que no me gusta... —Sasha se gira hacia nosotros—. Deberíamos habernos cruzado con algún aerococoche por lo menos. He cogido esta ruta, porque precisamente suele estar transitada. Quería detener a alguien y...

—Ay, mi pequeña Sasha, tus sentimientos han nublado tu estrategia. —Judah se ríe entre dientes—. Ya me di cuenta ayer de que deberíamos haber cambiado la dirección.

—¿Y por qué no has dicho nada? —Sasha avanza hacia el Renacido, haciendo crujir sus botas sobre el descuidado asfalto de la carretera.

—Porque no soy yo quien tiene las cosas tan poco claras. —Y nos enseña su desgasta dentadura a modo de triunfo.

—Debemos irnos cuanto antes. —Me incorporo, recogiendo la mochila y dándole unos golpecitos a Piloto para que se active.

—Ya no podemos separarnos del camino, Tristán —me dice Sasha—. Nos queda máximo un día de viaje y tú tienes prisa. Si abandonamos esta ruta, tendremos que dar un rodeo enorme. Perderás tiempo, ¿eso es lo que quieres? —Desde que hemos salido de Porta ha estado tratándome como si fuese un extraño al que no vale la pena ni dirigirse con educación.

—No creo que estemos en el camino equivocado...

—¿Lo *crees*? Oh, pues entonces me quedo más tranquila —me gruñe y da media vuelta, pero aún alcanzo a escuchar su «*será estúpido*».

Niego para mí mismo, me cargo la mochila al hombro y le digo a Piloto que sobrevuele el terreno y realice un escáner del lugar. Desde Cala Verde que Piloto se dedica a completar sus mapas de Erain: si Cumbre no le da lo que necesita, él lo conseguirá de primera mano.

Sigo a Sasha y Judah me persigue por detrás. No me gusta tenerlo tras la espalda, como si de un momento a otro se fuese a lanzar contra mí y acabar conmigo. Porque él desea ser el elegido y, según

Suyay, yo le estoy quitando su puesto. Suspiro, nervioso. Por suerte, Piloto se coloca sobre mi hombro, observando a Judah como un peligro inminente.

Quiero llegar ya a Mudna y encontrar a mi Clan. A Amaranta. Volver a sentirme seguro.

No sé cuánto andamos hasta que el sol comienza a tornarse anaranjado, indicándonos que en breve el atardecer comenzará a dejarnos sin luz. A mi linterna aún le queda batería, pero la de Judah se rompió el primer día y la de Sasha parpadea desde la noche anterior. Solo queda mi luz y la de Piloto, pero tampoco puedo permitirme agotar toda la energía de mi amigo, porque la voy a necesitar una vez lleguemos a la capital.

De pronto, Sasha se detiene y no consigo sortear el choque contra su espalda. Me mira por encima del hombro, enfurecida, y sus manos se mueven rápido: un índice se lo lleva a los labios y con el otro indica hacia el horizonte. Me pongo de puntillas, porque Sasha es bastante alta —mide unos centímetros más que yo— y observo por encima de ella. El sol me ciega por segundos, pero cuando logro adaptarme a la potente luz, doy con lo que Sasha ha descubierto. En la próxima intersección de caminos un camión se acaba de detener. O eso supongo por el polvo que se arremolina a su alrededor.

—¿Eso es un camión de expirantes? —apunta Judah.

—Puede que vengan desde Bun. ¿No dijeron anteayer en el noticiario que por culpa del Escuadrón Espino iban a castigar a los mineros por haberles ayudado? Ojalá haber estado en esa revuelta. —Sonríe Sasha.

—El Escuadrón Espino es admirable —señalo, soñador, pero triste por las personas que no han podido escapar de su destino en Bun, pese a haber luchado.

Sasha respira hondo y se vuelve hacia nosotros con una mirada que, de alguna extraña manera, conozco bien. Hay fuego vivo en su glacial mirada azul, donde palpita la sed de batalla. Casi puedo escuchar los alocados latidos de su corazón que le impulsan a un nuevo plan donde la sangre y el sudor van a correr. Es una guerrera y está en su ser buscar aquello que la motiva.

—¿No me digas que pretendes que ataquemos ese camión? —Mis palabras salen solas.

—¿Por qué no? Me da que se han detenido porque nos han visto. Nos van a atacar igualmente, Tristán. Judah tenía razón: algo no marcha bien desde el comienzo. Creo que... nos han perseguido desde que salimos de Porta.

—¿No se suponía que Porta era un lugar seguro? —Miro al Renacido, enfadado.

—Ningún lugar es seguro, pequeño elegido. —Muy irónico—. Pero no mentí en esto. —«*En esto*», mala señal, ni siquiera se esfuerza por ocultar sus maldades—. Porta es de los pueblos más seguros en los que podríamos habernos resguardado en nuestro viaje hacia Mudna.

—Ya no hay opción —determina Sasha—. En los camiones de expirantes suelen ir solo tres soldados. Uno conduciendo y los otros dos dentro del remolque junto a los capturados. Es posible conseguirlo, chicos, si actuamos con firmeza y sutilidad.

—Te recuerdo que no llevo ni dos semanas practicando con la espada. ¿Quieres que nos maten?

—Yo te conduciré. Yo confío en ti. —Y me quedo helado.

No son sus palabras, sino la forma en la que las dice, con sinceridad. Titubeando, llevo una mano a la empuñadura de la espada que ahora está aferrada a mi espalda por unas cinchas que enganchan su vaina. Antes de que la chica proponga el plan, ordeno a Piloto sobrevolar la zona para obtener una imagen más clara de nuestra situación.

Regresa renqueando por el aire —su batería estará agotándose—. Emite unos pitidos que me resultan inquietantes, antes de mostrarnos en su pantallita las fotografías que ha tomado del enemigo. Dos de los soldados están tras el camión, con dos pistolas en ristre. El tercero debe continuar dentro de la cabina. ¿Solo saldrá si sus compañeros están en peligro?

Las luces del atardecer ya rozan las montañas del horizonte. Tenemos que apresurarnos si queremos terminar esta batalla antes de que anochezca. Si yo ya estoy en desventaja, la oscuridad será el factor final que puede hacerme perder. Busco la concentración dentro de mí, agarro su mano intangible y estiro para sacarla de lo más profundo de mis entrañas.

Sasha murmura unas directrices, pero yo sé que ella responde a sus instintos, a lo que le dictan sus cuchillos curvos. Intento convencerme de que si ella es capaz de moverse en el campo de batalla como si solo estuviese bailando, yo también puedo conseguirlo. Pero tampoco quiero engañarme: yo no estoy hecho para la violencia y si debo pelear, solo será por pura supervivencia.

No reparo en cómo Judah va a defenderse, pero no le doy mucha importancia. A una señal de la chica, nos lanzamos corriendo hacia el camión. Según ella, los soldados dispararán en línea recta, por lo que en cuanto asomen sus cabezas por encima del camión, debemos correr en zigzag para que los disparos no nos alcancen con facilidad.

Por suerte, yo tengo un arma secreta.

Cuando los soldados se asoman, apuntando con sus armas hacia nosotros tal y como ha previsto Sasha, a ninguno nos da tiempo ni a disparar ni a esquivar, porque a una orden rápida que sale en grito de mi garganta, Piloto descarga cerca del camión un mortífero rayo verde que estalla en la tierra como una bomba. Sasha y Judah reducen la marcha, pero al ver que yo continúo avanzando, decidido, me siguen. La acción ofensiva ha sido más una táctica de defensa: desorientar a los soldados, crear una nube de polvo que nos oculte y, sobre todo, ganar tiempo.

Sin embargo, cuando avistamos la forma del camión tras la enorme polvareda, preparados ya para atacar, una sombra nos paraliza en seco. A los tres a la vez. Miro a Sasha, asustado. Esa figura que se inclina hacia el suelo no es un soldado. Su espalda es prominente, una chepa monstruosa. Es enorme y no parece humano. Avisto sus garras rasgar la tierra y los músculos de sus brazos, o patas, tensarse contra su piel peluda. ¿Es un gruñido eso que reverbera en el aire? Me hiela la sangre.

—¿Qué es eso? ¿Un animal?

—No lo sé, se supone que es un camión de expirantes —susurra Sasha a la que, por primera vez, le tiembla la voz.

—Tenemos que huir. —La voz de Judah es un hilo casi imperceptible.

—¿Y cómo lo vamos a hacer, genio?

La criatura sale a la luz del crepúsculo. Contengo el aliento, porque si no reprimo de alguna forma el grito de terror que está trepando por mi cuerpo, le daré un motivo al monstruo para arrancarme la yugular. Aunque no creo que esa "cosa" necesite ninguna razón para atacarnos.

Parece un híbrido: medio humano, medio bestia. En su rostro creo advertir los rasgos que antes correspondieron a los de una persona. Los pómulos están desfigurados y agrandan sus ojos inyectados en sangre. Tiene las orejas grandes y puntiagudas, peludas como el resto de su musculoso cuerpo. Toda su dentadura es una larga fila de colmillos que gotean saliva y sangre. La espalda es ancha y finaliza en una cintura estrecha que da paso a unas piernas fuertes y grotescas. Pero lo peor, pese a la enorme deformidad de todo su cuerpo, son las cuatro garras, que también están manchadas de sangre. ¿De quién? ¿De los soldados?

Gruñe de nuevo. Se relame los colmillos y la forma cicatrizada de su boca sin labios con una lengua bífida. No voy a ser capaz de huir de tal bestia. Mis piernas son demasiado cortas y débiles, y el híbrido parece demasiado hambriento y lleno de furia. Voy a morir bajo las garras de este ser. Pero si pienso que nuestra mala suerte no puede empeorar, me equivoco, porque tras el primero, tres más lo siguen. Su físico es prácticamente idéntico, con ligeras variaciones como el color del pelaje, el tamaño de su cuerpo o el color de sus ojos. Pero todos tienen un aspecto temible y terrorífico.

Sé que cualquier movimiento brusco iniciará la carnicería, pero mis pies se desentienden totalmente de mis recomendaciones, porque trastabillo y caigo de espaldas contra tierra. Un parpadeo es la medida de tiempo que le cuesta a la bestia recortar la distancia y echarse sobre mí, alzando una garra amenazante. La saliva mezclada con la sangre y su aliento putrefacto impactan contra mi rostro. Yo intento cerrar los ojos para morir en paz, pero me es imposible apartar la mirada de esos ojos tan humanos. Casi me parece ver una súplica tras el gesto y me asusto.

Voy a morir.

Pero también es un segundo lo que le cuesta a otra enorme y monstruosa sombra morder el cuello del híbrido y lanzarlo lejos de mí. Por un momento me siento desorientado, como si una bomba hubiese caído cerca y hubiese anulado todos mis sentidos. Me siento tan mareado que la tierra parece estar en el cielo junto a Sasha, Judah y los híbridos, borrosos. Un pitido agudo enmudece al resto de sonidos y parpadeo fuertemente, por si así me curo del impacto. ¿Qué es lo que me ha salvado? Otra bestia. Pero no la misma. Tiene la mandíbula dura, como una coraza, y llena de escamas como el resto de su gruesa piel.

Alguien se coloca frente a mí. Primero avisto unas botas manchadas de polvo y barro. A la altura de sus tobillos ondean los roídos bajos de una larga chaqueta verde oscura. No se mueve de su sitio y me obligo a levantar la mirada para intentar recuperarme e identificar a la persona que parece estar protegiéndome. La luz rodea su figura en un halo que resulta casi celestial. Su espalda es grande y un sombrero negro de ala ancha oculta parte de su cara. Pero sus ojos relucen oscuros cuando me observan por encima del hombro. No capto si sonríe o no a causa de la espesa barba que inunda toda su cara, pero sus labios forman una palabra que entiendo perfectamente:

—Yojimbo.

Y la persona se aparta para dejar paso a un enorme caimán de piel oscura y fuertes patas. Grito y repto hacia atrás, intentando apartarme del animal. Sin embargo, el caimán, que responde al nombre de Yojimbo, atrasa su posición para ponerse de nuevo a mi altura, y con su larga y enorme cola crea un cerco alrededor de mi cuerpo. De sus colmillos cuelga un trozo de carne rojiza y amoratada. Él es la bestia que me ha salvado. Y, por primera vez, me fijo en la lucha que desde hace unos minutos están librando Sasha, Judah y ahora el desconocido del sombrero contra esos seres salvajes.

Uno de ellos ya ha caído en batalla. Tiene el cuello desgarrado, con algunos músculos colgando y la sangre manando a borbotones como una fuente. Si no fuese por la sangre, cualquiera habría dicho que descansa pacíficamente, pero Yojimbo ha terminado con su vida de un solo movimiento. Siento tranquilidad en pos de mi protección, pero una doble moral me importuna por dentro: si de verdad son medio humanos, estamos matando, de una forma u otra, a nuestra propia especie.

Sasha y Judah se enfrentan a uno juntos. La coordinación entre ambos es asombrosa, pero más increíble me parece la forma de desenvolverse del Renacido. Se ha quitado su camisa ocre desgastada, que nunca se cambia, y muestra sus delgados y morenos músculos, pero sorprendentemente definidos. Se desplaza con movimientos armónicos y exactos, tanto para esquivar como para descargar certeros puñetazos contra la bestia. Sasha se dedica a desorientar y minar sus fuerzas, provocándole para que lance peligrosos mordiscos que ella detiene con sus cuchillos curvos. Judah baila a su alrededor y golpea con precisión lo que parecen sus puntos débiles. No puedo más que envidiarles, pese al sentimiento de traición que me sobreviene posteriormente. Ellos olvidan quiénes son para luchar y sobrevivir a esta pesadilla. Los envidio porque no han dudado en aprovechar una oportunidad, por muy arriesgada que pueda resultar, mientras que yo he retrocedido como un cobarde.

Por otra parte, el desconocido aún me resulta muchísimo más impactante, porque contiene, casi sin esfuerzo, a las otras dos criaturas restantes. Su altura no es un impedimento para ser rápido y eficaz. Empuña dos pequeñas hachas que rasgan el viento y descargan su furia contra las bestias. Una de ellas cierra sus fauces en el filo de una de las armas. Contengo el aliento porque, desde mi posición, parece que le ha atrapado hasta la muñeca, sin embargo, el desconocido se deshace de su agarre sacudiendo fuertemente su brazo. La bestia grita. Un grito que no es humano, sino más bien gutural, chirriante y molesto, que se extiende por todo el camino y me eriza la piel. Le gotea sangre de su desagradable boca y retrocede, inseguro. Me vuelvo hacia un lado, esperando que el otro híbrido contraataque, pero ya no está. El desconocido no se percata y carga de nuevo contra la bestia.

—¿Dónde está el...? —me pregunto a mí mismo, o tal vez a Yojimbo, como si pudiese entenderme.

Sin embargo, es un gorgoteo a mis espaldas lo que me contesta. Me giro con un solo movimiento, arrastrándome por la tierra, y chocando inevitablemente contra el cuerpo de Yojimbo. Ahogo un grito, pero el caimán se aparta y se pone frente a mí para enfrentar cara a cara a la criatura. Me sorprendo por lo inteligente que resulta el gigantesco caimán. Entiende cuál es su misión, lo que el desconocido le ha encomendado hacer. Sin discusión.

Y entonces, me siento inútil. Incluso un animal es más diligente que yo, más valiente. Yo tengo las piernas paralizadas, mientras que Yojimbo respira tranquilo y con seguridad, alerta a la bestia que tantea el terreno con pasos cautelosos. La criatura deformada lanza una amenaza en forma de rugido, adelantando una garra en señal ofensiva, pero Yojimbo no se siente intimidado y responde con un bramido que sí coacciona al enemigo.

Debo defenderme.

La adrenalina se apodera de mi cuerpo. Una fuerza que pocas veces he experimentado por no decir ninguna; que controla mis miedos y hace que me incorpore, mientras llevo mi mano derecha a la espalda para agarrar la empuñadura de mi espada corta.

Decidido, apoyo la mano libre en el lomo de Yojimbo. Creía que se apartaría, que se defendería de un contacto tan imprevisto lanzando un poderoso mordisco, pero ni siquiera se tensa. Es sensible e inteligente.

Saco la espada, tomando impulso y saltando por encima de Yojimbo para aterrizar frente al otro. Sin embargo, no me detengo ahí, sino que, empujado por una valentía irreconocible en mí, me lanzo contra la criatura. Alzo mi arma con un grito y la bestia no se amilana, más bien se embravece. Mi espada choca contra sus colmillos, que agarran el filo tal y como otra de las bestias ha hecho con el hacha del desconocido. Intento realizar la misma maniobra para deshacerme de él, pero no lo consigo. La debilidad ante la adversidad debe haber terminado con mi determinación, aunque continúo peleando. No pienso, solo respondo a mi intuición.

Forcejeo y, al final, descargo una patada contra su pecho, un movimiento que nos desequilibra a ambos. Él se recupera mucho antes y se abalanza sobre mí. Desde la tierra, deslizo la pierna para intentar hacerle un barrido, pero la bestia detiene mi contraataque, agarrándome del gemelo. Hunde sus garras en la carne y aúllo de dolor. Es profundo y devastador, y me arrebata el aliento.

Y entonces, un hacha se incrusta en su antebrazo. La criatura me suelta con un chillido lastimero. Yo vuelvo a gruñir de dolor cuando siento que las garras desgarran mi piel hasta desasirse del todo. Pero pese a la angustia que me invade, no dejo de mirar. El desconocido aparece con la otra hacha en ristre y la bestia contraataca, trotando a cuatro patas para coger velocidad y lanzarse finalmente contra el desconocido con un brutal placaje. No obstante, el portador del hacha lo esquiva apartándose de su trayectoria con un ligero movimiento. Me sorprende lo lento que se ha movido en comparación con la rapidez de la bestia. Pienso que clavará su otra hacha entre sus omoplatos, justo en su chepa, pero no. De su cintura saca lo que parece el armazón de una pistola. Veo la empuñadura y el disparador, pero nada más. Y, de pronto, encaja un objeto en el hueco de la estructura: es el tambor y el cañón de un revólver, pero mucho más ancho y de un calibre más grande que la de un arma tradicional de este tipo. No pierde el tiempo, apunta y…

Y la adrenalina y mis ansias de vencer desparecen. Siento, de nuevo, que la criatura no debe morir. Que, si estoy en lo cierto y hay un lado humano bajo esa piel, puede existir la oportunidad de volverlo a recuperar. O que, si simplemente es una bestia deforme, podemos reducirlo sin matarlo. Eso es, existen soluciones sin violencia. Abro la boca para detener al desconocido, pero dispara.

Un disparo que se extiende en eco por los caminos.

El sonido es atronador, mucho más que el de un arma de macrometralla, que suele ser la más escandalosa de todas. Nunca he visto en acción un revólver transmutado, pero ya no podré olvidar —ni dejar de tener pesadillas— cómo la bala se ha incrustado en la espalda de la criatura y ha hecho saltar su carne. Su sangre impacta contra mi rostro y me congelo. Su cuerpo cae inerte contra la tierra, sin quejidos ni ningún movimiento más.

El desconocido me mira con intensidad y mi respiración comienza a alterarse. Me vuelvo sobre mi espalda. Yojimbo ha desaparecido. Sasha y Judah se acercan hacia mí, dejando atrás el cuerpo inmóvil de la última bestia. Pero una de sus garras tiembla y luego abre los ojos. Intento advertirles, pero solo puedo gritar en un balbuceo atemorizado:

—¡Pi-piloto, gra-granada de energía!

Mi amigo se activa en el hombro y sale disparado hacia el cielo con un sonido intermitente. Les grito a Judah y Sasha que se aparten. Confundidos, se giran hacia la bestia, que ya está totalmente incorporada, aunque tambaleándose, moribunda. Le insisto de nuevo a Piloto, y antes de que Sasha retroceda para enfrentarse de nuevo a ella, o que al desconocido le dé tiempo a disparar otra vez, Piloto saca su pequeño cañón y lanza una bola de luz azul que se desplaza rápidamente e impacta de lleno contra el "enemigo".

La onda expansiva que causa la explosión lanza contra el suelo a Judah y a Sasha. A mí me llega una suave brisa cálida. Lo he matado. No quería, pero al final lo he hecho. Era él o Judah y Sasha, y he escogido la muerte de esta criatura. Mi miedo lo ha decidido. Yo he accedido.

Me voy levantando entre muecas por el intenso dolor de la pierna. Piloto vuelve planeando hasta mi altura y, solo cuando la humareda se disipa y compruebo que la granada de energía ha volatilizado completamente a la bestia, soy capaz de dar media vuelta.

Y no sé si es porque mi elección ha encrudecido mi forma de ser o porque estoy harto de ser el único que no sabe responder ante estas sorpresas, pero me dirijo hacia el desconocido.

Él, por su parte, ha escondido ya su revólver transmutado. No es un arma común. Cuenta con muchos otros módulos que pueden acoplarse a la estructura. Mejor no ver nada más de ella. El desconocido desincrusta el hacha del cadáver de la criatura. Yojimbo descansa a su lado, quieto como si fuese un juguete. Me acerco a él arrastrando la pierna. No me paro a pensar en lo arriesgado que es hablarle a alguien tan mortífero, pero no puedo dejar de lado que nos ha salvado, porque, si no hubiesen intervenido él y su caimán, yo estaría muerto.

—¿Quién eres?

Murmura algo inteligible.

—El Inmortal —dice Judah a mi lado.

Me sobresalto por lo rápido que han llegado mis acompañantes hasta mí, o tal vez es que yo he sido demasiado lento. La cuestión es que el apelativo Inmortal copa todos mis pensamientos.

—¿El Inmortal? —pregunto, confuso.

El desconocido no parece responder ante dicho nombre, pero tampoco se marcha.

—Es Johan, el Inmortal. —Sasha no aparta los ojos de la magnífica figura del desconocido—. Eres Johan, ¿verdad?

Johan, el Inmortal, si es que es él de verdad, se arrodilla ante Yojimbo y palmea su espalda dos veces. Luego lo acaricia y el caimán parece reaccionar al tacto con gusto. Se reincorpora, observándonos con el ceño fruncido, mientras se ajusta uno de los guantes que viste.

—¿Os conocéis? —insisto.

—No —habla Johan, por fin.

—Muy pocas personas lo conocen personalmente en Erain. Pertenece a la Generación Muda —susurra Sasha.

—Niña, eres bastante entrometida y bocazas —gruñe Johan—. ¿El viejo no te ha enseñado modales? —Y da una ligera cabezada hacia Judah.

Judah achina los ojos y curva los labios en una mueca torcida que pretende ser una sonrisa, pero se queda en molestia. Johan clava su oscura mirada en mí. Algo fluctúa en sus ojos, una especie de electricidad, de fuerza superior. Parece antiguo y único. Me escruta como si estuviese leyendo todo mi interior, todas mis intenciones, mis metas. Me siento desnudo y, pese a que no puedo deshacerme de esa sensación de intimidación que me provoca este ser tan poderoso, me siento protegido tras su capa.

—¿Por qué nos has ayudado? —suelta Sasha.

—A Yojimbo le ha caído bien vuestro enclenque, aunque valiente, amigo.

No deja de mirarme, así que me siento aludido. Con la boca abierta por el asombro, dirijo la mirada al caimán, que tiene sus ojos multicolor puestos en mí. ¿Es una locura o Yojimbo está sonriéndome? Le devuelvo el gesto y me llevo una mano al pecho. No puedo evitar que Johan me recuerde ligeramente a Gorio.

—Y una mierda —escupe Judah—. Perteneces a la Generación Muda y, por definición, eres imparcial. No te inmiscuyes en nada.

—Sí. Se supone que debemos serlo, si queremos pasar desapercibidos. —Johan es parco en palabras. No entiendo nada—. En fin. Ha sido... un placer. —Y parece reír por dentro.

Nos da la espalda y el corazón se me dispara. Aunque nos ha ayudado de forma altruista, veo en él una posibilidad de protección frente a Sasha y Judah. Frente a un posible enfrentamiento contra otro grupo de criaturas deformadas.

Avanzo con la pierna herida. Me he olvidado de ella. Me caigo contra tierra y Sasha se agacha para ayudarme, pero alzo una mano, deteniéndola. Un sudor frío comienza a perlarme la frente y la espalda, y sé al instante que en breve me desmayaré. Pero no voy a hacerlo sin antes intentarlo:

—¿Podrías escoltarme hasta Mudna? Necesito a... —me quejo— a alguien como tú.

—No voy a hacer eso —me contesta sin girarse.

—Sé que es extraño e inesperado, pero, por favor, necesito tu ayuda. —Comienzo a ver borroso y me esfuerzo por mantenerme despierto.

No escarmiento. Vuelvo a pedir la ayuda de un desconocido sin saber si es o no una buena persona. Pero me recuerda a Gorio y estoy desesperado. Me duele mucho la pierna y solo deseo que alguien vele por mí, aunque sea un mínimo.

—Niño, admiro tu valentía, aunque te falta mucha práctica en batalla. Sin embargo, no es suficiente.

—Olvídalo, Tristán. No sabes lo que es la Generación Muda, quiénes la conforman. No va a implicarse —me susurra Sasha al oído.

—Necesito tu ayuda. Solo hasta Mudna. Tengo miedo...

La oscuridad se está haciendo con mi campo de visión y respiro hondo para concentrarme, pero es incontrolable. He llegado al punto de no retorno. Una vez caiga, todo estará en manos de Judah y Sasha, pero, sobre todo, de Johan. Sé que depositar sobre el desconocido la esperanza de que me proteja de las personas en las que desconfío es absurdo y temerario. Pero esta batalla me ha revelado algo muy significativo de él y su compañero animal: una persona que se arriesga así por otra desconocida no puede ser mezquina.

—Necesito tu protección... Gorio...

Me quejo y me derrumbo totalmente. Si Johan se niega, Sasha y Judah pueden devolverme a Cala Verde o ponerme en una situación peor, si es que eso es posible. Tal vez Johan es más ruin que ellos dos juntos, y creer que puedo confiar ciegamente en él es otra penosa forma de demostrarme de nuevo que no sé esquivar las garras de la ignorancia.

Que no sé defenderme.

Que la Diosa, sea lo que sea al final, realmente no me protege.

AMARANTA

Respiro hondo. La pequeña pluma de la flecha me hace cosquillas en la mejilla. La luna llena reverbera en la punta de la flecha, lanzando destellos verdosos a causa del veneno que la impregna. Solo una basta para derrotar al pregonero que ahora está apuntando con su pistola de pintura a una niña que debe contar con unos seis años. El brazalete amarillo es demasiado ancho para su delgado bracito. Lo alza en alto, con el propósito de detener la bola de pintura amarilla que la marcará hasta que llegue a casa y se bañe. «*La vergüenza de ser un renegado*», suelen repetir los pregoneros antes de humillar a los creyentes de la Diosa con su ataque.

Por suerte, he llegado a tiempo y es hora de dar una lección.

—*Belladona, ¿qué haces*?

Siseo un poco alto para que mi rechistar llegue hasta el transmisor. Keira se está impacientando, pero tardaré más si no me deja proteger a la pequeña renegada. Me duele constatar que es cierto que aquí en Alente han reforzado la ofensiva contra los renegados, al haber estrechado sus lazos con Mudna. Más libertad para aquellos ígneos que desean parecerse a los de la capital de Erain a costa de eliminar los derechos del resto de la sociedad. Creía que

Cumbre era la ciudad más peligrosa y cruel después de Mudna, pero viendo las acciones en esta ciudad, Alente me parece incluso comparable.

—Un segundo.

—*Bella...*

Keira no llega a pronunciar mi nombre completo, porque suelto la flecha y esta silba en al aire en una perfecta trayectoria que finaliza incrustándose en la parte trasera de la rodilla del pregonero. Es inmediato. El pregonero intenta chillar, pero sus labios solo consiguen torcerse acompañados por un débil gruñido. La niña consigue esquivar la caída del cuerpo inerte, sin embargo, le tiemblan demasiado las piernas como para huir.

—Soga, —me dirijo a Keira con un tono apremiante—salva a la niña.

—Pero eso no está dentro de los planes de Marfil. Esto no es ser efectivo.

—Ser efectivos es salvarlos a todos. Sin opción. Y ahora, sálvala.

La puerta de la tienda se abre mientras se enciende la luz del interior. He tardado demasiado. Saco otra flecha de la cajita que pende de mi cinturón y la sacudo para extenderla. La coloco en el arco y espero a que salga el dueño. Dependiendo de quién sea usaré la flecha-explosivo ofensiva o defensivamente.

Una mujer sale al exterior con una escopeta de micrometralla, muy parecida a Jacinta, pero menos obsoleta. En el centro de su frente tiene tatuada una llama roja que la marca como una ígnea. Se me dispara el pulso y apunto a su rostro. La ígnea detecta a la renegada y, contra todo pronóstico, baja el arma y se acuclilla para ayudarla.

De repente, Keira aparece y agarra por las axilas a la renegada que, cuando descubre la máscara de hierro de mi amiga, termina por petrificarse. La ígnea se incorpora, asustada, y apunta a Keira temblorosamente. Suelto dos dedos, por inercia, pero no sale de mi mente el gesto de la ígnea.

Ha intentado ayudarla. Estamos tan envenenados y acostumbrados a pensar que los creyentes del Dios de la Corona Ardiente son malas personas, que se nos olvida que no todos usan su creencia para herir. Quedan pocos, pero existen.

—No hagáis nada con la ígn...

Empiezo, sin embargo, otra entrada imprevista me interrumpe. Agatha cae del tejado sobre los hombros de la dueña de la tienda, como una sombra mimetizada con la oscuridad. Se apoya sobre su cuerpo y dando una voltereta sobre sí misma, rueda en el aire hasta caer de pie frente a la ígnea. La otra vuelve a alzar la escopeta en un movimiento veloz, pero no existe nadie más rápida que Agatha, quien descarga su mano sobre el cuello de la ígnea, dejándola inconsciente.

Percibo unos pasos frenéticos avanzar unas calles más a la derecha: los guardias acuden en masa a la zona donde nosotros estamos operando. ¿Cómo es posible que se hayan enterado? Alzo la flecha hacia el cielo y disparo. El proyectil surca el aire en una perfecta parábola hasta impactar sobre el tejado de una casa en ruinas, muy cerca de la posición de la guardia. La piedra estalla en la noche junto a una bocanada de fuego. Los escombros caen y bloquean el camino, deteniendo a los guardias.

Salto de la terraza y mantengo el equilibrio flexionando las rodillas cuando toco tierra. Corro hasta Agatha sin perder más tiempo. Keira ya no está, pero el cadáver del pregonero continúa ahí. Su piel está pálida y sus venas hinchadas de un color verde radiactivo. Ha muerto en el acto, sin sufrimiento y, no obstante, un nudo me molesta en la garganta.

—Estás loca. Esto no forma parte del plan —me acusa Agatha.

—Vaina, retén a la guardia —le ordeno a Lars por el transmisor.

» *A sus órdenes, capitana.*

Pongo los ojos en blanco, pero enseguida vuelvo mi atención a Agatha, que me mira duramente con sus ojos castaños; su respiración se manifiesta con fuerza a través de su máscara de gas. Le pongo una mano en el hombro, dispuesta a disculparme, pero entonces, una enorme sombra cruza su rostro. Su expresión palidece hasta torcerse en un susto y me giro hacia el lugar del que ella no puede apartar la mirada. Al mismísimo cielo. Es más que inesperado, pero no por ello menos real: está sucediéndose un eclipse lunar. Agatha me empuja al interior de la tienda.

—¡Tenemos que encontrar la pieza de Iggy!

—¿Por qué un eclipse? ¡No han dicho nada en los informativos!

Con manos temblorosas busco el interruptor de la tienda. Cuando lo encuentro y aprieto, la bombilla parpadea débilmente hasta dejar todo en una tenue iluminación. Sin embargo, algo nos alerta de nuevo. Un chispazo se hace escuchar en eco en el exterior, a lo largo de la calle. Nos mantenemos quietas, esperando encontrarnos a los guardias, sin embargo, lo que vemos nos paraliza del todo.

Las luces de las farolas, de las casas y de los bares, una a una, en una cadena consecutiva e imparable, están apagándose. Alcanzo la linterna que se encuentra en uno de los bolsillos laterales de mi pequeña mochila y alzo la luz justo cuando la ola de oscuridad nos atrapa totalmente, dejándonos sin un resquicio de vida, porque las estrellas también se han escondido.

Enfoco a Agatha, quien también ha sacado su linterna e intenta controlar su respiración y nerviosismo. Sin una palabra, como si mi voz pudiese romper la barrera de la propia oscuridad y fundir nuestras linternas, hago un movimiento con las manos para indicar calma. Ella asiente. Dejo transcurrir unos segundos para que su concentración y la mía se equilibren, formando entre las dos una corriente de tranquilidad y paz. Agatha asiente de nuevo y ladeo la cabeza. Cada una nos lanzamos a buscar en lados opuestos de la tienda. Enfoco a las estanterías, las mesas, el suelo, con haces frenéticos de luz, el único foco que nos permite ver.

» *Los he reducido, pero tenéis que volver rápidamente al albergue. No es un eclipse común. Tiene mala pinta. Se han apagado hasta las estrellas* —comunica Lars.

—Lo sé. Encontramos la pieza para el brazo de Iggy y volvemos enseguida.

Rebuscamos, lanzándolo todo contra el suelo. Revolverlo todo y dejarlo peor de lo que está no es nuestro estilo, pero se supone que matar a sangre fría tampoco es lo mío y, si no hubiese sido por Agatha, habría lanzado la flecha contra el rostro de la dueña.

El caos y la negrura dificultan la búsqueda. Asusta esta oscuridad devoradora, como si nos hubiésemos caído en un pozo tan profundo que ni la luz se atreve a llegar hasta el final. Susurro el nombre de Agatha y ella me atiende, posando la luz de su linterna sobre mi pecho para no deslumbrarme, pero lo suficientemente cerca como para observar mi rostro.

—Creo que estamos sufriendo otra consecuencia del cambio climático. Este fenómeno no lo han anunciado en ninguna parte. No lo entiendo...

—A lo mejor lo han ocultado a toda Alente.

—¿También a los ígneos?

—Tenemos que encontrar la pieza y volver cuanto antes, Ami. Ponernos a resguardo. Si es lo que dices, no sabemos qué más puede ocurrir —dice Agatha, diligente y tranquila.

—Agatha… —le llamo de nuevo.

—¿Sí, Ami?

—¿Crees que soy mala persona?

—¿Por qué dices eso?

—Casi mato a esa ígnea que no iba a atacar a la niña...

—No nos enfrentamos a todos los ígneos, Amaranta, sino a las personas que están dispuestas a hacer daño. Da igual de qué condición sean. Resulta que un gran grupo pertenecen a esta facción, pero no atacamos sin motivo como hacen ellos con nosotros.

—Lo sé… Solo quiero ser capaz de mirar a una persona y no ver un color.

—Sé que va a sonar a excusa y no lo es, pero, Ami, la guerra no trae nada bueno consigo. Y no, no eres mala persona.

Da la vuelta y busca de nuevo. Su conclusión no me ha dejado satisfecha, pero me obligo a continuar con la búsqueda. Sin embargo, no dejo de darle vueltas a mi propia reacción. Con la muerte de los integrantes del Movimiento Nebulosa y la única supervivencia del Escuadrón Espino, pensé que todo se había acabado. Pero Keira y Lars me animaron a seguir con la misión, y no solo eso, sino también a dirigirles. Me sorprendió aquella decisión que secundó Iggy y que Agatha, al unirse a nosotros, apoyó sin rechistar. Yo era la protegida de Nil, a quien nunca sacaban al campo de batalla por no tener experiencia, porque, de alguna manera, seguía siendo una ígnea. Y aun así, ellos confiaron en mí, depositando sus vidas y decisiones en alguien como yo. Pero ahora me siento pequeña y vacilante de repente. Empiezo a cuestionarme si estamos logrando algo con nuestras acciones.

—Lo tengo. —Agatha se gira hacia mí, alzando una pieza de hierro alargada cuyo extremo finaliza en dos varillas planas y doradas.

—Perfecto. Vámonos.

Salimos de la tienda con las linternas en ristre. El haz de luz pasa por encima de la ígnea; sigue inconsciente. Entre la espesa y total negrura, unas pequeñas llamitas flotan en el aire, efecto que me detiene, inquieta, durante unos segundos. Y de nuevo, la sangre fría de Agatha me salva: «*Creo que son velas que la gente de las casas está usando para iluminar*». Tiene sentido. Pero continúo sin distinguir nada. Parecemos como atrapadas en una cueva. Solo veo ahí donde llega el haz de la linterna. Agatha entrelaza sus dedos con los míos. Yo aprieto su mano y estiro de ella. Es hora de sacar toda la valentía de Belladona.

Corremos por las calles, intentando guiarnos por nuestra memoria y siempre pegadas a la pared que encontramos a nuestra izquierda. Según mis recuerdos, si giramos dos veces a la izquierda, continuamos recto dos calles y luego viramos a la derecha, alcanzaremos el albergue en el que nos estamos hospedando. Además, de esta manera, sortearemos la calle por la que los guardias han intentado llegar hasta nosotras.

—Ay —se queja Agatha cuando ya estamos avanzando por el tramo recto.

—¿Estás bien?

—Sí, es que me ha caído una gota en la mano y escuece.

Decido parar para examinarla. La piel de su pulgar tiene una pequeña quemadura redonda. Frunzo el ceño. ¿Cómo es posible? ¿De dónde proviene? Agudizo el oído, por si acaso algún vecino asustado está lanzando algo desde las ventanas y terrazas. Al fin y al cabo, no hay ni un alma por la calle y nuestros haces de luz son demasiado llamativos en la inaudita oscuridad. Entonces capto un ruido. Como si alguien estuviese siseando. No, golpea el suelo. Cada vez más cerca.

—¿Lluvia? —apunto.

Y una gota impacta en mi mano también. Me abrasa, pero no me quejo. Es el terror el que activa todas mis alarmas.

—¿Lluvia ácida? ¡Corre!

Estiro de Agatha. Mi amiga trastabilla, pero se recupera rápidamente. Continuamos pegadas a la pared, esperando que los minúsculos techos que crean las bases de algunas terrazas sean suficientes para protegernos.

Y la lluvia nos alcanza, demasiado rápido, demasiado furiosa. Nos echamos las capuchas sobre la cabeza y metemos las manos dentro de las mangas. Está arreciando con violencia y puedo notar las gotas contra la máscara, el agua desintegrando poco a poco la ropa. Si no perdemos más tiempo, lograremos sobrevivir. Pero el manto de agua está levantando un muro más peligroso que el de la oscuridad. Uno que las linternas no son capaces de atravesar.

» *¿Dónde estáis*?

La voz de Iggy.

—¡Creo que estamos a dos calles, pero…, no lo sé! ¡Iggy! —imploro.

La oscuridad y la lluvia ácida pelean por matarnos. Agatha no dice nada, pero yo estoy muerta de miedo, con las lágrimas a punto de desbordarse. Después de tanto, la supuesta y dichosa Diosa va a acabar conmigo.

» *Voy a lanzar una bengala. Estad atentas.*

Estiro un brazo y lanzo a Agatha contra lo que parece un portal. Al menos aquí estamos mínimamente resguardadas hasta que localice exactamente la posición de los demás gracias a la señal. Esperamos un minuto, que resulta eterno, pero por fin una luz rojiza cruza el cielo y estalla en la noche, creando una luna sangrante que luego se deshace en gruesas lágrimas.

Ubicadas de nuevo, nos lanzamos, aprovechando la luz que ha creado la bengala y que continúa suspendida en el aire. Es nuestra guía en medio de la perdición. Y es cuando estamos a una calzada de llegar al portal del albergue, cuando se me baja la capucha en una sacudida y la lluvia me abrasa el cuero cabelludo. Suprimo un grito, porque estamos a dos pasos de alcanzar la meta. Y, por fin, débil, dolorida y exhausta, me dejo caer de rodillas contra la entrada del edificio.

Enseguida aparecen mis amigos, que nos ayudan a entrar en silencio para pasar desapercibidos. Sigo sin ver nada, pero noto que alguien me examina los brazos y la cabeza, que me quita la máscara y me pide que respire hondo.

El tiempo se dilata y el espacio se distorsiona, alargando las figuras y enroscándolas en el vacío. Me acuestan sobre una cama y me desvisten. El frío se adueña de mi cuerpo. Unas débiles luces se materializan ante mi borrosa visión. Danzantes y sinuosas, susurran que me rinda.

«*No hay nada que hacer*», acompaño con mis labios al baile de luces.

No soy consciente del tiempo que estoy en este estado, pero todo comienza a volverse más claro y las formas, al fin, se definen y retoman el lugar que le corresponden. Logro distinguir unos ojos redondos y grises, prácticamente ocultos por unos mechones caoba casi pelirrojos a la luz anaranjada.

Iggy.

Luego me topo con unos intensos iris verdes enmarcados por unas cejas preocupadas y unas manchas grisáceas en la piel que parecen piedra.

Levi.

La sensación de estar rodeada por los míos calma mi agobio, porque termino por recuperar los cinco sentidos. Ahora los discierno perfectamente, escucho todo con claridad, la mano natural de Iggy y la de Levi aferradas a las mías se sienten cálidas y sudorosas.

—Chicos... —La luz de las velas que iluminan el cuarto me ciegan por momentos.

—Ami. —Iggy susurra, al tiempo que se deja caer sobre una

silla, como si estuviese demasiado cansado como para aguantar de pie.

—Menudo susto nos has dado. —Levi compone una reconfortante y suave sonrisa.

—¿Agatha?

—Está estable, mucho mejor que tú. Sus quemaduras son superficiales.

—¿Y yo?

—Te hemos inyectado un calmante y un cicatrizante rápido. Tú también estás estable, pero al final la lluvia ha incidido más en ti. ¿Por qué no te colocaste la capucha? —Levi frunce el ceño.

—Se me resbaló en el tramo final —murmuro, cansada.

—Será mejor que descanses. —Iggy me acaricia la frente.

Keira y Lars entran en la habitación. La expresión de mi amiga grita preocupación y la de él alivio.

—No vuelvas a hacer algo tan imprudente, Amaranta —me dice Keira, tan severa como siempre—. Has retrasado la misión, y no digo que todo sea culpa tuya, pero has puesto en peligro a Agatha.

—Lo sé, pero no habríamos llegado de todas maneras. —Deja en paz al orgullo—. Lo siento.

—Ami, sabemos que no eres capaz de dejar a nadie atrás, ni siquiera a un desconocido. Pero no puedes cambiar el plan así por las buenas. De alguna manera, ese pregonero ya había advertido a los guardias de la aparición de la renegada, por eso se dirigían hacia nosotros. Por suerte, los he conseguido retener lo suficiente. Pero si no llego a estar yo...

—Sí. Gracias, Lars. —Agacho la mirada.

—He dejado a la niña en un lugar seguro. Te gustará saber que, pese al susto, nos ha reconocido y me ha dado esto. —Con delicadeza, Keira deja caer sobre la manta que me cubre un muñequito hecho de lana y plástico. Lleva una capucha y una máscara de la peste—. Vayamos a nuestra habitación, Lars, Ami tiene que recuperarse y nosotros tenemos que supervisar a Agatha. Además, tenemos que averiguar qué ha sucedido exactamente. —Keira se cruza de brazos y sale de la habitación junto a Lars.

No puedo apartar los ojos del pequeño muñeco. Extiendo la mano marcada de pequeñas rojeces y acaricio la larga y oscura nariz de la máscara. Me da un calambre en la yema de mis dedos, como si repeliese el concepto de Belladona, como si me repeliese a mí misma. Me recuesto, alejándome del muñeco, intentando aparentar que esto no me ha afectado, pero Iggy no me quita los ojos de encima. Ni Levi.

—De momento, no funcionan ni los ordenadores ni los móviles. Creo que el eclipse ha interferido y ha anulado la conexión de todos los aparatos eléctricos, estén o no enchufados a la corriente.

Aprieto los labios y miro hacia el ventanal de la derecha que da a la terraza. La persiana metálica está echada, pero se escucha la tormenta perfectamente. La imagino furiosa, arrancando la vida de las cosas con sus letales gotas de lluvia. Como a Agatha y a mí, ¿a alguien le habrá pillado la tempestad?

«*No puedes salvarlos a todos*». La voz de Nil retumba en mis pensamientos y un sudor frío me recorre la espalda y la araña como miles de espinas venenosas. Repite la frase en mi memoria, pero esta vez su voz es grave y desgarrada. Es una cacofonía horrible que no se parece en nada al verdadero Nil, atrevido y seguro. ¿Cómo era su rostro? ¿Y su sonrisa? Algo se quiebra en mí.

Alargo los dedos hacia el muñeco, pero todo comienza a sacudirse, como si se estuviese sucediendo un débil terremoto. Me llevo las manos a la cabeza, pero nada deja de temblar.

—Amaranta...

Otra voz. Joven y suave entra en la pesadilla, creando un camino que, en la profunda oscuridad, alumbra un posible final, lejos del monstruo con voz de Nil.

—Amaranta...

Otra voz. Más grave y firme que la anterior, pero aterciopelada. Acaricia mis oídos y hace que el camino iluminado sea incluso más resplandeciente. Este es mi destino, hacia delante, sin mirar atrás.

—Ami.

Alzo el rostro hacia el cielo, pero no me topo con la oscuridad ni la voz distorsionada de Nil, sino con los ojos grises de Iggy.

Retrocedo bruscamente e Iggy me mira extrañado, apartando lentamente la mano.

—Iggy... —susurro—. He escuchado a Nil.

—Lo sé, has dicho su nombre en voz alta.

—No está vivo.

—No.

Pienso que mi amigo intentará de nuevo tocarme, pero permanece alejado como un animal malherido e inseguro. La grieta se torna más profunda con un chasquido que hace que me doble sobre mí misma. Alguien pone una mano cautelosa sobre mi espalda, y enseguida sé que se trata de Levi. Lo miro y él agranda una débil sonrisa con la intención de animarme. Intento devolverle el gesto, pero mis labios se tuercen.

—Voy a refrescarme... —digo. No me gusta cómo suena mi voz.

—No hay electricidad, ¿recuerdas?

—Voy a ir de todos modos.

—Ami, tenemos que decirte una cosa —interpela Levi.

—No quiero saberlo. —Niego, sabiendo que tendrá que ver con mi estado físico. Lo noto, algo no anda bien.

—Si necesitas ayuda en el baño, avísanos. Voy a repararme el brazo —dice Iggy, sin mirarme, mientras se incorpora y se aleja hacia la esquina contraria de la habitación.

—Son solo unas quemaduras sin importancia. Ya no me siento tan débil. Estaré bien.

Aparto la manta y me encuentro con que solo visto la ropa interior y una camiseta de algodón verde oscuro con un letrero impreso en medio que destaca en blanco: Campamento Relámpago. Sonrío para mis adentros, buscando la mirada cómplice de Iggy, pero él sigue dándome la espalda, con los auriculares puestos y la música inundando sus oídos. Acaricio las letras y recuerdo las tardes en El Tugurio viendo los partidos de los Relámpagos de Trampte, en cuyo instituto se encuentra el mejor equipo de *kana*, el deporte preferido de Iggy.

Trampte. La ciudad del sur donde se encuentra la Quiebra, punto del que parte la ruta decisiva para llegar hasta la Diosa. O eso trazará su Mapa hasta el momento en que consiga destruirlo.

Tristán.

Los recuerdos despiertan con dureza y siento ganas de vomitar. Me incorporo, suspirando profundamente. Pongo los pies sobre las frías losas de la habitación. Agradezco el contacto y me dirijo al cuarto de baño que se encuentra frente a las dos primeras camas, no sin antes coger una gruesa vela para iluminar la estancia. Cierro la puerta tras de mí. Muevo el interruptor varias veces, intermitentemente. Estoy a punto de desistir, pero, de pronto, la bombilla del techo parpadea tres veces hasta permanecer encendida con una luz blanquecina que otorga al cuarto un aspecto bastante tétrico.

—Bingo. —Al menos el mundo me va a conceder una ducha revitalizante. Soplo la llamita de la vela.

Me pongo frente al espejo, sin observarme inmediatamente. Mi aspecto no es algo que me importe demasiado, pero me da miedo encontrarme con un nuevo yo. Respiro hondo y alzo la mirada. Contengo el aliento. Solo tengo unas marcas inflamadas en la barbilla, porque la máscara ha conseguido bloquear parte del paso de la lluvia, pero los labios lucen resecos, rojos y un poco hinchados. Contra las heridas resaltan aún más mis ojos color miel, destacando los destellos dorados que, desde pequeña, la gente advertía en mi hermano Tristán y en mí, y que ahora parecen amarillos y enfermizos. Además, la pálida luz no ayuda a avivar mis facciones, más bien las agrava.

Sin embargo, lo que más llama mi atención es mi pelo. Lo tengo recogido en una coleta baja, descuidada, y está encrespado con zonas grisáceas moteando el castaño oscuro. Entiendo de inmediato qué sucede y paso unos dedos por las puntas, que se deshacen enseguida ante el contacto. Vuelvo a tocarlo, más ansiosa, y esta vez se desprenden varios mechones que se desintegran como ceniza.

—Mierda...

El recuerdo de mi madre cepillándome el pelo asola mi memoria. Aquella felicidad e inocencia me alejaron de la verdadera realidad. Mis padres me atraparon en una burbuja de fuego, y luego me soltaron con correa por la sociedad para crecer como una mujer ígnea, cuyo destino era servir al Dios de la Corona Ardiente y sucumbir a sus directrices.

La rabia hierve y me consume por dentro. Con bruscos y decididos movimientos abro la puerta del mueble metálico que se encuentra bajo el lavabo. Encuentro un botiquín y espero hallar dentro de él unas tijeras. Ahí están, grandes y relucientes. Las cojo, apoyando la caja sobre el lavabo. Las acerco a un mechón, lo engancho entre las cuchillas y cierro. El pelo planea por el aire hasta terminar en el suelo. Continúo cortando. Cada tijeretazo resuena en el cuarto y el pelo se transforma en pequeñas lágrimas oscuras, ensuciando ahí donde se posan. Cuando llego a la altura del hombro, me detengo. He saneado las partes afectadas por el ácido de la lluvia, pero tengo que cortar algunos mechones más, dejando la melena desigual y despuntada.

Así soy yo. ¿Así soy yo?

Tiro las tijeras al suelo. Me quito la camiseta y la ropa interior. Entro en la ducha, corriendo la mampara azul opaca. Pulso uno de los botones en la pantalla táctil de la pared para bajar varios grados al agua hasta notarla suficientemente fría para que no empeore más mis quemaduras. Señalo la forma de dispersión del grifo: suave y con un goteo muy ligero. El panel funciona y el agua sale correctamente.

Dejo que barra el escozor de las heridas, tanto las superficiales como las que sangran en mi interior. No calculo cuánto estoy bajo el chorro y alguien entra en el baño. No digo nada, pero por cómo respira, intuyo que se trata de Iggy.

—Siento lo de antes, Amaranta. Últimamente, no soy capaz de controlar mis emociones. Tengo la sensación de que los acontecimientos se han precipitado y que estamos cayendo en picado.

Agacho la cabeza y dejo que el agua me impacte directamente en la nuca. Sabía que a Iggy le sucedía algo desde que acordamos ir a Bun, pero no creía que esa decisión fuese a afectarle tanto. Aun así, no dejo de lado la sospecha de que le ocurre algo más, porque mi amigo siempre es atento y cuidadoso, tanto que a veces cavila demasiado los problemas. Como ahora.

—Sé que siempre quieres rescatarlos a todos, pero necesitas cuidarte a ti misma.

—Dame la toalla. —Enseño una mano por encima de la mampara a la espera de que Iggy me la tienda.

Aprieto el botón rojo de la pantalla de la ducha para apagarla. Iggy me da la toalla y me enrollo en ella, no sin antes aspirar el delicado perfume del suavizante que desprende la tela. El olor a limpio me relaja. Descorro la mampara y el suelo frío me recibe de nuevo. Iggy abre mucho los ojos, sorprendido. Frunzo el ceño, confusa por su reacción, hasta que atisbo sus ojos recorrer mi pelo, y recuerdo que ya no lo tengo tan largo como siempre.

—Estoy rara.

—Te queda muy bien.

Iggy se acerca hasta quedarse a unos centímetros de mí y roza varios de los mechones desiguales que he tenido que cortar, dejando una mata desaliñada. Permito que las gotas continúen acariciándome el cuerpo, mientras Iggy procede con su investigación. Comprueba el estado de las quemaduras, sin llegar a rozarlas, pero puedo sentir el calor que desprende su piel junto la mía. Hago una mueca, sintiendo un pinchazo en la herida que tengo en el dorso de la mano, justo encima de la cicatriz de la llama, e Iggy se detiene.

—Debemos acudir a Mudna de inmediato. Tristán debe haber llegado ya.

—Si salió de Cala Verde el mismo día que me mandó el correo, y en caso de que haya viajado con un vehículo, entonces sí. Pero me extraña que no se haya puesto de nuevo en contacto conmigo de ser así. El único problema que tengo con esta reunión es que aún no hemos destruido el Mapa de la Diosa. Levi nos ha dicho que tenemos otra oportunidad en Mudna, pero...

—Pero no nos ha dicho más. Amaranta —clavo mi mirada en la suya—, seguimos sin saber nada de Levi, ¿entiendes? Por mucho que tengas una intuición, por mucho que nos ayudase en Bun, todo esto puede ser una trampa.

—Yo...

—Por favor, escúchame. —Me coge por los hombros delicadamente—. Desde la última Criba... Desde lo de Nil y el resto del Movimiento no hemos vuelto a confiar en nadie más. Y sí, le hemos contado lo del Escuadrón Espino, pero fue una decisión necesaria para poder proteger Bun. ¿No te escama algo? Fue demasiado repentino.

—Iggy, hace tiempo que deberíamos haber empezado a confiar en alguien más, ¿entiendes? Los cinco estamos solos luchando contra el mundo. Necesitamos aliados.

—Y no me parece mal. Pero necesitamos saber a quién tenemos a nuestro lado exactamente. Si Levi nos contase algo más sobre él. Si pudiésemos comprobar que no nos está engañando...

—No lo hace. Lo presiento, Iggy. Presiento que Levi es necesario para destruir el Mapa de la Diosa. Si quisiese traicionarnos ya lo habría hecho. Piden tanto por nuestras cabezas que alguien en una situación tan desesperada como la suya jamás habría dudado más de un día en entregarnos. —Le señalo la puerta, tras la cual espera Levi.

Iggy entrelaza sus dedos con los míos. Contengo el aliento y mi amigo reacciona con una sonrisa ladeada, muy traviesa. Echo de menos al Iggy bromista, al que me hace reír. Pero supongo que, como yo, todos hemos ido perdiendo una parte de nosotros desde la salida de Cumbre.

Dejamos caer el brazo, sin soltarnos. Buscamos una mirada cómplice y al encontrarla, estallamos en una carcajada sin sentido que me duele en las mejillas. Nos balanceamos en una especie de baile que solo nos provoca más risas, hasta que piso las tijeras y me resbalo. Iggy extiende los brazos para recogerme, pero ruedo sobre mí misma y mantengo el equilibrio sin ayuda.

—Siempre tan eficaz.

—No he estado tantos años entrenando —me agacho y recojo las tijeras—para que me venzan unas simples tijeras.

Me acerco a mi amigo y él me rodea la cara con sus manos. Apoyo todo el peso en su mano biónica mientras compruebo el resto de su trasplante mecánico, que alcanza hasta su codo. Parece estar de nuevo en perfectas condiciones; me arriesgaría mil veces más si con ello puedo ayudar.

—¿La pieza ha encajado?

—Sí. Me alegro de que te acompañase Agatha. Estoy casi seguro de que tú te habrías equivocado —se mofa de mí. Ahí está mi Iggy.

Le golpeo con suavidad el hombro, pero Iggy intercepta mi movimiento juntando nuestros cuerpos y posando un delicado beso en mi frente. De repente, la puerta del baño se abre y Levi asoma su cabeza por el resquicio. Se sorprende ante la situación y ambos nos separamos como empujados por un resorte.

—Si-siento haber interrumpido —tartamudea Levi, peinándose hacia un lado el pelo, nervioso.

—Tranquilo. —Sonríe Iggy, un poco tenso.

—Ya hemos terminado —añado yo—. Puedes pasar si necesitas...

—¿Mear? No, no... —Levi frunce el ceño al darse cuenta de su propia contestación—. Quiero decir, he oído risas y luego os habéis vuelto a callar. No es que estuviese espiando, pero... —Respira hondo, e Iggy y yo reprimimos una carcajada divertida—. Iggy, me ha dicho Keira que vayas a su habitación. Al regresar la luz han empezado a indagar, y bueno…, no ha querido decirme nada más.

—Yo también voy. —Recojo mi ropa del suelo.

—Me ha dicho expresamente que tú te quedes recuperándote aquí. Y que te vigile, porque eres capaz de insistir hasta que te incluyan. Te informarán de todas las novedades en cuanto se enteren bien de la situación. —Levi se cruza de brazos.

—Pero...

—Sin *peros*, Ami. Tú ya has hecho bastante hoy. Descansa —concluye Iggy.

Los tres salimos del baño. El alquimista ha apagado todas las velas y encendido las luces. Me gusta el sutil olor a humo que han dejado las mechas y que inundan el cuarto. Dejo caer la camiseta, el sujetador y las bragas sobre mi cama, y Levi se sienta en la esquina, apoyando los codos sobre sus rodillas. Iggy recoge su portátil y el móvil, pero antes de salir de la habitación, me llama y dice:

—Ya no está. —¿Ya no está el qué?—. Y la camiseta es un regalo. Mañana saldremos a comprarte más ropa, la que llevabas puesta

esta noche parece ahora un queso gruyer.

Menos mal que no he llevado a la misión mi chaqueta de parches.

—Gracias, Iggy. —Sonrío con suavidad.

Mi amigo asiente y, con varios pasos lentos, camina hasta la puerta. La abre con una última mirada y cierra. Me quedo absorta unos segundos en la misma posición, fija en la entrada de la habitación, imaginando a Iggy marchándose con una triste sonrisa.

—Lo del pelo, antes... Yo quería...

—Avisarme. —Me giro en un movimiento hacia Levi—. Lo sé. No te preocupes. Siento haberte interrumpido. Como ya has podido comprobar en distintas ocasiones, no soy precisamente la personificación de la sensibilidad .

—Tranquila. No hay problema. —No deja de mirarse las manos.

Cojo mi mochila, que está bajo la cama. Al apoyarme sobre el colchón me percato de que la muñeca de Belladona no está. «*Ya no está*», repite Iggy en mi mente. Antes se ha dado cuenta de mi rechazo. Abro la bolsa, guardo la ropa interior sucia y escojo un conjunto limpio. Luego rebusco hasta encontrar unos pantalones de algodón cortos que me sirven como pijama. No me voy a despegar de la camiseta de Iggy hasta que salgamos del albergue. Voy a quitarme la toalla cuando reparo en que Levi está a un metro de mí, a un simple vistazo de poder contemplarme.

—Levi...

—¿Sí?

Clava su mirada en la mía con intensidad. ¿Qué estará pensando? ¿Qué es lo que rondará sus pensamientos? Iggy tiene razón, por mucho que yo quiera evitarlo no sabemos nada de Levi, y él se ha lanzado al peligro con nosotros demasiado rápido como para no sospechar.

—¿Puedes volverte del todo? Aprecio mucho mi privacidad. —Me señalo la toalla, sonriendo.

—¡Ja, ja, ja, ja! —Escuchar su risa, desde luego, es un soplo de aire fresco—. Por supuesto. No sabía que tenías tantos problemas en mostrarte...

—Y no los tengo, pero..., luego tenemos que hablar.

—Entiendo. —Su sonrisa se diluye lentamente hasta convertirse en una expresión que oculta tras sus largos mechones rubios al volverse y darme la espalda completamente.

Suspiro profundamente. Levi lo ha notado; mi sospecha. Pero él tendrá que entenderlo, porque también proviene de una ciudad esclavizada por la monarquía y su sistema. Subyugado y aislado de la realidad del país. Él debe saber mejor que nadie que no se puede confiar en cualquiera porque se muestre receptivo y simpático. Así no funcionamos en el Escuadrón Espino desde que la última Criba de Cumbre atrapó y asesinó a casi todo el Movimiento Nebulosa. El corazón me bombardea, lleno de dolor. Me llevo una mano al pecho, pero la aparto enseguida en cuanto noto la piel cuarteada ahí donde el Don me marcó.

¿Cuándo terminará todo esto?

Me deshago de la toalla y Levi encoge los hombros al oírla caer contra el suelo. Me sonrojo al pensar que él puede estar pensando en mí, pero ahuyento las fantasías de inmediato; todos estos pensamientos y emociones son los que me hacen vacilar. Iggy continúa teniendo razón: debo ser precavida y actuar con la razón como aliada.

Me visto rápidamente. Me desordeno el pelo mojado y cojo la pomada que está encima de la mesilla de noche junto a mi cama. Rodeo el mueble y me siendo junto a Levi, hombro con hombro. Él me observa y siento su aliento contra mi mejilla. Mantenemos esta posición durante unos minutos que transcurren lentos, porque el contacto es embriagador y electrizante. Levi acerca una mano lenta hacia las mías y, al comprobar que no las retiro, coge el ungüento.

Giro la cabeza hacia él y mueve el envase entre sus dedos. Sonrío y asiento. Levi contiene una risa que resuena entre sus dientes. Muestro mis brazos y él quita el tapón del tubo.

—Cuando quieras, Amaranta.

Mi nombre entero en su boca. Otra vez. Me humedezco los labios y cierro uno de los puños fuertemente, intentando concentrarme. ¿Qué haré si descubro que no es la persona que creo que es? Porque sí, no nos ha contado por qué reside en Bun exactamente, pero nos tendió una mano cuando más la necesitábamos. Nunca ha puesto condiciones ... Hecho que, ahora que lo pienso, también empieza a preocuparme.

Jamás nadie se muestra ante la luz sin entrecerrar los ojos o esconder algunas de sus sombras.

—Voy a ir al grano, Levi. No s cuesta fiarnos de ti.

Él no reacciona y unta la pomada en varias de mis quemaduras. Me muerdo el labio inferior. Es cuidadoso y delicado. Se nota que son las manos de un alquimista, experimentadas en tratar con objetos y sustancias frágiles. Continúa curando mis heridas, mudo. No quiero presionar de nuevo, porque me doy cuenta de lo contundente que ha sido mi afirmación. ¿Tendría que haberlo expresado de otra manera? ¿Habría cambiado su actitud? ¿Esconderá más sus sombras?

Finaliza con la cicatriz de la llama. Masajea ligeramente la zona, con pequeños círculos que me adormecen los dedos en una sensación agradable. Luego recorre las líneas del antiguo tatuaje, que ahora es de un color marrón suave, aunque algunas quemaduras rojas la bordean. Nos miramos a la vez, en un contacto penetrante del que aún desconocemos el fondo.

Es esta conexión, libre de impedimentos, la que hace que no pueda deshacerme de Levi; la que me grita que es un verdadero aliado.

—Ami, quiero pedirte disculpas por haberte juzgado al llevar el brazalete de los ígneos.

—Cualquiera lo habría hecho. Desgraciadamente.

—Continué dudando de tu palabra hasta que decidiste bajar a las minas para quemar el Mapa de la Diosa y proteger a los mineros de Bun. Es cierto que descubrir que eres Belladona mitigó mi desconfianza. Fui bastante interesado. Te estoy muy agradecido por salvarnos.

Siento el impulso de decirle que Amaranta también es de confianza sin el nombre de Belladona. Que bajo la líder del Escuadrón Espino solo estoy yo con toda la voluntad que mueve al personaje. Pero me reprimo, porque su reacción tampoco ha sido tan descabellada. Quien realmente supone un símbolo para el país es Belladona, no Amaranta.

—Es lo que el Escuadrón hace siempre —me decanto por contestar—. Ya te dije que no esperamos gratitud, sino soluciones.

—Ya. Así sois vosotros, solidarios y valientes.

Me gusta que nos considere de esa forma, pero de nuevo nos alejamos de la cuestión. ¿Me está evitando porque realmente su fachada se está desmoronando? Pero si su intención es conseguir algo de nosotros ya podría haberlo hecho. Ha tenido muchas ocasiones para beneficiarse de nuestro favor o incluso exponernos ante la reina Matilde.

¿Qué habría hecho Tristán en este caso? Mi hermano es el diplomático de la familia, el que es capaz de encauzar una discusión y no precipitarse en sus conclusiones. Algunos lo tildan de inocente por ello, pero yo lo considero inteligente. Siempre lo he envidiado por su temple y sensatez, aunque la sociedad terminó por hacerle creer lo contrario y convertirle en vulnerable y asustadizo.

Sí, Tristán confiaría una historia suya a un desconocido para obtener otra a cambio. Si le doy una razón a Levi para abrirse, lo hará.

—Recuerdo cuándo me tatuaron la llama, porque ese mismo día salvé a Iggy y conocí a Nil. Me vida cambió de golpe desde aquel momento. Nada volvió a ser igual. —Levi aprieta mi mano, pero con su silencio me indica que continúe.

» Te tatúan a los quince años, pero yo tenía catorce cuando lo merecí. Mientras que muchos niños parecían seguir al Dios porque era una obligación, yo de verdad sentía esa fe. Mis padres ostentaban... ostentan un alto cargo dentro de la comunidad ígnea de Cumbre, por lo que para mí aquello era mi vida entera. Formarme en nuestra ideología y continuar el legado de mis padres. Casarme y tener hijos... Perpetuar la sociedad. Así me habían educado y esa era mi realidad, sólida y absoluta.

» Mi hermano Tristán siempre ha sido distinto. Desde pequeño. Nunca entendió y compartió las leyes del sistema. Recibía palizas por defender a personas que no eran ígneas. Su inocente visión fue la que despertó en mí en la duda. Me preguntaba en silencio: "¿es posible que él me esté enseñando una nueva visión del mundo?". Y sí. Él, infantil e introvertido, me mostró una nueva perspectiva y lo peor era que estaba destrozando la mía.

» Durante un tiempo estuve indagando. Tratando de hallar las injusticias que Tristán parecía apreciar constantemente, y que yo no atisbaba por ninguna parte. Fue terrible darme cuenta de que en todo momento la miseria, los prejuicios y la violencia habían estado frente a mis ojos. Fueron meses de indecisión e incomprensión hacia mí misma. De cuestionarme nuestra humanidad, de intentar convencerme de que el Dios era el camino correcto.

» El domingo en que me tatuaron, Tristán y yo salimos a pasear. La nieve lo invadía todo. No recuerdo un invierno tan frío como aquel, y tal vez fue necesario un escenario tan insólito para enmarcar la experiencia que dio un giro a mi vida, y que no ha vuelto a recolocarse nunca más. Tristán y yo nos desviamos del camino habitual y terminamos en los lindes de la Frontera.

—Deberíamos dar media vuelta, Tris —le dije a mi hermano.

—¿No querías celebrar tu tatuaje viviendo una aventura? —Sonrió.

—Quiero celebrarlo —intenté componer una sonrisa convincente. No quería que Tristán se enterase de mis dudas y de mi casi consolidada nueva perspectiva—, pero puedo hacerlo en el Arco Interno. En la zona segura.

» Tristán entornó los ojos y sus iris color miel brillaron peligrosamente dorados contra los resplandecientes copos de nieve que se posaban en sus mechones castaños y sus mejillas sonrosadas por el frío. Enarcó una ceja. Aquel gesto me sorprendió, porque alteró sus rasgos aniñados y los convirtió en una mueca adulta.

—¿En la zona segura?

—Sí, Tristán. —Señalé alternativamente nuestros brazaletes rojos—. Por si te has olvidado, somos ígneos.

—Pero esto es la Frontera. Aquí no pasa nada.

—Todos los lugares son peligrosos. —Tristán frunció el ceño ante tal afirmación y traté de desviar su atención.

» Me acerqué a él, alzando la falda hasta las rodillas y hundiendo las botas en la nieve con fuerza, intentando no caerme. Tristán permaneció quieto y mantuvo aquella expresión tan extraña para un niño de su edad. Cuando llegué hasta él, le sacudí la melena y los copos se deshicieron, humedeciéndola. Busqué en el bolsillo de mi gruesa chaqueta y, cogiéndolo del cordel, saqué un collar con una bellota pendiendo de él.

—¿Qué es? —Los ojos de Tristán se agrandaron y supe que le había gustado.

—Es para ti. Es un regalo. —Se lo pasé por encima de la cabeza y lo dejé caer hasta que se ajustó a su cuello.

—Sé que me lo regalas para que no llore. Los papás te han dicho que siento celos de ti, porque tú eres una ígnea modelo y yo... —Miró el collar—. No tengo celos, Ami.

» Al pobre lo tatuaron dos años después, con solo doce. Creían que si lo hacían y presionaban curarían sus incipientes ideas. Pero solo era un niño que quería el bien para todos, sin distinción.

—Te lo regalo, porque sé que te gustan estas cosas. —Sonreí ampliamente—. Te quiero.

Lo abracé fuertemente. Tristán me envolvió con sus delgados brazos enseguida, hundiendo su rostro en mi enmarañado y largo pelo. Mis padres no solían entender lo mucho que a Tristán y a mí nos gustaba el contacto humano, sentir el calor de otra persona, reconfortarnos con un simple gesto. Tristán era callado y yo estaba obligada a estarlo, a comedir mis pensamientos continuamente. La expresión corporal era la única forma de manifestar nuestros sentimientos.

Y, de pronto, se oyeron unos gritos y unos disparos. Nos separamos, temblando ante el súbito estruendo. Pero Tristán echó a correr en dirección al barullo y no pude detenerlo. Me asombró lo ágil que era, moviéndose a través de la nieve que para mí no era más que un estorbo.

—¡Tris!

No se volvió ante mi llamada. Solo se detuvo cuando llegó a la esquina de un edificio donde algunas personas también observaban a escondidas. Llegué hasta él boqueando vaho helado. Me apoyé en su hombro y él se llevó el índice a los labios. Miré por encima de su cabeza y el miedo me atenazó en aquella esquina.

Un pregonero y un guardia estaban acorralando a una familia de neutrales sin vínculo. Sin embargo, solo uno se movía, solo uno miraba con sus ojos grises a aquellas autoritarias figuras ígneas. Los demás yacían inertes sobre la nieve. Unas manchas de sangre rodeaban los pálidos cadáveres como enormes pétalos de rosa.

—Vuelve a casa, Tristán.

—No —me susurró con una mirada suplicante.

—He dicho que vuelvas a casa. Y por el camino seguro. —Mi tono de voz fue severo.

—¿Y tú?

—El guardia es el tío de Janel. Solo quiero saber qué ha ocurrido y comunicárselo a papá.

—Los han matado… —Sus ojos se anegaron de lágrimas.

—Tristán.

Mi hermano me lanzó una última mirada irritada y volvió sobre sus pasos. Observé cómo se marchaba por la plaza que conectaba directamente con otra del Arco Interno hasta que lo perdí de vista. Me volví de nuevo. Las personas que habían estado a nuestro alrededor espiando la escena habían desaparecido; solo yo permanecía allí. Algunos vecinos cerraron las puertas de sus ventanas y las tiendas apagaron las luces. Nunca había visto un ataque de los pregoneros o los guardias a un ciudadano de Cumbre. Bueno, para los ígneos, los expirantes, los neutrales sin vínculo y los renegados no eran ciudadanos.

Pero yo continué allí. Ensimismada por la situación. Algo en mi corazón tembló, como un susurro al oído, demasiado profundo como pasarlo por alto. Una sensación de adrenalina me invadió el cuerpo cuando el guardia alzó la pistola contra el neutral de los ojos grises que lloraba alrededor de los muertos.

En aquel momento, la razón, la facultad que más guiaba mis decisiones, me habría conducido en dirección contraria. Me habría obligado a dar media vuelta, dándole la espalda a aquel chico desprotegido que tal vez ya no contaba ni con familia ni con amigos, porque los habían asesinado. Sin embargo, algo muy distinto a la razón rugió en mis entrañas, trepó por mis músculos y me envolvió con una energía que jamás había sentido: una mezcla entre la valentía, la piedad y el sacrificio.

Y corrí. Corrí hacia delante.

Me calé la capucha de la chaqueta hasta los ojos, me quité el brazalete rojo y avancé tan rápido como pude hasta colocarme entre el guardia, el pregonero y el neutral. El fuerte hedor metálico de la sangre me cerró la garganta, pero alcé los brazos y utilicé mi cuerpo como barrera, con el cañón de la pistola a pocos centímetros de mi rostro.

—¡Apártate, niña! —gritó el guardia.

Intenté contestar, pero las palabras se congelaron en mi boca.

—Te voy a disparar como no te separes de ese neutral ahora mismo.

—No... —Conseguí murmurar.

—¿Qué has dicho? ¿Sabes que podría dispararte por el solo hecho de no llevar tu identificación? ¿Qué eres? ¿Otro neutral? ¿Un sucio renegado? Oh, tal vez seas una expirante, por eso no llevas nada. Entonces nadie te echará en falta, porque, de todas maneras, morirás pronto...

—No. —Mi boca podía negar, pero en el fondo me arrepentía de mi estupidez.

Y alcé el rostro. La capucha me resbaló por el cabello y el pregonero, el tío de una de mis mejores amigas, reconoció mis facciones enseguida. Puso una mano sobre la muñeca del guardia, sin dejar de mirarme entre el asombro y la incertidumbre.

—¿Amaranta?

—Yo no soy...

—Es una ígnea, Olaf. —Se dirigió hacia el guardia, y este me inspeccionó hasta encontrar el tatuaje de la llama en mi mano.

—Pues apártate, no sabes en qué estás interfiriendo.

—Amaranta, —el tío de Janel apoyó las manos sobre sus rodillas y se inclinó para ponerse a mi altura—estás confundida. Pero no te preocupes. Vuelve con tus padres. Deben estar esperándote para la ceremonia de la una.

—No… —Un gemido lastimero me quebró la voz por completo.

El pregonero frunció el rostro en una mueca de asco, entendiendo que no estaba siendo guiada por ningún tipo de confusión. Dejó caer la mano y asintió hacia el guardia. No había misericordia con los traidores tuvieses catorce años u ochenta. Le dirían a mis padres que había obstaculizado la defensa de Cumbre y del país entero, y ellos... Ellos se avergonzarían de mí y me enterrarían en una fosa común, olvidada por el Dios de la Corona Ardiente.

Mi valentía terminó por desmoronarse.

Tenía unas ganas tremendas de esquivar aquella bala que me iba a asesinar como a los demás. Me temblaban las piernas y, aunque continuaba con los brazos extendidos, estos también flaqueaban, protegiendo al chico de ojos grises que ni siquiera sabía si continuaba detrás de mí. Aquel era Iggy. Cerré los ojos, dispuesta a gritar para mitigar el impacto. Pero entonces, un gruñido y un golpe seco me hicieron abrir los ojos de nuevo, alarmada.

El guardia había caído contra la nieve con la garganta abierta; una herida de la que no paraba de manar sangre. Y presencié la muerte del tío de Janel. Un desconocido con el pelo oscuro y lacio, moteado de blanco por los copos de nieve, hundió su machete en el ojo derecho del pregonero; en el izquierdo pude ver a la muerte sonriendo.

Lo lanzó violentamente contra la nieve y el desconocido volvió su feroz mirada hacia mí. Sus ojos oscuros acuchillaron mi ser y, por primera vez, retrasé un pie. De la nada surgió otra figura vestida de negro y ocultando su rostro tras la máscara con forma de cabeza de un conejo. En su espalda cargaba una fina, pero larga espada que envolvía su presencia en un halo todavía más peligroso.

—Encárgate de la ígnea —dijo el chico que acababa de matar a un guardia y un pregonero sin tan siquiera pestañear.

Alcé las manos y di varios pasos hacia atrás, pero trastabillé con el cuerpo del neutral que continuaba paralizado. Lo miré a los ojos, aterrorizada, y él me devolvió el mismo gesto. Alzó una mano totalmente gris, infectada, hacia mi rostro, pero antes de que pudiese comprobar la razón de su gesto, alguien me ocultó la cabeza con un saco.

Y entonces sí grité, pero inmediatamente me propinaron un puñetazo en el estómago que me dejó sin aliento. Las lágrimas se agolparon en mis ojos y la tela del saco me agobió hasta el punto en que creí que perdería la conciencia por el esfuerzo al respirar. Me agarraron y caminé a ciegas, intentando vencer a la gruesa capa de nieve, pero aquellos firmes brazos que me conducían hacia la nada, prácticamente me arrastraban.

Ni siquiera forcejeé. Yo misma había sentenciado mi propio destino. Había escuchado que en Cumbre no existía tregua para nadie. Que la población del Arco Externo vivía en el terror y la del Arco Interno en una burbuja de ignorancia. Tristán había empezado a abrir los ojos, pero yo había tenido que enfrentarme a una situación real para creer en la miseria de la gente. Había creído en lo que me habían contado mis profesores de instituto sobre la reina Matilde y sus supuestas decisiones positivas, en lo que la televisión contaba sobre la devastación y la crueldad de la Diosa, en la devoción de la comunidad ígnea hacia el Dios de la Corona Ardiente y, por supuesto, en lo que mi familia me había inculcado sobre quién deb ía ser.

Pero todo eso dejó de tener sentido al vivir la realidad. Todo parecía un telón de un rojo intenso y precioso que ocultaba algo peor. Algo tan oscuro por lo que era mejor mentir a la sociedad.

Sentí un insoportable dolor en el pecho, la estocada de la mentira, mi vida entera desmoronándose. Sin embargo, en ese momento me iba a matar el bando contrario a los ígneos. No importaba a quién hubiese defendido o quién fuese por dentro: tenía una llama tatuada en la piel y un brazalete rojo; una etiqueta social suficiente para convertirme en una enemiga según quién mirase.

Pisé madera y el calor me recibió. Supe que entrábamos en un bar porque olía a tabaco, alcohol y suciedad, y aunque de pronto el barullo propio de un lugar así enmudeció ante mi llegada, me sentí más segura dentro de aquellas cuatro paredes. Pensé en Tristán y en sus brillantes ojos al ver el collar de la bellota. Sentí que nunca más volvería a ver su rostro inundado por una sonrisa, enfadado o serio.

—Te quiero, Tristán...

Y entonces, me quitaron el saco de golpe. El movimiento me estiró fuerte del pelo, pero reprimí el dolor. Traté de mantener mi orgullo hasta el final, porque era lo único que me quedaba. O eso creí. Me acostumbré enseguida a la luz anaranjada del bar de madera y metal. No me atreví a inspeccionar el resto del local, por si aquello provocaba a mis captores.

—Vamos a amputarte el brazo.

—No, por favor...

—Tienes el brazo gangrenado.

—Hay otras partes de mi cuerpo infectadas también y...

—La zona está totalmente enferma y prácticamente inutilizada.

Aquellas voces se colaban por el resquicio de la puerta entreabierta de una especie de cuartucho. Solo me permití echar unos vistazos de reojo, por si reconocía a alguien, pero lo único que se avistaba a través del haz de luz que se escapaba de la habitación eran alargadas sombras oscuras. ¿Sería el neutral al que había intentado salvar?, pensé en ese momento.

Creí que nunca lo conocería, porque estuve convencida de que iba a morir.

El chico de la mirada intensa que asesinó sin miramientos al guardia y al tío de Janel se sentó frente a mí. Tenía una mancha gris consumiéndole los párpados y el puente de la nariz como si fuese un antifaz. ¿Cómo habría usado un milagro de la Diosa para que la infección tuviera tal forma? Se percató de mi curiosa manera de escrutarle, y eso solo torció aún más su expresión de enfado.

—¿Qué pretendes? —me espetó.

—Nada... —susurré.

—¿Por qué has defendido a ese neutral? ¿Qué te importa? Los ígneos solo os preocupáis por vosotros mismos. Ni siquiera os responsabilizáis de vuestros seres queridos. ¿Por qué? —Estampó las palmas contra la mesa y no pude evitar encogerme de miedo.

—Nil, te estás pasando. —El chico con la máscara de conejo se sentó en el banco a su lado.

Sus palabras encendieron una chispa de esperanza. Y, pese a la terrorífica máscara blanca veteada de sangre, espesa y granate, aquel desconocido me inspiró muchísimo menos pavor que el que descubría su rostro sin importar que alguien lo pudiese delatar fácilmente.

El conejo se quitó la máscara y dejó al descubierto unos finos rasgos enmarcados por una barba oscura. Sonrió, un gesto totalmente inesperado, y aunque no se le devolví, él ensanchó el gesto, travieso, y una inexplicable sensación de sosiego empezó a nacer. Aquel era Lars.

—Lars, no enseñes tu rostro. ¡Ocúltalo! —Nil le dio un manotazo en la cara, pero Lars se deshizo de la ofensiva entre risas, y aquellos gestos tan naturales me revelaron que eran tan humanos como yo.

—¿Por qué no se tapa la...? —Empecé a señalarme el rostro, pero otra mirada furiosa de Nil me acalló, pese a que me estaba dirigiendo a Lars.

—Te diría que para Nil, que los demás se cubran la cara menos él es una forma simbólica de protegerlos. Que él es el rostro de toda la organización, quien se muestra ante la sociedad y la encara sin miedo. Que, si alguien quiere desenmascararnos, primero tiene que pasar por encima de quien no se esconde. Pero la verdad es que se le ha olvidado. Fin —concluyó el discurso con sorna.

Nil me resultó bastante joven, entre los veinte o los veintitrés años, como para liderar una organización que se dedicaba a matar gente.

—La mentira habría quedado mejor —susurré.

—¿Y a ti qué te importa? —Nil entró en la conversación, escupiéndome sus palabras—. Gorio, por favor, ven —dijo, mirando a mi espalda.

Unos pasos pesados se acercaron hasta mí por detrás. Permanecí quieta. No sabía si sería capaz de mirar a la cara a una persona con las mismas características que Nil y Lars. Sin embargo, cuando el tal Gorio dejó caer las manos sobre la mesa, su enorme figura me impuso tanto que me olvidé de los otros dos captores. Gorio era gigantesco, con unos gruesos y musculosos brazos que terminaban en unos fuertes puños. Aunque lo que de verdad me aterró fue su rostro, con aquella enorme cicatriz cruzando su ojo y el resto de líneas de experiencia surcando su piel como un mapa repleto de vivencias, muchas de ellas dolorosas.

—¿Qué hacemos con la ígnea? —Me señaló Nil como si fuese un mueble.

—Quiero vivir… —mascullé.

Él se giró, enfadado, y yo me volví a escurrir en el asiento, pero por la sonrisa divertida que creció en los labios de Lars, supe que Nil no iba a reaccionar violentamente. Sin embargo, no pude decir lo mismo de Gorio, que mantuvo aquella actitud seria y temible. Observé al hombretón de reojo. Me escrutó con intensidad, removiendo en mis entrañas para encontrar la enfermedad ígnea que había que exterminar.

—Creo que es una niña asustada que no sabe lo que ha hecho. —Su voz sonó cavernosa.

—Yo creo que es más inteligente de lo que nos quiere hacer creer. —Sonrió Lars.

—Y yo creo que está intentando engañarnos.

Entonces un grito se escapó desde el cuartucho. Me incorporé como un resorte, movida por una llamada que jamás había sentido acuciarme hasta ese mismo día: salvar a quien precisaba ayuda, sin discriminación. Avancé, aunque con pasos indecisos, para irrumpir en aquella cochambrosa habitación, pero a los tres pasos, Gorio me detuvo por el hombro y negó.

—¿Ese es el chico al que he intentado proteger? —Señalé el cuarto—. ¿Qué le estáis haciendo?

—Salvarle la vida, ígnea —gruñó Nil.

—¿Sabes que soy más que una ígnea?

—Pues no. —Nil se incorporó y avanzó hasta mí—. Solo veo a una niña ignorante que adora a un Dios que no existe y que impone a su comunidad directrices estúpidas y caducas. Solo veo a una niña que está emocionada por su tatuaje recién hecho y que quiere, en un futuro, casarse con algún enorme capullo para perpetuar una sociedad esclavista y cruel.

Contraje el rostro en una mueca de sorpresa. Él convirtió la suya en asco.

—¿Ves? No es tan complicado. —Se cruzó de brazos, triunfante.

—Yo... —Noté que me sonrojaba de vergüenza, pero Nil solo describió la realidad que yo vivía—. ¿Vais a matarme?

Nil frunció el ceño, y Lars y Gorio rieron por lo bajo. El chico de ojos oscuros pasó la mano por mi pelo despeinado y me agarró fuertemente de la raíz. Sentí el tirón con fiereza, pero reaccioné cogiéndole de la misma mano. Me mantuve firme, mientras nuestras miradas echaban chispas en un contacto que podría haber detonado en catástrofe.

Así es como descubrí cómo el resto de Cumbre nos veía a los ígneos: insensibles, egoístas e intolerantes.

Y lo odié. Me empecé a odiar.

Poco a poco, fui aflojando mi defensa hasta que dejé caer la mano a un lado de mi cuerpo. Creí que nunca volvería a ver a Tristán, que no pude salvar al neutral, que lo perdí todo y que iba a morir a manos de aquellos que vivían —sobrevivían—la verdadera realidad, no la edulcorada que yo creía absoluta y cierta.

Para la mayoría de los ígneos, pasar ante la miseria es sencillo, porque realmente no la están mirando. Ojos que no ven, corazón que no siente. Yo necesité mirar a los ojos a esa misma miseria para darme cuenta de que algo no encajaba en el gran e indiscutible puzle ígneo en el que yo había jugado siempre.

—Tengo miedo, pero lo he salvado —le susurré a Nil con voz temblorosa. Relajó el agarre—. Yo soy tu enemiga, aunque no te haya atacado directamente. Pero lo he salvado a él. Por Dios, es un niño... —Y una lágrima resbaló por mi mejilla.

Mejor fue llorar que mearse de miedo. A punto estuve de lo segundo.

Sin embargo, Nil soltó mi pelo y determinó:

—Vamos a llevarte hasta la linde de la Frontera por donde hayas llegado. Si alguien te está esperando, diremos que te hemos capturado con la intención de torturarte para sonsacarte información. Si no hay nadie, huye. Huye y no vuelvas a pisar nuestro territorio. ¿Entiendes?

Por respuesta, solo asentí, con las lágrimas empapándome aún el rostro. Nil dio una cabezada y Lars avanzó hasta situarse junto a mí. Ellos dos, más otro grupo de cinco, todos enmascarados, me acompañaron hasta el lugar previsto. No creí que hubiese nadie esperándome, pero para mi sorpresa, allí estaba Tristán, agarrando el collar de bellota con los nudillos pálidos. También mis padres y dos guardias. Me detuve indecisa y, sin poder evitarlo, pero intentando vocalizar lo menos posible, le susurré a Lars:

—Os van a disparar...

—Tranquila. No es la primera vez que lidiamos con un problema así. —La voz de Lars se ahogó dentro de su máscara, pero me tranquilizó.

Me tranquilizó que tuviesen la confianza suficiente como para creer que no saldrían malheridos de allí. Me estuve preocupando por unos desconocidos que me habían amenazado. Inesperadamente, una peculiar empatía y comprensión me invadió.

—¿Qué quiere el Movimiento Nebulosa de mi hija? —chilló mi padre.

El Movimiento Nebulosa hacía poco que había nacido, pero le bastó el mismo tiempo para hacerse conocer. Los miré de reojo, nerviosa, porque aquella confirmación solo avivó más mi miedo. Se contaban demasiadas crueldades sobre la agrupación.

—Ha sido una grata sorpresa capturarla. Pero ella es inútil. Tu hija no nos ha servido para nada. —Nil me empujó tan fuerte por el hombro que me derrumbé contra la nieve sin remedio.

Lo miré, herida, como si nos debiésemos algo. Como si haberme perdonado la vida hubiese sido un acto de bondad. Una conexión real. Nada más lejos de la realidad: ellos me perdonaron, porque yo era vulnerable e ignorante. Atrapé todos mis nuevos sentimientos y percepciones en una caja para no exponer el plan.

Me incorporé y, sin sacudirme la nieve de la falda, caminé hacia mis padres y mi hermano como un animal desvalido y asustado. Tristán me abrazó en cuanto llegué a él y mis padres me arrastraron en dirección contraria. La última vez que miré atrás, ellos ya habían desaparecido.

—Y así es como Iggy perdió el brazo. Resulta que los neutrales que asesinaron aquel día eran su familia. Una familia que lo había maltratado durante toda la vida. Le obligaban a realizar trabajos forzosos y si fallaba en cualquier tarea que ellos le ordenasen, le obligaban a hundir el brazo en un tanque lleno de agua de la Diosa. Repetidamente. Día tras días. Su brazo quedó tan infectado que lo tenía inutilizado. Muerto. Por eso el Movimiento Nebulosa lo salvó: amputaron el miembro y luego todos trabajaron para construirle uno biónico —concluyo, y Levi me suelta la mano.

—A partir de ese día, tú..., ¿cambiaste? —me pregunta.

—Oh, —sonrío, triste—fue más complicado de lo que parece. Relatarlo es sencillo. Aparentar que fui una heroína para Iggy y que ese día me cambió por completo no es complicado si te escudas en una historia tan buena. Costó. Iggy me persiguió hasta que accedí a hablar con él. Él también me cambió. Me contaba sobre las acciones e iniciativas del Movimiento Nebulosa, sin miedo a que ellos le castigasen por desvelar más de lo que debía. Iggy deseaba con todas sus fuerzas que mi instinto venciese a las lecciones impuestas. Y lo consiguió, lo extirpó. Pero Lars también ayudó. Y luego Keira. Y, por supuesto...

—Nil.

—No quiero hablar de él. —Duele demasiado.

Tapo con la mano cicatrizada la boca de Levi. Él no intenta zafarse y lo observo, afligida. Mi piel palpita. Palpita cada parte de mi cuerpo clamando un segundo más por el contacto de Levi. Y otro. Y otro. Más. Humedezco mis labios con sutileza, buscando un sabor en mi imaginación para los labios del chico que me ofrezca una sensación real. Permanecemos quietos, y yo dejo que un intenso y cálido torbellino me roce, me seduzca y me revolucione los sentidos. ¿Seré capaz de apartar la mano y comprobar si Levi también está reprimiendo las mismas ganas que yo tengo de saber cómo se enredarán mis dedos en su pelo, de cómo sabrá su piel o cómo reaccionará su cuerpo contra el mío?

Inesperadamente, salvándome de esta ola salvaje, Levi se acerca hacia mí. Muy lentamente, como si esperase una reacción negativa por mi parte. Pero yo estoy paralizada, perdida en algún punto de su rostro, intentando razonar la situación y sus consecuencias. Se detiene cuando mis nudillos rozan mis labios. La punta de su nariz acaricia la mía. Noto su aliento contra mi palma. ¿Esto es una señal? ¿Levi quiere? ¿Le embarga también este sentimiento inseguro que pica en el estómago y que es inexplicable, que se yergue en medio de la confusión por una sencilla sensación que se transforma poco a poco en algo más? Quiero creerlo para darle sentido a mi caos. Sin embargo, lo reprimo.

Aparto la mano, no sin recrearme con el contacto de sus labios contra mi piel. Levi contiene el aliento, sorprendido. No quiero averiguar qué habría pasado si hubiésemos terminado el recorrido. Sencillamente, no es razonable y no nos va a servir para nada.

—Cuéntame. ¿Qué escondes? ¿Qué o quién va a destruir el Mapa de la Diosa en Mudna? ¿A quién conoces que realmente nos sirva de ayuda?

—Yo solo dije que tenía contactos, no que iba a ser sencillo. —Descubro la decepción en sus ojos.

—No te equivoques, Levi. —Me separo de él, incorporándome—. La misión del Movimiento Nebulosa es y ha sido siempre destruir el sistema desde dentro. Hallar los secretos de la monarquía y exponerlos ante la sociedad. Esto es por lo que estamos aquí.

—Por lo que te has sincerado con esa historia. Es verdad que no confiáis en mí. Que no confías.

—Te acepté sin miramientos. ¿No te escamaría a ti también? Una acción me bastó para creer en ti.

—Iggy también creyó en ti cuando eras una ígnea. —Se pone a mi altura, cerrando los puños.

El golpe me sorprende por su parte, sin embargo, algo se rompe en mí cuando entiendo lo afectado y dolido que se siente.

—¿Crees que habría dejado a mi madre y a Noah abandonados

en Bun solo para entregaros? ¡He abandonado a mi familia por vosotros, Amaranta! —se lamenta—. Yo también estoy confiando en vosotros. ¿Cómo podéis asegurarme que no os manda la reina Matilde?

—¿La reina Matilde? —me sorprendo. Él se descompone.

—Sí, ella, porque yo...

De repente, irrumpen en la habitación Keira, Lars, Iggy y Agatha. Todos cargan un arma pequeña y no les tiembla el pulso cuando nos apuntan. Ambos levantamos las manos, alarmados por la súbita incursión, en un acto reflejo. Ellos bajan las armas en cuanto se percatan de que todo el barullo forma parte de una discusión entre Levi y yo.

—Termina la frase —le ordeno, intentando librarme del estupor del momento.

Levi mira vacilante hacia mis amigos, pero yo avanzo hasta colocarme frente a ellos con los brazos extendidos, protegiéndolos con mi cuerpo.

—Eso no es necesario, Amaranta.

—¿Qué está sucediendo? —pregunta Agatha.

—Termina la frase, Levi.

El alquimista titubea varias veces hasta que consigue formular la frase definitiva y contundente:

—Trabajo para la reina Matilde.

TRISTÁN

LA JAQUECA NO ME ESTÁ AYUDANDO A RECORDAR NADA. Mi visión de los recuerdos es una espesa bruma gris complicada de disipar. El sobreesfuerzo tampoco es un arma contra la confusión de mi memoria. Pero pese al dolor que acucia todo mi cuerpo, que retuerce mis pensamientos hasta dejarlos latentes, dormidos en algún recoveco, distingo algo. Distingo dos iris partidos rodeados de un mar multicolor que entraña miles de especies salvajes y desconocidas. Veo unos monstruosos colmillos goteando sangre. Veo la putrefacción y la monstruosidad de unas garras bien afiladas. Veo un sombrero de ala ancha. A Sasha con una gran herida sangrienta partiendo su frente. A la Diosa, celestial y cegadora, lejos de mí, lejos de todos; conjurando el peor de los finales para castigar a puros e infectados.

Puros.

Abro los ojos y la niebla es sustituida por la enorme boca de la oscuridad. Ya no avisto absolutamente nada, ni en mis más remotos recuerdos. Pero sé que estoy vivo. Lo sé, porque me duele la cabeza. Porque apesta a cerrado y podrido. Porque escucho mi respiración intentando acompasarse a otra, como si siguiesen los ritmos marcados de un director de orquesta.

Pero sigo sin recordar bien qué ha sucedido para estar en tales condiciones. Susurro el nombre de Gorio. Nadie me contesta. Susurro el nombre de Martha. El mismo silencio. Y de repente, me embarga el pánico. Una ola de estremecimiento que me recorre hasta tensar cada uno de mis músculos. No he salido de Cumbre. Me han capturado. Todavía vivo con mis padres; a la sombra de mi hermana Amaranta. Sigo solo, incomprendido, con la única ayuda de mi cordura que me grita «*¡adelante!*» cuando dudo.

Un sollozo se escapa de entre mis labios. Un sollozo infantil, lleno de babas. Me reincorporo, agarrándome firmemente las piernas —una me responde con un doloroso pinchazo—y pegando las rodillas a mi pecho. Me tambaleo, y mi alrededor también lo hace. Mece todo mi cuerpo y acuna mis sentidos, intentando que deje de llorar. Y comprendo que continúo siendo solo un niño con ideas que ninguno comprende y que tampoco se esfuerzan por entender. Que continúo perdido, necesitando la ayuda de una mano amiga para no extraviarme en el camino.

¿Esto eres, Tristán? ¿El renegado elegido para portar el Mapa de la Diosa que no le dura en las manos ni una semana? ¿Al que casi encierran en la prisión de Cala Verde porque todo lo que cree conocer sobre su país es mentira? El inocente, ignorante y confiado Tristán. ¿Por qué, entonces, Shioban y Caleb no me advirtieron de nada? ¿Por qué no se arriesgaron a enviar a un infectado a la misión, aunque mejor preparado, si soy tan fácil de engañar?

Yo creí en todas esas personas que me habían acogido sin reparos dentro del seno de la Diosa. Me sentí uno con ellos, diferente, pero tranquilo al saber que compartía una forma de vida que ninguno de mis seres queridos había aceptado nunca. Todo lo contrario.

La boca de la oscuridad rebota contra algo y yo tropiezo también. Caigo contra la superficie, lisa y fría, en la que he reposado inconsciente durante a saber cuánto tiempo. Y la otra respiración gruñe. No yo. *La otra.* Es verdad, hay otra presencia. Otra presencia que me acompaña en mi patético camino. ¿Sasha? No, su respiración es suave y lenta como el arrullo de las olas. ¿Judah? No, a él jamás se le percibe. ¿Piloto? Imposible, una máquina no puede respirar.

¿Piloto?

—Piloto, 0948 —susurro, esperanzado.

Se oye un zumbido muy tenue. Algo tiembla en mi hombro y se despega de mí en cuanto deja de hacerlo. Unos pitidos que siempre reconoceré se extienden por la boca de la oscuridad en eco. Efectivamente, estoy encerrado en alguna parte. Con alguien.

—Buenos días, Tristán.

—Piloto, linterna.

Mi amigo parpadea dos veces antes de que su objetivo se convierta en un intenso foco de luz blanca. Me tapo el rostro, molesto por la intensidad del haz.

Otro pitido mucho menos alentador me obliga a acostumbrarme a la luz. Piloto se está quedando sin batería. Pero, ¿cómo es posible? ¿Cuánto ha gastado desde que hemos salido de Cala Verde? ¿No habíamos parado en…? Porta. Los recuerdos de Porta, vívidos y candentes. La locura, la compasión de Sasha, la traición de Judah. Y luego de Porta…, ¿qué?

El vacío y esos ojos de mil colores, la herida de Sasha y sombras oscuras de tamaños tan humanos como monstruosos. Me giro sobre mí mismo, sintiendo la ansiedad bloquear mis músculos y mi respiración. ¿Por qué no soy capaz de recordar nada? Intento levantarme del todo, pero entonces, un agudo e insoportable dolor en la pierna me tumba de nuevo contra el suelo. Me observo el gemelo izquierdo, donde el sufrimiento se concentra en forma de lo que parece una enorme herida repartida en cinco puntos distintos, todos mal cosidos con un hilo negro. La carne roja y amoratada, está fresca ahí donde algo me ha atacado..

Colmillos.

Garras.

Una bestia.

El flash me noquea y me aturde. Mis manos tiemblan sin control e intento agarrarme la cabeza con ellas para arrancar la confusión de mis pensamientos. Sin embargo, un parpadeo en la luz de Piloto hace que reaccione.

—Piloto, encuentra mi mochila.

Rápidamente, como si ya la tuviese ubicada, mi amigo enfoca una esquina que no queda muy lejos de mí. Frunzo el ceño, porque reconozco sin problemas que estoy tendido en el interior de un remolque. ¿Cuándo me he topado yo con un camión? Sacudo la cabeza, intentando ordenar mis prioridades y, la primera, sin duda, es cambiar la batería de Piloto.

Me arrastro hasta la mochila con un profundo quejido. La pierna duele más de lo que aparenta la herida en sí. Es como si cinco gruesas flechas hubiesen atravesado mi piel como quien mete los dedos dentro de un pastel.

Alcanzo mi mochila y, aunque hago un pequeño reconocimiento de todos mis objetos por si echo algo en falta, me centro en encontrar todas las baterías. ¡Bingo! La segunda ilumina sus bombillitas en verde. Y al girarme hacia Piloto, triunfante, es cuando me tropiezo con dos duros objetos. El primero es una espada corta con el filo manchado de sangre. La espada corta que Sasha me regaló en Cala Verde para defenderme. Y al parecer ya la he usado. La sangre es roja y oscura, demasiado oscura como para pertenecer a un ser humano, pero roja, al fin y al cabo.

No me he defendido. He matado.

Lo noto en el cosquilleo que recorre las yemas de mis dedos ante un recuerdo fugaz y distorsionado. Para defenderme no necesito matar. No quiero hacerlo.

El segundo objeto me mira. Y parpadea una sola vez, de lado. Sí, de lado. No desde arriba y abajo hasta el centro, sino desde derecha e izquierda. Retrocedo, moviendo las piernas como los coletazos de un pez que se ahoga fuera del agua, obviando el cruel pinchazo de la curiosa herida de mi gemelo. Con un susurro atragantado, le ordeno a Piloto que se acerque a mí de inmediato. El cosquilleo de mis dedos se ha convertido de nuevo en ligeras convulsiones. Con manos torpes y sin advertir de mis acciones a mi pequeño amigo, le arranco la batería y le coloco la cargada a tientas, chocando varias veces con la obertura, sin atinar…, hasta que lo consigo. El sistema de Piloto se reinicia con las aplicaciones que he detenido bruscamente y el haz de luz de la linterna impacta directamente contra el segundo objeto observador.

Un enorme caimán, más largo y grueso que yo, me mira inquisidor, con sus enormes iris partidos y sus pupilas multicolor.

Sombrero de ala ancha.

Dos hachas.

Yojimbo.

—Johan…

Como si el nombre del desconocido fuese la palabra clave para desbloquear secretos, los recuerdos adormecidos llegan a mí como un huracán. No he peleado, tampoco he matado directamente, pero lo podía haber hecho, porque ahora recuerdo los salvajes movimientos de las bestias que nos han atacado a Sasha, a Judah y a mí de camino a Mudna. Los cadáveres de los tres guardias del camión vacío de expirantes, descuartizados alrededor del vehículo. La sangre y la ferocidad en la ofensiva de Johan y Yojimbo. Su conexión y su inestimable ayuda para que podamos alcanzar la capital. Para que yo pueda reencontrarme por fin con mi Clan y con Amaranta.

Fijo mi mirada en Yojimbo, con seguridad, para que el animal sepa que ya no ando perdido, que sé perfectamente dónde me encuentro y por qué. El desasosiego se esfuma ante la certeza de que Johan, el Inmortal, me ha ayudado.

Carraspeo con fuerza, sonrío a Yojimbo, que, de nuevo , parece corresponder al gesto, y grito:

—¡Sacadme de aquí!

Estoy seguro de que si Amaranta me hubiese visto en estas circunstancias me habría tachado de mentiroso, porque no se habría creído que estoy viajando a la capital del país con tres desconocidos y un caimán.

Me quedo un rato observando el entorno que se desdibuja a mis lados. La oscuridad de la noche es incluso más feroz que en

Cumbre, porque las estrellas no brillan ni un mínimo en el firmamento por la contaminación lumínica. El terreno continúa siendo una mezcla de aridez y arbustos que antaño debieron ser frondosos y abundantes. Al frente lo descubro, un manto blanquecino y anaranjado que cubre el horizonte y la capital de Erain con su vibrante iluminación. Parece fuego devorándolo todo, pero ese es el carácter que los ígneos desean dotarle a todo: dominante y rojo.

Suspiro y me miro las manos donde reposa el pañuelo amarillo de Amaranta. Es lo único que me queda de mi vida anterior, porque el collar de bellota me lo arrebató la capitana Zyan y sus despiadados soldados; y el Mapa de la Diosa, mi única misión y objetivo en la vida, había desaparecido junto a Amaranta.

Aunque la sensación no es positiva, no puedo evitar sonreír por la ironía del asunto: al final, todo sigue conduciéndome a mi hermana.

Realmente soy un tonto de remate. Indago por el retrovisor los asientos traseros de la cabina. Judah tiene los ojos cerrados y murmura sin parar. Recita una oración a la Diosa, y estoy seguro de que está pidiéndole por mi perdición y por su reencarnación como el verdadero elegido.

—... dan los hijos de tu vientre lo que no mereces. Aquí te espero, abriendo mis yagas a un abismo donde sucumbe todo...

Intento no atender a sus rezos, porque me recuerdan a Cala Verde, a la supuesta paz y conexión que sentí con todos sus habitantes y con Suyay, quien me aceptó desde el comienzo. Una ilusión. Lo mismo que siento por Sasha. Ella se distrae posando su mirada celeste, que ahora es un mar embravecido, en el exterior. Su piel destaca más oscura con la noche y el color de su aleonado pelo más blanco. Ella es el cielo nocturno y la luna resplandeciendo en un solo cuerpo.

Me embarga la tristeza. Nunca entenderá el daño que me ha hecho al mentirme. Yo confié en ella y Sasha ha terminado por deshacer la poca seguridad que crecía en mí. Me detengo en ella una última vez, antes de que la sensación de que Johan me mira alternativamente con la carretera me arrebate toda atención sobre la chica.

—Tus amigos me han dicho…

—No son mis amigos. —No compruebo sus reacciones. Tampoco tiene que importarles después de todo.

—Bueno. —Johan suspira, cansado. No parece un hombre al que le guste darle vueltas a las cosas—. Tus compañeros de viaje me han dicho que procedes de Cumbre. Que crees en la Diosa.

—Tienen la boca muy grande —espeto, masajeándome la pierna para dejar de sentir los terribles pinchazos que provoca la herida.

—Eso es verdad, pero no os habría acompañado si no me hubiese dado cuenta finalmente de qué tipo de persona eres.

Escudriño su expresión bajo el ala de su sombrero. ¿Qué tipo? ¿Yo? ¿Un renegado inútil a quien le han encomendado una misión que no puede cumplir y que ha suplicado porque Johan, el Inmortal, le acompañe de la mano hasta la capital, porque es tan cobarde que no es capaz de deshacerse de Judah y Sasha, aun sabiendo que le están mintiendo todavía?

—Yo no soy nadie.

—La humildad también mata, ¿sabes?

—Solo digo que solo soy un renegado. Uno más entre los que intentan sobrevivir día a día a la reina Matilde.

—¿Y no te parece suficiente?

—Es suficiente para ser quien soy, no para quien tú crees.

—Interesante. —No se me escapa el amago de sonrisa en su rostro.

No encuentro el interés por ninguna parte, pero Johan parece divertirse ante la situación. Otro que sabe algo que yo no. Otro que me va a ocultar sus intenciones y que bien podría estar llevándome de vuelta a Cala Verde o a las mismísimas cárceles de Mudna. Johan tamborilea los dedos contra el volante y reduce la marcha para poner más atención en mí. Me percato del vistazo que me echa por el retrovisor con su oscura mirada inquisitiva.

—¿Eres un tocado por la Diosa?

¿Tocado por la Diosa? ¿A qué me suena eso? Confundido, le sigo el juego.

—¿Y tú perteneces a la Generación Muda? —ironizo—. Tocado

por la Diosa, el elegido de la Diosa, el Mapa de la Diosa… ¿Sabes cuánto me han etiquetado estas últimas semanas?

—¿Y si te dijese que esas etiquetas que tanto odias no van desencaminadas de quién eres?

Me giro hacia él bruscamente. Luego alterno entre mis otros dos acompañantes. ¿Qué han maquinado mientras yo yacía inconsciente en el remolque? No sé si soportaré una conspiración más. Sin embargo, Judah no se inmuta, aunque su frente está perlada de sudor, y creo adivinar que este tema de no ser él el elegido le está envenenando lentamente. Sasha, por su parte, por fin me mira a los ojos. ¿Es preocupación eso que reluce en ellos? No, imposible. A Sasha no le importo nada. Pero entonces, ¿por qué parece que va a estallar de los nervios si decimos una palabra más?

Me humedezco los labios resecos. Una parte de mí desea preocuparse. La otra me sacude, reprochándome por qué tardo tanto en exigirle que me revele de una vez por todas sus propósitos y por qué siempre parece estar al borde de un precipicio con esa expresión de tortura.

—Si pregunto, ¿me arrepentiré? —me dirijo a Johan.

—Si preguntas tendrás las respuestas que me corresponde darte.

—¿Que te corresponde? ¿Qué eres ahora, un adivino? Ni siquiera querías acompañarnos. —Me cruzo de brazos, incrédulo.

—Deberías hacerle caso, chaval. No sabes con quién estás hablando —gruñe Judah, movido por los celos.

Y esa sensación de envidia tendría que haberme sabido a gloria. Podría haber disfrutado de la supuesta protección de Johan y el enfado de Judah. Podría haberme reído de él, haberle hecho sentir inferior, haberle infravalorado y recordado que es una de las peores personas que he conocido en mi vida y a la primera que tengo ganas de perder de vista en cuanto lleguemos a Mudna. Pero todos estos pensamientos se hunden con mis intenciones de ser extremadamente cruel. Porque yo no soy cruel. Yo no soy ese Tristán vengativo y desconfiado el cual el resto de l país desea.

—¿Tristán?

Sasha. Su voz, su fuerza. Alzo el rostro y me doy cuenta de que intento ocultarme entre las rodillas con las manos echadas a la cabeza. ¿En qué momento he dejado de ser capaz de controlar mis impulsos y acciones? ¿Por qué tengo que esconderme en mí mismo para escapar de la realidad?

—Detente…

No tengo que decirlo dos veces. No me desgañito para que Johan acceda al tiempo que frena. Aparca en el límite de la carretera.

—Gracias —susurro, abriendo la puerta.

No uso las pequeñas escaleras que ayudan a bajar de la alta cabina. Directamente, salto sobre la tierra. El impacto es feroz contra la herida de mi gemelo a la vez que levanta una nube de polvo que me envuelve hasta las rodillas. La tierra, polvorienta y moribunda, como yo. Camino unos pasos, cojeando, pero obviando el dolor. Me alejo del vehículo, inspirando hondo, aunque el aire no sea puro.

Tengo que tranquilizarme.

—Tristán…

—No tenías por qué seguirme. Solo necesito un… —Carraspeo—. Un respiro…

Johan se aproxima hasta mí y me pone una mano en el hombro. De reojo le lanzo una expresión de asombro. No parece un hombre afectuoso, ni mucho menos delicado. Es misterioso y tan oscuro como la noche. Nadie se habría atrevido a confiar en él a ciegas, porque se alza imponente e inalcanzable. Sin embargo, es ese halo el que me recuerda a Gorio; por el que he suplicado su protección.

—¿Por qué te fías de ellos? —me pregunta de golpe.

—Yo… —titubeo, intentando encontrar la respuesta correcta—. No me queda opción. Judah y Sasha han contactado con mi Clan en Mudna. Quiero llegar hasta ellos, y son los únicos que saben cómo llegar.

—O sea que verdaderamente vienes del barrio pobre de Cumbre. —Se mesa la barba con aire pensativo.

—¿Se nota más por mi ignorancia o por mis ideas?

Es una pregunta importante. Una pregunta cuya respuesta definirá el reflejo que ven los demás de mí, que contesta a mis dudas sobre cómo soy. ¿Soy un renegado abandonado por su sociedad, sin derecho a una educación digna? ¿O soy un renegado luchador, que se antepone a su desconocimiento y sobrevive porque su misión está por encima del saber?

Y caigo en que ninguna de las dos respuestas me gusta, si bien una fusión de ambas se ajusta mejor a mí.

—Porque rezumas dolor y pérdida. Porque te han estado infravalorando toda la vida y tú te lo has creído. Se ve en las líneas de tu rostro. Todos tenemos nuestro propio mapa en la piel, Tristán.

No hay burla ni indulgencia en su voz. Él me descubre por dentro. Me ha abierto en canal y está observando al Tristán que yo siempre he querido ser. Johan me ayuda, pero no me subestima.

—Es extraño que tu Clan no te haya contado nada sobre ti.

—Y dale con lo que soy o no. Ellos son como parte de mi familia. Me cuidaron cuando dejé de ser un ígneo. —Miro de reojo de nuevo, por si mi pasado le asombra, pero Johan da ligeras cabezadas de asentimiento, como si nada pudiese sorprenderle—. Me ofrecieron un lugar donde podía exponer mis ideas, mi forma de comprender a la Diosa y vivir libre.

—Pero te han dejado solo en el exterior, sabiendo que antes de ser un renegado eras un ígneo cuya educación estaba manipulada, y cuyos conocimientos de historia y demás asignaturas estaban alteradas para dar una visión poco veraz de la realidad de la monarquía y de la sociedad de Erain. Que, como renegado, podías suponer que algo no iba bien por la desigualdad social que estabas viviendo, porque los devotos del Dios de la Corona Ardiente te trataban como un despojo.

—¿Se me permitiría ahora dudar de mis creencias, Johan? —digo su nombre, alto y claro, para convencerme de que no le temo tanto como creo—. ¿Mi Clan continuará queriéndome si les digo que creo que no tenemos salvación? ¿Me seguirán aceptando si les pregunto por qué me han mentido respecto a la sociedad fuera de Cumbre? —Se me quiebra la voz—. Después de salir de Cumbre, después de tanto abandono, de tanta traición, me empiezo a preguntar si la Diosa es caprichosa. Si en verdad tiene intención de salvar, al menos, a los que no están infectados, o si al final nos matará a todos sin más.

—Eres muy interesante, Tristán. Eres el renegado más interesante que he conocido nunca. Sé de alguien que podría haberte caído muy bien. Alguien muy parecido a ti.

—¿Parecido a mí? —Él vislumbra la esperanza en mis ojos llorosos.

Johan medita. Respeto su silencio. Lo analizo con cuidado, deteniéndome en lo que más me llama de él. Judah y Sasha habían dicho que pertenece a la Generación Muda, y que eso conlleva ser imparcial, sea lo que sea que signifique eso exactamente.

—¿Qué es la Generación Muda?

No contesta y me cohíbo.

—Lo siento, yo...

—Puedo contártelo —me corta, y yo me callo enseguida—. Lo que Judah y Sasha intentaban decirte es que los que pertenecemos a ella no interferimos en los grandes problemas de la sociedad, no solo porque no lo tengamos permitido, sino también porque ya hemos librado nuestras batallas, y las hemos perdido.

—Pero eso es resignación —se me escapa.

—Claro que lo es. Pero los humanos tenemos un límite y depende de nuestra propia fortaleza saber si los podemos traspasar por los demás o no.

—Lo comprendo, pero no lo comparto.

—Y eso es muy loable por tu parte, Tristán. —En sus comisuras se asoma su característica sonrisa—. Sin embargo, tú no sabes nada de la realidad de Erain, no sabes nada de su historia. Digamos que tu forma de contemplar el mundo, pese a que has vivido muchas penurias y eres consciente de ellas, está totalmente sesgada. Y eso, pequeño renegado, no curte tanto como enfrentarte a la vida.

Voy a protestar, dolido por sus palabras. Que no sepa con certeza la historia de nuestro país, no significa que no la viva como el que más sabe. No necesito conocer para sobrevivir a la acción de los ígneos o para luchar contra ellos. No obstante, otra parte de mi cabeza, más reflexiva, pide calma. Pide razón.

Por fin alguien me va a contar la verdad y no va a ser mi orgullo quien desaproveche esta oportunidad.

—¿Qué sabes de la historia de Erain? De nuestro pasado.

—Que con la finalización de la Quinta Guerra Mundial , los padres de la reina Matilde decidieron romper lazos con el resto de países a todos los niveles: político, económico, turístico... Según su razonamiento, lo hicieron por el bien de Erain, para que ninguna guerra volviese a asolar el país. Pero entonces, Matilde ocupó el lugar de sus padres, que fallecieron al poco de ser nombrada reina. Para la educación ígnea, la subida al trono de Matilde culminó la obra de sus antecesores: la regeneración total de la paz y la estabilidad social, reforzando el sistema de castas ideológicas. Los ígneos que vivieron aquella época, aceptan el aislamiento y apoyan las leyes que nos diferencian, porque piensan que es la única manera de mantener el orden. Las siguientes generaciones ígneas, simplemente, lo aprenden y lo creen.

—¿Te has preguntado alguna vez por qué ningún país ha intentado contactar con nosotros?

Por supuesto que sí, pero me vuelvo hacia él, lleno de expectación y curiosidad. Y miedo.

—Claro. Supongo que sí lo intentaron, al comienzo. Tal vez cuando los padres de la reina Matilde expresaron su voluntad de desvincularse de todo y todos. Pero es una parte de la historia que no existe en los libros.

—Que la reina se ha encargado de hacer desaparecer —añade—. La gente de hoy en día no se detiene a pensar en lo que implica la historia. Los que viven bien están demasiado ciegos en su comodidad, y los que viven mal están demasiado ocupados en sobrevivir como para detenerse a analizar la situación.

Asiento, y prosigue:

—La reina Matilde cercó los límites de Erain con su ejército. Está prohibido salir, pero no es una medida de la que muchos se quejen, porque nadie se atreve a navegar por unas aguas tan embravecidas. Y hay personas que lo han intentado. Las que han vuelto a la orilla, lo han hecho muertas. Las que no..., pocos guardan la esperanza de que hayan llegado a tierra firme en otro lugar. Desde luego, a los padres de la reina les benefició que Erain sea una isla.

Trago saliva. Las manos me tiemblan.

—Está loca. Ella me ha hecho esto. —Me señalo, asustado—. Ella no solo permite todo esto, sino que lo provoca.

—Tranquilízate, Tristán.

No puedo.

—Escúchame. Mucha gente como tú es consciente de la situación y lucha desde hace años entre las sombras para derrocar a la reina Matilde y sus planes.

—¿Y por qué después de tantos años no se ha conseguido nada, Johan? ¿Mata la enfermedad antes de que se extienda el germen? ¿Es eso? ¿Es tan letal? —Se me seca la boca de puro desconcierto y terror.

—¿Sabes cuánto tiempo tarda un caimán en devorar a su presa?

Frunzo el ceño frente a su inesperada pregunta. Me encojo de hombros como respuesta y su contestación aclara mis dudas, pero no calma mis miedos.

—Lo mismo que tarda la reina Matilde en asesinar a la suya. Nada.

Me estremezco ante la conclusión. Existe gente tan despiadada como la reina. Sé que ella da la espalda a su propio pueblo en pos de sus intereses, bajo la fachada de que protege con el aislamiento, no solo del país, sino también de una gran parte de la sociedad que no se ajusta a su forma de pensar.

De nuevo, la desesperación me estrangula. La pierna comienza a dolerme con brutalidad y tengo que sentarme para controlar los espasmos involuntarios de mis músculos. Johan se mantiene de pie, dándome una tregua.

No puedo ser el más ignorante de todo el país si hay gente que se da cuenta de la grave situación que vivimos y no hace nada para solucionarla.

Sobrevivir no es vivir.

Vivir a costa de los demás no es vivir.

—La Generación Muda somos todas esas personas que vivimos

el reinado de los padres de Matilde, su posterior ascensión al trono y sus medidas de aislamiento para Erain. A la Generación Muda se nos dieron tres opciones: una recompensa enorme por nuestro silencio, trabajar para la monarquía o morir.

—¿Tú que escogiste? —Me atrevo a preguntar con la voz queda.

—Muchos murieron. Muchísimos. Otros fueron comprados con su dinero. Los pocos que sobreviven y la mayoría de sus descendientes, son ígneos…

—Tú trabajas para la reina.

Me percato tan rápido y mi reacción es tan veloz que a Johan no le da tiempo a reaccionar. Obviando el dolor de la pierna al tensarla para levantarme, corro hacia el camión como si me persiguiese la muerte. Sasha, que observa el exterior con una expresión aburrida, de pronto me mira aterrada. Abre la puerta del vehículo y me tiende la mano. Yo extiendo la mía, pero antes de que logre rozar sus dedos, algo me frena enganchándome de la chaqueta.

El tirón es tan brusco que me corta la respiración. La fuerza que me detiene afloja enseguida, pero me derrumbo sobre la tierra, tosiendo violentamente, a punto de vomitar.

—Pero, ¿qué narices…? —Veo los pies de Sasha posarse sobre tierra—. ¿Estás loco?

No se dirige a mí, pero el interpelado tampoco contesta. Johan se arrodilla ante mí y me agarra por los hombros. Tiemblo como respuesta a su contacto, aterrado por su siguiente movimiento.

—¡Tristán! —Me zarandea con firmeza—. ¡Escúchame y hazlo con atención! Trabajaba para la reina porque era la única manera de salvar a su hija, pero ya no lo hago.

—¿La princesa Ada? —pregunta Sasha, confusa.

La princesa Ada. La versión de esta historia también es conocida por todo Erain. Junto a sus dos hermanas pequeñas, provocó la mayor revuelta en el país en pos de los expirantes. Se cuenta una especie de leyenda sobre Ada y sus hermanas; sobre cómo asesinaron a su cuarto hermano en el vientre de su madre y a su padre, y se escaparon de la cárcel después de terminar con la vida dc medio ejército. Y cómo desapareci eron… o murieron.

La sangre es la marca de nuestra historia. La desgracia y la intolerancia. Todo va mucho más allá de que la gente consuma o explote los milagros de la Diosa para su propio beneficio.

—Tristán, por favor, respira hondo —me ruega Sasha.

—El mundo está loco —susurro—. Yo estoy loco.

—No, lo que pasa es que eres consciente —determina el Inmortal.

Alzo la mirada hacia Johan. Me llevo una mano al rostro, cálido y empapado por las lágrimas. ¿En qué momento me he empezado a desgarrar sin control, sin remedio?

—No puedo más. Me muero por dentro. No lo soporto. —Me agarro fuertemente de la chaqueta, a la altura del pecho—. No importa ya en qué creer, no me importa si existe un Dios o una Diosa...

—Eso no es cierto —me interrumpe Johan. No me suelta—. La solución es luchar. No importa cuánto te mientan, no importa cuánto daño te hagan, porque tú eres valiente. Yo lo he visto en ti. Yojimbo lo ha visto en ti. Toda la gente que te conozca lo verá. Eres abnegado y altruista. ¿Es qué no ves tu voluntad? ¿Es que no te ves?

¿Y el qué sabrá si no me conoce?

Y rompo a llorar. Sollozo en voz alta. Dejo correr mis lágrimas para que limpien todas mis heridas y mi soledad. Lloro por todas las personas que conocí y perecieron por culpa de la intolerancia. Lloro por los que no conocí, no conozco y no conoceré, y que también sufrieron, sufren y sufrirán el yugo del despotismo. Lloro por mi hermana y sus extrañas intenciones. Y lloro por mí, por mis debilidades y mis desaciertos. Por lo insoportable que es este viaje, esta misión.

Sasha me pone una mano sobre la cabeza y mis dedos temblorosos caen sobre los suyos. Necesito la cercanía que ninguna palabra va a brindarme ahora. Y, aunque sea Sasha, parte seguridad, parte traición, me anclo a ella como un salvavidas.

«*Abandónate, Tristán. Pero abandónate para recuperarte. Permítete unos segundos, unos minutos, una hora. Pero vuelve con nosotros. Porque con o sin Diosa, tu destino está en encontrar la redención de este desolado mundo*». Una voz abismal y acogedora se extiende en eco por todo mi cuerpo. Recorre mis pensamientos, acaricia mi corazón y cosquillea en la planta de mis pies. «*Confía en ti. Estás más vivo que nunca, tocado por la Diosa*».

Una luz de múltiples colores me inunda por dentro. Se expande como los mares, susurra como la brisa y refulge como el mismísimo sol. Una senda se abre ante mí, de pronto, colocando mis pasos sobre ella, sobre tierra firme y segura. En el horizonte danzan los claroscuros necesarios para hacer de la vida una verdadera realidad, con sus grises y sus impolutas zonas blanquecinas.

Ni terror. Ni cadenas.

Solo libertad.

«*El valor ante las mentiras solo despierta lo que son: verdades amaestradas*».

—Yojimbo…

—¿Cómo?

—Yojimbo me ha hablado —digo, un poco más alto, convenciéndome de lo imposible, pero también de lo real que ha sido.

Sasha deja caer su mano para descubrir mi rostro y poso la mía sobre mi regazo. Antes de volverme hacia Johan, me fijo en ella. Sasha, muy seria, me aparta un mechón pegajoso de la frente con delicadeza. Ya no sé qué hacer con sus señales confusas.

—¿Yojimbo te ha hablado? —Johan está realmente asombrado.

—Una voz en mi interior me ha dicho que si temo a las mentiras solo envenenaré más las verdades. Que, si enfrento a las primeras, conseguiré encontrar la manipulación sobre las segundas. Lo he sentido a él. ¿Es eso posible?

Johan no tarda en asentir y una especie de excitación ante lo desconocido me embarga.

—Creo que empiezo a entender por qué accediste unirte a la monarquía en vez de aceptar el soborno de Matilde o morir. Decidiste luchar hasta tu último aliento, hasta que perdiste junto al resto de la Generación Muda que también lo intentó. ¿Es así?

Para mi asombro, Johan aparta la mirada y la clava en el horizonte oscuro. No parece un hombre que vacile ante los problemas, pero en su mirada reconozco la huella de un pasado doloroso.

—Siento mucho si te he asustado… —musita.

—¿Todavía tiene sentido luchar por nuestra redención?

Le hablo como si conociese cada una de mis motivaciones. Porque Johan, el Inmortal, y su compañero Yojimbo, no parecen nacidos de la misma vida que el resto de nosotros.

—¿Sigues creyendo en ella? —Me devuelve la mirada.

Sí. Bajo todo el manto de oscuridad y tristeza, la esperanza sigue refulgiendo; mi voluntad. Creo en las personas que siguen luchando. Me he equivocado al pensar que solo la luz es capaz de conseguirlo, porque ahora, entre las sombras que me acogen y el Don que marchita mi vida, veloz, veo mejor que nunca. Y duele, pero sigo vivo.

Las monstruosas vallas electrificadas que rodean Mudna le confieren un aspecto aún más terrorífico e impresionante. Es como una enorme boca llena de afilados dientes negros, puntiagudos y sedientos de sangre. Me arrebujo en el asiento, cohibido. En Cumbre siempre describían Mudna como la maravillosa y poderosa capital de Erain. Descomunal, majestuosa y pura, como ver la simetría y delicadeza de un copo de nieve suspendido dentro de una bola de cristal. Una belleza de la naturaleza que el hombre modificó para darle utilidad, pero sin perder su grácil pureza.

Una mentira como las demás.

No sé cómo los habitantes de Mudna percibirán su propia ciudad, pero tal y como se representa en las poblaciones colindantes, la descripción ha sido tan edulcorada que ni un anuncio de la televisión habría superado esta enorme patraña.

Mudna es descomunal, sí, pero descomunalmente horrible. Se alza hacia el cielo negro con sus enormes garras eléctricas, abrazando la ciudad y sus habitantes. Y, por supuesto, el palacio de la reina Matilde, negro como la sombra de un enorme murciélago, se erige en lo alto de una colina para dominar hasta el último rincón.

Incluso desde mi posición, aprecio las afiladas almenas metálicas y las altas torres cuadradas iluminadas por pequeños puntitos que deben ser las ventanas.

Esa fortificación podría albergarlos a todos; a los sintecho, a los enfermos, a todos los necesitados de una calidad de vida básica.

Johan frena el camión a unos tres kilómetros de llegar a la ciudad. Se gira sobre el asiento y me mira detenidamente. No aparto la vista, si bien la fijo más. Está preocupado, lo intuyo por su ceño fruncido.

—Hasta aquí puedo llegar. Esta es una de las direcciones que conduce a un pasadizo por donde suelen escapar los expirantes en las cribas. —Trago saliva ante el recuerdo de esa matanza sin control—. Podéis internaros sin que los guardias os avisten, pero tened cuidado. Hace muchos años que no vengo por aquí y no sé cómo funcionan las cosas ahora.

—Gracias.

Extiendo la mano para estrechársela. El miedo a quedarme solo de nuevo me atenaza y los dedos me tiemblan, esperando su contacto. Sin embargo, él no me da la mano de inmediato, sino que antes dice:

—¿Puedo recordarte algo?

—Por supuesto —acepto, cruzándome de brazos.

—Eres un tocado por la Diosa. Sé que ahora mismo estás cuestionando todo lo que crees saber, pero estar tocado por ella no es malo. Existen más como tú, Tristán. No estás solo.

De nuevo ese término. Busco en mi interior por qué me suena tanto y un recuerdo, fugaz, conduce mis pensamientos a Judah. El Renacido sentado en el jardín del hostal de Porta y recitando una de sus incontables oraciones; una, en concreto, donde nombró a los tocados. Si ya me parece mala idea que Johan saque el tema de la Diosa justo ahora, hacerme recordar que Judah sigue sabiendo más que yo me bloquea.

Opto por alzar una defensa mayor a los miedos que amenazan de nuevo con arrastrarme a su propio infierno.

—Te repito, solo soy un renegado. No sé qué es ser un tocado por la Diosa y, sinceramente, no creo que saberlo ahora vaya a cambiar nada.

—Ahora entiendo por qué le gustas tanto a Yojimbo. Eres demasiado humilde, demasiado puro…

—Estoy infectado —le confieso, empezando a molestarme que hable como si ya supiese cada paso que voy a dar—. Consumí un Don de la Diosa, ¿vale? —El solo hecho de recordarlo me irrita.

—Yojimbo no se refiere a ese tipo de pureza, sino a la que hay ahí dentro. —Alza un dedo hacia mí—. Sé que has hecho uso de un Don, porque ya te he dicho que sé que eres un tocado por la Diosa. —Me confunde y frunzo el ceño. ¿A qué se está refiriendo? Su característica sonrisa socarrona nace para acompañar su revelación—: Un tocado por la Diosa es una persona que sobrevive a un Don. —¿Cómo?—. ¿No te has parado a pensarlo? ¿Cuánto tiempo hace que lo consumiste?

—Sabes la respuesta.

—Dímela aun así.

—Bastantes días.

—Y tú sabes lo que pasa, ¿no? Un Don te da un poder ilimitado durante unas horas, tal vez días. Potencia todo lo que tú eres y arrasa con todas tus debilidades para hacerte casi invencible. El pago por usar ese Don es morir. No enfermar lentamente como con los milagros, sino dar tu vida sin opción a más. Así que, ¿por qué no estás muerto, Tristán?

Soy incapaz de responder, porque todo esto escapa a mi lógica, y eso que me han tildado de loco por mi creencia innumerables veces. Es cierto que, según lo que se dice, ya debería estar sintiendo el declive. De hecho, ya no debería estar vivo.

—La Diosa te ha concedido su aprobación. A sus ojos, por así decirlo, eres digno de poder usar su poder para alcanzar un bien mayor.

—¿Su poder?

Johan suspira. A mí me deja con millones de dudas, con millones de preguntas. No tiene sentido todo esto que me cuenta. Sin embargo, ¿y si es cierto que puedo hacer uso de los milagros y los dones para facilitarme el camino y conseguir mi objetivo? Los milagros y los dones matan, ¿por qué no puede haber un reducto de personas a quienes no les afecte? Pero la mancha que está naciendo en mi pecho asalta mi mente de nuevo.

—Si de verdad existen, yo no puedo ser un tocado por la Diosa, Johan. Yo…, no sé, las pastillas hicieron algún efecto en mí, sí… pero... No sé. —Niego con la cabeza.

—Entiendo. Solo piénsalo. Y, Tristán —añade—, sé que tienes mala opinión de la monarquía, pero yo cuidé de la princesa Ada durante años. ¿Recuerdas cuando te he dicho que hay alguien con quien conectarías perfectamente? —Asiento—. Pues me refería a ella.

—Que me compares con alguien que todo el país considera muerta no me tranquiliza. —En sus ojos se enturbia un sentimiento, y cambio de tercio por si le he ofendido—. Ahora me has dejado con dudas a las que no sé si podré darles respuesta.

—Las dudas no siempre son rompecabezas. Algunas dudas no necesitan respuesta, porque es su mera existencia la que da sentido a la vida.

Otra incógnita en forma de metáfora.

—Gracias por acompañarme a Mudna. No olvidaré este… —recuerdo su voto de imparcialidad y me corrijo—. Bueno, sí, olvidaré este favor. Os olvidaré a ti y a Yojimbo.

—Pero que solo sea de palabra. —Extiende su mano y, esta vez sí, las estrechamos con fuerza.

Es una despedida definitiva. Sabemos que no nos vamos a volver a ver. El silencio se sostiene entre nosotros hasta que Judah se queja en los asientos traseros de la cabina. Sasha le golpea el brazo, y ambos salen al exterior con un débil agradecimiento que Johan acepta con un asentimiento.

Abro la puerta del vehículo y poso un pie en el primer escalón. Pero antes de descender del todo, formulo una última pregunta a Johan:

—¿Por qué te llaman el Inmortal?

—¿Cuántos años crees que tengo?

—¿Cuarenta?

—¿Desde cuándo gobierna la reina Matilde?

—Desde hace treinta y dos años.

—Por aquel entonces tenía más o menos la edad que me acabas de adjudicar.

Tiene que estar burlándose de mí. Eso es imposible. Clavo mi mirada en él, pero Johan ya no me presta atención. Solo dibuja una enorme y salvaje sonrisa en su cara. Doy por perdida esta nueva y última incógnita por su parte, y desciendo del vehículo. Se pone en marcha, pero no me muevo. Me despido de ambos sacudiendo la mano, y no me detengo hasta que pierdo de vista las luces traseras del camión.

—Gracias, Johan.

—¡Vámonos, chaval!

La exigencia de Judah me irrita. Trato de no caer al abismo de oscuridad que sigo bordeando con cuidado. Me impongo, porque es la única manera de avanzar. Cierro los puños, despierto a Piloto, que sobrevuela el espacio alrededor de mi cabeza, y me dirijo hacia Judah y Sasha. Uno me mira con superioridad, la otra lanza su preocupación a la valla electrificada.

—No me das órdenes. Cruzaremos al otro lado, me diréis la dirección en la que se encuentra mi Clan y nuestro camino juntos habrá terminado, ¿entendido? —gruño.

—Como ordenéis, tocado por la Diosa. El elegido entre los renegados.

Ni siquiera soy consciente de mi propio movimiento. Alzo el puño contra su cara, dispuesto a estamparlo con todas mis fuerzas, para descargar toda la furia contenida que guardo hacia él. Sin embargo, Sasha, de nuevo, es más rápida que nosotros dos. Me detiene, agarrándome con firmeza de la muñeca. Niega repetidas veces. Yo aún me mantengo alerta, pero, al cabo de unos segundos, entiendo que no vale la pena gastar esfuerzos en iniciar una pelea con Judah.

Me encamino hacia el límite de la ciudad, sin girarme, suponiendo que Sasha y Judah me siguen de cerca. Aunque, siendo sinceros, a estas alturas podría haberlos dejado atrás. Tal vez me habría despedido de Sasha. Pese a las mentiras, ella sigue en mí como una huella que no llega a tomar forma del todo. Hay algo en ella que no clama maldad, todo lo contrario que el aura de Judah.

Sacudo la cabeza. Concentración. La visión del sendero que supuestamente Yojimbo me ha ofrecido, me ha concedido una nueva oportunidad para no perderme. Además, no puedo dejar de darle vueltas a uno de los múltiples consejos que Johan me ha brindado durante el trayecto: para él el olfato es fundamental, porque con él puede captar el miedo y dudas de los demás. Se trata de presentir, de intuir en el entorno la voluntad de los demás, como hacen los animales.

Llegamos a la linde de la alambrada electrificada. Andamos cincuenta pasos hacia la izquierda, sin desviarnos. Según Johan, ahí encontraremos un boquete suficientemente grande como para pasar uno a uno. Si lo han tapiado, entonces tendremos que buscar nuestra propia forma de colarnos en la ciudad.

—Busquemos entre los matorrales, pero cuidado de no tocar la valla —susurra Sasha.

Judah y yo asentimos, y nos acercamos. Me separo un poco del Renacido, sospechando que es capaz de empujarme contra el cercado con la intención de dejarme frito. Me cubro las manos con la chaqueta por si acaso y le ordeno a Piloto que encienda la linterna en su modo más tenue. Mis dos acompañantes se quejan, pero tan pronto como Piloto apunta a la valla, Sasha avista varios alambres cortados cerca de un matorral lleno de zarzas.

—Es aquí, no me lo creo. —La chica sonríe, llena de satisfacción. Y Sasha no sonríe a menudo—. ¡Rápido! —me apremia.

Judah me da un codazo cuando me acerco. Le devuelvo el golpe y Piloto descarga una ráfaga de luz estroboscópica para cegar por momentos al Renacido. El hombre protesta y yo me río por dentro. Se lo merece.

Ayudo a Sasha a apartar el zarzal, sintiendo sus pequeños pinchos contra mi piel. No me quejo ninguna de las veces, aunque el dolor de la herida del gemelo continúa latiendo con intensidad.

Después de ayudarnos a quitarnos varias espinas, descubrimos finalmente el agujero de la valla.

—Lo conseguimos. —Le pongo una mano en el hombro a Sasha. Ella la mira y yo la aparto de inmediato, pero la chica captura mi mano antes de que pueda esconderla. Nuestra piel está tibia, sucia y sudada. Siento pena, porque a veces quiero creer que tras sus mentiras hay una razón perdonable que sane las heridas de nuestra extraña amistad. Luego me percato de que ese pensamiento es el que me ha llevado a enfrentarme a una decepción tras otra.

—Una pena que no le puedas gustar, ¿eh, elegido? —suelta Judah.

—Suelta de nuevo una idiotez parecida, y acabaré pegándote yo —gruñe Sasha.

—Nos harías un favor a todos —digo.

Judah hace ademán de intervenir de nuevo, pero Sasha se gira hacia él, negando con la cabeza, muy tensa.

—Continuemos. No quiero que un guardia nos pille husmeando por aquí.

Atravesamos el agujero y avanzamos por los primeros callejones oscuros que forman las casas que se encuentran junto a la alambrada. Me echo la capucha sobre la cabeza y le ordeno a Piloto que regrese al panel de mi hombro. Un chico con un pequeño robot volador merodeando en solitario llamaría demasiado la atención.

Decidimos salir a una calle central iluminada por miles de bombillas y en la que el barullo de la gente y de las tiendas crean una atmósfera incluso hogareña. No sé dónde me encuentro, pero sé que, junto a la ayuda de Piloto y su limitado GPS, conseguiré llegar a la guarida en la que esperan Shioban, Caleb y el resto del Clan. Me giro hacia Sasha y Judah, que también observan incrédulos y maravillados el ambiente que crean las familias al pasear cogidas de las manos y los grupos de amigos riendo mientras intentan darles mordiscos a enormes manzanas caramelizadas. Sin embargo, ahí están, los brazaletes rojos y los blancos con un llama bordada, los tatuajes... Todos son ígneos y neutrales con vínculo. Privilegiados y despreocupados ciudadanos.

De pronto, nacen en mí unas ganas irreprimibles de gritar, de exponer aquí en medio lo injusta que resulta la vida. Mientras ellos pasan una tranquila noche de invierno deambulando por lo que parece un mercadillo, los neutrales sin vínculo, los renegados y expirantes deben estar escondidos en alguna parte, esperando encontrar rincones suficientemente oscuros para poder salir al exterior sin que les insulten o un pregonero les dispare para hacerles sentir vergüenza.

Respiro muy hondo, buscando un punto de estabilidad. Pese a que el malestar no me abandona, consigo anteponerme al nerviosismo. Llamo a Sasha y a Judah. Es la hora. La pareja se acerca a mí y ponen su atención en mis palabras.

—Dadme la dirección, por favor.

—Toma. —Sasha me agarra la mano y deja caer un papelito muy doblado sobre ella.

—Gracias. —Lo desdoblo, comprobando que no me están engañando. Hay una dirección escrita—. Espero que sea real.

—Tristán, en serio…

—En serio. —Sasha no entiende que tratarla así me duele más a mí que a ella. Que me siento obligado, para no volver a tropezar con la misma piedra.

—En fin, buen viaje y todo eso, elegido de la Diosa—me espeta Judah.

Le lanzo una mirada que pretende amenazar, pero Sasha se interpone de nuevo entre nosotros. Si no estuviese ella… Si no estuviese ella tal vez ni siquiera hubiese llegado a Mudna, así que intento controlar mis impulsos otra vez. Retrocedo, aflojando la fuerza de mis puños. Sasha se adelanta hasta colocarse a unos pocos centímetros de mí, creando una distancia considerable entre nosotros y Judah.

No sé cómo despedirme. Sasha me pone un dedo en la barbilla y me obliga a alzar el rostro con delicadeza. En sus ojos se reflejan los días en Cala Verde, antes de saber la verdad. Un latigazo de dolor me hace retroceder. Sasha deja escapar un pesado suspiro.

—Te echaré de menos, pese a todo —le confieso.

—Perdóname, Tristán. ¿Crees que puedes hacerlo? —Toda ella está teñida de pena.

—No lo sé.

—Por favor...

¿Qué puedo hacer, si lo único que me ofrece siempre se desmorona? Sin embargo, si es verdad que no veo en ella la misma oscuridad que envuelve a Judah, entonces no tendría por qué costarme tanto perdonarla. Tal vez hacerlo por fin nos dé la paz que no hemos podido encontrar juntos.

—Te perdono, Sasha, porque quiero creer en ti.

—Gracias, Tristán. No lo olvides, ¿vale? —Me roza el brazo y luego deja caer la mano.

Siento el impulso de despedirme con un abrazo, pero Sasha es más rápida, me dedica una última mirada y se gira para marcharse junto a Judah. No me detengo a ver cómo sus espaldas se pierden entre la multitud y echo a correr para internarme en Mudna; mucho más grande y concurrida que Cumbre, aunque muy parecida en la forma de sus edificios, en lo mucho que se diferencian las zonas privilegiadas, todo luz, todo cristal, de las abandonadas, pura ruina.

Me alejo del centro, buscando la protección de la noche para que me oculte del resto. Solo cuando las voces y las risas son un eco lejano, me atrevo a activar de nuevo a Piloto.

—Piloto, capta una señal de Internet y busca esta calle. —Le enseño el folio desdoblado, el cual mi amigo escanea—. Luego mándale un correo con la dirección a Amaranta. Dile que estoy con mi Clan, bajo su protección . Dile que nos busque y que no puedo esperar el momento de abrazarla de nuevo.

—Amaranta, Amaranta, ¿dónde estás, Amaranta? —canturrea Piloto.

Con una sonrisa, reemprendo mi marcha. Piloto me guía a través de las calles, que cada vez se vuelven más estrechas, menos transitadas, llenas de recovecos peligrosos en los que perderse. De verdad espero que el sencillo GPS de Piloto pueda encontrar la dirección en esta gran e intrincada ciudad. El entramado es un laberinto, pero los bajos y cochambrosos edificios que nos rodean me revelan que, efectivamente, estamos en un barrio pobre.

Tenemos que escondernos de varios guardias que comentan la situación de Mudna como si tuviesen algo de lo que quejarse. Ellos tienen un sueldo fijo más que fructífero y un trabajo que ofrece unas concesiones, respecto a los demás, que no pone límites a su libertad. En todos los sentidos. Soy cuidadoso y sigiloso. Incluso cuando parece que nadie girará la siguiente esquina, yo observo mis siguientes pasos, precavido.

Y, de pronto, Piloto se queda suspendido frente a una puerta roja de madera. Si aquí es donde se esconde mi Clan, es muy, pero que muy irónico. Le pregunto a Piloto si está seguro. Él se balancea en una especie de afirmación. Le digo que me enseñe el mapa con el que se ha guiado, y después de varias comprobaciones, casi puedo asegurar que no se ha equivocado. Pocos medios, grandes resultados.

Me acerco a la puerta, no sin antes comprobar en todas direcciones si viene alguien. Cojo aire y toco dos veces. Alcanzo a escuchar un rumor que proviene de dentro. La casa tiene las ventanas tapiadas, así que no puedo saber si hay alguien habitándola. Sin embargo, una rendija a la altura de mis ojos se abre y una voz femenina pregunta:

—¿Contraseña?

—Soy Tristán, del Clan de la Diosa de Cumbre. —Intentar decir una contraseña cualquiera habría sido insensato, pero tal vez desvelar mi nombre y procedencia lo ha sido aún más.

Obtengo como respuesta que me cierren la rendija sin una palabra. Llamo otra vez, más ansioso. Deben reconocerme. Si ahí dentro están Shioban y Caleb, seguro que saldrán a por mí. El frío de pronto se hace más notorio y la luna parece fundirse. Miro al cielo, extrañado. No puede ser… ¿Eso es un eclipse lunar?

—¿Piloto?

Piloto se prende del panel de mi hombro. Angustiado por el repentino fenómeno de la naturaleza, golpeo la puerta con más insistencia, más inseguridad. Me apoyo en ella, suplicando en susurros que me permitan entrar. Entonces se abre la puerta y me derrumbo contra el suelo irremediablemente. Antes de que pueda reaccionar, unos brazos me arrastran unos metros más adelante. Forcejeo con todas mis fuerzas, pero el agarre es firme y yo estoy en desventaja.

Me dejan caer de nuevo en el suelo. Yo me reincorporo, rápido, con los latidos del corazón bombardeándome el pecho. Trato de acostumbrarme a los cientos de velas que iluminan la estancia. Estoy a punto de ordenar a Piloto que dé rienda suelta a alguna de sus armas, pero encontrarme con dos pares de iris marrones, idénticos, paralizan mi orden.

—¿Shioban? ¿Caleb?

Frente a mí, con los brazos abiertos, están los jefes de mi Clan. Voy al encuentro del abrazo de los gemelos y nos fundimos en una piña que he echado de menos. Los ojos me escuecen por las lágrimas que lentamente van floreciendo. Por fin siento que he vuelto al hogar. Me separo para contemplarlos con detenimiento y convencerme de que son reales, de que lo he conseguido. Visten unas túnicas negras que contrastan con los brazaletes amarillos, iguales a los que muestran los desconocidos de su alrededor. Tartamudeo antes de poder decir:

—¡Cuánto me alegro de veros! Siento no haberme podido poner en contacto con vosotros. Han pasado tantas cosas…

Mi entusiasmo por relatar todas mis vivencias es apremiante, pero mis amigos, de pronto, parecen estatuas ante mí. Poco a poco voy comidiéndome, pensando que el resto de compañeros de Shioban y Caleb sentirán vergüenza ante mi infantil reacción. No quiero dejar mal a mis amigos, así que me cruzo de brazos e intento controlar mi respiración.

—Bueno, ¿no tenéis preguntas para…?

—Perdiste el Mapa de la Diosa —dice Shioban con tanta dureza que borra mi sonrisa.

—Yo…, me lo robaron, Shio, de verdad —me defiendo, confundido porque lo sepa.

—Has sido un irresponsable, Tristán —continúa Caleb con las

pequeñas llamas de las velas prendiendo su mirada—. Te concedimos a ti el Mapa porque eras un renegado sin infecciones. Pero ahora…, casi podemos verla. Has perdido nuestra preciada salvación y encima has usado a la Diosa.

¿Cómo lo saben? Siento el sabor de las náuseas. No tengo excusas. Les he fallado. Me he dedicado a trotar por Erain cuando ellos han continuado luchando. Pero yo sigo preparado, sigo...

Y entonces lo percibo. Tal y como me ha dicho Johan. Huelo el fuerte hedor del peligro. El rancio olor de la traición. La intensidad del dolor. Huelo mis miedos crecer. La mentira, y no puedo articular otra palabra más.

—¿De qué nos sirve un renegado infectado más? —El rostro de Shioban se retuerce y se deforma en una sonrisa propia de las pesadillas.

—Tal vez nos pueda contestar Judah a la pregunta, ¿no? —Caleb mira por encima de mi hombro.

Me vuelvo con un solo movimiento. Ahí está Judah, el Renacido, cogiendo a Sasha por el brazo. No. Otra vez no, por favor. Esto no es real.

—Un renegado sin Mapa e infectado sirve para venderlo al mejor postor, ¿o no, Sasha?

—Tristán, esto no es lo que…

Pero no se atreve a concluir y reprime un suspiro de agonía.

—¿Sasha? —Mi voz es un hilo. Nada. Me giro hacia mis amigos—. ¿Shioban? ¿Caleb?

—Enhorabuena, Tristán. —La ironía de Caleb hiere—. Has caído en la casilla de la trampa y te has quedado sin meta.

Y totalmente exasperado, con el corazón en un puño, me lanzo contra Judah con un grito desgarrador que debe retumbar por toda Mudna.

El primer puñetazo que me propina me sabe a sangre.

El segundo, a nada.

AMARANTA

SI ME HUBIESE QUEDADO UN SEGUNDO MÁS EN LA HABITACIÓN, habría vomitado. La presión está ahogándome. Me agarra del cuello con sus poderosas y frías manos, y aprieta sin compasión, esperando que muera en este pequeño albergue de Alente. Encierro los dedos en el final de la camiseta de Iggy. Hago un bulto, luego lo ato, lo deshago y lo vuelvo a atar, hasta que la tela queda totalmente arrugada. Poso la cara sobre la puerta metálica de la habitación. De dentro solo se escapan susurros, pero bruscos y secos. Si hubiese apostado por el secreto de Levi, habría perdido escandalosamente.

Reprimo un sollozo y cierro los ojos, tan fuerte, que mi visión se convierte en un mapa de puntitos y sombras de colores que danzan en la oscuridad como espectros. He confiado en él. E Iggy me lo advirtió. Y Keira, Lars y Agatha. No trabajamos solos porque no queramos más ayuda, trabajamos solos porque estamos seguros de que en la Criba alguien de los nuestros, un topo, delató la localización de una de nuestras guaridas a los ígneos. Una traición que costó la muerte a casi todo el Movimiento Nebulosa.

A Nil.

A su oscuro y alborotado cabello. A sus penetrantes ojos, indagadores, enmarcados por una infección gris. A sus escasas sonrisas, pero que cuando decidían salir al exterior inundaban todo su rostro. A sus ideas y su eterna lucha. A todo él, orgulloso, noble y osado.

«*No puedes salvarlos a todos*». La voz de Nil me recuerda mi mayor estigma.

Entonces, un golpe dentro del cuarto me saca de mis ensoñaciones, de ese mundo que a veces visito y donde creo poder hablar con Nil de nuevo. Pero Nil y su voz ya se han esfumado, y en mi cabeza solo resuena el impacto, duro e implacable.

Hago acopio de toda mi fuerza de voluntad para levantarme, aún con las rodillas débiles y temblorosas. Me apoyo en la puerta metálica. No sé cómo voy a reaccionar al volver a entrar, al intentar mirar a Levi a los ojos, al intentar frenar a mis amigos. Porque sigo estando segura de que Nil se equivocó en una cosa: sí puedo salvarlos a todos o, al menos, a todos aquellos a los que quiero.

Cojo aire, saco la llave-tarjeta, la paso por el detector y la puerta se abre con un sonoro chasquido. No debería haber huido justo cuando más me han necesitado mis amigos. Tal vez, cuando más me ha necesitado Levi. Porque yo soy Belladona, líder del Escuadrón Espino, integrante del Movimiento Nebulosa, y puedo permitirme apartar la mirada durante unos segundos, pero nunca, nunca, echar a correr en dirección contraria.

El panorama no es para nada halagüeño y tengo que refrenar mis ganas de gritar y hacer polvo los últimos pedazos que quedan de mí. De nuevo, Tristán habría sido más útil en esta situación con su actitud razonable y conciliadora.

Tendría que haberme llevado a Tristán conmigo cuando me uní al Movimiento Nebulosa. Habría encajado. Habría tenido una verdadera familia. No obstante, habría muerto justamente por su forma de ser. Pero me habría tenido a mí. Él no quería nada más.

Me duele muchísimo la cabeza. Me arrancaría los sentimientos sin dudarlo.

—Dame calma, Tris —me digo, en un susurro apenas audible.

—¿Ami? —me llama Lars.

Alzo el rostro, decidida. Puedo salvarlos. A mi manera, pero puedo conseguirlo. Mis amigos forman un semicírculo alrededor de Levi, que se encuentra sentado en la cama con la cabeza gacha. Lars y Keira sujetan sus tabletas electrónicas y una pistola cada uno —las pistolas de Agatha, siendo más precisa—. Iggy se cruza de brazos, con el brazo biónico pegado al cuerpo, estrujando su pecho, posiblemente, en un acto por reprimir todo su nerviosismo. Y Agatha aún tiene la mano medio levantada. La palma, abierta, está roja y creo poder ver cómo la sangre palpita bajo su piel. Mi mente recrea de nuevo el ruido que me ha alertado en el pasillo: una sonora y dolorosa bofetada.

Avanzo sin preguntar, con los labios apretados. Ellos me observan, expectantes, pero respetuosos. Siempre me han tratado así, con confianza, pero sabiendo que yo soy su líder en esta eterna misión. Me abro paso entre Keira y Agatha, y me agacho para examinar a Levi.

Las personas merecen una segunda oportunidad. Sobre todo, aquellas a quienes no se les ha dado la ocasión de explicarse.

Levi tiene la mejilla tan roja que solo con apreciar la irritación basta para que me escueza. Él no me mira. Sus ojos verdes, ahora nublados y oscuros, están perdidos en algún punto de la persiana que nos protege del exterior. Rezuma miedo. Lo percibo en la manera en la que entrelaza sus dedos y los aprieta. En cómo sus labios tiemblan y se tensan ligeramente. Un roce. Un solo roce va a bastar. Paso las yemas de mis dedos por su herida. Soy delicada, como la caricia de una pluma que no pretende tocar un cuerpo. Levi suspira; le calma.

Le habría abrazado.

Sin embargo, este es mi límite. Este roce. No me permito más. Me incorporo, firme y rígida. Miro a cada uno de mis amigos con dureza. Agatha agacha la mano con lentitud, pero sosteniéndome la mirada. Ella, más que ninguno de ellos, va a ser inclemente.

—¿Qué le habéis preguntado? ¿Qué le habéis hecho? —Sé el tono que debo usar en momentos así.

No se amilanan.

—Amaranta, yo…

—Amaranta, es que tenemos…

—Amaranta, esto no puede ser…

—Amaranta, debemos…

Todos a la vez, compitiendo por ver qué voz sobresale entre todas. Devorándose para imponer su opinión. Nunca hemos actuado de tal manera, y una situación como esta no nos va a devolver a unos orígenes donde la desconfianza era la que reinaba en nuestros argumentos. Estamos por encima de todo esto, somos un equipo. Una familia. Nos necesitamos. Les necesito.

Levanto una mano, autoritaria. Ellos se callan, aunque descubro en la expresión de Keira que está ansiosa por exponer su versión. Todos tendrán oportunidad de hablar. Y así, solucionar el problema que nos está reteniendo más tiempo del que en realidad tenemos.

Señalo a Agatha.

—Ami, primero que nada, no quería darle la bofetada. O sea, sí quería. Tenía ganas de hacerlo. Pero sabes que no soy así, yo… Lo siento.

—No es a mí a quien tienes que pedir perdón.

Es doloroso, porque conozco a Agatha y sus arranques de rabia, que antes eran mucho peores, incontrolables. Todo el sufrimiento de su pasado aflora cada vez que se siente en peligro. Se mueve por los oscuros recuerdos de cuando sufrió como neutral infectada, que no expirante, antes de llegar a Cumbre. Ella no recuerda apenas cómo era su vida anterior antes de que yo la rescatase, antes de que los soldados de Matilde la detuviesen equivocadamente en su pueblo natal para meterla en un camión que, después de varios días, la conduciría a su muerte.

Hoy en día aún sufre terrores nocturnos. Grita y llora. Manotea en el aire intentando defenderse de alguien. Boquea para sobrevivir a una pesadilla que tiempo atrás fue su realidad. Sin embargo, y pese a que sé que parte de su actitud implacable se debe a un sentimiento de desesperanza, tal vez marcada por la venganza, no puedo evitar pensar que, muy en el fondo, Agatha está teñida de ferocidad, aunque sean leves pinceladas. Es su mirada al atacar. Al dañar, por poco que sea. Sé que solo he visto la punta de su iceberg, pero me conformo con haberle demostrado que se puede defender sin mancharse las manos de sangre.

Pedir perdón es otro gran paso.

—A él no se le voy a pedir —masculla.

—Entonces, en este tema, a mí no me debes nada —atajo, severa, y mi amiga endurece su expresión.

—Nos ha traicionado y aun así lo proteges. Estás ciega.

—Agatha —le llama la atención Iggy.

—No, Iggy —le detengo—. Continúa, si tienes algo contra mí. Sácalo.

—Es que… ¡estoy harta! Yo no he conocido al Movimiento Nebulosa como vosotros, no he conocido cómo trabajabais o cómo solucionabais vuestros problemas. Te admiro, Amaranta. Te admiro desde que me rescataste, pero como grupo, aunque hemos sido eficaces, siempre hemos alargado el camino para no perdernos en tu deriva. ¿La muerte de Nil? ¿La continua situación de peligro de Tristán? ¿El Mapa de la Diosa? Y ahora un sucio traidor que trabaja, no para un guardia o un pregonero cualquiera, sino para la mismísima reina Matilde. La mujer que nos tiene aislados del mundo y cuya mera existencia es la razón del Movimiento Nebulosa.

Y ahí está. El veneno, manando a borbotones, hiriendo a su paso. Supurando las heridas, devorando nuestros recuerdos. Trago saliva. Sabía que iba a ser un duro golpe, pero no esperaba la dureza de sus palabras. Me destroza un poco más. Ella no conoce lo rota que yo estoy por dentro, lo mucho que he tenido que aguantar como ígnea o lo duro que fue perder a Nil y al resto, y ser proclamada líder de lo que quedaba del movimiento como si fuese un derecho vitalicio. Ella apenas ha podido mirar en el enorme pozo que conforma mi corazón para intentar buscar el fondo. No se lo he permitido, porque habría tirado una piedra en él y se habría asustado al hallar un agujero negro. Todo profundidad. Todo abismo.

No me concedo mostrar ni un ápice de inseguridad. Agatha tiene que comprobar que me antepongo a cualquier ofensiva. Que soy dura como el acero. Que los juicios de los demás solo son palabras, y que las palabras, al no tener puños, no pueden matarme.

O eso me repito yo hasta quedarme sin saliva.

—Está bien. Te entiendo, Agatha. Y lo siento. —Ella frunce el ceño. Sé que ha querido hacerme daño, golpearme con su mejor baza, pero se ha encontrado con el muro imperturbable que casi nunca se derrumba.

—¿Por qué no te enfadas? —gruñe, dolida por no encontrar la reacción que esperaba.

—No puedo enfadarme si dices la verdad. —La agarro por el brazo y la atraigo en un abrazo del que ella se resiste hasta que se echa a llorar.

Me da en el pecho con decaídos puñetazos que más parecen toques de atención que ataques. Llora en voz alta, tirita entre mis brazos, suplicándome que yo también lo haga, que me rompa delante de ellos. Que muestre mi ira, mis miedos, mis inseguridades. Llora por ella y por mí. Y le habría hecho caso, habría roto a llorar aquí mismo si lo demás no fuese más importante. Le acaricio su brillante pelo pelirrojo hasta que se calma. Sus puñetazos se convierten en un fuerte agarre que yo correspondo con el mismo gesto.

—Te quiero, Agatha. Por favor, tienes que confiar en mí. Aunque os hayáis tenido que desviar tantas veces del camino…

—Confío en ti. —Con el rostro hundido, se limpia las lágrimas y algunos mocos en la camiseta de Iggy.

Asiento, triste. Solo es una niña perdida, al fin y al cabo. Como todos nosotros.

Agatha se separa, me aparta y mira a Levi, quien nota su intensa mirada castaña puesta en su cogote y levanta el rostro. La chica titubea hasta dar con las palabras que describan sus verdaderos sentimientos, sin recato:

—Siento haber perdido los nervios así. Pero, si son ciertas nuestras sospechas, si le haces daño a ella, te mataré. Y no con mis pistolas. Esa no es la mejor arma que tengo.

La dejo desahogarse, pese a ser tan cruel, porque no quiero que se le enquiste otro pensamiento en su duro corazón. Sin embargo, Levi no replica, solo asiente. Agatha retrocede y se sienta en la cama, vencida por la presión.

—¿Puedo hablar? —pide permiso Iggy. Asiento, recomponiéndome de la escena—. Levi nos ha dicho que trabaja para Matilde, sí, pero como cualquier esclavo lo hace. Su función es mucho más grave, podría negarse a hacerla, pero eso conllevaría su muerte y la de su madre y su hermano. —Un rayo de esperanza se enciende en mi pecho, aunque el temor sigue reverberando por todo mi cuerpo.

—¿Es eso cierto? —Qué mal me está sentando hablarle con tanta indiferencia.

—Sí. Si se me permite, me gustaría explicarme —suspira Levi.

Accedo, pétrea.

—Trabajo para la reina Matilde como alquimista. Ella… quiere encontrar una solución a uno de sus múltiples caprichos que considera un problema, cómo no. —El amargor contamina sus palabras—. El motivo de la Criba no es deshacerse del exceso de expirantes que existen, que día a día van enfermando por la acción de los milagros de la Diosa. La Criba es espectáculo y diversión. Es una forma de saciar el asqueroso gusto que tiene la reina por la sangre y la muerte. Ella, en realidad, desde que comenzó a gobernar tiene muy claro lo que quiere hacer: mata a expirantes para enmascarar que lo que quiere realmente es que vivan.

—¿Cómo? —Ese giro de acontecimientos me noquea.

—Déjale que se explique —me insta Iggy.

—Los alquimistas en Erain trabajamos para la monarquía desde siempre. Hubo un tiempo en que este país fue una república, y los alquimistas también investigaron para sus dirigentes. Mejorar armas, elaborar antídotos… Encontrar la vía definitiva para alargar la vida y curar cualquier enfermedad.

—Eso solo son cuentos —asegura Keira.

—¿Estás intentando dar con un Don que lo consiga? —trato de adivinar, absolutamente patidifusa. Tiene que ser una broma, pero su respuesta no se hace esperar.

—Sí.

—Ahora le sacudo yo. —Avanza Keira, harta. Pero me interpongo en su trayectoria.

—Explícamelo. Explícame qué pretende hacer con un Don tan peligroso como ese. —Trago saliva, llena de incertidumbre.

Indago, pese a que no quiero creerle. Sin embargo, los ojos de Levi relucen con un tinte alarmante, observando sus manos, como si temiese que fuésemos capaces de ver lo que él ha hecho con ellas. Suponiendo que la reina Matilde busca la creación de ese tipo de instrumento... ¿Con qué fin? ¿Su inmortalidad? Pero Levi ha dicho que lo que realmente quiere es que los expirantes vivan…

—¿Lo entendéis por fin? —Levi me atraviesa y leo todas mis preocupaciones—. Mi padre trabajaba para la reina. Mirlo, el Gran Alquimista de Erain. —Hay dolor en su voz. Desgarrado y nostálgico—. Incluso cuando gobernaban los padres de Matilde, él vivió parte de su reinado como aprendiz de Alquimia. A la reina Matilde se le ocurrió que los alquimistas podrían centrarse en el estudio de los milagros de la Diosa y también en cómo convertirlos en dones. Lo que más deseaba ella era la transmutación del agua, el metal y el cristal para convertirlos en armas que pudiesen devastar a la sociedad. Desgraciadamente, convertir un milagro en Don no es tan fácil. Requiere demasiado trabajo y el sacrificio del alquimista, quien se convierte en un expirante. La reina Matilde se dio cuenta de que no podía estar matando continuamente a los nuestros, así que se le ocurrió otra de sus magníficas ideas: hallar un Don como el que os he explicado.

—¿Para ser inmortal? —Todos estamos atrapados en su historia

—No —niega, incrédulo y triste—. Para curar la enfermedad de la Diosa. Para curar a los expirantes. Encontrar la panacea universal y controlar la vida, pudiendo dar también la muerte. Como una diosa.

El corazón me da un vuelco, pero frunzo el ceño. ¿Qué sentido tiene eso?

—No lo entiendo. ¿Es que está haciendo todo esto para luego proclamarse heroína al colgarse la medalla de encontrar la solución a las infecciones y que así nadie la vuelva a cuestionar o…?

—Eso sería incluso humilde por su parte. La reina Matilde quiere curar para luego volver a enfermar. —Un mazazo—. Sus cribas han menguado el número de habitantes. Cada vez son menos los expirantes. Y si incorpora definitivamente la caza de renegados como en la última Criba... —El recuerdo se me atraganta—. Aún puede tener una vía de escape. Pero llegará un momento en que solo queden ígneos *y* neutrales, ¿y qué pasará?

—Que no quedará nadie para esclavizar —susurra Agatha.

—Pero si a la sociedad que ya tienes esclavizada, como los mineros de Bun o los alquimistas de Mudna entre otros, les curas sus infecciones con esta panacea, los purificas, como si nunca hubiesen manipulado o consumido un milagro de la Diosa, y luego vuelves a provocar de nuevo la enfermedad…

—Crea un círculo vicioso. Alguien impuro se cura, lo suficiente para que no muera. Luego lo vuelve a infectar para que se cerciore de que no es un ciudadano libre. De que conseguirá sanar solo para vivir un día más en la esclavitud. Es terrible. —El horror se hace con mi garganta y me quedo sin aliento.

—Estoy obligado a dar con ese Don. Por supuesto, durante muchos años retrasé la búsqueda. No hice nada, pero la reina Matilde se dio cuenta y me obligó a enviarle un resumen trimestral de mis hallazgos. De momento, incluso esforzándome al máximo, no he encontrado nada concluyente. No sé cuánto tiempo nos queda a mi familia y a mí hasta que Matilde se harte de mi incompetencia, pero cada día…, cada mísero día —recalca— lucho por ellos. Por mí.

—¿Y tu padre? ¿Qué le pasó? —curiosea Lars.

—Murió. Hace catorce años…

—¿Hace catorce años? —Keira frunce el ceño—. Pero si eso coincide con la rebelión de la princesa Ada. Con la desaparición de la Generación Muda. —Ella misma plantea la duda y ella misma se responde—. Tu padre formaba parte de ella. Tu padre sabía demasiado y era demasiado valioso como para que Matilde lo tuviese lejos…

—Mi padre transmutó el metal con el que está hecha la Espada de la Diosa.

Ahora comprendo por qué cree en la Diosa. En el Mapa.

—¿Un segundo? ¿La Espada de la Diosa? ¿La supuesta arma que utilizaron Ada y sus hermanas para huir y liberar a los expirantes de Erain?

—Sí. Y luego murió por ello.

Levi se queda mudo y pálido. Parece una estatua, de esas con expresión tan trágica que quieres apartar la mirada porque no eres capaz de soportar la intensidad de su gesto. Nos hemos pasado. Hemos obligado a Levi a desnudarse bruscamente ante nosotros, exponiendo todas sus yagas, las heridas de toda su familia. Hemos sido injustos y, aunque sé que aún nos oculta algo, decido darle una tregua. El recuerdo de la muerte de los seres queridos deja un sabor amargo, casi metálico, como la sangre. Y, lo peor, marca todavía la huella del dolor.

—Vale. Suficiente —dictamino.

—No ha terminado la historia… —gruñe Keira.

—La información que nos ha dado es muy valiosa. Rememorar su pasado ha tenido que ser un sufrimiento para él. Para todos nosotros lo es. Recordad que somos marionetas de un sistema que nos impone la forma en la que debemos vivir. Su historia me ha convencido, esté conclusa o no. Yo confío en él. —El rubor me tiñe las mejillas ante la vergüenza de mi afirmación y Keira chasquea la lengua, disgustada.

—Yo también —sentencia Iggy.

Me giro hacia mi amigo, sorprendida. Apenas ha intervenido en toda la conversación, pero ha estado tan atento como los demás. Ya no cruza los brazos en actitud tensa y molesta, y ha relajado las líneas de su rostro en un gesto que parece…, ¿arrepentimiento?

Abro la boca para responderle, para darle mi gratitud, pero él me detiene levantando su mano biónica. Se acuclilla frente a Levi y este le observa, mudo de asombro. Luego le pone las dos manos sobre los hombros, lo zarandea débilmente y suspira.

—Siento haberte juzgado. —Extiende la mano hacia él y Levi se la estrecha de inmediato, todavía incrédulo. Yo lo estoy incluso más, porque Iggy solo deja que la gente en quien deposita su confianza toque directamente su prótesis —. A veces olvido que

Amaranta solo era una ígnea cuando yo empecé a creer en ella.

—Iggy, no… —empieza Lars.

—Ami. —Se incorpora Iggy, interrumpiendo a su amigo y soltando la mano de Levi—. Has recibido otro correo de tu hermano Tristán.

—¿Cómo? —Mis ojos deben iluminarse, porque Iggy se permite componer una débil sonrisa para mí.

—Ha llegado a Mudna. Está con su Clan. Tenemos su dirección. —La felicidad anida en mi pecho. Por fin—. Y respecto a los archivos que nos mandó en el segundo… Es lo que andábamos buscando. Además, algunos de ellos coinciden con cosas que nos ha contado Levi.

—¿Sobre la reina Matilde?

—Sí.

—Esto… —Las lágrimas se agolpan en mis ojos—. ¿Os dais cuenta de lo que está sucediendo ahora mismo? ¿Recordáis por qué Nil fundó el Movimiento Nebulosa? Yo os lo recordaré: para derrocar al sistema desde el interior, despojándolo de sus más viles secretos y exponiéndolos a la sociedad. Esa es la razón por la que tuve que ser una ígnea incluso cuando ya no creía en ello, para recabar información importante, para poder destruirlos desde dentro. Después de tanto sufrimiento, de tanto sacrificio, tenemos algo con lo que atacar. Podemos ir a Mudna y plantarles cara.

—Es bastante lo que nos ha enviado —añade Keira.

—Tenéis que enseñarme el contenido. ¡Tenemos que ir a Mudna cuanto antes! —No puedo evitar ampliar la sonrisa hasta que me duelen las mejillas.

—¿Y qué hacemos con él? —Señala Lars a Levi.

—Obviamente continúa con nosotros —anuncio.

—Obviamente lo vamos a votar democráticamente como siempre hemos hecho, Amaranta. —Keira me devuelve el golpe.

—Pero, después de todo lo que nos ha revelado, ¿seguís desconfiando de él?

No contestan. Sencillamente, Keira alza una mano. Luego, aunque dubitativo, Lars la secunda. Miro a Iggy, atemorizada, pero niega con seguridad y me coge de la mano para infundirme ánimos. La decisión está en manos de Agatha. El tiempo transcurre más lento hasta que ella se decide. No mentiré si confieso que mantenía la esperanza en que Agatha, después de presenciar su disculpa, de decirme que confiaba plenamente en mí, decantaría la balanza a favor de Levi.

Pero levanta la mano. Firme y sin temblar.

Levi suspira tan fuerte que me destroza el corazón. Entonces, ¿lo dejamos aquí? ¿Desamparado? ¿Sin medios para volver a Bun? Lo hemos condenado cuando él solo ha querido ayudar, desde el comienzo.

—Vendrás con nosotros —sentencia Lars.

Sonrío.

—Pero como rehén.

Toda mi alegría se esfuma.

—¿Rehén? —decimos a la vez Iggy, Levi y yo.

—Vendrás con nosotros y más vale que finalices tu extraña historia antes de que lleguemos a Mudna, o te juro que, si nos estás engañando, te entregaremos a la reina Matilde —dictamina Keira.

Se nos muda el rostro a los tres. ¿Está de broma? La democracia no se usa para imponer la idea ganadora como absoluta, sino para adaptarnos a la decisión mayoritaria sin que nadie salga perjudicado. ¿Es el miedo lo que hace actuar así a mis amigos? No los entiendo. Nunca hemos reaccionado de tal manera ante un inocente. No me gusta esta situación, no me gusta cómo nuestro grupo se está desintegrando lentamente.

—Eso no sucederá —contraataco—. ¿Es que os habéis vuelto locos? ¡Os estáis comportando peor que cuando Levi ocultaba su historia!

—Lo tomas o lo dejas, Amaranta. Un topo cualquiera no asesinará a lo que queda de mi familia. —El tono de Lars se quiebra—. No voy a perderos por una intuición y una historia. Hemos votado y se viene, pero bajo estas condiciones.

—Entonces no iré. —Alza la voz Levi.

—No te estamos pidiendo permiso.

«No puedes salvarlos a todos».

Lars ha conseguido un aerotodoterreno. No sé cómo ha sido posible por su condición de neutral, teniendo en cuenta lo controlada que está Alente, pero el enorme vehículo nos esperaba cerca de la entrada del albergue, levitando con un débil siseo. Me habría gustado bromear sobre el asunto, sin embargo, cuando han metido a Levi en la parte trasera, amordazado y atado de pies y manos, la realidad ha regresado de golpe para recordarme que estamos enfadados por una terrible decisión.

Ahora nos queda una hora para llegar a Mudna. El sol comienza a titilar en el horizonte. Me manda pequeños guiños cegadores. Juguetea entre las montañas peladas y arrasadas que forman una cadena lejos de nuestra posición. Sale y se esconde de nuevo. No es un sol cálido, y eso me hunde más en el frío invernal que acucia mis huesos y congela el poco humor que aún late en mi interior.

Miro hacia delante. Agatha está sentada en la segunda fila de asientos, sola. Los rayos de luz bailan en sus mechones pelirrojos; fluctúan por ellos como veloces corrientes que entrelazan el cabello entero en una cascada enmarañada que parece fuego puro. Por lo poco que se mueve, supongo que se ha dormido. No puedo evitar guardarle un poco de rencor por haberse puesto en contra de Levi.

En el asiento del piloto conduce Keira. La parte de su rostro infectado parece pura piedra con el sol golpeándole. Sé que ella guarda sus inseguridades bajo llave, haciéndonos creer que es capaz de sostenerse la mirada en el espejo más de tres segundos sin apartarla. Que es feliz con su arraigada y profunda soledad hermética. Que no sufre las heridas de su pasado. Como todos, es fachada. Pero ninguno sabemos qué hay tras la suya. Nunca nos ha contado qué le sucedió en el pasado o por qué decidió unirse al Movimiento Nebulosa. Nunca la he presionado para que nos cuente su historia, pero, a veces, no conocer sus debilidades o heridas provoca que no la entienda. Que me quede tan al margen que no sé cómo apoyarla o combatir su mal humor.

Nos aleja sin remedio.

Por suerte, tiene al sonriente de Lars como mejor amigo. O eso es lo que imagino, porque es la persona en la que más confía. A su lado, el chico le da conversación. Oigo las palabras «barba» y «coleta», así que intuyo que le estará proponiendo un desafío a su amiga que tenga que ver con ambas. En una situación normal, le habría animado entre risas. Lo habría hecho si no estuviésemos en esta absurda situación innecesaria. Porque ellos pueden actuar como si no tuviéramos a Levi en la oscura y enorme parte trasera totalmente indefenso y solo, pero yo no.

Creo que piensan que he olvidado lo que sucedió dos años atrás. Sin embargo, es una de mis pesadillas más recurrentes. No solo perdí a todos mis amigos, sino que estuve a punto de matar a Tristán. Yo también quiero venganza contra el que nos traicionó, contra el que tiró de la manta y señaló nuestra guarida. Todos en el Movimiento Nebulosa merecieron la confianza del resto, pero alguien abusó de ella y torció el camino.

Entiendo que por ello no quieran que Levi sea nuestra posible y futura perdición, pero están equivocados. Esta vez, lo están.

Un suave agarre me devuelve a la realidad. Iggy me coge del codo y tamborilea los dedos para llamar mi atención. Me está ofreciendo un auricular, sin dejar de mirar la pantalla de su portátil. Me separo de la ventana y me arrimo a él. Me acomodo, encajando mi cuerpo con el suyo. Coloco la cabeza sobre su hombro y paso un brazo por encima de su estómago. Lo noto tensarse y miro su rostro temiéndome que una situación nueva, peligrosa y letal, esté amenazándonos en estos instantes.

No hubiera sido capaz de concentrarme en una batalla en este momento ni aunque me hubiese borrado los recuerdos.

Entonces, ¿por qué?

—¿Sucede algo? —le susurro, y mi aliento le hace cosquillas en la barbilla por cómo se le eriza la piel.

Iggy se humedece los labios. Cierra los párpados durante un segundo y luego los abre, dirigiendo su mirada gris a mi rostro. Mueve de nuevo el auricular frente a mis ojos y entonces cojo el aparatito con una sonrisa tímida. Me lo engancho sin dejar de escrutar sus gestos. No me gusta que esté constantemente preocupado, pero tampoco puedo culparle. A partir de ahora, cada paso en dirección a Mudna puede ser una nueva amenaza.

—Yo tampoco puedo soportar esta situación.

Iggy se lleva un dedo a los labios y con el mismo, después, señala la pantalla. Sube el volumen y mi atención desvía todas mis inquietudes hacia otras. Porque lo que Iggy me está enseñando no es una nueva canción o una de las pocas películas que se estrenan al año. Son los informativos. Manipulados y sensacionalistas.

Un presentador con pinta de haber salido de una fábrica de empresarios entorna los ojos y compone el gesto más indulgente de todo su falso repertorio frente a la cámara.

» *El inesperado eclipse y la lluvia ácida que acució ayer a Mudna y sus localidades colindantes han causado estragos.* —Diversas imágenes del fenómeno inundan la pantalla—. *La esperada Fiesta del Ofrecimiento de nuestra amada capital tuvo que cancelarse cuando este atentado de la Diosa se cobró la vida de diez ígneos.* —Increíble. La pena se sufre por la cancelación de la fiesta. ¿Las muertes? Un daño colateral—. *Hay algunos fallecidos sin identificar* —seguro que son renegados o expirantes—, *pero la guardia continúa con su dispositivo de búsqueda y rescate. Recuerden que continuamos en alerta máxima por catástrofes divinas desde que, hace casi dos semanas, un auténtico escenario apocalíptico destruyera Cumbre por completo.*

Los vídeos que enseñan son actuales y no reconozco mi propia ciudad. Está todo devastado. Los edificios, de metal o piedra, son meros escombros. Las personas, con distintivos rojos, blancos o amarillos, vagabundean o tratan de ayudar en la reconstrucción de su hogar. Cumbre lo ha perdido todo, sin diferencia. Ahora todos parecen semejantes a ojos ajenos y la pregunta es, ¿alguien acudirá en su ayuda? ¿Dónde está el Gobierno cuando más se le necesita? ¿Abandonará incluso a los ígneos?

—*La reina Matilde ha expresado sus condolencias a la ciudadanía de Mudna y el resto de núcleos afectados.* —Aparece su afilado rostro en pantalla y me dan ganas de partir el portátil por la mitad. Sus palabras, chirriantes—: *"Me siento extremadamente afectada por lo ocurrido anoche. Veo las fachadas de los edificios corroídas, las marcas en la piel de la gente y las muertes, y...* —finge un sollozo—, *es insoportable ver tanta devastación. Pero prometo ayudaros, tender la mano a todos los pueblos que se opongan a la Diosa y a su cruel acción. No os unáis a los* renegados, *no evitéis la situación como los* neutrales *que no firmaron el Vínculo... ¡Luchad por nuestros derechos! ¡Luchad por derrocar a la Diosa!".* —Ahí está, el discurso político en un acto de pésame. Asqueroso. El rostro del reportero vuelve—. *Ya han oído las alentadoras palabras de nuestra soberana. Solo nos queda enviar nuestro ánimo a las familias afectadas y esperar que este monstruo divino no vuelva atacarnos. Soy Keith Mic...*

Corto la moralina del presentador, pulsando el botón rojo que cierra la ventana de Internet. Iggy no me recrimina nada, si bien me acaricia la cabeza. Sus dedos se deslizan hasta rozar mi cuello. Duda en continuar, pero termina por detenerse, trazando círculos en mi piel. Se ha olvidado de que mi pelo ya no me llega más allá de los omoplatos; ha desaparecido en Alente con todas mis fuerzas.

—¿Has echado un vistazo a los archivos que nos mandó Tristán?

—No.

—Anoche, antes de lo de Levi, estabas decidida. Trataremos de hacer lo posible por él, pero no puedes obviarlo más. Hay muchísima información oculta. ¡Pruebas! —Agatha se remueve en el sitio e Iggy se chista a sí mismo para bajar la voz—. Por favor, échale un vistazo , ¿quieres? —Me tiende su ordenador.

Lo miro alternativamente con la pantalla del portátil. Iggy tiene razón. Desde la votación sobre qué hacer con Levi me he olvidado prácticamente de todo lo que nos ha contado y de lo mucho que puede entrañar el correo de mi hermano. Si Tristán se ha arriesgado en conseguir todo esto, yo no voy a ser quien malgaste sus esfuerzos. Y tal vez, su valentía al conseguirlos.

¿De dónde los habrá sacado?

Me separo de Iggy, y su cuerpo responde con un estremecimiento. Estampo la palma de mi mano contra su frente. No tiene fiebre. Le palpo la cara, buscando algún signo de malestar, aunque sea una diminuta dolencia que esté irritándole tanto como para comportarse de esta manera tan extraña. Me arrimo a su rostro, colocándome a la altura de sus ojos. Su nariz de pronto enrojece y noto su pecho subir y bajar, descontrolado.

—¿Qué haces? —Un gallo deforma su tono de voz.

—¿Estás así porque vas a cumplir diecinueve?

—¿Qué estás diciendo? —Entre risas, atrapa mis manos y me obliga a alejarme de él—. Eso no tiene nada que ver…

—O sea, que hay algo que ver. ¿El qué? —inquiero.

—No es asunto tuyo, Ami. —Con el dedo índice me golpea suavemente la frente.

—¿Es por mí?

—Sí, pero si te lo cuento no te lo vas a creer. —Me carga el ordenador en las rodillas con una sonrisa traviesa.

—Iggy...

—No soy de piedra.

Y me habría encantado contestarle, pero sus palabras confunden mis pensamientos y, guiñándome un ojo, se coloca el auricular, lo conecta a su reproductor de música y dirige la mirada al exterior. Un ligero cosquilleo me recorre ahí donde mi amigo ha posado sus dedos. Me froto la nuca, ansiosa, con el calor arrebolándome las mejillas.

Si se ha querido burlar de mí, lo ha conseguido.

Le lanzo una última mirada, esperando que él corresponda a mis gestos, pero no muestra ni un ápice de interés. Más bien, cierra los ojos y comienza a tararear la canción que está escuchando. Me enfurruño conmigo misma por haber sido tan inocente y haber caído en su trampa. Me separo totalmente de él, volviendo a mi lugar junto a la ventana.

El sol ya ha amanecido, pero todavía está adormilado, quitándose las últimas legañas para luego brillar en un cielo azul claro que nadie habría jurado disfrutar después de una noche como la que hemos vivido.

Poso la mirada en la pantalla. La carpeta importante está abierta bajo el nombre de «Archivos de Tristán». Hay cientos de documentos, vídeos, audios... Me angustio por el caos de ficheros que se muestran ante mí. Sin embargo, cuando me fijo, unas etiquetas de colores destacan algunos de ellos. Sonrío. Iggy siempre tan práctico.

Clico dos veces sobre uno al azar. Por alguna parte tengo que empezar, aunque los dedos me tiemblen de puro terror. Si hay algo peor de lo que ya conocemos, no sé si seré capaz de enfrentarme a un nuevo bombazo. Deslizo los dedos por la superficie táctil para dar un vistazo general al contenido del documento. Son fichas médicas. La información de cientos de personas con rasgos diferentes pasa frente a mis ojos. Características generales, medicamentos, alergias, resistencia física, estado anímico... No existe orden en toda la información. No está dividida por categorías, ni por fechas, ni relevancia. Decido examinar el final del archivo, esperando una respuesta clara, o al menos una conclusión al confuso hallazgo.

No pensaba que mi suposición tendría un resultado real. Al final hay fotografías, fórmulas, gráficos... Lo que hallo me hiela la sangre. El documento recupera informes anteriores, pero algunos apartados, como la resistencia física o el estado anímico, están más detallados. Datos necesarios para comprobar que la transformación de un humano a esa *cosa* fotografiada llega a buen término. Las imágenes muestran el transcurso de dos meses enteros desde que el sujeto escogido es manipulado con una sustancia, que no se especifica, hasta que se convierte en una especie de bestia enorme, con músculos hiperdesarrollados, ojos inyectados en sangre y una boca enorme atestada de colmillos incontables.

—... la mutación es un éxito.

¿Mutaciones? La reina Matilde está experimentando con humanos. Eso es obvio. Pero, ¿para qué? ¿Para crear un ejército? Y, lo más importante, ¿a partir de qué personas se realizan estos experimentos? Unas fotografías de cuerpos, tanto humanos como mutados, abiertos en canal o diseccionados, detienen mi verborrea mental y me provocan unas náuseas irremediables.

—Detén el coche... ¡Detén el coche! —insisto, más alto, sabiendo que si no bajo vomitaré inmediatamente en los sillones de cuero.

Keira frena en seco y todos se giran hacia mí. Cerrando el portátil, pero sin dejar de sujetarlo, abro la puerta y desciendo del aerotodoterreno de un salto. Devuelvo a mis pies sin darme tiempo a separarme un poco del vehículo y de mí.

—¿Ami? —Escucho la voz de Agatha.

De nuevo vomito, acuciada por el recuerdo de las horrendas imágenes. Tal vez también estoy expulsando hasta los higadillos por todos los nervios que me han estado carcomiendo por dentro desde que huimos de Cumbre. Demasiados quistes. Demasiado tiempo.

—¡Ami!

Es Lars quien llega hasta mí primero. Apoya una mano sobre mi espalda y masajea la zona en un intento por que termine de echarlo todo y por calmarme. Lo cierto es que agradezco sus cuidados, porque me arde el cuerpo por dentro como si hubiese bebido lava. El regusto que me deja el vómito me provoca nuevas arcadas, pero vacías de contenido. De pronto, siento que me rocían agua por la espalda, el cuello y la cabeza. Está fría y es reconfortante, porque suspende mis nervios lo suficiente como para calmar el malestar de mi estómago.

Poco a poco me voy incorporando. De reojo descubro a todos mis amigos dispuestos a ayudarme e intento componer una sonrisa convincente que los tranquilice. Ni aunque hubiese practicado durante siglos lo habría conseguido. Iggy intenta coger su portátil, pero no se lo permito. Agatha me reincorpora, palpando con sus manos mi cuerpo, examinándome, intentando encontrar el núcleo del problema.

—Estoy bien, Agatha. Ha sido la impresión de los documentos lo que —contengo otra arcada—, me ha hecho vomitar.

—¿Has visto ya a esa especie de mutantes?

Asiento, invocando mentalmente el remanso que me ha concedido el agua fría. Pero no puedo dejar de lado las crueles investigaciones descubiertas. ¿Humanos convertidos en bestias? ¿Para qué quiere la reina criaturas de ese tipo si el terror que impera ya es suficiente como para mantenernos callados? Es necesario que repasemos todos los documentos, que atemos cabos, y, lo más importante, que nos pongan en contexto.

Y sé por dónde empezar.

—Subid todos al vehículo.

—¿Cómo? —Se sorprende Keira por mi cambio repentino de actitud.

—Hacedlo y no arranquéis hasta que yo os diga.

—Levi no es la solución —susurra Lars, afectado.

—Puede serlo.

Rompe la tensión entre nosotros deshaciendo sus pasos. Keira, visiblemente enfadada, lo sigue de vuelta al vehículo. No pienso pedir perdón por ser tan directa. Agatha también entra en el aerotodoterreno, muda. Iggy me lanza una mirada cómplice y, con un asentimiento, es el último en regresar al interior.

Muevo los hombros, porque mantener esta férrea postura delante de Lars y los demás ha costado mucho más de lo que parece. Demasiado esfuerzo y dolor. Trago saliva con una mueca de asco. Han usado toda el agua para refrescarme, pero no se nos ha ocurrido que necesitaría beber para quitarme el mal sabor de boca. Es increíble que sienta como un auténtico peligro el afrontar la verdad, sobre todo cuando implica a otras personas, teniendo en cuenta que soy capaz de lanzarme contra la amenaza más mortal sin tan siquiera titubear.

Me dirijo a la parte trasera del vehículo con pasos cortos. Abro las dos compuertas negras y dejo que la débil luz del sol matutino se cuele en el interior. Levi está acurrucado en un rincón, quieto, con el cinturón de seguridad puesto para asegurarse la protección frente a los baches, los frenazos y los giros bruscos. Hay espacio suficiente, no es un maletero en sí, pero no hay ningún asiento y está rodeado de ventanas teñidas de negro que no permiten el paso de la luz.

¿Cómo he permitido esto siquiera? No han transcurrido ni dos horas, pero bastan minutos para ahogarse en este angosto habitáculo, porque, pese al frío que hace fuera, el interior ha acumulado un calor agobiante. Levi está sudado y me acerco a él, entrando a gatas . Primero le desanudo la mordaza. Inspira. Luego le desato las manos y los pies. Destensa su posición, pero aún tarda unos minutos más en recuperar la conciencia totalmente.

Me fijo en la mochila que reposa en la esquina contraria al chico. Debe ser la suya. Dejo el portátil a un lado y descorro la cremallera, esperando encontrar agua sin tener que rebuscar mucho. O Levi es un chico muy previsor o ha visto el futuro, porque enseguida encuentro un termo alargado. Con dedos torpes quito la tapa.

—Levi… —mascullo, aproximándome a él.

El alquimista intenta permanecer despierto. Parece sumido en la duermevela. Me acomodo contra la pared del vehículo, junto a él. Acompaño su cabeza hasta mi hombro, porque se tambalea, mareado. Acerco el recipiente a su boca y vuelco un poco de agua. Este mínimo le hace toser, pero al menos se despeja un poco más. Como han hecho mis amigos conmigo, pero con más delicadeza, le humedezco la cabeza. El agua se mezcla con su pelo sudado, oscureciéndolo aún más; le recorro la nuca hasta empaparle la espalda. Acumulo un poco de agua en mi mano y, con más cuidado todavía, le mojo el pecho sin apartarle la camiseta. Mantengo el contacto más tiempo del que debería. Mi pulgar surca la línea de su clavícula, que ahora se marca demasiado por su forzada posición.

—Amaranta…

Aparto la mano.

—¿Levi?

Abre los ojos como si hubiese despertado de un sueño profundo. Alza una mano y me roza la mejilla. Titubeo intentando romper el contacto, pero sus ojos brillan y se humedece los labios tan despacio que no puedo evitar quedarme prendada en ellos. Él parece notarlo, porque suelta una risita que me devuelve a la realidad.

—¿Ha llovido?

—¿Por?

—¿Por qué estamos mojados?

No llego a contestar, porque me examino. La camiseta blanca

transparenta mi sujetador negro; delgados ríos recorren las partes desnudas de mis piernas y mi pelo continúa goteando como si hubiese aguantado bajo un fuerte torrente. Luego vuelvo a darle un repaso a él. No está, ni de cerca, tan empapado como yo, pero la ropa también se amolda a su cuerpo y los largos mechones rubios, echados hacia un lado, enmarcan sus facciones. Por un instante, mi resistencia flojea y una sensación de nervios me inunda el estómago. Las yemas de mis dedos cosquillean, tentados a repasar algunos ángulos de su cuerpo.

Carraspeo.

—Estabas medio inconsciente —logro decir.

—¿Y tú?

—Levi...

—Nunca descansas, ¿no? Ni dejas descansar. —No es un reproche, sino que es, sorprendentemente, una apreciación burlona, como si no pudiese contener una diversión inocente ante mi imaciencia.

Solo con pronunciar su nombre ha adivinado que vengo a pedirle otra cosa. Pero yo necesito que sepa que estoy totalmente arrepentida por lo que le hemos hecho. Quiero excusar a mis amigos, pero sin quitarles culpa. Quiero que Levi sepa que conmigo... ¿Que conmigo qué? ¿Hay un futuro de seguridad y felicidad?

No mientas, Amaranta.

—No he venido solo por..., por lo que tú tal vez sepas ya. Vengo también para pedirte perdón, en nombre de todos.

—Aunque no todos quieran hacerlo —declara—. No te preocupes, Ami, esto no es lo peor que me ha pasado.

—¡Es que no quiero que a mi lado te pase nada malo! —se me escapa. Y añado, intentando enmendar mi atrevimiento—. Q-quiero decir que... A ver, que bajo mi protección en el Escuadrón Espino tú jamás sufrirás daño.

Levi no contesta de inmediato, sorprendido. Simplemente se queda observándome, indagando en mis movimientos inquietos, en mi respiración alterada, ávido por encontrar una brecha en todo mi muro por el que echar una ojeada a mi interior y descubrir qué estoy pensando realmente.

—Prefiero quedarme con lo primero que has dicho. Gracias.

Me ruborizo. El calor me trepa desde el estómago hasta la cara. Me inunda y me siento una tonta por comportarme de tal manera. Tengo que pensar en mí. En lo que yo quiero ahora, en lo que necesito para avanzar. Porque sigo estancada en el pasado, sigo igual que hace dos años. Reprimiendo mis sentimientos, obligándome a actuar como si fuese inquebrantable en todo momento. Porque yo soy Belladona, líder de… Yo soy…

El sonido de un roce me saca de mis pesadillas. Levi se ha acercado a mí y está alzando la mano, tal vez para acariciarme la mejilla de nuevo. Un flash me transporta a la habitación del albergue de Alente, pocas horas atrás, donde lo único que nos separaba era mi mano.

¿Ahora qué lo hará?

Sus dedos descienden hasta mi muñeca. Tantea mi piel, pero al comprobar que no me aparto, termina por agarrarme. Es firme, pero sin brusquedad. Se desabrocha el cinturón de seguridad y se incorpora un poco, muy poco, lo suficiente para atrapar mi otra mano bajo la suya. En esta posición, las gotas que resbalan por los mechones de su pelo impactan directamente contra mis mejillas. No noto su aliento, lo está conteniendo… ¿nervioso? No lo estará más que yo. Estoy tan cerca que puedo descubrir en sus iris una gama entera de diferentes tonos verdes que se arremolinan, crean curiosas figuras y trazan un mapa distinto en cada ojo. Me muerdo el labio inferior, en un acto reflejo, al no poder usar mis manos y tener las piernas atrapadas bajo su cuerpo. Se inclina, intentando no tocarme aún, pero nuestros labios terminan por rozarse levemente. Es como una descarga eléctrica, un impulso que me grita, por favor, que me sacie.

Debería hacerlo.

Quiero.

Él también parece querer.

Y recorta la distancia que nos separa, más seguro. Deposita un débil beso en la comisura derecha de mis labios que me hace tragar saliva. Que me derrite entera. La espera es desesperante. Pero ¿si tanto lo es? ¿Si tantas ganas tengo, por qué, de nuevo, hago lo que hago? Cuando Levi, lento, decide fundir sus labios con los míos, suelto:

—Huelo a vómito.

¿En serio, Amaranta? ¿En serio? Levi se detiene a pocos milímetros de mi rostro. Su aliento se escapa como una ráfaga con olor a café. Yo reprimo el mío, no sea que encima huela peor de lo que imagino y lo aleje más de mí. Sin embargo, no me hace falta mi aliento ni nada más para conseguirlo, porque mi estupidez ha sido suficiente para apartarlo hasta cobijarse de nuevo en el rincón.

—Levi, yo…

—Olvídalo. —No es una palabra áspera, pero hiere como la más dolorosa de las heridas.

—Lo siento.

—Amaranta, es tu elección. —Me mira. De nuevo no hay reproche ni rudeza en su actitud, pero, ¿qué es esto que me oprime el pecho? ¿Por qué parece que me mira sin mirar?—. Siento si te he molestado de nuevo.

¿De nuevo? Oh, no. La noche anterior de verdad había querido besarme. Mi corazón se hincha con una agradable sensación, pero mis crudos pensamientos deshacen toda esperanza. He tropezado dos veces con la misma piedra. Terca y ciega, me he olvidado de cómo los demás expresan sus sentimientos. Sin embargo, así soy yo. Despistada en descubrir lo obvio.

—¿A qué venías, entonces? —Sonríe, sin sonreír.

—Espera, Levi…

—No te preocupes.

Pero me preocupa, aunque ambos enterramos este momento.

—Uno de los archivos que nos ha enviado Tristán muestra una serie de experimentos con personas… —No parece reconocer lo que digo—. Son como mutantes. Es horrible.

—Déjame ver. —Extiende una mano y yo le tiendo el portátil.

Al principio su rostro entraña extrañeza. Se lleva un dedo a los labios, pensativo, y lo contemplo asustada porque no reaccione de ninguna manera. No obstante, a medida que repasa los siguientes archivos, su rostro va mudando hasta convertirse en una máscara de cera. Las manchas grises de la impureza se tornan más oscuras y agrava mi propia inquietud.

Aunque la curiosidad me está matando, dejo que continúe indagando, que sea él quien hable primero cuando haya procesado la información. Lo que el registro de documentos contiene puede suponer una quiebra para la monarquía de la reina Matilde. Puede suponer un cambio. Y aún quedan más y más archivos con los que destapar toda la pantomima que es nuestra sociedad actual.

Existe un cambio y no viene de la mano de una divinidad.

—No sabía nada de esto, pero es abominable. Esto es imposible… Deben estar obligándolos…

—¿A qué, Levi? —pregunto, al advertir un brillo de reconocimiento en su gesto.

—Imposible.

—¿Levi?

—Estoy indagando en otros documentos, referentes a los dones y… Reconozco la letra de algunos apuntes.

—¿En serio?

—Sí. No podría olvidar su caligrafía en la vida. —Su voz se quiebra—. Está viva… —Sus ojos relucen, de pronto, llenos de esperanza—. Si ella está viva, podrá llevarnos a todos los documentos.

—¿Todos los documentos?

—Al archivo secreto de la reina Matilde. Estos ficheros —la emoción en su voz es palpable al descubrir una salida a nuestra misión—son una ínfima parte de lo que podemos llegar a obtener.

De repente, estamos tan cerca…

—Amaranta. —Levi sigue sumido en sus elucubraciones—. Ella es la persona… la única alquimista —rectifica—que creo que puede ser capaz de destruir el Mapa de la Diosa. Ella es mi contacto en Mudna.

Dos pájaros de un tiro.

No se me escapa que ha cabido la posibilidad de que *ella*, el contacto que nos prometió, esté muerta y, por lo tanto, Levi me haya estado conduciendo a un callejón sin salida. Pero no se lo reprocho porque, al fin y al cabo, me está guiando hacia mi verdadera misión, a la conclusión del objetivo por el que se formó el Movimiento Nebulosa.

—Ven conmigo.

—Ellos…

—Ellos están equivocados —determino.

Le cojo de la mano, fuertemente, por si intenta desasirse. Necesito arrastrarlo. Necesito poner a Levi frente a mis amigos y demostrarles que él, desde el comienzo, ha sido la llave de nuestra puerta final. Que están equivocados. Que tienen que pedir perdón.

Que mi intuición ha acertado.

Con ímpetu, abro la puerta lateral del vehículo y entro sin soltar a Levi, que se aúpa al aerotodoterreno a duras penas.

—¡Amaranta! ¿Qué hace él…? —comienza Keira, cuya desgana se transforma en alerta.

—Escuchadme, y hacedlo atentamente. El golpe final está cerca y yo tengo el plan perfecto.

Me coloco el brazalete rojo en el brazo. Arde como una llama; arde contra mí, repeliéndome. Desde Bun que ninguno de nosotros ha utilizado el suyo y nos hemos sentido libres. Inquietantemente libres, porque sabíamos que no llevar la identificación solo afloja un poco más la correa, pero que la etiqueta continúa marcando nuestras vidas.

Nuestros actos y nuestras palabras son los verdaderos brazaletes.

En el callejón, frente a un alto hotel plateado de unas veinte plantas, mis amigos, Levi y yo nos preparamos para llevar a cabo el plan. Mi plan. Entrar en Mudna no ha sido demasiado complicado, aunque encontrar los pasadizos secretos que dan a la ciudad ha costado un poco más de lo que pensaba: algunos los han tapiado y otros están ocultos por hojarasca reseca. Todo zarzas y ortigas, la perfecta bienvenida a la capital del horror.

El grupo está demasiado mudo. Muy tenso. Nadie susurra directrices, ni apremia en tomar posiciones. Husmeo por la calle, intentando reconocer los rostros que van a caer en nuestra trampa. Nada a la vista. Chasqueo la lengua, molesta.

No les he revelado todavía que mi plan se basa en un mero presentimiento, pero ellos me conocen demasiado bien y cuando les he propuesto la misión, todos han fruncido el ceño a la vez, viendo asomar de nuevo la cabeza de mi intuición. No se han negado, pero tampoco han visto en este plan un éxito.

—Recuérdame de nuevo tu plan suicida, Amaranta, por favor. —Lars se masajea las sienes, algo agobiado. Él suele ser el entusiasta de las estrategias arriesgadas. Se adapta bien a los cambios, cuando yo soy un desastre improvisando. Por eso lo necesito, por eso le repetiré las veces que haga falta que todo va a salir bien. No abro la boca, sé que va a ser él quien haga eco del recuerdo—. Vas a escoger a dos de nosotros cuatro y a Levi, porque crees, repito, crees, que en este hotel residen unas personas que podrían llevar al grupo seleccionado —ahí va la ironía. Sonríe. Poco a poco, recupero a Lars—al palacio de la reina Matilde. Al palacio. Porque tienes la certeza de que la reina acoge a los suyos, y pretendes abusar de su hospitalidad —más sarcasmo—para encontrar, junto a Levi, los archivos secretos de la reina Matilde que, según Levi, están ahí.

Pese a que no para de remarcar el nombre del alquimista, no puedo evitar el tirón de mejillas que me provoca la risa. Lars no ha sonado enfadado, sino incrédulo, tal vez con una pizca de curiosidad y ansia por la aventura que parece abrirse ante nosotros.

—¿Nos puedes decir quiénes son esas supuestas personas tan amables que van a confiar en nosotros? —Keira se cruza de brazos. Ella sí se mantiene escéptica, con una mirada rapaz puesta en Levi.

—No os lo he dicho hasta ahora, porque sabía que os negaríais a aceptar el plan, pero…, me refiero a mis padres.

La reacción no se hace esperar. Lars y Keira dan un paso hacia mí, decididos a negarse. Agatha se recoge en un abrazo, un tanto incómoda. Iggy palidece; está tan serio que podría haber tensado el silencio hasta romperlo en mil añicos.

Me ha sorprendido que después de la decisión sobre Levi, hayan aceptado mi plan sin muchas preguntas. A lo mejor se han arrepentido de su parecer al comprobar que el alquimista no es el topo que ellos creen, que el halo que lo rodea es bastante similar al nuestro: lleno de dolor, pérdida y supervivencia; que mi intuición no ha fallado esta vez. No han pedido perdón, pero tal vez, ceder ante mi petición ha sido una forma de demostrar que he vuelto a recuperar su confianza. Y también Levi, por mucho que decidan cargarle parte de culpa por este plan que piensan demente. Incluso ahora más, con la incorporación en la misión de mis padres.

—Mis padres, cuando venían de vacaciones a Mudna, se hospedaban en este hotel. Pertenece a una tía mía muy lejana, pero que siempre ha mantenido lazos estrechos con ellos. Con la destrucción de Cumbre, estoy segura de que mis padres no se quedaron allí. Los conozco. Hasta que no se arregle todo, hasta que no recuperen todo lo que han perdido, no regresarán.

» Ellos no saben vivir sin lujos, sin que les coman la oreja por lo supuestamente grandiosos que son. Así que el plan consiste en que yo, junto con Levi y dos de vosotros, nos encontraremos "fortuitamente" con ellos. —Empiezo a usar el tono de contar historias épicas, pero no sin aplicarle una buena dosis de sorna—. Diré que los buscaba desesperada, pero que cuando Cumbre cayó en desgracia por la acción de la Diosa quedé inconsciente —en este detalle no miento—y que, al despertar, unos mercenarios me capturaron. ¿Cuál era su propósito, os preguntaréis? Pues nada más y nada menos que venderme a las minas de Bun.

» Sin embargo, un valeroso alquimista me rescató de sus garras al reconocer que yo era una ígnea. Él castigó a los malos y decidió devolverme con mi familia, aquí, en Mudna, y de paso tramitar otros negocios con la reina Matilde, porque Levi, el alquimista, es una persona con mucho caché y contactos. A la vez, unos amables neutrales con vínculo nos acompañaron en el viaje como conductores del fabuloso aerotodoterreno que nos ha llevado hasta aquí sanos y salvos. Ellos sentirán felicidad pura al ver que su hija predilecta vuelve a casa. No me negarán nada. —Mi voz se retuerce, ansiosa—. No después de tantos años granjeándome su confianza. Así que les diré que me avergüenza abusar de la tía esta, cuyo nombre no recuerdo, y que preferiría que la reina Matilde me acogiese en su hogar unos pocos días. Porque Levi también necesita ir allí y yo quiero contarle de primera mano lo injusta que es la Diosa y lo buena ígnea que soy al rechazar todo camino del mal.

Concluyo con la respiración entrecortada, ansiosa por todo lo que depara esta misión. Respiro hondo, a sabiendas de que debo conservar la sangre fría para el momento de la verdad. Este plan no permite errores y tenemos que estar perfectamente coordinados y concentrados.

—¿La reina Matilde va a acoger a una ígnea cualquiera? —pregunta Levi.

—La cuestión es que no soy una cualquiera, Levi. Mis padres son líderes de la comunidad ígnea en Cumbre. Si yo les digo esto, querrán pavonearse delante de la reina usándome como excusa. Querrán hacerle ver que siguen su mandato y que no hay nadie más poderoso que el Dios de la Corona Ardiente. ¿Siguiente pregunta?

—¿Qué vas a decir sobre tu desaparecido tatuaje?

—Los mercenarios, el mismo día que me raptaron en Cumbre, me lo quitaron para resultar un mejor producto que vender a las minas de Bun. Allí no quieren granjearse problemas con la capital, y aceptar la compra de una ígnea habría supuesto un movimiento peligroso.

—¿Cómo se te ha ocurrido este plan tan rápidamente? —Levi está asombrado.

Habría edulcorado mi ingenio para elaborar misiones, pero sé que esta, en concreto, fue orquestada por más personas.

—Este era mi papel en el Movimiento Nebulosa: ser un topo en los ígneos. No salirme de la comunidad y espiarlos para extraer información. El Movimiento estaba dividido por escuadrones y yo formé parte del Espino desde el primer momento. Sencillamente, por aquel entonces yo no era la líder de mi escuadrón y apenas hacía incursiones peligrosas. Para Nil, yo… —Creía que dolería más pronunciar su nombre, pero algo ha aligerado la carga que comporta nombrarlo—. Para Nil, yo era un engranaje demasiado importante como para sacrificarlo en el campo de batalla. Discutía muchísimo con él por apartarme de esa manera, cuando los demás ponían sus vidas en peligro. Yo... —La voz se me quiebra—. Yo —me recompongo—nunca fui capaz de entender que él tenía razón. Porque Nil consideraba que yo era buena, tanto peleando como espiando, y como líder de un movimiento entero, decidió para qué papel de los dos servía más.

—Y porque la mayoría de veces era incapaz de verte luchando. Por mucho que confiase en tus habilidades —dice Keira.

—Pero yo era capaz. Soy capaz.

Siempre lo he sido. Y una losa cae sobre mi corazón, contundente. Me deja sin respiración. Pienso que se quedará ahí, ahogándome, hundiéndome en mis dolorosos recuerdos. Nil, te quiero en mi presente, no como una sombra que me persigue y no me deja avanzar. Porque tú no te pareces en nada a la oscuridad, aunque yo te haya convertido en ella. Tú eres luz, magnífica y arrolladora. Y te quiero en mi presente así, como un rayo de sol. Una vez me dijiste que no podía salvarlos a todos, pero te equivocas. Tarde o temprano lo voy a hacer. A ti también te rescataré, porque a los vivos les daré dignidad y a los muertos, memoria.

Este torrente de verdades que nunca he sido capaz de destapar, de gritarlos dentro de mí, alzan la losa que sepulta mi corazón.

—Bien. —Respiro hondo, sintiendo que algo dentro de mí se recompone—. Levi, ¿estás preparado? —Asiente—. Lars y Keira, os venís conmigo.

Enmudecen, sorprendidos, como si hubiese revelado un truco de magia. Agatha retrasa un paso, insegura, todavía abrazada a sí misma como si anduviese perdida. El que no tarda en mostrar su desaprobación es Iggy, que se lanza contra mí, cogiéndome por los hombros.

—No, no te vas sin mí, Amaranta.

—Lars y Keira tienen más experiencia y llaman menos la atención. No es que Agatha y tú seáis muy conocidos, pero se os rescató de situaciones en la que os vio demasiada gente. No quiero que nos descubran por eso.

Iggy contrae el rostro, disgustado.

—Y yo no quiero perderte por este plan tan arriesgado. Si te pasa algo yo… Si te pasa algo no lo podré soportar, ¿me oyes? No podré… —Afloja la presión sobre mis hombros y deslizo mis manos por detrás de su cuello para estrecharlo en un fuerte abrazo.

—No tengas miedo —susurro contra su oído—. Sabes que si algo sale mal estarán Keira y Lars para ayudarme.

—Confío plenamente en ellos. —Hunde la cabeza en la curva de mi cuello—. De quien no me fío es de todo Mudna. De tus padres. De la reina Matilde. Si te descubren van a condenarte a muerte.

—Tranquilo.

Le acaricio el pelo, intentando tranquilizarle. Sabía que, de todos, Iggy iba a ser el que menos aprobaría el plan. Nunca nos hemos separado en una misión. Siempre hemos ido juntos contra todo y con todo. Espalda contra espalda. Nos coordinamos muy bien y conformamos una pareja invencible. No me hacen falta las palabras para comunicarle algo. Solo una mirada, un sencillo gesto que atraviesa el sonido y dice mucho más como silencio.

Me estrecha todavía más con un sutil estremecimiento. Deja caer un beso suave en mi mejilla. Poco a poco, su cuerpo se relaja y, sin que yo presione la separación, Iggy me aleja. Su mirada entraña un universo entero. Dice todo y nada. Guardo el mensaje indescifrable, pero intenso, para acudir a él en los momentos complicados.

—A ti y a Agatha os necesito para otra cosa. —Fruncen el ceño—. Vosotros dos tenéis que encontrar a Tristán, por favor. Encontradlo.

—Eso haremos —asegura Agatha.

Iggy se destensa. Le he persuadido un poco más, solo un poco, por la misión que le he encomendado. Sabe que he confiado en él el cometido más importante para mí.

—Cuando menos te lo esperes, habré desvelado a todo Erain los secretos de la monarquía y volveremos a El Tugurio para bebernos una cerveza viendo a los Relámpagos de Trampte.

—Con que vuelvas para poder abrazarte me conformo. —Iggy esboza una sonrisa triste.

—Cuidaos. —Me dirijo a Agatha—. No dejéis que os descubran.

Es después de un interminable abrazo con Agatha cuando los cuatro decidimos salir de la sombra del callejón a la luz de la mañana de la capital. Es una avenida muy transitada y muy *snob*, por qué no decirlo. La gente pasea feliz, mostrando sus brazaletes rojos sin preocuparse por la miseria y la muerte que les rodea. Lucen abrigos de piel, maquillajes y peinados estrambóticos y caminan entre las tiendas, quejándose por qué cosa comprarse esta mañana. La entrada del hotel ha comenzado a inundarse de personas trajeadas, sujetando sus brillantes y caros maletines. De familias con niños rollizos y de caras sonrosadas que salen al exterior para disfrutar de otra mañana más en un mundo sin preocupaciones.

Me dan ganas de arrancarme el brazalete y prenderle fuego aquí mismo.

Fuego contra fuego.

Pero me contengo. Cruzamos la calzada con largas zancadas. Mis amigos y yo desentonamos entre la muchedumbre tan pulcra e idéntica. Somos los juguetes defectuosos de una línea de muñecos perfectos. Keira y Lars visten sobrios, prácticamente de negro, con el brazalete blanco refulgiendo contra el sol. Hemos falsificado en la tela la llama que los acredita como neutrales con vínculo. Solo espero que mis padres no se fijen mucho en la autenticidad de sus brazaletes. Además, Keira se ha maquillado parte de las infecciones que inundan su rostro. Es consciente de que llaman mucho la atención y de que cualquier ígneo o neutral con vínculo que se precie lo ocultaría de la misma manera.

Mientras Agatha le retocaba las impurezas, el rostro de Keira se había contraído en una mueca de vergüenza y rechazo hacia sí misma. Sé lo mucho que odia que nos inmiscuyamos en su vida personal, pero, en ese momento, le habría estrechado entre mis brazos y le habría asegurado que es maravillosa, tal y como es.

Levi lleva una especie de casaca verde oscuro que le confiere un aspecto mucho más formal. Pendiendo de su cuello, se balancea la identificación verde de alquimista en Bun. Según me ha explicado, es como si llevara un brazalete, solo que el color y los extraños signos dibujados en esa plaquita transparente son la forma de identificarlos: rango, nombre y zona.

Yo, en cambio, visto de gris y negro con mi chaqueta de parches, y aquí en medio parezco una vagabunda. Cuando mis padres me vieran…

—¿Amaranta?

Se me hiela la sangre. Mis amigos no reaccionan, solo fruncen el ceño ante la llamada. Es mi padre. Habría reconocido su mezquino tono de voz en cualquier parte. Keira, Lars y Levi continúan con su férrea posición de "guardaespaldas". Yo reprimo un sollozo. Intento que el sol me queme el rostro para que se me aneguen los ojos de lágrimas.

Que comience la función.

—¿Padre?

Me giro, exagerada. Volver a verlo me provoca auténtica repulsión. Mucho más me cuesta fundirme en un abrazo. Él siempre ha sido frío y poco afectuoso. Tristán y yo solo habíamos recibido cumplidos sinceros, muestras de una especie rancia de amor, cuando nos comportábamos como perfectos devotos del Dios. Lo estrecho con fuerza, más para contener el odio que por conmoción. De pronto, mi madre surge detrás de mi padre y, con emoción fingida, comparto el mismo gesto con ella. Huele muy bien, y la escucho sollozar contra mi pecho.

—Padre, madre, os he estado buscando. —Intento llorar. No lo consigo—. Yo… yo —Hago como si se me rompiese la voz—. Me capturaron cuando la Diosa destruyo nuestra ciudad, y… ¡Mirad! —Alzo la mano para mostrar la cicatriz de la llama. Estoy siendo muy exagerada, pero es que no me sale nada mejor—. Y, ¡esto también! —Me cojo la punta de algunos mechones cortos.

—¡Oh, hija mía! Creíamos que habías muerto. Buscamos tu cuerpo por todas partes, pero no lo encontramos. —Por suerte, mi madre es así de dramática.

—No me puedo creer que haya dado con vosotros. Tengo que contaros todo lo que me ha sucedido, y…

Y ahí se queda mi discurso, porque un imprevisto me rompe los esquemas. Quildo aparece con una enorme sonrisa. Fin del plan. Este es el final. Mis recuerdos se revolucionan al rememorar el día de la destrucción de Cumbre. El día que casi le di a entender que no estaba siendo una ígnea modelo. El miedo debe notárseme en la cara, porque mi padre frunce los labios y mi madre me pregunta si me encuentro bien.

No puedo fracasar ahora que estamos tan cerca. Ahora que puedo rozar la victoria después de tantos años de sufrimiento y sacrificio. Avanzo hasta Quildo, componiendo mi más aliviada sonrisa, y, sin previo aviso, haciendo acopio de voluntad, pongo una mano en su mejilla y me acerco para besarlo. Aprieto los labios como si fuese un cuño sellando un sobre. Pienso que Quildo detendrá el gesto, exponiéndome ante mis padres, señalándome como la traidora que soy. Pero, si han reaccionado así, significa que mi prometido aún no les ha revelado nada.

Por eso, cuando él me fuerza a mover mis labios al compás de los suyos, me obligo a corresponderle como nunca lo he hecho. Ahora sí que noto que los ojos me escuecen, amenazando con dejar caer algunas lágrimas. No lo impido y las dejo correr por mis mejillas. Me encuentro llorando no solo por el repugnante beso que me recuerda que regreso a la cárcel de apariencia y despotismo, sino también por todas las veces que he querido estallar y no me lo he permitido. Sollozo contra la boca de Quildo y él se separa, relamiéndose con una sonrisa que no me gusta nada.

—Delante de mis padres. Qué atrevimiento, Quildo.

Me seco las lágrimas. Intento soltar una risita tímida para denotar que siento mucha vergüenza por el espectáculo que acabamos de dar. Que han visto Keira, Lars y Levi. No ha sido fácil. Para nada. Y quiero gritarlo, pero las palabras de mi padre cortan mis ansias:

—No te preocupes, hija. Ha recuperado a su prometida. Puedo permitir alguna que otra muestra de desenfreno. Que los ígneos no somos de hielo. —Me desagrada y tensa.

—Ya lo sé, padre.

La aparición de Quildo ha precipitado los acontecimientos y los está empujando para hacerlos caer al abismo. Pero no hay vuelta atrás, ¿no? Me he confiado. He subestimado a mis padres y a Quildo. Siempre ha sido tan sencillo manipularles... Entonces, ¿qué ha cambiado? Ellos no saben nada de mí. Nunca he dejado un cabo suelto.

Menos Quildo.

De nuevo, detienen mi verborrea mental:

—Cariño, no nos has presentado a tus peculiares amigos.

Peculiares por no decir: neutrales de dudoso convenio, y uno de los tres sin brazalete.

—Será un placer que conozcáis a las personas que me salvaron del horror en el que está sumido este país bajo la acción de la Diosa. —Me seco el resto de lágrimas, aparentando fragilidad—. Pero antes, ¿creéis que la reina Matilde podría cobijar a unos humildes servidores del Dios entre los protectores muros de su hermoso palacio?

Las cartas sobre la mesa. Los dados echados. La leña al asador. Sea como sea, he tentado a la suerte y su respuesta no se hace esperar.

TRISTÁN

UN NUEVO AMANECER. El tercero desde que me han encerrado en esta celda mohosa, húmeda y asfixiante. Es la alcantarilla que conecta con el exterior la que me indica que un nuevo día me recibe para castigarme sin piedad. Boqueo, intentando inundar mis pulmones, pero no importa, porque respire o no, siempre termino ahogándome. Toso por la violencia de mi acción y me convulsiono hasta escupir bilis, que me inunda la boca con un sabor tan amargo como reconocible.

Apenas he comido o bebido. No me atrevo a probar ni un solo bocado de lo que me dan las personas que creía conocer. Sé que, por algún motivo, me necesitan vivo. De momento. Pero eso no quiere decir que tenga que deshacerme en agradecimientos por el potingue blanquecino que me sirven junto a un mendrugo quemado de pan. Así que me dedico a llorar hasta que no me quedan fuerzas y me acurruco sobre el duro e incómodo suelo de piedra de la celda.

Tampoco duermo en la cama. El colchón está tieso y huele a putrefacción. No quiero sufrir la misma suerte que las personas que hayan podido estar encerradas en esta celda. Moribundas sobre esta misma cama.

Podría haberme convencido de que esto es lo peor que me puede suceder. Podría haberme vuelto loco, porque así sería más sencillo encarar los siguientes días. Podría haber intentado huir, buscar a Piloto y encontrar a Amaranta. Pero es imposible.

Amaranta debería haberme buscado y rescatado.

Ella nunca lo ha pretendido.

Mentira.

Ella me quiere. Lo siento en nuestra conexión inquebrantable. Sí, nuestros encontronazos han sido devastadores, pero ella me dejó la bellota, aunque me robase el Mapa. Amaranta trama algo, pero escapa totalmente a mi comprensión. Ella es una ígnea. Tal vez no es tan mala como los demás, pero el solo hecho de formar parte de su sociedad ya implica compartir muchos rasgos opresores. Yo he visto en ella, aunque en pocas ocasiones, el dolor por presenciar el sufrimiento ajeno y no poder hacer nada. O, mejor dicho, convencerse de que no se puede hacer nada. Ella es más de lo que ha aparentado siempre. Estoy seguro. Al fin y al cabo, Gorio la dejaba entrar en El Tugurio. Al fin y al cabo, ella tiene amigos neutrales que no han firmado el Vínculo.

A lo mejor solo me estoy sujetando a un clavo ardiendo. A lo mejor Amaranta sí es una ígnea sin corazón y me robó el Mapa de la Diosa para terminar con toda esperanza. A lo mejor solo frecuentaba El Tugurio para aprovecharse de los demás y tender la trampa que me atraparía el día en que Cumbre sucumbió.

Pero si es así, ella no me habría dejado la bellota.

No.

Ella me está buscando. Confío en ello. Solo se está retrasando.

Me llevo una mano al corazón por pura inercia. Después de irnos de Porta, no he vuelto la mirada a mi cuerpo de nuevo. Pero ahí está en la piel: la creciente mancha gris. La infección que me marca. Quiero reunirme con Amaranta para que me dé explicaciones y me devuelva el Mapa, pero a veces olvido que ya no importa:

he consumido un Don de la Diosa, y, supuestamente, la Diosa no atiende a ningún infectado. No salva a ningún infectado.

Me toco el pecho. Ya no importa.

Pero Johan me dijo que yo soy más fuerte de lo que llego a comprender. Que yo soy un tocado por la Diosa, aunque me cuestione su significado. Una persona especial a ojos de la divinidad que me otorga el favor de poder consumirla para alcanzar un bien mayor. Razón no le falta para creerlo: continúo vivo después de tomar las pastillas rojas que Amaranta me entregó. ¿Tal vez ella lo sabía? ¿Ella sabía que yo podía consumir este Don sin morir por su demoledor efecto? Pero como ígnea no debería creer en ello… Entonces, ¿de dónde las sacó? ¿Ella también las ha tomado para intentar paliar su problema de corazón?

Entonces ella debería estar muerta. Debería haberse convertido en una expirante, y haber fallecido poco después.

O también es una tocada por la Diosa.

Imposible. Ella no es creyente. Sin embargo, si los tocados existen, ¿la Diosa escoge a las personas que creen en ella o en las que ve pureza en su corazón, sin importar lo demás? Sacudo la cabeza. No puedo hablar de la Diosa como si fuese un ente racional. Ella es la naturaleza misma. Aunque, ¿una naturaleza mágica? Me agarro del pelo y estiro. Nunca me he cuestionado mis propias creencias y ahora todo se desmorona, día tras día, sin opción de reconstrucción, aunque sí de evolución. Intento recordar de nuevo a Johan, tranquilizándome, incidiendo en que no puedo perderme en esta oscuridad tan insaciable solo porque todos mis juicios son debatidos.

—Te traigo el desayuno.

Sasha.

La misma Sasha que me rescató de las garras de la capitana Zyan y sus soldados. La misma que me mostró el poder de la libertad y de la verdadera madre naturaleza. La misma que me enseñó a pelear. La misma que creía que era mi amiga. Pero todo es mentira. Esta no es la Sasha en la que yo confié ciegamente.

Esta Sasha es vil y mentirosa.

—Tienes que comer algo.

Otro silencio. No quiero malgastar saliva con ella. La chica deja la bandeja sobre el suelo. Después parece vacilar en aferrarse o no a los gruesos barrotes de hierro que me atrapan en esta celda. Duda en sus pasos. No puedo evitar mirarla de reojo, pero en mi fuero interno el infierno se está desatando y solo bullen mis ganas de gritarle que se marche.

Sin embargo, yo ya he gritado demasiado durante estos días. He gritado dentro de la celda contra Shioban y Caleb, mis supuestos mentores y amigos. Contra Judah y Sasha, mis supuestos guías y amigos. He gritado por si en la calle alguien reaccionaba y venía en mi busca. Por todo mi dolor hasta desgañitarme y escupir saliva y sangre. Es verdad que por mucho que las palabras de Johan ayuden a sostener lo que poco que queda de mí, hay demasiado Tristán hecho añicos.

No me reconozco, y eso aterra.

—Tristán, ¿dejarás que me explique?

Es suficiente. Ni una palabra más. No puedo. Me apoyo en la pared, intentando mantener el equilibrio a causa del temblor que descontrola los músculos de mis piernas. Me arrastro por la celda, haciendo acopio de la escasa energía que mantiene vivo mi cuerpo. Sasha me espera con el aliento contenido. Al menos respeta mi espacio.

Cuando llego a los barrotes me dejo caer sobre ellos. Me han herido, he sentido el cansancio más extremo, pero nunca he sufrido una debilidad tan pesada como la que me está drenando en este mismo instante. La pierna en la que la bestia me clavó sus garras me falla con una intensa punzada de dolor, mientras trato de sujetarme. Me tambaleo en un balanceo que consigo dominar a duras penas. Sasha hace el ademán de ayudarme desde el otro lado y es mi voz, ronca y rasgada, la que la noquea en el sitio. Y a mí también:

—No te acerques.

—Estás muy débil. Debes comer.

—No me digas lo que tengo que hacer. No te atrevas.

La pena cruza por sus iris celestes, enturbiando el precioso color. No me lo creo. Es una maravillosa actriz. No sé de dónde ha salido, pero, desde luego, pueden contratarla en cualquier teatro por su excelente forma de fingir. Quiero espetarle todo lo que opino, provocarle el mismo daño que ella me está haciendo a mí. Sin embargo, cuando busco el arrojo suficiente para conseguirlo, me doy cuenta de que ni puedo, ni quiero hacerlo.

¿Hasta cuando voy a librar esta batalla interna? ¿Cuándo voy a aprender que hay tantos grises nublando la luz y las sombras de la humanidad que nunca nadie va a ser honesto ni perfecto? Porque yo tampoco soy ni una cosa ni la otra.

—Yo no pretendí esto para ti. Al menos, no al final…

—Es gracioso, porque eres tan interesada que ni siquiera te das cuenta. Has necesitado conocerme para cuestionarte si lo que estabas haciendo era correcto o no. —Clavo mi mirada en ella, y Sasha tiene el impulso de retroceder, pero al final no lo hace—. Has estado juzgándome durante todo este tiempo. ¿Me aprovecho de él o no? Bueno, él es solo un pobre renegado ignorante al que no le queda nada. ¿Por qué no lo vendemos? Pero resulta que el inútil del renegado esconde sentimientos bajo su piel. Qué sorpresa.

—Te equivocas.

—No, Sasha —murmuro—. Te equivocas tú, porque si no, yo no estaría encerrado entre estas cuatro paredes.

—Estoy obligada a hacer esto. —Se le quiebra la voz.

—Sí, claro.

—Déjame que me explique…

Empiezo a darle la espalda, internándome de nuevo en la oscuridad de la celda cuando sus palabras me detienen:

—No te reconozco.

Certera afirmación.

—Yo tampoco, Sasha. Yo tampoco me reconozco. ¿Y sabes de quién es la culpa? —Enarco las cejas, colgando los brazos en los gruesos y fríos hierros—. Vuestra. Tuya y de Judah. De Suyay. De Shioban y Caleb. De todas las personas que me han traicionado.

—También es culpa tuya, Tristán —me espeta.

—¿Culpa mía? —digo, incrédulo—. Yo solo quería buscar a la Diosa y rogarle por todos nosotros como un estúpido. Por gente como tú. Porque de verdad creo que existe una segunda oportunidad. Pero, Sasha, yo te he dado al menos tres o cuatro… ¿Sabes cuántas veces me has fallado? —Ni siquiera sé de dónde salen estos reproches que me desgarran la garganta. Las lágrimas comienzan a aflorar y amenazan con caer desconsoladas—. ¿Tú sabes lo mucho que confiaba en ti? Tu egoísmo está por encima de mi bienestar.

—Tú no recuerdas los días en Cala Verde, pero yo no puedo olvidarlos —me recrimina.

—No puedo recordarlos, ¡porque me tuvisteis drogado todos los días! ¿Sabes lo que es tener sentimientos por alguien de quien ni siquiera tienes unos recuerdos reales? Yo confié en vosotros. Los recuerdos borrosos de aquellos días solo me transmiten paz y tranquilidad, porque me sentí aceptado. Por primera vez en la vida, podía permanecer a la luz del sol sin que nadie me disparase con una pistola de pintura o me juzgase por ser un renegado distinto. Yo era un habitante libre, igual que los demás. Era tan sencillo estar a tu lado, Sasha… —Mi tono se suaviza, pero mi corazón continúa frío como un témpano.

—Antes de separarnos hace dos noches, te pedí que me perdonases por todo. Que lo recordases. —Sasha baja la mirada.

No me creo que Sasha esté usando bazas tan pobres e insustanciales como estas.

—Parece mentira, Sasha. Pero te lo explicaré. El perdón no funciona así. Yo no te lo concedo para que luego me tomes el pelo de nuevo. Te lo concedí, porque creí que eras una buena persona y que tus acciones venían marcadas por el duro comportamiento de Judah. Pero aquí estás, frente a mí, viéndome encerrado día tras día, sin hacer nada.

—Si me negaba a entregarte, me habrían matado.

Y, de pronto, siento pena. Siento pena de verdad, porque yo soy un tonto en un mundo de perversidad. Es imposible sobrevivir si la persona que lo intenta es como yo.

—Y esa es la diferencia entre tú y yo, Sasha. Yo sí habría luchado por ti.

Me dejo caer en la cama, cansado. Aceptaré el destino que me estén imponiendo, pero al menos lo haré con la conciencia tranquila. Sobreviví a la devastación de Cumbre, a la prisión de Cala Verde, a mis días más oscuros y a los sentimientos más arraigados. Me han destrozado, pero también he sabido recomponerme y luchar. He viajado por todas las fases de mi ser, desde la más destructiva a la más utópica. Las situaciones que he vivido me han transformado y hecho renacer en un Tristán que no reconozco.

¿O sí?

Miro dentro de mí. Me atrevo a destapar el espejo del oscuro fondo de mi corazón y asomarme para descubrir qué se refleja en él. Lo he obviado durante toda esta implacable aventura. En realidad, nunca me he escrutado bien. Nunca. Y entonces me veo. Soy realmente consciente de la persona que fui, la que soy y la que quiero llegar a ser. Me encuentro llorando, gritando y sufriendo. Pero también corriendo, riendo y amando. Este Tristán tiene innumerables cicatrices, pero son eso: cicatrices. Las heridas no sangran y todas están sanando.

Aquí está el gris, rodeándome. El gris de la humanidad. Los claroscuros de una realidad en la que he creído y en la que después he perdido la esperanza. Yo soy gris. Desde la punta de mi cabello hasta la de mis pies. Soy un renegado abandonado y sanado. Un renegado perdido y reencontrado. Soy una persona que vive sus aciertos y sus errores. Soy el universo y una hormiga.

¿Puedo entonces ser un tocado por la Diosa?

Suspiro. Me apoyo en la pierna sana para incorporarme otra vez. Sasha permanece de pie, expectante. Y, no sin tristeza, le pregunto determinante:

—¿Qué queréis de mí? ¿Tú, Judah y mi Clan?

Algún cambio debe notar Sasha en mí, porque no reacciona ni dolida ni apenada. Yo me mantengo firme, intentando ocultar que la traición de Shioban, Caleb y los demás no me está desangrando por dentro. Me sorprende lo fuerte que estoy siendo respecto a ellos en concreto. Me aceptaron, cuidaron y me dieron una misión.

Sin embargo, nunca he dejado de lado las sospechas como tampoco he dejado de cuestionarme sobre lo que soy y las intenciones que tiene la Diosa. La Diosa me decepciona, y ahora lo hace mi Clan. Todo va cogido de la mano. Son las dos caras de una misma moneda.

Y entonces entiendo a Sasha. Yo también tengo culpa de mi propia situación. Cuando me convertí en renegado pensaba que estaba alcanzando la verdadera libertad, pero solo me condené a una cárcel más. Juzgué que el Clan y la Diosa eran los únicos que podían ofrecerme la felicidad que deseaba. Pero una creencia no hace una actitud. Ser un renegado no te convierte directamente en un ser bondadoso. Hay renegados que pueden ser malvados, mentirosos y estar llenos de odio, incluso para con los suyos. Shioban, Caleb y los demás son este tipo de personas.

El color de tu creencia no siempre define el motivo de tus acciones.

Empiezo a comprenderlo todo. Mi misión es luchar contra todas las injusticias, vengan de la mano de un Dios, de una Diosa o de una reina.

—¿Tristán?

—Dime, Sasha. —Se sorprende ante mi tranquilidad—. ¿Qué quieres de mí?

—Antes has hecho la pregunta acertada, Tristán. El problema no es lo que yo quiera de ti, si no lo que ellos quieren de ti. Y lo que siempre han querido es… —titubea, y casi le pido que no termine la frase, porque veo reflejado en sus ojos la resolución. Y hiere tan profundamente que me cuesta horrores aparentar que no me he dado cuenta. Pero se decide—, matarte.

Matar está dentro de mi lista de cinco posibilidades, pero mentiría si dijese que está en el puesto número uno. ¿Qué les he hecho a mi Clan como para querer asesinarme? Conviví con ellos durante años. Tuvieron miles de oportunidades y podrían haberlo hecho en cualquier momento, porque yo nunca lo habría sospechado. Entonces, ¿por qué ahora? ¿Qué ha cambiado? ¿Perder el Mapa de la Diosa? No tiene sentido, porque si me hubiesen dejado hablar dos segundos más, habrían descubierto que estoy a punto de recuperarlo. O tal vez ya lo sabían, haciendo que sus intenciones sean las que son desde el comienzo.

—Reformularé mi pregunta: ¿qué quieren de mí?

—¿Vas a escuchar lo que tengo que decir?

—Sí. —Una respuesta demasiado rápida para lo frágil que me siento.

Sasha se sienta en el suelo, doblando las rodillas. Se acomoda y me pide que me acerque moviendo el dedo índice. Avanzo, cojeando. Entre quejidos, siendo menos grácil de lo que ha sido la chica, me siento frente a ella. No se detiene a indagar qué puede estar enturbiando mis pensamientos. Posiblemente, ella también esté cansada. A lo mejor ella también batalla continuamente contra sus propios demonios.

—Soy una mercenaria —dice sin tapujos. Esta revelación me asombra tanto que no oculto mi expresión de sorpresa—. Sí, este es mi medio de vida. Me quedé huérfana a los diez años. Mis padres fueron expirantes que vivían como esclavos en Trampte…

—¿Dónde se encuentra la principal fuente del agua de la Diosa?

—Sí. Ellos arreglaban las averías que se creaban en las tuberías que transportaban las corrientes del agua de la Diosa hacia diversos destinos. El contacto con ese milagro los infectaba día tras día hasta que la infección primero los invalidó, y luego los mató. —Impresiona escucharla hablar de sus padres con tanta frialdad, sin que se le quiebre la voz por el recuerdo—. Fue entonces cuando Judah me encontró huyendo de Trampte. En esto no te mentí. Me acogió y me convirtió en una mercenaria, porque Judah también lo es. Sobre él cuentan muchas historias, muchos rumores. Él se autoproclama el elegido de la Diosa, el único tocado por la Diosa, ¿lo entiendes ahora?

Sí, claro que sí. Suyay estuvo todo el tiempo llamándome «elegido», encomendándome una especie de carga moral para la que yo no estoy preparado. Pero ahora comprendo que ella se refería a los tocados. Supuestamente, y si es real, ella vio en mí lo mismo que apreció Johan.

—Algunos dicen que se volvió loco por la soledad y aquella creencia tan extraña que tenía. Otros dicen que perteneció a la Generación Muda y que por eso se encuentra en ese estado. —Esta afirmación me encaja. Johan reconoció a Judah, aunque no me hubiese confirmado qué tipo de relación entablan.

—Pero la Generación Muda no puede interferir en los problemas de la sociedad.

—No deberían, no. Si los supervivientes de esa generación quieren terminar sus vidas con tranquilidad, deberían esconderse entre las sombras. Menos Judah. Porque Judah tiene chanchullos en todas partes. Sigue vivo porque hace el trabajo sucio que los demás no se atreven a hacer. —Sus ojos relucen, peligrosos—. Y él pretende que yo sea lo mismo que él. —Repasa las líneas de sus manos, dubitativa—. Tu Clan contactó con nosotros hace dos años. Nos dijeron que desde hacía algunos años se había unido al grupo un renegado que antes había sido un ígneo. Que estaba revolucionando a los otros con su nueva concepción sobre la Diosa. Que, aun así, le estaban enseñando todo lo que sabían.

—Todo no —matizo, molesto por la verdad.

Al fin y al cabo, no me contaron lo que es ser un tocado por la Diosa. Este concepto existe más allá de cuatro creyentes.

—Vale. Que después de enseñarle sobre la Diosa, pero más importante aún, sobre la relevancia del Mapa de la Diosa, su voluntad de lucha creció tanto que llegó a ser una molestia. ¿Una molestia? ¿Yo?

—Pero ellos fueron quienes me encomendaron la misión. Yo ni siquiera pedí ser su portador. Ellos me dijeron que solo yo podía serlo porque no estaba infectado por ningún milagro de la Diosa. Yo… —El aire no llega a mis pulmones, y tengo que contenerme para no echarme en el suelo y esconderme de toda esta historia. Sin embargo, por primera vez, Sasha se atreve a cruzar una mano por la barrera y apoyarla sobre mi zurda.

Acepto el contacto.

—¿Quieres que me detenga aquí?

Me cuesta vocalizar. Me cuesta que las palabras salgan coherentes de mi boca.

—No.

Sasha no retoma enseguida el discurso. Se detiene unos minutos para que yo interiorice toda la historia. Mi Clan nunca creyó en mí. Directamente, nunca me han querido. Para ellos solo he sido una molestia, como lo fui para mis padres.

Es verdad que no tengo cabida en este mundo.

—Shioban y Caleb guardaban muy recelosos el Mapa. Sabían que era una reliquia, creían que al final de las líneas trazadas podía encontrarse la salvación, sin embargo… ¿Iban a arriesgar su vida en una misión suicida cuya esperanza en encontrar al final a la divinidad era su chaleco salvavidas? —Claro que no—. No. Por encima de todo, ellos querían vivir. Celosos del comportamiento y la forma de vida de los ígneos, deseando tener una vida como la suya, decidieron trazar un plan. Primero, te dieron el Mapa, para que no sospechases. Luego… —le cuesta pronunciarlo—se aliaron con la reina Matilde.

Entrelazo nuestros dedos tan fuerte que Sasha reprime un quejido. Me disculpo, o al menos lo pienso, porque me he quedado estupefacto. ¿Un Clan de la Diosa aliándose con la reina Matilde? ¿Solo por envidia de los ígneos? No pueden haberse rendido así, no sin luchar. Yo aprendí eso de ellos… o no. Tal vez yo fui así siempre, luchador, aunque no lo crea. Tal vez me he hecho creer que yo soy como soy gracias a ellos.

—Pero la reina Matilde los habría matado a la primera de cambio. Ella persigue a los renegados por su creencia. Ella divide y esclaviza a la sociedad por eso mismo…

—¿Y si le ofrecían algo que siempre ha buscado? —me interrumpe Sasha.

—El Mapa de la Diosa. La quiere encontrar para destruirla. Para hacerlo todo suyo. —Palidezco.

—Exactamente. La tercera parte del plan consistía en contratar a alguien para que hiciese el trabajo sucio. Ellos querían ser para ti esa figura que tú creías que eran. No se querían ver como traidores…

—Egoístas.

—Sí. Creían que de esa manera sería más sencillo cargar con la culpa. —Entrecomilla la palabra con la mano libre. La entiendo—. Y, para ello, nos contrataron a Judah y a mí. —Trago saliva—. Al principio, no quise aceptarlo. Créeme que no, pero nos prometieron cumplir nuestros sueños más anhelados. A Judah le convencieron de que tú eras el único elegido de la Diosa, diciéndole que, si tú vivías, su derecho sobre la Diosa carecería de importancia. A Judah no le bastó más para aceptar.

—¿Y a ti? ¿Qué te iban a dar si cumplías su encargo?

—La libertad. Me dijeron que me proporcionarían una salida de Erain. —Mi sorpresa le hace sonreír con tristeza—. Sí, del país. Es lo que más anhelo, Tristán. Marcharme y empezar una vida nueva sin la etiqueta de mercenaria. Sé que es imposible hacerlo, pero después de tantos años de desesperanza, solo una muerte más se interponía entre mi objetivo y yo. Lo siento.

—Continúa. —Cada vez me siento más pesado. Cada palabra es un golpe. Pero el final de la historia no ha concluido y tengo que aguantar.

—El plan era raptarte en Cumbre, quitarte el Mapa y entregárselo al Clan. Luego llevarte a la prisión de Cala Verde, donde te drogaríamos, te examinaríamos y cuando supiésemos que no eras un cabo suelto, matarte.

Sin embargo, algo salió mal. Algún pequeño detalle se descompuso en aquella trama tan bien pensada y estructurada. Porque si no, ¿qué hago vivo? Debería estar muerto desde hace más de una semana. El solo pensamiento me produce un escalofrío que me atraviesa toda la espalda.

—Entonces es verdad que Suyay está metida en todo esto. —Me duele. Ella me había tratado tan bien. Me había sentido tan cómodo bajo su abrazo.

—No tenía otro remedio. —Frunzo el ceño—. Tristán, ella pertenece a la Generación Muda. Ella fue la primera renegada en iniciar una revuelta en pos de la salvación de los esclavizados por las guerras, incluso antes de que la reina Matilde comenzase a gobernar. Por eso algunos decían que ella era la Diosa reencarnada, porque fue la única que se atrevió a alzar la mano contra aquellos que habían provocado las guerras mundiales. De hecho, se dice que la princesa Ada se inspiró en su revuelta para tramar su venganza.

—No tenía ni idea de eso. —Estoy boquiabierto. Repleto de preguntas, de dudas voraces y de ideas confusas.

—Cuando Matilde subió al trono, apresó a Suyay sabiendo la amenaza que comportaba. La torturó hasta que dejó de ser consciente de su propia existencia. La encerró en Cala Verde y le hizo creer que era un habitante libre para, de esa manera, mantener a raya a los renegados que llevase a esa prisión. Todos están drogados para que se olviden de quienes son y sea más fácil manipularlos.

—Pero yo vi unas pinturas de Suyay en aquella monstruosa torre de control.

—A eso no sé qué responder. Pero sí puedo decirte que Suyay no tenía ni idea del plan. De hecho, estuvimos durante dos años granjeándonos su confianza, haciéndole creer que éramos habitantes libres como ella. Cuando, en realidad, salíamos y entrábamos a nuestro antojo, solo para preparar el terreno para tu llegada.

—Por eso la capitana Zyan os reconoció y os dejó marchar al final.

—No nos tiene simpatía, pero eran órdenes directas de la reina. Tú, supuestamente, tenías el Mapa de la Diosa y no se podían arriesgar a que se perdiese.

—¿Cómo supisteis que no lo tenía?

—Judah se dio cuenta enseguida, cuando te recogió en Cumbre. Le preguntaste, alarmado, si él te había robado un trozo de papel. Ató cabos.

—Pero entonces… Un segundo.

Cojo aire, cerrando los ojos. Todo mi viaje, desde el comienzo, ha sido una mentira. Prácticamente todas las relaciones que he entablado en mi vida son una enorme farsa. Pero he encontrado el consuelo en Suyay y Johan. Ellos no me han mentido. Ellos son marionetas de la sociedad, obligados a actuar, forzando sus hilos para liberarse sin conseguirlo. ¿Su única oportunidad? Sobrevivir en la sombra.

—¿Y por qué sigo vivo, Sasha?

—Sigues vivo por la Diosa, Tristán. Porque el día en que se iba a llevar a cabo el plan, coincidió con la devastación de Cumbre. Tú decidiste salir de la ciudad sin pasar antes por la guarida del Clan. Así que, cuando Judah te encontró inconsciente en el camino, pensó que el plan se había puesto en marcha, sin embargo, no cayó en la cuenta de que ya no tenías el Mapa. Tú no pudiste ponerte en contacto con tu Clan. Nosotros debíamos comunicarnos con Shioban y Caleb en cuanto hubieses muerto. Les entregaríamos el Mapa y ellos a nosotros nuestra recompensa. Sin embargo, no esperábamos que reaccionases como lo hiciste en Cala Verde. La cuestión es que el plan también se truncó por tus acciones, Tristán. A veces las personas olvidan que a las otras a las que intenta subyugar tienen voluntad. Y tú tienes una voluntad más grande que tu cabeza. —Ríe, aunque con un deje apenado.

—Vaya, gracias…

—Es un cumplido, idiota. —Acaricia mis dedos con suavidad—. Les demostraste a todos que eres lo suficientemente valiente y fuerte como para derrotarlos.

—Ya, pero, al final, el Clan ha ganado. Y Judah. Y tú. —No quiero que suene a reproche, pero, aunque no puedo evitar sentir que ya he perdonado a Sasha, aún me duele la traición.

—Eso sucedería, si no fueses a salir de tu celda.

—¿Cómo? —La miro directamente.

—He estado estos días estudiando cómo actúa tu Clan. Sus costumbres, sus idas y venidas… Y resulta que las mañanas no les asustan tanto como las noches.

—¿Estás segura? ¿Tu libertad…?

—Me has enseñado que la libertad propia no está por encima de la de cualquiera. Valemos lo mismo, Tristán. Somos personas en un mundo idéntico.

Alarga el brazo hacia el pasillo. No consigo ver qué arrastra, porque está fuera de mi alcance de visión, pero pronto descubro qué me ha traído , aparte de este repugnante desayuno. Es mi mochila con Piloto pendiendo de una de las cinchas. Por primera vez en estos días, la felicidad me embriaga. Rozo a mi pequeño amigo con los dedos, sin despertarle. Sé que, si nota mis pulsaciones y el tono de voz, será capaz de rebelarse contra sus límites establecidos y hacer estallar la guarida con una de sus potentes granadas.

—Ahora vengo, ¿vale? —me informa Sasha, incorporándose—. Espérame.

—Vas a volver, ¿verdad? —Las palabras salen disparadas de mis labios, llenas de pavor.

—Nunca me he ido.

Me guiña un ojo, coge mi mochila y desaparece pasillo arriba. Yo me reincorporo, sentándome de nuevo en la incómoda cama. A lo mejor confiar en Sasha de nuevo no es la mejor opción, pero es mi única opción. Su historia, toda la mentira que supura veneno en mi interior, me ha despertado. Todas mis sospechas, mis dudas y mis miedos han sido contestados.

Sí, he sido engañado. Pero sigo vivo y es la mayor prueba de mi fortaleza.

De pronto, se oye un grito cargado de dolor. Se oyen varios disparos y, aunque la pierna me lanza una descarga molesta que me hace trastabillar, me lanzo contra los barrotes de la celda. Se suceden unos segundos de silencio que me resultan siglos y entonces, su voz:

—¡Tristán! ¡Van a por ti…! ¡Van a por…!

Y la voz de Sasha se apaga. Vienen a por mí. Pero, ¿qué puedo hacer yo, cojo, débil y desarmado? Ponerme a gritar o a golpear las paredes como un histérico sería claramente inútil. Así que me separo de la celda y me quedo de pie en medio del apestoso habitáculo. Respiro hondo para vencer todo el dolor que me muele los músculos, y erguirme lo más posible.

Lucharé. Ahora que sé toda la verdad, que ningún otro obstáculo puede detenerme en el presente, lucharé.

Aparecen Shioban y Caleb luciendo unas sádicas sonrisas que no reconozco en ellos. Los dos hermanos gemelos me han abandonado. Me hicieron creer que mi única salvación estaba en aquella pequeña guarida de Cumbre. Que la única salvación era sobrevivir a costa de la vida de los demás. Acallo el dolor y encierro dos puños que pretenden contener todo lo que está dispuesto a derrotarme.

—Nos vamos de tour turístico al palacio de la reina Matilde... —comienza Shioban.

—... pequeño Tristán —termina Caleb.

Me han mentido y subestimado, pero nunca más. No estoy solo. Y, si lo estoy, me he demostrado que me tengo a mí mismo, porque sigo vivo.

—Estoy impaciente.

AMARANTA

Recordar el recorrido desde la puerta principal hasta la sala donde supuestamente se encuentra la reina Matilde ha sido imposible. Me he perdido en la cuarta esquina, ¿o fue en las segundas escaleras de caracol? La cuestión es que este suntuoso palacio es un laberinto enorme, de techos altísimos y de un plateado tan pulcro que a veces molesta a la vista si los rayos de sol inciden en él. Es como una lágrima de plata que permanece intacta entre toda la podredumbre de su alrededor.

El eco recoge nuestros pasos, que resuenan al chocar contra el pulido suelo de mármol. Tres veces me vuelvo sobre mi espalda para comprobar que no nos persigue nadie. El eco es traicionero y en un lugar como este, mucho más. Las columnas adosadas a las paredes se yerguen hacia el abovedado techo mostrándonos las imágenes esculpidas en sus fustes. Sus historias tratan sobre matanzas de los débiles y la victoria de los fuertes. Sobre dioses y diosas que batallan en otro plano por la conquista de la Tierra. Todo es horror y destrucción. Puedo escuchar gritar a los seres esculpidos en esas imágenes, sucumbiendo a la muerte con los rostros desencajados perfectamente cincelados.

No oculto el asombro —mejor dicho, el espanto—que me provoca el ostentoso palacio de la reina Matilde por dentro. Al fin y al cabo, tengo que continuar con la pantomima que me ha funcionado tan bien durante casi más de ocho años. Mis padres han accedido inmediatamente a que nos personemos delante de la soberana de Erain.

Le contaré todo el horror y le agradeceré por la protección que nos brinda a los ígneos. Además, han insistido en que no podemos dejar que mi salvador, Levi, el alquimista, ronde solo por las calles de Mudna sin una comitiva que acompañe su relevante condición. Incluso han permitido que acudan Keira y Lars, aunque no aseguran su estancia.

Si ellos supiesen.

Ha sido muy fácil engañarles, aunque no puedo decir lo mismo de Quildo. Desde nuestro reencuentro me he mantenido pegada a él, sin mostrarme ni muy dramática ni muy fría. Un estado neutral. Prácticamente la actitud que siempre tuve hacia él. Por su parte, Quildo me ha lanzado innumerables reojos. Me hago la sorprendida cuando finjo que me doy cuenta de alguna de sus miradas. Sonrío con inocencia y él fuerza un gesto que no me convence. Solo espero que, si decide soltar la bomba de todas sus sospechas sobre mí, sea en un momento en el que pueda defenderme.

A mis amigos no les he lanzado más de dos miradas. Una de ellas ha sido cuando mi madre me ha quitado mi chaqueta, «*esa chaqueta mohosa y horrible*», según ella, y la ha tirado al suelo de las calles de Mudna. Keira la ha recogido de inmediato, guardándola en su mochila. Ese ha sido mi primer gesto de agradecimiento. La segunda mirada ha ido enteramente dedicada a Levi, cuando en uno de los pasillos del palacio he patinado por culpa del maldito suelo resbaladizo que parece una pista de hielo. Podría haber mantenido la estabilidad, pero para reafirmar mi postura de Amaranta, la ígnea, he exagerado una caída que Quildo no ha podido detener, pero que Levi sí. Nuestro contacto ha dicho mucho más que todas las palabras que hemos intercambiado desde nuestra llegada a Mudna. La capa más superficial de ese gesto ha expresado un recatado «*gracias*». Las más profundas e invisibles para el resto, menos para ambos, han transmitido una mezcla de «*lo siento*», «*no te vayas*» y «*estoy aterrada*».

—Esto es majestuoso, padres —digo con la voz cargada de emoción. Falsa, por supuesto.

—Tu reina se ha esforzado mucho por llegar hasta aquí. Le debemos pleitesía.

—¿Creéis que me acogerá? No quiero molestar a la tía en su hotel. —¿Cómo narices se llama esa mujer?—. Y de verdad que me gustaría devolverle el favor a la reina Matilde por su protección.

—Amaranta, —Quildo me acaricia el pelo y estoy a punto de cortarle la mano—eres una dulzura. Por supuesto que te aceptará. Uno de tus sueños siempre ha sido visitar Mudna y lo que entrañan los muros del palacio, ¿no?

Sí, para quemarlo entero.

—Es que no me lo puedo creer. Después de tanta desesperación. De estas semanas de puro terror... —simulo unas lágrimas—, no me puedo creer que esta sea mi recompensa. Estoy muy feliz.

Porque voy a quemarlo todo.

—Claro que sí, cariño —comienza mi madre, sin volverse hacia mí mientras camina—. Además, hacía tiempo que tu padre y yo queríamos hablar con la reina sobre el estado de Cumbre. Como dirigentes de nuestra comunidad, tenemos que ayudar al pueblo ígneo.

Asiento y aprieto el brazo de Quildo al que me he cogido desde mi supuesto resbalón. Le dirijo una amplia sonrisa y él me acaricia la mejilla como respuesta, mirando de reojo a mis amigos. Algo sospecha, pero yo desvío su atención de nuevo hacia mí, agarrándole la mano y dándole un suave beso en los dedos.

De verdad que, si continúo así, le cortaré el brazo.

—Ya estamos llegando —anuncia mi padre con entusiasmo—. Mira, ahí está la capitana Zyan y el soldado Kon…

Noto la tensión enseguida. Intento disimular, pero el nerviosismo se ha hecho con mi estómago y con todos mis músculos. Encontrarse con la capitana del ejército es como subir a una montaña rusa: siempre hay una posibilidad de salir disparado del cochecito y morir. Me vuelvo hacia Lars, Keira y Levi fingiendo que les explico quién es la honorable capitana Zyan y su segundo al mando, Kon —porque Gaspar está muerto. Yo lo asesiné—.

Es entonces cuando Lars se lleva la mano al cuello mientras vocaliza la palabra «*collar*». ¿Collar? Estoy durante tres pasos más dudando a qué se refiere mi amigo. La segunda palabra que forma exageradamente con sus labios ya no me pasa tan desapercibida: «*bellota*». El collar de bellota de Tristán, el que le robó a la capitana Zyan y el que llevo puesto ahora mismo.

Me giro con los nervios a flor de piel. Muevo una mano al pecho, cierro los dedos entorno a la bellota de la que no me he separado desde Bun y la meto dentro de mi camiseta justo cuando la capitana Zyan y Kon llegan a nuestra altura.

—Marga y Edgar. Un gusto volver a verlos. —La enorme mujer hace una reverencia y Kon la imita.

—Hoy es un grato día, sin duda. —Sonríe mi padre, mientras hace un gesto que nos descubre frente a la capitana.

Por su reacción, tenemos que parecer un circo. A Quildo y a mí nos dedica sendas miradas de respeto y gratitud. Sin embargo, cuando pasa a un segundo plano, su gesto no resulta igual de complaciente. Imagino lo que ella está pensando ahora mismo: «*¿Cuatro ígneos, dos neutrales y un alquimista? Este cuadro merece una explicación*».

La conozco demasiado bien. He combatido tantas veces contra ella que me es imposible no conocer la voluntad tras cada una de sus acciones y palabras. Por suerte, Zyan solo parece interesada en mis amigos, que componen la parte de la historia más surrealista, así que decido fortalecer mi postura, obviando la presencia de Keira, Lars y Levi. Al fin y al cabo, para mi fantasía ígnea solo han supuesto un medio hasta llegar a los brazos protectores de mis padres.

—Pasemos al salón. La reina ha organizado un almuerzo con varios amigos suyos y sería de su agrado que todos la acompañaseis. —Zyan se vuelve a inclinar.

—Oh, qué maravillosa sorpresa, querido. —Se nota la emoción en la voz de mi madre. Pobre ignorante—. ¿Has oído , Amaranta? ¡Con la mismísima reina!

—No puedo esperar. —Sonrío.

Me tironea la mejilla por la expresión forzada. La capitana detiene su escrutinio solo en mí. Noto cómo me analiza. Como ya he dicho, no es la primera vez que jugamos al gato y al ratón. Pero, ay, capitana, aunque no lo parezca, me encuentro en una posición mucho más ventajosa. Apoyo la cabeza en el hombro de Quildo y río estúpidamente como solían hacer mis amigas ígneas. La estridente y molesta carcajada le basta a Zyan para perder el interés en mí.

Reemprendemos la marcha, viramos una esquina y entonces nos encontramos frente a frente con el salón donde la reina Matilde ha preparado su almuerzo especial. Es todo igual de enorme que el resto del palacio. Los ventanales gigantescos dejan pasar toda la luz solar, que arranca de las paredes esos rayos plateados que resultan celestiales. La pared contraria está inundada de pinturas. Muchas muestran al Dios de la Corona Ardiente, otras a diversos nobles que, sin duda, debieron pertenecer a la línea antecesora de Matilde. Hay varios de Magnus, el rey difunto. No me pasa desapercibida la sombra oscura y cuadrada entre algunos cuadros del fondo. Una pintura desaparecida. ¿Tal vez de sus hijas?

En el salón hay bastante gente. A lo sumo, cuento unos treinta entre invitados y soldados. Todos lucen prendas caras como las que hemos visto en el centro de Mudna. Y, por supuesto, los brazaletes rojos. Solo uno muestra con orgullo el brazalete blanco con una llama en el centro. Un neutral con vínculo. No me lo esperaba.

La mesa alargada que divide la habitación en dos está repleta de suculentas recetas, desde pato con salsa a la naranja, pasando por salteado de verduras con piñones y pasas, hasta tartaletas de limón espolvoreadas con azúcar glas. El olor que desprenden todos los platos me hace la boca agua, sin embargo, mantengo las formas.

Me deshago en unos cuantos halagos más antes de llegar hasta la reina Matilde. Mentiría si dijese que no me impresiona su presencia. Tiene el pelo rubio recogido en un intrincado moño salpicado de pequeñas perlas relucientes. Su maquillaje está impoluto, aunque tal vez un poco excesivo. Viste un largo vestido azul claro, recatado pero vaporoso, que envuelve su regia figura en un entramado de telas que parecen levitar con cada uno de sus movimientos; es en uno de ellos cuando advierto la forma de una daga entre los pliegues de su falda.

Ahora entiendo por qué la gente le tiene tanto miedo. Su sola figura impone pavor. La rodea un halo de maldad y frialdad que podría tumbar países enteros. De hecho, ya lo ha hecho. Se vuelve hacia nosotros con un grácil contoneo. Casi resulta benévola, pero su sonrisa es harina de otro costal. Bajo el pintalabios rojo fuego no se esconde un gesto de bondad, no. Sus suaves arrugas y la risa que deja escapar su reluciente dentadura denota ferocidad.

—Edgar y Marga. ¡Bienvenidos! —Abre los brazos, en señal de abarcar a los recién llegados.

—Mi reina.

A un gesto de mi padre, todos nos inclinamos, mostrando nuestro profundo respeto. Me está costando horrores no lanzarme contra su cuello y degollarla con su propia arma. La tengo a pocos metros de mí. Es de carne y hueso. Puede sangrar. Es solo una humana que se escuda detrás de un ejército y las palabras de una divinidad. No es distinta a los demás. Bueno, tal vez su sadismo es lo único incomparable. Pero, por lo demás, igual de mortal que el resto de nosotros.

Una vez nos incorporamos, la reina nos dedica una mirada a cada uno. Su examen está siendo incluso más exhaustivo que el que nos ha dedicado la capitana Zyan. Sus ojos cristalinos parecen ver más allá. Nos atraviesa como una aguja, queriendo extraer todas nuestras verdades y mentiras. Sin embargo, se ha topado con un grupo duro de roer. Todos estamos entrenados en aparentar lo que no somos en realidad.

—¿Levi?

Odio el nombre de mi amigo en su boca.

—Majestad. —El alquimista suena tan educado que me sorprende—. El motivo de mi visita…

—Mi querido Edgar —¿desde cuándo es tan querido? No se han encontrado más de dos veces en esta vida. ¿O sí?—ya me ha informado de que salvaste a su hija en Bun. Fuiste muy valiente. Y, además, que tienes información importante que contarme.

—Sí, mi reina. Sé que no se ha cumplido el trimestre, pero…

Matilde alza una mano para detenerle de nuevo. Al parecer, le han bastado esas ocho palabras para percatarse de lo que está hablando Levi. Permanece en silencio unos eternos segundos más. Nadie se atreve a romperlo. Esperamos pacientemente hasta que la reina desciende la mano y nos dedica otra de sus incómodas sonrisas.

—Tranquilo. Primero, disfrutemos de este agradable almuerzo. —Extiende los brazos hacia la sala.

El resto de nobles y soldados aplauden las palabras de la reina Matilde y nosotros coreamos el agradecimiento, intentando mostrar nuestra mejor actitud. La reina se despide de nosotros, no sin antes recordarnos que después de esta pausa, hablaremos. Volvemos a agradecerle su hospitalidad y entonces, el grupo se desperdiga. Mis padres se van directamente a hablar con los ígneos con mayor pinta pomposa de toda la sala. Para mi sorpresa, Quildo se desase de mi brazo y se disculpa para dirigirse a otro noble que rondará nuestra edad y que, por su gesto, parece haber reconocido a mi prometido también.

Eso nos deja a mis amigos y a mí solos. Una oportunidad. Perfecto.

Me acerco a la mesa y cojo un plato limpio. Me está costando contenerme para no arrasar con toda la comida. Estoy famélica. Hace semanas que no como en condiciones, así que esto es el mismísimo paraíso. Con recato, echo sobre mi recipiente arroz integral salteado con ciruelas y alcaparras. Keira, Lars y Levi se unen a mí en la mesa, en silencio.

—Si me permitís, ahora vengo. —Sonríe Lars, que ni siquiera ha cogido un plato.

—Tú no vas a ninguna parte —le regaña Keira. Y secundo su negación con un asentimiento.

Conocemos demasiado bien a Lars. Es muy entusiasta y a veces carece del sentido del peligro, aunque siempre esté alerta. En estos momentos, no sé acertar la razón por la que quiere separarse de nosotros, pero cuando a Lars se le mete algo entre ceja y ceja, no abandona la idea hasta conseguirlo.

—¿No resulta aún más sospechoso que nos quedemos juntos los cuatro, charlando en voz baja? Llamamos mucho la atención ya de por sí —expone, muy acertado.

—¿Qué es lo que quieres, Lars? —pregunto directamente.

—Nada. Tantear el terreno. —Ladea una sonrisa pícara.

Paseo la mirada por toda la sala y suspiro. No niego que Lars tenga razón, quedarnos los cuatro solos supone un foco de atención mucho mayor del que creemos. Dividirnos tampoco es una buena opción, pero sí la más natural en una situación en la que, supuestamente, debemos encontrarnos cómodos.

—Te acompañará Keira —sentencio.

—Lo arruinará todo —se queja.

—Lars —mi tono de voz lo alerta—, sin discusiones. No te olvides de dónde estamos.

Mi amigo frunce los labios, pero yo no voy a ceder y él lo sabe. Termina asintiendo y arrancando a Keira de su posición, quien ha estado llenando su plato más de lo que debería. Me lanza una mirada de socorro, pero yo me encojo de hombros. Uno no se va solo a ninguna parte, y menos en este terreno tan peligroso.

—¿A dónde quiere ir? —cuestiona Levi, confundido, mientras se mete una enorme cucharada de una especie de puré verde veteado de naranja en la boca.

—Ahora lo verás. —No puedo evitar que nazca una sonrisa de diversión.

Esto es lo que más me gusta de Lars: es capaz de sacarte una sonrisa incluso en el momento más inoportuno.

Pruebo la comida, mientras sigo con la mirada a mis dos amigos, que bordean la mesa y, sin más preámbulos, comienzan a hablar con dos soldados. Más bien, es Lars quien entabla conversación. Keira, simplemente, se cruza de brazos, manoseando un mechón de su pelo, nerviosa. Lars maneja la situación, relajado y espontaneo. Pero lo intuyo en la posición rígida de sus piernas: está atento.

Me maravillo ante la explosión de sabores que me provoca de pronto la suculenta receta de arroz. La comida siempre sabe mejor tras un arduo esfuerzo. Así que esto es un manjar inconmensurable, porque en los últimos días he estado incluso al borde de la muerte. Sin embargo, no despego la vista de Lars. No me sorprende la facilidad con la que los dos soldados han sido engatusados por el encanto de mi amigo.

—Está sonsacando información y haciéndose el interesante —digo con un tono divertido, intentando deshacer el nudo que me oprime el estómago.

—¿En una situación como esta?

—Lars siempre es así. Siempre. —Me vuelvo hacia Levi—. Es capaz de reírse hasta en el momento más tenso. En el escua... —rectifico y bajo un poco el tono de la voz—, en el grupo necesitamos a alguien como él. Nunca debemos subestimar la felicidad.

—Estoy sorprendido. Tiene totalmente atrapados a esos dos soldados. —Y es cierto que los dos ígneos son incapaces de quitarle los ojos de encima a Lars, mientras Keira, con los brazos cruzados, finge que le interesa tanto pavoneo.

—Ya te lo he dicho, la mejor baza de Lars es que hace reír. —Una punzada me atraviesa el corazón—. Se merece ser así de feliz, ¿sabes? Yo admiro muchísimo a Lars. El Movim... —Otra vez a rectificar, no sea que las paredes escuchen—. Los demás —Levi asiente, haciéndome comprender que sabe que estoy hablando del Movimiento Nebulosa—lo rescataron de su pareja, un ígneo que se dedicaba a engañar y matar a quienes no seguían al Dios de la Corona Ardiente. Ese perturbado asesinó a veinte personas, y Lars habría sido su víctima número veintiuno, si no fuese por la llegada de... ellos. Estaba a punto de descuartizarlo vivo cuando Gorio lo rescató. —Levi palidece. Carraspeo, tratando de desviar la conversación—. No digo que haya curado sus heridas, pero su capacidad de superación es digna de admirar. En ese aspecto, le envidio.

—¿Lo envidias por qué no eres capaz de dejar marchar a Nil?

La franqueza de Levi me noquea. He sido capaz de despedir a mi mejor amigo al darme cuenta de que no tiene por qué ser una herida del pasado, sino un recuerdo en mi presente. Sin embargo, el eco de la culpa continúa ahí: Nil murió por mi decisión, porque elegí proteger a Tristán en vez de al Movimiento el día en que la Criba los asesinó a casi todos. Me habría encantado sincerarme y decirle a Levi que Nil nunca ha sido el problema. Que el estigma está arraigado en mí; solo en mí. Que me aferra con sus pegajosas manos y no me deja libre.

Titubeo, pero Quildo se acerca a nosotros, rodeando mi cintura con su brazo. Levi deja el plato sobre la mesa y, con una leve inclinación de cabeza, se marcha en dirección contraria. Me contengo, viendo marchar a Levi hacia Lars y Keira. Entones mi prometido deja caer un beso sobre mi corto cabello.

—Menos mal que el pelo crece, te queda mejor largo.

—Lo sé. Esos mercenarios fueron muy crueles. —Trago saliva. Qué capullo.

—Menos mal que estaban tus amiguitos para salvarte.

No sé si va con segundas o si sencillamente está celoso de la presencia de los otros tres, pero la frase me escama. Quildo es un cabo suelto. Él es el único ígneo de mi entorno que sabe que tuve como amigo a un infectado no-ígneo que murió en una revuelta, aunque no sepa nada más. Él es el único ígneo que me ha descubierto en la Frontera, relacionándome con neutrales sin vínculo en un bar de mala muerte. Él es el único ígneo que ha presenciado mi desesperación por contar la verdad.

Quildo puede derrocar mi fachada en cualquier momento. Una frase delante de la reina Matilde y me doy por muerta. Pero entonces, ¿por qué aún no ha dicho nada? ¿Qué trama? ¿Qué quiere de mí? Pese a todo este pelotón de dudas, intento continuar con la pantomima. No seré yo quien precipite los acontecimientos, si es que hay algo que precipitar.

—Ellos no son mis amigos —sentencio, fría. Debo protegerlos como sea—. Me salvaron y se lo agradezco, aunque es su deber socorrer a una ígnea.

—Pues para no tener mucha relación, bien que te reías con ese alquimista —escupe, lleno de odio.

Si lo provoco un poco más, la bomba me estallará en la cara. Así que le doy de nuevo lo que él desea. Muy en el fondo sé que lo está haciendo adrede, que quiere verme rebajada al nivel al que nunca he querido llegar. Ceder es la única forma de continuar con el plan y salvar a mis amigos.

—No seas tonto. —Le acaricio el cuello.

Relaja la expresión y, de pronto, parece el Quildo que conozco desde pequeña: solitario y manipulado. Durante mucho tiempo sentí pena por él, por engañarle cuando él parecía amarme tanto. Pero luego empecé a odiarle por tener las ideas que tenía y por no oponerse al matrimonio concertado que nuestros padres pactaron. Siempre ha sido un egoísta que pedía más cuando yo no quería, porque en realidad jamás me ha querido ni un ápice. Nunca ha merecido una pizca de misericordia.

No olvido que lo que más he deseado respecto a él durante toda nuestra relación ha sido arrancarle la mano con la que me toca.

—Me gustaría retirarme. Estoy muy cansada por todo este viaje y añoro una buena cama.

—Te lo mereces.

Deposito un suave beso en sus labios y me separo de él. Conteniendo el aliento y acuciada por las inseguridades, me dirijo a la reina Matilde. Ahora está hablando con mis padres y, por primera vez, agradezco la presencia de mis progenitores. Enfrentarse una sola a la reina es como desnudarse frente a un nido de serpientes hambrientas.

—Mi reina. Padres. —Me inclino levemente, ellos se vuelven hacia mí—. Estoy exhausta por mi terrible viaje. Me gustaría saber si la reina me concedería su bondad para alojarme durante unos pocos días. No quiero ser una molestia para los demás y me gustaría marchar a Cumbre cuanto antes para continuar mis labores en la comunidad. —Sueno desvalida. Perfecto.

—Ya me han comentado tus padres la cruel experiencia que has vivido. Una pena la pérdida de tu tatuaje, pero ya tendrás oportunidad de repasártelo cuando vuelvas a tu ciudad. —Asiento—. Edgar me ha explicado tu situación respecto a no molestar a tu tía en su trabajo, y admiro ese valor de modestia en las personas. —No lo dirá por ella—. Además, tenemos pendiente una conversación y no me gustaría que vagases por ahí en estos tiempos que corren.

—Soy solo una humilde servidora, reina Matilde. Es usted una soberana grandiosa.

—Tranquila. Sin embargo, tus acompañantes neutrales tendrán que hospedarse fuera de mi palacio. No tengo más asuntos pendientes con ellos y creo que este almuerzo ha sido agradecimiento suficiente por salvar a la hija de unos líderes tan importantes como son tus padres.

—Por supuesto. ¿Y Levi? —No sé si es un error preguntar, pero la reina no parece sorprendida ni incómoda.

—Tengo negocios que tratar con él, así que también permanecerá aquí hasta que concluyamos nuestros asuntos.

—Por favor, despida a los neutrales de mi parte. Gracias de nuevo, reina Matilde. Es un honor que me ofrezca asilo. —Me inclino.

—Londu te enseñará tus aposentos. —Y chasquea los dedos.

Un robot parecido a Llana se descubre desde detrás de una cortina y avanza hasta colocarse a mi lado. Su aspecto es muy minimalista, todo blanco y con solo dos rendijas de luz para señalar la altura de sus ojos. Al menos no es tan perturbador como el robot de mis padres.

—Padres, gracias por todo. ¿Nos veremos después de mi estancia para irnos a Cumbre?

Ellos solo asienten, mientras me dan un modesto abrazo. Me vuelvo sobre mis talones y sigo a Londu, que se desliza salón arriba. Paso junto a Quildo, al que le guiño un ojo. Por su respuesta, parece complacido. Luego rodeo al grupo que forman los soldados, Keira, Lars y Levi. Continúan de cháchara, pero cuando me ven pasar, enmudecen. Solo asiento, seria. Ellos comprenden y reemprenden la farsa.

Lo cierto es que me siento completamente derrotada. Los músculos me pesan y no sé en qué momento comienzo a arrastrar los pies, pero me duelen como si mil agujas estuviesen perforando mis plantas. Persigo a Londu sin fijarme por dónde voy. Sin memorizar ningún camino de vuelta, ninguna vía de escape. Mi mente no me permite más.

Solo continúo moviéndome porque el plan está saliendo a pedir de boca. De hecho, está saliendo demasiado bien. Ni siquiera reparo en lo extraño de todo esto. Mis sospechas gritan que algo nos delatará y que las tornas cambiarán. Otra parte de mí me advierte de que el cambio ya está sucediendo y que estoy subestimando a mi enemigo.

Cuando Londu me deja en la habitación que me corresponde, ni siquiera le lanzo una mirada al espacioso cuarto. Solo a la cama, enorme, mullida y limpia. Me dejo caer como un peso muerto y el blando colchón me recibe en un cálido abrazo con perfume a rosas. No tardo en quedarme dormida.

He cenado con la reina Matilde. Después de dormir durante todo el día, no ha sido un escenario al que me apeteciese enfrentarme, en realidad, me habría quedado en esa cama hecha por el paraíso de por vida. Pero no estoy aquí para jugar a las casitas, así que me he esforzado muchísimo en mi papel de profunda devota del Dios de la Corona Ardiente. Matilde no me conoce, así que he podido dramatizar mi papel hasta donde mi imaginación alcanzase. Por suerte, Levi nos ha acompañado también junto a algunos ígneos más, a los que dos o tres veces he contemplado con desconfianza. Parecían demasiado mayores, cansados y artificiales, como si hubiesen puesto en los asientos tres maniquíes y me hubiese n intentado hacer creer que eran personas de verdad.

¿Pertenecientes a la Generación Muda?

La cuestión es que he encontrado mi mejor papel entre la ígnea asustadiza, dicharachera y vergonzosa. Las tres facetas han conectado a la perfección con el tono de mi aventura, sin llegar a rozar el sarcasmo o lo absurdo. El sufrimiento por la pérdida de mi hogar, mi tatuaje y mi hermoso cabello. El horror de saber que me iban a llevar a las minas de Bun, ¡a mí!, una ígnea cuyo único fin es servir al Dios de la Corona Ardiente.

Después ha llegado el momento de embravecer la figura de Levi. Lo he descrito como un auténtico héroe. Valeroso y considerado, me rescató de un destino fatal. De paso, también he enaltecido a la capitana Zyan, destacando su encomiable labor en la revuelta de los mineros de Bun. He proseguido con mi aventura, comentando de pasada, aunque agradecida, la aparición de los neutrales con vínculo que nos han conducido hasta Mudna. Finalmente, me he deshecho en tantos halagos para la reina que el postre me ha resultado empalagoso.

La guinda del pastel ha sido criticar al Escuadrón Espino. Destrozar nuestra propia imagen. «*¿Y esas máscaras horrendas para qué les sirven? ¿Es que es carnaval?*». Desde luego, ni el ígneo más férreo habría igualado mi destructiva opinión. Con ello, he recordado de nuevo la valía de la capitana Zyan y he cerrado una historia que, sin duda, la reina Matilde ha saboreado mucho más que los cuatro brócolis con bechamel y panceta que ha dejado caer en su plato.

También he soltado alguna que otra lágrima, una risilla divertida y he pedido perdón tres veces por el atrevimiento de no parar de hablar y no saber comportarme en un acontecimiento tan importante y regio. La reina Matilde, haciendo acopio de toda su falsa sencillez y templanza, me ha disculpado, remarcando lo fuerte que he sido ante una situación tan peligrosa. Y me ha recomendado seguir junto al Dios, porque solo él me enseñará el camino correcto y nunca me abandonará ante los peligros.

Por las escasas palabras que ha intercambiado Levi con nosotras, he supuesto que ellos dos ya han hablado de sus asuntos. No sé qué clase de mentiras le habrá contado él, pero si continúa en palacio, es porque ha convencido a la reina Matilde. Matilde no tiene pinta de ser una erudita en lo que respecta a los dones. Es muy inteligente, sí, pero en el campo de batalla. Posiblemente, se ha creído las cuatro sandeces que le ha contado Levi. Suficientes para sobrevivir.

Cuando la cena ha concluido, he allanado tanto el terreno, que me he sentido con fuerzas para preguntarle a la reina Matilde si sería posible que al día siguiente alguien nos hiciese una visita guiada a Levi y a mí. He intentado sonar muy inocente, aunque está claro que la pregunta ha sido un tanto extraña. He añadido, para edulcorar mucho más mi proposición, que se dice que el palacio entraña estancias maravillosas con enormes bibliotecas, salones de ensueño y talleres donde los alquimistas trabajan a su servicio por el bien de la sociedad. A la reina no le ha pasado desapercibida mi observación y, después de un silencio que ha durado siglos, ha cedido a mi petición.

Y ahora, en la habitación, me siento exhausta. Me miro en un espejo de cuerpo entero que se sostiene en el aire por unas finas varillas casi invisibles que llegan hasta el techo. Estoy hecha un asco. No entiendo cómo he sido capaz de presentarme ante la reina Matilde con tal aspecto. Al fin y al cabo, yo soy una ígnea con estatus, y mantener impoluta mi apariencia es fundamental. Pero la cena ha ido bien. Demasiado bien. Así que decido no darle más vueltas.

Ya duchada y sin secarme el pelo, salgo al enorme balcón que da a la ciudad de Mudna. Me apoyo en la barandilla de metal labrado con preciosas flores de laurel. Me entretengo rascando una muesca con una uña, mientras observo la capital de Erain.

Todos sometidos. Todos esclavos. Pero no tengo oportunidad de profundizar mucho más en la llaga que día a día me recuerda por qué y por quién lucho, ya que la voz de Levi me saca del profundo abismo.

—¿Ami?

Me vuelvo hacia la izquierda. Justo en la terraza de al lado, Levi está sentado con el portátil de Iggy sobre las piernas. Se lo había dado a Levi para que estudiase los archivos que Tristán nos envió. Toda información es poca cuando estamos a punto de rozar nuestro objetivo.

—Deberías estar descansando. —Cierra el aparato y se aproxima al límite de la barandilla que se encuentra a menos de un metro de distancia de la mía.

—Lo mismo te digo. —Me acerco.

—Has sido muy valiente. No me creo que hayas podido actuar tan bien delante de la reina.

Si estiro la mano puedo agarrarle del brazo sin problemas.

—Es lo que una tiene que hacer para intentar conseguir un poco de esperanza para toda esta gente. —Señalo hacia la ciudad.

—Te estás sacrificando por ellos, ¿lo sabes? Nunca he conocido a una persona con un nivel de abnegación tan alto como el tuyo.

—¿Yo? No conoces a mi hermano. —Y sonrío. Si Iggy y Agatha lo encuentran, Levi sabrá lo que es la verdadera bondad—. Tristán es todo amor. Es un poco inocente, pero porque es buena persona, y le cuesta ver el lado oscuro en los demás.

—Se nota que le quieres.

—Mucho. —Y es un suspiro, pero resulta tan intenso que provoca que se me aneguen los ojos de lágrimas.

Levi hunde los dedos en mi pelo y me intenta atraer hacia él. Poso una mano en su brazo, intentando recortar toda la distancia posible entre nosotros. Sin embargo, la situación requiere de control y frialdad. ¿Y si nos pillan?

Me froto los ojos, sintiendo que desaparecen las lágrimas que al final no caen y, muy despacio, para que Levi no piense que me está molestando, me separo de él. Respiro hondo, componiendo una débil sonrisa que relaja la tensión del alquimista. Me llevo las manos a la cadera y le pregunto:

—¿Has encontrado algo más entre los documentos?

—Bastante. Planos de Cala Verde, muchos más archivos referentes a las mutaciones. Se ve que muchos de los experimentos los realizan con presos . También he encontrado los planos que confirman que la reina abastece los recursos de agua con milagro de la Diosa. No me ha dado tiempo a mucho más, pero todo lo que recogen estos archivos podría suponer un motivo suficiente como para que la sociedad oprimida sienta el valor de alzarse. O, al menos, de encarar la verdad.

—Perfecto.

—He creado una conexión desde el portátil a este dispositivo de aquí. —Me enseña una plaquita tan fina como uno folio, azulada y llena de teclas—. Me la dio Iggy cuando me dejó el ordenador. Funciona, por así decirlo, como un mando a distancia. He conseguido conectarme a la red del palacio, así que si algo malo sucede solo tengo que pulsar este botón táctil y la información del portátil se cargará directamente a Internet. También mandará dos señales. Una al móvil de Iggy, para que conozca nuestra situación, y otra que freirá los circuitos del ordenador para que nadie más pueda acceder a él. Lo esconderé bajo la cama por si acaso.

—Es una herramienta muy útil. Si fallamos, al menos, la sociedad podrá ver parte de las acciones de Matilde.

—Exacto.

Esta salvaguarda me tranquiliza, aunque no puedo espantar la sensación de amenaza que me acucia todo el rato. Que hasta el momento no hayamos tenido ninguna complicación es de extrañar. Sin embargo, es imposible que mis padres conozcan la voluntad de nuestra insistencia. Ni siquiera Quildo. Si en verdad estamos cayendo en una trampa, al menos caeremos llevándonos a alguien por delante.

—¿Crees que tu amiga será fácil de encontrar?

—¿Bree?

Bree. Ese es su nombre. Me encuentro escrutando el rostro de Levi en busca de alguna señal que me confirme el tipo de relación que tienen. Aun así, me obligo a concentrarme de nuevo. Si Bree está viva, tal y como sospecha Levi, entonces la llave de nuestra rebelión se encuentra tan cerca que quema. Ella destrozará el Mapa de la Diosa y nos mostrará los archivos de la reina Matilde. Ni en mis mejores sueños existe un final más deseable.

—Si la reina Matilde de verdad nos deja entrar a los laboratorios, desde luego que sí. Bree es la mejor alquimista que he conocido nunca, después de mi padre. —Y sonríe muy ampliamente, como si un sentimiento cálido y reconfortante le estuviera abrazando.

El pesar me come viva, y no porque Bree provoque esa sonrisa tan suave en su rostro marcado por las infecciones, sino porque yo he sido incapaz de invocar en él esta tranquilidad. Soy un peligro constante, puro nervio, un desastre.

Si no puedo ofrecerle a Levi esa paz, entonces me alejaré. Lo que más deseo para él es su felicidad junto a Gala y Noah. Ellos dos son las personas más importantes del mundo para Levi, de la misma manera que Tristán lo es para mí. Intento deshacer el nudo que me está oprimiendo la garganta, sacudiendo la cabeza. Esta será mi misión para con él: llevarlo de vuelta con su familia.

—Me voy a descansar. Mañana es el día.

Levi se sorprende por mi inminente despedida. Pestañea varias veces, confuso. Sin embargo, al final dibuja una sonrisa preocupada en su rostro y me deja marchar.

Preocupación. Eso es lo único que provoco en los demás.

Dormir no es una opción. De hecho, tengo unas ojeras tan marcadas que podrían anidar cuervos en ellas. Me sorprende encontrar sobre el tocador de la habitación un vestido blanco, un brazalete rojo y un set de maquillaje. Chasqueo la lengua con disgusto. No me gusta llevar falda. Son muy incómodas a la hora de actuar frente a algún riesgo. Y no sé si seré capaz de maquillarme correctamente, pocas veces lo he hecho, porque no me sirve si al final siempre tengo que ocultar mi rostro tras una máscara.

Me ducho y me pruebo el vestido. Me resulta muy perturbador que se ajuste a mi cuerpo como un guante. ¿Cuándo han comprobado mis medidas? Es completamente blanco, níveo. Deja al descubierto mis dos hombros y cae vaporoso hasta los tobillos. Unas finas cintas de seda ajustan la cintura y enmarcan mis pechos de una manera que jamás se me habría ocurrido intentar. Me retoco el rostro con el maquillaje. Me siento postiza, tanto como los ígneos que anoche cenaron con nosotros y que parecían estatuas con la expresión forzada. Los zapatos a juego —también de mi talla— me resultan incómodos, pero si esto es un obsequio de la reina, no puedo rehusarlo usando mis polvorientas, aunque comodísimas botas.

Me observo en el espejo. Pese a la pomposidad, el vestido no se parece en nada a los recatados que me obligaban a vestir en Cumbre, y me asombro al sentirme favorecida. Y, aunque este toque de elegancia y de sutil atractivo me agradan, sobre todo, luzco cándida. El envoltorio perfecto que refuerza el papel de ígnea que me he adjudicado. No me quito el collar de la bellota. Es mi amuleto y mi único pedacito de Tristán. Lo oculto en el escote del vestido, escondo el Mapa de la Diosa entre mi ropa interior, doy unos últimos repasos a mi indomable pelo y salgo al pasillo.

De nuevo, todo se tiñe de ostentación. El desayuno, compuesto de innumerables pastelitos salados, zumo natural y tablas de embutidos y quesos sacian mi apetito. La reina Matilde aplaude mi aspecto y yo le agradezco el obsequio. Feliz, doy algunas vueltas sobre mí misma como si esto fuese mi mayor logro en la vida, pero como parece satisfacer a la reina, continúo con esta actitud. Algunos de sus amigos nobles me miran ensimismados como si estuviesen contemplando a un ser puro y perfecto. Yo finjo que disfruto con la atención hasta que Levi hace acto de presencia.

A él también le han regalado un conjunto nuevo, pero mucho más sutil que el mío. Lleva unos pantalones oscuros, un poco ceñidos, una camiseta gris oscuro y una chaqueta negra que marca sus hombros. La plaquita verde con la identificación de alquimista pende de su cuello en un sutil balanceo. Se ha echado el pelo hacia un lado, como siempre, pero ahora los mechones ondulados parecen una cascada alrededor de su rostro.

Él no parece muy sorprendido ante mi nuevo aspecto, y una pizca de decepción me encoge el estómago. Cuando se une a nosotras, primero destaca la belleza de la reina Matilde, y luego me dice:

—Amaranta, estás preciosa.

Trago saliva, aunque sé, por su tono de voz, que es auténtico fingimiento. Contesto con un agradecimiento demasiado efusivo, que luego intento arreglar con un falso rubor. Levi compone una mueca de alerta por mi reacción, pero consigo permanecer recta y en silencio, como si no hubiese sucedido nada.

La reina Matilde se excusa apelando a una acumulación de trabajo, a lo que nosotros contestamos con mil agradecimientos más por su hospitalidad. Nos informa de que esperemos en la sala, que enseguida aparecerá Teren, uno de sus criados, que nos guiará por el palacio para complacer todas nuestras peticiones.

A ver si es verdad.

En cuanto la reina sale de la habitación junto a todos sus acompañantes y Levi y yo nos quedamos a solas, el chico no sabe contener su preocupación:

—¿Estás bien?

—Perfectamente. —Demasiado tensa—. Solo estoy nerviosa.

—¿Segura?

La cháchara termina de inmediato por la aparición de Teren. Es prácticamente un niño y siento odio por tener que hacerme pasar por una estúpida ígnea y darle otro motivo más a este chaval para perder la esperanza. Intento no ser muy grosera, arrogante o despistada, si bien le pregunto por cada cosa que descubrimos. Sobre los enormes patios internos y las fuentes que recorren en intrincados canales los enormes jardines repletos de flores. Sobre las pinturas que decoran todos los techos abovedados. Sobre las esculturas que custodian los pasillos. Sobre las enormes bibliotecas de paredes infinitas hacia todas direcciones sin un hueco por rellenar. Sobre las cocinas y sus increíbles despensas que desprenden aromas que incitan al hambre.

Paseamos por estancias suntuosas que Teren solo nos enseña porque la reina ha sido específica en que yo vea los lujos que se gasta. Lo maravilloso que es en sí su hogar. Y es precioso sí, pero inútil. Una sociedad muriendo de hambre, dividida por clases, y la reina perdida entre estos inmensos pasillos, ahogada en suculenta comida y sumida en los sueños de unas estancias que podrían cobijar a cientos.

Lo único que no cabría entre estos muros es la injusticia.

Subimos y bajamos escalares. Recorremos lo que yo creo kilómetros. ¿Es que no tiene fin el edificio? Mucho más importante, ¿es qué no nos van a enseñar el trabajo de los alquimistas? He contemplado a la gente de jardinería, cocina, ejército, limpieza, e incluso a confección, quienes me han avasallado con incontables preguntas y deshecho en halagos sobre mi correcta posición al caminar. Pero yo quiero ver a los alquimistas.

Necesitamos saber si Bree está viva.

Y como si Teren hubiese escuchado mi súplica interna, nos conduce hasta una enorme estancia que me deja petrificada. No advierto su final y está repleta de estanterías, escritorios y todo tipo de utensilios que no reconozco. Tal vez alguna probeta y alguna balanza, pero por los demás, todo me resulta delicado e irreal. Pero lo que más me impacta es lo poco abarrotad a que está la habitación. Con respecto al resto de sirvientes de la reina Matilde, el número de alquimistas es escaso. ¿Unos diez?

Recuerdo a Levi diciendo que los alquimistas se centran sobre todo en el estudio de los milagros de la Diosa y la creación de los dones. Que por eso mismo le encomendaron la tarea de fabricar ese Don que purificaría las infecciones de estos valiosos alquimistas para luego infectarlos de nuevo, en un bucle donde su vida y su sufrimiento solo acabarían con la edad. Si es que a la reina no se le ocurre convertirlos a la inmortalidad.

Teren entra y nosotros lo seguimos. Ningún alquimista alza la cabeza. Se concentran en sus trabajos. Lo cierto es que no parece que estén manipulando ningún milagro. Todo son minerales, humo o líquidos de múltiples colores que burbujean dentro de sus recipientes.

Puede que la reina Matilde lo haya encubierto todo, creando una rápida tapadera. Si me hubiese negado el acceso a los alquimistas, habría estado en todo su derecho, pero ella es tan lista y tan confiada que incluso se atreve a demostrar que no tiene nada que ocultar.

—Señorito Levi, señorita Amaranta, tengo que marcharme un momento y solucionar una cuestión. —Se ha llevado los dedos a la oreja, en la que descubro un transmisor—. ¿Les molestaría esperar aquí?

—No, claro que no, Teren —accedo, tratando de ocultar mi incipiente adrenalina.

—No tardaré, señorita Amaranta. Disculpad las molestias. —Se inclina tres veces seguidas a una velocidad pasmosa y se marcha con rápidas zancadas.

Otro golpe de suerte. Tal vez demasiada para ser verdad. Pero es nuestra única y última oportunidad de buscar a Bree. Preguntar a los demás resultaría descarado, así que miro a Levi, intentando hallar en él una respuesta. Él asiente, cogiéndome de la mano. Estudio mi alrededor, exaltada, pero los alquimistas continúan con la cabeza gacha, centrados en sus labores.

No tendrán permitido hablar.

Levi me conduce por la habitación como si supiese dónde se encuentra en cada momento. Por un instante olvido que su padre fue el Gran Alquimista de Mudna, pero ¿eso significa que Levi también vivió aquí con él? ¿Que aprendió sus dotes entre estos muros? Una mezcla de horror y compasión me acribilla las entrañas. Estoy a punto de decirle a Levi que comprendo su sufrimiento y que no está solo, pero él detiene la marcha entre dos enormes estanterías ocupadas por gruesos libros.

La luz en este rincón llega oblicua, a través de los resquicios que dejan los volúmenes. Las estanterías crean un enorme muro que separa la sección de la habitación de los alquimistas con esta. Y, aunque ambas partes están conectadas, parece que Levi me ha conducido a una estancia totalmente distinta.

Levi avanza dos pasos más y yo lo persigo. Pero de nuevo para y me choco contra su espalda. Harta de su indecisión y de no saber a dónde voy, suelto la mano del alquimista y me coloco a su lado, preparada para soltarle una regañina, pero mi mirada es atraída por otro cuerpo quieto al final del corto pasillo creado por las estanterías.

Una chica, unos pocos años mayor que Levi, está sentada en una silla de ruedas. Tiene las piernas arqueadas hacia dentro y la falda de su vestido se escurre dejando entrever su piel totalmente gris como la ceniza. Muchas manchas más vetean sus pálidos brazos. Su pelo, muy corto y rubio, parece seco y apagado. Es al reparar en nosotros cuando el libro que está sujetando entre sus manos enguantadas se resbala hasta entrechocar contra el piso.

—¿Levi? ¿Eres tú? —Su voz es frágil, como una campana de cristal que tintinea sin fuerza para no romperse.

—¿Bree?

Pero Levi no se queda tan petrificado como la chica, porque se lanza hacia ella y la abraza. Bree rodea su cuerpo con unos brazos temblorosos y los oscuros ojos anegados de lágrimas. Por mi parte, soy incapaz de apartar la mirada de todas sus infecciones. A esto se refiere la reina Matilde cuando quiere curar a sus alquimistas con un Don. Si escasean porque acaban muriendo por trabajar con milagros de la Diosa y dones, la única salida es esa panacea. Porque si no, ¿quiénes más tendrán el conocimiento para manipular estas sustancias tan peculiares?

Se separan con un suspiro y Levi se lleva las dos manos al rostro, horrorizado. El verde de sus ojos se ha empañado; se aprecia el tormento reflejado en ellos. Escruta el cuerpo de la chica como yo lo he hecho. Quiero ofrecerle mi apoyo, pero hacerlo solo sería un error. Parecen haber compartido tantas cosas, que el reencuentro supone demasiado para que yo interrumpa.

—¿Qué haces aquí, Levi? ¿Quién es ella? —Más recompuesta de repente, Bree demuestra muchísima más determinación que el alquimista.

—Yo… Pero, tú… —El alquimista, en cambio, no sale de su estupefacción. Se ha perdido en alguno de sus tormentosos recuerdos, porque sus ojos se mueven inquietos, intentando encontrar una explicación—. ¿Qué les ha pasado a tus piernas, Bree? ¿Qué te ha pasado?

Levi se deja caer contra el suelo y, aunque Bree extiende un brazo en un vano intento por detener su caída, la silla de ruedas se lo impide. Es entonces cuando acudo en su ayuda. Me acuclillo a su lado y le acaricio el pelo, intentando calmar los estremecimientos que recorren su cuerpo. ¿Qué habrán vivido los dos para tal reacción?

Entonces Bree me mira con desconfianza. Clava su mirada en el brazalete rojo sujeto en mi brazo. Inconscientemente, llevo una mano a él, intentando ocultarlo. No quiero que piense que soy una ígnea cualquiera, aunque por mi actual aspecto, tampoco la culpo por suponerlo.

—¿Qué haces con una de ellos? —Encrudece su tono.

—Soy de confianza —contraataco.

—No es una ígnea de verdad. Confía en ella, Bree. En serio. —El chico intenta continuamente reprimir una especie de sollozo que me destroza el corazón—. ¿Qué ha sucedido?

Bree me lanza otro gesto de recelo, pero no es capaz de sobreponerse a la mirada de súplica de Levi.

—Los milagros me han devastado, Levi. —Se dirige hacia él, lentamente—. Desde que te fuiste han muerto muchos de los nuestros. Solo quedamos los que ves, y resistimos como podemos. Me he convertido en una expirante, Levi. La reina Matilde me obligó a moldear un cristal de la Diosa para crear una droga que la rejuveneciese. Este es el resultado. —Se señala las piernas con manos temblorosas—. Pero tú esto ya lo sabías, ¿cierto? Me refiero, tenías que temer que tal vez yo podía estar muerta.

Y no está desacertada. Solo Levi había tenido una mínima esperanza de que estuviese viva al ver los experimentos con aquellos humanos. Hasta ese momento, él estaba convencido de que estaba muerta. Intento aplacar la curiosidad, mientras animo a Levi. No pretendo ser morbosa, ni injusta. No quiero apremiar en un momento así, pero no tenemos tanto tiempo. Teren podría volver de imprevisto, o incluso la reina Matilde.

Más importante aún, Bree tiene que saber por qué estamos aquí.

—Pero, Levi, ¿qué haces en el palacio? ¿Lo sabe la reina? ¿Le ha pasado algo a tu madre?

—No. Bree, mira, sé que es precipitado. Sé que vas a hacerme un montón de preguntas y que esto te va a confundir, pero no nos queda tiempo. —Levi parece hacer acopio de la poca resistencia que le queda para incorporarse, aunque continúa sosteniéndome la mano.

—Levi, no deberías estar aquí. Y encima con ella… —Arruga la nariz.

—Ella es mi amiga Amaranta. Como ya te he dicho, no es una

ígnea. —El rostro de Bree se convierte en duda, pero Levi alza una mano para detenerla—. Déjame que concluya. Amaranta y sus amigos pertenecen al Movimiento Nebulosa de Cumbre. —Por un momento me asusto ante la confesión, pero en los ojos de Bree reluce el reconocimiento—. ¿Recuerdas a lo que aspiran? Derrocar todo esto.

—¿Formas parte del Escuadrón Espino? —me pregunta Bree, asombrada. No es de extrañar que haya deducido esto, porque del movimiento solo queda vivo mi escuadrón. Solo hace falta un poco de suspicacia para atar cabos.

Me arriesgo de nuevo, confiando en Levi y en la emoción que la ha embargado al saber a dónde pertenezco:

—Sí, de hecho, soy la líder. Soy Belladona.

—Lo siento mucho. —En su expresión cruza el horror.

—¿Por qué? Mira, no te preocupes si me has juzgado antes. Yo también lo habría hecho, pero sin este disfraz…

—Por la pérdida de tus seres queridos. Recuerdo lo que le sucedió a todo el Movimiento Nebulosa. —Hay algo extraño en ella, como si tuviese un secreto en la punta de la lengua, pero estuviese obligándose a ocultarlo.

Estoy tentada de preguntarle por qué reacciona así, asustada por haber creído que destapar mi secreto a una nueva persona ha sido un error. Sin embargo, Levi se me adelanta:

—Tenemos que pedirte una cosa, Bree.

—Más bien dos —añado sin tapujos.

—Yo no voy a poder hacer nada, Levi. Mírame.

—No queremos que te arriesgues , Bree. No es nuestro propósito, pero ¿al menos nos escucharás? Hemos venido hasta aquí, nos hemos arriesgado a entrar en este palacio solo por ti. —La confesión asombra a la chica—. Eres la mejor alquimista que he conocido nunca, Bree.

—Después de tu padre.

—Sí, después de mi padre. Nunca he visto a nadie como tú dominar las artes. Y créeme que lo que te vamos a pedir no excede tus conocimientos —casi suplica Levi.

Bree se inclina y recoge el libro que se le ha caído de las manos. Arregla una página que se ha doblado y cierra el tomo, despacio. Parece pensativa, como si estuviese batallando en si acceder o no. Me siento mal por irrumpir de esta manera y pedirle lo indecible a esta chica que, como todos, sobrevive día a día a la injusticia. Por personas como ella lucho y soy capaz de sacrificarme. Por personas como ella soy capaz de entrar en la mismísima boca del lobo para arrancarle las entrañas con mis propias manos.

Y entonces, Bree suspira, claudicando su discusión interna. Nos mira fijamente. Primero repasa a Levi, imprimiendo en él pura nostalgia. Luego desliza sus oscuros ojos hasta mí. Se concentra tanto que pienso que me atravesará de verdad si insiste más. Al final, se observa las manos con actitud impotente, como si estar postrada en la silla de ruedas fuese un impedimento para el resto de sus cualidades.

—Lucháis. Lo entiendo. Lo siento. Desde Ada no veía una actitud semejante. No sé cómo te has atrevido a salir del cascarón después de lo que sucedió con las princesas, Levi.

—Yo nunca he dejado de pelear a mi modo —le contesta—. Pero a veces hace falta un verdadero empujón para ver que es necesario dar un poco más. —Y me mira con una intensidad que me ruboriza.

—Ella de verdad es Belladona, ¿eh? Armaste una buena en Bun la semana pasada. —Bree se cruza de brazos con una sonrisa burlona y recupero un poco de confianza.

Puedo descubrir en su interior resquebrajado haces de luz que iluminan sus aciertos y acarician sus errores para que no se conviertan en heridas, sino en fortaleza. No me ha pasado desapercibido que han hablado de la princesa Ada como si la hubiesen conocido. Ella podría ser el nexo que los une a ambos. Al fin y al cabo, el padre de Levi fue quien fabricó entre estos muros la Espada que utilizó Ada en su revolución. Pero preguntar ahora por ello interrumpiría la oportunidad de lanzar las dos proposiciones.

—Me estoy muriendo de todos modos —suspira, resignada. Siento la pena de Levi, y me la contagia—. Ya luchamos una vez,

¿no, Levi? Hagámoslo de nuevo.

Y sonríe. Bree tiene una sonrisa preciosa, cargada de experiencia y sinceridad. Es de esas que te otorgan la fuerza para no abandonar. La hemos convencido, ahora solo toca dar el golpe final.

—¿Qué hay que hacer?

—Destruir el Mapa de la Diosa y llevarnos hasta los archivos de la reina Matilde.

Y tal y como su sonrisa ha aparecido, se esfuma. No queda ni rastro de ella. De hecho, palidece aún más si es posible. Lleva las manos hasta las ruedas y las empuja para marcharse sin una palabra más. Pero yo no he llegado hasta aquí para que me pongan la miel en los labios y , antes de saborearla, me limpien la boca. Alzo un pie y detengo la silla de Bree. Ella me observa desde abajo, desafiante.

¿Ni siquiera me va a responder?

—¿Qué sucede, Bree?

—No voy a destruir el Mapa de la Diosa.

—¿Por qué? ¿Eres una renegada? —le pregunto, cabreada.

—No me hace falta ser una renegada para considerar ese Mapa una mínima esperanza. Yo vi qué hicieron Ada y sus hermanas para vengarse de su madre hace catorce años. Ella consiguió el poder de la Diosa para hacer frente a la reina. ¿Es qué no conoces la historia?

—Sí, pero no creo en la Diosa.

—Pues no me voy a detener a contarte más, porque eres demasiado orgullosa y obcecada en tus ideas como abrir un poco tu mente.

Me inclino hacia Bree, cada vez más enfadada.

—¿Yo? ¿Cerrada de mente?

—Sí, de hecho, eres bastante contradictoria. Tú no crees en la Diosa, pero aun así quieres destruir su Mapa. ¿Qué te importa entonces que un simple trozo de papel deambule por ahí, si no tiene credibilidad ninguna?

—Porque si implica que un ser querido mío se embarque solo en una misión suicida, soy capaz hasta de comérmelo. —Y la ironía entra de lleno—. ¡Ja! Mira tú por donde, a lo mejor hago eso y seguro que desaparecerá.

—No te lo recomiendo. No voy a destruir el Mapa, Amaranta —me llama por mi nombre.

—Yo no me voy a ir de aquí hasta que cambies de opinión, Bree —contraataco.

—Puedo hacer llamar a la capitana Zyan, si eso te hace más feliz.

Nos hemos ido acercando tanto para encrudecer nuestras palabras, que nuestras narices casi se rozan. Es una lucha de titanes, pero yo no voy a ceder, no después de tantos peligros vencidos. Permanecemos en esta posición hasta que Levi interpone sus manos y nos separa con delicadeza. No cortamos el contacto y aprovecho para intentar arremeter.

—¿Acaso ayudaste a Ada a invocar a la Diosa que estás tan segura de que existe, aunque seas una alquimista que solo debería creer en lo que puede tocar?

—¿No le has contado nada? —Bree fija su mirada en Levi, pero yo no caigo en su trampa.

—Me fío bastante de Levi, y si tiene que contarme algo más, ya lo hará. Estamos hablando de ti, Bree. Destruir el Mapa de la Diosa es una cruzada mía personal. Mi verdadera misión es encontrar los archivos secretos de la reina y exponerlos ante la sociedad para que esta sienta la motivación suficiente para alzarse en su contra.

—Muy segura estás tú de que tu plan funcionará como deseas. La sociedad está mermada y desgastada. Solo quiere vivir los últimos días que le queda lo más pacíficamente posible.

—O sea, resignarse.

—Sí, resignarse. Igual que has hecho tú con tus ideas. No serás una ígnea, pero, desde luego, apartando las ideas de los demás y contemplando las tuyas como únicas, no eres muy diferente.

Avanzo dos pasos, amenazante, pero Levi interfiere entre ambas. El golpe me ha dolido, y ahora ni siquiera soy capaz de controlar mi respiración. Sin embargo, Bree va a por todas y, pese a mi reacción, no se detiene. De hecho, avanza unos centímetros y alza aún más el rostro.

—Se supone que eres Belladona, líder del Escuadrón Espino. Que abogas por todos aquellos más necesitados, sin condición. Pero no te das cuenta de que estás condenando a una parte de la sociedad al tachar a la Diosa de irreal. ¿No ves lo que le está sucediendo a Erain, cómo muere su tierra? ¿Cómo explicas entonces la acción de los milagros y la potencia de los dones? —Ciencia—. ¿Cómo puedes ir en contra de lo que tus propios ojos ven, de lo que sufres? Amaranta, yo he visto magia en la Diosa. Para mí, toda ella es la Magia. —¿Qué está diciendo?—. No creo en ella como una divinidad, creo en ella como una fuente de energía inmensa. Creo en ese Mapa, porque, aunque al final no encontremos nada, ¿qué más vamos a perder, si ya no nos queda nada?

Sus palabras arremeten una por una contra todo mi ideario. Sus palabras me recuerdan el día que conocí a Levi y cómo él también me recriminó que, por muy diferente que me creyese, tenía prejuicios internos que no había sido capaz de eliminar. ¿Tienen razón? ¿Yo lucho por todos, pero tras mi filtro? Puede ser...

No, lo es.

Creía que proteger a Tristán conllevaba destruir el Mapa de la Diosa. He tachado a mi propio hermano, al que confiaría mi vida, de mentiroso. Nunca me he abierto a escuchar detenidamente qué encuentra en tal extraña creencia. Tiene su lado positivo, sí. Pero para mí todo es búsqueda de poder de diferentes formas. Sin embargo, entre los pliegues de mi falda, contra mi piel, descansa un mapa que para muchos es la última esperanza de redimirse, de subsanar el daño que le hemos hecho a la Tierra y a nosotros mismos.

Observo a Levi, que me mira detenidamente. Él en su momento tampoco estuvo de acuerdo en destruir el Mapa, pese a que respetó mi opinión.

—¿Y qué pretendes que haga, Bree? —le espeto, llena de dudas y temores.

—Un trato.

—¿Un trato?

—No destruyes el Mapa y yo te llevo hasta los archivos de la reina.

—No voy a ceder al chantaje.

—Es esto o nada, Amaranta. Pero me gustaría que pensases en lo que te he dicho. Eres inteligente y tienes dos piernas para ir detrás de todas las esperanzas posibles para este país. —Tiene razón—. No importa lo improbable que sean. —Tiene razón—. No estás sola en esto. Tienes a ese ser querido que cree en ese trozo de papel. —Tiene razón—. ¿Trato? —Extiende una mano.

—Si prometo no destruir el Mapa, ¿me llevarás hasta los archivos de la reina?

—Palabra de alquimista —susurra, traviesa.

El Mapa puede continuar conmigo, lejos de manos equivocadas, mientras logro un objetivo que sí creo que cambiará el mundo. En mi corazón no dejan de vibrar las palabras de Bree, dolorosas, pero ciertas. Esta desconocida, que encima resulta ser la solución a nuestros problemas, me ha dado una lección que jamás olvidaré.

Estrecho su mano con fuerza y ella sonríe complacida.

Teren ha tardado incluso más de lo previsto en volver a por nosotros, lo que nos ha dado margen para sentarnos a observar el trabajo de los alquimistas como si nada hubiera pasado. Bree ha aprovechado la espera para dedicarme gestos burlones, a los que he contestado poniendo los ojos en blanco. En todo momento me ha recordado a Lars y no he podido dejar de preguntarme cómo estarán mis amigos. Si habrán logrado encontrar a Tristán.

Hemos acordado infiltrarnos en los archivos mañana, a medianoche. Bree debe preparar el terreno y asegurarse de que nada estará fuera de lugar cuando nos colemos en el lugar más sagrado de toda Erain. Al fin y al cabo, ahí se encuentra el núcleo de todos los problemas de una sociedad. Todos los secretos y todas las mentiras.

El veneno y el antídoto en un mismo cuerpo.

El resto del día ha transcurrido normal o al menos en apariencia, porque yo me he muerto de los nervios. No hemos vuelto a reunirnos con la reina Matilde, quien se ha excusado hasta cuatro veces por medio de Teren de su ausencia en el almuerzo, la comida, la merienda y la cena. Mejor. No me gusta pasar tiempo bajo su brutal escrutinio. Es como poner a un águila hambrienta delante de un conejo atrapado en un cepo.

Ahora, en la terraza de mi habitación, con la brisa de invierno meciendo mi pelo mojado y con Mudna bajo mis pies, soy más consciente todavía de lo que Bree me ha dicho. Me fustigo por lo idiota que he sido. Por no haberle dado una oportunidad a Tristán de explicarse, de convencerme. Sigo sin creer en la Diosa y, menos todavía, en la convicción de la alquimista de que es un ente mágico. La tierra muere por el cambio climático, y los llamados milagros y los dones deben tener una explicación científica.

—¿Es tu sitio favorito de todo Mudna o qué?

Me vuelvo con una expresión reconfortada hacia el balcón de Levi. Lleva puesta la misma ropa del día y la luna reverbera contra su identificación verde. Me acerco balanceando los brazos, reteniendo la brisa de la noche un poco más.

—El frío me ayuda a pensar. Me he dado cuenta de la cantidad de frentes abiertos que tiene la reina. De la cantidad de planes que puede gestionar a la vez para conducir este país hacia la perdición total. Y ninguno de nosotros —dirijo la mirada hacia la ciudad— tenemos ni la más remota idea de sus propósitos.

—La reina pretende hacerse con todo. No importa el método, por muy imposible que parezca.

—Puede que por eso esté logrando su objetivo. Porque cree en todo y no deja lugar para la duda. Para ella existe un Dios, una Diosa… Todo es posible.

Me giro hacia Levi. Pienso que mis palabras le habrán ofendido, pero solo encuentro en sus labios una sonrisa cansada.

—Antes he creído que te lanzarías contra Bree —murmura, cambiando de tema.

—Casi lo hago. Pero ella tiene razón. Tú tenías razón.

—Nunca he sido una persona muy decidida, la verdad. Siempre me ha asustado lo desconocido e interrumpir en la vida de los demás. El día en que me pediste destruir el Mapa también defendiste a un pueblo entero, Amaranta. ¿Cómo iba a oponerme cuando estabas dando esperanza?

Sus ojos relucen con intensidad y mi mano se mueve sola hasta posarse sobre su mejilla. Levi cierra los ojos y deja que le acaricie el contorno de su rostro y sus infecciones. Bajo la luna tienen un aspecto perlado y no resultan tan inquietantes. Levi me despierta de la ensoñación deslizando sus dedos por mi brazo extendido. Mi piel reacciona a su contacto, erizándose. Pero no se detiene ahí, sino que sube por mi cuello hasta hundir sus dedos en mi pelo.

«Recuerda lo que dijiste ayer, Amaranta».

—¿Por qué no cruzas aquí? —susurro, acallando la razón.

Sucumbo.

Pienso que Levi se negará. Que me dirá que, sencillamente, me está reconfortando. No obstante, salva la distancia entre los dos balcones con un salto ágil. Mantenemos un espacio prudente para observarnos con cuidado. Analizo su forma de mirarme, la manera en que sus dedos me acarician como si me fuese a romper. Busco una señal que me confirme que puedo saciar todas mis ganas de él. Tal vez, Levi está buscando lo mismo. Tal vez no se atreve a acercarse por si lo despacho como lo he hecho antes. Así que me toca mover ficha a mí.

Me lanzo contra su cuerpo, haciendo de la distancia una nimiedad. Lo agarro por la nuca y estampo sus labios contra los míos. Un escalofrío me recorre inmediatamente desde el cogote hasta la punta de los pies. Es electricidad y calor al mismo tiempo. Desenfreno y pasión. Sus labios saben a café y me derrito al comprobar que reconozco el sabor por el olor que suele desprender su piel. Le muerdo el labio y él jadea contra mi rostro.

Entramos en mi habitación en un abrazo lleno de caricias y apretones. Sin mirar por donde pisamos, conseguimos llegar hasta la cama. Nos sumimos en un millón de besos. Noto el ardor en mis labios, el desgaste de mi piel por sus mordiscos. No pienso contenerme más.

Me deshago de su camiseta de un tirón. Levi acomoda mis piernas a su alrededor y me siento a horcajadas sobre él. Recorre con sus manos mis muslos, hasta llegar a la cintura. Llevo un camisón que me han dejado como pijama, pero poco me dura en manos de Levi.

Me observa un momento y creo advertir en el rubor de sus mejillas estupor e incredulidad. No puedo evitar reírme y él me lanza contra la cama, agarrándome por las muñecas. Recorre la línea de mi barbilla con besos. El cuello. El contorno de mis pechos. El estómago. Me va a volver loca, pero esto es un juego de dos.

Termino por quitarle las pocas prendas que le quedan y él me atrae hacia su cuerpo. En el silencio de la habitación todo son nombres susurrados y suspiros perdidos. Disfrutamos y nos devoramos, obviando dónde nos encontramos. Obviando todos los problemas. Obviando que existe una realidad más allá de nuestros cuerpos conectando. Y es en la pasión y el cariño que le ponemos a nuestros besos y caricias lo que convierte la noche en mañana.

El amanecer termina con los últimos vestigios de mi duermevela, despertándome apaciblemente. Me desperezo como hace años, sí, años, que no lo hago. Levi duerme a mi lado con el sol proyectado en su espalda. Le acaricio unos mechones, evocando la noche anterior. Me muerdo el labio inferior, tentada de buscar más, pero el paréntesis que nos hemos permitido tiene que terminar ya.

—Levi… —Lo mezo por el hombro.

—No.

—Sí. —Se me escapa una risa—. Vuelve a tu cuarto o nos pillarán.

—¿Y qué harán? ¿Castigarnos? —Gira su rostro hacia mí y enarca las cejas, pícaro.

—Levántate, ¡ya!

Me estira del brazo sin previo aviso y consigue arrancarme una cantidad de besos considerable que yo le devuelvo con más ganas aún. Con su mano recorre mi pierna desnuda. Yo deslizó los dedos por el cuello hasta su pelo, mientras su aliento de café me golpea los labios con un jadeo. Me los tengo que relamer para saciar la necesidad imperiosa de olvidarme de todo, perdiéndome otra vez en su cuerpo. Es como un imán para todos mis instintos. Pero, por mucho que nos cueste a ambos, tenemos que ponernos en marcha.

—Si sale bien, podremos continuar esto donde lo dejamos —señalo, aunque no desenredo mis dedos de su pelo.

Levi va a contestar, pero entonces llaman a la puerta. Nuestros ojos se agrandan por el susto y cada uno se incorpora para hacer lo que debe. Me pongo el camisón, me arreglo el pelo y corro hasta la puerta. Doy un último vistazo a la habitación, pero Levi ya no se encuentra en ella.

Abro.

—Señorita Amaranta, tome. —Es Teren que me trae ropa nueva.

—Oh, muchas gracias. Remite mis agradecimientos a la reina Matilde.

El chico solo asiente y se marcha después del gesto. Me encojo de hombros, sin tiempo para dedicarle una simple despedida. Cierro y estudio el modelito que me tocará lucir hoy. Es bastante parecido al de ayer, solo que más ornamentado. La falda está bordada con hojas de laurel doradas, a juego con una laureola para el pelo del mismo color que los encajes. El último obsequio.

El día transcurre prácticamente igual que el anterior, solo que con más nervios y más meteduras de pata respecto a mi papel. Comer en el desayuno como si no hubiese un mañana y luego casi vomitar delante de la reina Matilde, o quedarme mirando a Levi con una intensidad no permitida para una ígnea prometida con otra persona son algunos de mis deslices.

Paseamos por los jardines, y Levi y yo aprovechamos los momentos a solas para formalizar el plan y concienciarnos de que no es un suicidio lo que estamos a punto de hacer. Y para sucumbir a algunos besos y caricias; algunas más atrevidas que otras. Su tacto me tranquiliza y me recuerda que no estoy sola, que alguien me respaldará si esto sale mal. Tener a Levi como apoyo termina de reforzar mi valentía.

La noche llega más rápido de lo que esperamos. Ya en nuestras habitaciones, cambiamos nuestro elegante atuendo por la ropa con la que llegamos el primer día. Echo de menos mi chaqueta de parches, pero ya la recuperaré cuando me marche de aquí triunfante.

Salimos al pasillo iluminado por las tenues bombillas blancas y lo recorremos hasta llegar a unas escaleras cubiertas por una alfombra granate. Según Bree, tenemos que bajar cuatro pisos, porque los archivos se encuentran en el sótano, ocultos al ojo humano y protegidos por un intrincado laberinto.

Usamos la oscuridad de los rincones para escondernos, y solo tenemos la mala suerte de cruzarnos con varios soldados. Pero como nos había indicado la alquimista, la frecuencia con la que pasan por las escaleras es de media hora, porque dan un buen rodeo por los corredores del palacio hasta volver a este punto. A medida que descendemos los pisos, el aire se vicia más y más. Tengo que detenerme un momento, acuciada por el cansancio que me roba el poco aire que queda en mis pulmones. Levi está sudando y también se permite un corto descanso.

Me cuestiono cómo Bree habrá podido descender aquí abajo si acude ella sola. Mi natural sentido de la desconfianza despierta para preocuparme. Por mucho que Levi y ella hayan compartido tantas historias en el pasado, hace años que no se ven y las cosas pueden haber cambiado radicalmente.

—¿Algún día terminarás de contarme tu historia? —le pregunto a Levi, mientras nos cuidamos de que nadie vaya a girar la próxima esquina.

—Por supuesto, Amaranta.

Y esto me basta para continuar en silencio. Cuatro pisos después y dos pasillos a la derecha, nos damos de bruces con un callejón sin salida y las puertas de un ascensor. Nos miramos, extrañados, pero la aparición de Bree nos saca de dudas.

—¿Preparados para la inmersión? —Nos giramos, sorprendidos, y descubrimos que Bree juguetea con una identificación entre sus dedos—. Los soldados son muy tontos.

Se desplaza hasta el ascensor. Desliza la tarjeta por encima del cuadro de identificación y un leve pitido ilumina en rojo la pantalla a la vez que se abren las puertas. Entramos decididos, aunque cada vez tengo peores expectativas respecto al plan. Puedo no salir viva y el temor a encontrarme bajo tierra nada más que polvo, me hace coger la mano de Levi fuertemente. Me devuelve el apretón y me percato de que él destila el mismo temor que yo.

La única que parece tener la situación bajo control es Bree. Siento pavor porque nos traicione, por no encontrar nada o encontrar algo peor una vez crucemos las puertas. Estoy dispuesta a darle voz a mis terribles dudas, cuando otro timbrazo nos indica que hemos llegado. Las puertas se abren y más allá de ellas solo hay una oscuridad tan profunda como el interior de una cueva.

—¿Vamos? —susurro.

Levi tamborilea sus dedos contra mi piel y, con la mano libre, coge uno de los hierros de la silla de Bree. Los tres asentimos a la vez y avanzamos hasta salir del elevador. De pronto, unas potentes bombillas en el techo se encienden con un sonido seco, pero que en el penetrante silencio resuenan estridentes. Una a una las luces van alumbrando la estancia y, cuando nos acostumbramos a ellas y a su feroz ruido, no conseguimos contener un silbido de asombro. Es como una planta industrial, gris y enorme. Está repleta de estanterías altísimas, cuyo final parece inalcanzable, y cuyas repisas están repletas de cajas y ordenadores, de enormes pilas de papeles y de discos duros.

Hemos llegado hasta los secretos que Matilde ha ocultado con tanto recelo. El depredador ha entrado en la madriguera del supuesto depredador, y ahora el verdadero lo va a devorar. Claro que el supuesto depredador somos nosotros, porque, de pronto, unos gritos y contundentes pasos se hacen eco por toda la estancia. Poco a poco, y en todas direcciones, van apareciendo soldados enarbolando en ristre sus temidas armas de fuego.

No.

Nos rodean. Se crea un pasillo entre los que se encuentran frente a nosotros. La reina Matilde aparece con una sonrisa sádica contrayendo su rostro. Le siguen la capitana Zyan, Kon y…

No.

Mis padres y Quildo. También sonríen, exultantes. Y tengo la incontenible intención de lanzarme contra el ascensor y golpearlo hasta que se abran las puertas, pero habría sido inútil. Todo es inútil contra tal emboscada. Levi y Bree están paralizados. Al fin y al cabo, los tres estamos desarmados.

Sin embargo, algo podemos hacer. Algo que ya habíamos previsto y que, al menos, le dará una oportunidad al resto del Escuadrón Espino.

—¡Ahora Levi! ¡Activa el portátil! —El grito, que ni siquiera sé cómo surge de mi garganta, sirve para darnos unos segundos más de tregua, porque confunde al enemigo.

Levi se lleva una mano al bolsillo del pantalón y saca el dispositivo de señal que Iggy le dio en caso de que no resultase efectiva la misión de los archivos. El alquimista alza la mano y aprieta el botón táctil del mando a la vez que alguien dispara contra nosotros.

TRISTÁN

—¡SOLTADME! ¡Aquí los únicos traidores sois vosotros! ¡Sasha! ¿Cuántas veces he gritado ya su nombre? Desde los disparos y los chillidos no he vuelto a saber más de ella. ¿Y si la han matado porque han descubierto que pretendía ayudarme? No, Judah no lo habría permitido. ¿O sí? Al fin y al cabo, Judah no tiene ni un ápice de bondad en su demacrado cuerpo.

Lleno mis pulmones de aire y el saco que me tapa la cabeza se pega a mi boca y me ahoga. Toso, intentando a la vez controlar mis pasos que, desde hace rato, doy ciegamente. Me han subido a un aerovehículo, de eso estoy seguro. Pero luego hemos caminado un buen trecho. ¿De verdad me llevan ante la mismísima reina Matilde? ¿Ella me asesinará en el acto? No tengo el Mapa de la Diosa y continúo siendo un renegado. Una amenaza.

Pienso en Amaranta, buscándome y no hallándome. Pienso en todos los días en los que he sentido plenitud y tranquilidad, pero solo llega un recuerdo a mi mente y vuelve a ser mi hermana.

Nunca he vivido bajo mis condiciones, con la certeza de que podía utilizar mi libertad como me placiese. Y ahora voy a morir. ¿Cuántas veces habré repetido esta frase en lo que llevo de viaje?

He estado a punto de morir innumerables veces, de distintas formas y en distintas manos. Y, sin embargo, aquí estoy, vivo. Muy vivo.

Un ascensor. Unas escaleras. El suelo resbala. Seguro que es mármol pulido. Noto la respiración de Caleb a mi lado, mientras me arrastra al capítulo final de mi vida. El gemelo siempre ha respirado de manera peculiar; un silbido se cuela siempre en cada inhalación. En cambio, Shioban es tan silenciosa que aterra. Forcejeo, henchido de rabia. Me he dejado engañar tantas veces que me tengo bien merecido encontrarme cara a cara con la mismísima muerte.

Uno de los dos me golpea en la cara. Siento el ardiente impacto en mi pómulo y cómo se pierde un hilo de sangre por mi cuello. La herida dejará marca durante días… en mi cadáver. Me muerdo el labio inferior con fuerza, intentando contener las ganas de gritar de nuevo y las ganas de llorar.

Se abren unas puertas. Los pasos resuenan como si nos persiguiese un grupo de mil personas. Uno. Dos. Tres. Al suelo de rodillas. Caleb me sujeta del cuello para mantenerme quieto. ¿A dónde piensa que me voy a ir? Lo más seguro es que nos estén rodeando un centenar de soldados apuntándonos con sus impresionantes armas. No me voy a ir a ningún lado, por mucho que desee desaparecer. Al menos moriré mirando a la cara a la persona que nos ha esclavizado.

Alguien agarra el borde del saco y estira. La luz es un fogonazo que me ciega por segundos. Cristaleras tintadas con hermosos dibujos. Pinturas de nobles y del Dios de la Corona Ardiente. Un trono fabricado con cráneos bañados en metal. Los bajos de una falda de seda. Unos ojos color miel. Casi dorados.

—¿Tristán?

El miedo. ¿Qué hace ella aquí?

—¿Amaranta?

Mi hermana está arrodillada a dos metros de mí. Tiene la cara plagada de moratones, el pelo corto alborotado y las manos atadas sobre su regazo. Mi primer sentimiento es desconcierto. Duda.

¿Es real? ¿Es verdaderamente mi hermana? Pero, si lo es, ¿por qué está en el palacio de la reina Matilde? No tiene ningún sentido. Lo segundo que siento es esperanza. Nos movemos a la vez, extendiendo los brazos, buscando nuestras manos. Un abrazo. Una caricia. El reencuentro. Cuando nuestros dedos solo necesitan un centímetro más para tocarse, una patada lanza a Amaranta contra el suelo.

—¡Ami!

Me giro horrorizado hacia nuestro atacante y me encuentro con la escalofriante mirada de la capitana Zyan. Corpulenta, severa y letal. Pero mi mirada se fija de nuevo en mi hermana, que haciendo acopio de una fuerza que nunca creí posible en ella, se impulsa desde el suelo en un bote que la incorpora y se lanza contra Zyan con un poderoso puñetazo. La capitana consigue esquivar el rápido ataque, coge de los hombros a Amaranta y le propina un cabezazo que la relanza contra el suelo.

Amaranta suelta un grito de dolor. Intento aproximarme, pero Shioban me agarra del pelo y me detiene en el sitio. Gruño por la violencia de su agarre y forcejeo intentando librarme de ella, pero es imposible. Un chico rubio con algunas infecciones grises en el rostro y el hombro herido ayuda a Amaranta a reincorporarse. Maniatado también, le intenta limpiar la sangre de la frente y le recoge un mechón sudado tras la oreja, en un gesto tan delicado como repleto de cariño.

Me quedo estupefacto. ¿Amaranta es capaz de pelear así? ¿Desde cuándo? Se ha movido como si hubiese estado entrenando años, como si nunca hubiese dejado de actuar de tal manera. Esta tiene que ser la Amaranta que entra en El Tugurio y se relaciona con todo el mundo. La verdadera. La única.

Mi hermana se deshace del chico con una dulce sonrisa y se vuelve hacia mí. El contacto es una mezcla de alegría, pena y desesperación. Quiero abrazarla, quiero comprobar que está realmente viva, que es la persona a quien he estado buscando durante semanas.

—Estás vivo… —Sus ojos relucen por las lágrimas.

De su cuello se descuelga entonces un collar. Es la bellota atravesada por el clavo. ¿Cómo es posible que lo tenga ella si la capitana Zyan me lo robó? ¿En qué momento se han cruzado? ¿Cómo es posible? ¿Por qué? Estoy repleto de dudas, acuciado por la desesperación. Intento llegar a un consenso con mi paciencia y serenidad para no reaccionar como un desquiciado. Pero una voz atrae mi atención al frente y mi rostro se contrae de puro terror.

La reina Matilde está de pie frente a nosotros. Es temible. Su rostro, de rasgos pétreos, demonizan todo lo que puede resultar benévolo en ella. Rezuma pura maldad, transmitiendo todo lo contrario a lo que cuentan los libros de texto de mi antiguo instituto. Es la mano que ejecuta la vida sin piedad.

Pero más aún me aterra descubrir tras ella a mis padres y a Quildo. Sonriendo. Ampliando el gesto como si estuviesen disfrutando de un espectáculo. Nos van a matar aquí mismo. Está escrito en los rostros de todos.

—Shioban y Caleb, muchas gracias. —Repulsión—. Aquí tenemos a los traidores de Erain. Un renegado que ha perdido el Mapa de la Diosa. Una ígnea que ha intentado engañar a su reina entrando en los archivos secretos. —Miro de reojo a mi hermana, asombrado. No me lo creo—. Y dos alquimistas que han trabajado a mis espaldas con mis propios recursos. —Me doy cuenta que al lado del chico rubio hay una chica tumbada en el suelo, mostrando sus piernas totalmente infectadas—. ¿Sabéis lo que os corresponde por cometer alta traición?

Amaranta escupe sangre a los pies de la reina y espeta:

—Púdrete. Eres pura escoria. No creas que has ganado. —Y sonríe.

—¿Te refieres a los archivos que anoche filtrasteis por Internet? Los archivos de Cala Verde. Bien hecho, Ami.

—Los estamos eliminando. A esta hora ya no debe quedar ni rastro de tu fútil intento de exponerme ante la sociedad.

—Bien debes saber que Internet funciona de una manera muy especial: puedes borrar un archivo, pero por cada uno que creas eliminado ya existirán cinco copias más. Has protegido tu propia perdición. —El rostro de la reina se crispa de rabia y la valentía de Amaranta le cuesta un puñetazo por parte de la capitana Zyan—. Siempre es un gusto —gime, provocando a la mujer.

Zyan deja escapar una sonrisilla triunfante, pero enseguida frunce las cejas. Se queda escrutando a Amaranta, mientras retrasa su posición hasta la reina Matilde. Es como si necesitase tomar otra perspectiva para estudiarla mejor. Alterno la mirada entre ambas, intentando encontrar qué mantiene a Zyan tan expectante. Mi hermana no parece cómoda con el examen, de hecho, ya no se muestra tan osada como hasta hace un instante.

Y, de pronto, la capitana se echa a reír. Es casi absurdo, porque la reina Matilde la observa como si a la soldado le estuviese dando un ataque de locura. Mis padres y Quildo también parecen confundidos, pero nadie la detiene. Está casi un minuto exagerando su risa, mirando a Amaranta como si de una broma se tratase. La paciencia está forzada en todos, pero la reina se cansa de la chocante situación y pregunta, con los nervios contenidos:

—¿Sucede algo, capitana?

—Mi reina, lo siento. —Aún finge que reprime una carcajada, cuando sus labios se tensan—. Pero es que acabamos de dar el golpe de gracia.

—No entiendo nada. Respóndeme ya. ¿Qué sucede?

—Desde que esta chica entró a palacio ya noté algo extraño en ella. No era, obviamente, porque supiésemos que era una traidora gracias a la información anticipada de Edgar y Marga. —Ellos han descubierto a la verdadera Amaranta y la han vendido sin vacilar—. Era su manera de actuar, intentando encubrir algo mucho más superficial como la forma de sus movimientos, de indagar en su alrededor y de reaccionar ante los imprevistos. Estaba encubriendo su natural habilidad para responder en ataque, como acabamos de descubrir. Quería hacernos creer que era inútil e inocente, y que no tenía destreza en combate. Esto me ha estado mosqueando desde el comienzo, pero nunca, mi reina, habría pensado que un simple objeto —y señala a Amaranta, que palidece de golpe, comprendiendo—como es un collar con una bellota atravesada por un clavo, pudiese desvelarnos la identidad de la mismísima Belladona, líder del Escuadrón Espino.

—Imposible —murmuramos todos a la vez.

Miro a Amaranta, totalmente atónito. Es imposible que mi hermana sea Belladona, la líder del escuadrón activista más fuerte que tuvo el Movimiento Nebulosa en sus días. Que continúa luchando.

—Mi hija no puede serlo. Si no es capaz de andar ni cinco kilómetros seguidos sin quejarse porque suda —dice mi padre.

—Pero ella estaba en aquel bar de mala muerte el día que sucumbió Cumbre. Y sé que entabló amistad con alguien que no era un ígneo y que, es posible, perteneciese al Movimiento Nebulosa.

—¿Es eso verdad, Amaranta? ¿Desde cuándo nos engañas? —formula mi madre con tono preocupado.

—Ami, no contestes —le susurra el chico rubio.

—¿Amaranta...? —Soy incapaz de retener mis ansias de escucharle confirmar esta sorprendente revelación. Eso significa que siempre ha velado por mí y que nuestros encontronazos tenían un motivo real, protector, aunque no resultasen bien.

Mi hermana suspira. Luego carraspea y alza el rostro, decidida. En sus ojos llamea la fuerza y el arrojo que caracterizan a Belladona. Reluce bajo su piel, en las líneas de su rostro y su cuerpo. Es pura energía.

—¿Te gustó la paliza que te metimos, Zyan? —Sonríe—. Seguro que los esclavos de Bun te trataron de maravilla.

Alguien golpea a Amaranta por la espalda. Es uno de los soldados que acompañaban a Zyan el día que nos interceptaron antes de llegar a Cala Verde. Sus rojos rasgados brillan, peligrosos.

—Qué capullo eres, Kon —gruñe mi hermana contra el suelo, pero sin abandonar su expresión socarrona.

—Que sepas que la insensatez de tu escuadrón se cobró la vida de cien mineros de Bun, Belladona. —Se cruza de brazos Zyan—. ¿Esta es la forma que tienes de proteger al pueblo?

—Te voy a matar como ayudé a asesinar a Gaspar. —Esta vez es el chico de pelo rubio el que intenta una ofensiva contra Zyan, pero Kon, el soldado, también lo reduce de un golpe, cargado de ira.

—¡Levi! —chilla la chica rubia de las piernas totalmente infectadas.

—¡Ya basta! —La reina Matilde avanza unos pasos hacia nosotros y yo retrocedo inconscientemente—. Esto es… Esto lo cambia todo. Pensábamos mataros en la intimidad. Íbamos a dejar que un vestigio de vuestra dignidad, al menos, pereciese junto a vosotros. Pero esto lo cambia todo. La ejecución será pública.

—¡No! —grita Amaranta.

—Primero ajusticiaremos a Bree y a Belladona. Tenerla a ella —señala a mi hermana— atraerá a más. Y luego les daremos el postre con Levi y Tristán. Va a ser todo un espectáculo.

—No te vas a salir con la tuya —amenaza Amaranta.

—Ya lo he hecho, Belladona. Tu muerte va a suponer el fin de la esperanza para el pueblo. Nadie se atreverá a alzarse después de ver morir en directo a la líder del último grupo de supervivientes del Movimiento Nebulosa. Eres un símbolo y yo te voy a hacer arder.

Amaranta grita, pero antes de que pueda intentar algo de nuevo, la capitana Zyan y sus soldados ya nos están cargando para conducirnos a nuestra nueva cárcel hasta el día de la ejecución. Mi hermana y los dos alquimistas insultan y luchan hasta que los reducen. Yo no soy capaz de mover ni un músculo, porque el cansancio me abate hasta dejarme mudo.

Aturdido, abro los ojos. Por un momento el mundo da vueltas como una noria acelerada. Gruño por si mi propia voz me espabila. Me muevo por el suelo, rodando sobre mí mismo. Solo empeoro el mareo. La luz es intensa y no soy capaz de mantener los ojos abiertos ni dos segundos seguidos. Respiro hondo. No recuerdo en qué momento me he quedado inconsciente o si me han provocado estar en tales condiciones. Solo soy capaz de acordarme de los gritos de Amaranta, mientras propinaba patadas al aire, intentando desasirse del agarre de la capitana Zyan.

La bellota golpeaba su pecho. El clavo arañaba su piel.

Necesito verla.

Aún con los ojos cerrados, me incorporo, apoyándome en los codos. Hace muchísimo frío y los dientes arrancan un castañeo imparable. Ya sobre mis rodillas, ciego, tanteo el terreno con las manos, pero no doy con nada. Avanzo, arrastrando las piernas, manteniendo el equilibrio amenazado por el terrible mareo. Me topo con un cristal. Está templado. Lo golpeo. No me devuelve ningún ruido. Es grueso, muy grueso.

—¿Ami? —Pruebo.

—Chico, yo de ti abriría los ojos.

La voz me llega apagada, como si se encontrase lejos de mí, en un plano diferente al mío. No es mi hermana, de eso estoy seguro. Trato de abrir los ojos de nuevo. Es igual de insoportable, pero saber que alguien se encuentra conmigo me da las fuerzas necesarias para mantenerme despierto.

Cuando consigo enfocar la vista y no sentir arcadas por permanecer erguido, miro al frente. Un enorme cristal, un pasillo y otro cristal idéntico al mío, me separan de la chica de las piernas infectadas. Ahora está sentada en una silla de ruedas y se cura con un pañuelo una herida sangrante en su labio. No le sacará más de cinco años a mi hermana, pero en esta situación su expresión le otorga un halo tan vulnerable como juvenil.

Observo dónde está encerrada. La habitación es blanca, pulcra, sin ventanas y sin muebles, pero perfectamente iluminada por una luz pálida que desciende desde las esquinas del techo. Indago a mi alrededor: me encuentro en un cuarto idéntico. No cabe duda de que aquí es donde la reina Matilde nos ha encerrado hasta que decida el momento de ejecutarnos. No sabremos cuántas horas o cuántos días transcurrirán hasta nuestro final.

—Te pareces mucho a ella. Tú debes ser la persona especial de Amaranta.

—Eso… —Me giro hacia ella, intentando darle un sentido a su frase—. No sé a qué te refieres.

—Y por cómo te ha protegido ahí fuera, diría que sí lo eres. —Y sonríe. Triste—. ¿Tú eres por quien ella quería destruir el Mapa de la Diosa?

—Yo… —¿Destruir el Mapa? ¿Eso es lo que pretende?—. ¿Ella…? Necesito verla. Hablar con ella.

—La tienes justo al lado. —Me guiña un ojo.

Doy un vistazo a la derecha. Solo me encuentro con la pared de un blanco tan nuclear que tengo que parpadear para sostener la mirada. Está justo a mi lado, sí, pero al otro lado, en la celda contigua. Alzo una mano y poso la palma en la gélida pared. Ella está encerrada ahí, con su rostro plagado de heridas y su cuerpo magullado por los golpes.

—¡Amaranta!

Golpeo la pared con un puño bien cerrado. No responde. Grito su nombre repetidamente. La chica de la silla de ruedas me observa en silencio. La miro, pidiéndole ayuda. Ella enarca las cejas como si le estuviese demandando lo imposible.

La chica gira su silla de ruedas de cara a la pared de su izquierda, levanta el brazo y golpea el muro con un débil puñetazo. Ella me sonríe y noto que enrojezco. Aparto la mirada con una sacudida, llamando de nuevo a mi hermana. No puedo ver cómo reacciona la chica, pero la oigo llamar a otra persona.

—¡Levi!

¿Levi? Le he pedido ayuda con Amaranta, pero… Ah, puede ser el chico rubio que ha ayudado a mi hermana delante de la reina Matilde. Tiene sentido que sea él. Al fin y al cabo, aunque yo no sepa el motivo exacto por el que ellos están en mi misma situación, los cuatro hemos infringido los dictados de Matilde.

—¡Amaranta!

—¿Tristán?

—¡Ami!

Sonrío, esperanzado. Apoyo la frente contra la pared. Observo de nuevo a la chica en silla de ruedas y ella también lo hace. Asiente, en señal de aprobación. Le devuelvo el gesto, agradecido. Tenemos que salir de aquí. Escapar a donde nadie nos encuentre. Huir para siempre, porque ya no estamos seguros en ningún sitio.

—Tristán. —De nuevo la voz de mi hermana llega hasta mí, apagada, pero con la fuerza suficiente como para entenderla—.

¡Estás vivo! —Su voz se quiebra.

—¡Y tú, Ami! Estoy tan feliz. —Abrazo la pared como si en realidad estuviese rodeando su cuerpo.

—¿Estáis bien, chicos? —Por el tono de voz supongo que se trata de Levi.

Me asomo al exterior, intentando advertir la celda contigua a la de la chica de la silla de ruedas. Levi también está pegado al cristal, tratando de conseguir el mayor rango de visión posible del pasillo. Él se percata de mi presencia y me saluda con la mano. Frunzo el ceño.

—Encantado de conocerte, Tristán. Yo soy Levi. Tu hermana me ha hablado mucho y muy bien de ti. Ahora la entiendo, viéndote ahí encerrado.

Me confunde la afirmación, pero la chica en silla de ruedas se ríe. Abro la boca para reprocharles la incertidumbre de su diversión, pero entonces lo entiendo. Para ellos, que yo esté encerrado en esta cárcel es símbolo de lucha y, por tanto, de buena voluntad. Si Amaranta les ha hablado así de mí, esta situación solo refuerza su opinión.

No puedo evitar sentirme halagado.

—Yo soy Bree, por cierto —se presenta la chica.

—Encantado.

La situación no puede ser más absurda, por lo peligrosa que es y la tranquilidad con la que estamos tomándonosla. Lo lógico sería que predominase el sentimiento del miedo a morir, a fracasar después de todos los esfuerzos. Pero a lo mejor hemos estado en tantas situaciones delicadas y hemos arriesgado tanto que ya estamos inmunizados. O tal vez es que podemos comprobar que seguimos vivos, aunque no a salvo, siendo suficiente para continuar guardando esperanza.

—Tristán, te debo tantas explicaciones... —comienza Amaranta—. Quiero decirte que he cambiado mucho y he aprendido de tu realidad en todo este tiempo. Quiero pedirte perdón por haber sido tan egoísta y no haber pensado en cómo podrías haber reaccionado frente a mis decisiones. En qué habrías pensado de mí por ellas.

—Nunca te he odiado, Ami. Me he sentido solo muchas veces y otras he sentido traicionada nuestra confianza. Sin embargo, incluso así, era incapaz de odiarte, porque te quiero tanto que no soporto ver un mundo de distancia entre nosotros.

—Yo también te quiero, Tris. Muchísimo. ¿Vas a dejar que te explique por qué hice lo que hice? ¿Me creerás?

Sus palabras me recuerdan a las de Sasha. Todos terminan pidiéndome perdón. Todos desean explicarse y eximirse por sus acciones contra mí. Pero yo también siento la necesidad de decirles que no solo ha sido culpa suya, que yo también tengo parte de ella, la sociedad y quien nos gobierna. Que nuestras circunstancias, en concreto, son un compendio de miles de caminos, de ideas y de decisiones propias que se unen, se entrecruzan y chocan en callejones sin salida.

Que todos merecemos una segunda oportunidad, sin juzgar, porque si no, la esperanza habrá muerto.

—Claro, Ami. Pero primero déjame que te cuente por qué estoy aquí.

Necesito desahogarme. Decirle todo lo que pienso, lo que sus decisiones y las mías han provocado. Y lo suelto todo sin esperar su confirmación. Le cuento lo que sucedió durante el trayecto a Cala Verde, lo que me hicieron en aquella prisión y cómo conseguí huir. Le hablo de Sasha y Judah, y de cómo me traicionaron. También nombro a mi Clan. Expongo todo el horror y lo doloroso que ha sido descubrir que todos en los que he confiado me han dado la espalda.

Le cuento sobre mi idea de mandarle un mensaje cifrado que solo nosotros pudiésemos entender. Le cuento cómo caí en la más profunda desesperación, y cómo Johan y Yojimbo me ayudaron a sobrevivir. No obvio la reacción del resto al nombrar al Inmortal de la Generación Muda, pero me dejan continuar. Termino con la explicación que me ha dado Sasha buscando mi perdón, y cómo yo, sabiendo que iba a morir, he decidido luchar, sabiendo que la Diosa no es tan buena.

Que nada lo es del todo.

Ella suspira, y Levi y Bree relajan sus expresiones. Supongo que pensaban que yo reaccionaría indignado. Parece que ellos conocen nuestra historia y no les culpo por pensar así. Mi yo del comienzo habría llorado desesperado por tales revelaciones.

Amaranta no opina sobre mi historia, si bien me contesta contándome la suya. Desde el comienzo. De cómo ella se dio cuenta de que no era una ígnea y se unió al Movimiento Nebulosa, incluso antes de que yo me convirtiese en un renegado. De su misión dentro del movimiento y su conversión en Belladona dentro del Escuadrón Espino. De su duro entrenamiento y lo mucho que la juzgaron durante meses por su cambio. De su terrible decisión el día de la Criba. De lo muy arrepentida que está por abandonarme tantas veces. De sus intenciones respecto al Mapa, únicamente para protegerme de lo que ella cree un falso pedazo de ilusión. De sus idas y venidas en el viaje en el que no ha podido destruir el Mapa. De sus amigos y la verdadera intención de haberse colado en el palacio de la reina Matilde.

Pide perdón innumerables veces. También repite que me quiere. Parece que llora, pero su voz no llega a delatarla del todo. Reconoce sentirse sucia y perdida. Sucia por tantos días, tantos años teniendo que fingir al lado de una familia que no siente como suya y de Quildo. Sintiendo que, por su culpa, Nil y el resto de sus amigos fueron asesinados. Y perdida porque ya no sabe en qué esperanza creer, en cómo resolver el problema de una sociedad esclavizada. En si su lucha, hasta el momento, ha servido al menos para mostrar un rayo de luz en el tenebroso camino que todos recorremos día a día.

Muchas de nuestras vivencias coinciden: la capitana Zyan y nuestro collar, las bestias a las que me enfrenté y cuyos experimentos ellos han expuesto ante la sociedad..., pero no soy capaz de hablar de ninguno de estos detalles, cuya conexión ahora resulta obvia. Si bien continúo escuchándola en silencio, al igual que Bree y Levi. Me siento orgulloso de ella, henchido de fuerzas para continuar peleando, aunque parezca que ya no quedan más oportunidades. Siento a Amaranta más cerca que nunca, porque nos atan los mismos propósitos, la misma forma de pensar. Creía que me encontraba en un mundo de listos siendo un tonto que se sacrifica por los demás, pero Amaranta y sus amigos también son capaces de hacerlo.

La esperanza no ha muerto y brilla más que nunca.

—¿Estás de broma? El Movimiento Nebulosa ha sido la organización activista más importante de todos los tiempos. Vosotros habéis conseguido lo que muchos no han logrado: demostrar que si se pelea por lo que uno quiere, se puede, al menos, hacer frente a todos los demonios.

—Debí confiar desde el comienzo en ti, Tristán. Debí llevarte conmigo al Movimiento Nebulosa, porque yo siempre supe que no encajabas en los ígneos ni en ninguna parte. Eres especial. Único. Creí que apartándote te salvaría, pero me equivoqué. Eres el mejor impulso con el que puede contar cualquier lucha.

Sus palabras quedan pendidas en el aire, casi puedo verlas dibujadas. Una lágrima se me escapa y bordea mi fría mejilla. Me llevo unos dedos al rostro, incrédulo. Siempre he deseado escuchar eso de su boca, la confirmación de que me ha infravalorado, la confirmación de que su amor es sincero.

—Gracias…

—Tengo algo más que decirte, Tris.

—¿Sí? —Mi voz es apenas un susurro y creo que Amaranta no será capaz de escucharme a través de estas gruesas paredes, pero lo hace.

—No me has preguntado por el Mapa de la Diosa. —Es cierto—. No logré destruirlo. Vine aquí con la esperanza de conseguirlo, pero Bree se negó a ello. Me dijo que yo había discriminado una opción por no creer en la fe que la envolvía. Y creo que tiene razón. Para mí al final de ese camino que señala el Mapa solo hay humo. Es posible que solo sea una patraña y yo esté en lo cierto. Pero si no lo compruebo, habré fallado. Y si lo hago, al menos habré luchado por la salvación de Erain por todos los medios. Porque de eso trata tu misión, ¿no? De pedirle a la Diosa que nos redima.

—Sí. —No me creo que esto esté diciéndolo mi hermana—.

Pero si no destruiste el Mapa, ¿dónde está ahora? ¿Lo tiene la reina Matilde? ¿Sabéis que ella siempre ha querido encontrarlo, que…?

—Tranquilo. El Mapa de la Diosa lo tengo yo —me interrumpe.

—¿En serio? —Destilo alivio.

—Nunca me he separado de él. Siempre he creído que lo hacía por si alguien me lo robaba o volvía a caer en tus manos. Pero a lo mejor no era este es el único motivo que me llevaba a ocultarlo tanto. Tal vez haya algo más. Y, aunque la razón me esté gritando lo disparatada que estoy siendo ahora, quiero que sepas que voy a acompañarte.

—¿Que vas a qué?

—Iremos juntos a por la Diosa, y dejaré que el resto del Escuadrón Espino se encargue de nuestra misión. Ya les he apartado muchas veces del camino y eso no puede suceder más. Ellos buscarán otras soluciones y nosotros dos, juntos, trataremos de hallar la redención. —Sus últimas palabras suenan indecisas, como si todavía no creyese del todo en su nueva decisión.

—No puedes hacer eso. Y después de toda la historia que me has contado, te necesitan más que nunca. Habéis conseguido parte de vuestro objetivo, no te puedes ir justo ahora.

—Tal vez mi objetivo también haya sido siempre estar contigo y luchar a tu lado. Te he apartado durante mucho tiempo y mira cómo han resultado las cosas. Yo ya he ayudado en parte al Escuadrón, al que seguro se sumarán muchas más personas que decidan rebelarse. Ahora es nuestro turno, Tristán. ¿Me aceptarás en tu lucha?

—Por supuesto —afirmo de inmediato.

Silencio. Una voluntad que no sabemos si llegaremos a cumplir por estar tan cerca de la muerte. De hecho, mi hermana también es consciente de lo lejos que queda nuestra unión en esta renovada misión.

—Antes de que esto acabe, me gustaría decir unas cosas —comenta Amaranta con la voz ronca—. Bree, lo cierto es que no me he fiado de ti hasta que no te han encerrado con nosotros y condenado a muerte. —Qué directa.

—Lo suponía. —Sonríe Bree, divertida. Es una chica muy extraña—. Pero, ¿ves? Si a alguien le ofreces una huida de la esclavitud y esta está dispuesta a colaborar, no hay barreras. La gente lucha igual que lo haces tú, tu hermano, Levi y los demás. Pero te da miedo confiar en la gente y que te traicionen. Por suerte, hay más de una cabeza pensante.

—Conseguí confiar en Levi.

—Eso es verdad. Buena elección. —Bree se cruza de brazos y se mira el bajo de su larga falda.

Amaranta no ha terminado.

—Levi, gracias por todo…

—No quiero que te despidas —reacciona el chico.

—Pero…

—No, Ami. No lo vas a hacer, porque este no es el final.

—Levi, despiertas en mí un sentimiento muy intenso. No sé definirlo, pero quiero vivir y averiguar qué es… si quieres. Gracias por todo.

Todos nos volvemos de golpe hacia la celda de Amaranta. El silencio le ofrece una respuesta que le hace titubear, y me la imagino sonrojada. Es una Amaranta que no conozco, pero que, desde luego, deseo conocer.

—Ami, yo… —comienza Levi, más rojo que un tomate.

—Si salimos de esta, entonces respóndeme. Es mi elección. —Levi reconoce algo en sus últimas palabras, porque se limita a asentir—. Tristán…

Ahora me toca a mí. Estoy de acuerdo con Levi, no me gusta el tono de su voz, derrotado y resignado. Quiero vivir a su lado y que rehagamos nuestras vidas, consigamos o no la redención. No quiero que ella se despida de mí, separados por estos gélidos muros. No lo voy a permitir.

—¿Ves en la esquina inferior derecha una especie de puertecita? —Su pregunta me confunde—. Apenas es visible, pero si te acercas, podrás comprobar que el cristal está seccionado.

Me arrodillo junto al rincón que me ha señalado. Paso los dedos por el cristal, presionando por si la superficie cede y hallo el hueco.

Efectivamente, una sección del cristal, con un diámetro que solo deja pasar mi brazo hasta el hombro, se abre hacia fuera.

—¡Hecho!

—Bien. Dirige tu mano hacia la derecha.

Lo hago y, de pronto, me topo con una mano. Está tan fría como la mía, pero reconozco su tacto y sé de inmediato que se trata de Ami. Entre sus dedos sujeta algo, pero antes de descubrir qué es, la agarro.

—Echo mucho de menos tus abrazos, Ami.

—Y yo los tuyos, Tris.

Ahogamos una risita que nos reconforta. En ese aspecto no hemos cambiado nada.

—Esto es tuyo.

Desliza su mano y enrolla entre mis dedos un cordel. Meto el brazo en la celda y compruebo qué ha depositado en mi mano. Es el collar de la bellota. El corazón me late con fuerza y sonrío. Es nuestro tesoro, un pedazo de nuestra vida.

—Quiero que lo tengas tú.

—De acuerdo. —Suspiro, inundado por la alegría.

—Otra cosa, Tristán. ¿Las pastillas rojas que te dejé las has probado? Respecto a ellas…

—Respecto a ellas, quiero comentarte una cosa. —Sueno serio, pero no cortante—. Sé lo que son, y sí, probé unas cuantas. Sobreviví al Don y me está saliendo una infección en el pecho, pero me siento mejor que nunca. —Bree me observa como si fuese un conejillo de laboratorio. Ella es una alquimista y su curiosidad ante mi respuesta me resulta normal. Levi solo atiende con prudencia—. Tú también las has tomado, ¿no? Tú también has sobrevivido a un Don de la Diosa. —No la dejo interrumpirme—. Resulta que eso no tiene por qué ser malo, ya que Johan, el Inmortal, me dijo que yo podría ser… —rectifico, porque la teoría puede aplicarse a ambos—que nosotros dos podríamos ser tocados…

Un fuerte portazo al final del pasillo corta mi discurso. Bree y Levi se pegan más al cristal para intentar ver quién entra por los pasillos. Demasiados pasos. Demasiadas voces. No puede haber llegado la hora. No todavía, cuando faltan tantas cosas por contar y discutir. Pero la capitana Zyan y sus soldados hacen acto de presencia. Nos sonríen con burla y sacan a Bree y Amaranta de sus celdas.

Levi y yo gritamos improperios hasta que nos desgañitamos. Bree no ofrece mucha resistencia y la reducen de inmediato. Pero por la mirada de terror que está proyectando Levi, controlar a mi hermana está siendo una lucha encarnizada. Al final, también lo consiguen. Pasa frente a mí, con las manos y los pies encadenados. Amordazada, con la sangre manando de su frente, cegándole un ojo. Establecemos contacto durante tres segundos exactos. Tres segundos de cariño, terror y súplicas.

Luego la pierdo de vista. Tal vez para siempre.

El alquimista se abandona a una especie de sollozos de dolor en un rincón de la celda. Prefiero no importunarlo. No voy a dejar que se suma en la desesperanza para siempre, pero yo bien sé que a veces es importante dejar espacio cuando uno no ve más allá de lo que acaba de sucederle.

¿Cuánto tiempo pasa? No consigo calcularlo. No hay relojes, ni luces que nos lo comuniquen. Paseo por la celda, imaginándome una y mil formas de salir airados de esta condena. Pero, ¿qué voy a hacer yo que ni siquiera he sabido protegerme frente al ejército? Alguien tan experimentada como Amaranta tampoco lo ha logrado, así que, ¿qué salida nos queda?

Y entonces, un ruido atronador me relanza contra el cristal. El pasillo sucumbe ante una espesa nube de polvo. Es negra con tintes rojizos, como si en su origen estuviese llameando un poderoso fuego. Se oyen susurros y pasos, esta vez más sutiles. Pero me llega un rumor desde fuera, una especie de gritos y disparos.

De pronto, alguien se derrumba frente a mi celda, mientras se disipa la oscura bruma. Es un soldado que implora por su vida. Pero una figura vestida de negro se coloca frente a él, le descarga una patada en el cuello, otra en el pecho y, sin miramientos, dispara su pistola. Por la espalda, el cabello le cae, en forma de coleta, liso y pelirrojo. Oculta su rostro tras una máscara antigás.

Retrocedo, asustado. A su lado, aparece otra figura, también vestida de negro, pero con una máscara distinta. Es totalmente de hierro con unos pequeños orificios a la altura de los ojos. Reconozco enseguida quiénes son: Ancla y Soga del Escuadrón Espino. Soga restalla su látigo contra el suelo y junto a Ancla se dirigen a la celda de Levi. Me acerco al cristal, esperanzado. Los amigos de mi hermana vienen a rescatarnos. Nuestra salvación.

—¡Eh! No os olvidéis de mí —grito.

—Nadie se va a olvidar de ti, chaval. Eres demasiado importante.

Su imponente voz. Sus pasos seguros. Su incomprensible sonrisa. Su peculiar acompañante.

—¿Johan?

—Vamos a salvar a tu hermana.

Y Yojimbo sonríe.

AMARANTA

ENCIMA DEL PATÍBULO comienzo a tiritar intensamente por el frío. Estamos en pleno invierno, el cielo nublado amenaza con llorar nieve y yo continúo con la misma ropa que me había puesto para la incursión en los archivos de la reina Matilde. Es decir, pantalones largos y camiseta de manga corta de algodón. Por suerte, calzo las botas, pero el pelo corto deja que las gélidas brisas soplen en mi nuca y no llego a acumular el calor.

Observo a Bree que está a mi lado y se estruja las manos con fuerza. Ella no aparta la mirada de nuestro público que, expectante, a veces murmuran y otras nos chillan «*traidoras*». Incluso tres o cuatro tomates maduros hemos recibido por su parte. Solo uno le ha dado a Bree; yo he sido capaz de esquivar los restantes.

Siento repulsión por esta gente que se ha congregado en la plaza solo para ver cómo cuatro personas van a morir ahorcadas. ¿Nos han insensibilizado tanto que somos capaces de observar la muerte de los demás sin inmutarnos? No. La misma sociedad está harta de comprobar cómo funciona la muerte. Es un comensal más en nuestra eterna cena con la supervivencia. La muerte está presente en cualquier parte, más que nunca.

Algunos levantan sus móviles, grabando la escena. Una pareja murmura el porqué de nuestra ejecución. «*¿Los archivos de los experimentos? Dicen que son verdaderos. Que ellas los han expuesto*». Pero, en general, el panorama es desolador. El morbo por la sangre y la desgracia ajena son motivos suficientes para que estas personas se decidan a presenciar una ejecución tan violenta como injusta. Me extraña que nadie se cuestione mucho más el motivo de nuestra sentencia, porque hace tiempo que no se ha dictado una similar.

Me remuevo en el sitio y oigo las cadenas de mis manos y mis pies tintinear. Puedo intentar huir, pero, tras nosotras, la capitana Zyan y dos verdugos más apuntan a nuestros cuerpos con sus armas. Si me muevo un solo centímetro, esta vez no recibiré un puñetazo, sino una bala en la cabeza.

Un copo de nieve planea en al aire hasta que se posa en mi nariz. Enseguida se convierte en una lágrima de agua que bordea mis labios y se pierde por mi cuello. Nuestra vida es como la nieve: efímera.

Pienso en Tristán. En nuestro reencuentro. En cómo su voz ha expresado alegría por ello. Recuerdo sus fríos y suaves dedos agarrar mi mano. Y también la última mirada cuando me han arrastrado hacia el exterior. Me ha parecido más adulto y curtido; he visto en su expresión todas las aventuras que ha vivido y los peligros que ha superado.

Pienso en el Escuadrón Espino. En la risa y las bromas de Lars y su amor por la familia que formamos. En Keira y su determinación, dedicada totalmente a la protección de los demás. En la inocencia y la violencia que batallan dentro de Agatha por proclamarse vencedora de su voluntad, pero también en su dulzura. Y en Iggy. En sus miradas y su delicado tacto. En cómo me habla y cómo nos compenetramos en silencio.

Pienso en Levi. En la forma en la que poco a poco ha ido ganado terreno en mi corazón. En cómo analiza los problemas y los convierte en soluciones. En su fortaleza y paciencia.

Pienso en cómo los echaré de menos segundos antes de morir

ahogada por la gruesa soga que pende frente a mi rostro y se mece con la brisa. Es gracioso, porque después de todas las batallas que he librado y todas las situaciones peligrosas a las que he sobrevivido, al final, me va a matar un simple trozo de cuerda.

Unas gradas de metal y madera están colocadas lo suficientemente cerca del patíbulo para poder contemplar bien a las víctimas, pero lo suficientemente lejos para no resultar insensibles ante la sociedad. Poco a poco, la tribuna, alzada en medio de toda la gente que se reúne para vernos, se va llenando. La reina Matilde se coloca en el centro. Le rodean otros alcaldes que reconozco por haberlos visto en televisión. Por supuesto, el alcalde Ganz, de Cumbre, está entre los invitados. Me sorprende advertir a mis padres y a Quildo, pero a estas alturas ya no me duele. Lo disfrutarán con perspectiva para no mancharse con la sangre que ellos mismos han condenado. Son despreciables.

Nos observan con repulsión, con las barbillas altas y los hombros erguidos. Quieren demostrarnos que nosotras no servimos para nada, que somos traidoras, pura escoria. Sin embargo, Bree y yo les estamos dedicando sendas miradas idénticas, cargadas de desprecio, rencor, pero, sobre todo, dignidad.

No sé si Bree habrá solucionado todos sus problemas o si habrá puesto todos sus pensamientos en orden, pero yo sí lo he hecho. Aquí, frente a todos, se muestra la verdadera Amaranta, sin nada que ocultar. Nunca me he sentido tan bien conmigo misma. Una pena que sea con la muerte sonriéndome.

Los verdugos rodean nuestros cuellos con la soga y cierro los párpados. Es el final de verdad. Y siento miedo, porque no quiero morir. Porque deseo vivir y continuar compartiendo experiencias. Comprobar si la sociedad puede redimirse y si la felicidad es una opción para todos nosotros.

Abro los ojos. La reina Matilde se ha incorporado y ahora dirige una mirada significativa a la sociedad. La gente enmudece y siento el terror en ellos. Trato de reprimir mi incomprensión. ¿Por qué los oprimidos no luchan contra el sistema? ¿Por qué se resignan a la esclavitud y el hambre? Ya no podemos ir a peor.

—Queridos ciudadanos de Erain. Hoy nos hemos reunido aquí para juzgar a cuatro traidores que han decidido darle la espalda a su país y a su reina. —¿Juzgar? Hipócrita, ella y sus edulcoradas palabras: nos están condenando—. Todos nosotros —extiende los brazos abarcando la grada—no nos amilanamos ante las personas que deciden que la vida que les hemos brindado no es suficiente. Estáis vivos y eso es lo que importa. Luchamos contra la Diosa y sus milagros que os envenenan cada día. —¿Y quién lo provoca?—. Pero ellos han decidido blasfemar contra la monarquía y sus aliados, mintiéndoos con esos absurdos y falsos archivos. ¡Nosotros solo os protegemos, no os manipulamos, ni mucho menos experimentamos con vosotros! —¿De verdad la gente se está creyendo tanta patraña?

Ella sigue dando su discurso plagado de moralina al tiempo que me fijo en la gente. Casi todos son ígneos, pero también se entremezcla entre la muchedumbre algún neutral y me parece advertir algún brazalete amarillo, incluso algún expirante. Desde el patíbulo contemplo perfectamente la división que la reina Matilde ha creado. Su propósito cumplido en un solo vistazo.

Escruto los rostros de todos, incluyendo a los ígneos. ¿Nadie va a decir nada? ¿Nadie se va a oponer a esta injusticia? Chasqueo la lengua, reprimiendo mis ganas de pedirles que reaccionen y luchen.

—Cálmate, Amaranta. Parece que alguien te ha ensartado con un palo por el... —me susurra Bree.

—Vamos a morir, al menos se me permite sufrir un poco de tensión, ¿no? —la interrumpo, acostumbrándome a su tono directo e irónico.

—Increíble —me dice, seria—. Cómo nos observan sin inmutarse. Como si esto fuese un espectáculo cualquiera.

—Lo sé.

—Esos capullos me van a ahorcar con la silla de ruedas y todo. —Se le escapa una risita entre la incredulidad y la pena.

—Tengo ganas de echarme a llorar.

—No le vamos a dar ese placer a nuestra reina, ¿verdad?

—No, por supuesto que no.

Pero sí lloraría, sí. La reina Matilde termina de hablar y, por primera vez desde que ha subido a las gradas, nos mira directamente. Es un gesto imperturbable, como si estuviese fijándose en un horizonte inalterable. Nosotras le devolvemos el contacto como si no estuviese a punto de asesinarnos.

Bree tiene razón: no le vamos a dar el gusto en ningún momento, por mucho miedo que nos atenace.

—Para los que dicen que no somos benevolentes, vamos a permitir que las condenadas puedan manifestar su última voluntad antes de juzgarlas ante los ojos del Dios de la Corona Ardiente.

—Tú… —La capitana Zyan le da unos golpecitos con el cañón de su arma a Bree.

—¿Qué quieres? —le rechista.

—¿No has oído a tu reina? —le espeta la soldado.

—Bueno, más o menos…

Lo de Bree es para construirle un monumento.

—¿No tienes nada que decir, alquimista? —Matilde enarca una ceja.

—A la mierda —contesta Bree—. Esto es absurdo…

El público comienza a murmurar y me siento tentada de intentar abrazar a Bree. ¿Y yo me defino valiente? Bree es franca y osada. No me creo que con esta actitud haya conseguido sobrevivir tanto tiempo dentro del palacio.

—Muy bien, alquimista. —La reina alza la voz, intentando acallar a su pueblo—. Tomaré esto como tu última voluntad. Y ahora, ciudadanos, me gustaría daros otra sorpresa. La chica que se hizo pasar por una ígnea y que ahora va a ser juzgada —me señala y el público se fija en mí—, no solo ha traicionado la dicha del Dios de la Corona Ardiente, sino que es, nada más y nada menos, que la líder del Escuadrón Espino —hace una pausa de tensión, aunque la gente ya ha empezado a chismorrear de nuevo—, Belladona.

La respuesta no se hace esperar. El murmullo se convierte en una cháchara casi en grito. Se muestran sorprendidos, confusos u horrorizados. Me estudian como si nunca me hubiesen visto realmente. Como si fuese un espécimen en peligro de extinción. Me siento incómoda y solo quiero que me trague la tierra. No quiero descubrir en las expresiones de los ciudadanos que les he fallado, que, en verdad, solo hemos sido una molestia desde el principio. Escucho un: «*No, por favor. No lo hagas*». ¿Me lo imagino? Ojalá que no. Ojalá que al menos mi muerte sirva para que los oprimidos reaccionen; ser el inicio de una nueva rebelión.

—¡Silencio! —A la reina no le gusta que el protagonismo se desvíe más de un minuto de su persona—. Ella no merece más atención. Ella es una traidora. Ha estado asesinando a los nuestros, destrozando nuestras ciudades… ¿O no os acordáis de lo que causó el Movimiento Nebulosa? —La gente asiente. Es mentira—. Belladona merece este juicio. Con ella se termina el terror del Escuadrón Espino. Vuestros hijos ya no tendrán miedo y podréis caminar por la calle sin tener que cuidar vuestras espaldas. ¿Algo que decir ante esto, Belladona?

Me está retando. La reina espera que niegue, que me sienta cohibida por tanta atención negativa, por tantos ojos juzgándome. ¿Ellos de verdad creen que el Movimiento Nebulosa no ha defendido a nadie? Como me dijo Agatha aquel día: hemos protegido a todo el mundo que lo ha necesitado, incluidos a los ígneos.

—¡Escuchadme! —Mi voz suena potente y se expande en eco por toda la plaza—. ¡No os creáis las palabras de esta mentirosa! —Señalo a Matilde—. Ella más que nadie os ha estado manipulando, tratándoos como una sociedad sin voluntad propia. Os han enseñado que hay que resignarse. Que vivir un día más es el único logro que podéis alcanzar. Pero la gente muere, día tras día. Vuestro vecino, vuestra hermana o un completo desconocido. ¿Qué importa? Todos somos personas viviendo bajo el mismo yugo que nos ha impuesto un sistema. Y su cabeza está ahí, contemplando impasible cómo perecemos. ¡No podemos olvidar…!

—¡Calladla!

No lo hago, aunque siento acercarse a la capitana Zyan.

—¡No podemos olvidar a aquellas personas que intentaron luchar por nuestros derechos! ¿Es que todo el mundo se ha olvidado de la princesa Ada y sus hermanas? ¡No importa si utilizaron a la Diosa, al Dios o a quien fuese! Lo importante es que intentaron pelear por los expirantes. ¿Es que de verdad os habéis olvidado de la verdadera voluntad del Movimiento Nebulosa? ¡Luchad por todos vosotros, por derrocar la monarquía, por terminar con esta división que nos fragmenta y nos vuelve irracionales! Así que, desde aquí…

Siento el cañón de la capitana Zyan contra mi espalda. Una amenaza directa. La reina Matilde refulge como una llama, alimentada por el odio. Si voy a morir, ya nada puede detenerme:

—¡Desde aquí os digo que no somos números, no somos eslabones de ninguna dictadura! ¡Somos seres humanos! ¡Tenemos derechos! ¡Luchad por la libertad que siempre ha sido nuestra! ¡No os resignéis! ¡Luchad!

Noto cómo la capitana Zyan levanta el arma para descargarla contra mí y cómo Bree le grita, intentando sobreponerse a su silla de ruedas. También cómo la reina Matilde ordena la ejecución, cómo el público mira expectante o se tapa el rostro y cómo la muerte me roza la piel.

Sin embargo, el tiempo se suspende a causa de una explosión. Una explosión que truena y hace temblar el suelo. Todos nos volvemos hacia el estruendo que proviene del palacio de la reina Matilde. Una columna de humo y fuego se alza desde una de las esquinas de la fortaleza, rugiendo hacia el cielo nublado. Los copos de nieve comienzan a caer con más intensidad. El silencio es demoledor y nadie aparta la vista de la pira voraz que, poco a poco, devora los cimientos.

—¿Qué ha sucedido? ¿Capitana Zyan? —La reina Matilde está desquiciada. Un solo mechón de pelo se ha desligado de su intrincado moño y le cae sobre el rostro. Solo esa imperfección es suficiente para desmontar su regia figura.

—¡Soldados, comunicaos con la central! ¡Rápido!

Frente al patíbulo, la gente se arremolina, retrocediendo. Ya no se sienten tan seguros y en sus rostros se expande la confusión y el miedo. Un grito desata el caos entre el público, que, para intentar escapar, se empujan, se insultan y claman una solución a la reina. En las gradas, los alcaldes, mis padres y Quildo no pueden escapar, mirando a sus pies, a la marabunta que no les va a dejar descender de la tribuna a no ser que alguien comience a disparar para abrirse paso.

Bree me mira, asustada. Niego con la cabeza, inquieta. No sé qué está sucediendo. No sé si nos van a rescatar o si esa explosión ha sido un hecho aislado, pero ahora no es momento de dudar. Tengo que librarme de estas cadenas y salvar a Bree como sea.

—¡Bree, aprovechemos!

Me llevo las manos al cuello, intentando deshacerme de la soga. Pero la voz en grito de Matilde cruza toda la plaza y le ordena a la capitana Zyan:

—¡Matadlas! ¡Ya no importa quién esté mirando! ¡Matadlas!

Mucha gente de a pie se queda mirando estupefacta a Matilde: ígneos, neutrales, renegados y expirantes. Todos la observan como si hubiese confesado un crimen que, para el caso, es más o menos lo mismo. Por un instante, creo que las personas que han entendido el mensaje de la reina se lanzarán contra ella y nos protegerán. Pero mis expectativas mueren cuando, de nuevo, la vorágine vuelve a descontrolarse.

Cierro los ojos. No hay salvación. Voy a morir ahorcada, voy a…

—¡Amaranta! ¡Amaranta!

Mi nombre. Mi verdadero y único nombre. Abro los ojos, buscando a quien me está llamando. A la derecha. No. A la izquierda. Al frente. Mi nombre se confunde con los chillidos de terror de la gente. Todo son puñetazos, insultos, pisotones , empujones. No hay nadie en todo este caos que me esté llamando. ¿Ha sido mi imaginación?

—¡Amaranta! ¡Aquí, Amaranta!

Y no sé si es mi desesperación o mi última voluntad encarnada en una mirada, pero encuentro a la persona que se desgañita por clamar mi atención. Sus ojos casi dorados, su oscuro flequillo pegado en la frente por el sudor y una bellota golpeando su pecho.

Tristán.

—¿Tristán? —Alzo las manos como si así pudiese alcanzarle. Está muy lejos.

Ni siquiera me pregunto cómo ha escapado. Es Tristán y está ahí, buscándome.

—¡Ami!

A su lado alguien llega junto a él. Tiene el pelo alborotado, prácticamente blanco, y la piel oscura. Sus ojos son de un azul tan claro y tan eléctrico que son como dos faros para mí. Ella le grita algo, él se niega y me señala. Empiezo a marearme. No hay escapatoria. No llegará a tiempo.

Al final, él parece acceder. Deja volar al robotito que desactivamos la vez que le robé el Mapa de la Diosa y entonces, la chica de los ojos color cielo le tiende una espada. En su filo parece fluctuar una sombra, como si una energía envolviese el metal. Él agarra el arma por la empuñadura, la sopesa, pasa la palma por el filo y, de pronto, la espada refulge, dorada. ¿Qué es eso?

La capitana Zyan por fin da la orden de la ejecución. Cierro los ojos. Tristán será lo último que vea en vida. Adiós.

La plataforma bajo mis pies se abre. La soga no me rompe el cuello al tensarse por la caída, sino que me estrangula. La sangre se acumula en mi cabeza, en mi rostro. El aire no me llega a los pulmones, ni siquiera soy capaz de aspirar por la boca. Gruño, por si así consigo encontrar otra vía para salvarme, sin éxito. Tengo que dejar de luchar, porque la muerte ya me ha cogido de la mano y es una tontería intentar desasirme de lo irremediable.

Abro los ojos por pura necesidad, pero todo está oscuro. Todavía noto los copos de nieve, helados, contra mi piel. Mi nombre en su boca. En boca de más gente. Ya no siento la soga alrededor de mi cuello. Ya no siento mi cuerpo. Estoy muerta. Estoy muerta y por fin puedo descansar en paz, porque en vida he hecho lo imposible por cumplir mi voluntad.

Abro los ojos de nuevo. Blanco y gris. ¿Existe algún otro lado? Blanco y gris. Es intenso y huele a frío. No duele, más bien es como una sensación hueca. Como levitar o como flotar sobre el agua. Algo mece lo que ya no es corpóreo. Algo me llama. Me llama…

» *¿Amaranta?*

Blanco y gris. Es profundidad, un abismo. Mi corazón.

Blanco y gris. Es una piel pálida y unos ojos enturbiados.

Blanco y gris. Es la nieve, como un manto protector, y es la mirada de Iggy, con el rostro oculto tras una máscara.

—¿Iggy?

Mi voz suena en eco en mis oídos.

—¡Está viva! ¡Encárgate de Zyan! ¡Nos marchamos!

—¿Y Tristán?

—¡Está bien!

Percibo que descendemos de algún sitio. Siento que me echan sobre algo y que me cuelgan los brazos y las piernas como un peso muerto, libres de ataduras. Y no estoy muerta, estoy viva. Un corazón late al mismo son que el mío, desenfrenado. Espalda contra pecho. El calor humano.

Estoy viva.

Abro los ojos. El caos me está rodeando. La sangre, los gritos y los rostros desencajados. Los mechones caoba de Iggy me hacen cosquillas en la nariz. No tengo fuerzas para moverme. ¿Qué está sucediendo? Veo una espalda enorme, una cabeza rapada y una escopeta de micrometralla disparando al cielo.

—¿Jacinta?

—¿Ami?

—Iggy, bájame…

—Estás muy débil.

—¿Qué está pasando?

No me contesta de inmediato. A duras penas se zafa de un soldado que pretende detenernos. Estamos huyendo. Eso me queda claro. Me han rescatado, eso también. Pero necesito saber cómo lo han conseguido y qué es de Bree, Tristán y Levi. ¿Están vivos?

Las dudas me están devorando, pero, al menos, comienzan a despejar mi mente. El mareo por la presión que ha sufrido mi cuello se está disipando. Descansar sobre la espalda de Iggy, aunque todo el barullo sea insoportable, está reconfortando mis músculos. Sé que no debería esforzarme demasiado, pero continuar en este estado puede suponer el error de esta huida imprevista.

—¿Tienes mi arco y mis flechas?

—Sí, pero Ami…

—Caminaré. Solo pelearé si es necesario, pero avanzaremos mejor si no me cargas.

Iggy tarda unos segundos en ceder, pero lo hace. Bajo de su espalda y él me tiende el arma. Todo su cuerpo parece suplicar por un abrazo, pero ambos sabemos que no es el momento. Solo asentimos y reemprendemos la marcha.

Ya en tierra me doy cuenta de que quien está abriendo paso entre la multitud realmente es Gorio enarbolando a Jacinta. ¿Qué hace aquí? ¿Qué está pasando? ¿Cuándo Gorio ha contactado con nosotros? Sacudo la cabeza, intentando poner todo mi esmero y equilibrio en mis pasos. Despliego el arco con una sacudida. Saco de la cajita una flecha explosiva y también la extiendo. Me preparo para lanzarla al aire en dirección contraria, tratando de desviar la atención.

Me giro, andando de espaldas, apunto al cielo y suelto la cuerda. El proyectil silba, rasga el aire y luego explota, generando una nube de fuego en medio del espeso humo. La gente se detiene para descubrir de dónde procede el nuevo ataque y aprovechamos la confusión para continuar avanzando. Vamos en dirección a un callejón. De lejos, oigo otro estallido, pero mientras no lo note cerca, no voy a comprobar si comporta una verdadera amenaza. A duras penas, pero sin la intervención de otros soldados, conseguimos llegar hasta el callejón. Sin salida.

—¡Es un callejón sin salida! —grito lo evidente.

—Ahora no, Amaranta —me rechista Gorio como si no hubiese estado a punto de morir, como si solo hiciese unas horas que nos hemos visto.

El dueño de El Tugurio levanta una tapa de alcantarilla y nos ordena que descendamos por ella. No me opongo, pero dejo que Gorio e Iggy bajen primero al subsuelo. Pliego el arco, que engancho a mi cinturón. Echo un último vistazo a mis espaldas. Nadie nos persigue. Apoyo los pies en los hierros incrustados en la pared de piedra que conforman una inestable escalera, desciendo un pequeño tramo y tapo de nuevo el hueco.

Nos quedamos en la oscuridad total. Incluso aquí abajo, la frenética huida de los habitantes de Mudna se escucha perfectamente. Gorio e Iggy encienden sendas linternas y yo intento guiar mis pasos a través de los fogonazos que me lanzan.

Las preguntas me queman en la boca. ¿Dónde están los demás? ¿Han rescatado también a Tristán y Levi? ¿Y Bree? ¿Cómo es posible que esté Gorio? ¿Por qué han enmudecido si saben que soy una preguntona de primer nivel? Sin embargo, algo en mi interior pide calma. Una calma absoluta.

Llegamos hasta el conducto que conecta con el resto de alcantarillas de la ciudad. Huele a putrefacción y deshechos. Para avanzar, tenemos frente a nosotros una largo y estrecho bordillo que nos separa de una caída de dos metros hasta las aguas residuales de la ciudad. Avanzamos lentamente, al tiempo que ellos alzan las linternas para iluminar nuestros precarios pasos. El silencio es pesado aquí abajo, igual que el oxígeno, y solo el torrente de agua y algunas goteras nos acompañan en el mutismo sepulcral.

Debemos haber andado ya un cuarto de hora. Virando esquinas, metiéndonos en otros conductos mucho más pequeños en los que estamos obligados a continuar por el agua y a contracorriente. El líquido que recorre las alcantarillas es verde oscuro y me roza las rodillas, dejando restos de mugre en mi ropa. Está congelada y tengo los huesos calados.

Suspiro cuando Gorio señala el final de nuestro intrépido camino. Otra escalera, formada por hierros, sube hasta el techo. Ascendemos para alcanzar nuestra libertad y, de verdad, espero que Gorio no se haya equivocado de camino y terminemos dentro del palacio de la reina Matilde.

Recuerdo el rostro de la reina cruzado por la desesperación y la rabia. Con los ojos inyectados en sangre, colérica, sin saber qué hacer. Ordenando a grito pelado nuestra ejecución y la del resto. Ha estado condenando a un país entero durante treinta y dos años, pero su racha termina hoy, venga de la mano de quien venga.

Gorio levanta la tapa de alcantarillado, y la luz y los copos de nieve se cuelan por el orificio. Uno a uno vamos saliendo del mugriento agujero. Cuando apoyo la rodilla en el exterior, Iggy tiende su mano hacia mí, que acepto agradecida. Sin embargo, él estira tan fuerte que atrae mi cuerpo hasta el suyo. Me rodea la cintura y entierra su rostro en mi cuello. Le agarro por la espalda, hundiendo mis dedos en su chaqueta. Inspiro profundamente, intentando que el suave aroma de Iggy elimine el horrible hedor a muerte y podredumbre. Tiemblo contra su cuerpo, buscando su calidez y cariño.

Él se separa de mí, pero no mucho, no se lo permito. Sus manos se deslizan por mi cuerpo hasta mi rostro y me agarra por las mejillas. Me acaricia con sus dedos, repasando mis líneas de expresión, tratando de confirmar que estoy viva. Él ha visto la muerte en mis ojos encima del patíbulo, estoy segura. Deja caer un beso en mi frente y otro más lento en mi mejilla. Resbala de nuevo hasta mi cuello y siento un escalofrío. Él no habría soportado mi muerte, como yo habría sido incapaz de recuperarme de la suya.

Le beso en la mejilla e Iggy se tensa entre mis brazos. Me observa con intensidad y un atisbo de duda, como si no supiese decidir el siguiente movimiento a hacer. Contenemos el aliento durante unos segundos, pero, finalmente, Iggy sonríe, dejando escapar una risa que más bien parece un suspiro de resignación. Termina por apartarse de mí. Mi mano lo busca un instante, negándose a separarse de su contacto, pero me reprimo.

Al separarme de Iggy, advierto que estamos en los exteriores de Mudna. Miro a mis espaldas. La columna de humo es incluso más espesa y ya ha devorado medio palacio. Pueden verse los chorros de agua de los bomberos intentar apagar el fuego, pero las llamas son desmesuradamente enormes y tenaces. Al final, el fuego ha devorado al fuego.

Me vuelvo de nuevo al frente. Gorio se está acercando a un aerocoche de color negro que tiene las luces encendidas. Avanzo, frunciendo el ceño. De pronto, de la puerta del piloto se asoma Lars. El corazón me dispara el pulso y las ansias. Corro hasta mi amigo, aunque me tiemblen las rodillas. Él abre los brazos y me reúno entre ellos con un intenso apretón. Lars me da unos leves golpecitos en la cabeza, como suele hacer siempre.

—Este plan ha sido lo más imprudente que has ideado en la vida. No accederé de nuevo.

—Relegaré mi cargo de Belladona, entonces —digo contra su pecho.

—Calla, calla. Incluso así, todavía te prefiero a ti.

Sonrío. Lars extiende los brazos, separando nuestros cuerpos. Mi mirada se fija en Gorio, que apoya un musculoso brazo sobre el capó del vehículo y me observa con una enorme sonrisa. Me lanzo contra él en otro abrazo que también me reconforta.

—¿Dónde están los demás? ¿Están todos bien? —pregunto una vez me siento con fuerzas.

—Tranquila. Keira, Agatha, Levi y Bree están huyendo por otro lado de la ciudad. Al que no hemos podido controlar ha sido a tu hermano —me dice Iggy que, ante mi expresión de horror, añade rápidamente—. No te preocupes, Johan, el Inmortal, lo ha acompañado. Tristán decía que tenía que salvarte él. Nosotros insistimos en que debía huir con los demás, pero se marchó en un visto y no visto. Es igual de cabezota que tú. —Suspira.

—Pero vendrá con nosotros, ¿no?

—Todos nos vamos a reunir en Trampte. Ese es el plan —me explica Lars.

—Conoces a Johan, ¿no? —le pregunto a Gorio—. Ambos formabais parte de la Generación Muda.

—Ya habrá tiempo para explicaciones, Amaranta. Es necesario que huyamos ahora.

Asiento, poco convencida.

—Voy a acribillaros a preguntas durante todo el camino —les amenazo.

—Seguro que sí. —Gorio se ríe a carcajadas de mí y yo frunzo los labios, ofendida.

Lars sube al asiento del piloto y el dueño del bar al del copiloto. Iggy y yo nos acomodamos en los asientos traseros. Me recuesto sobre mi amigo, que empieza a pasar los dedos por los húmedos y sucios mechones de mi pelo. Cierro los ojos, tratando de dejar marchar la sensación de dolor y miedo que atenaza cada rincón de mi mente.

Y no sé si es el murmullo del motor del coche, la brisa fresca colándose por las pequeñas rendijas de la ventanilla o el rumor de la música de Iggy escapando por sus auriculares, pero algo mece mi cansancio y calma mi temperamento.

Algo me sume en un profundo sueño, a mí y a mis preguntas.

TERCERA PARTE
DONDE LA TIERRA NOS REDIME

LA VENGANZA

Hace 14 años

CILLA CHILLÓ DE PURO TERROR y Ada se interpuso entre su escuálido cuerpo y el del soldado. Este vaciló un segundo, momento que aprovechó Elín para golpearle en la nuca con un garrote. El hombre cayó de rodillas contra el suelo con los ojos en blanco. Las tres hermanas se abrazaron al reencontrarse, pero aquel gesto no duró mucho, ya que, a un asentimiento de la mayor, las tres echaron a correr calle arriba.

Los soldados las perseguían y ya habían interceptado la salida de varias calles, dejando a las tres con muy pocas alternativas de escape. Por suerte, los expirantes, ayudados por algunos renegados, las estaban protegiendo de la llegada de más soldados del ejército. Ada casi había dado media vuelta en pos de defenderlos, pero Elín fue capaz de retenerla todas las veces que trató de volver sobre sus pasos.

Los expirantes habían decidido que ya era tiempo de luchar por sus derechos. Las tres hermanas les habían proporcionado armas y enseñado unas líneas de combate básicas como para sobrevivir más allá de una primera estocada o un disparo. Ellas habrían preferido esperar para acometer contra la reina Matilde y toda su organización, pero los expirantes habían resuelto que no eran capaces de vivir un día más bajo el yugo de la reina Matilde: o vivían o morían, pero lo harían luchando y no escondidos en sus casas.

Aquella determinación preocupó a las chicas , que ya habían cogido cariño a cada uno de los habitantes que se habían congregado un día a su alrededor para escuchar lo que tenían que decir. Ellos no eran despojos de la sociedad. Podían estar infectados por la Diosa, sí, pero ese no era motivo para abandonarlos, justo lo contrario.

Pero la revuelta que habían organizado se les había ido de las manos y los soldados no solo iban detrás de los expirantes que se habían rebelado, como si aquello fuese una Criba, sino que también tenían órdenes expresas de capturar a la princesa Ada, a la princesa Cilla y a la princesa Elín. A ser posible, vivas.

Las tres hermanas no tardaron en verse arrinconadas en un callejón. Un grupo de soldados las acorralaron con las armas en ristre y las princesas no tuvieron más opción que darse por vencidas. Alzaron las manos, en señal de rendición. Los soldados las atraparon una a una con sus esposas, pero uno de ellos se llevó un contundente cabezazo por parte de Ada y se derrumbó noqueado contra el suelo. La princesa sonrió, aunque una herida en su frente tiñó de sangre su rostro entero.

Su padre se paseaba como un desquiciado de un lado a otro. Su madre, en cambio, estaba sentada en el trono construido a partir de cráneos bañados en metal como si nada hubiese sucedido, como si ya hubiese pensado en un castigo ejemplar que imponer.

—Matilde, yo ya no sé qué hacer con nuestras hijas.

—Yo sí, Magnus —determinó Matilde.

—¡Hemos luchado por los derechos de los expirantes que vosotros un día les prohibisteis! —gritó Ada.

—No era una manifestación, Ada, era una rebelión contra tu ciudad, contra tu propia familia. —La vena en el cuello de Magnus se hinchó de un azulado enfermizo.

—No importa qué etiqueta le pongas, padre. ¡Los habríais aniquilado de todas maneras!

—Y eso es lo que vamos a hacer, hijas mías. —La reina Matilde se alzó de su trono y las tres princesas se recogieron un poco en sí mismas—. Vamos a matar a todos los que hemos capturado y, además, lo veréis. Les diremos a todos que esto es lo que sucede cuando se alzan a las armas, siguiendo a unas traidoras como vosotras. —La mujer se acercó a sus hijas con paso lento, pero seguro—. No os preocupéis, os vamos a hacer el favor de que no veáis la ejecución desde la plaza. Bastará con que observéis, impotentes, desde la torre en la que os voy a encerrar.

—¿Qué torre? —preguntó Elín—. ¿Padre?

—La Torre de la Condenación, por supuesto. —Magnus siempre había parecido más benevolente de lo que en realidad era.

—Pero, pero… —El rostro de Cilla se volvió del color de la cera—. Madre, ¿podrías perdonarnos? No volveremos a hacerlo.

—Cilla, no —gruñó Ada.

—Oh, mi querida Cilla. Siempre mangoneada por los demás. Eso deberías haberlo pensado antes de rebelarte contra tus padres y haberte unido a la loca de tu hermana Ada en su estúpida cruzada por salvar a unos parásitos como son los expirantes.

—Yo no le puse una pistola en la cabeza a Cilla, madre. No le hagas creer que yo le lavé el cerebro —escupió Ada, que luego se volvió hacia su hermana mediana—. Cilla, me crees, ¿no?

—Tú me insististe para que dejase de buscar el Mapa de la Diosa y me uniese a tu lucha. —Su voz tembló.

—Porque ese no era el camino correcto. Cilla, yo no pensaba que esto iba a salir así de mal. —Ada fue a acariciarle el pelo a su hermana, pero las esposas no se lo permitieron.

—No seas blandengue, Cilla —le reprochó Elín—. Hemos decidido esto y si nuestra muerte es el resultado, al menos habrá bastado para plantar una semilla de voluntad en la gente que ha perdido toda esperanza.

Elín apenas era una adolescente en aquel momento, pero hablaba con más diligencia que sus dos hermanas mayores. Ada asintió, convencida, pero Cilla continuaba igual de aterrada por la resolución de su revolución.

—Oh, mi avispada Elín. —Volvió Matilde a la carga—. No vais a morir. Os vamos a encerrar en la Torre de la Condenación para que miréis desde ahí cómo pasa la vida ante vuestras narices. Presenciaréis el horror en Mudna hasta donde alcance vuestra vista. Podéis suicidaros si queréis o vivir atrapadas allí el resto de vuestros días. El castigo debe ser una verdadera represalia. Asesinaros frente a todos, teniendo en cuenta que la rebelión está aún caliente, solo provocaría otra sublevación. Un movimiento bastante arriesgado y un final para vosotras demasiado veloz. Necesitáis sufrir y sentir en carnes lo que significa traicionar a alguien.

A una señal de la reina Matilde, los soldados volvieron a agarrar a las princesas por detrás y las arrastraron fuera de la sala, acompañadas por la risa de su madre. Patalearon y lucharon hasta que no les quedaron más fuerzas, hasta que las encerraron en la Torre de la Condenación, donde todo dio comienzo.

Habían pasado dos meses desde que las habían encerrado en la torre. Desde que los expirantes apresados habían sido ahorcados, guillotinados o acribillados por balas en el paredón. Las tres princesas lo presenciaron todo, de una manera u otra. A sus pies, todos eran hormigas, meras sombras que deambulaban por las calles. Pero los disparos y los gritos fueron más resolutivos que cualquier imagen. Ada contempló cada una de las muertes, grabándolas en su cabeza, sin poder apartarse de la única ventana que daba al exterior. Cilla no fue capaz de aguantar más allá de la quinta ejecución y Elín de la vigésima, pero, aun así, los chillidos de agonía seguían colándose dentro de aquella enorme habitación de cristal que estaban obligadas a contemplar como su hogar hasta que muriesen.

Cristal. Que relucía a primeras horas de la mañana con el sol, que creaba luces que atravesaban el cuarto en fragmentos color arcoíris; que recubría las paredes y que nacía de los rincones y el techo en forma de diferentes prismas. Cristal de la Diosa por todas partes. Rodeándolas, tentándolas con su veneno. Las tres hermanas se despertaban todos los días cercadas por aquel milagro y se acurrucaban cada una en su cama como si así pudiesen alejarse más y más de lo que amenazaba cada día sus vidas.

Un día, Cilla estuvo a punto de cortarse voluntariamente con uno de los prismas. En sus ojos castaños relucían los intensos colores que el cristal desprendía, como un imán, como si hipnotizase a las personas capaces de mirarlo fijamente más de un minuto. Sin embargo, Ada se dio cuenta a tiempo, se incorporó y de un bote llegó hasta su hermana.

—¡Cilla, no! —La zarandeó por los hombros.

—No lo soporto más. Quiero morir. —Cilla se echó a llorar.

—¡Somos imprescindibles! ¡Esto no ha acabado aquí!

Los gritos de Ada despertaron a Elín, que se frotó los ojos, somnolienta. La hermana pequeña se dio cuenta de la gravedad y también acudió en ayuda de Ada. Elín acarició el pelo de Cilla y le obligó a fijarse en sus oscuros ojos.

—Cil, relájate...

—¿Por qué tuvimos que enfrentarnos a nuestros padres? ¿Por qué? Siempre, siempre han sido así. Unos tiranos. Lo sabemos desde que somos pequeñas.

—Y por eso hay que pelear, Cilla —le instó Ada—. Tú has tenido la enorme suerte de haber nacido entre estas cuatro paredes, pero hay gente que, sufriendo lo mismo que tú, tiene que sobrevivir a las heladas del invierno y a la sequía del verano. A ser juzgado por sus creencias. La gente se está muriendo de hambre y los que pueden hacer algo se tapan la cara. ¿Ese es el tipo de persona que quieres ser tú?

—¡Solo tengo dieciocho años, Ada! ¡Dieciocho! Quiero ser una chica normal…

Y Ada no pudo contener un bofetón que le dejó una enorme marca roja en la mejilla a Cilla. Elín cogió del brazo a su hermana mayor, deteniéndola, con una mueca incrédula. Ada respiraba, sobresaltada. Descendió la mano lentamente, sin que su hermana pequeña aflojase el agarre del todo. Poco a poco, su oscura mirada fue aclarándose hasta volver a su característico castaño pálido.

—Lo siento, Cilla. Siento no comprenderte. Siento que tengas dieciocho años y estés cansada de escucharme decirte que fuera hay chicas y chicos como tú que también preferirían salir con sus amigos, en vez de estar huyendo constantemente de los soldados, perdiendo sus casas y viendo morir a su familia. Quiero que entiendas que nosotras, como princesas, tenemos la obligación de darle a esa gente una vida digna. Somos dirigentes, es nuestro trabajo, ¿entiendes?

—¡Es injusto, Ada! ¡No importa cómo lo mires!

Ada se dejó caer en el suelo con un largo suspiro. Cilla la observó desde arriba, aún con las mejillas empapadas por las lágrimas. Elín se arrodilló junto a su hermana mayor y la abrazó. Luego se unió la hermana mediana, temblando. Se estrecharon con fuerza, como si así fuese suficiente para resistir un día más.

Alguien llamó a la puerta y las tres princesas se volvieron hacia ella. Era hora de desayunar, así que lo más seguro era que fuese el pequeño alquimista quien les traía la comida y, de paso, les hiciese algunas pruebas médicas básicas. Con voz insegura, Cilla le dejó pasar.

Un niño rubio con unos electrizantes ojos verdes se asomó, tímido. Las princesas sonrieron y el pequeño alquimista asintió, removiéndose en el sitio, intentando sacudirse la timidez de encima. Cerró la puerta con el pie. Llevaba una enorme bandeja repleta de comida que luego dejó sobre la mesita de noche. De su hombro colgaba una mochila negra con todos los utensilios necesarios para hacer el examen médico.

—Buenos días, Levi —saludaron las hermanas, reincorporándose.

—Buenos días, princesas.

—Ya te dijimos que nos llamases por nuestros nombres. —Se cruzó de brazos Elín.

Se rieron apocadamente y Levi titubeó, tímido. Al fin y al cabo, solo era un niño que no había visto la realidad mucho más allá de los muros de aquel palacio. Vivía por y para la alquimia, siempre bajo la atenta mirada de su padre. Las hermanas se acercaron a la bandeja y atacaron la montaña de cruasanes recubiertos por una ligera capa de caramelo fundido. Pero entonces, Levi les prohibió coger los bollos con un leve golpecito en cada mano. Las tres fruncieron los labios.

—Ya sabéis que no podéis comer antes de las pruebas.

—Bree sí que nos deja comer. —Elín se sentó en la cama, cruzando los brazos, enfurruñada.

—Pues entonces Bree lo hace muy mal —sentenció Levi, con una vocecita aguda que más les resultaba adorable a las otras tres—. Cuando termine, podéis desayunar todo lo que queráis.

Las princesas asintieron y cada una se sentó en su cama. Levi dejó caer la mochila sobre el suelo y sacó los instrumentos para auscultarlas y medir su presión arterial. Ninguna de las tres entendía por qué si su madre las quería muertas, siempre las alimentaba bien y mantenía un registro de su estado físico.

Levi se acercó primero a Ada con el estetoscopio bien agarrado. La princesa se abrió los botones de la camisa y el niño se miró los pies, sonrojado. Ada rio, enternecida, y le revolvió el pelo para intentar librarle de su vergüenza. El pequeño alquimista levantó una mano temblorosa, pero antes de juntar la campana con la piel de la princesa, dejó caer la mano.

—Mi padre os manda un mensaje.

—Espero que no sea otro de sus chistes malos —dijo Cilla.

—Ya ves, Mirlo siempre cuenta unas tonterías. —Rio Elín.

—Es sobre vuestra huida.

Las princesas se miraron, expectantes. Habían estado durante más de un mes intentando encontrar la forma de huir de aquella torre. Pero en cada tramo de aquellas infinitas escaleras que subían hasta el torreón había un soldado armado hasta los dientes. Y la caída desde la única ventana de la habitación era mortal. Por suerte, Mirlo, el Gran Alquimista de Erain, se había puesto de su parte. La Generación Muda que quedaba en el palacio o servía gustosa a los reyes o estaba obligada a no rebelarse. A no ser que prefiriesen la tercera opción: morir.

—Espero que no insista con la teoría de la Diosa…

—De hecho, sí. —Asintió Levi—. Dice que es la única salida.

—Yo no creo en la Diosa —sentenció Cilla.

—Yo sí, pero como una serie de ideas que acepto como una forma de vida —dijo Elín

—Yo sí creo en ella. La Diosa es un ente mágico. Existe en la tierra para darle equilibrio y para proteger a las personas.

—Eso es mentira. Supuestamente, su fin del mundo está cerca y nos va a matar a todos. Y encima, se dice que solo va a salvar a aquellos puros que no hayan consumido ninguno de sus milagros. Eso es división, eso es lo que nosotras combatimos, ¿no? —gruñó Cilla.

—Es una habladuría —discutió la hermana mayor.

—Nada es del todo bueno. Ni siquiera la Diosa, Ada.

—Bueno, ya vale. —Levi detuvo la discusión y las princesas lo miraron, incrédulas. Él retrocedió un paso—. Lo siento. Quiero decir… Quiero decir…

—Levi, tranquilo. —Sonrió Ada, comprensiva.

—Mi padre dice que no podéis esquivar a la Diosa, porque existe de alguna manera en la Tierra. Mi padre tiene la teoría de que nos podemos comunicar con ella.

—¡La Diosa no es un ente divino! —Se enfadó Cilla.

—Cilla, déjale hablar —le espetó Elín.

—Dice que, mediante el ayuno, la meditación y la conexión con el mundo se puede acceder a ella —recitó lo que seguro Mirlo le había hecho memorizar—. Que es la unión del ser humano con la naturaleza. De donde vinimos y donde terminaremos. Nacimos siendo así de diminutos —Levi juntó el índice y el pulgar—y moriremos siendo cenizas. Esa es la energía que nos envuelve. Lo que hay —terminó con un suspiro por el esfuerzo realizado.

—Eso es sencillo decirlo, pero hacerlo…

—No va a salir bien. Cada una cree en ella de una forma distinta.

Levi se miró el reloj de muñeca y dijo:

—Tengo que irme. Mi padre se inventará los análisis. Además, me ha dicho que os diga una cosa más: «*Convivid con vuestras ideas y concentraos en lo que es importante: la vida*».

Otros dos meses más. Bree, la joven promesa de la alquimia, interrumpió una sesión de meditación para comunicar a las princesas que la reina Matilde se había quedado embarazada, pero que hasta dentro de unas semanas no se iba a saber si sería un niño o una niña. Ellas no se alegraron, si bien sintieron pena por su nuevo hermano o hermana. Si fuese chico, al menos, se le brindarían todos los honores. Sus padres siempre habían querido un digno sucesor; un hombre inteligente y fuerte que pudiese guiar al país. Para ellos, las mujeres no servían para dirigir, incluso cuando dos de sus hijas habían nacido con una inteligencia prodigiosa. Incluso cuando era evidente que la reina Matilde mandaba más que su propio marido.

El nacimiento de aquel bebé podía suponer la diferencia. Tal vez, si nacía varón, las princesas ya no fuesen necesarias. Tal vez eso era lo que Matilde esperaba, que hubiese un sucesor que las reemplazase. La sociedad ya las habría olvidado; a ellas, su lucha y todo lo que habían representado.

—Suyay creía en la Diosa.

—Suyay era una loca.

—A Suyay la volvieron loca las torturas que le impusieron.

—Ella fue la primera en luchar por los derechos de los ciudadanos después de la última guerra mundial. Suyay vivió el horror de la devastación y por eso se refugió en la Diosa.

—Si ella pudo, nosotras también.

—Esto es una pérdida de tiempo. Ni existe un Dios, ni una Diosa, ni nada extraterrenal que vaya a tendernos una mano. Los humanos siempre hemos estado solos.

—Cilla, concéntrate.

—Madre va a tener un hijo. Estoy segura —dijo Elín con los ojos cerrados.

—Si no os calláis, no me puedo concentrar —gruñó Ada.

Volvieron a quedarse en silencio. Ada respiró hondo y se centró en la oscuridad de sus ojos cerrados. Solo estaba el silencio y ella. La inmensidad y su minúscula existencia. No. No estaba sola.

Estaban sus hermanas, podía percibir su lenta respiración. Pero había algo más debajo de la piel de sus vidas, del pálpito de sus corazones. Era el susurro de la brisa. El zumbido de una abeja. El olor de las flores en primavera. La lluvia arreciando. El tacto de las piedras húmedas. El sabor de los gajos de una naranja. Era el salitre del mar. La caricia del sol. La claridad de la luna. Era un universo moviéndose alrededor de su ojo. Era un destello dorado. Brillante y omnipotente.

» *Vive.*

—¿Perdona? —dijo Ada en voz alta.

—Shhh —le mandó callar Elín.

» *Venid hacia aquí y tomad mi mano.*

—¿Eres la Diosa?

—¡Ada! —rechistó Cilla.

Ada se levantó, sin abrir los párpados. Sus hermanas se miraron confundidas, pero dejaron que Ada continuase en aquel estado. Murmuraba y boqueaba como si le faltase el aire, mientras intentaba pronunciar, al menos, una palabra. No la tocaron, incluso cuando Ada se apoyó en la repisa de la ventana. Ahora susurraba frases sin sentido: «*la venganza llegará*», «*su vida termina en la Tierra*», «*hay una luz que no ilumina... todavía*».

Entonces, la princesa subió encima de la piedra y sus hermanas no pudieron evitar cogerle de la falda del vestido. Ella extendió los brazos, como si se creyese un pájaro capaz de saltar y volar. Cilla y Elín le gritaron, se desgañitaron y sucumbieron a la presión. Alcanzaron su cadera, obligándola a descender, pero entonces, Ada se volvió, con los ojos abiertos de par en par, como despertada de una alucinación. Sudaba y temblaba, pero una sonrisa se dibujaba amplia en su rostro.

Sus ojos brillaban y su respiración, alterada, parecía contener más de cien vidas.

—Ella me ha hablado. Ella nos va a conceder un deseo a cada una. La Diosa nos va a ayudar con nuestra venganza. Solo hay que darle algo a cambio: nuestra protección.

La sangre creó el vínculo entre las tres princesas y la Diosa. El cristal brilló al contacto de la sangre de las tres hermanas. Reverberó en la habitación y dejó escapar unas columnas luminosas que las cegaron por momentos. El sonido fue insoportable y chillaron. La presión que sintieron, como si alguien estuviese estrangulando sus cuerpos, les hizo gruñir contra el suelo. Sintieron frío y calor, tiritaron y sudaron. Pero cuando todo aquel tormento terminó, sus cuerpos se convirtieron en una pluma, liviana, casi incorpórea. Habían pasado a un segundo plano. No eran simples humanas, pero tampoco habían abandonado el planeta del todo.

Continuaban allí, pero tocadas por una energía tan poderosa como la naturaleza en sí misma.

—Esta será la primera venganza —dijo Cilla—. Quiero que mi madre pierda a nuestro hermano, que continúa gestándose en su interior.

Aquel día, las tres princesas juntaron una pequeña parte de su sangre en un cáliz, el cual un asustado Levi le entregó a su padre. Esa noche, la reina Matilde le dio un sorbo a su copa, creyendo beber vino, pero sintió el sabor metálico de la sangre. Espesa y grumosa. Escupió, pero ya era demasiado tarde. La sangre de sus hijas, a las que había desamparado y encerrado para morir, ya estaba dentro de su cuerpo, envenenando cada parte de su ser, arrasando toda vida interior que pudiese albergar.

Esa misma noche, el heredero de Erain murió.

Las princesas escucharon desde su cuarto el grito de horror. Pero no reaccionaron, solo sintieron que una parte de ellas se iba con aquel nonato. Que una parte de ellas se convertía en piedra, pero también que latía viva.

Una semana después y tras una serie de analíticas médicas en las que Mirlo no encontró diferencia alguna con el estado anterior a crear aquella especie de contrato con la Diosa, fue el turno de la princesa Elín. Escarbó en sí misma, cavando y cavando hasta encontrar su prisma, que vibró ante su llamada.

—Esta será la segunda venganza —pronunció Elín—. Quiero que mi padre sobreviva a un ataque, pero que pierda algo muy valioso por el camino.

Aquella misma noche, el rey Magnus fue atacado por una sombra que sopló contra su cara un polvo metálico que inhaló y lo dejó sordomudo. Poco a poco fue enfermando y quedó encamado hasta que un día se suicidó, saltando desde la ventana de su habitación. Desde un octavo piso.

Las princesas no asistieron al funeral de su padre. Su madre tampoco fue a visitarlas. No pensaba que ellas pudiesen ser las culpables si estaban encerradas en la Torre de la Condenación, sin embargo, la leyenda de que el torreón estaba embrujado y de que las princesas estaban clamando su venganza desde allí con el favor de la Diosa, se extendió por todo Erain y fue motivo suficiente para que la reina no se acercase nunca más a sus hijas.

Un mes tardó en llegar la tercera venganza de la mano de Ada. Fue necesaria la intervención de Mirlo, el Gran Alquimista, y la ayuda de su hijo Levi. Pero la venganza de la princesa Ada llegó, implacable, como una lluvia de abril.

De nuevo, Ada escuchó el canto de los pájaros. El arrullo del agua de un río. La vibración de una risa. La vida y la muerte juntas, siempre de la mano.

—Esta será la tercera y última venganza —dijo Ada en voz alta—. Quiero la liberación de los expirantes. Quiero ser capaz de darles una última razón para vivir.

Aquella misma noche, Levi llevó a la habitación de las princesas una espada en cuyo filo parecía fluctuar vida. Eran sombras y luces abrazándose, mezclándose y separándose en un ritmo incesante. La bautizaron como la Espada de la Diosa. Un Don de la Diosa.

Aquella misma noche, Ada empuñó aquella arma y junto a sus hermanas, descendieron las escaleras de la Torre de la Condenación en la que estuvieron casi un año encerradas. Terminaron con la vida de aquellos que intentaron oponerse a su venganza, salieron al pueblo y les tendieron la mano de nuevo.

Los expirantes no habían olvidado los motivos para luchar, no habían olvidado la voluntad de las princesas. Pelearon de nuevo por sus derechos, por sus vidas. Contemplaron cómo Ada se había convertido en un ser prácticamente invencible. Pero volvieron a perder la batalla. La catástrofe arrasó con la voluntad de aquellos que lo intentaron por última vez. Sufrieron junto a las princesas hasta el final, hasta que solo quedaron cenizas y fuego. Y fue entonces, cuando Ada, Cilla y Elín, las princesas de Erain, desaparecieron definitivamente, para cumplir su pago por haber sido tocadas por aquel poder, para cumplir el deseo de la Diosa: protegerla.

TRISTÁN

SUJETAR LA EMPUÑADURA TRANSMITE UNA SENSACIÓN INCIERTA. Es energía, hueca y liviana, en duermevela. El metal de la Diosa con el que se ha fabricado este Don no va a reaccionar hasta que no pruebe mi sangre. Menos los construidos a partir de agua, los dones hechos con metal o cristal necesitan contacto con la sangre para desentrañar su poder, y el filo de esta Espada espera impaciente por saborear la mía. No sin miedo al dolor, sello el contrato, pasando la palma de la mano por la hoja del arma. Es casi inmediato. El poder oculto del arma despierta, transfiriendo toda su energía a mi cuerpo, zambulléndose en mi sangre, enredándose en mis músculos y encendiendo todos mis sentidos al máximo. El filo se torna de un color dorado tan resplandeciente y fascinante que la gente de mi alrededor detiene su histeria para observarme. Incluso Sasha parece embelesada por el poderoso brillo.

Yo, en cambio, me siento más vivo y despierto que nunca. Siento que soy capaz de dar un salto que puede abarcar unos cuantos metros, dar un espadazo contra los adoquines que partiría la tierra por la mitad o correr y correr kilómetros sin cansarme o sin que mi corazón enfermo —o ya no tanto— ceda ante la presión. Estudio la empuñadura que, en comparación con el filo, es sobria y oscura. La hoja, en cambio, es pura luz, y en su interior serpentean unos delgados trazos negros característicos en un Don: es la vida de la Diosa, atrapada por los alquimistas con el único propósito de servir a quien intercambie su sangre por ella.

El pago por obtener todo este poder es la vida propia. Es infectarse de una forma letal, sin vuelta atrás. La energía de mil mundos concentrada en días por tu vida restante. Me aterra haber empeorado mi situación, pero tampoco me importa ya, porque el único objetivo es salvar a Amaranta, aunque provoque mi muerte. Eso si no es cierto que soy un tocado por la Diosa, capaz de usar cualquier milagro o Don sin morir.

Comienzo a rezumar poder, porque mi cuerpo no es recipiente suficiente para contener una energía tan devastadora. Algo en mi interior parece encajar, como si dos nexos se hubiesen buscado enloquecidos y por fin se hubiesen encontrado. Ahora la energía es una corriente perfectamente hilada que transmite a cada sentido y destreza la orden de ser completamente eficientes.

La capitana Zyan manda ejecutar a Amaranta y Bree. Ver cómo las trampillas se abren bajo sus pies y cómo las sogas se tensan alrededor de sus cuellos enloquece la energía de mi interior que, hasta el momento, se ha mantenido latente. O tal vez soy yo quien se trastorna y aviva todo ese poder incontenible. Sea como sea, Sasha, los ciudadanos, la reina Matilde… todo el mundo a mi alrededor se convierte en sombras, en una especie de figuras que parecen un cúmulo de bruma deshaciéndose, en cuyo interior se distingue un aparato circulatorio distinto. Advierto los corazones palpitar y la sangre fluir por sus venas.

El poder de la Espada ha reconvertido mi capacidad sensorial. Puedo ver más allá de los cuerpos. Puedo descubrir la vida en su más puro estado. Me encuentro en un plano diferente al de todos estos humanos, aunque no estoy fuera de su mundo. De mi mundo real. Continúo aquí como una presencia que ellos contemplarán de la misma forma que siempre, pese a que para mí, ellos, ahora mismo, solo son una pequeña mota de polvo llena de vida.

Me lanzo hacia delante, intentando acostumbrarme a mi nueva visión. Huelo el miedo y la desesperación, el sonido me llega alto y claro, los roces se adhieren a mi piel como miel pegajosa, paladeo cada palabra y grito, y distingo cada una de las capas de los cuerpos de todas las personas.

Golpeo, esquivo e intento no arremeter contra ningún inocente, lo que es prácticamente imposible porque la vorágine que me rodea la conforman ciudadanos inofensivos que no han sido conscientes del verdadero peligro que entraña esta ejecución que han venido a presenciar. Embisto la Espada contra el suelo y el contacto estalla como si hubiese lanzado una bomba. La onda expansiva del impacto lanza en diversas direcciones a la gente de mi alrededor. Mi prioridad es salvar a Amaranta. Continúo corriendo, pese a que el Escuadrón Espino acaba de llegar al patíbulo.

Noto la mirada de Ancla puesta en mí como si fuese un animal salvaje sediento de sangre. No me importa el gesto, ellos necesitan mi ayuda y yo puedo brindarles el poder que he decidido utilizar pese a mis convicciones. Soy yo quien va a sacrificarse por Amaranta, no ellos, tan necesarios en este país corrupto.

Sin embargo, una presencia paraliza mis pasos. Echo una última ojeada al patíbulo, esperando que ya hayan descendido de él, porque la fuerza que se acerca inminente hacia mí es imparable. Compruebo en un último segundo cómo Soga envuelve el látigo alrededor del cuello de la capitana Zyan hasta reducirla, dejándola inconsciente sobre el tablado. Ancla me lanza una última mirada, cargada de ánimo. Un gesto que casi me cuesta la vida. Aunque todavía no soy capaz de dominar la indomable energía que reina en cada parte de mi cuerpo, consigo detener el ataque de la presencia que me ha alcanzado.

Una mandíbula enorme se cierra en torno al filo de la Espada. Trastabillo por el ímpetu del movimiento, pero me mantengo firme con las piernas flexionadas. Mentiría si dijese que el miedo no me invade. Es una bestia; uno de los experimentos de la reina Matilde. Guerrea con sus dientes contra el filo, intentando quebrarlo. Advierto cómo los trazos de vida de la Espada palpitan, ansiosos

—igual que los míos—. Hago fuerza hacia arriba, intentando deshacerme de su potente ofensiva, sin éxito.

Inspiro hondo, tratando de concentrar la mayor energía posible, buscando los puntos débiles del mutante. Percibo una malformación en su pierna, que hace que su delgada rodilla tiemble violentamente. Tiene una fea herida en el brazo derecho que supura una especie de fluido rojizo y viscoso. Sin embargo, lo que más llama mi atención es su ceguera, no porque el experimento haya fallado en esa función, sino porque todavía son visibles las marcas grises de infección en la zona de sus párpados, con la forma de un antifaz.

Y me percato de que no podré matarlo ahora consciente de lo que es. Bajo toda esta capa tan monstruosa, puedo ver su corazón, ahora más grotesco, lleno de protuberancias, pero claramente humano. En sus venas también fluye la sangre, granate y espesa. Detrás de la bestia hay una persona que ha sufrido y sobrevivido a los experimentos de la reina Matilde. A su desproporcionada ambición y egoísmo.

Y lo peor es que su rostro me suena.

Nunca he sido violento, ni quiero empezar a serlo ahora. Así que aprovecho un desliz del mutante y lo impulso hacia atrás. Cargo de nuevo contra él y hiero su rodilla maltrecha. El monstruo grita y me atormenta que, aunque gutural, distinga los tonos de una voz humana. Chasqueo la lengua y ataco su brazo herido. Sin embargo, el mutante contraataca con un zarpazo que me obliga a retrasar mi ofensiva y danzar a su alrededor. La criatura no se mueve hasta que vuelve a la carga. Esquivo varios puñetazos que me habrían arrancado la cabeza de un solo movimiento. Detengo varias dentelladas, tratando siempre de mantener una distancia prudente.

Alzo la Espada y me lanzo, dispuesto a noquearlo del todo. El mutante me recibe, extendiendo sus poderosos brazos. Y preveo su movimiento. Levanta la garra derecha, a modo de señuelo, porque su verdadera intención es ensartarme con la otra cuando yo crea que lo he vencido. Cojo más impulso y, cuando me encuentro a pocos centímetros de su cuerpo, me deslizo bajo sus piernas abiertas, colocándome a su espalda.

Su ofensiva es en vano y la empuñadura de mi Espada cae contra su brazo herido con contundencia. Ruge de nuevo. Aprovecho su desfallecimiento para encontrar a Sasha y huir, pero entonces, Yojimbo aparece, atacando al mutante con un violento mordisco.

—¡Yojimbo, no!

Freno, listo para retroceder e intentar que el caimán de Johan no termine con la vida de este ser incomprendido. Sin embargo, el Inmortal se interpone en mi camino, agarrándome por el pecho. Yo me deshago de él con una fuerza que nos sorprende a ambos, pero Johan no está dispuesto a dejarme cometer una estupidez, así que alza su revólver transmutado con el cañón de micrometralla a la altura de mi frente.

—¡Lo va a matar! —chillo, alzando la Espada contra el hombre.

—¡Dentro de esa criatura ya no existe el humano que era, Tristán! ¡Tienes que ser consciente de lo evidente!

—¡No quiero!

—¡Debes!

En algún momento de esta discusión, Sasha y Piloto llegan junto a mí. Mi visión extrasensorial comienza a titilar, como si la nueva perspectiva que me ha otorgado el Don fuese una estrella muriendo en el firmamento. Pierdo el equilibrio, acuciado por la estabilización de mis sentidos. Johan desciende su arma y me sujeta.

—Tenemos que irnos. Los soldados vienen a por nosotros —le informa Johan a Sasha—. ¡Yojimbo!

Lanzo una última ojeada a la criatura. Saliva sangre y se desmaya, antes de que Johan me arrastre por las calles tironeándome del hombro. Ni siquiera me quejo. Estoy exhausto. Sasha recoge la Espada de la Diosa de mis débiles manos y la vuelve a meter en la vaina. Piloto sobrevuela mi cabeza, nervioso, alterando todos los sonidos de su registro para demostrarme cuán preocupado está. Yo sonrío con la frente perlada de sudor.

Alcanzamos un callejón en el que nos espera un aerocoche grande y poco discreto. Pese a que la vorágine aterrada se ha ido disipando, la gente todavía corre por las calles, desesperada, intentando alcanzar sus hogares antes de que lo hagan los mutantes o los soldados. Yo me he olvidado de todos los ciudadanos, incluso de la reina Matilde. En ese instante, solo he tenido ojos para Amaranta.

Así de incauto soy yo.

Subimos al vehículo. Johan arranca el motor inmediatamente en cuanto Sasha, después de dejarme caer en los asientos traseros y comprobar que Yojimbo se encuentra a mis pies, sube al copiloto.

No somos precisamente un foco pequeño de atención. De hecho, la huida resulta bastante escabrosa. Resulta que Johan ha robado el aerocoche a un ígneo que ya ha bía denunciado su desaparición, así que no solo nos persiguen los soldados que nos tienen que dar caza por quiénes somos, sino también los guardias que han investigado la desaparición del vehículo.

Intento reincorporarme para echar un vistazo a la escena que solo puedo contemplar a través del retrovisor. Al menos diez personas, entre soldados y guardias, nos pisan los talones con sus *aeromotos*. Pese a que tratamos de no salirnos de los límites de la calzada y de no atropellar a ningún peatón imprudente, es casi imposible avanzar a la velocidad que deseamos por la cantidad de gente que aún continúa en el exterior. Los guardias y soldados no se muestran reticentes a la hora de abordar a algún que otro inocente o incluso a dispararle. Dependiendo de su brazalete, claro.

—Dame tu arma. —Suspira Sasha, cansada, dirigiendo la mano hacia el cinto de Johan.

—Ni se te ocurra, pequeña. Este material no lo sabe usar cualquiera.

—Hoy es tu día de suerte. Yo no soy una cualquiera.

En un movimiento, Sasha le arrebata el revólver a Johan. Yojimbo gruñe, cabreado, y Johan se queja, perdiendo el control sobre el volante. La sacudida nos impulsa contra el lado izquierdo del vehículo. A modo de protección, le pongo una mano a Yojimbo en el lomo, que ha incrustado sus garras en la moqueta de la base. Unos cuantos bandazos más casi nos hacen perder totalmente el control, porque Sasha continúa escarbando en los bolsillos del cinturón del Inmortal.

No vamos a salir de esta. No vamos a salir de esta.

—¡Sasha! —le grito, agobiado.

—¡Ya voy!

La veo coger el tambor y el cañón de macrometralla y cambiarlo por el actual. Está loca. Johan le da voz a mis pensamientos. Un disparo de esas balas puede hacer volar toda la calle. Sin embargo, para la chica son ellos o nosotros, así que baja la ventanilla de su puerta, se asoma con el arma en ristre, guiña un ojo y acciona el gatillo.

El rugido del tiro es atronador, como la primera vez que Johan usó el revólver frente a mí. La explosión vuela por los aires a los guardias y los soldados que nos persiguen. La onda expansiva empuja el vehículo hacia delante, y creo que va a dar una vuelta entera. Los cristales de algunos edificios estallan en mil pedazos, y escucho el chillido de terror de la gente. Cierro los ojos, esperando, sinceramente, que ningún civil haya muerto bajo el ataque.

Me mantengo en la oscuridad con la mano puesta sobre el lomo cálido de Yojimbo y la otra cerrada entorno a la bellota hasta que Johan me informa de que hemos salido de Mudna. Hemos escapado de la terrible capital y estamos vivos. Me río por lo bajo, mientras unas lágrimas recorren mis mejillas. Siento alivio, pero las rodillas no me dejan de temblar por todo lo que acabo de vivir.

He usado un Don de nuevo. La sensación ha sido totalmente distinta a la de las pastillas rojas. Si bien el milagro del agua fue como un chute de vitalidad para mi corazón, una limpieza de la enfermedad que me debilitaba, el milagro del metal me ha otorgado una potencia casi invencible. Pero ¿la forma de actuar de los milagros es distinta según la esencia o según la forma del Don? No todos los dones son armas, ni todos los milagros tienen un uso específico.

Y entonces entiendo del todo el trabajo de los alquimistas. Ellos estudian la vida de las cosas y la esencia infundida en ellas. Los milagros han supuesto un objeto nuevo de investigación, pero la creación de los dones ha abierto un campo de trabajo y exploración totalmente innovador e insólito, al que no cualquiera puede acceder con unos conocimientos básicos. Los dones no abundan por el esfuerzo y el sacrificio que comportan y, por ello, comprendo la curiosidad de Bree al confesar en las celdas mi historia con las pastillas. La comprendo, porque ahora yo también necesito saber más sobre el funcionamiento de la Diosa en nuestro planeta. En nosotros.

—¿Estás bien, Tristán?

—Sí —murmuro, acariciando la dura piel de Yojimbo.

—¿Cómo ha sido usar la Espada de la Diosa? —Sasha se vuelve hacia mí, preocupada.

Les relato qué ha sucedido. Todo el proceso desde sentir un débil hormigueo de poder en la empuñadura hasta el estallido de energía al empapar el filo con mi sangre. Johan indaga en mi explicación, totalmente interesado por la forma en la que he percibido la realidad. Contesto de la mejor manera que sé a todas sus preguntas, pero mi voz, a cada respuesta, se va tornando más frágil.

Estoy agotado. Siento el peso de todo mi cuerpo como si la gravedad estuviese tirando de mí hacia el centro de la Tierra. Que me absorba, solo deseo comer y dormir. Sin embargo, Johan y Sasha continúan hablando sobre mi prodigiosa actuación y lo sano que me encuentro ahora.

—¿Has notado una nueva infección o si la del pecho se ha extendido? ¿Te encuentras peor?

—No lo sé, Johan…

—Tristán, es muy importante que lo sepamos. Está claro que las pastillas han reaccionado bien en tu cuerpo. Solo han provocado una pequeña impureza gris en tu pecho, sin importancia. Si te sobrepones a la acción de esta Espada eso confirma que eres un tocado por la Diosa. Nunca lo he dudado, pero, Tristán, esto que sucede es maravilloso.

—Milagroso —suelto, irónico.

—Te hará gracia, pero sí, milagroso. Así es la Diosa.

Chasqueo la lengua. No quiero hablar más de la Diosa o de mí. Me importa más bien poco toda esta conversación. Solo quiero descansar y ver a Amaranta. Es lo único que pido.

—Sasha, —desvío la conversación—¿tú estás bien? ¿Cómo conseguiste escapar?

—Dándole una paliza a todos. —Sonríe sin extenderse más—. Judah no me ha perseguido, así que podemos estar tranquilos.

—¿Estás segura?

—No puedo confirmarlo al cien por cien, pero los dejé encerrados en su propia guarida, así que cuento con que al menos nos haya perdido la pista.

—No sé si después de mi actuación en medio de la plaza habremos pasado desapercibidos a su perturbadora obsesión por verme muerto. No me fío —declaro.

Sasha no responde. Devuelve la mirada al frente, sentándose adecuadamente en el asiento. Su preocupación roza la mía. Ella no puede asegurar que Judah no regrese contra mí junto a mi Clan, pero ya ninguno estamos seguros en Erain, porque todo el alto mando nos busca para matarnos.

Resulta que nuestro destino es Trampte, ciudad importante por tener los mejores jugadores de *kana*, por su zona pesquera y por ser el núcleo principal de explotación de agua de la Diosa. Y donde se encuentra la Quiebra, punto clave para continuar la búsqueda de la Diosa. Tardamos cuatro horas en llegar hasta la enorme ciudad. Recorremos sus amplias calles con tranquilidad, ocultos y protegidos tras la apariencia del vehículo ígneo. Es una ciudad rica y la tercera más poderosa en todo el país después de Mudna y Cumbre. Aunque después de la destrucción de la última, tal vez haya escalado al segundo puesto.

Me recuerda bastante a la capital por sus altos edificios encubriendo las zonas empobrecidas de la localidad. El sol luce como protagonista esta mañana e impacta contra las relucientes fachadas, otorgando vivacidad a sus calles. La gente, a diferencia de Mudna, no muestra un aspecto tan ostentoso, pero en su tranquilidad y sus brazaletes rojos se advierte su calidad de vida. ¿Cómo mi Clan pudo convencerme de que Cumbre era la única cuidad de todo Erain totalmente esclavizada? Quiero echarle la culpa a los demás, pero no soy capaz.

Porque la culpa de no haber indagado más y haber creído mi destino a la primera es solo mía. El ejemplo claro de que podría haber sido diferente está en Amaranta.

La ciudad se hace pequeña a nuestro paso, dejando de lado la zona favorecida para internarnos entre las callejuelas que conforman lo que habría sido el Barrio Arco Externo si nos encontrásemos en Cumbre. La devastación es la misma mires por donde mires. La pintura de las casas está desconchada y los rincones carcomidos por la podredumbre e invadidos por una especie de musgo muy oscuro. Los brazaletes blancos sin vínculo y los amarillos abundan, de la misma manera que también lo hacen los expirantes, que se acurrucan en las esquinas y miran al cielo con ojos perdidos, tratando de encontrar la salvación.

No nos pasa desapercibida la mirada de desconfianza que lanzan hacia el aerocoche, gesto totalmente lógico, teniendo en cuenta que este tipo de vehículos tan avanzados tecnológicamente solo existen en las zonas ígneas. Por eso me siento aliviado cuando nos ocultamos en un garaje oscuro. No habría soportado ni un segundo más la mueca de desprecio de los habitantes.

Salimos del aerocoche y Johan cierra la puerta del garaje. Le susurro a Piloto que despierte. Mi amigo se desase del brazalete de carga, planeando, y enciende la linterna de su sistema en cuanto se lo ordeno. Sasha y Johan me dan las gracias y, junto a Yojimbo, rodeamos el coche en dirección a una puerta de madera que hay en la esquina del garaje. Ellos parecen muy convencidos de sus pasos, pero yo estoy totalmente perdido. ¿Es aquí donde nos vamos a encontrar con el resto? ¿Han comprobado que este sitio es totalmente seguro?

Ascendemos por unas escaleras. Arriba, la luz anaranjada nos indica el final del tramo y un intenso olor a comida recién hecha desciende hasta colarse por mi nariz. El estómago me ruge, insatisfecho por el pequeño estímulo, y Sasha deja escapar una risita. Le golpeo la espalda, contagiado por su burla. Pese a todo, hemos superado tantos obstáculos que me alegra que se haya salvado de las garras de Judah y mi Clan, y esté aquí conmigo.

Cuando llegamos al piso superior, me sorprendo al descubrir que nos encontramos en un bar. Es amplio, pero apenas está abarrotado de gente. Una chica choca contra mi cuerpo y yo le pido perdón.

—Mira por dónde andas, Tristán —me dice la desconocida de medio rostro infectado, mientras intenta que la cerveza no se desborde de las cuatro jarras que sostiene.

—¿Cómo sabes mi...?

Me vuelvo en dirección a la chica que conoce mi nombre. Johan y Sasha la siguen. Mi corazón se hincha de alegría. Amaranta está sentada en una mesa junto a Levi, Bree y el chico neutral de El Tugurio. No me fijo en nadie más que en mi hermana, que sonríe y parece totalmente recuperada. Avanzo más deprisa y ella se percata de mis fuertes pasos, porque se gira hacia nosotros y una enorme sonrisa inunda su rostro.

Ella también se incorpora, pero antes de que pueda dar un paso más, yo ya he llegado a su altura. La estrecho entre mis brazos, sin esperar su reacción. Ella me envuelve inmediatamente y hunde su rostro en mi hombro. Ambos estamos temblando, pero continuamos tan pegados que no nos preocupa si perdemos el equilibrio. Noto su cálida respiración contra mi piel y los frenéticos latidos de su corazón. Le acaricio el cuello, ahora libre de su espesa melena.

Es Amaranta. Mi hermana. La única persona que me ha mantenido vivo y esperanzado durante todo este tiempo, pese a las dudas sufridas.

Nadie interviene en nuestro gesto. Dejan que el reencuentro dure tanto como nosotros necesitemos. Pero mi estómago clama otra vez la necesidad de comida y Amaranta estalla en una carcajada sincera, separándose de mi cuerpo. La habría vuelto a atraer junto a mí, a sabiendas de que ahora nos tocará hablar, porque yo solo quiero prolongar este sentimiento de paz.

Pero si quiero comer, tendré que intervenir. Ese es el pago.

—Ami.

—Tris.

No nos hacen falta más palabras. Nuestro abrazo, nuestras caricias y nuestra intensa mirada son suficientes para revelarnos todo lo que nos hemos querido demostrar en cinco años de separación. Esta es la verdadera conexión de la que gozamos y la que nunca hemos quebrado pese a las dificultades. Somos hermanos, nos queremos y, por fin, estamos juntos.

—Enclenque, ¿a mí no me vas a decir nada?

Su voz grave. Su sarcasmo mediado por una enorme sonrisa. Miro por encima del hombro de Amaranta, incrédulo. Gorio está de pie con los brazos extendidos a unos pocos metros de mí. Una sensación inmensa de sosiego y alegría me embarga enteramente. Gorio, quien me ha protegido desde que decidí salir de la comunidad ígnea, a quien he considerado como un padre, está delante de mí, sonriendo. Vivo.

—¡Gorio! ¿Qué haces aquí?

Corro al encuentro de su abrazo. Me cobijo entre sus fuertes brazos y siento que vuelvo a deshacerme en lágrimas. Nunca habría imaginado un final mejor para mí. Las personas que más quiero en el mundo están aquí.

—¿Y Martha? —Me separo de él, buscando a mi casera y protectora con la mirada.

—Tranquilo —levanta una mano—, está sana y salva en Cumbre. Decidió quedarse para ayudar a todos los del Arco Externo. La unidad principal de Piloto la rescató cuando se derrumbó parte de vuestra casa.

—Pero... —La preocupación crece en mi interior.

—Me dijo que si ponías esa cara después de mi explicación, te pegase una buena tunda. —Gorio se cruza de brazos y yo retrocedo, asustado—. ¡Ja, ja, ja! No voy a hacerte nada. —Alza las manos—. A no ser que no elimines ese ceño fruncido de tu rostro en tres, dos, uno...

Relajo el gesto enseguida y él me desordena el pelo, divertido. Me guiña el ojo sano y se sienta en una silla, rodeando una jarra de cerveza con una de sus manazas. Yo me acomodo a su lado, todavía extrañado por su presencia.

—¿Qué haces aquí, Gorio? —le pregunto de nuevo.

—Tristán, siento haberte ocultado esto durante tanto tiempo, pero pertenezco al Movimiento Nebulosa y también a la Generación Muda.

Titubeo, pero mi amigo no me deja replicar.

—Serví a la reina Matilde en las cocinas como chef. Cuando sucedió la primera venganza de las princesas, al que señalaron como principal culpable fue a mí, porque pensaban que había envenenado el vino que mató al hijo nonato de la reina Matilde. Conseguí huir gracias a la ayuda de Johan. Nunca habíamos sido amigos, apenas habíamos cruzado dos palabras, pero tal vez el sentimiento de represión y esclavitud fue lo que nos unió. Me dijo que, si me quedaba y luchaba por mis derechos, terminaría como la pobre Suyay, torturada y encerrada. Pero, llámame loco o insensato, porque cuando Nil fundó el Movimiento Nebulosa me sentí totalmente identificado con su lucha. Él decía inspirarse en la revuelta de la princesa Ada y sus hermanas, en su determinación para detener la acción de la monarquía, derrocándola desde el interior. Al principio me pareció un crío que soñaba demasiado, pero me demostró que era posible. Les ayudé hasta el final. —Su rostro se contrae de tristeza—. Así es como conocí a Amaranta y al resto. Cuando te convertiste en renegado, tu hermana me pidió que te cuidase.

—¿Ami hizo eso?

—Por supuesto. —Aparece mi hermana.

Amaranta se sienta junto a mí y deja un plato repleto de croquetas de tomate con salsa picante sobre la mesa. Babeo, literalmente. Como es de esperar, mi hermana no ha olvidado mis gustos. Me debato entre si continuar incrédulo o atacar el suculento plato, pero Amaranta y Gorio me indican con la mirada que puedo comenzar.

Me llevo una pieza a la boca y esto debe ser el paraíso, porque todo mi cuerpo agradece no solo el sabor, sino también su acción reconstituyente. Mi hermana me aproxima un vaso de agua y casi me atraganto cuando bebo, sediento.

—Despacio, enclenque. —Ríe Gorio—. Mi amiga se enfadará

si no disfrutas bien de su comida. —Señala a mis espaldas y me encuentro con una mujer altísima que, tras la barra, me observa inquisitiva. Trago y alzo el dedo pulgar, tranquilizándola.

Gorio no continúa con la historia y, poco a poco, el resto del grupo nos va rodeando. Amaranta me presenta al Escuadrón Espino al completo. Intento no emocionarme y expresar lo mucho que los admiro, porque, aunque sin las máscaras ya no parecen tan feroces, me siguen resultando igual de imponentes. Keira, Lars, Agatha e Iggy. Reconozco de inmediato a los dos últimos. El día de la destrucción de Cumbre, el mismo día que Gorio me reveló que mi hermana frecuentaba nuestro bar, estuvieron en El Tugurio. Luego, saludo apropiadamente a Bree y Levi, pese a que cuando les tiendo la mano, ellos rechazan estrechar mis dedos manchados de salsa picante.

Apenas hablamos tras las presentaciones. Todos parecen sumidos en sus cavilaciones y no es para menos. No hace ni cinco horas que hemos escapado de una muerte segura. No hace ni cinco horas que hemos hecho explotar el palacio de la reina Matilde. Hay mucho en lo que pensar, sobre todo en qué será de nuestro futuro.

—¿Puedo hacer ya mis preguntas? —soltamos a la vez Amaranta y yo.

Nos miramos con los ojos muy abiertos y rompemos en una carcajada que algunos más corean. Incluso Yojimbo, que sigue entretenido devorando un pollo entero, parece sonreír.

—¿Todavía tenéis más preguntas?

—Por supuesto. —De nuevo coincidimos.

—Empieza tú, Ami. —Le sonrío.

—¿Cuánto tiempo ha pasado desde que nos encerró la reina Matilde hasta la ejecución?

—Os tuvo encerrados casi dos días enteros —explica Lars—. Quisimos ir a por vosotros antes, pero hubo una serie de casualidades que nos retrasaron, pero resultaron ser de mucha ayuda.

—¿Te refieres a la formación de este curioso grupo? —Amaranta señala con el índice a toda la mesa.

—Sí —continúa Iggy, que mira a Amaranta con tanta intensidad que pienso que la atravesará por la mitad—. Cuando Levi activó el transmisor para poner en circulación los archivos del portátil, recibí el aviso en mi móvil. No había duda: estabais en peligro. Agatha y yo nos reunimos con Lars y Keira, porque habíamos descubierto dónde se encontraba Tristán. Por supuesto —se dirige a mí—, no nos esperábamos que tu Clan te hubiese traicionado. Llegamos bastante tarde, aunque pudimos rescatar a Sasha.

—Me habías dicho que habías huido tú sola. —Le lanzo un gesto enfurruñado a la chica.

—Si te hubiese contado la verdad, las preguntas habrían sido interminables y tu cansancio no te habría permitido encajar bien las respuestas. —Sasha se encoge de hombros y no tengo más remedio que darle la razón.

—La cuestión —recapitula Iggy—. Sasha nos contó todo lo ocurrido con Tristán, así que la aceptamos en la misión de rescataros a ambos y a Levi. El rumor de que habían capturado a Belladona del Escuadrón Espino se extendió como la pólvora, y Gorio no tardó en contactar con nosotros. Sabemos que, para Gorio, Tristán también es muy importante, y cuando supo que te habían apresado, se decidió a venir. —Miro a mi amigo que, un tanto sonrojado, remueve la morcilla de su plato—. El segundo día, la reina Matilde anunció oficialmente vuestra ejecución. Los seis estábamos planeando la irrupción en el palacio, cuando entonces aparecieron Johan y Yojimbo de la nada. Nos dijo que se había enterado de lo ocurrido y que estaba harto de esconderse. Que tú, Tristán, habías despertado en él las ansias de volver a luchar. Que la Generación Muda lo era porque así lo había dictado la reina Matilde, jugando con el miedo de sus integrantes.

—¿Ves? Eres tan valiente que todos siguen tus pasos. —Amaranta me rodea los hombros con un brazo.

—Tú también eres importante, Ami. Mira lo que hacen tus amigos por ti…

—Desde luego, tenemos unos amigos muy especiales. —Sonríe, y miramos a los demás con complicidad.

Algunos reaccionan avergonzados y otros intentan permanecer

firmes frente a nuestra apreciación, lo que provoca que Ami y yo acabemos riéndonos. Ellos se relajan, uniéndose a nuestras carcajadas. Casi parece que nuestros problemas se han desvanecido del todo, cuando las risas se van apagando y mi hermana me pregunta cuáles son mis dudas.

—Lo cierto es que quería una explicación sobre nuestro rescate. Habéis actuado de una manera muy eficaz y os lo agradezco mucho. Al fin y al cabo, habéis arriesgado vuestras vidas por un completo desconocido. —Alzo el vaso de agua, incitando a un brindis.

Amaranta levanta su jarra de cerveza y su gesto es secundado por el resto de la mesa. Alzo el rostro, algo cohibido, pero todos me atienden con una enorme sonrisa en el rostro. ¿Ellos pueden convertirse en mi futura familia? ¿Por fin descansaré de un mundo que me ha oprimido tanto? ¿Despertaré por la mañana y no me encontraré solo en una cama fría? Perdí toda mi infancia y adolescencia buscándome a mí mismo, alejándome de todos y sacrificándome por una misión que ni siquiera había escogido . Deseo recuperar el tiempo perdido.

Me siento pequeño, pero todos esperan mis palabras. He sido yo quien ha iniciado al brindis, así que no puedo decepcionarlos ahora:

—Por vosotros. Por haberos encontrado en mi camino y haberme enseñado tanto. Por continuar luchando y no decaer.

No sé si me estoy precipitando al mostrar mis emociones, pero, por un momento, me gusta pensar que al final no solo seremos Amaranta y yo de nuevo, solos contra el mundo.

—Chin, chin —dice Gorio.

Y todos entrechocamos los cristales. El brindis parece animar un poco al grupo, que inicia diversas conversaciones que poco tienen que ver con la situación tan tensa que estamos viviendo. Concluyo que nos encontramos en un espacio seguro, así que tomarnos un respiro no va a hacer daño a nadie. Sin embargo, a mi lado, Amaranta parece recogerse en sí misma, dejando de lado su jarra de cerveza.

La estudio de reojo y descubro la inquietud reflejada en su gesto.

Todavía no le ha comunicado a nadie su voluntad de marcharse conmigo en busca de la Diosa. A lo mejor no se atreve a reconocer que ha cambiado de parecer, o a lo mejor está aterrada por la reacción de sus amigos. Miro a Levi, que también la observa, preocupado.

Intento desviar la atención de mi hermana, dejándole espacio. Me entretengo atendiendo a la absurda conversación que Sasha trata de mantener con Johan. Ella parlotea y parlotea, y el Inmortal pone los ojos en blanco como contestación. Podríamos haber seguido así, ahuyentando los problemas, pero me olvido de que estoy rodeado de gente que quiere y conoce a Amaranta casi tanto como yo.

—¿Estás bien, Ami? —pregunta Iggy.

—Pareces preocupada. —Frunce el ceño Agatha.

—Hay algo… —Le pongo una mano sobre el muslo y niego con la cabeza. Ella sonríe, triste—. Hay algo que no os he contado.

El Escuadrón muestra su intranquilidad con una mirada grupal enteramente dirigida a su líder. La chica se estruja las manos, incapaz de expresar ninguno de sus pensamientos. Es la primera vez que la veo tan vulnerable y llena de dudas. No quiero ser para ella el punto de discordia que quiebre la relación con sus mejores amigos, pero ¿quién soy yo para detener sus decisiones?

—Dilo, Amaranta. —Keira se cruza de brazos, seria.

—Me voy con Tristán a buscar a la Diosa. —Alza el rostro, decidida, enfrentando cara a cara a sus amigos.

La reacción no se hace esperar. Iggy se levanta del asiento como movido por un resorte, con los ojos grises fijos en mi hermana. Algo titila en ellos, pero no sé descifrar el qué. Keira y Lars se quedan petrificados, rozando la incredulidad. Agatha extiende una mano para agarrar el brazo de mi hermana, ansiosa.

—No, Amaranta. No ahora que hemos conseguido algo —suplica Lars.

—Os he retenido demasiado tiempo. Siempre os habéis quejado en silencio de que os apartaba de la verdadera misión del Movimiento Nebulosa… Ya no debéis preocuparos. Relego mi cargo como líder del Escuadrón Espino en Iggy. —Mi hermana se vuelve hacia el chico y este responde incluso más furioso de lo que aparenta:

—¡Yo no quiero tu cargo, Ami! ¡Quiero que estés con nosotros! No nos puedes dejar así. Ni siquiera crees en la Diosa…

—No, no creo en ella. —Se incorpora mi hermana para hacer frente al tono de Iggy—. Pero creo en Tristán y eso es suficiente para mí. Hemos iniciado la lucha y yo no estaré fuera para siempre. Quiero que respetéis mi decisión, porque desde el comienzo yo he tenido el corazón dividido, ¡desde el comienzo! ¡Lo sabéis! Yo solo era esa ígnea que pretendía formar parte de un movimiento que le venía demasiado grande, apartando a su hermano de ella, intentando congregar las dos luchas en su interior. Intentando ser la mejor en ambas, pero ya no puedo... ¡No puedo salvarlos a todos!

La afirmación devasta a Amaranta, que se deja caer sobre la silla, pálida. Sus amigos la miran con dolor y Levi acude enseguida en su ayuda. Mi hermana le susurra algo que no llego a escuchar, pese a lo cerca que está. Luego le acaricia el flequillo y Levi deja caer un beso en la frente de la chica que sorprende al resto del grupo, sobre todo a Iggy.

El silencio es una losa pesada que aplasta todo nuestro ánimo y nos devuelve a la casilla de partida. Noto la derrota sobre sus hombros, la tristeza empañar sus miradas y la desesperación abrazando sus corazones. No encuentran salida, solo la alta pared de un callejón que les obliga a ocultarse o exponerse de nuevo. ¿Estas son las únicas alternativas que nos quedan?

Me niego.

—Sé que no formo parte de vuestro Escuadrón. Que he estado alienado siempre de la realidad. He pasado por tantos estados de mi vida que a veces me miro al espejo y no me reconozco. Creo que este sentimiento es mutuo. Tenemos problemas que nos destrozan por dentro y objetivos que parecen inalcanzables. Luchamos, perdemos y nos escondemos. Luchamos, perdemos y nos sacrificamos. Siempre parece que al final no hay luz. Pero os he admirado toda la vida, Escuadrón Espino. Sé que vuestra lucha nunca ha estado sujeta a ningún dios y que la mía sí. Pero yo he creído en la Diosa, me he sentido traicionado por ella y me cuestiono su decisión. Ya no sé qué esperar de ella. Pero yo estaba enfermo del corazón y su agua milagrosa en forma de Don me curó. —Me llevo una mano al pecho y la confirmación despierta a los que me rodean—. O eso creo. Hoy he utilizado la Espada de la Diosa —Levi me mira con exaltación, como si hubiese activado una parte dolorosa de su memoria—y su metal milagroso me ha otorgado un poder increíble. Esto no quiere decir que esté a favor de usar sus milagros, pero he sobrevivido a ella así que tal vez… —miro a Johan y luego a Sasha, que me asiente, decidida—. Tal vez sea un tocado por la Diosa.

—Los tocados por la Diosa son mera ficción como todo lo demás —gruñe Agatha.

—Supuestamente la princesa Ada, la princesa Cilla y la princesa Elín sí conectaron con ella. —me defiende Amaranta para sorpresa de todos.

—Amaranta —le advierte Agatha.

—¡Es solo una leyenda! ¡Desaparecieron y murieron en su última rebelión! —exclama Lars—. ¿En serio estás creyendo en esto, Amaranta?

¿Estoy conduciendo a mi hermana al desastre cuando ni siquiera ella cree del todo en sus palabras?

—Mi padre estudió a la Diosa durante toda su vida. —Se estremece Levi—. Mi padre fue quien convirtió el metal en esa Espada. ¡Yo mismo se la llevé en mano a las princesas para que escapasen de aquella torre!

—¿Cómo? —Amaranta parece asombrada.

—Un segundo. ¿Tú eres el hijo de Mirlo, el Gran Alquimista? —Gorio no sale tampoco de su estupefacción.

—¡La Diosa no existe! ¡No es un ente divino, no es la naturaleza y no es magia! La destrucción de la Tierra, sus milagros y dones tienen que tener una explicación científica. —Vuelve a la carga Iggy —. Tú misma lo dijiste, Amaranta. ¡El cambio climático! ¡La ciencia!

—¿Por qué tenemos que darle la espalda al Mapa cuando es imposible destruirlo y puede ser una oportunidad de salvación? —contraataca Amaranta, sacando el Mapa de la Diosa de su pantalón.

—¡Porque al final todo será mentira! ¡Todo es un cuento para que resguardemos todos nuestros miedos en algo que no existe! —Iggy descarga las manos contra la mesa.

—¡Ya no sé qué hacer! ¡Déjame en paz! —le espeta Amaranta.

—¿Eso quieres de verdad? —El gesto de Iggy es puro dolor—. ¡Pues me voy! ¡Estás obcecada, Amaranta! ¡Siempre dando tumbos! ¡Te he seguido ciegamente a todas partes y este es el resultado! No lo soporto más…

Iggy da un paso para marcharse, pero entonces, e inesperadamente, es Johan quien le detiene por el brazo. El silencio es devastador, pero el Inmortal obliga a Iggy a sentarse de nuevo y el chico no se atreve a discutirle su gesto. Permanecemos en ascuas, esperando encontrar cuanto antes una explicación al comportamiento de Johan.

—Es suficiente. Tengo algo que decir. —Se quita el sombrero. Es la primera vez que lo veo sin él—. Admiro vuestra labor, pero a veces me olvido de que solo sois una panda de críos. —Agatha coge aire dispuesta a rechistar, pero una mirada tensa de Johan trunca su acción—. No me malinterpretéis. Sois unos niños aún, perdidos, intentando encontrar el hogar que nunca se os ha dado. Permanentemente, estáis buscando un techo en el que cobijaros y respirar dos veces seguidas sin sentir la presión de que un inminente ataque está por venir. Sois admirables, pero os miro y solo veo que, en el fondo, no sois capaces de sobreponeros del todo a vuestras heridas. Sé que las lecciones que os ha dado la vida han sido terribles y no estoy diciendo que no seáis fuertes, justo lo contrario. Lo que quiero decir, en definitiva… es que nunca habéis visto un rayo de esperanza verdadero. El líder del Movimiento Nebulosa os lo intentó descubrir. Vosotros habéis conseguido rasgar la superficie, pero continuáis perdidos en disputas y creencias. En qué es real y qué no, porque estáis hartos de que os mientan. Pero os diré una cosa: la esperanza es algo que a veces no se puede explicar. —Y mira a Iggy, que agacha la cabeza—. Quiero mostraros algo.

Y Johan asiente hacia Gorio. Gorio responde con el mismo gesto y luego le indica a su amiga, que permanece tras la barra, que abra la puerta del fondo del bar. Todos, mudos y expectantes, oímos el crujido de las bisagras al abrirse la puerta de madera verde. Unos pasos alertan la llegada de un grupo de personas. Cierro la mano alrededor de la bellota, nervioso.

Aparecen tres mujeres. Visten similar, con altas botas de cuero, pantalones ceñidos y una especie de chalecos y chaquetas de corte militar. Las tres se parecen muchísimo y lucen una infección gris idéntica en la misma parte del cuello; solo una de ellas también en la mano derecha.

—Es imposible —susurra Lars.

Es verdad. Es imposible lo que mi imaginación está sopesando. Pero Johan lo confirma:

—Chicos, os presento a la princesa Ada, la princesa Cilla y la princesa Elín, hijas de la reina Matilde y el rey Magnus, y las segundas en inspirar con su revuelta a todo un país. Pese a toda leyenda, están vivas.

AMARANTA

EL SHOCK NOS DEJA A TODOS MUDOS. La tensión va congelándose y el calor de la discusión se desvanece con la aparición de quienes creíamos muertas. Ellas no parecen muy molestas por nuestras bocas abiertas y nuestros ojos fijos en sus cuerpos. Me permito quedarme pasmada un rato más, uniéndome al estudio colectivo que baraja si las princesas son reales, un producto de nuestra imaginación o una aparición fantasmal. Ada, Cilla y Elín se muestran ajenas a nuestra creciente estupefacción, como si nunca hubiesen desaparecido de la faz de Erain.

Creo que la situación nos conducirá de nuevo al centro de la discusión, pero no sucede. Lo que más ansío ahora es que ellas hablen, que digan algo, aunque sea una tontería. Tal vez las princesas no expresen mucha emoción, pero para los aquí presentes han supuesto un ejemplo de lucha y rebelión.

Johan avanza hacia ellas con pasos lentos, ceremonioso. Sabemos que pertenece a la Generación Muda, pero no sabemos qué cargo ostentó en su momento dentro de palacio. Lo que está claro es que era importante, porque si no, ¿quién ha contactado con las princesas? Al fin y al cabo, el Inmortal es el que nos ha dado una lección de vida, porque es cierto que las tres princesas representan, solo por el hecho de estar vivas, un rayo de esperanza verdadero.

—Princesas. —Johan se inclina ante ellas.

Las tres lo observan desde arriba. Ada enarca una ceja, Cilla se cruza de brazos y Elín aprieta los labios, aumentando su seriedad. Casi lo veo venir: una fuerte regañina por atraerlas hasta un grupo de desconocidos, una emboscada, una pérdida de tiempo. Solo que yo no sirvo para pitonisa, porque, de pronto, Ada sonríe maliciosamente.

—¡Johan!

El hombre se yergue a tiempo para recibir el abrazo de la chica. Johan, el solemne, vuelve a convertirse en Johan, el pongo-los-ojos-en-blanco. Le golpea la cabeza a Ada con leves toquecitos como quien intenta tranquilizar a un niño pequeño. Sus hermanas se relajan, pero no saludan a Johan con la misma efusividad.

—¡Yojimbo!

El caimán cabecea a un lado, tratando de aparentar indiferencia, pero Ada se arrodilla ante sus amenazantes fauces, sin miedo. Escarba en el bolsillo de su raída chaqueta y saca un ratoncito muerto. Oigo alguna que otra arcada a mis espaldas. La princesa Ada mece al animal cerca del compañero de Johan. Mala idea. Como siga así le va a arrancar el brazo. Y, efectivamente, Yojimbo abre su gigantesca mandíbula tan veloz y tan letal, que apenas somos capaces de ver si se ha comido o no el ratón.

Para nuestra sorpresa, Ada se ha movido igual de rápido y ahora está sentada sobre el sucio piso de madera, muerta de risa, sin soltar la pequeña presa.

—Ay, Yojimbo, ¡cómo echaba de menos jugar contigo!

Después de esa frase, lanza el ratoncito al aire y el caimán lo captura con los ojos entrecerrados, como si estuviese lanzando una especie de maldición a la princesa. Ada se incorpora y juraría que todos la estamos mirando con la misma incredulidad. ¿Esta loca que tienta al peligro es la princesa que se vengó de sus padres y encabezó la mayor rebelión de expirantes conocida en Erain?

Ada se levanta con un pequeño salto y se sacude los camales del pantalón. Entonces, sus ojos se encuentran con los de Levi. Lo escruta igual que hemos hecho nosotros con ella, pero mucho más descaradamente, como si no tuviese nada que esconder.

—¿Levi?

—Hola, princesa. —Levi sonríe, tímido.

—¡Levi!

La princesa lo alcanza en dos zancadas, seguida de Elín y Cilla.

—¡Qué mayor estás!

—Elín, por favor —refunfuña Levi.

—Recuerdo al pequeño Levi cuando acudía a la torre, siempre sonrojado, para traernos la comida —contesta Elín con picardía.

—¿La torre? —Keira transmite la sorpresa de todos. Bree se encarga de aliviar nuestras dudas:

—La Torre de la Condenación. Mirlo, el padre de Levi, estuvo muy concentrado en ayudarlas a huir. Les realizaba un examen médico cada semana para comprobar cuál era su evolución al estar en una habitación construida con cristal de la Diosa. Mirlo se lo propuso a la reina y esta accedió, a cambio de que fuésemos los alquimistas más jóvenes los que acudiésemos en su lugar. Es decir, Levi y yo. Al parecer, si éramos pequeños no suponíamos una amenaza real para los intereses de los reyes. Un error —determina, satisfecha.

—¿Bree?

Cilla se arrodilla frente a la chica, apoyándose en el reposabrazos de la silla de ruedas. Bree aparta la mirada, dejando que las sombras oculten parte de su rostro. Percibo la vergüenza que se adueña de la alquimista, como si todo el orgullo que ha profesado por las princesas se volatilizase por no poder luchar a su lado.

—No…

—¡Bree! ¿Qué te ha pasado? —Elín también se acuclilla junto a su hermana para poder encarar a una Bree que no lo desea.

En cambio, Ada está totalmente paralizada. Su rostro ha mudado hasta un pálido tan mortal que creo que se desmayará aquí mismo. Es incapaz de apartar sus ojos de la alquimista que continúa tratando de ocultar su piel con la ropa y de esquivar las preguntas inquisitivas de las otras dos hermanas.

—¿Eso te lo ha hecho mi madre, Bree? —En los ojos de Ada reluce el reconocimiento y siento pena.

Bree cree que ha fallado al convertirse en una expirante, al continuar bajo el yugo de la reina, estudiando los milagros y modificándolos para intentar convertirlos en dones. Pero en Ada también se puede observar la frustración por haber dejado que Bree quede en tal estado. La frustración por no haber detenido a su madre del todo.

Nil siempre repetía que las princesas nunca consiguieron su verdadero objetivo. Que eran un símbolo para el pueblo, pero que con el tiempo se quedaron en eso: una marca en la historia. Y Nil creía que había recogido el testigo que las princesas dejaron a media carrera. Por desgracia: él tampoco lo logró.

—Lo siento mucho, Bree —murmura Ada.

—No, princesa. No. Esto es mi culpa. Tendría que haberme rebelado como todos hicisteis. —Bree mira a Johan, a Gorio y a Levi. Está volviendo muy atrás en el pasado, a un lugar al que los demás no podemos acceder.

—¿Qué dices, Bree? ¡No tenías opción! ¡Eras una cría! —le dice Cilla—. ¿Preferirías haber muerto?

—Cuando la reina Matilde constituyó la Generación Muda —dice Johan—no todos escogimos la muerte. Gorio, —las princesas reparan con alegría en quien fue su cocinero principal—Suyay, Mirlo y yo decidimos vivir bajo las órdenes de Matilde y Magnus. Por una parte, lo decidimos así porque en nuestro fuero interno creíamos que podríamos luchar y derrocar la monarquía desde dentro. Pero la razón primordial era que deseábamos vivir. ¿Crees que escoger la muerte es sencillo? —dedica estas palabras a Bree—. Para nada.

Elín retoma su discurso:

—Suyay continuó luchando hasta que la hicieron enloquecer, Mirlo continuó luchando hasta que murió por ayudarnos a mis hermanas y a mí a salir de la torre, Johan escogió la soledad y Gorio… —Todos nos volvemos hacia el hombretón—. Bueno, Gorio, yo te veo muy bien. —Y le guiña un ojo.

La broma sirve para distender un poco la situación. Bree esboza una frágil sonrisa que contagia unas cuantas más. Por mi parte, estoy feliz de que la alquimista poco a poco se vaya recobrando de su enorme herida, pero me niego a creer que soy la única que reprime una curiosidad voraz por conocer más sobre el pasado de las princesas.

Mientras tratan de animar a Bree y le preguntan qué le ha causado la grave infección gris, observo a Levi. En Alente no terminó de contar su historia, no se lo permití después de sentir tanto dolor en sus palabras y sus gestos. Su padre murió al fabricar la Espada de la Diosa. Mirlo, el Gran Alquimista, se sacrificó por la salvación de las princesas y confió en el poder de la Diosa para ello. Por si fuera poco, Levi, de alguna manera, las ayudó cuando aún era un niño.

La voz de Johan, profunda y sosegada, me saca de mis pensamientos.

—Hace catorce años que no veo a las princesas. Desde su venganza. Cuando supe que habían desaparecido, las busqué con desesperación. He sido su guardaespaldas en el palacio toda la vida. Mi vida pendía junto a la de ellas. —El Inmortal le pone una mano en el hombro a Elín—. Incluso cuando dejé de servir a la monarquía, continuaba sintiendo esa conexión que me ataba a ellas. Pero el día de la rebelión, cuando se esfumaron, pude sentir que ese hilo que nos conectaba se destensaba… hasta que se desvaneció. Nunca dejé de tener esperanza. Siempre buscaba pistas, rastros que pudieran indicarme dónde podrían estar, pese a que todo el mundo decía que ellas estaban muertas. Y las encontré, pero no me atreví a inmiscuirme. Y no fue hasta que conocí a Tristán que me decidí a reunirme con ellas. —Mi hermano sonríe, agradecido—. Yo no soy quién para contar su historia —señala a las princesas—, pero creedme que, si han accedido a venir aquí, es porque les he comentado que vosotros, más que nadie, necesitáis ver la esperanza en persona.

—Estáis vivas de verdad. —Trata de convencerse Lars.

—Muy bien, Lars, no nos habíamos dado cuenta —ironiza Keira.

—Quiero decir… Nosotros formamos parte del Movimiento Nebulosa. Nuestro líder —mi amigo contrae el rostro—lo creó y murió por él. Se inspiró en vuestra rebelión.

—Johan nos ha comentado lo que habéis hecho. Sois muy valientes. —Sonríe Cilla.

—Pero no es suficiente, ¿verdad? Nos quedaremos en el olvido como vosotras —dice Agatha y todos nos volvemos hacia ella, alarmados, por la sinceridad de sus palabras—. Tendremos que huir como vosotras hicisteis.

—¡Agatha! —le recrimino.

—¿Eso es lo que piensan de nosotras? —Frunce el ceño Ada.

—La gran mayoría piensa que estáis muertas. Otros creen que os escondisteis. Unos pocos creen que os sucedió algo que os impidió volver —termina Agatha.

—Interesante… —Elín se lleva una mano a la barbilla.

—Nos vamos —murmura Ada.

—Pero, Ada, no… —comienza Cilla.

—He dicho que ya está bien. Ellos querían ver un rayo de esperanza y Johan ha creído que nosotras lo somos. Pero no es verdad, somos una mancha en un largo historial de batallas perdidas. Y ahora nos marchamos.

En sus prisas entreveo el dolor por la afirmación de Agatha. La princesa Ada, que hasta entonces ha mostrado orgullo, ahora está abatida y encorva los hombros hacia delante. Parece cargar una enorme lacra de la que no puede separarse. Coge por el brazo a Elín, que se muestra poco dispuesta a seguirla. Cilla se resigna inmediatamente, persiguiendo a su hermana mayor.

—¿Os vais ya?

—Lo siento, Johan. No esperaba… esto, realmente. —Las palabras de Ada están llenas de dolor.

—Ellos os necesitan, Ada. Ya os lo he dicho —insiste Johan.

—Es irónico, porque… Tú creías que nosotras íbamos a demostrarles que existía la salvación de Erain solo con mostrar que estamos vivas. Que seríamos la última pieza de esperanza que falta en sus puzles. Pero, ¿sabes qué? Yo solo veo en ellos una admiración marchita hacia nosotras, como si fuésemos una leyenda que se les cuenta a los niños cuando van a dormir. —De hecho, en mi familia se cuenta, pero ellas son la pesadilla. Las tres princesas del saco—. No hemos supuesto un cambio real.

Las princesas se encaminan hacia la puerta, sin que ninguno de nosotros encuentre las palabras adecuadas para que se queden junto a nosotros. Ni siquiera Levi o Bree son capaces de hallar la forma. Ada no va a entrar en razón y sus hermanas no parecen dispuestas a contradecirla. Antes de poner una mano en la manivela, Ada se vuelve a girar hacia nosotros:

—Es más, Johan, en una cosa te has equivocado. Posiblemente es la primera vez en la vida que has metido la pata. —Suaviza sus palabras y su expresión—. Les has dicho que nunca han visto un rayo de esperanza real, que ellos aún son niños que andan perdidos. Y es cierto. Son niños que buscan su verdadero hogar, pero como todos nosotros. Y es cierto, n unca han visto un rayo de esperanza real, pero porque nunca se han mirado al espejo. —Y sonríe. Mi corazón tiembla ante su afirmación—. Ellos son la esperanza que no encuentran. Porque la esperanza puede resquebrajarse y no conseguir su objetivo a la primera, pero hay una cosa que la esperanza, jamás de los jamases, haría en una persona valiente y decidida: desaparecer.

Ada se gira hacia la puerta y sus hermanas asienten, en señal de despedida. Alguien tiene que detenerlas. Alguien tiene que bloquearles el paso y pedirles que se queden un rato más, que nos relaten su historia y que nos empujen de nuevo hacia Erain.

—¡Esperad! —Como siempre, mi hermano el salvador de situaciones tensas—. Esperad, por favor…

Las princesas se giran hacia él. Tristán parece más pequeño que nunca, cabizbajo. Juguetea nerviosamente con el collar de la bellota. Le coloco una mano en el hombro y aprieto para infundirle ánimo. Él sonríe, con la mirada puesta todavía en el piso del local.

—¿Sí? —pregunta Elín, con un timbre de optimismo en su voz.

—Mi nombre es… —Suspira y coge aire. Se le encienden las mejillas cuando alza el rostro—. Mi nombre es Tristán. He sido un ígneo durante más de la mitad de mi vida. Durante esa etapa tanto mis padres como mis profesores me instruyeron en que el Dios de la Corona Ardiente era la única creencia posible. Que la Diosa era nuestra enemiga mortal. Que la división de la sociedad era una forma eficaz de conducirla y que la reina Matilde era una pobre víctima de vuestra venganza. Luego me convertí en un renegado. Creí que la Diosa era buena y la única solución a mis problemas. Dejé de creer en todo lo que me habían contado, pero tampoco fui capaz de adquirir conocimientos nuevos, así que salir de mi ciudad, Cumbre, fue un bofetón. Me han engañado y traicionado. He estado al borde de la muerte. He conocido la verdadera historia de este país. He visto la cara negativa de la Diosa, pero sigo creyendo en su poder sobre la Tierra, aunque pretenda destruirnos por nuestras acciones. Es por eso que… es por eso que voy a ir a buscarla y pedirle por nuestra redención. Por una segunda oportunidad.

—¿Y cómo harás eso, si se puede saber? —Cilla frunce el ceño.

—Con el Mapa de la Diosa.

Las princesas se miran entre ellas, inquietas. Luego escrutan a mi hermano. Sabemos que la reina Matilde ha buscado el Mapa durante toda su vida para encontrar a la Diosa y darle un final. También que las princesas supuestamente usaron a la Diosa en pos de su venganza.

—¿Tú tienes el Mapa?

Ada se aparta de la puerta y se dirige hacia mi hermano, muy decidida. En el último momento, previendo que la princesa cogerá de la chaqueta a Tristán para presionar, me interpongo entre ambos para que no lo logre.

—Le tocas un pelo a mi hermano y te dejo sin los dedos de la mano.

—No le iba a hacer daño.

—¿No te ibas? ¿No ibais a huir de nuevo? —La provoco, porque estoy harta de tanto misticismo.

—¿Cómo te atreves a decir eso después de lo que os ha dicho Ada? —me espeta Elín, que se acerca a nosotros junto a Cilla.

—¿Tengo que pedir perdón porque huyáis? Sinceramente, no nos podéis echar la culpa de no saber por qué desparecisteis y que nos imaginemos la razón. No puedes encarar a mi hermano de esa manera solo porque tengamos ese dichoso Mapa.

—Nos habéis traído aquí por una razón, ¿verdad?

—Nosotros no teníamos ni idea de que estabais aquí. Hemos venido a Trampte huyendo de vuestra madre. Johan, ¿puedes explicarnos qué está sucediendo?

El único que ha contactado con ellas y las ha traído hasta la guarida ha sido él. Las princesas han sospechado de nosotros desde el comienzo, por eso se han mantenido tan al margen. Por eso ahora se apresuran en irse. Ocultan un secreto que no quieren desvelar. O no pueden. De todas formas, mi labor es extraer información. Ellas tienen algo que ver con la Diosa, y si a Tristán y a mí nos sirve, voy a ser imparable.

—Creo que os he tendido una pequeña trampa inocente a todos. ¿Podéis sentaros?

Accedemos a regañadientes, pero no lo hacemos hasta que Yojimbo gruñe. No he visto al caimán en ataque, pero parece tener un alto grado de diligencia y me niego a enfrentarme desarmada a un animal así. Las princesas se acomodan en unas sillas próximas a nosotros pese a la mutua irritación que nos profesamos. Luego le dedicamos una mirada enfadada a Johan, que suspira ante la tensión que no solo han creado nuestras palabras, sino también las suyas:

—Todas las pistas sobre el paradero de las princesas conducían hasta aquí. No solo han existido siempre rumores de muchas personas que aseguran haberlas visto pasear entre las calles del sur de Erain, sino que también existe una leyenda en torno a la Quiebra de Trampte. Desde hace muchos años, los pescadores de esta ciudad cuentan que cada dos semanas un enorme barco atraca en el puerto, está unas horas y luego se marcha. La gente no suele acercarse a la costa por las fuertes marejadas, así que pocos más pueden corroborar la visión de estos pescadores a los que toman al final por cuentistas.

» Esa leyenda no se diferencia de muchas otras, pero yo ya había vivido situaciones que parecían sacadas de un cuento, así que le otorgué la credibilidad que merecía la historia. Indagar sobre el Mapa de la Diosa ya fue mucho más complicado. Pensaba que si conseguía relacionar ambas entonces hallaría la respuesta. Y, de hecho, así fue. Hay personas muy ancianas, escondidas, silenciando el secreto que oculta ese Mapa del que nadie quiere hablar, pero que lleva vagando por Erain durante muchísimo, muchísimo tiempo. No has sido su único portador, Tristán. Ha habido más, mucho antes que tú, pero que, al parecer, no lograron hallarla. —Mi hermano titubea, tal vez dudando de por qué el Inmortal no le había contado todo esto antes, pero Johan continúa—. Conseguí averiguar que el Mapa indica que la Diosa se encuentra en una isla cerca de la Quiebra. Así que me pregunté: ¿qué hacen tres princesas de Erain, un barco fantasma en la Quiebra y la Diosa tan cerca de esta costa? Si realmente estaban vivas, ¿dónde podrían esconderse tres princesas que cualquiera reconocería?

—En un barco —dice Iggy.

—Johan. —Se alarma Ada, pero el Inmortal no se detiene.

—Pero si el mar de la Quiebra es imposible de surcar, ¿por qué se esconderían en un barco en alta mar?

—¿Porque es el lugar menos peligroso para ellas, aunque suene ilógico? —Lo intenta Bree.

—Porque buscan a la Diosa. —Tristán parece dar en el clavo.

—¡Basta! —Ada pierde la paciencia—. ¿Para esto nos has traído Johan? ¿Para intentar exponer nuestras vidas ante unos desconocidos desagradecidos? —La princesa rebosa rabia y tampoco la culpo. Las hemos arrinconado y ahora tratamos de extirpar su historia como si esto fuese un juego.

—Intento que os ayudéis mutuamente —explica Johan, muy serio.

—Nosotras no estamos buscando a la Diosa —espeta Ada.

—Pero sí os ocultáis en ese barco, ¿no? —tantea Levi.

La princesa Ada coge aire y Elín agarra su mano, infundiéndole ánimo. Cilla posa su mano sobre la espalda de su hermana mayor. Ada no sabe dónde dejar caer las manos, los ojos y todos sus pensamientos. Se siente emboscada y totalmente desorientada. Le lanza una mirada afligida a Johan, pero el hombre sabe encajarla.

—A lo mejor ya es hora, Ada —murmura Elín—. Hemos estado mucho tiempo esperando poder romper nuestras cadenas.

—Tú misma lo has visto y dicho: ellos son la esperanza —apoya Cilla lo que sea que Elín esté insinuando.

—No quiero que nadie nos rescate. Quiero rescatar a los demás… —La voz de Ada se quiebra, pero escuchamos perfectamente su súplica.

«*No puedes salvarlos a todos*». ¿Puedo tener yo la misma herida que Ada? ¿Siente que ha fracasado al tener que dejar la lucha de la misma manera que yo sufro cuando alguien perece a mi alrededor? ¿Estamos en el mismo bando y nos hemos peleado por puro orgullo? Todas estas dudas en mi cabeza tienen una única respuesta: sí.

—Si estáis buscando a la Diosa, pero hay algún inconveniente, yo os sirvo. Porque he sobrevivido a dos de sus dones.

—Eso es imposible —dice Ada.

—Uno me salvó la vida y la Espada me ayudó a rescatarlos a todos ellos.

—¿La Espada de la Diosa? ¿La que yo misma utilicé? ¿Y sigues vivo? —Ada empieza a concentrar tanta ira que temo que explote.

—Soy igual que vosotras —tienta Tristán, con la voz temblorosa.

—No, porque tú sigues vivo. Nosotras dimos algo a cambio. ¡Y no solo lo digo por estas infecciones que nos marcan la piel!

—Ada, estás perdiendo los nervios —insiste Cilla.

—Esto es increíble. —Ada hace ademán de marcharse de nuevo, pero entonces reacciono yo.

—¿Qué tenemos que hacer para demostrarte nuestra sincera voluntad de ayudar a este país como tú también lo pretendiste para que nos tiendas una mano?

Y una idea descabellada y desesperada me cruza por la mente. Recuerdo la misión en Bun y las palabras de Levi: «*Puede que solo la Diosa sea capaz de vencerse a sí misma* ». Casi bajé hasta aquellas minas con la intención de utilizar el metal milagroso para intentar destruir el Mapa. Sin embargo, ahora no tengo que arriesgarme tanto para poner en jaque toda esta situación.

Me dirijo al cúmulo de mochilas, bajo la atenta y perpleja atención de los demás. Agarro la empuñadura de la Espada. Una débil descarga me cosquillea en los dedos. No lo pienses, Amaranta. Saco el arma de la vaina, mientras todos me preguntan qué narices pretendo hacer. Mi respuesta no se hace esperar. Soy tan rápida que ni siquiera Tristán, al que tengo más cerca, es capaz de detenerme. Imito lo que mi hermano ha hecho en plena batalla y paso la palma de la mano por el filo. Todas las sensaciones del universo me embargan y la hoja resplandece, dorada. Saco del bolsillo de mi pantalón el Mapa, lo despliego frente a todos y, en un visto y no visto, lo ensarto por la mitad con la Espada de la Diosa.

El metal consigue traspasar el papel que creíamos modificado para ser indestructible. La Diosa se vence a sí misma. Levi tenía razón. Oigo el grito de Tristán, pero rasgo el papel repetidamente con la Espada hasta que lo convierto en trizas. Mi hermano llega hasta mí, me hace soltar lo que queda de Mapa y la Espada, y luego me mira con rabia.

—¿Qué has hecho? ¿Qué narices has hecho? —Las lágrimas comienzan a brotar de sus ojos, mientras recoge los pedazos de un Mapa que, de pronto, se convierte en cenizas.

Ni siquiera me pregunto cómo es posible.

El poder que he consumido mientras he sujetado el arma se desvanece de golpe. Es como si no solo se hubiese llevado consigo su poder, sino también parte de mi vitalidad. Desde luego, esto no es ciencia.

Notando la frente perlada de sudor y la visión borrosa, centro mi atención en Ada, que mantiene su desconcierto fijo en mí. Alzo un brazo y la señalo con determinación.

—Ya no existe el Mapa. Ya no existe lo que pensamos, creyendo o no en la Diosa, que es una oportunidad de salvación. Tal vez la única. Navegáis por ese mar indomable, ¿no? Pues si no nos lleváis hasta ella, ahora nos puede destruir sin problemas. Y con destrucción, ya no hay sociedad que valga.

Y me dirijo escaleras arriba, hacia las habitaciones de la posada, dejando a todo el mundo con la palabra en la boca, buscando el consuelo de una almohada mullida. Un rincón donde ahogar mis lágrimas.

Toda la posada debe haberme escuchado gritar contra el almohadón. Toda mi vida intentando aplacar mis sentimientos y ahora tres malditas princesas han desmoronado todo mi trabajo. Al menos no les daré el gusto de verme llorar. ¿Qué he hecho? He destruido el Mapa de la Diosa. ¿Y qué más? Usado un Don de la Diosa otra vez. La Espada que usó Ada para combatir en su guerra. Que usó Tristán para rescatarme de la ejecución. Me coloco de lado en la cama y levanto la mano. Los rayos de sol de mediodía se cuelan entre mis dedos y veo las motas de polvo surcar el espacio. Yo también quiero ser una mota de polvo sin importancia. ¿Se me infectará la mano como pasó con mi pecho? Seguramente.

Me giro de nuevo sobre mí misma y escondo la mano culpable bajo las sábanas. Comprendo la gravedad de las heridas de todos, pero entonces, si lo hago, ¿por qué me peleo con ellos? ¿Por qué tengo que enfrentarme a Iggy, a las princesas y a mi hermano? ¿Por qué tengo que aguantar sus reproches y miradas de rabia si todos estamos en el mismo bando? ¿Por qué siempre necesitamos una prueba fehaciente de que alguien no nos va a traicionar para confiar en esa persona?

Suspiro. La última pregunta hace eco en mi mente. No puedo atreverme a cuestionar la confianza de los demás cuando yo he tratado a la gente como desconocidos peligrosos desde la muerte del Movimiento Nebulosa. No tengo derecho a juzgar. Nadie lo tenemos.

Unos golpecitos en la puerta me mosquean. No tengo ganas de hablar con nadie. Solo quiero quedarme aquí encerrada hasta que alguien decida proponer una solución viable para todos. ¿Apatía? Bueno, tal vez una mezcla de ella con el cansancio.

—Adelante.

—Amaranta…

Levi. Me reincorporo sobre la cama, tratando recuperar la firmeza de mi característica fachada. ¿Ni siquiera en un momento así voy a ceder del todo?

—¿Qué haces aquí?

—Deberías bajar.

Tal vez sí. Han pasado horas, pero algo en mí continúa reticente. Se acerca sin que yo me oponga y se sienta en la esquina de mi cama.

—No pienso hacerlo.

—Lo que has hecho…

—Lo que he hecho ha estado fatal. Me acabo de reencontrar con mi hermano después de robarle el Mapa y lo único que hago es romper su última esperanza. Delante de sus narices.

—No te negaré que ha sido sorprendente lo que has hecho ahí abajo. Pero ha funcionado, Ami. —Y sonríe tan ampliamente que, no sé si es porque está insinuando que he conseguido el favor de las princesas con mi acción o porque me resulta irresistible bajo la luz del sol, pero me lanzo contra su cuerpo, buscando sus labios.

Él me rodea la cintura. Trata de decir algo, tal vez pretende que paremos y que nos apresuremos a bajar, pero no se lo permito. Mi presión es tan firme que nuestros dientes entrechocan. Él gime por el tropiezo; eso solo me excita más. Le muerdo el labio inferior, arrastrando la piel con suavidad. Levi me echa sobre la cama y se pone encima con las piernas alrededor de mi cuerpo. Me escruta, mientras aparta unos mechones cortos que se han arremolinado alrededor de mi sonrojado rostro. Noto el calor y los escalofríos recorriendo cada nervio de mi cuerpo. Lo atraigo hacia mí, salvando la distancia, deseando más de él. Mentiría si dijese que nuestra noche en el palacio de la reina Matilde fue suficiente. Mentiría enormemente.

Le desabrocho la camisa y Levi se la termina de quitar. Llevo las manos a su pecho, pasando las yemas de los dedos por el perfil de sus infecciones. Levi se impacienta, agarrando parte de mi cintura con una de sus manos, y yo dejo caer los brazos. Recorre sus labios por mi brazo derecho que me roba algunos jadeos. Se entretiene en mi cuello con algunos pequeños mordiscos que avivan los escalofríos. La mano sobre mi cintura tantea el bajo de mi camiseta hasta introducirla, repasando mis curvas lentamente.

Alzo mi rostro para capturar sus labios en un beso muchísimo más intenso que los anteriores. Pretendo perderme en su cuerpo para olvidar lo demás, cuando alguien llama la puerta, interrumpiéndonos.

—¿Ami? —Es Tristán.

Levi se incorpora tan veloz que a mí me cuesta unos segundos más reaccionar. Me arreglo el pelo y me estiro la camiseta hasta que se oye un crujido en la tela. Me siento tan erguida que Levi me niega con la mirada, advirtiéndome lo mal que estoy aparentando normalidad. Pero yo no sé reaccionar de otra manera y cuando Levi se abrocha el último botón de la prenda, accedo a que Tristán entre.

Desde luego, mi hermano no es tonto. Yo sigo como una estatua, sentada. Levi se apoya en el pie de cama como si hubiese aparecido ahí por casualidad. ¿Y yo finjo mal? Tristán no puede evitar reírse en voz alta, algo que tendría que haberme arrancado la vergüenza, pero que en realidad me tranquiliza. Verle tan sereno me da una oportunidad de buscar su perdón, de que continúe tan feliz como ha estado en el comedor.

—Podéis relajaros, no he visto nada.

—Pero ¿qué insinúas? ¡No digas bobadas! —Yo, desde luego, tengo boca para pifiar los planes.

—Amaranta, está claro que no sabemos disimular —se resigna Levi.

Le lanzo una mueca para que pare de estropear nuestra pantomima. Pese a que, por supuesto, Tristán no se la ha creído desde el comienzo.

Mi hermano se ríe de nuevo ante nuestro absurdo balbuceo. Niega con la cabeza, sentándose en la cama, frente a nosotros. Doy por concluida esta vergonzosa parte del día, esperando a que

Tristán nos diga qué hace aquí. Aunque supongo que, como ha intentado Levi, vendrá a convencerme de que baje al comedor de la posada.

—Siento haber reaccionado como lo he hecho, Ami. Es solo un trozo de papel…

—Es un trozo de papel que indica dónde está la Diosa —añado. No merezco que sea amable conmigo.

—Con mi sentido de la orientación, desde luego nos habríamos perdido. —Tristán está haciendo un esfuerzo por quitarle peso al asunto y aguardo—. Me ha costado unos minutos entenderte, Ami, pero como siempre. Actúas impulsivamente y, a veces, ni te detienes a pensar en las consecuencias. Sé que en el momento piensas que es el mejor plan que has ideado nunca, pero no siempre sale bien.

—Las princesas se han ido.

—No. Las princesas se han quedado. Las has convencido.

Ladeo la cabeza como un animalillo confuso. ¿Qué las he convencido? ¿En serio? ¿Ha sido tan sencillo como romper un trozo de papel? Sigo sin entender el fervor de las princesas por la Diosa, pero ninguno de nosotros estuvimos dentro de la Torre de la Condenación para saber qué demonios sucedió allí catorce años atrás.

Y como si Tristán me hubiese leído la mente, retoma el hilo de mis pensamientos.

—Las princesas tienen un vínculo muy fuerte con la Diosa. Nadie supo realmente qué ocurrió al final de su venganza, por qué desaparecieron. Ni siquiera sabemos cómo comenzó todo. Tampoco Levi, y eso que era una especie de asistente personal para ellas.

—El día que les entregué la Espada de la Diosa es un retazo borroso en mi memoria. Creo que no fui consciente de lo que hacía, como si una energía me hubiese poseído. Sé que suena a locura, pero mi padre me repetía lo valiente que había sido al ayudarlas hasta que murió por las infecciones. Mi madre no quiso tratar el tema de nuevo, sobre todo, porque la reina Matilde nos destinó a Bun al conocer la traición de mi padre.

—Lo siento mucho, Levi. ¿Esta era la parte de la historia que aún no me habías contado? —Él asiente como respuesta y no presiono más.

—La Espada de la Diosa se perdió después de la rebelión. Pero, de una manera u otra, llegó hasta manos de Suyay en Cala Verde. Cuando ella se enteró de mi existencia, le dio el Don a Judah y a Sasha para que yo lo utilizase. Para Suyay ser un elegido es igual que ser un tocado por la Diosa. Así que ella, simplemente, creyó que me estaba ayudando. Como tú, cuando me diste las pastillas rojas.

—Eso… Tristán…

Y le cuento cómo nuestros padres intentaron asesinarme después de la Criba con esas pastillas hechas con agua de la Diosa y cómo, sin preverlo, sobreviví a ellas. Le expreso mi extrañeza de por qué nunca nuestros padres me mataron después de descubrir que no lo hacía el Don que habían encargado fabricar. Sin embargo, reincido en el alivio que sentí por continuar viva y, lo mejor de todo, por dejar de sufrir del corazón. Hago mucho hincapié en la razón por la que se las entregué, pese a saber que tenté a su rechazo total.

Tristán contrae el rostro por la tristeza y se levanta para darme un fuerte abrazo. Lo estrecho con una sonrisa, acariciando su corta melena castaña. Su mejilla, que ya advierte el nacimiento de la barba, me hace cosquillas en la mejilla.

—Tú también estás sano y vivo.

—Sí. Hemos sobrevivido a la Diosa dos veces.

Aparto a Tristán para mirarle a los ojos directamente, decidida:

—Sobreviviremos una tercera.

Mi hermano expande su sonrisa y no puedo evitar darle un beso en la mejilla. Me sorprende lo rápido que se curan mis heridas cuando las dejo al cuidado de alguien a quien quiero. Me han bastado unos minutos con Levi y Tristán para sentirme henchida de fuerzas de nuevo. No sé qué me espera al bajar las escaleras, pero, desde luego, lo voy a enfrentar cara a cara como he hecho siempre.

Tristán me coge de la mano, sin una palabra más, y me arrastra fuera de la habitación. Levi me sigue por detrás, sonriendo, complacido. El plan está en marcha otra vez y veo la satisfacción en los rostros de los que están decididos a llevarlo a cabo. Descendemos al piso de abajo, donde todos permanecen en su sitio, como si el tiempo se hubiese detenido desde mi ausencia. Las tres princesas dirigen sus férreas miradas hacia mí, no con odio, sino con arrojo. Van en serio, esta vez concluiremos lo que hemos empezado.

—Amaranta, —Levi y Tristán me dejan frente a Ada, que ha avanzado un paso en una especie de inclinación—siento mucho cómo he reaccionado.

—Te disculpo y, por favor, perdóname tú a mí también. —Ada me dedica una mirada sorprendida, como si no estuviese acostumbrada a que alguien ceda tan rápido—. Todos queremos encontrar la salvación, pero a través de nuestros métodos. Somos personas que nos hemos acostumbrado a luchar solas. La discusión tampoco ha estado mal, la pluralidad es necesaria, ¿no?

Y le golpeo el hombro con camaradería. Escucho a sus hermanas contener el aliento y casi me arrepiento del gesto, cuando Ada estalla en una carcajada. Yo también sonrío, pillándole el truco al carácter de la princesa. Es tan extraña y única que es imposible no admirarla en cierta manera.

—He pasado de desear arrancarte la cabeza a querer abrazarte —se sincera Ada, y veo a Johan estampar la palma de su mano contra su frente y a la princesa Elín poner los ojos en blanco—. Siéntate a mi lado, Amaranta, mis hermanas y yo queremos contarte el resto de la historia.

Pone una mano en mi espalda y me conduce suavemente hasta la mesa. Cuando me siento, paseo la mirada encontrándome con alguna sonrisa, miradas de aprobación y gestos de apoyo. Me alivia que Iggy me guiñe un ojo, aunque lleva los auriculares puestos con la música siendo un murmullo para nosotros.

—Amaranta, mis hermanas y yo sí somos las dueñas de ese barco. Atracamos dos veces al mes por la noche para recoger víveres y volvemos a alta mar sin detenernos más de lo necesario en tierra. Pero no estamos buscando a la Diosa, la estamos protegiendo.

—¿Protegiendo? —repito como si la palabra fuese totalmente desconocida para mí.

—La leyenda que se extiende por Erain es prácticamente cierta. La parte de las venganzas sucedió tal cual —prosigue Elín—. Sin embargo, solo se dice que nosotras utilizamos a la Diosa para conseguir nuestros fines, pero lo que en realidad hicimos fue pactar con ella.

—¿Pactar el qué?

—Fue la vivencia más extraña de nuestras vidas —retoma Cilla—. Nuestra habitación de la torre estaba recubierta con cristal de la Diosa. Mirlo, el padre de Levi, nos dijo que podíamos "contactar" con ella a través de la meditación, entrando en sintonía con la naturaleza. Ella nos habló, Amaranta.

—Nos dijo que nos otorgaría poder. —En la voz de Ada se nota la emoción—. Que cada una podríamos pedir una especie de deseo para conseguir librarnos de las cadenas que nos ataban. Que nuestra lucha no iba a ser en balde. Fue entonces cuando nos dijo que era necesario un pacto. Un pacto que reafirmase nuestra voluntad para con ella y nuestro pueblo. Se podía tener todo, si sacrificábamos algo.

—A vosotras mismas —susurro, impactada por la historia.

—Su petición, a cambio de otorgarnos un deseo a cada una, fue que la protegiésemos. Que protegiésemos el lugar donde ella reposa y descansa de la humanidad. Que no permitamos que nadie la alcance. Ni siquiera nosotras tenemos permitido acercarnos a su terreno —concluye Elín.

—Pero, ¿cómo os habló? —La incredulidad se hace con mis palabras—. Es decir, ¿se personificó allí? ¿Es un espíritu? ¿Es…?

—Es la Magia, Amaranta. Magia, pura y dura. Magia que se encuentra en los elementos vivos y en los inanimados. La respiramos y sobrevivimos gracias a ella. Pero se ha cansado de darnos vida, es así de sencillo, aunque suene cruel. —Ada apoya la mejilla en su mano.

Debo estar soñando. Es la única explicación. ¿Magia como la de los cuentos? No puede ser.

—Vale, voy a intentar ser tolerante y acceder a que la Magia, no lo que se entiende por una divinidad ni ningún otro ente, sino la Magia, la que todos soñamos con que exista, se ha hartado de que la sobreexplotemos y ahora quiere destruir la humanidad entera. En serio, ¿la Magia como tal?

—¿Y por qué no? Le queremos dar explicación a todo. Sentir que tenemos bajo nuestro control incluso lo que se escapa de nuestra comprensión —comienza Cilla—. El ser humano ha llegado a la conclusión, a lo largo de toda la historia, de que su única fuente de poder la otorgan la corrupción y la supremacía.

—Pero entonces, ¿por qué la Diosa desearía que la encuentren? ¿Por qué existía —recalco porque yo lo he destruido—ese Mapa?

—Es una cuestión que se quedará sin resolver, desgraciadamente. Pero es real. Tal vez quien trazó el camino llegó hasta ella. Tal vez quiso que este pedazo de papel perviviese. Tal vez sucedió algo más grande antes de que nosotros tuviésemos conocimiento. —Se encoge de hombros Elín—. La cuestión es cómo algunos arrebatan a otros lo que creen que es suyo, unas ideas que no deberían convertirse en un arma de guerra, y lo transforman para dominar. Un Dios de la Corona Ardiente para someter a la gente que no esté a favor. La figura de la Diosa para engañar a sus seguidores para que mueran por su causa.

—Por eso quedan pocos dispuestos a luchar.

—Pero nos habéis mostrado que la sociedad puede crecer y cambiar. ¿Quién diría que unos ígneos de nacimiento se convertirían en las dos fuerzas de lucha más potentes que tiene Erain en los días que corren? —¿Es orgullo lo que noto en la voz de Ada?—. Es por eso que vamos a intentar llevaros hasta la Diosa.

Estoy atónita. ¿Acaba de acceder? ¿Tristán tiene razón y las princesas nos van a conducir hasta la Diosa, la Magia o lo que sea? La historia revela un secreto oculto más allá del conocimiento de la reina Matilde, mucho más lejano que nuestra historia en general.

—¿De verdad?

—No sabemos qué encontraremos más allá, pero si alguien señaló el camino es por algo.

—Es probable que muramos en el intento. —Ada no parece muy

afectada ante sus conclusiones—. Pero, ¿sabes, Amaranta? Hay luchas por las que estamos dispuestas a volver a sacrificarlo todo.

Alterno la mirada entre Tristán y las princesas. Mi hermano me abraza por la espalda y unas lágrimas cálidas y gruesas rodean mi rostro. Lo hemos conseguido; hemos conseguido llegar a la casilla final después de tanto sacrificio.

—Amaranta, —Ada se incorpora—partiremos al anochecer, será mejor que te despidas de tus amigos.

Es medianoche y hace un frío que cala hasta los huesos. Me froto los brazos, intentando entrar en calor, pero no lo consigo. Le doy la espalda al mar. El salitre se me pega a la piel. Está tan embravecido que el terror me colapsa. Las princesas habían atracado lejos de la orilla por la mañana, pero ahora el barco nos espera cerca de la costa, como una sombra colosal, creadora de las leyendas de las que los pescadores hablan. Si no te fijas del todo, parece formar parte de la oscuridad. ¿Será el propio barco el que se camufle para pasar inadvertido? Sacudo la cabeza.

Elín me ha explicado que no podemos ir todo el grupo hasta la tierra de la Diosa. No me ha dado unas razones específicas, pero tampoco quiero forzar a la suerte. Nos han concedido, al menos, un acompañante a Tristán y a mí. Mi hermano ha terminado por escoger a Sasha. Gorio y Johan le han dicho que ellos deben quedarse en tierra para intentar determinar qué hacer después de haber destruido el palacio de la reina y expuesto algunos de sus archivos secretos. Tristán no parece muy afectado por la despedida, si bien el adiós con los dos hombres es bastante emotivo. Incluso Yojimbo, el caimán feroz, parece apenado por su marcha.

Sin embargo, para mí ha sido una elección cruel. Dejar a cualquiera de mis amigos me ha supuesto un imposible. Los quiero a todos de la misma manera que los necesito. No puedo prescindir de ninguno de ellos, pero tanto ellos como yo sabemos, casi al mismo tiempo, a quién voy a elegir. Bree se acerca hasta mí y me aprieta la mano, infundiéndome ánimos. Luego se dirige hacia las princesas. Levi se aproxima y me susurra que ya es hora de despedirme de Keira, Lars, Agatha e Iggy. Los tres primeros están muy cerca de mí y me echo a llorar cuando Keira me estrecha entre sus firmes brazos.

—Ayudad mucho a Gorio y a Johan. Cuando menos lo esperéis, estaré con vosotros.

—Ten muchísimo cuidado, Ami. —Pocas veces Keira usa mi diminutivo y eso hace que empape más aún la chaqueta de mi amiga—. Siento todo lo que ha sucedido desde que salimos de Cumbre, pero…

—Está bien, Keira. Siempre juntos, ¿no?

—Por supuesto. —Y ella sabe que me refiero también al silencio y la soledad que cada día golpean su corazón por no mostrar las heridas que la hacen sangrar.

Lars me coge de la mano y me arrebata de los brazos de Keira. Da unos leves golpecitos sobre mi cabeza y sonríe. Me mece como lo haría un hermano mayor y el cariño provoca que lo apretuje más contra mí.

—Nuestra familia nunca se romperá —me dice.

—Nuestra unión es inquebrantable.

—No queremos perderte.

—Chasquea, porque ya he regresado. —Intento sonreír, pero mi propia broma se vuelve en mi contra con más lágrimas.

—Ami… —susurra Agatha.

—Oh, Agatha. —Extiendo los brazos hacia ella—. Ven.

La niña, porque solo es eso, una niña, se abalanza sobre mi cuerpo. Le acaricio los largos mechones pelirrojos, que ahora parecen del color de la sangre en medio de la negrura. Agatha se limpia las lágrimas en mi chaqueta de parches antes de alzar el rostro.

—Gracias por salvarme. Por salvarnos.

—Gracias por salvarme tú a mí.

—Vuelve, por favor. Vuelve…

—Eso haré. —Y en ese momento sueno tan segura que me estremezco. No me he ido y ya estoy deseando pisar tierra de nuevo.

Me separo lentamente de Agatha, asegurándome de que mi amiga se ha recompuesto de la despedida. Solo falta Iggy, que permanece alejado del grupo, con los largos mechones de su flequillo caoba arremolinándose en su frente. Me acerco y le rozo el brazo para advertirle de mi presencia. Iggy se gira hacia mí con los ojos plagados de lágrimas.

—Iggy…

Me calla, acercándome a su cuerpo. Rodeo el suyo hasta que casi nos fundimos en una sola carne. Cómo lo voy a echar de menos. ¿Seré capaz de continuar sin él? Iggy rompe a llorar sobre mi cabeza y yo dejo que las lágrimas broten también entre sollozos contra su pecho. Es tanto lo que nos profesamos que por un momento dudo de mi elección. Pero no quiero llevarlo conmigo, no quiero arriesgar su vida por una convicción propia. Es el motivo que ha determinado mi elección sobre Levi. Porque el alquimista cree en la Diosa, pero Iggy solo cree en mí. No puedo arrastrarlo. Sería injusto.

Le doy un sutil beso en la camiseta y él me responde con otro en la frente. Roza con las yemas de sus dedos algunos cortos mechones que se arremolinan en mi cara. Acaricio la parte alta de su espalda. Nos miramos y juraría que, por un instante, el mundo se detiene. Todo y todos, y que solo existimos ambos. Pero las agujas del reloj se ponen en marcha cuando Iggy sonríe, se inclina y deja caer un beso en la comisura de mis labios. Es un leve roce, tan sutil como electrizante. Y por fin lo entiendo. Más bien, lo siento.

—Te quiero —musita.

—Y yo a ti.

—¡Amaranta!

Me llama Ada desde la pasarela del barco. Iggy y yo nos lanzamos una última mirada, nos damos un apretón de manos y entonces, doy media vuelta. No me giro para mirarle de nuevo, porque si lo hago, no seré capaz de continuar. Rozo las manos de mis amigos cuando paso por su lado y ellos se despiden de mí en susurros. Alzo una mano en dirección a Bree, Johan y Gorio, que asienten a modo de contestación.

Levi me coge de la mano en dirección al barco. A *La Venganza*. A medida que me acerco a él más impresionante me parece, recortada su silueta por la luna. Es un imponente navío del tipo que solo he visto en ilustraciones de novelas muy antiguas. La madera robusta y oscura transmite experiencia y en sus mástiles se repliegan tres gigantescas velas blancas. Un cuarto mástil, casi horizontal, sobresale de la cubierta por la proa. Es como un indicador que señala que siempre hay que ir hacia delante, sin desfallecer. Me quedo prendada de la figura que decora la proa. Viste un vaporoso vestido, cuyos pliegues están cincelados con maestría. Señala al frente con un brazo firme. Con semejante mascarón cualquier vigía podría identificar quién se aproxima.

Cuando llegamos a cubierta, Ada, Cilla y Elín se ponen a dar voces. La tripulación reacciona de inmediato. Recogen la pasarela y mi primer impulso es correr hacia el extremo desde el que alcanzo a ver a mis amigos perfectamente. Me agarro a la madera de la baranda sintiendo el mar mecer el barco con violencia. Keira, Agatha, Lars e Iggy alzan los brazos, sacudiéndolos y gritando palabras que no me llegan a causa del feroz rugido de la marejada.

—¡Vamos, pescadillas, la Diosa no nos lo va a poner fácil! ¡Todo a babor!

Los gritos de los hombres y las mujeres que trabajan a las órdenes de las princesas se hacen escuchar por encima del mar. Desatan cabos, tensan cuerdas e izan las enormes velas que enseguida dejan que el viento las hinche y conduzca el barco contra las olas. Antes de que Ada nos ordene que entremos a los camarotes, me apresuro a despedirme de mis amigos con toda la efusividad posible hasta que el navío vira tanto que los pierdo de vista.

Ya no hay vuelta atrás, estamos, oficialmente, en busca de la Diosa.

Tristán tiene la tez teñida de un pálido verdoso muy alarmante. Con una mano sujeta el collar de bellota y aplasta la otra contra su estómago, conteniendo sus ganas de vomitar. Mira el techo de madera, intentando encontrar un punto que mantenga su mareo en equilibrio y desparezca. Sasha, en cambio, parece encantada de estar aquí. Nos ha contado que lo que más ha ansiado durante toda su vida ha sido la libertad y, aunque Tristán me hubiese confesado que ella casi le traiciona por esa razón misma, no cargo en su contra. Si Sasha se encuentra con nosotros es porque Tristán ha solucionado sus problemas con ella.

El barco cruje y se tambalea de nuevo bruscamente. Me veo lanzada hacia la pared y Levi me sujeta por el brazo, pero solo consigue que ambos caigamos contra la cama. Nos incorporamos, mientras escuchamos las órdenes de las princesas en cubierta y los pasos de la tripulación ir de un lado a otro. No entiendo mucho de barcos ni del mar, pero si la situación es tan grave como la que se está sucediendo, comprendo por qué las princesas están hartas de navegar.

—¿Os dais cuenta de que estamos fuera de Erain? —Sasha no cabe en sí misma de la emoción.

—¿Y no os extraña que nadie haya alertado la llegada del barco? —Levi alcanza una manzana del frutero que tenemos en la mesilla de al lado.

—Creo que Ada, sus hermanas y la tripulación tienen algún truco para pasar desapercibidos los días que atracan. Porque no sé si os habéis fijado, pero la tripulación de las princesas es muy peculiar… A lo mejor están hechizados. ¡Uuuh! —imita la chica a un fantasma.

Pese a su broma, sé a qué se está refiriendo Sasha. La tripulación parece siempre alerta, sumida en una especie de trance del que solo despiertan para llevar a cabo las órdenes de las princesas. Todo el barco en sí es un misterio: su procedencia y su tripulación. Preguntarle a Ada después de haber aceptado no entra en mis opciones, pero lo que está claro es que nos hemos subido a un barco desconocido rumbo a un sitio desconocido.

—¿Soy la única que se siente rara? —Necesito exteriorizar mis dudas—. Todo ha sucedido muy rápido. Hemos accedido, porque, al fin y al cabo, es el objetivo que Tristán siempre ha perseguido.

Pero la revelación de que la Diosa puede que sea... que es —corrijo—Magia, es algo que me escama. ¿Alguien sabe qué vamos a hacer una vez lleguemos allí? ¿Tristán, tu Clan...?

—No —contesta, conteniendo una arcada—. No me dijeron nada, obviamente, porque nunca pretendían que saliese de Cala Verde vivo. El Mapa de la Diosa era un misterio y lo que entrañaba también. Solo indicaba la ruta hasta su tierra y ya está. Una vez allí...

—... todo humo —concluyo.

—Es esto a lo que veníamos, Amaranta. —Tristán se incorpora sobre su brazo, un poco alarmado.

—Lo sé, lo sé. Es solo que estoy acostumbrada a actuar sobre la realidad objetiva que contemplo. Esto de la Magia y esas cosas... me desestabiliza.

—Aunque no lo creas, a mí también me cuesta describirla como tal. —Tristán reprime una arcada—. A lo mejor las princesas están equivocadas, al fin y al cabo...

Pero otro bamboleo nos lanza, esta vez, contra el suelo. Oímos a Ada y mi primer pensamiento es que nos están atacando. En un impulso, cojo el arco y la caja de flechas y salgo disparada hacia las escaleras. Levi y Tristán gritan mi nombre, pero yo ya estoy en cubierta cuando sus voces me llegan lejanas. El escenario me sobrepone. Está lloviendo torrencialmente. Las gotas de lluvia son gruesas agujas que dispara el cielo contra nosotros. Apenas distingo nada. Las olas embisten contra el casco y la cubierta. La tripulación corre de un lado a otro, intentando dominar las velas, manteniendo el rumbo que Elín y Cilla gritan desde diversos puntos del navío.

Tristán, Levi y Sasha llegan hasta mí a empujones, lo que nos lanza más allá de la entrada, a plena cubierta. Cilla es la primera que advierte nuestra presencia y nos ordena que volvamos al interior, pero sus prioridades la llevan de nuevo al trabajo y nosotros nos quedamos paralizados por un problema aún mayor. En el cielo nocturno, salpicado de una cantidad de estrellas jamás vistas, se alzan tres lunas perfectamente redondas y del color de la sangre.

—¡Volved dentro! —Elín se resbala cuando llega ante nosotros, pero detengo su caída.

—¿Es la Diosa la que ha provocado esto? —le grito.

—¡Sí! Ha hecho aparecer esas tres lunas que están influyendo todavía más en la ferocidad del oleaje. Nunca hemos visto nada parecido.

—¿Lo lograremos? —chilla Tristán, muerto de terror.

—Si os ponéis a salvo, ¡sí!

Y le hacemos caso, porque una enorme ola se alza como un manto sobre nosotros e impacta contra la proa. Veo a un hombre caer por la borda sin que nadie pueda remediarlo. Alzo una mano como si así fuese suficiente para alcanzarlo, pero Sasha me arrastra por la cintura escaleras abajo.

Llegamos de nuevo al camarote y cerramos la puerta. El agua que baja por las escaleras desde fuera comienza a entrar en nuestra habitación. Todo el piso está empapado y la madera de las ventanas cruje y se debate por no ceder ante la marejada.

—¡Tenemos que reforzar los puntos de salida! Si queremos hacer algo, ¡esto es lo único! —ordeno.

Y, para mi sorpresa, responden afirmativamente. Nos lanzamos a la búsqueda de herramientas y piezas de madera que nos sirvan para tapiar las ventanas. Doy enseguida con la bodega. Huele a sal, vino y comida. El agua apenas se ha filtrado en esta cámara, pero si la situación continúa así, poco tardará, apagando el resto de candiles que alumbran nuestros pasos. Rebusco en los rincones, intentando mantener el equilibrio. Los barriles que no están atados a las paredes ruedan de un lado a otro. Uno me pilla desprevenida y me lanza contra el suelo. Me quedo sin respiración unos segundos, pero me obligo a incorporarme, sujetándome de un pilar. Uno de los barriles termina por romperse y aprovecho para recoger la madera.

Salgo disparada hacia los camarotes de nuevo. Tristán ya está en el nuestro, tapiando una de las ventanas.

—¿Dónde están Levi y Sasha?

—¡En el nivel superior, reforzando otros huecos! —me informa Tristán, lanzándome un martillo.

Lo cazo al vuelo, cojo un puñado de clavos que mi hermano ha dejado sobre su cama y me dirijo a tapar las ventanas. Me golpeo los dedos innumerables veces y a punto estoy de ensartar un clavo en mi índice. Al final, consigo tapiar bien tres ventanas. Tristán, que ha comenzado antes, ha abandonado sus delirios provocados por el mareo y ha logrado reforzar cinco huecos. Los rugidos del mar continúan presentes, pero al menos ya no se sienten tan cercanos y el agua no se filtra. Nunca pensé que el mar fuese a imponerme tanto temor.

Levi y Sasha llegan al camarote y cierran la puerta. Están empapados y se observan las manos heridas, como las mías. Esto es todo lo que podemos hacer hasta el momento. Las princesas saben que pueden contar con nuestra ayuda, pero… ¿qué ayuda podríamos ofrecer si nunca hemos entrado en el mar?

Para asombro de todos, Tristán ha conseguido dormirse pese a las violentas sacudidas y el sonido de las olas que no nos han abandonado en toda la noche. Sasha se ha quedado en duermevela, con los músculos todavía en tensión. Levi y yo, en cambio, hemos permanecido despiertos y abrazados, tiritando de frío, en un rincón de la cama. Sé que la próxima vez que duerma, tendré pesadillas con este viaje.

Sin embargo, hace una hora que el viento se ha convertido en una brisa suave que se cuela por los resquicios de la madera. El navío ya no da bandazos peligrosos, sino que se mece, tranquilo. Levi ha logrado conciliar el sueño, pero yo sigo alerta, por si acaso la Diosa vuelve al ataque. No entiendo cómo continuamos vivos.

—Levi —le susurro.

—¿Sí?

—Voy a salir un momento.

No espero a que me conteste. Me incorporo y, cuando pongo los pies en el suelo, la madera se queja bajo ellos. Veo cómo Sasha entreabre un ojo. Tampoco espero a que reaccione. Abro la puerta de un estirón. La madera se ha hinchado por el agua. Subo las escaleras guiada por el punto de luz que alumbra los peldaños al final del ascenso.

Salgo al exterior y un cálido sol me recibe como si anoche no nos hubiésemos enfrentado al mismísimo infierno. Parpadeo varias veces, intentando mantener la mirada puesta en mi entorno. A la primera que me encuentro es a Cilla, que está apoyada en la baranda, observando el extenso mar. Algunos tripulantes duermen en el suelo, apoyados en los rincones. En la proa está sentada Elín, de espaldas a mí. Avanzo hasta situarme en el centro de La Venganza. Un suave silbido me hace girarme. Ada está al timón y, con un aspaviento de su diestra, me indica que suba junto a ella al castillo de popa. Asciendo por una de las escaleras laterales y, maravillada y boquiabierta por el paisaje, me sitúo junto a ella.

—Cuando la Magia no intenta atacarnos el mar es precioso, ¿o no?

La princesa tiene toda la razón. El mar es un manto azul y eterno, como los ojos de Sasha. Las olas murmuran cánticos que acarician mis oídos, y la brisa fresca y matutina es un soplo de vida que revuelve mi pelo. Cierro los ojos para que todas esas sensaciones bailen con mis sentidos y barra la horrible experiencia a la que sobrevivimos anoche. Es el mundo bajo mis pies, la verdadera libertad. Ahora que soy libre podría abandonar Erain para siempre, arriesgarme a vivir en alta mar, solo para seguir sintiendo que ya no estoy atada a nada.

Pero sé que no soy capaz de abandonar a mis amigos en ese repugnante país.

—¿Ves aquel punto verde de allí?

Me obligo a abrir los ojos, aunque no quiera, porque lo único que deseo es abandonarme ante esta increíble sensación de paz. Escruto el horizonte y descubro el punto que Ada señala ligeramente a la izquierda de nuestra posición. Asiento.

—Esa debe ser la tierra de la Diosa. Es una isla. Nunca hemos llegado hasta aquí.

Su voz destila un toque de gozo y alivio, como si hubiese encontrado un final para su inconclusa historia.

—¿Cómo sabes que ese es el lugar de la Diosa y no otro? Al fin y al cabo, nadie conoce qué hay más allá de los límites de Erain. Podría ser otro país…

—Desde que tenemos este barco nunca hemos necesitado ni ese Mapa ni ninguna otra ruta trazada. El mascarón de proa es una brújula. Una brújula que nos conduce hasta la Diosa. Su brazo se mueve para indicarnos el camino; es como la aguja de una brújula.

Sabía que el barco no es normal.

—Pero la Diosa tampoco quiere que la encontréis. ¿Por qué entonces os dejaría una guía?

—¿Por qué entonces hay un Mapa? No creo que sea del todo cierto que no quiera que lleguemos a ella. Supongo que lo que no quiere es que la alcance cualquier persona.

Y es casi increíble, pero parece ser que, junto a las princesas, lo hemos logrado. Me dirijo hacia la derecha para poder observar mejor la figura dorada. ¿Es posible que esa estatua sea capaz de moverse? Agudizo la vista, intentando fijarme hasta en el más leve movimiento. Y lo descubro. Que me parta un rayo si miento. El brazo del mascarón se mueve hacia la izquierda.

—Nos estamos desviando a estribor, chicas —advierte Ada a sus hermanas en voz alta, pero sin alzarla demasiado, mientras gira ligeramente la rueda de timón.

—Eso es alucinante. —Es lo único que sale de mis labios—. ¿Nunca habéis intentado llegar hasta ella? ¡Vuestra brújula es más infalible que el Mapa!

—Claro que sí. Pero sucedieron situaciones como las de anoche que no nos atrevimos a superar.

—Entiendo…

—Amaranta, cuando lleguéis a tierra os esperaremos, pero no vamos a atracar. Tendréis que llegar a la costa con un bote. ¿Lo comprendes?

—Sí.

—Salga bien o salga mal, quiero que sepas que habéis hecho

todo lo posible. Habéis llegado donde parece ser que nadie ha podido y eso es admirable. Así que, en nombre de todo el país de Erain, gracias.

Sonrío ante el halago de la princesa y me inclino ligeramente, mostrando mi respeto. Entonces, Tristán, Sasha y Levi salen a cubierta y, al contrario que yo, exclaman a viva voz lo impresionante que les resulta el mar, el barco y el amplio cielo. Descubrimos lo que se nos ha prohibido disfrutar durante tanto tiempo.

Y ahora, más que nunca, tenemos la oportunidad de recuperar lo que siempre ha sido nuestro.

TRISTÁN

EL PEQUEÑO BOTE ARRULLA CONTRA LA PÁLIDA ARENA cuando choca contra ella. Soy el único que mira más de cinco veces a sus espaldas durante el trayecto. Poco a poco, *La Venganza*, el inmenso barco de las princesas, ha ido quedando atrás. Ellas nos vigilan desde proa, incluso cuando solo son unos puntitos de color marrón veteando la oscura madera de su navío. Espero que nos detengan. Espero que nos animen. Espero algo que elimine el molesto cosquilleo que me trepa desde el estómago hasta la garganta.

Por suerte, ya he vomitado bastante durante el viaje.

Levi y Amaranta tampoco tienen cara de estar disfrutando del paseo en bote. Les han pedido a las princesas, casi en una súplica, si podían detenerse más cerca de la isla. Pero ellas se han negado. No saben hasta cuándo durará la calma de la Diosa si se encuentran tan próximas a su tierra y han convenido que es mejor no tentar a la suerte. Nos esperarán. Ahí a lo lejos.

Sasha es la única que se siente con el ánimo suficiente como para sonreír y maravillarse por todo su alrededor. Sus iris celestes combinan con el color del mar. Nunca he visto un agua tan cristalina y pura. El sol reverbera en la superficie en diminutos puntitos de luz como si las olas estuviesen engarzadas en joyas. La isla es un pequeño paraíso en medio de este manto infinito de agua; de arena blanca y fina, y frondosos árboles verdes de distintas especies que brotan desde la tierra hacia el cielo como un muro impenetrable.

Cuando descendemos del bote, me siento más desprotegido que nunca. Hemos dejado todos nuestros efectos personales atrás, incluido a Piloto. Cada uno lleva un arma, por protección, y Amaranta y yo portamos una pistola de bengala, la única forma de señalizar un peligro inminente.

—¿Por dónde deberíamos empezar? —pregunta Sasha, desperezándose. ¿Cómo puede estar tan tranquila?

—Debería haber un camino, ¿no? —apunta Amaranta—. Si toda esta isla es una muralla impenetrable de árboles podemos pasarnos días aquí.

—Ahora no resulta tan inservible traer comida y agua, ¿eh? —refunfuño yo—. Ya os dije que no sería un paseo. Os advertí que llegaríamos y sería más complicado, que la Diosa no estaría recibiéndonos con los brazos abiertos.

—Ya vale, Tris —objeta mi hermana—. Pongámonos en marcha, porque si seguimos hablando, desde luego que nos entrará hambre y sed.

—Esta isla serviría para repoblar toda Erain. —Levi observa los árboles como si no hubiese visto uno en toda su vida. Tampoco me extrañaría.

—Cala Verde era así, ¿sabéis? Repleto de vegetación, cascadas y luz del sol. —Cierro los ojos y disfruto unos segundos del toque de sus rayos—. Sería una cárcel, pero, desde luego, allí se vivía mejor que en cualquier otra parte.

Y es triste, pero es verdad.

—¡Chicos!

Nos volvemos hacia la voz de Sasha, que nos grita desde lejos. Me llevo una mano a la empuñadura de la espada corta, temiendo que nos tengamos que enfrentar justo ahora a un peligro. No estoy preparado. No estoy preparado para nada.

Sin embargo, Sasha se encuentra a unos veinte metros de nosotros, frente a la vegetación, sacudiendo su cuchillo curvo en el aire para llamar nuestra atención. Nos encogemos de hombros y nos dirigimos hacia la chica. Ella parece feliz, con el pelo más encrespado que nunca por la sal y la humedad de la brisa marina. Cuando llegamos hasta Sasha, ella enarbola con decisión su arma y apunta a un punto fijo entre la maleza.

—¿Qué?

—Mirad. —Ella enarca una ceja, resolutiva.

Nos volvemos a nuestra izquierda. Juraría que este escenario ya lo he leído en alguno de los cuentos que mis padres no me dejaban leer por las noches. Hay dos caminos perfectamente diferenciados. Los árboles cierran las dos rutas en un túnel perfecto dominado por la naturaleza. Es bello y aterrador.

—¿Es posible que los árboles hayan dado forma a estos dos caminos de manera natural? —Se extraña Levi.

—Tal vez ellos solos no, pero con la ayuda de la Diosa… —le contesto, aún lleno de temor por tener que continuar por ahí dentro.

—¿Qué hacemos ahora? —pregunta Sasha.

—Obviamente, dividirnos y continuar —ataja mi hermana.

—¿Vamos a separarnos? —me alarmo.

—Sabías que cabía la posibilidad. Pero no te preocupes, Sasha te acompañará a ti y Levi a mí. Si el camino sigue así de delimitado hasta el final, no habrá problemas a la hora de retroceder. Vamos armados y tenemos las pistolas de bengala que nos han dado las princesas para alertar una amenaza en cualquier momento.

No debo asentir con el gesto adecuado, porque Amaranta me coge por los hombros y aprieta. Me cuesta mirarla a los ojos. No quiero que vea que estoy muerto de miedo. Que no me quiero separar de ella de nuevo. Que me siento inseguro ante la posibilidad de encontrarme con la Diosa.

He conseguido mi objetivo y ahora huyo de él por puro pavor.

—Vamos a salir de esta. Confío en ti, Tristán. Recuérdalo.

—Al fin y al cabo, los dos estamos tocados por la Diosa. —Trato de recuperar la confianza en mí mismo, aunque la mirada de Amaranta ante el término es de inseguridad total.

Nos damos un último abrazo antes de seguir por separado. Primero se adentra Sasha, igual que Levi por la otra ruta. Mi hermana me lanza una última mirada, asiente y se adentra en el camino. Cojo aire profundamente, por si acaso de esa manera también recojo el valor suficiente para dejar de importunar el resto del trayecto.

El corredor, construido por la impenetrable vegetación que se alza por todas partes, resulta no ser tan oscuro como me ha parecido en un comienzo. Los rayos de sol se filtran por las copas de los árboles y motean el camino con su luz. Veo perfectamente y eso reduce mi ansiedad.

Sasha se gira hacia mí y me tiende una mano. Se la cojo, agradecido, como un niño pequeño que está aprendiendo a caminar. Un crujido a mis espaldas me hace soltar a Sasha y volverme con la espada en ristre. Cada vez soy más rápido a la hora de desenvainar, pese a mi inexperiencia. Tal vez el sentido de supervivencia está por encima de cualquier otro. No hay nada, ni nadie.

—Será algún animal o la propia vegetación —me dice Sasha.

—¿Un animal? —Eso no me tranquiliza.

—Vamos… —Me toma de la mano otra vez, impaciente, y estira de mí.

No envaino, necesito sujetar con fuerza la empuñadura para sentirme protegido. El camino continúa siendo una línea recta que a veces vira ligeramente hacia un lado u otro, pero que no se bifurca ni su terreno se agrava. Si no fuese por mi sensación constante de peligro, incluso hubiese disfrutado del paseo. Tendría que estar maravillado como Sasha.

Miro la bellota con el clavo atravesándola por la mitad. Sonrío. Estoy con mi hermana. Este debe ser el centro de mi fortaleza. Lucho por ella, por la sociedad y por mí. Nada puede detenerme ahora que he llegado donde parecía imposible llegar.

Otro crujido. ¿Un quejido?

Me giro sobre mis talones y, esta vez, avanzo en sentido contrario. Sasha me llama, pero me llevo un índice a los labios. ¿Es la sensación de que unos ojos nos vigilan una mera manía persecutoria o es cierto que una amenaza nos acecha?

—Nuestros pasos hacen ruido. Los árboles se mueven con la brisa. Y, lo quieras o no, los animales existen y también provocan sonidos, aunque no hablen —me dice Sasha, sarcástica.

Me quedo totalmente quieto, escrutando la lejanía del camino. Casi creo ver la luz del inicio. De nuevo, mis oídos y mi imaginación me han traicionado.

—Tristán…

Sasha se acerca, me agarra para redirigir mis pasos en la dirección correcta y me pone una mano sobre la mejilla. Me acaricia la piel con el pulgar y sonríe. Me tranquiliza. Envaino la espada y suspiro. Me da un corto abrazo.

—Esto es bajar la guardia. —Ríe por lo bajo.

—Si has empezado tú.

Me guiña un ojo y yo pongo los ojos en blanco, intentando no caer en su burla. Sasha reemprende el camino. Por precaución, saco la espada de nuevo. La chica puede creerme paranoico, pero yo ya he vivido muchas amenazas inminentes como para volver a caer en la trampa de alguna.

Entonces el terreno comienza a cambiar de forma. Las esquinas se hacen más abruptas. La vegetación también parece más salvaje, entrecruzando por el camino gruesas raíces, zarzas o ramas imprevistas —contra alguna me choco—. A veces descendemos y la tierra está tan húmeda que es imposible no resbalarse y caer al suelo. Y otras ascendemos, escalando rocas enormes que se desintegran bajo nuestros pasos en arenisca traicionera.

Maldigo no haber traído ni comida ni agua. Tengo la boca seca, y el sudor que cubre mi rostro y mi espalda no ayuda a detener la sensación de sed. Sasha no parece cansada ni afectada por el clima, pero para mí el sol que se cuela entre las ramas conserva su asfixiante calor en esta especie de túnel natural. Ya me he atado la chaqueta a la cintura y arremangado las perneras del pantalón. No sé qué más hacer.

Le pido a Sasha que nos detengamos a descansar, pero ella se niega rotundamente. Por suerte, aminora la marcha y me ayuda en los tramos más complicados.

Cansado de ver el mismo paisaje durante todo el camino y aburrido tras el decreto de Sasha de permanecer en silencio para gastar menos saliva y reducir la sensación de sed, comienzo a contar mis heridas. Cuatro moratones en una pierna, cinco cicatrices en la otra. Dos arañazos en la rodilla izquierda que dejan un rastro de finos hilillos de sangre. Más magulladuras en los brazos, donde las zarzas también han hecho un buen trabajo. Una pena que no sea capaz de sacarme los ojos para observar mi cara.

Estoy delirando.

Es cuando empiezo a contar las líneas de mi mano derecha que Sasha se detiene. Choco contra su espalda y ella, sin volverse hacia mí, me agarra de la muñeca. Alzo el rostro, sucumbiendo al miedo. Sin embargo, estamos ante la salida del túnel. O eso parece. La luz ilumina el hueco con vigor.

La chica me dedica una mirada por encima de su hombro. Yo asiento. Entrelaza sus dedos con los míos y ambos cruzamos la abertura. No somos capaces de contener un suspiro de sorpresa. Descubrimos ante nosotros un prado verde, interminable, inundado de flores de todos los colores. Una cálida brisa las mece con delicadeza y desprende algunos pétalos, que sobrevuelan el campo, pacientes. Es idílico.

Sasha avanza, embobada, conteniendo las ganas de echar a correr y rodar por el prado como una chiquilla entusiasmada. Sin embargo, mi atención se vuelve hacia la derecha. Cerca de nosotros, a unos diez metros, el nacimiento de una descomunal cascada deja que el agua corra hacia abajo, a un final insondable. Una grieta anchísima en la tierra, que parte desde la cascada y se extiende hacia el horizonte, sin conclusión, nos separa a Sasha y a mí del otro lado de la isla.

Esto no me gusta ni un pelo.

—¡Sasha!

La chica se gira y su sonrisa se diluye al encontrarse con el mismo panorama. Regresa a mi lado como si así la realidad le pudiese confirmar que, efectivamente, cabe la posibilidad de que el camino de Levi y Amaranta finalice en la otra parte, lejos de nosotros. Inalcanzables.

—¿Y si seguimos prado arriba? A lo mejor hay alguna conexión o termina esta grieta.

—Creo que este es el final…

—¿Cómo va a ser el final? Mira todo esto, ¿crees que aquí está la Diosa?

—Eso hago, mirar. —Y señalo al otro lado de la grieta, un poco hacia la izquierda.

Sasha sigue el trazado de mi indicación y su rostro muda. Es la primera vez que veo que su oscura piel palidece tanto hasta convertirse en un verde enfermizo. El vértigo la acucia igual que a mí. En medio del prado de la tierra de enfrente, una estatua alta, majestuosa y de cristal se alza hacia el cielo abierto. Una tela, de pliegues gruesos, cae sobre su hombro tapando su cuerpo hasta perderse entre la alta y verde hierba del prado. Mira al frente con un gesto serio y levanta el brazo libre de la tela en la misma dirección. Se parece al mascarón de proa del barco de las princesas y, aunque el cincel ha obrado de manera distinta la forma, esto determina mi convicción de que se trata de la Diosa.

—¿Cómo vamos a cruzar? —pregunta Sasha.

Me encojo de hombros, todavía paralizado ante la grandeza que transmite la escultura. Pero mis ojos se desvían de nuevo hacia el inicio de la cascada. Como si hubiesen salido del agua, aparecen Amaranta y Levi. Tienen un aspecto horroroso, manchados de barro y con el pelo alborotado. Y, sin embargo, están ahí, vivos, como nosotros, aunque no junto a nosotros.

—¡Amaranta!

—¡Amaranta! —se une Sasha a mi llamada para que nuestra voz sea más potente que el rugido de la cascada.

Mi hermana repara en nosotros con el ceño fruncido. Sonríe cuando nos descubre, pero su emoción se disipa en cuanto se percata de la grieta. Le dice algo a Levi, que agranda sus enormes ojos verdes al comprobar nuestra separación.

—¿Qué es esto? —Me parece escuchar.

—¡El lugar de la Diosa! —le gritamos los dos al unísono.

Sasha y yo comenzamos a señalar la estatua para que se den

cuenta de su presencia. Amaranta y Levi dirigen su mirada al frente y descubren el objeto de nuestras indicaciones. Mi hermana se paraliza. En cambio, Levi parece fascinado. De hecho, es él el primero en correr hacia la escultura. Poco decidida, Amaranta da un paso en falso que casi le lanza contra el prado. Sin embargo, como es natural en su habilidad, se sobrepone al tropiezo y se anima por fin a perseguir a Levi. Sasha también echa a correr, tratando de ponerse a la altura de la estatua, intentando recortar el máximo espacio posible que nos separa de ellos.

Si hubiese existido un puente, en menos de un minuto habríamos llegado hasta Amaranta, Levi y la escultura. Pero no existe, y estamos separados por esta inabarcable hendidura. Comienzo a ponerme nervioso. Tendría que haber sido yo quien hubiese llegado hasta la Diosa. No porque hubiese sido mi misión desde el comienzo, sino porque ahora Amaranta se cruza de brazos y tuerce el gesto con rechazo.

—¡Esto es un maldito altar! ¡Lo sabía! —me chilla Amaranta, insatisfecha. Su voz se oye mejor desde que nos hemos alejado de la cascada.

—¡Tranquilízate!

—¡No! Después de todo… ¡Después de todo lo que hemos hecho para llegar hasta aquí, esta isla es pura fachada! ¡Otra vez!

—¡Sabes que no! ¿Es que no has visto el barco de las princesas? ¡Conduce hasta aquí por una razón!

—¿Y si ellas también nos han mentido?

Amaranta se acurruca sobre sus rodillas, llevándose las manos a la cabeza. Y, por un momento, me veo en ella. Me veo semanas atrás, aterrado en un rincón, perdido y lejos de todo lo que he creído hasta el momento. Tal vez mi hermana ha estado deshaciendo todas sus posibilidades como un ovillo de lana, y ahora se ha encontrado con que en el centro del mismo solo está el último cabo, sin nada más.

Siento su vacío. La comprendo. Y por ello, me convierto en el pilar que la ayudará a no derrumbarse. Nuestra separación por la grieta es un mero contratiempo que puede salvarse fácilmente, porque, al fin y al cabo, aunque suene casi irreal, ambos estamos tocados por la Diosa.

Y caigo en la cuenta.

Cualquiera de los dos sirve para la labor. Sé qué tiene que hacer.

—¡Ami, escúchame! Sé que intentas aceptar todo esto como parte de ti porque confías en mí. Pero no tienes que entender todos los conceptos ahora. ¡No tienes por qué comprender ni darle una explicación a todo para que cobre sentido! ¡La Diosa te aceptará como aceptó a las princesas! ¡Dale tu sangre!

Sasha me pone una mano en la espalda, infundiéndome ánimos. Es lo único que puedo hacer: bombardear a mi hermana con razones para que no desista. Levi se arrodilla junto a ella. No consigo apreciar bien qué está sucediendo, pero funciona. Amaranta se incorpora con ayuda del alquimista, gira su rostro hacia mí y asiente. Esa es mi hermana.

Levi saca de la funda un pequeño cuchillo y se lo tiende a Amaranta. Ella, sin dudar, pasa el filo por la palma de su mano —la contraria a la del tatuaje eliminado—. Luego, con un suspiro, mira la estatua. Tal vez está pensando en ofrecerle sus respetos o tal vez no está pensando en absolutamente nada. Cierra la mano herida y la sangre mana de ella, recorriendo su brazo por dentro de la chaqueta. Se acerca lentamente. La cabeza de mi hermana llega a la altura de la rodilla de la Diosa. Coge aire, o eso me parece, extiende la mano y la junta contra la superficie traslúcida.

No sucede nada, pero Amaranta tampoco se separa. Permanece con los ojos cerrados, concentrada. Estoy seguro de que está intentando meditar y conectar con la naturaleza, tal y como las princesas lo hicieron en la Torre de Condenación hace catorce años. Solo espero que tardemos menos en conseguir acceder a ella, ya que estamos aquí, donde Ella descansa de nosotros.

En algún momento, la brisa deja de soplar. El silencio se torna hueco, como un grito sin eco. Vacío y opresivo. Y entonces, la mano de mi hermana se ilumina, dorada.

» Inmortal es su secreto. El sacrificio, eterno . Ha muerto la salvación y la tuya propia. Lloverá sangre sobre la Tierra para encontrar nuestro final en su seno.

¿Soy el único que ha escuchado eso? Bueno, no diría que lo he escuchado, más bien, ha reverberado en mi interior. Ha sido como una impronta, un pensamiento que se materializa. Ni siquiera puedo asegurar si ha sido un sonido como tal.

Sasha me aprieta el hombro. Ella también lo ha sentido. Amaranta, por su parte, se aparta de la estatua. Su expresión se ha relajado y parece sumida en un sueño en vida. Levi se mantiene cerca de ella, pero no la toca. Por la forma en la que nos observa, sé que él también ha recibido el mensaje.

» *¿Estás entre nosotros*?

Es la voz de Amaranta, pero sin voz. Es ella, estoy seguro, porque, aunque ya no recuerdo el tono del mensaje, sus palabras han adquirido la forma de un cosquilleo en mi pecho; mi corazón se ha henchido de paz.

» *Humana incauta, quién te habrá traído hasta mí. Te habrás creído especial, aunque te hayas alejado de aquí.*

» *Estoy frente a ti.*

» *Sin estar...*

Realmente estamos escuchándola. El entrecejo de Amaranta se frunce, pero su cuerpo permanece relajado. Las princesas describieron así la sensación cuando contactaron con la Diosa, y no puedo evitar que la emoción me dispare el corazón. Lo hemos logrado. Es real.

La Diosa o, mejor dicho, la Magia existe.

» *Venimos a pedirte...*

» *Piden y piden, porque tienen boca. Rechazan y rechazan, porque tienen voz. Se ha perdido la* esperanza *y vuestra petición.*

» *No toda la humanidad ha perdido la fe. Comprendemos tu pesimismo, pero no lo compartimos. Las personas cambian.*

» *Los humanos estáis marcados. Egoísmo, envidia, intolerancia, egocentrismo...*

» *Valentía, amistad, amor, conciencia...*

La Diosa se queda en silencio. Amaranta está tentando a la suerte a la hora de llevarle la contraria y empiezo a pensar que es cierto lo que han dicho las princesas: la Diosa no tiene intención de salvar a nadie. Los renegados se lo han inventado a través de los tiempos para mantener viva una ilusión falsa.

» *Tú me has tocado con tu don. Tú me has llamado hasta aquí.*

Siento la dureza de Amaranta.

» *No te he llamado para que perturbes mi paz.*

» *Me has llamado para que te pida la paz.*

» *Los humanos os creéis con la potestad de la verdad. Creéis que es vuestra cualidad principal. Pero habéis mancillado mi regalo. Me habéis dado mentira.*

» *Pero tú sigues creyendo en nosotros. Lo sé, porque si no, no nos habrías otorgado a mi hermano, a las princesas y a mí tu don. Tu poder.*

» *Amaranta…*

Sabe su nombre. El rostro de mi hermana muda su color.

La Diosa existe. Y es poderosa.

» *… ni siquiera crees en tus propias palabras.*

» *Confío en las palabras de Tristán. ¿No es eso una cualidad importante? ¿Confiar en las personas cuando te crees perdida en un callejón?*

De nuevo, la Diosa enmudece. Pienso. Grito en mis pensamientos que, por favor, su silencio signifique que mi hermana ha ganado su favor. La energía que transporta sus voces tironea de mi cuerpo. Está drenándome por dentro, y supongo que Sasha estará en las mismas condiciones, porque sus dedos resbalan por mi hombro.

» *Te entiendo, Amaranta, tocada por el poder.*

Imposible.

» *Pero la destrucción es inminente. No hay solución.*

Se equivoca. Sí la hay.

» *Danos una segunda oportunidad, ofrécenos tu…*

Y, de repente, la Diosa chilla, llena de dolor. La siento como miles de alfileres incrustándose en mis pensamientos, en mis recuerdos. No ataca físicamente nuestros cuerpos, sino que transmite su aflicción a una parte inalcanzable que ni nosotros mismos podemos extirpar. Sin embargo, yo sí siento dolor físico, en mi costado, ajeno a la Diosa. Me llevo una mano al cuerpo, y noto la sangre fluyendo, fresca y caliente.

Escucho a Sasha gritar mi nombre. Me zumban los oídos. Una bruma se hace con mis ojos, pero consigo apreciar cómo el prado se marchita. Es como presenciar una escena a cámara rápida. Las flores y sus pétalos se retuercen en sí mismos, transformando sus vivos y hermosos colores en muerte. Porque huele a muerte, y no solo la de la naturaleza.

Gruño, y el sabor de la sangre me inunda la boca. Caigo de rodillas contra la tierra, ahora seca y ajada. Noto que algo me suelta por fin, liberando mi cuerpo, aunque con un insufrible dolor. Es entonces cuando escucho su risa. Cuando descubro sus pequeños ojos enmarcados por su alborotado pelo y su huesudo rostro. En su mano sujeta un cuchillo empapado de sangre. Mi sangre.

Judah.

AMARANTA

LA DESESPERACIÓN DE LA DIOSA atraviesa mi cuerpo y me despierta del trance en el que me ha sumido. Pero también siento la agonía de Tristán. De alguna manera, sé que es el suyo. De la misma manera que al conectarme con la naturaleza he sido capaz de sentir el cariño de Levi y el sentimiento de libertad de Sasha. He podido concentrar en mi ser todo lo que me rodea. Lo he atrapado dentro de una bola de cristal y le he susurrado a esa energía inconmensurable.

Ahora la bola de cristal se ha roto y todo se escapa con la misma potencia con la que ha sido encerrada. Es un torbellino de destrucción. Ya no siento a la Diosa. El cielo está nublado y los truenos rugen furiosos. El viento se ha levantado, feroz, devorando a la pacífica brisa. A mis pies, la naturaleza está muerta, como si un fuego lo hubiese arrasado todo. Pero continúo percibiendo un fuerte dolor en el costado. El dolor de Tristán.

Me vuelvo hacia él, haciendo crujir las flores marchitas bajo mis pasos. Sasha está tirada en tierra con el brazo y la pierna manchados de sangre. Apenas se puede mover, pero, aun así, se arrastra hacia Tristán con el rostro contraído.

Tristán arrodillado en la tierra.

Tristán con el estómago empapado de sangre.

Un hombre se encuentra a sus espaldas, riendo como un loco, enarbolando un cuchillo que gotea sangre. La sangre de mi hermano. Puedo olerla. El hombre grita como un poseso. ¿Cómo ha llegado hasta aquí? ¿Cómo es posible que alguien nos haya seguido? Pero esas preguntas ya no importan. Ya no importan, porque ese monstruo ha herido de muerte a mi hermano en tierra de la Diosa.

Me parece que grita algo sobre ser el verdadero elegido y sobre su unión con la Diosa, pero tampoco hago el esfuerzo de reparar en sus palabras. El odio y la angustia dominan mi cuerpo. Despliego el arco y una flecha, la engancho a la cuerda en un rápido movimiento y disparo. No soy certera. El proyectil ni siquiera llega a rozarle la mejilla. Me tiembla el pulso, incontrolable.

El hombre no repara en mí. Sin embargo, yo haré que se dé cuenta del error que ha cometido. Danza, dando pequeños saltitos de alegría. Eso me enerva todavía más. Cojo otra flecha, dispuesta a apuntar a su ojo esta vez. No fallaré. Pero entonces, Levi me atrapa por detrás, y el arco cae de mis manos.

—¡Suéltame, Levi! ¡Voy a matarlo!

—¡No! ¡Demuéstrale a la Diosa que de verdad podemos cambiar! ¡Que sabemos perdonar!

—¡No pienso perdonar a ese cabrón! ¡Ha asesinado a Tristán!

—¡Sigue vivo, Ami! ¡Mira!

No sé si seré capaz de enfocar la vista. Las lágrimas me recorren las mejillas como ríos y el sufrimiento de mi corazón es insoportable. Sasha, herida también, ha llegado hasta Tristán y lo protege y lo acuna en su regazo con suaves caricias. El pecho de mi hermano sube y baja en un compás muy lento. El desconocido se burla de ellos, sin importarle que quede un reducto de vida en sus cuerpos.

—¡Tristán! —La voz me sale desgarrada, mientras me deshago en los brazos de Levi.

Y responde a mi llamada. Me mira con sus intensos ojos casi dorados, casi idénticos a los míos. Alza una mano ensangrentada hacia mí. Sé que dice: *Continúa*. Pero yo no puedo hacerlo sin él.

AGRADECIMIENTOS

Hay aventuras que se viven en solitario, pero esta no es una de ellas. Hay aventuras que requieren valentía, apoyo, imaginación y pasión para poder emprenderlas y esta es una de ellas. Desde el comienzo he contado con la fuerza y la dedicación de grandes heroínas y héroes, que lo son no solo por llevar a cabo extraordinarias hazañas, sino también porque me han acompañado en cada paso de este camino que algunas veces se ha sumido en las sombras, pero que, al final, ha brillado con luz propia. Espero que todas estas palabras de agradecimiento, pocas en comparación a lo que realmente merecéis, os lleguen.

A Álvaro, por tu fortaleza, cariño y entusiasmo. Has estado desde el comienzo, viendo crecer esta historia y aportando tu perspectiva, siempre tan valiosa. Gracias por dejarme que Johan y Yojimbo tengan tanto de ti. Por tu espíritu reivindicativo y luchador, que siempre me animan a atreverme a explorar más.

A toda mi familia, en concreto, a mis padres, Paco y Elena, y a mis hermanas, Elena y Paloma. Papás, gracias porque siempre confiáis en que puedo lograr todo lo que me proponga, y porque nunca habéis considerado mi escritura como una simple afición. Sisters, una siendo arte y la otra pura felicidad, gracias por emocionaros tanto o más que yo.

Muchísimas gracias a Euge, Laura, Jorge y Ari, porque hacéis apasionante cada paso. Le ponéis banda sonora y colores a esta aventura que también habéis visto gestar desde el comienzo. Lo mejor de este camino es que todavía quedan muchos lugares por descubrir, y estoy ansiosa por comprobar qué nos deparan. Juntos.

A Mel, que nunca se ha separado de mi lado en este sueño que ya cuenta con catorce años de experiencia. ¿Recuerdas cuándo pasábamos las tardes leyendo nuestras historias en voz alta pensando que algún día serían de papel? Ya ha llegado el día en que, gracias a tu apoyo, esos sueños se han hecho realidad.

Para Rolly, Gema, Laura, Bea y Victoria, porque son una fuente de inspiración y de admiración. Son trabajo, entrega y talento. Pero, por encima de todo, amigas que comparten esta pasión que nos está haciendo volar a la vez más allá de las nubes. Por muchas aventuras más, Pretty Little Writers.

No puedo olvidarme de ti, Elisa. Has influido mucho más de lo que puedes llegar a imaginar. Me has aconsejado y contagiado toda la paciencia que sabes que no tengo. Siempre has confiado en que este día llegaría y nunca te has cansado de repetírmelo.

Con muchísimo amor y gratitud, a mi editora, Marta, y todo el equipo de Onyx, porque sin ellas habría sido imposible que ahora existieran estas páginas. Gracias por confiar en esta historia y en mí, por darle cuerpo y alma.

Y, por último, pero no por ello menos importante, a ti, que ahora mismo estás leyendo estas palabras. Y también a quienes estuvieron, están y estarán. Porque esto tampoco sería posible sin vuestro apoyo y vuestras ganas de descubrir esta aventura. Muchas gracias por darle vida a mis palabras.

Por suerte, esto no es una despedida.

Es imposible.

El rugido de la tormenta es cada vez más fuerte, como los gritos desquiciados del loco. La Diosa no nos va a perdonar. Está todo perdido.

—¡Amaranta, eres la única que puede conseguir la redención ahora! ¡Demuéstraselo a la Diosa!

Levi no para de gritarme lo mismo, pero yo no me veo capaz. Qué salvación hay, si Tristán está a punto de morir. Suelto la cajita con las flechas. No tengo fuerzas para nada, tal vez, para un último suspiro.

—Por favor, sálvale… Sálvanos…

» *¡No!*

La Diosa me desgarra por dentro, pero Levi pasa mi brazo por encima de sus hombros y me conduce hasta la estatua. Me pone la mano ensangrentada sobre la superficie abrasadora. Arde como el mismísimo fuego.

—Él no puede morir…

» *Habéis mancillado mi lugar. ¡El único lugar de todo el planeta puro de vuestra enfermedad!*

—¿Qué más pruebas necesitas? ¡No he matado a ese desconocido que ha atacado a mi hermano!

La verdad me destroza más que mi grito y noto que me desvanezco, que no lograré permanecer en pie. Que quiero llegar al límite de esa grieta y dejarme caer.

» *¡Tu voluntad es débil! Débil y codiciosa. Tu flecha casi mata una vida.*

—¡No lo he matado! ¡No lo he matado!

¿Qué más puedo hacer? No se me ocurre nada más que suplicar y suplicar hasta que no me quede voz. Si mis palabras y mis actos carecen de valor, entonces, ¿qué nos queda? Y esa pregunta pulsa una tecla de mi memoria. La tecla que todavía no ha sucumbido al dolor.

Veo a Tristán, con diez años y una sonrisa enorme dibujada en su cara, mientras sostiene el collar de la bellota. Veo a Nil, sentado en un tejado, con la vista puesta en la sociedad. Veo a Keira, arrinconando su dolor con fortaleza, y a Lars sonriendo ante las dificultades. Veo a Agatha, peleando por mostrar su lado más benévolo. Veo a Iggy, susurrándome la música que escucha. Veo a Bree, enfrentándose a su pasado. Veo a las princesas, todo sacrificio, todo lucha. Veo a Levi, cuidando a su familia... Y entonces, la veo. Advierto la inocencia en unos redondos y enormes ojos verdes que todavía no saben nada sobre la vida.

—¡Si no nos vas a salvar a nosotros, al menos, salva a Noah!

—¿Amaranta? —Levi se sorprende al escuchar el nombre de su hermano pequeño.

—¡Salva a ese recién nacido que todavía no ha visto la realidad en la que vivimos! ¡No extermines a la raza humana! ¡No lo hagas!

» *Él lleva vuestra impronta.*

—¡Noah es una nueva vida! ¡Al menos, sálvale a él!

El viento sopla más fuerte, y Levi y yo caemos contra el suelo. El desconocido parece desmayarse repentinamente, pero Sasha permanece junto a Tristán como si fuese el último punto de gravedad que existe sobre la tierra.

» *Sois extraños, humanos. ¿La redención de una vida por toda la humanidad?*

—Una vida… por toda la humanidad.

No sé describirlo con exactitud, pero hay luz y no duele. Una luz muy potente, cegadora. Siento la mano de Levi, apretando la mía. Pero también noto que Tristán está a mi lado, e Iggy, y Agatha, y el resto. Todos los que hemos luchado por quienes somos y por los demás. Por abrir las ventanas sin miedo al rechazo, por mirar al horizonte y saber que, pase lo que pase, siempre habrá alguien agarrando nuestra mano con fuerza.

NOAH

ERA EL MAR. El chico estaba seguro. Era el mar, porque arrullaba como solo lo sabían hacer las olas. Pero él no entendía por qué sabía aquello. No comprendía su propia existencia. Se miró las manos, confuso. Eran grandes y suaves. ¿Así era la existencia? Demasiado blanda, pensó.

Se incorporó desde el piso de madera, torpe, sintiendo los músculos entumecidos. Se movía, sabía cómo. Madera, sabía lo que era, pero no entendía cómo sabía que lo era. Y así, con todo su alrededor. Estaba en un comedor. Las paredes estaban ocultas por enormes estanterías que se perdían en la oscuridad del techo.

Era de noche. Los rayos blancos de la luna entraban por la ventana iluminando toda la estancia con su místico fulgor.

Caminó por la estancia con pasos dubitativos. No sabía dónde estaba, no recordaba qué había pasado antes. Un espejo colgado en la pared le devolvió su imagen y no se gustó. Tenía el pelo largo, a la altura del hombro, rubio apagado, y no se reconocía en sus enormes ojos verdes.

Ese no era él.

¿O tal vez sí?

La mesa rectangular que ocupaba toda la habitación estaba repleta de cuadernos, folios y lápices. Era un caos, pero al chico le gustaba el caos en sí mismo. Le transmitía paz, como las furiosas olas. Decidió que tendría que explorar para empezar a responder las dudas que le desgarraban por dentro. Sin embargo, algo encima de la mesa llamó su atención.

Era un objeto. Diminuto.

Pensó que nadie se habría detenido a observar su extraña belleza, pero él no era nadie. De hecho, él era el único. O eso sentía. Acercó la mano hacia el objeto y enrolló el cordel entre sus dedos. Dejó que bailase frente a sus ojos y sintió una punzada de reconocimiento.

Era imposible que una bellota hubiese crecido atravesada por un clavo, ¿verdad?

ARI
LICIOUS

ARi
Licious